古典精華

集漢西嶽華山廟碑字

香港中文大學文物館藏宋拓順德本

中國文學古典精華

高冊

香港中文大學
古典精華編輯委員會 編纂

商務印書館

中國文學古典精華 高冊（增訂版）

編　　纂：香港中文大學古典精華編輯委員會
執行主編：杜祖貽　劉殿爵
責任編輯：鄒淑樺
封面設計：楊愛文
出　　版：商務印書館（香港）有限公司
　　　　　香港筲箕灣耀興道三號東滙廣場八樓
　　　　　http://www.commercialpress.com.hk
發　　行：香港聯合書刊物流有限公司
　　　　　香港新界荃灣德士古道 220-248 號荃灣工業中心 16 樓
印　　刷：美雅印刷製本有限公司
　　　　　九龍官塘榮業街6號海濱工業大廈4樓A
版　　次：二〇二二年四月第一版第二次印刷

　　　　　ISBN 978 962 07 4534 8
　　　　　Printed in Hong Kong

Masterpieces of Classical Chinese Literature

Cho-yee To, D. C. Lau, et al, ed.

First Edition, July 2016
ISBN 978 962 07 4534 8

為古典精華題辭

吳大猷院長

古典精華

吳大猷敬題

李國章校長

與時俱進，日月常新。

王叔岷教授

浮華迷漫蔽真淳，為起頹風忘苦辛。
傳習慇懃堅志趣，十年文質自彬彬。

任繼愈教授

傳薪火，育人才；興國運，開未來。

朱光亞院長

弘揚國粹，陶冶情志。

呂叔湘教授

鑒往所以知來，博古而後通今。

李遠哲院長

博我以文，格物致知。

林庚教授

精選百代，華始未來。

季羨林教授

繼承傳統，弘揚文化；增長知識，陶冶性靈。

周策縱教授

中文古典多瑰寶，選得精華盡探珠。
人手一編勤誦習，孩提到老足供需。

柳存仁教授

我們推薦古典精華這一部現代形式的古典作品，是因為相信現代語文裏面也包括不少的古典成分。如果年輕的人們對古典一竅不通，恐怕連本世紀的文字也看不懂，遑論研究？

馬臨教授

恪勤在朝夕，懷抱觀古今。

高錕教授

陶冶性情之篇，鼓鑄志行之作。

陳原教授

弘揚傳統文化，造福青年學子。

陳槃教授

古典精華編製，茲事體大，有裨我國家、社會、歷史、文化之發揚，可無疑也。

勞榦教授

坊間古典選本，類皆為課外補充所需，而非分年誦讀所用。則此古典精華，分年遞進，實為國中創舉。來日方長，仍依先覺，鄉邦厚望，實利賴之。

湯國華先生

文辭優美，意義深遠。

湯偉奇先生

傳統現代，並行不悖；科技人文，相輔相成。

楊向奎教授

惠施多方，其書五車，必讀書始能成材。

趙鎮東先生

維繫國粹之命脈，重燃文化之光輝。

盧嘉錫院長

識古知今，開來繼往；藝文設教，科技興邦。

羅慷烈教授

温故知新，采精華於古典；補偏救弊，啟幼學以茲編。

蘇文擢教授

沈浸醲郁，含英咀華。

顧廷龍教授

童年所讀之書，雖時逾八十多年，尚有能背誦之句。竊謂求學要能融會貫通，而欲求融會貫通，非熟讀不能達也。

饒宗頤教授

作語文之鈐鍵，為國故之鎡基。

古典精華三集為少年學子十載傳習所編製謹題二十八字

浮華迷漫擷真淳為起頹風去[?]苦[?]章傳習熏[?]蕙[?]陶[?]志趣十年文質自彬彬

王叔岷

一九九六年二月廿三日

丙子元月初五日

傳薪火育人才興國
運開未來

一九九七年賀

古典精華出版

任繼愈

繼承傳統　弘揚文化

增長知識　陶冶性靈

題贈

香港中文大學古典菁華

季羡林

奉題古典精華

中文古典多瑰寶
選得精華盡擷珠
人手一編勤誦習
孩提到老足供需

周策縱

一九九六年春日
于美國舊金山客次

棄園

竹報平安

月前由上海轉到二月八日大函，並《古典精華編製計畫》一份，拜讀再三，頗欽諸公考慮周至，敢直表崇佩也。

計畫有云：「取其出類拔萃、宜於誦習者，而記誦之事，宜於幼學始。」誠哉斯言。鄙人近年有感于斯。童年所讀之書，雖時逾八十多年，尚有能背誦之句。竊謂求學要能融會貫通，而欲求融會貫通，非熟讀不能達也。

諸公愛國熱情，深謀遠慮，實所欽仰！

顧廷龍敬上

一九九六、三、廿四、

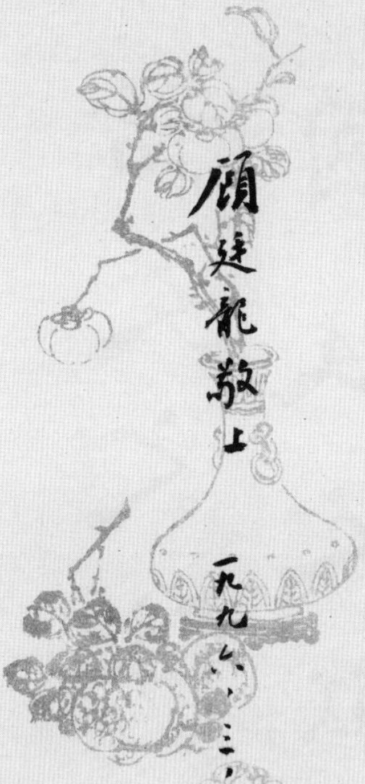

作語文之鈐鍵
爲國故之鎡基

選堂題

初版序

香港中文大學校長　李國章

「言之無文，行而不遠」。孔子這句話不但說明了語文的重要，還確立了語文教育的目的。無論做人、做學問、從工、從商、從醫，要做得好，都要有良好的語文能力。

可是近年來語文教育出現了嚴重的問題：目標混淆、教材龐雜。香港中文大學教授諸君子，有見及此，於是從豐富的中華文學寶藏中，選取歷代的佳作三百餘篇，釐為一百八十課，作為語文教育的基礎，定名《古典精華》，廣為發行，以供各地學子誦習。

《古典精華》一書可以說是不尋常的製作。首先，他是海內外學者們努力合作的成果。其次，它是一項長遠的計劃：為了精益求精，當初版面世之後，便要開始進行修訂，務使《古典精華》與時俱進，日月常新。

當初版付梓之際，我謹向全體編纂人員表示衷心祝賀，對香港圓玄學院慷慨資助研究和出版經費、各學界先進惠贈題辭，更致萬分謝意。

一九九七年五月

古典精華新版序

致讀者

一九九七年初夏，《中國文學古典精華》初版發佈會在中文大學舉行，並藉此機會，慶祝香港擺脱一百五十六年殖民地的恥辱，回歸中國；同時扇揚中華傳統文化的光輝，重倡經典。風氣甫開，即得到海內文教先進與社會賢達熱烈響應，紛紛為古典精華題辭：

饒宗頤教授：作語文之鈐鍵，為國故之鎡基。

羅慷烈教授：温故知新，采精華於古典；補偏救弊，啟幼學以茲編。

蘇文擢教授：沈浸醲郁，含英咀華。

湯國華會長：文辭優美，意義深遠。

柳存仁教授：我們推薦古典精華這一部現代形式的古典作品，是因為相信現代語文裏面也包括不少的古典成分。如果年輕的人們對古典一竅不通，恐怕連本世紀的文字也看不懂，遑論研究？

陳　榮教授：古典精華編製，茲事體大，有裨我國家，社會、歷史、文化之發揚，可無疑也。

高　錕教授：陶冶性情之篇，鼓鑄志行之作。

⋯⋯

二十年來，古典精華為廣大讀者廣泛選用，作為文學欣賞、學術研究、語文教學和藝術創作的重要資源。除香港商務印書館原版正文篇及參考篇六冊之外，其後又有其他出版社刊行三個版本：

北京教育科學出版社，二零零零年七月（普及版）

台北台灣商務印書館，二零零零年十二月

武漢華中師範大學出版社，二零一一年九月

在香港、內地、台灣、新加坡及海外華僑社區，古典精華都深受重視，相信與本書的特色有關：

一、本書邀集海內外資深學者共以識見所及的文化文學標準，精選篇章。

二、本書尊重歷代原文作者，在香港、北京及台北各大圖書館所藏原著版本中取材。

三、各文的題解及註釋，務求客觀準確雅潔明達。編輯人員分工合作，並各有專責，全書經五次校勘修訂，然後統一定稿，故無拼湊混集之弊。

四、參考資料博採眾說，亦皆取自原典，其範圍包括歷史、地理、社政、文物、考古及自然科學等有關文獻。

五、本書的編選工作，不受任何課程標準或學派主張的影響。

六、設立再新版修訂計劃。

中國文學古典精華初版二十週年之日，正是新版付梓之時。編輯與出版同人以誠敬的心情，將三千年來中華民族三百多位偉大的思想家、文學家、科學家、藝術家、教育家和政治家的鴻章巨構，經增訂後再度奉呈給讀者們「文章經國之大業，不朽之盛事」、「文者貫道之器也」、「文起八代之衰，道濟天下之溺」——這是經典文學的意義與功能。雖然，曹丕、韓愈和蘇軾等歷代賢哲流芳百世，可是中華民族文化傳承與弘揚的責任，已轉移到我們這代人的身上。

編者

丙申暮春二零一六年五月

編輯計劃人員名表

編輯委員 杜祖貽主編 劉殿爵主編 馮鍾芸 曾志朗 趙 毅 吳宏一

顧　　問 李國章 高 錕 湯國華 趙鎮東 湯偉奇

榮譽顧問 王叔岷 朱光亞 任繼愈 吳大猷 呂叔湘 李 棪 李遠哲 林 庚
季羨林 周策縱 柳存仁 馬 臨 陳 原 陳 槃 張岱年 勞 榦
楊向奎 盧嘉錫 羅慷烈兼編輯顧問 蘇文擢 顧廷龍 饒宗頤

編審委員 王邦雄 王晉江 王榮順 吳秀方 佘汝豐 何文匯 何沛雄 李海績
宋衍申 谷雲義 周敬思 林業強 馬國權 倫熾標 陳方正 陳天機
陳 特 張以仁 陳萬雄 曾永義 黃坤堯 黃啟昌 游銘鈞 詹子慶
鄧仕樑 鄭良樹 黎民頌 劉述先 劉乾先 戴連璋 魏維賢 嚴瑞源

編纂委員 王德忠 王 濤 李 立 何宛英 李德山 呂娜莉 岑練英兼技術顧問

沈鑫添　周奇文　侯占虎　胡從經　孫　晶　張玉春　張在義　陳相春
陳偉樂　曹書傑　景有泉　董蓮池　董鐵松　廖建強　劉莉萱　劉素絢
謝　孟　關志雄　韓格平　羅鳴謙　蘇廷弼兼技術顧問

校　核　招祥麒　凌友詩　龔因心

資料助理　于宗麒　伍文彥　伍詠慈　朱國輝　何世昌　何君雅　吳嘉儀　吳曉琳
李伴培　周松亞　林小燕　唐潔珊　徐曼慧　殷小芸　梁醒標　許彬彬
郭展明　郭詩詠　陳天賜　曾慧絲　黃景星　黃嘉雯　黃錦佳　雷浩妍
劉　梅　歐美儀　蔡文軒　蔡潔然　鄭美恩　鄧穎雯　謝瑞芸　鐘潔愉
關詠賢　嚴志恒　蘇家輝

臨時助理　江力麗　徐敏玲　許一芹　陳燕琼　麥奐南　萬敏莉　鄔嫵妮　趙詠琴
潘偉珊　潘燕妮　蔡雪華　鄧淑儀　蕭苑慈　羅　婷　譚廣鴻

助理編輯　李詩琳　文覺謙　司徒國健　李國良　杜詩穎　郭劍鋒　劉禧鳳
吳玉蘭

凡例

宗旨　本書之編纂，為提高中國語文教育之成效，精選歷代文學佳構一百八十課，以為各級學子誦習之基本教材。

取材　所選課文，上自先秦，下迄晚清，莫非百代之典範，不朽之偉作，而率以善本為據。往昔童蒙所用範本之雅正者，亦多採入。

編次　各體文章，均依時代排列，並按程度之深淺，分為初級、中級、高級三冊。

格式　每篇均按正文、作者、題解及注釋四類編次。作者則著其字號、生卒、爵里、生平、志趣、思想、成就及著述。生卒之年以中華紀元先引，輔以西元，以姜亮夫《歷代人物年里碑傳綜表》為準，間有缺漏不詳者，則據史傳補入或注以待考。題解則著其原文出處、文章旨要、時代背景與文學價值，而力求明確扼要。注釋則凡難解之字句，皆予詮釋，所附注音則漢語拼音、國語注音及粵語拼音三種皆備。

參考　文海浩瀚，義理紛孳，故古典精華正文篇而外，另輯參考篇，仍分初冊、中冊、高冊，以光碟形式依次附於相應卷冊。又本書引用文獻之目錄，附於卷末。

修訂　本書編纂，範圍廣大而時間短促，疏漏固所難免，深望大雅君子，惠予教正，俾能於重修再版時補闕正誤。

目錄

尚書・周書・無逸

周公①曰：「嗚呼！君子所其無逸②。先知稼穡③之艱難，乃④逸；則知小人之依⑤。相⑥小人，厥⑦父母勤勞稼穡，厥子乃⑧不知稼穡之艱難，乃逸。乃諺⑨。既誕⑩，否則侮⑪厥父母，曰：『昔之人⑫無聞知。』」周公曰：「嗚呼！我聞曰：昔在殷王中宗⑬，嚴恭寅畏天命自度⑭，治民祇懼⑮，不敢荒寧⑯。肆中宗之享國七十有五年⑰。其在高宗⑱，時舊⑲勞于外，爰暨小人⑳，作㉑其即位，乃或亮陰㉒，三年不言㉓。其惟不言，言乃雍㉔。不敢荒寧，嘉靖㉕殷邦。至于小大㉖，無時或怨㉗。肆高宗之享國五十有九年。其在祖甲㉘，不義惟王㉙，舊為小人。作其即位，爰知小人之依，能保惠㉚于庶民，不敢侮鰥寡㉛。肆祖甲之享國三十有三年。自時厥後立王，生則逸！生則逸！不知稼穡之艱難，不聞小人之勞，惟耽樂之從㉜。自時厥後，亦罔或克壽㉝，或十年，或七八年，或五六年，或四三年。」周公曰：「嗚呼！厥亦惟我周太王、王季㉞，克自抑畏㉟。文王卑服㊱，即康功田功㊲。徽柔懿恭㊳，懷保㊴小民，惠鮮鰥寡㊵。自朝至于日中昃㊶，不遑暇食㊷，用咸和萬民㊸。文王不敢盤于遊田㊹，以庶邦惟正之共㊺。文王受命惟中身㊻，厥享國五十年。」周公曰：「嗚呼！繼自今嗣王㊼，則其無淫于觀㊽、于逸、于遊、于田，以萬民惟正之供。無皇㊾曰：『今日耽樂。』乃非民攸訓㊿，非天攸若(51)，時人丕則有愆(52)。無若殷王受(53)之迷亂，酗于酒德(54)哉。」周公曰：「嗚呼！我聞曰：『古之人猶胥(55)訓告，胥保惠(56)，胥教誨；民無或胥譸張為幻(57)。』此厥不聽，人乃訓之(58)；乃變亂先王之正刑(59)，至于小大(60)。民否則(61)厥心違怨(62)；否則厥口詛祝(63)。」周公曰：「嗚呼！自殷王中宗及高宗及祖甲，及我周文王，茲四人迪哲(64)。厥或(65)告之曰：『小人怨汝詈汝(66)！』則皇自敬德(67)。厥愆(68)，曰：『朕(69)之愆，允若時⑳。』不啻㉑不敢含怒。此厥不聽，人乃或譸張為幻。曰：『小人怨汝詈汝！』則信之。則若時，不永念厥辟㉒。不綽㉓厥心，亂罰無罪，殺無辜，怨有同㉔，是叢于厥身㉕。」周公曰：「嗚呼！嗣王其監㉖于茲！」

作者

《尚書》原名《書》，是古代最早的文書匯編。尚通上，《尚書》即上古帝王之書，自漢武帝定為儒家五經之一後，又稱《書經》。

《尚書》約成於春秋戰國年間，並非一時一人所編定。全書分為《虞書》、《夏書》、《商書》和《周書》四部分，上自虞舜、下訖秦穆公，以記言為主，相當於後世的詔令和奏議。由於所記都是當時口語，所以文字佶屈聱牙，不易誦讀。

據《漢書・藝文志》所載，《尚書》原有百篇。秦始皇焚書後，流傳下來的，有漢惠帝年間濟南伏生口述的《今文尚書》及武帝末年魯恭王壞孔子故宅所發現的《古文尚書》；前者以西漢文字寫成，後者以蝌蚪文寫成，故有今、古文之稱。東晉元帝時，梅賾上奏自稱有傳自孔安國的《古文尚書》五十八篇，是一部今、古文的合編本。至清人閻若璩著《古文尚書疏證》，才證明梅贖的《古文尚書》多出伏生的二十五篇及書序，係魏晉人所偽造。今所見通行本《尚書》，剔除偽作，凡三十三篇，是學術界公認的可靠材料。

題解

〈無逸〉選自《尚書．周書》，版本據《先秦兩漢古籍逐字索引》。「無」字用作「毋」，「無逸」即不要安享逸樂。它是史官記錄周公對成王的訓誥之詞。周公還政於成王後，恐怕成王貪圖逸樂，荒廢政事，故以「無逸」教之，告誡他不可耽於逸樂，應要效法歷代賢王之勤政愛民。史官將周公的說話記錄下來，是為〈無逸〉。

文章首言「無逸」為治國之本，而以勤勞稼穡及先知稼穡的艱難為具體做法，示意成王施政應立之為大端，然後縷述歷代明君的政績與德行，要成王汲取眾長，借鑑前賢，以成偉業。本篇每節均用「嗚呼」起意，具見周公情辭之懇切，為古史留下了殷實的治道紀錄。

注釋

① 周公：姬姓，名旦。周文王子，武王弟。輔佐武王滅商。武王崩，成王年幼，周公攝政。管叔、蔡叔挾殷後代武庚作亂，周公東征，平定武庚、管叔、蔡叔之叛。他又釐定典章、制度，及營建洛邑以為東都，作為統治中

原的中心，由是天下臻於大治。儒家將他看作聖賢的典範。

② 君子所其無逸：君子，指統治者。所，清代王引之云「語助也」。其，表示勸告語氣。無通毋，禁止之詞。逸，逸樂。

③ 稼穡：稼，種植穀物。穡，收穫穀物。泛指農業生產勞動。

④ 乃：然後。

⑤ 則知小人之依：小人，指普通百姓。依，通隱，痛苦。

⑥ 相：觀察。

⑦ 厥：其。

⑧ 乃：竟然。

⑨ 乃諺：乃，就。諺，同喭，粗魯。

⑩ 誕：荒唐。

⑪ 否則侮：否則，王引之《經傳釋詞》：「漢石經『否』作『不』，『不則』猶於是也。」下「否則」、「丕則」義同。侮，輕慢。

⑫ 昔之人：指上了年紀的人。

⑬ 中宗：即太戊，太庚之子，商代第五世君主。《晏子春秋》稱他為「天下之盛君」。

⑭ 嚴恭寅畏天命自度：嚴，外貌莊重。寅，內心恭敬。畏，內心敬服。度，衡量。度音鐸。

⑮ 祗懼：敬懼。指恭敬小心。祗音支。

⑯ 荒寧：怠惰自安。

⑰ 肆中宗之享國七十有五年：肆，故、所以。享國，指在帝位。有，通又，用於整數與零數之間。

⑱ 高宗：商王武丁，為商第十一世賢主，商王小乙之子。

⑲ 時舊勞于外：時，指未即王位之時。舊，久。

⑳ 爰暨小人：爰，於是。暨，與。與普通百姓一同工作。
㉑ 作：及、等到。
㉒ 乃或亮陰：或，有。亮陰，天子居喪之稱。陰音庵。
㉓ 不言：指不輕言。
㉔ 其惟不言，言乃雍：雍，和諧順理。他不說則已，一說就和諧順理。
㉕ 嘉靖：嘉，善。靖，安。很好地安定。
㉖ 小大：小，指年青。大，指年老。
㉗ 無時或怨：無，同「莫」，沒有誰。時，是。或，副詞，表示程度極輕微，或只起加強語氣的作用。沒有誰對他稍稍有怨言。
㉘ 祖甲：殷高宗武丁之子帝甲，祖庚之弟。祖庚死，即位為王。
㉙ 不義惟王：認為他父親讓他代兄為王不義。
㉚ 保惠：保，安。惠，愛。
㉛ 鰥寡：鰥，老而無妻者。寡，老而無夫者。鰥寡在這裏泛指孤苦無依之人。鰥音關。
㉜ 惟耽樂之從：即「惟從耽樂」，因為「耽樂」是提前賓語，所以用「之」字為複指詞。惟，副詞，表示對行為範圍的限定，意同「只」。耽樂，沈湎於享樂。從，追求。
㉝ 亦罔或克壽：罔，無。或，有。克，能。壽，長壽。
㉞ 太王、王季：周文王祖父為太王，父為王季。
㉟ 克自抑畏：抑，指謙虛謹慎。畏，敬畏天命。
㊱ 卑服：賤服，即平民之服。一說指卑賤的工作。
㊲ 即康功田功：即，從事。康，四通八達之路。功，指所從事的工作。康功，各家解釋不同，或指平整道路的工作，或指建造房屋，或指山澤善地。舊注則認為康功是安民之功。田功，耕種田地的工作。

㊳ 徽柔懿恭：徽、懿，皆解作美善。柔，仁柔。懿音意。
㊴ 懷保：指安撫。
㊵ 惠鮮鰥寡：惠，愛。鮮，同斯，此，《漢石經》作「于」。句謂愛護孤苦無依之人。
㊶ 自朝至于日中昃：日中，中午。昃，太陽西斜之時。昃音則。
㊷ 不遑暇食：遑、暇同義，均指空閒。謂沒有空閒時間吃飯。
㊸ 用咸和萬民：用，以。咸，通諴，和睦。指以此種辛勞態度治理國家，使萬民和睦。
㊹ 文王不敢盤于遊田：盤，樂，指沈湎。遊，遊樂。田，打獵，這一意義後來寫作「畋」。
㊺ 以庶邦惟正之共：《國語．楚語》引「正」作「政」，「共」作「恭」。謂各國進獻的賦稅，只是用來恭謹地辦理政事。
㊻ 中身：中年。
㊼ 繼自今嗣王：意為繼此今後即位的君王。
㊽ 則其無淫于觀：無，用作毋，不要。淫，過度、沈湎。觀，臺榭。觀音灌。
㊾ 無皇：皇，通況，《漢石經》作兄。一說此處之「皇」通遑。意為不要自我暇。
㊿ 乃非民攸訓：乃，就。攸，所。訓，通順。意為就不是萬民所順從。
(51) 若：順。
(52) 時人丕則有愆：時，通是，這。丕則，於是。愆，過錯。
(53) 殷王受：即殷王紂，帝乙子，名辛。才力過人，手格猛獸，好酒淫樂。嬖妲己，厚賦斂，百姓怨望，諸侯多叛。周武王率師伐之，紂兵敗，走鹿臺，赴火死。在位三十三年，國亡。受，後來作「紂」。
(54) 酗于酒德：有嗜酒無度的稟性。酗音于高去聲或許。
(55) 胥：互相。胥音須。
(56) 保惠：保，安。惠，愛。指愛護。

㊼ 譸張為幻：譸張，欺誑。幻，詐惑。譸音周。
㊽ 此厥不聽，人乃訓之：此厥，此其。兩個指示代詞連用，有強調作用。就是說要是不聽從上面訓誥的話，臣下都會順從上意去做。
㊾ 正刑：正，政，政治。刑，刑法。
㊿ 小大：指大大小小各方面。
61 否則：於是。
62 違怨：反抗、怨恨，清代王念孫云：「違亦怨也。」
63 詛祝：祝，通咒。詛咒。詛音佐。
64 茲四人迪哲：茲，此。迪，蹈行、實行。哲，指聖明。迪哲，蹈行聖明之道。
65 厥或：厥，其，用作連詞，表示假設，意為如果。或，有的人。
66 小人怨汝詈汝：汝，你。詈，罵。詈音吏。
67 皇自敬德：皇，《漢石經》作「兄」，即況字。，有益義。皇自敬德，謂更加謹慎自己的德行。
68 厥愆：若果是他們的過錯。
69 朕：我。
70 允若時：允，確實。時，通是，這樣。
71 不啻：不但。啻音次。
72 不永念厥辟：永，長。辟，法。
73 綽：寬。
74 怨有同：民心同怨。
75 是叢于厥身：叢，聚集。厥身，其身，即你的身。
76 監：鑑誡。

禮記・大學・明德章 節錄

大學之道在明明德①，在新民②，在止於至善③。知止而后有定，定而后能靜④，靜而后能安，安而后能慮，慮而后能得⑤。物有本末，事有終始，知所先後，則近道矣。古之欲明明德於天下⑥者先治其國⑦；欲治其國者先齊其家；欲齊其家者先脩其身⑧；欲脩其身者先正其心；欲正其心者先誠其意；欲誠其意者先致其知⑨；致知在格物⑩。物格而后知至，知至而后意誠，意誠而后心正，心正而后身脩，身脩而后家齊，家齊而后國治，國治而后天下平。

作者

《禮記》見初冊第四課〈檀弓・孔子過泰山側〉

題解

〈大學．明德章〉節選自《先秦兩漢古籍逐字索引》。〈大學〉本是《禮記》篇名，唐以前沒有單行本，至北宋司馬光著〈中庸大學廣義〉一卷，才與〈中庸〉（亦《禮記》篇名）並稱。其後理學家程顥、程頤續加研討，至南宋朱熹，將〈大學〉、〈中庸〉配以《論語》和《孟子》二書，合成《四書》，而成為讀書人必讀的課文。

大學，古讀太學。古時學子十五歲入太學，學習修己成德、齊家治國的道理。據朱熹所說，本章是曾子記述孔子之言，屬於〈大學〉篇「經」的部份。文中先提出明明德、新民、止於至善三個治國綱領；接着舉出格物、致知、誠意、正心、脩身、齊家、治國、平天下八條目，說明要治理好國家，治國者必須具備崇高的道德修養。

注釋

① 大學之道在明明德：大學，大人之學，指治理國家的學問。道，理。大學之道，謂從事「大學」教育的主要目的。明，彰明、弘揚。明德，指天賦靈明之德。

② 新民：謂引導百姓革舊圖新。新，一作親。

③ 止於至善：達到而停止在極善的境地。

④ 定而后能靜：定，決定方向之點。「而后」猶「然後」。靜，謂不動。

⑤ 得：謂有所得。

⑥ 欲明明德於天下：謂想在社會弘揚大學教育所強調的「明德」。

⑦ 治其國：管理國家。「治國」之「治」讀平聲，下同。「國治」之「治」則仍讀去聲。治音持。

⑧ 脩其身：脩通修。修養其本身。

⑨ 致其知：推究其知識。謂把知識應用在各種事物上。

⑩ 格物：一般接受朱熹的說法，解作窮究事物的道理，但朱子並未舉出「格」字此意義在古漢語中的根據。今案「格」字見《尚書．堯典》：「光被四表，格于上下。」《中庸》：「君子之道，造端乎夫婦，及其至也，察乎天地。」「察乎天地」結構與「格于上下」相同，「格」字意義，似與「察」字相彷彿。若然，則或可助成朱子「窮究」之說歟？

論語　五則

八佾第三

定公①問：「君使臣，臣事君②，如之何？」孔子對曰：「君使臣以禮，臣事君以忠。」

里仁第四

子曰：「參③乎！吾道一以貫④之。」曾子曰：「唯⑤。」

子出，門人問曰：「何謂也？」曾子曰：「夫子之道，忠恕⑥而已矣。」

雍也第六

子貢⑦曰：「如有博施於民而能濟眾，何如？可謂仁乎？」子曰：「何事於仁⑧！必也聖乎⑨！堯、舜其猶病諸⑩！夫仁者，己欲立而立人，己欲達而達人。能近取譬⑪，可謂仁之方⑫也已。」

憲問第十四

子曰：「愛之，能勿勞乎？忠焉，能勿誨乎⑬？」

憲問第十四 又

或曰：「『以德報怨⑭』，何如？」子曰：「何以報德？『以直報怨，以德報德。』」

作者

《論語》見初冊第五課〈論語五則〉

題解

本課選自《論語》，版本據《先秦兩漢古籍逐字索引》。此五則分別為〈八佾〉第十九章，〈里仁〉第十五章，〈雍也〉第三十章，〈憲問〉第七章和第三十四章。

從內容上說，〈八佾〉選章言君臣相處之道，〈里仁〉選章言孔子忠恕之道，〈雍也〉選章言求仁之道，〈憲問〉選章第七則言上下交往之道，第三十四章則論報怨與報德之道。

注釋

① 定公：名宋，昭公弟，繼昭公為魯君，在位十五年。定是謚號。

② 君使臣，臣事君：使，差遣做事。事，服事。使、事是同一關係的兩面，君差遣臣叫做「使」，臣服事君叫做「事」。

③ 參：與驂通，曾子名。曾子為孔子學生，名參，字子輿，南武城人，少孔子四十六歲。參㊉cān㊢ㄘㄢ㊫tsam[1]音驂。

④ 貫：貫串。

⑤ 唯：應答聲。唯 漢wěi國ㄨㄟˇ粵wai² 音委。

⑥ 忠恕：忠，替人辦事盡全力。恕，以己度人。《尸子》：「恕者、以身為度者也。」

⑦ 子貢：孔子學生，姓端木，名賜，字子貢，宪人，小孔子三十一歲。

⑧ 何事於仁：不再是仁不仁的問題。

⑨ 必也聖乎：（一定要我說的話，）他算得上是個聖人了。

⑩ 堯、舜其猶病諸：堯、舜，傳說的兩位上古聖王，也是孔子所崇拜的人。句謂連堯舜恐怕也要自愧未能完全做到。

⑪ 能近取譬：能夠近取諸身，拿自己作譬喻去了解他人。

⑫ 方：方法。

⑬ 愛之，能勿勞乎？忠焉，能勿誨乎：此章說，你如果愛一個人，能夠不讓他勞動麼？你如果盡力替一個人設想，能夠不訓誨他麼？「誨」字在《論語》中指師長對學生、子弟的個別教誨。由此可見，「忠」的對象可能是下位的人或晚輩，並不如後世所指的只限於下位對上位、晚輩對長輩的德性。

⑭ 以德報怨：怨，怨懟。用恩惠來報答別人對你的怨懟。《老子・六十三章》也有「報怨以德」的說話。

論語 一則

先進第十一

子路、曾晳、冉有、公西華侍坐①。

子曰：「以吾一日長乎爾，毋吾以也②。居③則曰：『不吾知也④！』如或知爾⑤，則何以哉⑥？」

子路率爾而對⑦曰：「千乘之國⑧，攝⑨乎大國之間，加之以師旅⑩，因之以饑饉⑪；由也為之⑫，比及⑬三年，可使有勇，且知方⑭也。」

夫子哂⑮之。

「求！爾何如？」

對曰：「方六七十，如五六十⑯，求也為之，比及三年，可使足民⑰。如其⑱禮樂，以俟⑲君子。」

「赤！爾何如？」

對曰：「非曰能之⑳，願學焉。宗廟之事㉑，如會同㉒，端章甫㉓，願為小相㉔焉。」

「點！爾何如？」

鼓瑟希㉕，鏗爾㉖，舍瑟而作㉗，對曰：「異乎三子者之撰㉘。」

子曰：「何傷乎㉙？亦各言其志也。」

曰：「莫春㉚者，春服既成，冠者㉛五六人，童子六七人，浴乎沂㉜，風乎舞雩㉝，詠而歸。」

夫子喟然㉞歎曰：「吾與㉟點也！」三子者出，曾皙後。曾皙曰：「夫三子者之言何如？」

子曰：「亦各言其志也已矣。」

曰：「夫子何哂由也？」

曰：「為國以禮，其言不讓㊱，是故哂之。」

「唯求則非邦也與㊲？」

「安見方六七十如五六十而非邦也者？」

「唯赤則非邦也與？」

「宗廟會同，非諸侯而何？赤也為之小，孰能為之大㊳？」

作者

《論語》見初冊第五課〈論語五則〉

題解

本課節選自《論語‧先進》第二十六章，版本據《先秦兩漢古籍逐字索引》。內容記述孔子與子路、曾皙、冉有及公西華討論志趣問題。四人的志趣不同，可見孔門弟子中，既有好高騖遠的，亦有誠樸務實的，而孔子則兼容並蓄，因才施教，依學生不同的能力和興趣，給他們適當的啟迪。

注釋

① 子路、曾晳、冉有、公西華侍坐：子路，姓仲，名由，字子路，卞人，少孔子九歲。曾晳，名點，曾參父親。冉有，名求，少孔子二十九歲。公西華，名赤，少孔子四十二歲。四人皆孔子弟子。侍坐，在尊長近旁陪坐。

② 以吾一日長乎爾，毋吾以也：孔子的意思是說，我雖年紀比你們稍為大些，但你們不要因為這樣不敢暢談自己之志願。

③ 居：指平日。

④ 不吾知也：知，認識。當權者對我沒有認識。

⑤ 如或知爾：如，假如。或，有人。爾，你。

⑥ 則何以哉：爾，用。那麼你們用甚麼辦法去治理國家呢？

⑦ 率爾而對：爾，助詞。率爾，輕率不假思索的樣子。對，回答尊者問話。

⑧ 千乘之國：乘，指配有一定數量兵士的兵車。千乘之國，指擁有一千輛兵車的國家。有這樣兵力的國家在孔子的時代只算中等國家。

⑨ 攝：夾。

⑩ 加之以師旅：師旅，軍隊。受到他國軍隊的侵略。

⑪ 因之以饑饉：因之，等於說「繼之」。饑，穀不熟。饉，菜不熟。二者連用泛指荒年。本句說接着又讓它遭受饑荒。饉㊮jǐn㊭ㄐㄧㄣˇ㊣gən^{2}音謹。

⑫ 由也為之：也，句中語氣詞，表示前面的「由」字是人名。為之，治理它。

⑬ 比及：等到了。

⑭ 方：方向。朱熹解作向義，即遵守禮義。

⑮ 哂：微笑。哂 (漢)shěn(國)ㄕㄣˇ(粵)tsɐn^{2} 音診。

⑯ 方六七十，如五六十：方六七十，見方六七十里。如，與。一說解作或。

⑰ 可使足民：使國家人口充足。案：「可使足民」，如作使人民富足解，則「民」字是「使」字的賓語，但原文「可使足民」只能解作「使國家在人民方充足」，民字只是用來補足「足」字的意義，不能看作「使」字的賓語。

⑱ 如其：如，若、至於。其，它（國家）的。

⑲ 俟：等待。俟 (漢)sì(國)ㄙˋ(粵)dzi^{6} 音自。

⑳ 非曰能之：不敢說能夠做到。

㉑ 宗廟之事：諸侯祭祀祖先之事。

㉒ 如會同：如，與。會，指諸侯盟會。同，指諸侯共同朝見天子。

㉓ 端章甫：端，古人以整幅布做的禮服，又叫玄端，這裏指穿上這種禮服。章甫，一種禮帽。這裏指戴這種禮帽。

㉔ 相：在祭祀或會盟時，主持贊禮和司儀的人。

㉕ 鼓瑟希：鼓，彈奏。希，稀。句謂彈奏瑟的聲音逐漸放慢、疏落。

㉖ 鏗爾：鏗，象聲詞。鏗的一聲。鏗 (漢)kēng(國)ㄎㄥ(粵)hɐŋ^{1} 音亨。

㉗ 舍瑟而作：舍，捨的古字，這裏指放下。作，起來。

㉘ 異乎三子者之撰：撰，借作選。句謂我與他們三個人所選擇的不一樣。

㉙ 何傷乎：又有甚麼關係呢？

㉚ 莫春：莫，暮的古字。莫春，指三月。

㉛ 冠者：成年人。古時男子長到二十歲舉行加冠禮，表示已經成人。

㉜ 沂：水名，在今山東曲阜南。沂 (漢)yí(國)ㄧˊ(粵)ji^4 音夷。

㉝ 風乎舞雩：風，吹風，即乘涼。舞雩，古時求雨的祭台。風乎舞雩，謂於舞雩之處乘涼。風 feng 音諷。雩 (漢)yú(國)ㄩˊ(粵)jy^4 音如。

㉞ 喟然：長歎的樣子。

㉟ 與：贊成。與 (漢)yù(國)ㄩˋ(粵)jy^4 音預。

㊱ 讓：謙讓。

㊲ 唯求則非邦也與：唯，句首語氣詞。與，表示疑問的句末語氣詞。意思是說，難道冉有說的就不是治國的大事了嗎？

㊳ 赤也為之小，孰能為之大：如赤做得小，那麼又有誰做得大呢？

孟子 二則

論四端

孟子曰：「人皆有不忍人之心①。先王有不忍人之心，斯有不忍人之政矣②。以不忍人之心，行不忍人之政，治天下可運之掌上③。所以謂人皆有不忍人之心者，今人乍見孺子將入於井④，皆有怵惕惻隱之心⑤，非所以內交於孺子之父母也⑥，非所以要譽於鄉黨朋友也⑦，非惡其聲而然也⑧。由是觀之，無惻隱之心，非人也；無羞惡之心，非人也；無辭讓之心，非人也；無是非之心，非人也。惻隱之心，仁之端⑨也；羞惡之心，義之端也；辭讓之心，禮之端也；是非之心，智之端也。人之有是⑩四端也，猶其有四體⑪也。有是四端而自謂不能[12]者，自賊[13]者也；謂其君不能者，賊其君者也。凡有四端於我者[14]，知皆擴而充之矣，若火之始然[15]，泉之始達[16]。苟能[17]充之，足以保四海[18]；苟不充之，不足以事[19]父母。」

論知言養氣

公孫丑[20]問曰：「夫子加齊之卿相[21]，得行道[22]焉，雖由此、霸王不異矣[23]。如此，則動心[24]否乎？」

孟子曰：「否；我四十不動心[25]。」

曰：「若是，則夫子過孟賁遠矣[26]。」

曰：「是不難，告子先我不動心[27]。」

曰：「不動心有道[28]乎？」

曰：「有。北宮黝之養勇也[29]；不膚橈[30]，不目逃[31]，思以一豪挫[32]於人，若撻之於市朝㉝；不受於褐博㉞，亦不受於萬乘之君；視刺萬乘之君，若刺褐夫；無嚴㉟諸侯，惡聲㊱至，必反㊲之。孟施舍之所養勇也㊳，曰：『視不勝猶勝也；量敵而後進㊴，慮勝而後會㊵，是畏三軍者㊶也。舍豈能為必勝哉？能無懼而已矣。』孟施舍似曾子㊷，北宮黝似子夏㊸。夫二子之勇，未知其孰賢㊹，然而孟施舍守約㊺也。昔者曾子謂子襄㊻曰：『子好勇乎？吾嘗聞大勇於夫子㊼矣：自反而不縮㊽，雖褐博，吾必惴㊾焉；自反而縮，雖千萬人，吾往矣。』孟施舍之守氣，又不如曾子之守約也。」

曰：「敢問夫子之不動心與告子之不動心，可得聞與㊿？」

「告子曰：『不得於言，勿求於心[51]；不得於心，勿求於氣[52]。』不得於心，勿求於氣，可；不得於言，勿求於心，不可。夫志、氣之帥也[53]，氣、體之充[54]也。夫志至焉，氣次焉[55]；故曰：『持其志，無暴[56]其氣。』」

「既曰：『志至焉，氣次焉。』又曰：『持其志、無暴其氣』者何也？」

曰：「志壹[57]則動氣，氣壹則動志也，今夫蹶者趨者，是氣也，而反動其心[58]。」

「敢問夫子惡乎長[59]？」

曰：「我知言[60]，我善養吾浩然[61]之氣。」

「敢問何謂浩然之氣？」

曰：「難言也。其為氣也，至大至剛，以直養而無害[62]，則塞[63]于天地之間。其為氣也，配義與道[64]；無是[65]，餒[66]也。是集義所生者，非義襲而取之也[67]。行有不慊於心[68]，則餒矣。我故曰：告子未嘗知義，以其外之也[69]。必有事焉[70]，而勿正心[71]，勿忘，勿助長也[72]。無若宋人然[73]：宋人有閔其苗之不長而揠之者[74]，芒芒然[75]歸，謂其人[76]曰：『今日病[77]矣！予助苗長矣！』其子趨而往視之，苗則槁矣[78]。天下之不助苗長者寡矣。以為無益而舍之者，不耘苗[79]者也；助之長者，揠苗者也，非徒[80]無益，而又害之。」

「何謂知言？」

曰：「詖辭知其所蔽[81]，淫辭知其所陷[82]，邪辭知其所離[83]，遁辭知其所窮⑧④。生於其心，害於其政⑧⑤；發⑧⑥於其政，害於其事⑧⑦。聖人復起⑧⑧，必從⑧⑨吾言矣。」

作者

《孟子》見初冊第六課〈孟子二則〉

題解

本課分別選自《孟子・公孫丑上》第六章和第二章（節錄），版本據《先秦兩漢古籍逐字索引》，現題為編者所加。

〈論四端〉中的四端，指惻隱、羞惡、辭讓、是非四種人類向善的本能。孟子以此四端作為「性善說」的基礎。由此發展，可體現仁、義、禮、智四種德性。儒家所謂「仁政」，便是以四端為基本。

〈論知言養氣〉先寫「動心與否」的問題。孟子表示自己四十歲後便能做到不動心，雖然孔子已有「四十而不惑」的講法，但並沒有具體說明不惑的理據，而孟子則能詳述其要點。他先把勇者不動心的表現作為事例，分析他們不動心的程度和優劣，再談到自己在這方面的經驗。其後便把話題轉到「我知言，我善養吾浩然之氣」上，並詳細解釋二者的涵義。

注釋

① 不忍人之心：忍，看見別人受苦而無動於中。不忍人之心，即不忍別人受苦之心，亦即後面所說的「惻隱之心」。

② 斯有不忍人之政矣：斯，則、就。不忍人之政，不忍別人受苦的政治。

③ 治天下可運之掌上：治理天下就像把天下放在手掌上玩弄一樣容易。

④ 乍見孺子將入於井：乍，驟然。孺子，小孩兒。入於井，掉進井裏。

⑤ 怵惕惻隱之心：怵惕，驚懼、受驚貌。惻隱，哀痛、憐憫。怵惕 漢 chù tì 國 ㄔㄨˋ ㄊㄧˋ 粵 dzoet^{7} tik^{7} 音卒剔。

⑥ 非所以內交於孺子之父母也：內，同納，結。內交，結交。句謂這並不是要借此跟孩子父母攀交情。內 漢 nà 國 ㄋㄚˋ 粵 nap^{9} 音納。

⑦ 非所以要譽於鄉黨朋友也：要，同邀、博取。鄉黨，周制以五百家為黨，一萬二千五百家為鄉，後用「鄉黨」泛指鄉里。此句謂並不是要借此在鄉里朋友中博取名聲。要 漢 yāo 國 ㄧㄠ 粵 jiu^{1} 音腰。

⑧ 非惡其聲而然也：不是因為討厭小孩的哭聲才這樣做。

⑨ 仁之端：端，開端、發端。這裏謂仁的發端。

⑩ 是：此、這。

⑪ 四體：指四肢。

⑫ 自謂不能：認為自己不行。

⑬ 自賊：賊，害也。自賊，謂自暴自棄。
⑭ 凡有四端於我者：句謂凡是自擁有仁、義、禮、智四種善端的人。
⑮ 若火之始然：然，燃的古字。句謂就像火剛剛燃燒起來，將會燒得越來越猛烈。
⑯ 泉之始達：達，通。就像泉水剛剛噴湧出來，將變得越來越充沛。
⑰ 苟能：假如能夠。
⑱ 足以保四海：保，安定。四海，指天下。
⑲ 事：侍奉、贍養。
⑳ 公孫丑：孟子弟子，齊人。
㉑ 夫子加齊之卿相：夫子，對男子或老師的敬稱，在此指孟子。句謂孟子如果地位淩駕齊國卿相之上。
㉒ 道：學說、主張。
㉓ 霸王不異矣：霸王，成就霸業或王業。不異，不足為怪。
㉔ 動心：指不能堅定心志，有所疑惑而動搖。
㉕ 我四十不動心：孟子說自己到了四十歲便已經常無動於衷。
㉖ 則夫子過孟賁遠矣：過，勝過。孟賁，戰國時勇士。《史記・范睢蔡澤列傳》裴駰集解引許慎說：「孟賁，宪人。」一說為齊人。賁（漢）bēn（國）ㄅㄣ（粵）ben1 音奔。
㉗ 告子先我不動心：告子，姓告，名不害，戰國人。先我，在我之前，即比我早。此句為孟子語。
㉘ 有道：有方法。
㉙ 北宮黝之養勇也：北宮黝，人名，姓北宮，名黝。事跡不可考。養勇，培養勇氣。黝（漢）yǒu（國）ㄧㄡˇ（粵）jɐu2 音柚。
㉚ 膚橈：膚，顏色，此指臉上表情。橈，同撓，屈服。臉上出現屈服的表情。橈（漢）náo（國）ㄋㄠˊ（粵）nau4 音撓。
㉛ 不目逃：不迴避別人的對視。
㉜ 思以一豪挫於人：豪，同毫。一豪，一根毫毛，比喻一點點。挫，指受折辱。

㉝ 若撻之於市朝：撻，鞭打。市朝，市場或朝廷，這裏指市場，即公開場合。連上句指北宮黝認為受別人一點點屈辱，就好像在大庭廣眾挨了鞭打一樣。撻 ㊂tà㊀ㄊㄚˋ㊁tat^{8} 音躂。

㉞ 不受於褐博：不受，指不接受屈辱。褐，粗布衣服。博，指衣服大。褐博，指穿着大粗布衣服，地位低微的人。褐 ㊂hè㊀ㄏㄜˋ㊁hɔt^{8} 音渴。

㉟ 無嚴諸侯：無，不。嚴，畏懼。

㊱ 惡聲：指罵人的粗俗話，或不禮貌的說話。

㊲ 反：報復。

㊳ 孟施舍之所養勇也：孟施舍，人名，趙岐注云：「孟姓，舍名，施發音也。」閻若璩則以為孟施乃複姓。所養勇，用以修養勇氣的方法。這句話，和今天所說的「孟施舍在養勇上」差不多。

㊴ 量敵而後進：意即估量敵軍少於己方後才前進。

㊵ 會：交鋒。

㊶ 畏三軍者：三軍，周代大國設有三軍，這裏泛指大國的軍隊。畏三軍者，即指害怕強大敵人的人。

㊷ 孟施舍似曾子：曾子，姓曾，名參，字子輿，孔子弟子。孟施舍養勇的方法類似曾子。曾子重「反求諸己」。孟子認為孟施舍培養勇氣的方法重反求諸己。

㊸ 北宮黝似子夏：子夏，姓卜，名商，字子夏，孔子弟子，篤信孔子主張，能擇善固執。句謂北宮黝養勇的方法類似子夏。

㊹ 夫二子之勇，未知其孰賢：夫二子，這兩個人，指孟施舍和北宮黝二人。孰，誰。賢，勝、強。

㊺ 守約：守，保守，保持。約，猶言原則。能按原則處事，謂之守約。

㊻ 子襄：曾子的弟子。襄 ㊂xiāng㊀ㄒㄧㄤ㊁sœŋ^{1} 音商。

㊼ 夫子：指孔子。

㊽ 自反而不縮：自反，反躬自問。縮，指理直。

㊾ 惴：恐懼也。惴 漢zhuì國ㄓㄨㄟˋ粵dzœy^3 音醉。

㊿ 可得聞與：可以聽你的解說嗎？

(51) 不得於言，勿求於心：在語言上得不到領會，就不向心裏尋找。

(52) 不得於心，勿求於氣：在心上得不到領會，就不向氣尋找。

(53) 夫志、氣之帥也：志，意志、志向。帥，統帥、主導。

(54) 體之充：充滿體內。

(55) 志至焉，氣次焉：志到達一個地方，氣就在那裏駐紮。

(56) 暴：濫用。

(57) 壹：專一。一說通「曀」，滯礙、不通暢。

(58) 今夫蹶者趨者，是氣也，而反動其心：蹶，跌撞而行。趨，快走。人走得急而跌跌撞撞，這是氣的問題，但反而動其心。蹶 漢jué國ㄐㄩㄝˊ粵kyt^8 音決。

(59) 惡乎長：惡，何。長處在哪一方面？

(60) 知言：指了解別人的話為甚麼這樣說。

(61) 浩然：盛大的樣子。

(62) 以直養而無害：直，正直。用正直來培養而又不加以妨礙。

(63) 塞：充滿。

(64) 配義與道：用義與道配合起來。

(65) 無是：缺乏這些（指義與道）。

(66) 餒：餓，就是說缺乏營養。

(67) 是集義所生者，非義襲而取之也：集，集合。襲，趁敵不備而突然攻擊。這種氣是由於集合義而產生的，不是由義襲擊得來的。

(68) 行有不慊於心：慊，滿足、快意。所作所為有虧於心。慊(漢)qiè(國)ㄑㄧㄝˋ(粵)hip8音怯。

(69) 以其外之也：以，因為。外之，把義看成是外在的。告子之說，見《孟子・告子上》第四章。

(70) 事焉：焉，此。從事於此，指從事於養氣。

(71) 勿正心：勿止其養氣之心，「正」與「止」古通假。一說「勿正心」句，「正心」乃「忘字」誤分為二。

(72) 勿助長也：指不要以違背規律的方式強行助它生長。

(73) 無若宋人然：不要像宋人那樣。文中以揠苗助長的宋人，比喻像告子那樣不行仁義而急求事功之人。

(74) 宋人有閔其苗之不長而揠之者：閔，亦作憫，可憐。揠，拔。閔(漢)mǐn(國)ㄇㄧㄣˇ(粵)man5音敏。揠(漢)yà(國)ㄧㄚˋ(粵)at8音壓。

(75) 芒芒然：疲勞的樣子。

(76) 其人：指他家裏的人。

(77) 病：疲倦。

(78) 苗則槁矣：苗則已經枯槁了。槁(漢)gǎo(國)ㄍㄠˇ(粵)gou2音稿。

(79) 不耘苗：耘，除草。不為禾苗除草。

(80) 非徒：不但。

(81) 詖辭知其所蔽：詖辭，偏頗的言論。所蔽，受遮蔽的地方。詖(漢)bì(國)ㄅㄧˋ(粵)bei3或bei1音庇或悲。

(82) 辭知其所陷：辭，過分的言論。所陷，失誤之處。

(83) 邪辭知其所離：邪辭，偏離正道的言論。所離，在哪兒背離了正道。

(84) 遁辭知其所窮：遁辭，遮遮掩掩的言論。所窮，理屈之所在。遁(漢)dùn(國)ㄉㄨㄣˋ(粵)dɵn6音頓。

(85) 生於其心，害於其政：這些言辭如果是從心底產生出來，就會危害政治。

(86) 發：指言論得以實施。

(87) 事：指國家大事。

⑱ 復起：再度出現。

⑲ 從：贊同。

老子　九章

第一章

道可道①，非恒道②。名可名③，非恒名。無名、天地之始④，有名、萬物之母⑤。故恒無欲，以觀其妙⑥。恒有欲，以觀其徼⑦。此兩者同出而異名⑧。同謂之玄⑨。玄之又玄，眾妙之門⑩。

第七章

天長地久，天地所以能長且久者，以其不自生⑪，故能長生。是以聖人後其身而身先，外其身而身存⑫。非以其無私耶？故能成其私⑬。

第十八章

大道廢⑭，安⑮有仁義。智慧出⑯，安有大偽⑰。六親不和，安有孝慈⑱。邦⑲家昏亂，安有忠臣。

第二十二章

曲則全⑳，枉㉑則直；窪則盈㉒，弊㉓則新。少則得㉔，多則惑㉕。是以聖人抱一以為天下式㉖。不自見，故明㉗。不自是，故彰㉘。不自伐，故有功㉙。不自矜，故長㉚。夫唯不爭㉛，故天下莫㉜能與之爭。古之所謂曲則全者，豈虛言哉？誠全而歸之㉝。

第三十三章

知人者智㉞，自知者明㉟。勝人者有力㊱，自勝者強㊲。知足者富，強行者有志㊳；不失其所者久㊴，死而不亡者壽㊵。

第三十六章

將欲歙之㊶，必固張之㊷；將欲弱之，必固強之；將欲廢㊸之，必固興㊹之。將欲奪之，必固與㊺之；是謂微明㊻。柔弱勝剛強。魚不可脱於淵，邦之利器，不可以示人㊼。

第七十四章

若民恒且不畏死，奈何以死懼之㊽？若使民恒畏死，而為奇者，吾將得執而殺之，夫孰敢矣㊾？若民恒且必畏死，則恒有司殺者殺㊿，夫代司殺者殺，是謂代大匠斲51也。夫代大匠斲者，則希52有不傷其手矣。

第八十章

小邦寡民53，使有什伯之器而不用54。使民重死，而不遠徙55，雖有舟輿56，無所乘之57。雖有甲兵58，無所陳之。使民復結繩而用之59。甘其食60，美其服61，安其居62，樂其俗63。鄰邦相望，雞犬之聲相聞，民至老死不相往來。

第八十一章

信言不美⑭，美言不信。善者不辯⑮，辯者不善，知者不博⑯，博者不知。聖人不積⑰，既以為人⑱己愈有，既以與人己愈多。故天之道、利而不害⑲，聖人之道、為而弗爭⑳。

作者

老子，既是作者名，也是書名。《老子》一書又名《道德經》，是先秦道家的主要典籍。關於《老子》的作者與成書年代，眾說紛紜，有以為是老子遺說，或係周太史儋作，至今仍無定論。從文章的思想和風格看，《老子》約成於春秋後期至戰國末年之間。

關於老子，據《史記・老子韓非列傳》，是楚國苦縣厲鄉曲仁里（今河南鹿邑東）人，姓李，名耳，字耼，曾當過周守藏室史。孔子適周，曾問禮於老子。其學以自隱無名為務，著書上下篇五千餘言，其後莫知其所終。據先秦典籍《莊子》、《韓非子》、《呂氏春秋》等書 關於老子的描述，在春秋末期，比孔子稍早或同時，可能有老子其人。

《老子》一書共八十一章，上篇是《道經》，下篇是《德經》。其主要思想是清靜無為、復返自然，這種哲學對漢初黃老思想和六朝玄學都有深遠的影響。重要注本有魏王弼的《老子注》及漢河上公的《老子章句》。

題解

本課選錄《老子》書中九章，版本據《先秦兩漢古籍逐字索引》。此九章分別為第一章、第七章、第十八章、第二十二章、第三十三章、第三十六章、第七十四章、第八十章及第八十一章。

《老子》第一章提出了老子哲學的幾個基本範疇：道、恒道、名、恒名、無名、有名、萬物等，並以簡括的語言對其內容作了規定，闡明它們之間的邏輯關係，勾勒出老子世界觀的一個輪廓。歷來研究老子的學者大都認為此章是全書的綱領。

《老子》第七章藉對天地聖人的歌頌說明無為、以退為進的好處。

《老子》第十八章對仁義、孝慈等道德規範的產生，以及欺詐現象和忠臣的出現作了言簡意賅的析述，指出這都是社會發展到某一階段才產生出來的。

《老子》第二十二章闡述了事物對立的雙方互相依存、互相轉化的關係，說明要使事業終能成全，有時須使自己處於曲枉之處。全章語言簡練，則、故、夫、唯等關聯詞語的運用，大大增強了本文的表現力。

《老子》第三十三章對與人生有關的幾個概念作了規定，言語簡約，含義深遠。如「自知者明」、「自勝者強」等語，今天仍常為人所引用。

《老子》第三十六章闡述了物盛則衰、「柔弱勝剛強」等哲理。

《老子》第七十四章對統治者以暴力鎮壓百姓提出批評，這在當時固然有其積極的社會意義，即使在今天，仍然可以作為當政者的借鑑。其中「若民恒且不畏死，奈何以死懼之」這句話，更具深意。

《老子》第八十章闡述了「小國寡民」的政治思想。

第八十一章是通行本《老子》的最後一章。章中列舉了一些格言式警句。

注釋

① 道可道：道，第一個「道」是名詞，一種哲學範疇。第二個「道」是動詞，意為言說、稱道。

② 恒道：永恒之道。恒，「恆」之異體字。今本「恒」作「常」者，蓋避漢文帝（劉恒）諱改。今據馬王堆帛書本《老子》改正。

③ 名可名：名，第一個「名」是名詞，即名稱。第二個「名」是動詞，呼叫其名。

④ 無名、天地之始：無名，指道。道是天地的開始。

⑤ 有名、萬物之母：有名，也指道。道是萬物的母親。奚侗《老子集解》云：「無名有名皆謂道，天地之始，未立道名，……既有名矣，則道生一，一生二，二生三，三生萬物，道固萬物之母也。」

⑥ 故恒無欲，以觀其妙：故，所以。妙，微妙。此句帛書《老子》甲、乙本「欲」後均有「也」字。意思是說經常從無欲的角度出發，來觀察道始萬物的微妙。

⑦ 恒有欲，以觀其徼：徼，通邀，謂要求、求取。此句帛書《老子》甲、乙本「欲」後亦均有「也」字。意思是說經常從有欲的角度出發，來觀察道成萬物的要求。徼 ㊉漢yāo ㊉國ㄧㄠ ㊉粵jiu1 音邀。

⑧ 此兩者同出而異名：此兩者，指「無名」和「有名」。同出而異名，同所自出而名不同。

⑨ 同謂之玄：指「無欲」和「有欲」同稱之曰玄妙。

⑩ 眾妙之門：是眾玄妙所從出的門戶。

⑪ 以其不自生：以，因為。其，指天地。因為天地的生命不是自己賦予的。一說解不自私其生。

⑫ 是以聖人後其身而身先，外其身而身存：後，使退居。外，使外。是說聖人把自己退居後面，反而能超越在眾人前面；把自身置之度外，反而令自身得以保存。

⑬ 非以其無私耶？故能成其私：這難道不是因為他無私嗎？所以最後能成全他的私心。

⑭ 大道廢：在《老子》中，「大道」是宇宙的最高原則。廢，廢置一旁。

⑮ 安：於是，下同。通行本沒「安」字。

⑯ 出：產生。

⑰ 偽：欺騙、詐誑。

⑱ 六親不和，安有孝慈：六親，指父子、兄弟、夫婦。孝慈，在這裏偏指孝。

⑲ 邦：今本「邦」作「國」者，是避漢高祖（劉邦）諱改。今據馬王堆帛書本《老子》改正，下同。

⑳ 曲則全：曲，委曲。則，才、就。委曲反而能自全。

㉑ 枉：彎曲。

㉒ 窪則盈：窪，低陷。盈，平滿。窪 ㊥wā㊞ㄨㄚ㊤wa^1 音蛙。

㉓ 弊：同敝。破舊。

㉔ 少則得：少求反而有所得。

㉕ 多則惑：惑，不知孰是孰非。多求反而不知何所適從。

㉖ 是以聖人抱一以為天下式：是以，因此。抱，抱緊。一，即「道」，指事物最基本的原理。為，作為。式，法式、模範。因此聖人緊緊抱着「一」（即「道」），把它用作天下的模範。

㉗ 不自見，故明：見，同現，不自見，不顯示自己。故，所以。明，昭然可見。見 ㊥xiàn㊞ㄒㄧㄢˋ㊤jin^6 音現。

㉘ 不自是，故彰：不自是，不自以為是。彰，彰明、顯著。

㉙ 不自伐，故有功：伐，誇耀。功，功績、功勞。

㉚ 不自矜，故長：矜，誇大。長，長久。

㉛ 夫唯不爭：夫，發語詞。唯，就是。就是因為不爭。

㉜ 莫：否定性不定指代詞，謂沒有誰。

㉝ 誠全而歸之：誠，確實。之，代指能曲者。確實能至死保全自己。

㉞ 知人者智：能徹底了解別人的叫作智。

㉟ 自知者明：能徹底了解自己的叫作明。

㊱ 勝人者有力：能克服別人的叫作有力。

㊲ 自勝者強：能克服自己的叫作強。

㊳ 強行者有志：強，勉強。勉強力行的叫作有志。強 ㊥qiǎng㊞ㄑㄧㄤˇ㊤kœŋ^5 音襁。

㊴ 不失其所者久：不失去自己所安的處所叫作久。

㊵ 死而不亡者壽：死了仍不為人所遺忘的叫作長壽。

㊶ 歙之：使之收斂。歙 ㊥xí㊞ㄒㄧˊ㊤kɐp^7 音吸。

㊷ 必固張之：必固，就得。下「固」同。張，擴張。
㊸ 廢：使廢敗。帛書《老子》甲、乙本均作「去」。
㊹ 興：興盛。帛書《老子》甲、乙本均作「與」。
㊺ 與：給予。帛書《老子》甲、乙本均作「予」。
㊻ 微明：謂能見微。
㊼ 邦之利器，不可以示人：「利器」一詞，究老子的學者歷來解釋不一，或釋為賞罰，或釋為權柄，或釋為柔弱。是說治國的利器不可洩露。
㊽ 奈何以死懼之：奈何，為甚麼還以死懼之，用死來威嚇他們。
㊾ 若使民恒畏死，而為奇者，吾將得執而殺之，夫孰敢矣：若使，假使，兩個假設連詞連用。奇，指詭異亂羣。執，捉住。孰，誰。這句話意思是說，假使老百姓經常怕死，對犯上作亂的人，我們只須抓住他把他殺掉，誰還敢犯上作亂呢？
㊿ 恒有司殺者殺：恒，指依照常例。司，主掌。照例要由掌殺者主宰殺。
51 大匠斲：匠，木匠。斲，砍削。斲㊉zhuó㊉ㄓㄨㄛˊ㊉dœk[8]音琢。
52 希：少。
53 小邦寡民：小，使小。寡，使少。
54 使有什伯之器而不用：什伯之器，馬王堆帛書甲、乙本「什伯」並作「十百人」，則「什伯」亦應作「十百人」解。不用，不被使用。
55 使民重死，而不遠徙：重死，把死看得重。遠徙，遷移到遠方去。
56 輿：車子。
57 無所乘之：沒有乘坐的用處。下「無所陳之」亦謂無陳列的用處。
58 甲兵：鎧甲、兵器。

⑲ 使民復結繩而用之：結繩，相傳在文字產生之前用來記事的方法。之，指結繩。是說使人回復打繩結來記事。
⑳ 甘其食：以其食為甘。使他們認為自己的飲食香甜。
㉑ 美其服：以其服為美。使他們認為自己的衣服美好。
㉒ 安其居：以其居為安。使他們認為自己的住所安適。
㉓ 樂其俗：以其俗為樂。使他們喜歡自己的風俗習慣。
㉔ 信言不美：信，信實。美，好聽。
㉕ 善者不辯：善者，品德好的人。辯，巧妙辯説。
㉖ 知者不博：知，通智。知者，有智慧的人。博，廣博。
㉗ 聖人不積：聖人，指道家的聖人。不積，不積聚財物。
㉘ 既以為人：既，盡。以，用。為，施。即把財物盡數送給別人。
㉙ 故天之道、利而不害：利，利於萬物。天道利物而不害物。
㉚ 聖人之道、為而弗爭：為，施、施於人，即幫助人。弗，與「不」不同，不必標明賓語「之」。聖人之道施惠於人而不與人相爭。

莊子 二篇

逍遙遊節錄

北冥①有魚，其名為鯤②。鯤之大，不知其幾千里也；化而為鳥，其名為鵬③。鵬之背，不知其幾千里也；怒④而飛，其翼若垂天之雲⑤。是鳥也，海運⑥則將徙於南冥；南冥者，天池⑦也。《齊諧》者，志怪⑧者也。《諧》之言曰：「鵬之徙於南冥也，水擊三千里⑨，摶扶搖而上者九萬里⑩，去以六月息者也⑪。」野馬也，塵埃也，生物之以息相吹也⑫。天之蒼蒼，其正色邪？其遠而無所至極邪⑬？其視下也，亦若是則已矣⑭。且夫水之積也不厚，則負⑮大舟也無力。覆杯水於坳堂之上，則芥為之舟⑯，置杯焉則膠，水淺而舟大也⑰。風之積也不厚，則其負大翼也無力。故九萬里則風斯在下矣，而後乃今培風⑱；背負青天而莫之夭閼者，而後乃今將圖南⑲。蜩與學鳩笑之⑳曰：「我決㉑起而飛，搶榆枋㉒，時則不至，而控於地而已矣㉓；奚以之九萬里而南為㉔！」適莽蒼者，三飡而反，腹猶果然㉕；適百里者，宿舂糧㉖；適千里者，三月聚糧。之二蟲㉗，又何知！小知不及大知㉘，小年㉙不及大年。奚以知其然也？朝菌不知晦朔㉚，蟪蛄㉛不知春秋，此小年也。楚之南有冥靈㉜者，以五百歲為春，五百歲為秋㉝；上古有大椿㉞者，以八千歲為春，八千歲為秋，而彭祖乃今以久特聞㉟，眾人匹之㊱，不亦悲乎？

湯之問棘㊲也是已：「窮髮之北㊳有冥海者，天池也。有魚焉，其廣㊴數千里，未有知其脩㊵者，其名為鯤。有鳥焉，其名為鵬，背若泰山㊶，翼若垂天之雲；摶扶搖羊角㊷而上者九萬里，絕雲氣㊸，負青天，然後圖南，且適南冥也。斥鴳㊹笑之曰：『彼且奚適也㊺？我騰躍而上，不過數仞㊻而下，翱翔蓬蒿之間，此亦飛之至㊼也。而彼且奚適也？』」此小大之辯㊽也。

故夫知效一官，行比一鄉，德合一君，而徵一國者，其自視也亦若此矣㊾。而宋榮子猶然笑之㊿。且舉世而譽之而不加勸，舉世而非之而不加沮(51)，定乎內外之分，辯乎榮辱之竟(52)，斯已矣；彼其於世，未數數然也(53)。雖然(54)，猶有未樹也(55)。夫列子御風而行(56)，泠然善也(57)，旬有五日而後反(58)；彼於致福(59)者，未數數然也。此雖免乎行，猶有所待(60)者也。若夫乘天地之正，而御六氣之辯，以遊無窮者(61)，彼且惡乎待哉(62)！故曰：至人無己，神人無功，聖人無名(63)。

秋水節錄

秋水時(64)至，百川灌河(65)。涇流之大，兩涘渚崖之間，不辯牛馬(66)。於是焉，河伯(67)欣然自喜，以天下之美為盡在己(68)。順流而東行，至於北海；東面而視，不見水端(69)。於是焉，河伯始旋其面目(70)，望洋向若而歎曰㉑：「野語㉒有之曰：『聞道百，以為莫己若㉓者』，我之謂也㉔。且夫我嘗聞，少仲尼之聞，而輕伯夷之義者㉕，始吾弗信。今我睹子之難窮也㉖，吾非至於子之門，則殆㉗矣。吾長見笑於大方之家㉘。」北海若曰：「井鼃不可以語於海者，拘於虛也㉙；夏蟲不可以語於冰者，篤於時也㊀；曲士不可以語於道者，束於教也㊁。今爾出於崖涘，觀於大海，乃知爾醜㊂，爾將可與語大理㊃矣。天下之水，莫大於海，萬川歸之，不知何時止，而不盈㊄；尾閭泄之，不知何時已，而不虛㊅；春秋不變，水旱不知㊆。此其過江河之流，不可為量數㊇。而吾未嘗以此自多㊈者，自以比形於天地而受氣於陰陽㊉，吾在於天地之間，猶小石小木之在大山也，方存乎見少㊿又奚㊾以自多！計四海之在天地之間也，不似礨空㊼之在大澤乎？計中國之在海內，不似稊米之在太倉乎㊽？號物之數謂之萬，人處一焉㊾；人卒九州㊿，穀食之所生，舟車之所通，人處一焉㊿，此其比萬物也，不似豪末之在㊿於馬體乎？五帝之所連，三王之所爭，仁人之所憂，任士之所勞，盡此矣[98]伯夷辭之以為名[99]仲尼語之以為博[100]，此其自多也，不似爾向之自多於水乎[101]？」

作者

《莊子》見中冊第四課〈養生主〉

題解

本課節錄了〈逍遙遊〉及〈秋水〉兩篇，分別節錄自《南華真經》卷一和卷六。〈逍遙遊〉屬《莊子》內篇，一作〈消搖游〉。逍遙，是放達不拘、怡適自得之意；遊，指行事處世。無論在思想或風格上，〈逍遙遊〉都是《莊子》一書的代表作。文中運用了大量的寓言與譬喻，對「有待」與「無待」作解釋和比較。有待，指世間萬物之活動皆有所依賴和憑藉；無待，則是能順應自然，而不受外在因素所局限。莊子認為只要做到「無待」，即達致「無己」、「無功」、「無名」的境界，方得逍遙。

〈秋水〉，屬於《莊子》外篇。主要是就事物的相對性而立言，說明萬物是齊一的，因此人們不應刻意比較高下，如能謹守自己的「天性」，便可得到最大的快樂和自由。從此觀點看，一切執着和爭端均變得毫無意義。文中以北海若譏議河伯「向之自多」一事來說明這個道理。

注釋

① 北冥：冥，通溟，即海。北冥，即北海。下文之南冥即南海。
② 鯤：傳說中的大魚。鯤 (漢)kūn (國)ㄎㄨㄣ (粵)kwen^1 音昆。
③ 鵬：古鳳字，大鳥名。
④ 怒：通努，奮力。
⑤ 其翼若垂天之雲：司馬彪云：「若雲垂天旁。」形容鳥翼之大。
⑥ 海運：大風吹，使海動。
⑦ 天池：天，天然。自然形成，非人所作的池。
⑧ 志怪：記載怪異之事。
⑨ 水擊三千里：以翼拍擊海水，使之激起三千里。
⑩ 摶扶搖而上者九萬里：摶，旋也。扶搖，旋風，一名飆。句謂回旋上飛，纏繞着旋風，一直達到九萬里高空。
摶 (漢)tuán (國)ㄊㄨㄢˊ (粵)tyn^4 音團。
⑪ 去以六月息者也：大鵬自此飛去，經過六個月才暫時歇息下來。
⑫ 野馬也，塵埃也，生物之以息相吹也：野馬，游氣蒸騰如野馬，故名。息，氣息。蒸騰的游氣，飄動的塵埃，

是生物用氣息相吹拂的結果。

⑬ 天之蒼蒼，其正色邪？其遠而無所至極邪：從下向上看，天色蒼蒼，是它本身的顏色呢？還是由於高遠而無窮盡所致呢？

⑭ 其視下也，亦若是則已矣：其，大鵬。大鵬向下看，也不過如此而已。意即看不清下界的面貌。

⑮ 負：背起、負載。

⑯ 覆杯水於坳堂之上，則芥為之舟：覆，顛覆。坳，凹陷、低窪。芥，小草。如果將一杯水倒在堂上低窪處，那麼一根小草便可作為那水上的船。坳 ㊗ào 或 āo㊂ㄠˋ或ㄠ㊉au^{3} 或 au^{1} 音拗或拗陰平聲。

⑰ 置杯焉則膠，水淺而舟大也：膠，黏住，指不能動。舟，這裏比喻杯子。承接上文謂如果放上一隻杯，就會黏在地上，此乃水淺而船大的緣故。

⑱ 而後乃今培風：乃今，即如今。而後乃今，即今日而後。培，通憑、乘。

⑲ 背負青天而莫之夭閼者，而後乃今將圖南：夭閼，阻隘。莫之夭閼，即沒有甚麼阻礙它。圖南，計劃往南飛。鵬鳥體大，只有上至九萬里高空，其下才有厚實的風可憑借，然後超越阻礙向南飛。閼 ㊗è㊂ㄜˋ㊉at^{8} 音壓。

⑳ 蜩與學鳩笑之：蜩，蟬。學鳩，小鳥名。之，指鵬。蜩 ㊗tiáo㊂ㄊㄧㄠˊ㊉tiu^{4} 音條。鳩 ㊗jiū㊂ㄐㄧㄡ ㊉kau^{1} 或 gau^{1} 音溝或狗，陰平聲。

㉑ 決：迅速的樣子。

㉒ 搶榆枋：搶，突過。榆，榆樹。枋，檀樹。枋 ㊗fāng㊂ㄔㄨㄣ㊉tsœn^{1} 音方。

㉓ 時則不至，而控於地而已矣：時，有時。不至，達不到那樣的高度。控，投、落。

㉔ 奚以之九萬里而南為：奚以，何用。哪裏用得着飛到九萬里高空再向南方飛呢？

㉕ 適莽蒼者，三飡而反，腹猶果然：適，往。莽蒼，郊野之色，這裏指近郊。飡，同餐。三飡，三餐飯，指一日。反，古返字。果然，飽足的樣子。

㉖ 適百里者，宿舂糧：宿，前一夜。舂，用杵在臼中擣米，除去米殼。糧，旅途中用的乾糧。句謂去百里以外的

人，前一晚就舂米準備乾糧。舂 ㊥chōng ㊐ㄔㄨㄥ ㊦dzuŋ1 音忠。

㉗ 之二蟲：之，此。二蟲，指蜩和學鳩。

㉘ 小知不及大知：知，通智，智慧。及，如、追得上。

㉙ 年：壽命。

㉚ 朝菌不知晦朔：晦，一個月的最後一日。朔，一個月的頭一日。一種稱朝菌的蟲，只活一天便死，所以晦日生的朝菌沒有機會見到朔日。

㉛ 蟪蛄：寒蟬，春生而夏死，或夏生而秋死。蟪蛄 ㊥huì gū ㊐ㄏㄨㄟˋ ㄍㄨ ㊦wai6 gu1 音惠姑。

㉜ 冥靈：大樹名。一說為靈龜，皆可通。

㉝ 以五百歲為春，五百歲為秋：此言冥靈壽長，以五百年當作春，五百年當作秋。即人間一千年始相當於冥靈的一年。

㉞ 大椿：椿樹，一種喬木。椿 ㊥chūn ㊐ㄔㄨㄣ ㊦tsœn1 音春。

㉟ 而彭祖乃今以久特聞：彭祖，傳說中長壽的人。以久特聞，特別以長壽聞名於世。

㊱ 眾人匹之：眾人，一般人。匹，匹敵、比較。一般人以彭祖和自己作比較。

㊲ 湯之問棘：湯，商湯。棘，湯時的賢大夫。棘 ㊥jí ㊐ㄐㄧˊ ㊦gik7 音激。

㊳ 窮髮之北：髮，指草木。窮髮，猶言沒有草木的地方。窮髮之北，傳說中北方不毛之地。

㊴ 廣：寬度。

㊵ 脩：長。

㊶ 泰山：大山。一說即今山東泰山。

㊷ 羊角：形容旋風猶如羊角，曲而上行。

㊸ 絕雲氣：雲氣絕瀕。

㊹ 斥鴳：小雀。鴳 ㊥yàn ㊐ㄧㄢˋ ㊦an6 音晏。

㊺ 彼且奚適也：彼，它，指鵬鳥。且奚適，將要往哪裏去。

㊻ 仞：八尺為一仞。一說七尺為一仞。

㊼ 飛之至：飛翔的最高境界。

㊽ 辯：通辨，區別。

㊾ 故夫知效一官，行比一鄉，德合一君，而徵一國者，其自視也亦若此矣：知，通智。效，功效，這裏作勝任解。比，清代吳汝綸云：「比，猶庇也。」君，通郡。而，通能，指才具。徵，信。句謂那些智慧可以勝任一官之職，品行能夠蔭庇一鄉，道德能統一一郡，才具能見信於一國的人，他們自鳴得意，其實也不過像只能在蓬蒿中周旋的小雀一樣。這四種人，莊子認為皆屬淺薄之人。

㊿ 宋榮子猶然笑之：宋榮子，即戰國思想家宋，宋國人，其學說近於墨家。猶然，微笑自得的樣子。

(51) 舉世而譽之而不加勸，舉世而非之而不加沮：舉世，整個社會。之，指宋榮子。加勸，更加、勉勵。非，非難。沮，沮喪。

(52) 定乎內外之分，辯乎榮辱之竟：定，確定。內，指內心修養。外，外物，指稱譽和非難之類。分，分際。辯，通辨。竟，界限。承上兩句，謂宋榮子不被稱譽和非難所左右，對榮譽是非都有自己的分寸。

(53) 彼其於世，未數數然也：彼，指宋榮子。數數，猶汲汲，急切的樣子。句謂宋榮子對於社會，沒有急切地追求甚麼。數 ㊥shuò國ㄕㄨㄛˋ粵sɔk^{8} 音朔。

(54) 雖然：雖則如此。

(55) 猶有未樹也：猶，尚且。有未樹，有甚麼未建樹的。指修養還沒有達到逍遙的境地。

(56) 列子御風而行：列子，名御寇，鄭國人。御，乘。相傳列子曾習法術，能乘風而行。

(57) 泠然善也：泠然，輕盈的樣子。善，巧妙。泠 ㊥líng國ㄌㄧㄥˊ粵liŋ^{4} 音零。

(58) 旬有五日而後反：旬，十日為旬。有，又。旬有五日，即十五天。反，古返字。

(59) 致福：求福。

(60) 待：依賴、借助。

(61) 乘天地之正，而御六氣之辯，以遊無窮者：乘、御，駕馭、順應。天地，指天下萬物。正，指自然之性。六氣，指陰、陽、風、雨、晦、明。辯，通變，變化。無窮，指無限的時間與空間。

(62) 彼且惡乎待哉：惡，何，甚麼。他還借助甚麼呢？意即無待。這一反詰句是對大鵬培風而飛、列子御風而行的否定。無待而遊於無窮，是莊子追求的最高境界。惡 (漢)wū(國)ㄨ(粵)wu^{1} 音烏。

(63) 至人無己，神人無功，聖人無名：至人、神人、聖人，均指修養最高的人。無己，意即忘我，物我不分。無功，無意於事功。無名，無意於稱譽。能做到無己、無功、無名，便是無待的境地。

(64) 時：按時令。

(65) 灌河：灌，流入。河，指黃河。

(66) 涇流之大，兩涘渚崖之間，不辯牛馬：涇，有直之意。涇流，向下貫通的水流。涘、崖，同指岸。渚，水中小塊陸地。兩涘渚崖之間，即兩岸與水中小島之間。辯，通辨。不辯牛馬，是說因水面闊，故分辨不清對岸的是牛是馬。涘 (漢)sì(國)ㄙˋ(粵)dzi^{6} 音自。

(67) 河伯：河神，傳說姓馮名夷。

(68) 以天下之美為盡在己：以為天下之美匯集於己身。

(69) 端：盡頭。

(70) 旋其面目：旋，旋轉。轉過頭來。

(71) 望洋向若而歎曰：晉朝崔譔曰：「望洋，猶望羊，仰視貌。」若，海神名，即下文的北海若。

(72) 野語：俗語。

(73) 聞道百，以為莫己若：道百，道理眾多。莫己若，即莫若己，沒有誰比得上自己。

(74) 我之謂也：即謂我也。指的就是我。

(75) 少仲尼之聞，而輕伯夷之義者：少，小看。仲尼，即孔子，名丘，字仲尼。聞，指學識淵博。輕，輕視。伯夷，殷代孤竹國國君之長子。伯夷與其弟叔齊以武王伐紂為不義，於是不食周粟而餓死於首陽山，後人都推崇他們的節義操守。

⑯ 今我睹子之難窮也：子，指海神。難窮，難以窮盡。

⑰ 殆：危。

⑱ 吾長見笑於大方之家：長，久。見笑，被譏笑。大方之家，指明曉大道之人。

⑲ 井鼃不可以語於海者，拘於虛也：鼃，同蛙。語於海，談及大海。拘，拘束、局限。虛，同墟，指井蛙所居之處。一說通處。

⑳ 夏蟲不可以語於冰者，篤於時也：夏蟲，只生存在夏天的昆蟲，遇天寒則死去。篤，固、局限。

㉑ 曲士不可以語於道者，束於教也：曲士，〈天下〉篇謂之「一曲之士」，指見聞局限於一隅的人。束，拘束。教，指所受教化。

㉒ 醜：固陋。

㉓ 大理：大道理。

㉔ 不知何時止，而不盈：止，指川水停止歸往。不盈，永不盈滿。

㉕ 尾閭泄之，不知何時已，而不虛：尾閭，傳說中大海的排泄口。已，止。虛，空。閭〔漢〕lǘ〔國〕ㄌㄩˊ〔粵〕lœy^{4}音雷。

㉖ 春秋不變，水旱不知：不知，不覺，意即不受影響。二句謂春秋代序，海未嘗為之變化；水災旱災出現，海亦不受影響。

㉗ 此其過江河之流，不可為量數：過，超出。量數，即以量計算。這是因為海水超出江河的水量，是無可計算的。

㉘ 自多：自以為了不起。

㉙ 自以比形於天地而受氣於陰陽：以，認為。比形，猶「寄形」，謂寄托形體。受，稟承。陰陽，指天地間化生萬物的二氣。

⑩ 方存乎見少：方，正在。存，存察，省察。見少，顯得渺小。

⑪ 奚：何。

⑫ 礨空：礨，通磊，眾石。空，孔。眾石間的小孔，一說蟻穴。礨 ㊅lěi㊄ㄌㄟˇ㊆lœy⁵ 音呂。

⑬ 計中國之在海內，不似稊米之在太倉乎：中國，指古代我國中原地域。稊米，小的米粒。太倉，古代京師儲谷的大倉。此喻極渺小。稊 ㊅tí㊄ㄊㄧˊ㊆tɐi⁴ 音題。

⑭ 號物之數謂之萬，人處一焉：號，稱。稱物類的數量多時說成「萬物」，而人類只佔其一。人處一焉，是以人類對萬物而言。

⑮ 人卒九州：卒，司馬彪云：「卒，眾也。」人卒，是《莊子》書中習用語，泛指人眾。人聚處於九州。

⑯ 穀食之所生，舟車之所通，人處一焉：所生，所生長的地方。所通，所通行的地方。人處一焉，是以人類對九州而言。

⑰ 豪末：豪，通毫，動物身上細毛。毫毛之末，喻其極細微。

⑱ 五帝之所連，三王之所爭，仁人之所憂，任士之所勞，盡此矣：五帝，相傳為黃帝、顓頊、帝嚳、帝堯、帝舜。所連，所繼承的。三王，夏禹之子啟、商湯及周武王。所爭，所爭奪的。任士，以治理天下為己任的人。勞，操勞。盡此，不超出這個範圍。

⑲ 伯夷辭之以為名：辭，辭讓、推卻。伯夷與其弟曾互相推讓國君之位，並因此而相攜逃跑。之，代天下。以為名，取得名聲。

⑳ 仲尼語之以為博：語，談論。博，顯得博學。

㉑ 不似爾向之自多於水乎：爾，你。向，通嚮，先前、剛才。意謂不就像你剛才河水漲滿時洋洋得意，自以為了不起的樣子嗎？

墨子・兼愛上

聖人以治天下為事者也，必知亂之所自起①，焉②能治之；不知亂之所自起，則不能治。譬之如醫之攻③人之疾者然，必知疾之所自起，焉能攻之；不知疾之所自起，則弗④能攻。治亂者何獨不然，必知亂之所自起，焉能治之；不知亂之所自起，則弗能治。

聖人以治天下為事者也，不可不察亂之所自起。當⑤察亂何自起？起不相愛。臣子之不孝君父，所謂亂也。子自愛不愛父，故虧⑥父而自利；弟自愛不愛兄，故虧兄而自利；臣自愛不愛君，故虧君而自利。此所謂亂也。雖父之不慈子⑦，兄之不慈弟，君之不慈臣，此亦天下之所謂亂也。父自愛也，不愛子，故虧子而自利；兄自愛也，不愛弟，故虧弟而自利；君自愛也，不愛臣，故虧臣而自利。是何也？皆起不相愛。雖至⑧天下之為盜賊者，亦然。盜愛其室⑨，不愛異室，故竊異室以利其室；賊愛其身，不愛人，故賊人以利其身⑩。此何也？皆起不相愛。雖至大夫之相亂家、諸侯之相攻國者，亦然。大夫各愛其家，不愛異家，故亂異家以利其家；諸侯各愛其國，不愛異國，故攻異國以利其國。天下之亂物⑪，具此而已矣⑫。

察此何自起？皆起不相愛。若使天下兼相愛，愛人若愛其身，猶有不孝者乎？視父兄與君若其身，惡施不孝⑬？猶有不慈者乎？視弟子與臣若其身，惡施不慈？故不慈不孝亡有⑭。猶有盜賊乎？故視人之室若其室，誰竊？視人身若其身，誰賊⑮？故盜賊有亡⑯。猶有大夫之相亂家、諸侯之相攻國者乎？視人家若其家，誰亂？視人國若其國，誰攻？故大夫之相亂家、諸侯之相攻國者有亡。若使天下兼相愛，國與國不相攻，家與家不相亂，盜賊無有，君臣父子皆能孝慈，若此則天下治。

故聖人以治天下為事者，惡得不禁惡⑰而勸愛？故天下兼相愛則治，交相惡⑱則亂。故子墨子曰不可以不勸愛人者，此也。

作者

《墨子》是記錄思想家墨翟及其弟子言行的一部著作。題為「宋墨翟撰」，估計乃墨家弟子及後人所輯述，並非自著。

墨翟生於周貞定王元年，卒於周安王二十六年（西元前四六八——前三七六）。戰國宋人，墨家學派的創始人。據《漢書・藝文志》載，原書共七十一篇，今存五十三篇，分十五卷。其中〈尚賢〉、〈尚同〉、〈兼愛〉、〈非攻〉、〈節用〉、〈節葬〉、〈天志〉、〈明鬼〉、〈非樂〉、〈非命〉諸篇為墨家思想的主要文字，使墨家之言成為一重要學派，與儒家並稱顯學。

在先秦諸子的散文中，《墨子》文章的理論性最強，具說服力。其文雖不重文采，卻開論辯文的先河。通行本有清孫詒讓的《墨子閒詁》。

題解

本篇選自《墨子閒詁》卷四，內容探討天下相亂之源與治亂之方。墨子認為，天下之亂，「起不相愛」，因而提出治亂之方，「故聖人以治天下為事者，惡得不禁惡而勸愛」。最後歸結於「天下兼相愛則治，交相惡則亂」。總之，墨子所提倡的「兼愛」，正與儒家的「推恩」相對立。

注釋

① 自起：始起、由起。
② 焉：乃、才。
③ 攻：治。
④ 弗：作不字用時省賓語「之」。
⑤ 當：讀若嘗，同聲假借字，「試」的意思。
⑥ 虧：損害。
⑦ 雖父之不慈子：雖，即使。慈，愛（專指長輩或在上位者對晚輩或下屬而言）。即使父不愛護其子。
⑧ 雖至：至字原闕。
⑨ 室：家。
⑩ 賊愛其身，不愛人，故賊人以利其身：賊，前者用作名詞，謂盜賊；後者用作動詞，謂殘害。一說兩「人」字後疑當補「身」字。
⑪ 亂物：亂事。
⑫ 具此而已矣：謂全數盡在此。
⑬ 惡施不孝：惡，在甚麼地方。施，行。對君父手足還會在甚麼地方作出不孝的行為呢？惡 (漢)wū (國)ㄨ (粵)wu^{1} 音烏。

⑭ 亡：通無。

⑮ 誰賊：誰殘害人？

⑯ 亡有：一說當作「有亡」，音義同「又無」。

⑰ 惡：惡事，指互相仇恨攻伐之事。

⑱ 惡：憎惡。惡 ㊥漢wù ㊥國ㄨˋ ㊥粵wu^3 音烏，陰去聲。

韓非子・五蠹①　節錄

上古之世②，人民少而禽獸眾，人民不勝③禽獸蟲蛇；有聖人作④，構木為巢⑤以避羣害，而民悅之，使王⑥天下，號曰有巢氏。民食果蓏蜯蛤⑦，腥臊惡臭⑧而傷害腹胃，民多疾病；有聖人作，鑽燧取火，以化⑨腥臊，而民說⑩之，使王天下，號之曰燧人氏。中古之世⑪，天下大水，而鯀、禹決瀆⑫。近古之世⑬，桀、紂暴亂，而湯、武征伐。今有構木鑽燧於夏后氏⑭之世者，必為鯀、禹笑矣；有決瀆於殷、周之世者，必為湯、武笑矣。然則今有美⑮堯、舜、湯、武、禹之道於當今之世者，必為新聖⑯笑矣。是以聖人不期脩古⑰，不法常可⑱，論世之事⑲，因為之備⑳。宋人有耕者，田中有株㉑，兔走觸株，折頸而死；因釋其耒㉒而守株，冀復得兔，兔不可復得，而身為宋國笑。今欲以先王之政，治當世之民，皆守株之類也。

古者丈夫㉓不耕，草木之實足食也；婦人不織，禽獸之皮足衣㉔也。不事力而養足㉕，人民少而財有餘，故民不爭。是以厚賞不行，重罰不用，而民自治㉖。今人有五子不為多，子又有五子，大父㉗未死而有二十五孫。是以人民眾而貨財寡，事力勞而供養薄，故民爭；雖倍賞累罰㉘而不免於亂。

堯之王天下也，茅茨不翦㉙，采椽不斲㉚；糲粢之食㉛，藜藿之羹㉜；冬日麑裘㉝，夏日葛衣㉞：雖監門之服養㉟，不虧於此矣。禹之王天下也，身執耒臿，以為民先㊱；股無胈㊲，脛不生毛㊳：雖臣虜㊴之勞不苦於此矣。以是言之，夫古之讓天子者，是去監門之養而離臣虜之勞也，古傳天下而不足多㊵也。今之縣令，一日身死，子孫累世絜駕㊶，故人重之。是以人之於讓也，輕辭古之天子，難去㊷今之縣令者，薄厚之實異也㊸。夫山居而谷汲者㊹，膢臘㊺而相遺以水；澤居苦水者，買庸而決竇㊻。故饑歲㊼之春，幼弟不饟㊽；穰歲㊾之秋，疏客必食㊿。非疏骨肉，愛過客也，多少51之實異也。是以古之易52財，非仁也，財多也；今之爭奪，非鄙53也，財寡也。輕辭天子，非高也，勢薄[54]也；爭土橐[55]，非下也，權重也。故聖人議多少、論薄厚為之政[56]。故罰薄不為慈，誅嚴不為戾[57]，稱俗[58]而行也。故事因於世[59]，而備適於事[60]。

作者

韓非子見初冊第二課〈古代傳說〉二則

題解

本文節選自《韓非子集解》卷十九，是韓非論帝王治術的代表作之一。蠹，即蛀蟲。五蠹，比喻危害社會的五類人：儒家的學者、縱橫家的言談者、墨家支派遊俠的帶劍者、患御者和商工之民。在〈五蠹〉中，作者對這些人分別作出強烈的批評。

本節錄部份則主要從時代的變遷，說明法治的重要。韓非先從歷史進化觀立論，反對儒家法先王、講仁義，指出治國方法應隨社會的發展而改變，所謂「事因於世，而備適於事」。全文反復申說，條理分明，設喻精到。

注釋

① 五蠹：蠹，即蛀蟲。蠹 ㊉漢dù 國ㄉㄨˋ 粵dou^{3} 音到。

② 上古之世：本文中的「上古」、「中古」、「近古」是韓非對古代歷史的劃分。「上古」相當於原始社會的原始群居時期。

③ 勝：應付。勝 漢shēng 國ㄕㄥ 粵siŋ^{1} 音升。

④ 作：出現。

⑤ 搆木為巢：搆，同構，交錯架起。用樹枝搭成像鳥巢一樣的住處。

⑥ 王：此處作動詞用，指統治。王 漢wàng 國ㄨㄤˋ 粵wɔŋ^{6} 音旺。

⑦ 果蓏蜯蛤：果蓏，木本植物的果實叫果，草本植物的果實叫蓏。這裏泛指野生果實。蜯，通蚌。蛤，蛤蜊，一種軟體有殼動物，似蚌而較圓。蓏 漢luǒ 國ㄌㄨㄛˇ 粵lɔ^{2} 音裸。蜯 漢bàng 國ㄅㄤˋ 粵pɔŋ^{5} 音旁，陽上聲。蛤 漢gé 國ㄍㄜˊ 粵gɐp^{8} 音急，中入聲。

⑧ 惡臭：臭，氣味。此字先秦時並不偏指臭味。惡臭，難聞的氣味。

⑨ 鑽燧取火以化：燧，取火木器，以鑽子鑽之即生火。鑽燧，遠古時代的一種取火方法，用鑽子鑽木，因磨擦生熱而爆出火星。化，化除。

⑩ 說：通悅，喜歡。

⑪ 中古之世：相當於原始社會的氏族公社時期。

⑫ 鯀、禹決瀆：鯀，傳說是禹的父親，夏后氏的部落首領。曾奉堯的命令治水，九年未成，被舜殺死。禹繼父業，疏通河道，導流入海，終於治水成功。決，開掘，疏通水道。瀆，入海的河流。古代以長江、黃河、淮河、濟水為「四瀆」。鯀 漢gǔn 國ㄍㄨㄣˇ 粵gwɐn^{2} 音滾。瀆 漢dú 國ㄉㄨˊ 粵duk^{9} 音讀。

⑬ 近古之世：相當於奴隸制社會時期。

⑭ 夏后氏：夏朝。后，君主。禹建立夏朝後，人們稱他為夏后氏。

⑮ 美：讚美。

⑯ 新聖：新興起的聖人。韓非子心目中的聖人，是通達時務的智者。

⑰ 不期脩古：期，期望、要求。脩古，修行先王的古道。「脩」一作「循」。

⑱ 不法常可：法，效法。常可，（儒家認為）永久適用的辦法。

⑲ 論世之事：論，衡量，世之事，當世之事。

⑳ 因為之備：因，依據，按照實際情況。為，這裏作動詞用。之，代「世之事」，指社會上的政事。備，名詞，應備的措施。句謂依據實際情況給社會制定應備的措施。

㉑ 株：露在地面上的樹根、樹幹或樹樁。

㉒ 釋其耒：釋，放下。耒，古代翻土農具。耒 漢lěi 國ㄌㄟˇ 粵lɔi^{6} 或 lœy^{6} 音睞或淚。

㉓ 丈夫：指男子。

㉔ 衣：穿着。衣 yì 音意。

㉕ 不事力而養足：事力，從事勞力工作，指農耕。養，供養。

㉖ 自治：自自然然太平，安定而有秩序。

㉗ 大父：祖父。

㉘ 累罰：累，重疊、積累。屢次懲罰。

㉙ 茅茨不翦：茅茨，用來遮蓋屋頂的茅草或葦子。翦，通剪，修剪整齊。茨 漢cí 國ㄘˊ 粵tsi^{4} 音池。

㉚ 采椽不斲：采，通棌，柞木。采椽，柞木做的椽子。斲，砍削。椽 漢chuán 國ㄔㄨㄢˊ 粵tsyn^{4} 音全。斲 漢zhuó 國ㄓㄨㄛˊ 粵dœk^{8} 音琢。

㉛ 糲粢之食：糲，粗米。粢，稷的別名，次於黍的糧食。泛指粗糙的糧食。糲 漢lì 國ㄌㄧˋ 粵lɐi^{6} 音麗。粢 漢zī 國ㄗ 粵dzi^{1} 音姿。

㉜ 藜藿之羹：藜，草名，嫩葉可吃。藿，豆葉。羹，帶汁的肉食或蔬菜。煮熟的帶汁野菜。藜 漢lí 國ㄌㄧˊ 粵lai^{4} 音黎。藿 漢huò 國ㄏㄨㄛˋ 粵fɔk^{8} 音霍。

㉝ 麑裘：麑，小鹿。裘，皮衣。麑裘，指鹿皮衣。這裏泛指素質差的獸皮衣服。麑 漢ní 或 mí 國ㄋㄧˊ 或ㄇㄧˊ 粵ŋai^{4} 音危。裘 漢qiú 國ㄑㄧㄡˊ 粵kɐu^{4} 音求。

㉞ 葛衣：葛，一種蔓草，纖維可織布。葛衣，指用葛的纖維做的粗布衣。葛 漢gé 國ㄍㄜˊ 粵gɔt^{8} 音割。

㉟ 監門之服養：監門，看門的人。服，服用。養，食用。

㊱ 身執臿以為民先：身，親自。臿，即鍬，掘土的工具。以為民先，做百姓的先導，即率先帶領百姓幹活。臿 漢chā 國ㄔㄚ 粵tsap^{8} 音插。

㊲ 股無胈：股，大腿。胈，大腿上的肌肉。胈 漢bá 國ㄅㄚˊ 粵bɐt^{9} 音拔。

㊳ 脛不生毛：脛，小腿。小腿上不長汗毛。是說疲於勞作，小腿上的汗毛也被磨光。

㊴ 臣虜：男姓奴隸叫臣，俘虜被用作奴隸叫虜。臣虜，即奴隸。

㊵ 多：讚揚。

㊶ 絜駕：絜，圍束，這裏指套車。套馬駕車，表示不失富貴。絜 漢xié 國ㄒㄧㄝˊ 粵kit^{8} 音揭。

㊷ 去：捨棄。

㊸ 薄厚之實異也：薄厚，指利益的大小。實，實質。

㊹ 山居而谷汲者：山居，在山上居住。谷汲，到溪谷打水。

㊺ 膢臘：膢，楚人二月祭祀飲食之神的節日。臘，古代冬至後第三個戌日祭祀百神的節日。膢臘，這裏泛指節日。膢 漢lǘ 國ㄌㄩˊ 粵lɐu^{4} 音樓。

㊻ 買庸而決竇：買庸，僱請工人。竇，孔洞，這裏指所挖的溝渠。決竇，挖渠。

㊼ 饑歲：五穀不收叫饑。饑歲，謂荒年。

㊽ 饟：同餉，以食物相饋贈。饟 漢xiǎng 國ㄒㄧㄤˇ 粵hœŋ^{2} 音享。

㊾ 穰歲：豐年。穰 ㊥ráng㊟ㄖㄤˊ㊠jœŋ⁴ 音羊。

㊿ 食：拿食物奉客。食 ㊥sì㊟ㄙˋ㊠dzi⁶ 音自。

(51) 多少：指糧食的多少。

(52) 易：不看重。

(53) 鄙：貪吝。

(54) 勢薄：權勢輕微。

(55) 爭土橐：土，士之誤字，通仕，做官。橐，通託，請託，指依附權貴。此謂重視爭奪做官和爭相請託。橐 ㊥tuó㊟ㄊㄨㄛˊ㊠tɔk⁸ 音託。

(56) 為之政：給社會實際情況制定政治措施。

(57) 戾：暴虐。戾 ㊥lì㊟ㄌㄧˋ㊠lœy⁶ 音淚。

(58) 稱俗：稱，適合。俗，習俗。稱 chen 音秤。

(59) 故事因於世：因，依據、因應。所以政事須隨時代的變化而因應施行。

(60) 而備適於事：應變的準備必須適合於可以發生的事情。

戰國策

馮諼客孟嘗君

齊人有馮諼者，貧乏不能自存①，使人屬②孟嘗君，願寄食門下③。孟嘗君曰：「客何好④？」曰：「客無好也。」曰：「客何能⑤？」曰：「客無能也。」孟嘗君笑而受之曰：「諾。」左右以君賤之⑥也，食以草具⑦。

居有頃⑧，倚柱彈其鋏⑨，歌曰：「長鋏歸來乎！食無魚。」左右以告⑩。孟嘗君曰：「食之，比門下之客⑪。」居有頃，復彈其鋏，歌曰：「長鋏歸來乎！出無車。」左右皆笑之，以告。孟嘗君曰：「為之駕⑫，比門下之車客。」於是乘其車，揭⑬其劍，過⑭其友曰：「孟嘗君客我⑮。」後有頃，復彈其劍鋏，歌曰：「長鋏歸來乎！無以為家⑯。」左右皆惡之，以為貪而不知足。孟嘗君問：「馮公有親乎？」對曰：「有老母。」孟嘗君使人給⑰其食用，無使乏。於是馮諼不復歌。

後孟嘗君出記⑱，問門下諸客：「誰習計會⑲，能為文收責於薛者乎⑳？」馮諼署㉑曰：「能。」孟嘗君怪之，曰：「此誰也？」左右曰：「乃歌夫長鋏歸來者也。」孟嘗君笑曰：「客果有能也，吾負㉒之，未嘗見也㉓。」請而見之，謝㉔曰：「文倦於事㉕，憒於憂㉖，而性懧愚㉗，沈㉘於國家之事，開罪於先生。先生不羞㉙，乃有意欲為收責於薛乎？」馮諼曰：「願之。」於是約車治裝㉚，載券契㉛而行，辭曰：「責畢收，以何市而反㉜？」孟嘗君曰：「視吾家所寡有者。」

驅而之薛㉝，使吏召諸民當償者，悉㉞來合券。券徧㉟合，起矯命㊱以責賜諸民，因㊲燒其券，民稱萬歲㊳。

長驅到齊㊴，晨而求見。孟嘗君怪其疾㊵也，衣冠㊶而見之，曰：「責畢收乎？來何疾也！」曰：「收畢矣。」「以何市而反？」馮諼曰：「君云『視吾家所寡有者』。臣竊計㊷，君宮中積珍寶，狗馬實外廄㊸，美人充下陳㊹。

君家所寡有者以義耳！竊以為君市義。」孟嘗君曰：「市義柰何？」曰：「今君有區區㊺之薛，不拊愛子其民㊻，因而賈利之㊼。臣竊矯君命，以責賜諸民，因燒其券，民稱萬歲。乃臣所以為君市義也。」孟嘗君不説㊽，曰：「諾，先生休矣㊾！」

後朞年㊿，齊王(51)謂孟嘗君曰：「寡人不敢以先王之臣為臣(52)。」孟嘗君就國(53)於薛，未至百里(54)，民扶老攜幼，迎君道中。孟嘗君顧謂馮諼：「先生所為文市義者，乃今日見之(55)。」馮諼曰：「狡兔有三窟(56)，僅(57)得免其死耳。今君有一窟，未得高枕而臥也。請為君復鑿二窟。」孟嘗君予車五十乘，金五百斤，西遊於梁(58)，謂惠王曰：「齊放(59)其大臣孟嘗君於諸侯，諸侯先迎之者，富而兵強。」於是，梁王虛上位(60)，以故相為上將軍(61)，遣使者，黃金千斤，車百乘，往聘孟嘗君。馮諼先驅，誡孟嘗君曰：「千金，重幣(62)也；百乘，顯使(63)也。齊其(64)聞之矣。」梁使三反(65)，孟嘗君固(66)辭不往也。齊王聞之，君臣恐懼，遣太傅齎黃金千斤(67)，文車二駟(68)，服劍(69)一，封書(70)

謝孟嘗君曰：「寡人不祥[71]，被於宗廟之祟[72]，沈於諂諛之臣，開罪於君，寡人不足為[73]也。願君顧先王之宗廟，姑反國統萬人乎？」馮諼誡孟嘗君曰：「願請先王之祭器[74]，立宗廟於薛[75]。」廟成，還報孟嘗君曰：「三窟已就[76]，君姑高枕為樂矣。」

孟嘗君為相數十年，無纖介[77]之禍者，馮諼之計也。

作者

《戰國策》見中冊第七課〈鄒忌諷齊王納諫〉

題解

本文選自《戰國策・齊策四》，版本據《先秦兩漢古籍逐字索引》。《戰國策》原無篇名，這是後人根據其內容所加。馮諼，《史記・孟嘗君列傳》作馮驩，南宋鮑彪《戰國策》注本作馮煖。

孟嘗君，姓田，名文，齊國貴族，為湣王相，襲父封於薛（今山東滕縣東南），孟嘗君乃其封號。

他是戰國四公子之一，以養士聞名，門下雖有食客數千人，但真正有才能的並不多見。馮諼先是故意不露才能，以試孟嘗君有無養士之器量，及知孟嘗君能養士，遂為他竭忠盡智，使其脱困境於前，而獲聲名於後。此文詳記其人其事，取材敘事甚見工巧。

注釋

① 齊人有馮諼者，貧乏不能自存：存，保存。自存，養活自己。此句据述馮諼貧困之狀。諼 漢xuān國ㄒㄩㄢ粵hyn[1] 音圈。

② 屬：通囑。囑託、請託。屬 漢zhǔ國ㄓㄨˇ粵dzuk[7] 音粥。

③ 寄食門下：寄居在孟嘗君家作食客。

④ 何好：好，動詞。愛好甚麼。好音耗。

⑤ 何能：擅長甚麼。

⑥ 以君賤之：以，因為。君，指孟嘗君。賤之，看不起他。

⑦ 食以草具：草具，盛飯的粗劣食具。謂用粗劣食具盛飯給他吃。食音自。

⑧ 居有頃：頃，不久。過了不久。

⑨ 鋏：劍把，亦指劍。鋏 漢jiá國ㄐㄧㄚˊ粵gap[8] 音夾。

⑩ 以告：意思是「以之告」，但此句式「以」後例省「之」字，省去的「之」字，指馮諼唱歌的事，但不用表出。

⑪ 比門下之客：比，準、等同、比照。謂待遇準照門下吃魚的客人。一本作「比門下之魚客」。據説，孟嘗君將食客分為三等：上客食肉，出入乘車；中客食魚；下客食菜。此言孟嘗君叫左右把馮諼作為中客款待。

⑫ 為之駕：之，代馮諼。為之，給他、替他。駕，動詞，套車，指安排車駕。下文「為君市義」，君，名詞。市，動詞，句式與此相同。此謂給他安排車馬。

⑬ 揭：舉。

⑭ 過：拜訪。

⑮ 客我：以我為客，即把我當上客看待。

⑯ 無以為家：沒有可以家居的地方。

⑰ 給：供給而使之豐足，不令有所缺乏。

⑱ 記：文告。

⑲ 誰習計會：誰懂得會計。會 ㊇kuài㊋ㄎㄨㄞˋ㊏kui^{2} 音繪。

⑳ 能為文收責於薛者乎：文，孟嘗君的名。責，債的本字。薛，孟嘗君的封地。按：當時孟嘗君在齊國都城臨淄。薛 ㊇xuē㊋ㄒㄩㄝ㊏sit^{8} 音屑。

㉑ 署：簽署。

㉒ 負：辜負、對不起。

㉓ 未嘗見也：沒有接見他。

㉔ 謝：道歉。

㉕ 倦於事：被瑣碎的政事弄得筋疲力竭。

㉖ 憒於憂：憒，心亂。憂，憂慮，指有關國事的憂慮。憒 ㊇kuì㊋ㄎㄨㄟˋ㊏kui^{2} 音繪。

㉗ 性懧愚：懧，同懦。性情懦弱愚笨。懧 ㊇nuò㊋ㄋㄨㄛˋ㊏nɔ^{6} 音糯。

㉘ 沈：沈溺。

㉙ 不羞：不以替我做事為羞恥。

㉚ 約車治裝：約，約束、綑紮。約車，套車。套車時要將馬束於車前。治裝，整理行裝。

㉛ 券契：指關於債務的契約。券(漢)quàn(國)ㄑㄩㄢˋ(粵)hyn^{3}音勸。

㉜ 以何市而反：用收回的債買甚麼東西回來？

㉝ 驅而之薛：驅，趕馬駕車。之，前往。

㉞ 悉：全數。

㉟ 嚥：同遍，全數。

㊱ 矯命：矯，假託。指假託孟嘗君的命令。

㊲ 因：因而。

㊳ 萬歲：古代上下通用的慶賀之詞。後為至尊之專稱。

㊴ 長驅到齊：長驅，指中途不停留，一直趕車前進。齊，此指齊國都城臨淄。

㊵ 疾：快。

㊶ 衣冠：穿好衣服，戴上帽子，表示恭敬。

㊷ 竊計：竊，私下。計，計算。

㊸ 狗馬實外廄：實，充實。外，宮外的牲口棚。廄(漢)jiù(國)ㄐㄧㄡˋ(粵)gau^{3}音究。

㊹ 下陳：古代殿堂臺階下面陳列禮品，此指站列姬妾的地方。《爾雅．釋宮》：「堂途謂之陳。」孫炎《注》云：「堂下至門之徑也。」郝懿行以為「陳在堂下，因有下陳之名。」

㊺ 區區：小小的，形容微不足道。

㊻ 不拊愛子其民：拊，通撫。子，動詞，視之如兒子。不愛撫當地百姓，不把他們當子女看待。拊(漢)fǔ(國)ㄈㄨˇ(粵)fu^{2}音府。

㊼ 賈利之：賈，藏貨待賣。利，謀利，作動詞用。之，代百姓。句謂用商賈之道向薛地百姓謀取利益。賈(漢)gǔ(國)ㄍㄨˇ(粵)gu^{2}音古。

㊽ 說：同悅，高興。

㊾ 諾，先生休矣：諾，答應聲。先生休矣，你歇息吧。此為不高興，表示送客的說話。

㊿ 朞年：一週年。朞 (漢)ji(國)ㄐㄧ(粵)gei^{1} 音基。

(51) 齊王：指齊湣王（西元前三〇〇——前二八四在位）。齊宣王之子。

(52) 寡人不敢以先王之臣為臣：我不敢把先王的臣作為我的臣。這是罷免孟嘗君相位的委婉辭令。

(53) 就國：前往自己的封邑。

(54) 未至百里：指還差百里沒到薛。

(55) 乃今日見之：今日才見到。

(56) 窟：洞穴。

(57) 僅：僅僅。

(58) 梁：指魏國。魏原都安邑，惠王時遷都大梁（今河南開封），所以亦稱梁。

(59) 放：放逐。

(60) 虛上位：虛，空著。上位，最高的職位。指空出相位，以留待孟嘗君。

(61) 以故相為上將軍：把原來的相調去當上將軍。

(62) 幣：此指聘幣，是古代聘請人所送的禮物。

(63) 顯使：顯赫的使節。

(64) 其：句中語氣助詞，表示委婉語氣，可作「想必」解。

(65) 梁使三反：梁國的使臣往返三次。

(66) 固：堅決。

(67) 遣太傅齎黃金千斤：太傅，官名，輔佐國君的三公之一。齎，攜帶。齎 (漢)ji(國)ㄐㄧ(粵)dzai^{1} 音擠。

(68) 文車二駟：文車，繪有文采的車。駟，四馬拉的車之單位。

(69) 服劍：佩劍。

⑦⓪ 封書：封好了書信。

⑦① 不祥：不吉利。

⑦② 被於宗廟之祟：被，遭受。宗廟，這裏借指宗廟神靈，即祖宗。祟，神禍。句謂遭受祖宗降下的神禍。祟㊅suì ㊄ㄙㄨㄟˋ㊀sœy⁶音遂。

⑦③ 不足為：為，動詞，助。不值得你幫助。為音謂。

⑦④ 祭器：祭祀先王或神主用的器物。

⑦⑤ 立宗廟於薛：在薛地建立齊國先王宗廟。古人重視宗廟，薛地有了宗廟，齊王就會派兵保護，孟嘗君的地位也就更鞏固。

⑦⑥ 就：完成。

⑦⑦ 纖介：纖，細絲。介，通芥，小草。纖介連用，極言其細小。

史記・魏公子列傳

司馬遷

魏公子無忌者，魏昭王①少子而魏安釐王②異母弟也。昭王薨③，安釐王即位，封公子為信陵君④。是時范睢⑤亡魏相秦，以怨魏齊故⑥，秦兵圍大梁⑦，破魏華陽下軍⑧，走芒卯⑨。魏王及公子患之。

公子為人仁而下士⑩，士無賢不肖⑪皆謙而禮交之，不敢以其富貴驕士。士以此方數千里爭往歸之，致食客三千人。當是時，諸侯以公子賢，多客，不敢加兵謀魏十餘年。

公子與魏王博⑫，而北境傳舉烽⑬，言「趙寇至，且⑭入界」。魏王釋博，欲召大臣謀。公子止王曰：「趙王田獵耳，非為寇也。」復博如故。王恐，心不在博。居頃⑮，復從北方來傳言曰：「趙王獵耳，非為寇也。」魏王大驚，曰：「公子何以知之？」公子曰：「臣之客有能深得趙王陰事⑯者，趙王所為，客輒以報臣，臣以此知之。」是後魏王畏公子之賢能，不敢任公子以國政。

魏有隱士曰侯嬴，年七十，家貧，為大梁夷門監者⑰。公子聞之，往請，欲厚遺⑱之。不肯受，曰：「臣脩身絜行⑲數十年，終不以監門困故而受公子財。」公子於是乃置酒大會賓客。坐定，公子從車騎⑳，虛左㉑，自迎夷門侯生。侯生攝敝㉒衣冠，直上載公子上坐㉓，不讓㉔，欲以觀公子。公子執轡㉕愈恭。侯生又謂公子曰：「臣有客在市屠中，願枉車騎過之㉖。」公子引車入市，侯生下見其客朱亥，俾倪㉗，故久立與其客語，微㉘察公子。公子顏色愈和。當是時，魏將相宗室賓客滿堂，待公子舉酒。市人皆觀公子執轡。從騎皆竊罵侯生。侯生視公子色終不變，乃謝客就車㉙。至家，公子引侯生坐上坐，偏贊賓客㉚，賓客皆驚。酒酣，公子起，為壽㉛侯生前。侯生因謂公子曰：「今日嬴之為公子㉜亦足矣。嬴乃夷門抱關者㉝也，而公子親枉車騎，自迎嬴於眾人廣坐之中，不宜有所過㉞，今公子故㉟過之。然嬴欲就㊱公子之名，故久立公子車騎市中，過客以觀公子，公子愈恭。市人皆以嬴為小人，而以公子為長者能下士㊲也。」於是罷酒，侯生遂為上客。

侯生謂公子曰：「臣所過屠者朱亥，此子賢者，世莫㊳能知，故隱屠間耳。」公子往數請之，朱亥故不復謝，公子怪之。

魏安釐王二十年，秦昭王已破趙長平軍㊴，又進兵圍邯鄲㊵。公子姊為趙惠文王弟平原君㊶夫人，數遺魏王及公子書，請救於魏。魏王使將軍晉鄙將十萬眾救趙。秦王使使者告魏王曰：「吾攻趙旦暮㊷且下，而㊸諸侯敢救者，已拔趙，必移兵先擊之。」魏王恐，使人止晉鄙，留軍壁鄴㊹，名為救趙，實持兩端㊺以觀望。平原君使者冠蓋相屬於魏㊻，讓㊼魏公子曰：「勝所以自附為婚姻者，以公子之高義㊽，為能急人之困。今邯鄲旦暮降秦而魏救不至，安在公子能急人之困也㊾！且公子縱㊿輕勝，棄之降秦，獨不憐公子姊邪？」公子患之，數請魏王，及賓客辯士說王萬端51。魏王畏秦，終不聽公子。公子自度終不能得之於王52，計不獨生而令趙亡，乃請賓客，約53車騎百餘乘，欲以客往赴秦軍㊹，與趙俱死。

行過夷門，見侯生，具告所以欲死秦軍狀。辭決㊺而行，侯生曰：「公子勉之矣，老臣不能從。」公子行數里，心不快，曰：「吾所以待侯生者備㊻矣，天下莫不聞，今吾且死而侯生曾㊼無一言半辭送我，我豈有所失哉？」復引車還，問侯生。侯生笑曰：「臣固知公子之還也。」曰：「公子喜士，名聞天下。今有難，無他端㊽而欲赴秦軍，譬若以肉投餒㊾虎，何功之有哉？尚安事客㊿？然公子遇(61)臣厚，公子往而臣不送，以是知公子恨(62)之復返也。」公子再拜(63)，因問。侯生乃屏人閒語(64)，曰：「嬴聞晉鄙之兵符常在王臥內(65)，而如姬最幸(66)，出入王臥內，力能竊之。嬴聞如姬父為人所殺，如姬資之(67)三年，自王以下欲求報其父仇，莫能得。如姬為公子泣(68)，公子使客斬其仇頭，敬進(69)如姬。如姬之欲為公子死，無所辭，顧(70)未有路耳。公子誠一開口請如姬，如姬必許諾，則得虎符奪晉鄙軍，北救趙而西卻(71)秦，此五霸之伐(72)也。」公子從其計，請如姬。如姬果盜晉鄙兵符與公子。

公子行，侯生曰：「將在外，主令有所不受，以便國家。公子即⑬合符，而晉鄙不授公子兵而復請之，事必危矣。臣客屠者朱亥可與俱⑭，此人力士。晉鄙聽，大善；不聽，可使擊之。」於是公子泣。侯生曰：「公子畏死邪？何泣也？」公子曰：「晉鄙嚄唶宿將⑮，往恐不聽，必當殺之，是以泣耳，豈畏死哉？」於是公子請朱亥。朱亥笑曰：「臣迺市井鼓刀⑯屠者，而公子親數存⑰之，所以不報謝者，以為小禮無所用。今公子有急，此乃臣效命之秋⑱也。」遂與公子俱。公子過謝侯生。侯生曰：「臣宜從，老不能。請數⑲公子行日，以至晉鄙軍之日，北鄉自剄⑳，以送公子。」公子遂行。

至鄴，矯㉑魏王令代晉鄙。晉鄙合符，疑之，舉手視公子曰：「今吾擁十萬之眾，屯㉒於境上，國之重任，今單車㉓來代之，何如哉？」欲無聽。朱亥袖㉔四十斤鐵椎，椎殺㉕晉鄙，公子遂將晉鄙軍。勒㉖兵下令軍中曰：「父子俱在軍中，父歸；兄弟俱在軍中，兄歸；獨子無兄弟，歸養㉗。」得選兵八萬人，進兵擊秦軍。秦軍解去㉘，遂救邯鄲，存趙。趙王及平原君自迎公子於界，平原君負韊矢為公子先引⑧⑨。趙王再拜曰：「自古賢人未有及公子者也。」當此之時，平原君不敢自比於人。公子與侯生決，至軍，侯生果北鄉自剄。

魏王怒公子之盜其兵符，矯殺晉鄙，公子亦自知也。已卻秦存趙，使將將其軍歸魏，而公子獨與客留趙。趙孝成王德⑨⓪公子之矯奪晉鄙兵而存趙，乃與平原君計，以五城封公子。公子聞之，意驕矜而有自功⑨①之色。客有說公子曰：「物⑨②有不可忘，或有不可不忘。夫人有德於公子，公子不可忘也；公子有德於人，願公子忘之也。且矯魏王令，奪晉鄙兵以救趙，於趙則有功矣，於魏則未為忠臣也。公子乃自驕而功之，竊⑨③為公子不取也。」於是公子立自責，似若無所容者⑨④。趙王埽除自迎⑨⑤，執主人之禮，引公子就西階⑨⑥。公子側行辭讓，從東階上。自言罪過，以負於魏，無功於趙。趙王侍酒至暮，口不忍獻五城，以公子退讓也。公子竟⑨⑦留趙。趙王以鄗為公子湯沐邑⑨⑧，魏亦復以信陵奉公子。公子留趙。

公子聞趙有處士毛公藏於博徒⑨⑨，薛公藏於賣漿⑩⓪家，公子欲見兩人，兩人自匿不肯見公子。公子聞所在，乃閒步往從此兩人游[101]，甚歡。平原君聞之，謂其夫人曰：「始吾聞夫人弟公子天下無雙，今吾聞之，乃妄從[102]博徒賣漿者游，公子妄人[103]耳。」夫人以告公子。公子乃謝[104]夫人去，曰：「始吾聞平原君賢，故負魏王而救趙，以稱[105]平原君。平原君之游，徒豪舉耳[106]，不求士也。無忌自在大梁時，常聞此兩人賢，至趙，恐不得見。以無忌從之游，尚恐其不我欲[107]也，今平原君乃以為羞，其不足從游。」乃裝為去[108]。夫人具以語平原君。平原君乃免冠謝[109]，固[110]留公子。平原君門下聞之，半去平原君歸公子，天下士復[111]往歸公子，公子傾平原君客[112]。

公子留趙十年不歸。秦聞公子在趙，日夜出兵東伐魏。魏王患之，使使往請公子。公子恐其怒之，乃誡門下[113]：「有敢為魏王使通[114]者，死。」賓客皆背魏之[115]趙，莫敢勸公子歸。毛公、薛公兩人往見公子曰：「公子所以重於趙，名聞諸侯者，徒以[116]有魏也。今秦攻魏，魏急而公子不恤[117]，使秦破大梁而夷[118]先王之宗廟，公子當何面目立天下乎？」語未及卒[119]，公子立變色，告車趣駕⑳歸救魏。

魏王見公子，相與泣，而以上將軍印授公子，公子遂將。魏安釐王三十年，公子使使遍告諸侯。諸侯聞公子將，各遣將將兵救魏。公子率五國㉑之兵破秦軍於河外㉒，走蒙驁㉓。遂乘勝逐秦軍至函谷關㉔，抑秦兵，秦兵不敢出。當是時，公子威振天下，諸侯之客進兵法，公子皆名之㉕，故世俗稱《魏公子兵法》㉖。

秦王患之，乃行金萬斤㉗於魏，求晉鄙客，令毀㉘公子於魏王曰：「公子亡在外十年矣，今為魏將，諸侯將皆屬㉙，諸侯徒聞魏公子，不聞魏王。公子亦欲因此時定南面而王，諸侯畏公子之威，方欲共立之。」秦數使反閒㉚，偽賀公子得立為魏王未也。魏王日聞其毀，不能不信，後果使人代公子將。公子自知再以毀廢，乃謝病不朝，與賓客為長夜飲，飲醇酒，多近婦女。日夜為樂飲者四歲，竟病酒而卒。其歲，魏安釐王亦薨。

秦聞公子死，使蒙驁攻魏，拔二十城，初置東郡㉛。其後秦稍蠶食魏㉜，十八歲而虜魏王⑬，屠大梁。

高祖始微少時⑭，數聞公子賢。及即天子位，每過大梁，常祠⑮公子。高祖十二年，從擊黥布⑯還，為公子置守冢五家⑰，世世歲以四時奉祠公子。

太史公曰：吾過大梁之墟⑱，求問其所謂夷門。夷門者，城之東門也。天下諸公子亦有喜士者矣，然信陵君之接巖穴隱者，不恥下交，有以也。名冠諸侯，不虛耳。高祖每過之而令民奉祠不絕也。

作者

司馬遷見初冊第七課《史記・刺客列傳》

題解

本文選自《史記》卷七十七，版本據中華書局排印版。按司馬遷為戰國四公子（魏信陵君、趙平原君、齊孟嘗君、楚春申君）立傳，特詳述魏公子事，不僅以其事多可記，亦以其人尤可述，寄意深遠。本篇着意描寫信陵君的禮賢下士、厚待隱士侯嬴和屠夫朱亥及竊符救趙等事迹，表現出信陵君寬容謙遜的品格和有識見、有器量的政治家風範。

注釋

① 魏昭王：名遬（西元前二九五——前二七七在位）。

② 魏安釐王：名圉（西元前二七六——前二四三在位）。釐，也寫作僖。釐 ㊥ xī ㊖ ㄒㄧ ㊗ hei^1 音希。

③ 薨：春秋戰國時，諸侯死叫薨。薨 ㊥ hōng ㊖ ㄏㄨㄥ ㊗ gwɐŋ^1 音轟。

④ 信陵君：信陵，魏地名，在今河南寧陵西。以封地為號，是當時的習慣，故稱信陵君。

⑤ 范雎：魏人，事奉魏中大夫須賈。曾同須賈出使齊國，因有辯才，齊襄王賞賜他黃金和酒肉。回國後，須賈在相國魏齊面前，誣范雎把魏國秘密洩露給齊國。魏齊下令痛打范雎，斷其肋骨。范雎裝死，脱身逃跑，後逃至秦國，做了宰相。

⑥ 以怨魏齊故：因為怨恨魏齊的原故。

⑦ 大梁：魏國都城，在今河南開封。

⑧ 華陽下軍：華陽，魏地名，在今陝西南鄭。下軍，三軍中的一軍。

⑨ 走芒卯：走，使敗走。使魏將芒卯戰敗逃跑。據載，秦國客卿白起攻魏，大敗芒卯於華陽，此次戰役應在范雎相秦之前，《史記》記述有誤。卯 ㊥ mǎo ㊖ ㄇㄠˇ ㊗ mau^5 音牡。

⑩ 下士：對士謙抑。

⑪ 無賢不肖：無，不論。不肖，不賢。

⑫ 博：古代的一種棋戲，此作動詞用，指以棋賭博。

⑬ 舉烽：點燃烽火。古代戍守邊境，築高土臺，遇有敵情，就燃起烽火報警。

⑭ 且：將要。

⑮ 居頃：一會兒。

⑯ 陰事：秘密事情。

⑰ 夷門監者：夷門，魏國都城大梁的東門。監者，看守城門的小吏。

⑱ 遺：贈送。遺(漢)wèi(國)ㄨㄟˋ(粵)wai^{6} 音位。

⑲ 脩身絜行：脩同修。絜即潔。

⑳ 從車騎：騎，一人一馬。使車馬隨從，即帶着車馬。騎(漢)jì(國)ㄐㄧˋ(粵)kei^{3} 音冀。

㉑ 虛左：空出車上左邊的上位。古代乘車，一般以左邊為尊貴。虛左以待客人，表示尊敬。

㉒ 攝敝衣冠：攝，整頓。敝，破舊。

㉓ 直上載公子上坐：載，乘坐。坐，座位。徑自上車，坐上公子的上首座位。

㉔ 讓：謙讓。

㉕ 轡：馬繮繩。轡(漢)pèi(國)ㄆㄟˋ(粵)bei^{3} 音臂。

㉖ 願枉車騎過之：枉，屈就、勞煩。過，順道前往。意思是勞煩你的車馬前去一趟。

㉗ 俾倪：同睥睨，斜視，這裏是表示旁若無人的樣子。俾倪(漢)bǐ nì(國)ㄅㄧˇ ㄋㄧˋ(粵)bei^{2} ngai^{6} 音比毅。

㉘ 微：暗中。

㉙ 謝客就車：謝，告辭。就車，上車。

㉚ 偏贊賓客：偏，同遍，普遍。贊，引見、介紹。句謂逐一向客人介紹侯生。

㉛ 為壽：舉酒祝壽。

㉜ 為公子：為，助，幫助公子。指故意當眾傲慢地對待公子，以反襯公子謙恭的事。

㉝抱關者：抱，守持而不失。關，門閂。守門人。
㉞不宜有所過：宜，應當。本來不應該途中拜訪甚麼人。
㉟故：特意。
㊱就：成就，作動詞用。
㊲長者能下士：長者，顯貴的人。下士，屈身交接賢士。
㊳莫：沒有誰。
㊴秦昭王已破趙長平軍：秦昭王，即秦昭襄王（西元前三〇六——前二五一在位），名則，又名稷。長平，趙地名，在今山西晉城。破趙長平軍，指秦將白起打敗趙國的長平軍，活埋四十萬降兵的事。
㊵邯鄲：趙國都城，在今河北邯鄲市。
㊶平原君：平原，地名，在今山東德縣南。平原君，趙武靈王之子，名勝，封平原君，是戰國著名四公子之一。
㊷旦暮：早晚。喻短時間內。
㊸而：如。
㊹留軍壁鄴：壁，本為營壘，這裏作動詞用，駐紮。鄴，魏地名，在今河北臨漳。謂把軍隊留住，在鄴地駐紮。
㊺持兩端：抱着游移於兩者之間的態度。
㊻冠蓋相屬於魏：冠，指官吏的冠冕。蓋，指車上遮日擋雨的頂蓋。相屬，連接不斷。穿戴着禮服禮帽，乘着車子，接連地到魏國來。
㊼讓：責備。
㊽以公子之高義：「公子之高義」為「以」字賓語。古代「以為」兩字之間可夾以賓語。
㊾安在公子能急人之困也：即「公子能急人之困也安在」的倒裝。安，疑問代詞，即哪裏。安在，在哪裏。公子能救人於危急中的表現到哪裏去了？
㊿縱：即使。

(51) 說王萬端：以多種緣由游說魏王。

(52) 公子自度終不能得之於王：度，估計。不能得之於王，不能夠勸服魏王聽自己的話。

(53) 約：約束、捆紮。

(54) 欲以客往赴秦軍：想帶着賓客向秦軍進發。

(55) 辭決：決，通訣，訣別、辭別。

(56) 備：週到。

(57) 曾：竟然。

(58) 無他端：沒有別的緣由。

(59) 餒：餓。餒(漢)něi(國)ㄋㄟˇ(粵)nɔi^5 音內，陽上聲。

(60) 尚安事客：事，任用。還哪裏用得着食客？

(61) 遇：對待。

(62) 恨：心中感到遺憾。

(63) 再拜：拜了又拜，表示恭敬。這是古代的一種禮節。

(64) 屏人閒語：屏人，把左右的人支開，即叫別人走開。閒，私下。閒語，私下言談。屏(漢)bǐng(國)ㄅㄧㄥˇ(粵)biŋ^2 音丙。閒(漢)jiàn(國)ㄐㄧㄢˋ(粵)gan^3 音諫。

(65) 兵符常在王臥內：兵符，調動軍隊用的符節，以竹木或金玉製成，上面刻字，剖成兩半，國君和統兵的主將各執一半，調遣軍隊時，合之以證。臥，臥室。

(66) 而如姬最幸：如姬，魏王的寵姬。幸，受到君王寵愛。

(67) 資之：資，蓄。蓄意。

(68) 為公子泣：當着公子，哭給他看。

(69) 進：獻給。

⑦⓪ 顧：但是、只是。

⑦① 卻：打退。

⑦② 伐：功業。

⑦③ 即：如果。

⑦④ 與俱：跟你一同去。

⑦⑤ 嚄唶宿將：嚄唶，大笑大叫，指呼喝有威勢。宿，久於其事。宿將，久經戰陣的將領。嚄唶 漢huō zé國ㄏㄨㄛˋ ㄗㄜˋ粵wɔk^9 dzak^8 音獲責。

⑦⑥ 鼓刀：敲擊屠刀作聲。

⑦⑦ 存：慰問。

⑦⑧ 效命之秋：效，貢獻。效命，獻出生命，指出死力。秋，指某一時間或時刻，此處與上句「急」同義。

⑦⑨ 請數：請，請允許我。數，計算。

⑧⓪ 北鄉自剄：北鄉，即北向，面朝北。鄴在魏的北部邊境，所以侯嬴這樣說。剄，以刀割頸。鄉 漢xiàng國ㄒㄧㄤˋ粵hœŋ^3 音向。剄 漢jǐng國ㄐㄧㄥˇ粵giŋ^2 音境。

⑧① 矯：假託。

⑧② 屯：駐紮。

⑧③ 單車：一輛車。這是説信陵君沒有帶兵卒前來。

⑧④ 袖：此作動詞用，指袖裏籠着。

⑧⑤ 椎殺：椎，作動詞用。指用椎擊殺。

⑧⑥ 勒：約束、控制。

⑧⑦ 歸養：回家奉養雙親。

⑧⑧ 解去：解圍而去。

89 負韊矢為公子先引：韊，革製的箭筒。負矢先引，是把自己比作兵卒，表示對信陵君的尊敬。背着箭筒替公子在前面引路。韊 漢 lán 國 ㄌㄢˊ 粵 lan^4 音蘭。

90 德：感恩。

91 自功：自己以之為功，把奪兵救趙當作己功。

92 物：事情。

93 竊：私下。

94 無所容：猶無地自容。

95 埽除自迎：埽，同掃。除，宮殿的臺階。自迎，親自迎接。

96 就西階：就，走向。走向西階。古代升堂禮儀，主人走東階，客人走西階，如果客人謙讓，表示降低自己身份，便從東階上。故下文言公子從東階上。

97 竟：終、最終。

98 趙王以鄗為公子湯沐邑：鄗，趙地，在今河北高邑。湯，熱水，用以浴身。沐，洗頭。湯沐連在一起，等同沐浴。湯沐邑，春秋時代諸侯朝見天子，天子在其王畿內選一塊地方給諸侯，供他們住宿和齋戒沐浴，這種封邑叫湯沐邑。戰國以後貴族收取賦稅的私邑也稱湯沐邑，表示用其賦稅供湯沐之用。鄗 漢 hào 國 ㄏㄠˋ 粵 hou^6 音浩。

99 有處士毛公藏於博徒：處，居，即不出仕。處士，有才德而不肯作官的隱居之士。藏於博徒，混在賭徒行列之中。

100 漿：飲料，這裏指酒。

101 閒步往從此兩人游：閒，獨自。步，徒步。閒步，不設隨從，徒步前往。從，跟從，等同說追隨。游，交游。

102 乃妄從：乃，竟然。妄，亂來。謂竟然胡亂跟低下層的人來往。

103 妄人：無知亂來的人。

⑩④ 謝：辭別。
⑩⑤ 稱：以求配得上。稱 漢chèn 國ㄔㄣˋ 粵tsiŋ[3] 或 tsɐn[3] 音秤或趁。
⑩⑥ 徒豪舉耳：徒，只、僅僅。豪舉，向別人炫耀的行為。
⑩⑦ 不我欲：即不欲我，不願意和我交游。「我」作「欲」的賓語，前置。
⑩⑧ 乃裝為去：整理行裝，準備離去。
⑩⑨ 乃免冠謝：免冠，摘下冠。謝，謝罪、道歉。古時罪人不戴冠，一般向人道歉賠罪時便摘去帽子，表示自己有罪。
⑪⓪ 固：堅決地。
⑪① 復：再次。戰國時養士的貴族一旦失勢，食客即另投新主。信陵君負魏歸趙，門客相繼離去，現在又再回到他門下來，所以說「復」。
⑪② 公子傾平原君客：傾，傾盡，全部倒出。句謂平原君的賓客都流失到公子那裏。
⑪③ 乃誡門下：誡，預先告戒。門下，指門下的食客。
⑪④ 通：通報。
⑪⑤ 之：到。
⑪⑥ 以：因為。
⑪⑦ 不恤：不顧。
⑪⑧ 夷：平，指毀掉。
⑪⑨ 語未及卒：等不到話說完。
⑫⓪ 告車趣駕：告車，吩咐準備車。趣，催促。駕，以馬駕車。
⑫① 五國：指齊、楚、燕、趙、韓五國。
⑫② 河外：此指黃河之南。

(123) 走蒙驁：蒙驁，秦國上卿，蒙恬的祖父。句謂使蒙驁敗走。驁(漢)áo 或 ào(國)ㄠˊ或ㄠˋ(粵)ŋou4 音遨。

(124) 函谷關：關名，在今河南靈寶縣。

(125) 名之：加上自己的名字。

(126) 《魏公子兵法》：《漢書・藝文志・兵家》載有《魏公子》二十一篇，已亡佚。

(127) 行金萬斤：金，戰國時銅質貨幣。行金，用金作賄賂。斤，通釿，銅質貨幣單位，重一兩多，與今之斤有別。

(128) 毀：誹謗。

(129) 屬：歸他指揮。

(130) 反間：即反間，作名詞用，指潛入敵方組織，進行擾亂敵人活動的人。

(131) 東郡：今河北南部及山東西部一帶。

(132) 稍蠶食魏：稍，逐漸。如蠶之食桑般逐漸侵蝕魏國土地。

(133) 十八歲而虜魏王：秦王政二十二年（西元前二二五），秦滅魏，俘虜魏王假，其時在魏公子死後十八年。

(134) 高祖始微少時：高祖，指漢高祖劉邦。微，地位卑微，指作皇帝以前。少，年輕。

(135) 祠：祭祀。

(136) 黥布：原名英布，因受黥刑，故時人亦稱之為黥布。漢將。曾幫助漢高祖定天下，封為淮南王。後背叛了漢高祖，被高祖統兵討平。黥(漢)qíng(國)ㄑㄧㄥˊ(粵)kiŋ4 音鯨。

(137) 置守冢五家：守冢，守墓者。安置五戶人家看守墳墓。冢(漢)zhǒng(國)ㄓㄨㄥˇ(粵)tsuŋ2 音寵。

(138) 墟：廢址、故城。

漢書・藝文志 節錄

班固

《書》曰：「詩言志，歌詠言。」①故哀樂之心感，而歌詠之聲發②。誦③其言謂之詩，詠其聲④謂之歌。故古有采⑤詩之官，王者所以⑥觀風俗，知得失，自考正也。孔子純取周詩，上采殷⑦，下取魯⑧，凡⑨三百五篇，遭秦⑩而全者，以其諷誦⑪，不獨在竹帛⑫故也。漢興，魯申公為《詩》訓故⑬，而齊轅固、燕韓生皆為之傳⑭。或⑮取《春秋》，采雜說，咸⑯非其本義。與不得已，魯最為近之⑰。三家皆列於學官。又有毛公⑱之學，自謂子夏⑲所傳，而河間獻王⑳好之，未得立。

傳曰：「不歌而誦謂之賦，登高能賦可以為大夫。」㉑言感物造耑㉒，材知深美，可與圖事，故可以為列大夫也。古者諸侯卿大夫交接鄰國，以微言㉓相感，當揖讓之時㉔，必稱《詩》以諭㉕其志，蓋㉖以別賢不肖㉗而觀盛衰焉。故孔子曰「不學《詩》，無以言」也。春秋之後，周道寖㉘壞，聘問歌詠不行於列國，學《詩》之士逸在布衣㉙，而賢人失志之賦作矣。大儒孫卿及楚臣屈原離讒憂國㉚，皆作賦以風㉛，咸有惻隱㉜古詩之義。其後宋玉、唐勒㉝，漢興枚乘、司馬相如㉞，下及揚子雲㉟，競為侈麗閎衍之詞㊱，沒其風諭之義㊲。是以揚子悔之，曰：「詩人之賦麗以則㊳，辭人之賦麗以淫㊴。如孔氏之門人用賦也，則賈誼登堂㊵，相如入室矣㊶，如其不用何㊷！」自孝武㊸立樂府而采歌謠，於是有代趙之謳㊹，秦楚之風㊺，皆感於哀樂，緣㊻事而發，亦可以觀風俗，知薄厚云㊼。序詩賦為五種。

《易》曰：「上古結繩以治，後世聖人易之以書契，百官以治，萬民以察，蓋取諸〈夬〉。」㊽「夬，揚於王庭」㊾，言其宣揚於王者朝廷，其用㊿最大也。古者八歲入小學，故《周官》保氏掌養國子(51)，教之六書(52)，謂象形(53)、象事(54)、象意(55)、象聲(56)、轉注(57)、假借(58)，造字之本也。漢興，蕭何草律⑤⑨，亦著其法，曰：「太史試學童，能諷書⑥⓪九千字以上，乃得為史。又以六體試之，課最⑥①者以為尚書御史史書令史。吏民上書，字或不正，輒舉劾⑥②。」六體者⑥③，古文、奇字、篆書、隸書、繆篆、蟲書⑥④，皆所以通知古今文字，摹印章，書幡信⑥⑤也。古制，書必同文⑥⑥，不知則闕⑥⑦，問諸故老，至於衰世，是非無正，人用其私。故孔子曰：「吾猶及史之闕文也，今亡⑥⑧矣夫！」蓋傷其寖不正⑥⑨。《史籀篇》⑦⓪者，周時史官教學童書也，與孔氏壁中古文異體。《蒼頡》⑦①七章者，秦丞相李斯所作也；《爰歷》⑦②六章者，車府令趙高所作也；《博學》⑦③七章者，太史令胡母敬所作也：文字多取《史籀篇》，而篆體復頗異，所謂秦篆者也。是時始造隸書矣，起於官獄多事，苟趨省易⑦④，施之於徒隸也。漢興，閭里書師合《蒼頡》、《爰歷》、《博學》三篇，斷六十字以為一章，凡五十五章，為《蒼頡篇》。武帝時司馬相如作《凡將篇》，無復字⑦⑤。元帝時黃門令史游作《急就篇》⑦⑥，成帝時將作大匠⑦⑦李長作《元尚篇》，皆《蒼頡》中正字也。《凡將》則頗有出矣。至元始⑦⑧中，徵天下通小學者以百數，各令記字於庭中。揚雄取其有用者以作《訓纂篇》，順續《蒼頡》，又易《蒼頡》中重復之字，凡八十九章。臣[79]復續揚雄作十三章，凡一百二章，無復字，六藝羣書所載略備矣。《蒼頡》多古字，俗師失其讀，宣帝時徵齊人能正讀者，張敞從受之[80]，傳至外孫之子杜林[81]，為作訓故，并列焉。

作者

班固，生於東漢光武帝建武八年，卒於東漢和帝永元四年（三二——九二）。字孟堅，扶風安陵（今陝西咸陽東）人，九歲能屬文，十六歲入太學，博貫載籍。其後繼承父志撰修《漢書》，歷任蘭臺令史、校書郎。漢和帝永元元年（八九），隨竇憲征匈奴，任中護軍，刻石燕然山記功。後竇憲謀反事敗，班固受牽連，死於獄中。班固是東漢著名史學家及辭賦家，《漢書》是其代表作。

《漢書》記載西漢一代的歷史，與《史記》、《後漢書》及《三國志》合稱「前四史」。《漢書》之編撰，始於班固的父親班彪。班彪繼司馬遷《史記》撰寫《史記後傳》，未竟而卒。班固繼父志，於明帝永平元年（五八）在家私纂《漢書》。後以私著國史罪被捕下獄。弟班超上書力辯，才得釋放。後來明帝任為蘭臺令史，正式命令他續編《漢書》。班固死後，由其妹班昭完成編撰工作。

《漢書》繼承《史記》的體例，創立了斷代紀傳體。全書共一百篇，分十二〈紀〉、八〈表〉、十〈志〉、七十〈列傳〉，記載了漢高祖元年（西元前二〇六）至王莽地皇四年（二三）共二百二十九年的歷史。《漢書》結構謹嚴，記事詳審，文字簡淨，唐以前註解《漢書》的有二十三家，今日較通行的是唐代顏師古的集註。

題解

本文節選自中華書局排印版《漢書．藝文志》，是班固著《漢書》新增的四志之一。它是我國現存最早的一部書目，分六藝、諸子、詩賦、兵書、數術、方技六項，每項分為若干家。此六項再加上「輯略」（集諸書之總要）而定名「七略」，共收書籍三十八種，作者五百九十六人，總計書籍共一萬三千二百六十九卷。每項有總序，每家之後又有小序，對先秦學術思想的源流正變有簡明的敘述。本課選錄了「六藝略．詩類」小序、「詩賦略」總序及「六藝略．小學類」小序三段序文。

首兩段序文，是後世詩家據以論詩的重要文獻，既闡述了詩賦的源流及得失，也談到中國民歌的創作是「感於哀樂，緣事而發，亦可以觀風俗，知薄厚」的觀點。第三段序文則闡述了文字的起源、功用、文字形體的結構類型、特殊形體的特殊用場，以及秦漢時期對文字的整理、隸書的產生、古文的學習和傳承等，是文字學史上一篇重要文獻。

注釋

① 《書》曰：「詩言志，歌詠言。」：語出《尚書‧舜典》。詩言志，謂詩是抒發心志的。詠，《舜典》作永，解作長。歌詠言，意謂歌是徐徐詠唱，以突出詩義。

② 故哀樂之心感，而歌詠之聲發：這是說心中有感於哀樂，口中便發出相應的歌詠之聲。

③ 誦：指節奏分明的朗讀。

④ 詠其聲：把其聲音拉長。

⑤ 采：後作「採」，採集。下同。

⑥ 所以：句中表示動作行為所憑借。

⑦ 殷：指〈商頌〉。

⑧ 魯：指〈魯頌〉。

⑨ 凡：總共。

⑩ 秦：指秦始皇焚書一事。

⑪ 以其諷誦：以，因為。諷，指背誦。

⑫ 竹帛：古代紙未發明前使用的兩種書寫材料。寫於竹者以成簡冊，書於帛者以成帛書。

⑬ 魯申公為《詩》訓故：申公，即申培，西漢魯（今山東曲阜）人。魯詩學的開創者，人稱申公，又稱申培公。訓故，即訓詁，尋求字句原來之解釋。

⑭ 齊轅固、燕韓生皆為之傳：轅固，或以為當作轅固生，西漢齊人。齊詩學的開創者，景帝時為博士。韓生，即韓嬰，西漢燕人。韓詩學的開創者，世稱韓生，文帝時為博士。傳，注釋或闡述經義。

⑮ 或：有的。

⑯ 咸：皆。

⑰ 與不得已，魯最為近之：與，如。此謂一定要說的話，魯詩勉強可以說是最近本義。

⑱ 毛公：指大毛公毛亨。毛亨是西漢魯（今山東曲阜）人，一說河間（今河北獻縣東南）人。毛詩學的開創者，世稱毛公，為區別其弟子毛萇，後人又稱他為大毛公，景帝時為河間獻王博士。

⑲ 子夏：子夏（西元前五〇七——前四〇〇），春秋末宪（故都在今河南淇縣）人。本名卜商，字子夏，孔子弟子。孔子死後，居西河教授，魏文帝尊為師。相傳他序《詩》，傳《易》、《春秋》、《禮》等經。

⑳ 河間獻王：西漢景帝子劉德，栗姬所生。史載他修學好古，實事求是，喜先秦古書。

㉑ 傳曰：「不歌而誦謂之賦，登高能賦可以為大夫。」：這兩句見《詩經・定之方中》第二章毛傳。不過今傳本與本文所引的文句並不全同。誦，指背誦。

㉒ 感物造耑：耑，古「端」字。造耑即發端。因物動志，發端而成相應之詩。耑 ㊉duān ㊀ㄉㄨㄢ ㊄dyn^{1} 音端。

㉓ 微言：隱晦的語言，即今所謂含蓄的語言。

㉔ 揖讓之時：揖讓，賓主相見的禮儀。外交官員應接、酬酢及舉行典禮儀式的時候。揖 ㊉yī ㊀ㄧ ㊄jap^{7} 音邑。

㉕ 諭：令對方了解。

㉖ 蓋：承接上文，表示原因和理由。

㉗ 不肖：與賢相反，指無才德之人。

㉘ 寖：古「浸」字，作漸解。

㉙ 逸在布衣：逸，隱遁。布衣，平民。

㉚ 大儒孫卿及楚臣屈原離讒憂國：孫卿（西元前三二五？——前二三五？），即荀子，名況，字卿。戰國趙人，為先秦儒家學派的重要人物。漢人因避宣帝劉詢之諱，改荀稱孫。屈原（西元前三四〇？——前二七八？），名平，字原。戰國楚人。初佐懷王，任左徒，三閭大夫。後遭讒去職，頃襄王時被放逐，長期流浪沅、湘。離，通罹，遭。

㉛ 風：通諷，用含蓄的話批評。下同。

㉜ 咸有惻隱：咸，都、全。惻隱，傷痛。

㉝ 宋玉、唐勒：宋玉，戰國楚人，後於屈原，或稱他是屈原弟子，辭賦家，曾事頃襄王，作品有〈九辯〉等。唐勒，戰國楚人，後於屈原，與宋玉同時，辭賦家。

㉞ 枚乘、司馬相如：枚乘（？——西元前一四〇），字叔，西漢淮陰（今屬江蘇）人，辭賦家，作品有〈七發〉等。司馬相如（西元前一七九——前一一七），字長卿，西漢蜀郡成都（今屬四川）人。著名辭賦家，所作〈子虛賦〉、〈上林賦〉甚為武帝賞識。

㉟ 揚子雲：揚雄（西元前五三——十八），字子雲，西漢蜀郡成都（今屬四川）人，著名辭賦家，作有〈長楊賦〉、〈甘泉賦〉和〈羽獵賦〉等。

㊱ 競為侈麗閎衍之詞：閎，宏大。衍，廣大。形容文辭華麗而恢宏繁富。閎（漢）hóng（國）ㄏㄨㄥˊ（粵）waŋ^4 音宏。

㊲ 沒其風諭之義：沒，掩蓋。諭，使曉悟。

㊳ 詩人之賦麗以則：此句出自揚雄《法言・吾子篇》。以，而、與。則，法度，這裏指合乎法度。

㊴ 淫：太過、超出法度。

㊵ 則賈誼登堂：賈誼（西元前二〇〇——前一六八），西漢洛陽（今河南洛陽東）人，著名辭賦家，作有〈長楊賦〉、〈甘泉賦〉和〈羽獵賦〉等。

㊶ 相如入室矣：入室，進入內室，比喻所學既精且深。與上句「登堂」均本《論語・先進》：「由也升堂矣，未

入於室也。」

㊷ 如其不用何：猶言沒奈何其不用。

㊸ 孝武：漢武帝劉徹。

㊹ 代趙之謳：代，古國名，戰國時其地在今河北蔚縣東北。漢初轄境擴及山西離石、靈石、昔陽、河北陽原、懷安等地。趙，古國名，戰國時轄境為山西北部、河北西北和南部。謳，歌。謳 ㊉ōu ㊀ㄡ ㊊au^{1} 音歐。

㊺ 風：民歌。

㊻ 緣：因、隨着。

㊼ 云：語末助詞。

㊽ 《易》曰：「上古結繩以治，後世聖人易之以書契，百官以治，萬民以察，蓋取諸〈夬〉。」：見《易・繫辭下》。結繩，文字發明以前採用的一種幫助記憶的方法。書契，指文字。諸，之於。〈夬〉，《易》六十四卦之一，此卦象徵決斷。蓋取諸〈夬〉，指文字的發明大概是受〈夬〉卦斷事明決的啟發。班固以為，文字是為明於治事而創造的，故作此推斷。夬 ㊉guài ㊀ㄍㄨㄞˋ ㊊gwai^{3} 音怪。

㊾ 「夬，揚於王庭」：此為《易・夬》卦辭。是說〈夬〉卦象徵決斷，可以在王者的朝廷公佈小人罪惡。引文意在說明文字的功用，因公佈小人罪惡必須借助文字，方能莊嚴得體。

㊿ 用：用功。

51 《周官》保氏掌養國子：《周官》，書名，即《周禮》。保氏，周代教官名。掌，主掌。國子，公卿大夫等貴族子弟。

52 六書：漢代學者把漢字的構形和使用方式歸納成六種原則，總稱六書。

53 象形：為漢字造字方式之一。即根據所表示的對象的形狀，用線條描畫出來而成字。

54 象事：漢許慎《說文解字・敘》稱為「指事」，即選取一個與所表示意義相關的字形，加上一個指示性符號，以表示其具體意義。

(55) 象意：《說文解字・敘》稱作「會意」，即選取兩個或兩個以上與所表之意義有關的形體，比合在一起構成一個字，來表示這個詞的意義。

(56) 象聲：《說文解字・敘》作「形聲」，即依照所表示的詞的義類確定一個形旁，再找一個與這個詞讀音相同的字作為聲旁，形聲相合構成一個表示這個詞的字。

(57) 轉注：《說文解字・敘》云：「轉注者，建類一首，同意相受，考老是也。」轉注是互訓，在指事、象形、形聲、會意四種文字中，意義相同或相近之字可以互相解釋。如考老同義，老可注考，考可注老，故名為轉注。後人對轉注有不同的說法。

(58) 假借：今一般認為某個詞無法為其造作專字，借用一個已有的音同或音近的字來表示它。

(59) 蕭何草律：蕭何（？——西元前一九三），漢初大臣。楚漢戰爭中，以丞相身份留守關中，為漢朝的建立起重要作用，後封酇侯。定律令制度，協助劉邦滅韓信等異姓諸侯王。作有《九章律》，今佚。草律，起草制定法律。

(60) 諷書：諷，背誦。書，寫。

(61) 課最：課，考試。最，優異、最好。

(62) 輒舉劾：輒，就。舉，檢舉。劾，揭發罪狀。劾 漢 hé 國 ㄏㄜˊ 粵 het^{9} 音核。

(63) 六體者：清李賡芸曰：「六乃八之誤。」可從。即除古文等六體外，加上印章及幡信為八體。

(64) 古文、奇字、篆書、隸書、繆篆、蟲書：古文，指戰國文字形體。奇字，即古文異體，也屬戰國文字形體。篆書，指小篆。隸書，將篆書圓轉的筆畫，改寫為平直或有省簡的一種字體。隸書在戰國即已產生，此處指秦隸。繆篆，一種供刻印章的字體，顏師古稱其文屈曲纏繞。蟲書，即鳥蟲書，戰國時出現的一種加鳥形或蟲形為裝飾符號的字體。繆 漢 móu 國 ㄇㄡˊ 粵 meu^{4} 音謀。

(65) 幡信：幡，旗幟。信，指符節。幡 漢 fān 國 ㄈㄢ 粵 fan^{1} 音番。

(66) 書必同文：必然以相同的文字書寫。

(67) 闕：通缺。

(68) 亡：通無。

(69) 寖不正：寖為浸的本字，作漸解。漸漸不正確。

(70) 《史籀篇》：字書。相傳為周宣王太史所作，十五篇。所收漢字形體稱為大篆，又稱文，今佚。

(71) 《蒼頡》：教學童識字的字書，所收漢字形體為小篆。此書將所收字編為四字一句的韻語，以便學童誦習，今佚。

(72) 《爰歷》：性質同《蒼頡》。

(73) 《博學》：性質同《蒼頡》。

(74) 苟趨省易：苟，苟且。省易，指簡便。

(75) 《凡將篇》，無復字：《凡將篇》，教學童識字的字書，今佚。無復字，沒有重複的字。

(76) 《急就篇》：教學童識字的字書。全書為三言、四言、七言韻語。急就二字見於篇首，是很快可以學成之意，此書今存。下《元尚篇》、《訓纂篇》均屬同一性質字書，但已亡佚。

(77) 將作大匠：官名。掌修作宗廟、路寢、宮室、陵園土木工程，並種桐梓於路旁。

(78) 元始：漢平帝年號（一—五）。

(79) 臣：作者自謂。

(80) 張敞從受之：張敞，字子高，西漢平陽人。宣帝時曾為京兆尹。從受之，把他所讀的記下來。

(81) 杜林：字伯山，東漢扶風茂陵（在今陝西咸陽西）人。建武（廿五——五五）間拜侍御史。治《古文尚書》，著有《蒼頡訓纂》及《蒼頡故》，但不傳。

楚辭 二篇

九歌・山鬼

屈原

若有人兮山之阿①，被薜荔兮帶女蘿②。既含睇兮又宜笑③，子慕予兮善窈窕④。乘赤豹兮從文狸⑤，辛夷車兮結桂旗⑥。被石蘭兮帶杜衡⑦，折芳馨兮遺所思⑧。余處幽篁兮終不見天⑨，路險難兮獨後來⑩。表獨立兮山之上⑪，雲容容⑫兮而在下。杳冥冥兮羌晝晦⑬，東風飄兮神靈雨⑭。留靈脩兮憺忘歸⑮，歲既晏兮孰華予⑯！采三秀⑰兮於山間，石磊磊兮葛蔓蔓⑱。怨公子兮悵忘歸⑲，君思我兮不得閒。山中人兮芳杜若⑳，飲石泉兮蔭松柏㉑。君思我兮然疑作㉒。靁填填㉓兮雨冥冥，猨啾啾兮又夜鳴㉔。風颯颯兮木蕭蕭㉕，思公子兮徒離憂㉖。

九章・哀郢

屈原

皇天之不純命兮㉗，何百姓之震愆㉘？民離散而相失兮，方仲春而東遷㉙。去故鄉而就遠兮㉚，遵江夏以流亡㉛。出國門而軫懷兮㉜，甲之鼂㉝吾以行。發郢都而去閭㉞兮，怊荒忽之焉極㉟？楫齊揚以容與兮㊱，哀見君㊲而不再得。望長楸而太息兮㊳，涕淫淫其若霰㊴。過夏首而西浮兮㊵，顧龍門而不見㊶。心嬋媛㊷而傷懷兮，眇不知其所蹠㊸。順風波以從流㊹兮，焉洋洋而為客㊺。淩陽侯之氾濫兮㊻，忽翺翔之焉薄㊼。心絓結㊽而不解兮，思蹇產而不釋㊾。將運舟而下浮兮㊿，上洞庭而下江(51)。去終古之所居兮(52)，今逍遙(53)而來東。

羌靈魂(54)之欲歸兮，何須臾(55)而忘反。背夏浦而西思兮(56)，哀故都之日遠[57]。登大墳[58]以遠望兮，聊[59]以舒吾憂心。哀州土之平樂兮[60]，悲江介之遺風[61]。當陵陽之焉至兮[62]，淼南渡之焉如[63]？曾不知夏之為丘兮[64]，孰兩東門之可蕪[65]？心不怡[66]之長久兮，憂與愁其相接。惟郢路[67]之遼遠兮，江與夏之不可涉。忽若不信兮[68]，至今九年而不復[69]。慘鬱鬱[70]而不通兮，蹇侘傺而含慼[71]。外承歡之汋約兮[72]，諶荏弱而難持[73]。忠湛湛而願進兮[74]，妒被離而鄣之[75]。堯舜之抗行兮[76]，瞭杳杳而薄天[77]。眾讒人之嫉妒兮，被以不慈之偽名[78]。憎愠惀之脩美兮[79]，好夫人之忼慨[80]。眾踥蹀[81]而日進兮，美超遠而逾邁[82]。

亂曰[83]：曼余目以流觀兮[84]，冀壹反之何時[85]？鳥飛反故鄉兮，狐死必首丘[86]。信非吾罪而棄逐兮[87]，何日夜而忘之[88]？

作者

屈原，生於楚宣王二十七年，卒於楚頃襄王二十二年（西元前三四三——前二七六）。名平，一名正則，號靈均，戰國時代楚國人。屈原是楚王同姓貴族，學問淵博，歷任左徒及三閭大夫等職，曾輔懷王處理國事，對內主張任用賢能，修明法度，對外主張聯齊抗秦。其後為上官大夫所讒，被懷王疏遠。頃襄王時，因令尹子蘭之忌，放逐江南。悲憤憂鬱，自投汨羅江而死。

屈原是中國文學史上最早的大詩人、「騷體」的始創者。著有〈離騷〉、〈九歌〉、〈天問〉、〈九章〉、〈遠遊〉、〈卜居〉及〈漁父〉等。文采絢爛，詞藻瑰奇，表達出作者憤世嫉俗和忠君愛國之情。〈離騷〉一篇，篇幅之長，與造詣之高，被認為是中國詩歌史上之冠。西漢劉向輯錄屈原、宋玉及東方朔的作品，合稱《楚辭》。成為當時南方文學的代表。

題解

〈山鬼〉及〈哀郢〉分別選自《楚辭》之〈九歌〉及〈九章〉，版本據中華書局聚珍倣宋本。《楚辭》為騷體之祖，由於以屈原的〈離騷〉為代表作，故名。這種作品，富於抒情成份和浪漫氣息，篇幅、字句較長，形式也較自由，並多用「兮」字以助語勢，甚有特色。

〈山鬼〉選自《楚辭・九歌》。〈九歌〉本為楚之民歌，屈原仿其意而別製新詞，共十一篇，除此篇外，尚有〈東皇太一〉、〈雲中君〉、〈湘君〉、〈湘夫人〉、〈大司命〉、〈少司命〉、〈東君〉、〈河伯〉、〈國殤〉和〈禮魂〉諸篇。東漢王逸認為〈九歌〉是屈原放逐江南時所作，當時屈原「懷憂苦毒，愁思沸鬱」，作《九歌》以「見己之冤結，託之以風諫」。然今多認為是屈原被放逐之前所作。題為「山鬼」，即以山鬼為篇中主角。關於山鬼，一般以為就是傳說中的巫山女神。全篇遣詞優美，清新幽豔，藉山鬼的自述，寫出一個美麗善良，渴望真誠愛情的傳說人物。

〈哀郢〉則選自《楚辭・九章》。〈九章〉是屈原所作，共九篇，〈哀郢〉是第三篇。據東漢王逸說，〈九章〉乃「屈原放於江南之野，思君念國，憂心罔極」之作。「章者，著也，明也。言己所陳忠信之道，甚著明也。」篇名「哀郢」，因郢為楚之故都（在今湖北江陵西北），後為秦所侵佔。「哀郢」就是哀郢都之陷落而傷百姓之淪為秦人奴隸。時為楚頃襄王二十一年（西元前二七八）。當時秦將白起攻破郢都，頃襄王棄都東遷於陳（今河南淮陽），屈原在流放中聽到此消息，悲憤欲絕，便寫下這篇不朽之作。文中先敘郢都百姓流亡情景，後寫個人感懷。他望故國之喬木，傷江夏之不可涉，因而怨王之不明，自己忠而受讒，信而見疑，以致目睹君死國滅，人民離散，頗有死不得歸之恨。

注釋

① 若有人兮山之阿：若有人，彷彿有個人，指山鬼。阿，山的彎曲處。阿 ㊉漢ē國ㄜ粵ɔ1 音柯。

② 被薜荔兮帶女蘿：被，同披。薜荔，一名木蓮，常綠灌木，蔓生。帶，衣帶，用為動詞。蘿，一本作夢，蔓生植物，女蘿，又叫松蘿。帶女蘿，以女蘿為衣帶。薜 漢bì國ㄅㄧˋ粵bɐi6 音幣。

③ 既含睇兮又宜笑：睇，斜視。含睇，含情流盼。宜笑，笑起來很美。睇（漢）dì（國）ㄉㄧˋ（粵）dai^{6}音弟。

④ 子慕予兮善窈窕：子，對對方的尊稱，這裏是山鬼稱其戀人。慕，愛慕。予，我，山鬼自指。善，指美好，一說指品性好。窈窕，文靜嬌美的樣子。

⑤ 乘赤豹兮從文狸：乘，駕車。乘赤豹，讓赤色的豹駕車，其車即下句「辛夷車」。從，跟從。文，花紋。狸，野貓。從文狸，讓花皮野貓隨從。

⑥ 辛夷車兮結桂旗：辛夷，木蘭一類的花樹。辛夷車，用辛夷香木做的車，山鬼所乘。桂，指桂花樹的枝。結桂旗，編結桂枝做的旗幟。句謂山鬼乘坐用辛夷香木做的車，車上插飾着用桂枝編結而成的旗幟。

⑦ 被石蘭兮帶杜衡：石蘭，又叫山蘭，蘭草中的一種。杜衡，又名杜若、杜蓮、山薑，香草的一種。

⑧ 折芳馨兮遺所思：芳馨，芳香，代指香草。遺，贈送。所思，所思念之人，即山鬼的戀人。遺（漢）wèi（國）ㄨㄟˋ（粵）wai^{6}音位。

⑨ 余處幽篁兮終不見天：余，我，山鬼自指。篁，竹林。幽篁，幽暗的竹林。

⑩ 後來：遲來。

⑪ 表獨立兮山之上：表，突顯地。這句是說山鬼突顯地獨立在山顛上。

⑫ 雲容容：容容，同溶溶。形容雲像流水一樣飄湧。

⑬ 杳冥冥兮羌晝晦：杳冥冥，深暗的樣子。羌，楚方言，發語詞。晦，昏暗。晝晦，白天昏暗不明。

⑭ 神靈雨：神靈，指雨神。雨，下雨。雨神發令降下雨來。

⑮ 留靈脩兮憺忘歸：靈脩，指山鬼戀人。留靈脩，為了讓靈脩來到這裏並留下。憺，安心地。憺（漢）dàn（國）ㄉㄢˋ（粵）dam^{6}音啖。

⑯ 歲既晏兮孰華予：晏，晚暮。歲既晏，指年紀已經老大。華，同花，比喻美好年華，這裏用為動詞，使開花之意。孰華予，誰能使我重新開花？

⑰ 三秀：即靈芝。植物開花稱秀，此種植物每年開花三次，故稱三秀。

⑱ 石磊磊兮葛蔓蔓：磊磊，亂石堆積的樣子。葛，蔓生的一種植物，莖中纖維可織布。蔓蔓，紛亂糾纏着。磊(漢)lěi(國)ㄌㄟˇ(粵)lœy^{5}音壘。蔓(漢)mán(國)ㄇㄢˊ(粵)man^{4}音蠻。

⑲ 怨公子兮悵忘歸：公子，指山鬼戀人。悵忘歸，心中惆悵而忘記了歸去。

⑳ 山中人兮芳杜若：山中人，山鬼自指。杜若，一種芳香的蘭草。芳杜若，芳潔得像杜若一樣。

㉑ 蔭松柏：受松柏的遮蔭。此處指山鬼。

㉒ 君思我兮然疑作：君，山鬼稱其戀人。然疑作，「然」與「疑」相對，「然」表示確是這樣之意，「疑」指未必這樣。此句是說我猜測你在思念着我，我一會兒覺得確是這樣，可是一會兒又覺得未必是這樣。

㉓ 靁填填：靁，雷的本字。填填，打雷聲。

㉔ 猨啾啾兮又夜鳴：猨，同猿。又通狖，黑色的長尾猿。啾啾，猨、狖鳴叫聲。

㉕ 風颯颯兮木蕭蕭：颯颯，風聲。蕭蕭，冷風吹樹所發之聲。颯(漢)sà(國)ㄙㄚˋ(粵)sap^{8}音圾。

㉖ 思公子兮徒離憂：公子，指山鬼戀人。離，通罹，遭受。

㉗ 皇天之不純命兮：皇，大。皇天，對天的尊稱。純，專一有常。命，降命。全句謂天命無常。

㉘ 何百姓之震愆：愆，罪。為甚麼要讓老百姓遭震動、受罪呢？愆(漢)qiān(國)ㄑㄧㄢ(粵)hin^{1}音軒。

㉙ 方仲春而東遷：方，正當。仲春，夏曆二月。東遷，向東逃難。連上三句，寫屈原在流放途中，聽到郢都被秦攻破而想像百姓逃亡的情景。

㉚ 去故鄉而就遠兮：去，離開。故鄉，指郢都。就遠，到遠方去。

㉛ 遵江夏以流亡：遵，沿着。江夏，長江和夏水。夏水位於長江與漢水之間。

㉜ 出國門而軫懷兮：國，國都。軫，悲痛。懷，懷念。軫(漢)zhěn(國)ㄓㄣˇ(粵)dzɐn^{2}或tsɐn^{2}音真，陰上聲，或診。

㉝ 甲之鼂：甲，天干名，古以天干地支相配計日。此處只稱甲，省去了地支名。鼂，同朝，早晨。此謂甲日那天的早晨。鼂(漢)zhāo(國)ㄓㄠ(粵)dziu^{1}音招。

㉞ 發郢都而去閭：發郢都，從郢都出發。閭，里巷之門。這裏指故鄉。閭(漢)lǘ(國)ㄌㄩˊ(粵)lœy^{4}音雷。

㉟ 怊荒忽之焉極：荒忽，同恍惚，心情迷茫的樣子。焉極，哪裏是旅程的盡頭？

㊱ 楫齊揚以容與兮：楫，槳。齊，同。揚，舉也。容與，躊躇不前的樣子。楫(漢)jí(國)ㄐㄧˊ(粵)dzip^{8}音接。

㊲ 君：指楚王。

㊳ 望長楸而太息兮：長楸，指郢都城內外高大的楸樹。太息，嘆息。楸(漢)qiū(國)ㄑㄧㄡ(粵)tsɐu^{1}音秋。

㊴ 涕其若霰：涕，眼淚。，淚落紛紛的樣子。霰，雪珠，此處用以形容淚珠像雪珠一樣紛落。霰(漢)xiàn(國)ㄒㄧㄢˋ(粵)sin^{3}音線。

㊵ 過夏首而西浮兮：夏首，夏水發源處。西浮，向西飄浮。

㊶ 顧龍門而不見：顧，回頭看。龍門，郢都的東門。

㊷ 嬋媛：心緒有所牽掛的樣子。

㊸ 眇不知其所蹠：眇，借作渺，遼遠的樣子，指前方路途十分遼遠。蹠，踐，此處意為落腳。這句是說此番所行路途遼遠，不知落腳之處。蹠(漢)zhí(國)ㄓˊ(粵)dzik^{8}或dzɛk^{8}音即中入聲或隻。

㊹ 從流：一作流從。隨流而行。

㊺ 焉洋洋而為客：焉，於是。洋洋，無所歸的樣子。客，此指流浪在外之人。

㊻ 淩陽侯之氾濫兮：淩，乘。陽侯，相傳是大波之神，後來用以代波浪。氾濫，本指大水漫流，這裏指波浪洶湧無盡。

㊼ 忽翺翔之焉薄：忽翺翔，飄忽飛翔。焉，哪裏。薄，止。焉薄，止在哪裏。

㊽ 絓結：指心中鬱結。絓(漢)guà(國)ㄍㄨㄚˋ(粵)gwa^{3}音掛。

㊾ 思蹇產而不釋：蹇產，曲折的樣子，這裏形容心情不順暢，糾纏曲折。釋，解開。

㊿ 將運舟而下浮兮：運舟，行船。下浮，往下游飄浮。

(51) 上洞庭而下江：洞庭，湖名，今湖南北。江，長江。身後上游是洞庭，前方下游是不盡的長江。

(52) 去終古之所居兮：終古，指自古以來。離開古來祖先所居之處。

㊼ 逍遙：這裏是飄泊不定之意。

㊽ 羌靈魂：羌，楚方言中句首語氣詞。

㊾ 何須臾：片刻。一說須臾即逍遙，逍遙，遊也。

㊿ 背夏浦而西思兮：背，背向。浦，水邊。夏浦，夏水之濱。西思，向西思念。

(57) 哀故都之日遠：故都，指郢都。日遠，一天比一天離得遠。

(58) 大墳：高大的堤岸。

(59) 聊：姑且。

(60) 哀州土之平樂兮：州土，指詩人映入眼簾的江漢平原。平樂，指江漢平原因尚未遭到敵兵破壞，人民仍舊過着太平安樂的生活。

(61) 悲江介之遺風：介，畔。江介，長江邊，這裏指江漢地區。遺風，指楚祖先留下的風俗。今人姜亮夫說，蓋歎楚之政俗已多駁變，先人舊習隳廢，故步不存，故曰悲遺風也。

(62) 當陵陽之焉至兮：當，對着。陵陽，同上文的「陽侯」，指水上波浪。陵陽即陵陽侯之省稱，相傳陵陽侯是古陵陽國之侯，溺水而死，成為大波神，後因用以代指波濤。一說陵陽是地名，為屈原向東流放的終點，故地在今安徽南部青陽以南的陵陽鎮。焉至，到哪裏去。

(63) 淼南渡之焉如：淼，大水茫茫無際的樣子。如，往。焉如，往哪裏去。淼 (漢) miǎo (國) ㄇㄧㄠˇ (粵) miu^{5} 音秒。

(64) 曾不知夏之為丘兮：曾，竟。夏，通廈，指郢都楚宮室。丘，這裏指廢墟。曾 (漢) zēng (國) ㄗㄥ (粵) dzɐŋ^{1} 音增。

(65) 孰兩東門之可蕪：孰，哪一個。兩東門，郢都東關的兩座城門。蕪，長滿野草。這句是說兩座城門哪一座不是先王所建，而竟讓它們長滿野草？

(66) 怡：快樂。

(67) 惟郢路：惟，句首語氣詞。郢路，指返回郢都之路。

(68) 忽若不信兮：姜亮夫認為，「若」下當據一本增去字。去，去國。信，讀如「再宿為信」之信，「信」下疑有宿字。「忽若去不信宿兮」，言思之至於恍惚，似去國之未久，有如信宿者；實則思之已九年之久，而仍不得歸去也。

(69) 至今九年而不復：至今九年，指由被放逐至寫〈哀郢〉時已歷九年。不復，沒有回過郢都。

(70) 慘鬱鬱：心情愁慘鬱結。

(71) 蹇侘傺而含慼：蹇侘傺，困苦失意的樣子。慼，憂傷。侘傺 漢chà chì 國ㄔㄚˋ ㄔˋ 粵tsa³ tsɐi³ 音詫砌。

(72) 外承歡之汋約兮：外，指外表。承歡，承順楚王的歡心。汋約，同綽約，美好的樣子。汋 漢yuè 國ㄩㄝˋ 粵jœk⁹ 音若。

(73) 諶荏弱而難持：諶，實際上。荏，與「弱」同義。荏弱，軟弱。難持，難自持。姜亮夫認為，此二語猶言余外雖承歡有似卓約，內實委頓，不能自持。諶 漢chén 國ㄔㄣˊ 粵sɐm⁴ 音岑。荏 漢rěn 國ㄖㄣˇ 粵jɐm⁵ 或 jɐm⁶ 音任陽上聲或任。

(74) 忠湛湛而願進兮：忠，指忠貞之士。湛湛，深厚的樣子。願進，願意進身為國效力。

(75) 妒被離而鄣之：妒，指嫉妒的小人。被離，同披離，紛亂的樣子。鄣，同障，指障蔽，阻隔。句謂嫉妒者採用各種手段，阻其進身為楚王服務之路。

(76) 堯舜之抗行兮：堯舜，唐堯、虞舜，傳說中的古代聖君。抗，通亢。抗行，高亢的德行。

(77) 瞭杳杳而薄天：瞭杳杳，高遠的樣子。薄，逼近。

(78) 被以不慈之偽名：被，同披，加在身上。不慈，對兒子不慈愛。偽名，煙造的罪名。連上三句言賢如堯舜，亦因受小人嫉妒而蒙受讒謗。

(79) 憎慍惀之脩美兮：憎，憎惡。惀，深憂遠慮貌。脩同修，美。慍惀 漢wěn lún 國ㄨㄣˇ ㄌㄨㄣˊ 粵wɐn³ lœn⁶ 音蘊論。

(80) 好夫人之慨：好，喜歡。夫，指示代詞，那些。人，指眾小人。慨，同慷慨。指小人口頭上裝出激昂慷慨的樣子。夫音扶。

(81) 眾踥蹀：眾，指眾小人。踥蹀，小步行走的樣子。踥蹀 漢qiè dié 國ㄑㄧㄝˋ ㄉㄧㄝˊ 粵tsip⁸ dip⁹ 音妾蝶。

㉜ 美超遠而逾邁：美，指賢人。超，遠。超遠，指被疏遠。逾，通愈。邁，遠離、疏遠。逾邁，愈來愈被疏遠。

㉝ 姜亮夫曰：「按此八句，蓋〈九辯〉中錯簡，亂入本文者。」

㉝ 亂曰：樂歌的末章，相當於今天所說的尾聲。

㉞ 曼余目以流觀兮：曼，引。曼余目，放眼。流觀，四下觀望。

㉟ 冀壹反之何時：冀，希望。壹反，即一返，返故都一次。

㊱ 首丘：把頭朝着出生時的山丘。

㊲ 信非吾罪而棄逐兮：信，確實。棄逐，被放逐。

㊳ 之：代指郢都。

諫逐客書

李斯

臣聞吏①議逐客，竊②以為過矣。昔繆公③求士，西取由余於戎④，東得百里奚⑤於宛，迎蹇叔⑥於宋，來丕豹、公孫支於晉⑦。此五子者，不產⑧於秦，而繆公用之，并⑨國二十，遂霸西戎。孝公用商鞅之法⑩，移風易俗，民以殷盛⑪，國以富彊⑫，百姓樂用，諸侯親服，獲楚、魏之師⑬，舉地千里，至今治⑭彊。惠王用張儀之計⑮，拔三川之地⑯，西巴、蜀⑰，北收上郡⑱，南取漢中⑲，包九夷⑳，制鄢、郢㉑，東據成皋㉒之險，割膏腴㉓之壤，遂散六國之從㉔，使之西面事秦，功施㉕到今。昭王得范雎㉖，廢穰侯㉗，逐華陽㉘，彊公室，杜私門㉙，蠶食諸侯，使秦成帝業。此四君者，皆以客之功。由此觀之，客何負於秦哉！向使四君卻客而不內，疏士而不用㉚，是使國無富利之實而秦無彊大之名也。

今陛下致昆山之玉㉛，有隨、和之寶㉜，垂明月之珠㉝，服太阿之劍㉞，乘纖離㉟之馬，建翠鳳之旗㊱，樹靈鼉之鼓㊲。此數寶者，秦不生一焉㊳，而陛下說㊴之，何也？必秦國之所生然後可，則是夜光之璧㊵不飾朝廷，犀象之器㊶不為玩好，鄭、衞之女㊷不充後宮，而駿良駃騠不實外廄㊸，江南金錫不為用，西蜀丹青不為采㊹。所以飾後宮充下陳㊺娛心意說耳目者，必出於秦然後可，則是宛珠之簪㊻，傅璣之珥㊼，阿縞㊽之衣，錦繡之飾不進於前，而隨俗雅化佳冶窈窕趙女不立於側也㊾。夫擊甕叩缶㊿彈箏搏髀(51)，而歌呼嗚嗚(52)快耳者，真秦之聲也；〈鄭〉、〈衞〉、〈桑間〉(53)、〈昭〉、〈虞〉、〈武〉、〈象〉(54)者，異國之樂也。今棄擊甕叩缶而就〈鄭〉〈衞〉，退彈箏而取〈昭〉〈虞〉，若是者何也？快意當前，適觀(55)而已矣。今取人則不然，不問可否，不論曲直，非秦者去，為客者逐。然則是所重者在乎色樂珠玉，而所輕者在乎人民也，此非所以跨海內制諸侯之術也。

臣聞地廣者粟多，國大者人眾，兵彊則士勇。是以太山不讓(56)土壤，故能成其大；河海不擇細流，故能就⑰其深；王者不卻眾庶⑱，故能明其德⑲。是以地無⑳四方，民無異國，四時充美㉑，鬼神降福，此五帝、三王㉒之所以無敵也。今乃棄黔首以資敵國㉓，卻賓客以業諸侯㉔，使天下之士退而不敢西向，裹足㉕不入秦，此所謂「藉寇兵而齎盜糧㉖」者也。

夫物不產於秦，可寶者多；士不產於秦，而願忠者眾。今逐客以資敵國，損民以益讎㉗，內自虛而外樹怨於諸侯㉘，求國無危，不可得也。

作者

李斯，約生於秦昭襄王二十七年，卒於秦二世二年（西元前二八〇——前二〇八）。楚國上蔡（今河南上蔡）人。幼受業於荀卿，因見楚王不能成大事，乃西入秦，秦王政拜為客卿。秦滅六國後任丞相。秦始皇崩，與趙高矯詔立胡亥，是為二世。二世二年（西元前二〇八）為趙高誣陷，腰斬於咸陽，夷三族。

李斯實踐法家學說，主張廢諸侯，行郡縣，並協助秦始皇統一六國文字和度量衡。他的文章，氣勢磅礴，說理透闢。在文學發展史上，上承縱橫之勢，下啟漢賦之漸，為秦一代散文的代表。所作刻石銘文如〈泰山〉、〈之罘〉、〈東觀〉、〈碣石〉、〈會稽〉諸篇，三句一韻，文采壯麗，對後代碑銘文的發展有深遠影響。

題解

本文選自《史記・李斯列傳》，版本據中華書局排印本，題目為後人所加。

秦王政即位不久，韓國為了分化秦國對諸侯的威脅，派了一個名叫鄭國的人去助秦國修渠，以消耗秦國的力量。此事被秦國識破，秦國的貴族認為外來的人都心懷不軌，建議秦王將外人驅逐，秦王便下令逐客。李斯本為楚國人，當時在秦任客卿，遂上〈諫逐客書〉，力陳逐客之非。秦王讀後，深服李斯高見，遂收回成命。書，指古代皇帝的詔書或臣下的奏記。

注釋

① 吏：在先秦和西漢，大小官員都可以稱吏，這裏指宗室（與國君同祖的貴族）和大臣。
② 竊：私下。自謙之詞。
③ 繆公：即秦穆公（西元前六五九——前六二一在位），名任好，春秋五霸之一。繆 ㊥mù ㊄ㄇㄨˋ ㊇muk⁹ 音木。

④ 西取由余於戎：由余，春秋時秦大夫。原為晉國人，後逃亡到西戎。西戎王派他出使秦國，秦穆公用計使他歸秦，並採用他的計謀，統一了西戎各部落。戎，古代對西部少數民族的泛稱。

⑤ 百里奚：字井伯，楚國宛（今河南南陽）人。原為虞國大夫。晉滅虞後，百里奚被晉國俘去，作為晉獻公女兒的陪嫁奴僕入秦。百里奚逃到楚國宛地，又被楚國邊兵俘獲。穆公知他有才幹，以五張黑色公羊皮把他贖回，並任他為相，所以又稱五羖大夫。奚 (漢)xī(國)ㄒㄧ(粵)hai^{4} 音兮。

⑥ 蹇叔：岐（今陝西岐山東北）人，寓居宋國，是百里奚的好友。經百里奚推薦，穆公用厚禮把他從宋國聘來，任為上大夫。蹇 (漢)jiǎn(國)ㄐㄧㄢˇ(粵)gin^{2} 或 dzin^{2} 音堅陰上聲或剪。

⑦ 來丕豹、公孫支於晉：來，召來。丕豹，晉大夫丕鄭之子。晉惠公（夷吾）殺丕鄭，丕豹逃到秦國。穆公任他為大將攻晉，攻下八城，並生俘夷吾。公孫支，字子桑，岐人，寓居晉國。穆公收為謀臣，任大夫。丕 (漢)pī(國)ㄆㄧ(粵)pei^{1} 音披。

⑧ 產：生、出生。

⑨ 并：兼併。并音併。

⑩ 孝公用商鞅之法：孝公，即秦孝公（西元前三六一——前三三八在位），名渠梁。商鞅（？——西元前三三八），戰國時衞國人，姓公孫，名鞅，又稱衞鞅。因孝公以商於之地（今陝西商縣）封鞅，故稱商鞅。商鞅任秦相十年，先後兩次變法，使秦國富兵強。

⑪ 民以殷盛：以，因此。殷盛，眾多、富裕。

⑫ 彊：強的古字。

⑬ 獲楚、魏之師：秦孝公二十二年（西元前三四〇），商鞅用計大敗魏軍，俘獲魏公子卬，魏割河西之地予秦。同年又曾攻打楚國。

⑭ 治：太平，治理得好。

⑮ 惠王用張儀之計：惠王，即秦惠王，也稱惠文王（西元前三三七——前三一一在位），孝公之子，名駟。他於周

顯王四十四年（西元前三二五）稱王，此後秦國國君都稱王。張儀，魏國人，惠文王時任秦相，用連橫之計破壞六國的合縱，以便使秦對六國個別擊破，對秦最後兼六國起重大作用。

⑯ 拔三川之地：拔，攻取。三川之地，指今河南洛陽一帶，因境內有黃河、伊水、洛水，故稱「三川」，屬韓國土地。秦武王時攻取之後置三川郡。

⑰ 巴、蜀：都是古國名。巴在今四川重慶北，蜀在今四川成都一帶。

⑱ 上郡：戰國魏地，郡城在今陝西榆林東南。周顯王四十一年（西元前三二八），惠文王派公子華與張儀攻魏，魏國以上郡十五縣獻秦求和。

⑲ 漢中：戰國楚地，在今陝西漢中一帶。周赧王二年（西元前三一三），張儀誘騙楚國與齊絕交，次年大破楚軍於丹陽，斬首八萬，接着攻佔楚漢中六百里土地，置漢中郡。

⑳ 包九夷：包，吞併、兼併。「九」是虛指，表示多數。九夷，原指中國東部各少數民族，這裏指楚國境內各少數民族。

㉑ 制鄢、郢：制，控制。鄢、郢，是楚國先後建都的地方。鄢在今湖北宜城東南，郢在今湖北江陵北之紀南城。這裏以鄢、郢代表楚國。鄢 (漢)yān (國)ㄧㄢ (粵)jin1 音煙。郢 (漢)yǐng (國)ㄧㄥˇ (粵)jiŋ5 音仍陽上聲。

㉒ 成皋：又名虎牢，當時周朝都邑以東的軍事要塞，在今河南滎陽汜水。皋 (漢)gāo (國)ㄍㄠ (粵)gou1 音高。

㉓ 膏腴：肥沃。腴 (漢)yú (國)ㄩˊ (粵)jy4 音如。

㉔ 散六國之從：散，解散、瓦解。從，合縱，六國聯合抗秦的結盟。

㉕ 功施：

㉖ 昭王得范雎：昭王，即秦昭襄王（西元前三〇六——前二五一在位），名則，又名稷，惠文王子，武王異母弟。范雎，魏國人，字叔。魏相魏齊懷疑他私通外國，加以逼害。他逃往秦國，後被秦昭王任為相。

㉗ 穰侯：即魏冉，秦昭襄王養母宣太后的異父弟，曾為秦相，封於穰，專朝政三十餘年，秦昭襄王五十一年（西元前二五六）被廢黜。穰 (漢)ráng 或 rǎng (國)ㄖㄤˊ 或 ㄖㄤˇ (粵)jœŋ4 或 jœŋ6 音羊或壤。

㉘ 華陽：即華陽君，宣太后的同父弟戎，封於華陽，也因宣太后的關係，在朝專政，使秦昭襄王大權旁落。後被遣回封地華陽。

㉙ 杜私門：杜，杜絕。私門，對公室而言，指貴族豪門。這裏指穰侯、華陽君等家族的勢力。

㉚ 向使四君卻客而不內，疏士而不用：向，當時。使，假使。卻，推辭、拒絕。使退卻。內，容納。疏，疏遠。內(漢)nà(國)ㄋㄚˋ(粵)nap^{9}音納。

㉛ 致昆山之玉：致，得到。昆山，即崑崙山，古代傳說崑崙山北麓和田產美玉。

㉜ 隨、和之寶：指隨侯珠、和氏璧，皆是珍貴之物。

㉝ 垂明月之珠：垂，垂掛。明月之珠，一種珍異而明亮的珍珠。

㉞ 服太阿之劍：服，佩帶。太阿，寶劍名，相傳是春秋時名匠干將和歐冶子合鑄。

㉟ 纖離：古駿馬名。一說北狄有國名纖離，出產良馬，稱為纖離。

㊱ 建翠鳳之旗：建，豎起。翠鳳之旗，用翠羽造成鳳鳥形狀作裝飾的旗幟。

㊲ 樹靈鼉之鼓：樹，設置。鼉，鱷魚一類動物，俗名「豬婆龍」，古代把它視為神物，所以稱靈鼉。其皮堅可以張鼓。**鼉**(漢)tuó(國)ㄊㄨㄛˊ(粵)tɔ^{4}音駝。

㊳ 秦不生一焉：焉，指以上所言數寶。秦國本身並沒有出產以上所說的寶物。

㊴ 說：通悅。說(漢)yuè(國)ㄩㄝˋ(粵)jyt^{9}音月。

㊵ 夜光之璧：璧，一種中間有孔的圓形玉器。夜光璧是一種玉名。《戰國策・楚策》載張儀為秦游說楚王，楚王乃遣使獻夜光之璧等物於秦王。

㊶ 犀象之器：用犀牛角和象牙製成的器物。

㊷ 鄭、衛之女：鄭、衛，古國名。鄭國和衛國的女子，以能歌善舞著稱。此泛指別國美女。

㊸ 駃騠不實外廄：駃騠，古代北方駿馬名。外廄，宮外的養馬棚。駃騠(漢)jué tí(國)ㄐㄩㄝˊ ㄊㄧˊ(粵)kyt^{8} tai^{4}音決提。

㊹ 丹青不為采：丹青，丹砂和青雘，古代用作顏料。不為采，不被採用。

㊺ 下陳：參高冊第十課〈馮諼客孟嘗君〉注㊹。

㊻ 宛珠之簪：用宛地出產的明珠裝飾的髮簪。或謂以珠宛轉而裝之簪。

㊼ 傅璣之珥：傅，附着。璣，非圓形的珠子。珥，耳飾。此謂鑲着珠子的耳飾。

㊽ 阿縞：阿，齊國東阿（今山東陽谷東北阿城）。或作繒，指細繒。縞，白色絲織品。縞 ㊙漢gǎo 國ㄍㄠˇ 粵gou^{2} 音稿。

㊾ 隨俗雅化佳冶窈窕趙女不立於側也：隨俗雅化，隨着時尚而打扮得雅致漂亮。佳冶，美好妖冶。窈窕，美好貌。趙女，趙國女子。趙國在今山西北部、河北西部和南部一帶，傳說古代燕趙一帶多美女。

㊿ 擊甕叩缶：甕，形似陶製的盛水器。缶，形似瓦罐。秦國用甕缶來作敲擊樂器。甕 漢wèng 國ㄨㄥˋ 粵uŋ^{3} 音蕹。缶 漢fǒu 國ㄈㄡˇ 粵fɐu^{2} 音否。

(51) 彈箏搏髀：箏，古代秦地的一種弦樂器。搏，拍擊。髀，大腿。髀 漢bì 國ㄅㄧˋ 粵bei^{2} 音比。

(52) 嗚嗚：形容秦人唱歌的聲音。

(53) 〈鄭〉、〈衛〉、〈桑間〉：鄭、衛，指鄭、衛之音，是春秋末年流行於鄭國、衛國的民間音樂，以悅耳著稱。桑間，即桑間，衛國地名，在今河南濮陽一帶。當時青年男女常在這裏歡聚歌唱。這裏的〈桑間〉指桑間之音，即鄭衛的民歌。

(54) 〈昭〉、〈虞〉、〈武〉、〈象〉：〈昭〉、〈虞〉，即〈韶〉、〈虞〉，昭與韶音義並同。〈武〉、〈象〉，周武王時的一種樂舞，其樂曲稱〈武〉，舞蹈稱〈象〉。〈昭〉、〈虞〉、〈武〉、〈象〉指虞舜、周武王所立之樂，其音富麗典雅。

(55) 適觀：看起來舒適。

(56) 讓：辭讓、拒絕。

(57) 就：與「成」同義，指形成、造成。

(58) 不卻眾庶：卻，推辭。眾庶，百姓。

⑲ 明其德：明，昌揚，顯著。使自己的德望昭著。
⑳ 無：無分別。
㉑ 四時充美：四時，四季。充美，指生活富庶美好。
㉒ 五帝、三王：說法不一，據《史記》，五帝，指黃帝、顓頊、帝嚳、堯、舜。三王，指夏禹、商湯和周文王、周武王。
㉓ 棄黔首以資敵國：棄，同棄。黔，黑色。人以黑巾裹頭，故稱黔首。黔首，指秦時對百姓的稱呼。資，資助、給。
㉔ 業諸侯：業，事。使諸侯成就功業。
㉕ 裹足：包裹其足。謂有所顧慮而止步。
㉖ 藉寇兵而齎盜糧：藉，借給。寇，殺人搶劫的暴徒。兵，兵器。齎，給人財物。糧，乾糧，糧食。齎 ㊥jī ㊀ㄐㄧ ㊇dzai[1] 音擠。
㉗ 損民以益讎：損民，減少百姓。益，增加。讎，讎敵。益讎，使敵國增加人口。讎 ㊥chóu ㊀ㄔㄡˊ ㊇tsau[4] 音酬。
㉘ 內自虛而外樹怨於諸侯：內自虛，對內削弱國家的實力。樹怨，樹立怨恨。外樹怨於諸侯，謂被驅逐逃往其他諸侯國的人，將會拼死輔佐別國攻秦，這等於秦國對外樹立了眾多的讎敵。

過秦論上

賈誼

秦孝公據崤函之固①，擁雍州②之地，君臣固守，以窺③周室。有席卷天下，包舉宇內，囊括四海之意④，并吞八荒⑤之心。當是時也，商君⑥佐之，內立法度，務⑦耕織，脩守戰之具；外連衡而鬬諸侯⑧。於是秦人拱手而取西河之外⑨。

孝公既沒⑩，惠文、武、昭、襄蒙故業⑪，因⑫遺策，南取漢中⑬，西舉巴蜀⑭，東割膏腴⑮之地，北⑯收要害之郡。諸侯恐懼，會盟而謀弱秦⑰。不愛珍器重寶肥饒之地，以致⑱天下之士。合從締交⑲，相與為一⑳。當此之時，齊有孟嘗㉑，趙有平原㉒，楚有春申㉓，魏有信陵㉔：此四君者，皆明智而忠信，厚而愛人，尊賢而重士。約從離衡㉕，兼韓、魏、燕、趙、宋、衞、中山之眾㉖。於是六國之士有甯越、徐尚、蘇秦、杜赫之屬為之謀㉗，齊明、周最、陳軫、召滑、樓緩、翟景、蘇厲、樂毅之徒㉘通其意，吳起、孫臏、帶佗、倪良、王廖、田忌、廉頗、趙奢之屬制其兵㉙。嘗以十倍之地，百萬之師，仰關而攻秦㉚。秦人開關延敵㉛，九國之師逡巡㉜遁逃而不敢進。秦無亡矢遺鏃㉝之費，而天下諸侯固已困㉞矣。於是從散約敗，爭割地而賂㉟秦。秦有餘力而制其弊㊱，追亡逐北㊲，伏尸㊳百萬，流血漂櫓㊴，因利㊵乘便，宰割天下，分裂山河，彊國請服㊶，弱國入朝㊷。

施㊸及孝文王、莊襄王㊹，享國之日淺㊺，國家無事。及至始皇㊻，奮六世之餘烈㊼，振長策而御寓內㊽，吞二周而亡諸侯㊾，履至尊而制六合㊿，執敲朴而鞭笞天下⑤①，威振四海。南取百越⑤②之地，以為桂林、象郡⑤③，百越之君俛首係頸⑤④，委命下吏⑤⑤。乃使蒙恬北築長城而守藩籬⑤⑥，卻匈奴七百餘里，胡人不敢南下而牧馬，士⑤⑦不敢彎弓而報怨。於是廢先王之道，焚百家之言⑤⑧，以愚黔首⑤⑨。墮名城，殺豪傑，收天下之兵聚之咸陽[60]，銷鋒鏑[61]，鑄以為金[62]人十二，以弱天下之民。然後踐華為城[63]，因河為池[64]，據億丈之高[65]，臨不測之淵以為固[66]。良將勁弩[67]而守要害之處，信臣精卒，陳利兵而誰何[68]。天下已定，始皇之心，自以為關中之固，金城[69]千里，子孫帝王萬世之業也。

始皇既沒，餘威震於殊俗[70]。然陳涉甕牖繩樞之子[71]，氓隸[72]之人，而遷徙之徒[73]也，才能不及中人[74]，非有仲尼、墨翟之賢[75]，陶朱、猗頓之富[76]。躡足行伍[77]之間，而俛起阡陌[78]之中，率疲弊之卒，將數百之眾，轉而攻秦。斬木為兵，揭[79]竿為旗，天下雲合嚮應[80]，贏糧而景從[81]，山東豪俊並起而亡秦族矣[82]。且夫天下非小弱也[83]；雍州之地、崤函之固，自若[84]也。陳涉之位，非尊於齊、楚、燕、趙、韓、魏、宋、衞、中山之君也；鉏耰棘矜[85]，非銛於鉤戟長鎩也[86]；適戍之眾[87]，非亢[88]於九國之師也；深謀遠慮、行軍用兵之道，非及鄉[89]時之士也。然而成敗異變，功業相反，何也？試使山東之國與陳涉度長挈大[90]，比權量力，則不可同年而語矣。然秦以區區之地，致萬乘之勢⑨①，序八州而朝同列⑨②，百有餘年矣。然後以六合為家，殽函為宮。一夫作難而七廟墮⑨③，身死人手⑨④，為天下笑者，何也？仁義不施，而攻守⑨⑤之勢異也。

作者

賈誼，生於漢高祖六年，卒於漢文帝十一年（西元前二〇一——前一六九）。雒陽（今河南洛陽）人。幼好學，博通諸子百家，二十二歲召為博士，獲擢為太中大夫。後因遭讒謗貶為長沙王太傅，再遷梁懷王太傅。梁懷王（文帝少子）其後墮馬喪命，賈誼自傷未盡太傅之責，抑鬱而終，年僅三十三。

賈誼是西漢著名學者及辭賦家，具有社會和政治遠見。但屢遭權臣周勃、灌嬰等排斥，其懷才不遇與屈原相似。辭賦如〈弔屈原賦〉、〈鵩鳥賦〉諸篇，藉寫屈原與鵩鳥之遭遇，排遣失意之情。政論文如〈過秦論〉、〈陳政事疏〉、〈論積貯疏〉等，命題精確，氣勢縱橫，為漢代散文的傑作。後人將賈誼所著輯為《新書》傳世。

題解

〈過秦論〉，《史記》及《昭明文選》均有轉載，然而次第不同，詞句亦有出入。本文版本則據《先秦兩漢古籍逐字索引・賈誼新書逐字索引》。全文分上、下二篇，今錄其上篇。論，猶今之論說文。

本篇總論秦之統一天下與衰亡經過，指出秦始皇能夠統一中國，是善用權術及軍事力量的結果，而它的覆滅則因施行暴政所致。文中所述，雖有誇張失實之處，可是正氣凜然，辭鋒銳利，遂成中國政治文學的名篇。

注釋

① 秦孝公據崤函之固：秦孝公，秦國國君。姓嬴，名渠梁（西元前三六一——前三三八在位）。他任用商鞅實行變法，使秦富強。崤，又寫作殽，山名，在函谷關之東（今河南西部）。函，指函谷關（今河南靈寶東北）。當時崤山、函谷關是秦國的東部邊境。崤 漢yáo 國ㄧㄠˊ 粵ŋau^{4} 音肴。

② 雍州：古九州之一，相當於今陝西東部、北部及甘肅部分地區。秦國原是封於這裏。

③ 窺：偷看。這裏有伺機圖謀的意思。

④ 有席卷天下，包舉宇內，囊括四海之意：席卷、包舉、囊括，都有并吞的意思。席卷，用席子把東西全部卷走。包舉，用布包把東西全部拿走。舉，收取。囊括，用口袋把東西全部裝走。天下、宇內、四海，都是天下的意思。

⑤ 八荒：四方和四隅叫做八荒，泛指全中國。

⑥ 商君：即商鞅（約西元前三九〇——前三三八），姓公孫，名鞅，宪國人，助孝公變法，有功於秦，封於商，故稱商君。又名宪鞅。

⑦ 務：致力從事。

⑧ 外連衡而鬬諸侯：連衡，也寫作連橫，指西方的秦國和東方的魏、韓、趙、燕、齊、楚等國訂立盟約，以期利用六國的矛盾作個別擊破的策略。句謂對外實行連衡策略，使各國諸侯自相爭鬥。

⑨ 拱手而取西河之外：拱手，兩手合抱，比喻輕而易舉。西河，指當時秦魏交界的黃河西岸地區，原屬魏國。周赧王十一年（西元前三〇四）商鞅攻魏，魏割西河地區與秦。隨後，秦又向東擴張，所以這裏說「取西河之外」。

⑩ 沒：通歿，死亡。

⑪ 惠文、武、昭襄蒙故業：惠文，秦惠文王，又稱惠王，秦孝公之子，名駟，周顯王三十二年（西元前三三七）即位，始稱王。武，秦武王，秦惠文王之子，名蕩，周赧王五年（西元前三一〇）即位。昭襄，秦昭襄王，又稱昭王，秦武王的異母弟，名則，一名稷，周赧王九年（西元前三〇六）即位。蒙，蒙受、繼承。

⑫ 因：因襲、遵循。

⑬ 漢中：今陝西南部漢水流域一帶。

⑭ 西舉巴蜀：舉，攻取。巴、蜀，皆古國名，在今四川，巴在東部一帶，蜀在西部一帶。

⑮ 膏腴：肥沃。腴（漢）yú（國）ㄩˊ（粵）jy^{4}音如。

⑯ 北：一本無北字。

⑰ 弱秦：使秦國削弱。

⑱ 致：招致、收羅。

⑲ 合從締交：合從，也寫作合縱，指東方六國南北聯合，共同抗秦的策略。締交，結交。從（漢）zōng（國）ㄗㄨㄥ（粵）dzuŋ^{1}音中。

⑳ 相與為一：相與，互相交結。為一，成為一體。

㉑ 孟嘗：即孟嘗君田文，齊國貴族田嬰的兒子。

㉒ 平原：即平原君趙勝（?——西元前二五一），趙惠文王之弟。

㉓ 春申：即春申君黃歇（?——西元前二三八），曾任楚國令尹。

㉔ 信陵：即信陵君魏無忌（?——西元前二四三），魏安釐王的異母弟。連上三人皆以養士聞名。

㉕ 約從離衡：約從，相約合從。離衡，離散連橫。

㉖ 兼韓、魏、燕、趙、宋、衞、中山之眾：兼，聚合。宋、宪、中山，戰國時三個較小的國家，當時分別附屬於齊、魏、趙。

㉗ 甯越、徐尚、蘇秦、杜赫之屬為之謀：甯越（西元前四四五——三八五），趙國人。徐尚，宋國人。蘇秦，東周洛陽人，主張合從抗秦的代表人物，當時曾任從約長。杜赫，周人。之屬，指這一類人。甯 (漢)níng(國)ㄋㄧㄥˊ(粵)ning^{4} 音寧。

㉘ 齊明、周最、陳軫、召滑、樓緩、翟景、蘇厲、樂毅之徒：齊明，東周的臣子。周最，東周君的兒子。陳軫，楚國人。召滑，楚國人。樓緩，趙國人，曾任魏相。翟景，魏國人。蘇厲，蘇秦之弟。樂毅，中山國人，曾任燕昭王亞卿。軫 (漢)zhěn(國)ㄓㄣˇ(粵)dzɐn^{2} 或 tsɐn^{2} 音真陰上聲或診。召 (漢)shào(國)ㄕㄠˋ(粵)siu^{6} 音紹。

㉙ 吳起、孫臏、帶佗、倪良、王廖、田忌、廉頗、趙奢之屬制其兵：吳起（西元前四四〇——三八〇），宪國人，戰國前期著名軍事家，先為魏將，後為楚國的相。孫臏（西元前三八〇——三二〇），戰國中期著名軍事家，孫武的後代。帶佗，楚國的將軍。倪良、王廖，當時著名的將領。田忌（西元前三八五——三一五），齊國大將。廉頗、趙奢，趙國名將。制，控制、統帥。

㉚ 仰關而攻秦：仰，《史記》作叩。仰關，攻打函谷關。齊、燕、韓、趙、魏，曾於周慎王三年（西元前三一八）攻秦，楚、趙、韓、燕、魏，曾於秦王政六年（西元前二四一）攻秦，兩次聯合攻秦均遭失敗。

㉛ 延敵：延，延納、引進。這裏指迎敵。

㉜ 逡巡：徘徊不前。逡(漢)qūn(國)ㄑㄩㄣ(粵)sœn^{1}音荀。

㉝ 亡矢遺鏃：亡，與遺同義，丟失。鏃，箭頭。鏃(漢)zú(國)ㄗㄨˊ(粵)dzuk^{9}音族。

㉞ 困：困頓。

㉟ 賂：以財物送人。

㊱ 制其弊：弊，困弊。猶承其弊。

㊲ 追亡逐北：亡，逃跑的人。北，敗北的人。

㊳ 伏尸：屍體伏地。

㊴ 漂櫓：櫓，大盾牌。漂浮起盾牌。漂櫓(漢)piāo lǔ(國)ㄆㄧㄠ ㄌㄨˇ(粵)piu^{1} lou^{5}音飄老。

㊵ 因利：因，憑借。利，指有利的形勢。

㊶ 請服：自動請求臣服。

㊷ 朝：朝拜。

㊸ 施：延伸。一本作延。

㊹ 孝文王、莊襄王：孝文王，秦昭襄王之子，名柱（西元前二五〇即位），即位後三天就死了。莊襄王，秦孝文王之子，名子楚（西元前二四九即位），在位三年。

㊺ 享國之日淺：享受國君之位的日子很短。

㊻ 始皇：秦始皇，莊襄王的兒子，名政，西元前二四六即位。在位二十六年（西元前二二一）而統一天下，自以為德兼三皇，功過五帝，故號皇帝，又欲傳世一至萬世，乃除謚法，號始皇帝。在位共三十七年。

㊼ 奮六世之餘烈：奮，奮起、振作。六世，六代。指孝公、惠文王、武王、昭襄王、孝文王、莊襄王。烈，功業。餘烈，留傳下來的功業。

㊽ 振長策而御寓內：振，舉起。策，鞭子。御，駕馭、統治。寓內，即宇內。句謂像舉起長鞭趕馬那樣統治各國。

㊾ 吞二周而亡諸侯：二周，東周和西周，是周朝沒落後演化成的兩個小國。亡諸侯，使諸侯滅亡。

㊿ 履至尊而制六合：履，踏、登上。至尊，指帝位。六合，天地和東、南、西、北四方，這裏泛指天下。

(51) 執敲朴而鞭笞天下：敲朴，刑具，短的叫敲，長的叫朴。鞭笞，鞭打。朴 漢pū國ㄆㄨ粵pɔk^{8}音撲。笞 漢chī國ㄔ粵tsi^{1}音雌。

(52) 百越：古時越人部落分佈很廣，除越國外，還有甌越、閩越、南越、駱越等，居住在今浙江、福建、廣東、廣西一帶，種族不一，統稱百越。

(53) 以為桂林、象郡：以為，把它作為。桂林，郡名，在今廣西北部。象郡，郡名，在今廣西南部及其以南、以西部分地區。

(54) 俛首係頸：俛，俯的異體字。係，同繫。古代向人表示降服的時候，是低頭用繩子拴住自己的脖子。

(55) 委命下吏：委，交付。把生命交給秦的下級官吏。

(56) 乃使蒙恬北築長城而守藩籬：蒙恬，秦將。秦始皇八年（西元前二一四），秦始皇派他率三十萬人修長城。藩籬，籬笆，這裏指障。

(57) 士：指東方六國之人。

(58) 百家之言：指各種學派的著作。

(59) 黔首：黔，黑色。當時人民以黑巾裹頭，故稱黔首。此乃秦朝對平民百姓的稱呼。黔 漢qián國ㄑㄧㄢˊ粵kim^{4}音鉗。

(60) 收天下之兵聚之咸陽：兵，兵器。咸陽，秦朝都城，在今陝西咸陽東北。

(61) 銷鋒鏑：銷，熔燬。鋒，兵刃。鏑，箭頭。鏑 漢dí國ㄉㄧˊ粵dik^{7}音的。

(62) 金：指金屬。

(63) 踐華為城：踐，踩，指登上。華，華山，在今陝西華陰西南。此句指倚華山之勢而為城。

(64) 因河為池：因，憑借。河，黃河。池，護城河。

⑥⑤ 億丈之高：指華山。

⑥⑥ 臨不測之淵以為固：臨，下臨，從高處往下看。淵，深水。不測，深不可測。不測之淵，指黃河。固，險要。

⑥⑦ 勁弩：弩，一種用機栝發箭的弓。勁弩，強弓，這裏指弓弩手。弩 (漢)nǔ(國)ㄋㄨˇ(粵)nou^{5}音腦。

⑥⑧ 陳利兵而誰何：陳利兵，佈置精鋭的軍隊。何，通呵。誰何，呵問是誰，即嚴行緝查盤問之意。

⑥⑨ 金城：比喻城郭堅固。

⑦⓪ 殊俗：不同風俗的地方，這裏指邊遠地區。

⑦① 然陳涉甕牖繩樞之子：陳涉（？——西元前二〇八），名勝，字涉，陽城（今河南登封）人。中國歷史上第一次大規模農民起義的領袖，建號大楚，自稱張楚王。牖，窗戶，此作動詞用。甕牖，用破缸做窗戶。樞，門樞，此作動詞用。繩樞，用繩子拴門軸。此句形容陳涉出身寒微。甕 (漢)wèng(國)ㄨㄥˋ(粵)uŋ^{3}音蕹。牖 (漢)yǒu(國)ㄧㄡˇ(粵)jɐu^{5}音友。樞 (漢)shū(國)ㄕㄨ(粵)sy^{1}音書。

⑦② 氓隸：指自己沒有土地，靠出賣勞力從事農業的人。氓 (漢)méng(國)ㄇㄥˊ(粵)maŋ^{4}或mɐŋ^{4}音盲或盟。

⑦③ 遷徙之徒：被征發服役的人。遷徙，指秦二世元年（西元前二〇九）陳涉等被征發到漁陽（今北京密云西南）守邊之事。

⑦④ 中人：一般人、普通人。

⑦⑤ 仲尼、墨翟之賢：仲尼，即孔子（西元前五五一——前四七九），名丘，字仲尼，春秋末年魯國人，儒家學派創始人。墨翟（西元前四八〇——前三九〇），即墨子，春秋後期思想家，墨家學派創始人。翟 (漢)dí(國)ㄉㄧˊ(粵)dik^{9}音敵。

⑦⑥ 陶朱、猗頓之富：陶朱，即春秋時越國的范蠡。他幫助越王勾踐滅吳後，即棄官到陶（今山東定陶西北）地，經商成為巨富，自稱陶朱公。猗頓，春秋時魯國人。他向陶朱學習致富方法，在猗氏（今山西臨猗南）經商而致富。猗 (漢)yǐ(國)ㄧˇ(粵)ji^{2}音倚。

⑦⑦ 躡足行伍：躡足，插足，有置身的意思。行伍，軍隊。躡 (漢)niè(國)ㄋㄧㄝˋ(粵)nip^{9}音聶。

⑱ 俛起阡陌：俛起，身處卑屈的地位而奮起。阡陌，田間小路，東西為阡，南北為陌，這裏指田野。

⑲ 揭：高舉。

⑳ 雲合嚮應：雲合，像雲彩一樣匯合，《史記・秦始皇本紀》作「雲集」。嚮，回聲。嚮應，像回聲一樣應和。

㉑ 贏糧而景從：贏，肩挑、背負。糧，路上吃的乾糧。景，古影字。景從，像影子那樣隨從。贏 漢 yíng 國 ㄧㄥˊ 粵 jiŋ^{4} 音仍。景 漢 yǐng 國 ㄧㄥˇ 粵 jiŋ^{2} 音影。

㉒ 山東豪俊並起而亡秦族矣：山東，崤山以東，指東方六國。秦族，秦朝的宗族，指秦政權。

㉓ 且夫天下非小弱也：且夫，發語詞。天下，指秦王朝。意謂秦朝天下並無削弱。

㉔ 自若：依然如故。

㉕ 鉏耰棘矜：鉏，鋤頭。耰，平整土地的工具，形如榔頭。棘矜，棗木棍。鉏 漢 chú 國 ㄔㄨˊ 粵 tsɔ^{4} 音鋤。耰 漢 yōu 國 ㄧㄡ 粵 jɐu^{1} 音丘。

㉖ 非銛於鉤戟長鎩也：銛，鋒利。鉤戟，帶鉤的戟。長鎩，長矛。銛 漢 xiān 國 ㄒㄧㄢ 粵 tsim^{1} 音簽。戟 漢 jǐ 國 ㄐㄧˇ 粵 gik^{7} 音擊。鎩 漢 shā 國 ㄕㄚ 粵 sat^{8} 音殺。

㉗ 適戍之眾：適，通謫，因有罪而被貶調去守邊塞，這裏指被征發去守邊。指陳涉所率領屯聚在大澤鄉的九百戍卒。

㉘ 亢：高、強。

㉙ 鄉：同嚮，從前。

㉚ 度長挈大：度長，指量長短。挈大，衡量大小。挈 漢 qiè 國 ㄑㄧㄝˋ 粵 kit^{8} 音揭。

㉛ 致萬乘之勢：致，取得。乘，量詞，一輛兵車。萬乘之勢，指帝王的權勢。周制，天子地方千里，有兵車萬乘；諸侯地方百里，有兵車千乘。

㉜ 序八州而朝同列：序，安排、擺佈。八州，古時天下分為九州，秦居雍州，其餘八州是冀州、豫州、揚州、兗州、徐州、梁州、青州、州，是其他諸侯所屬的地方。朝，朝拜。同列，地位等級相同，指原先與秦平等的六

國。

⑨³ 一夫作難而七廟墮：一夫，指陳涉。作難，發難。七廟，天子祖廟。周制，天子祖廟奉祀七代祖先，因稱七廟。墮，通隳，毀滅。

⑨⁴ 身死人手：指秦二世被趙高殺死（約西元前二〇七），子嬰被項羽殺死。

⑨⁵ 攻守：指攻取天下和守衛天下。

前出師表

諸葛亮

先帝①創業未半而中道崩殂②，今天下三分，益州疲弊③，此誠危急存亡之秋④也。然侍衞之臣不懈於內，忠志之士忘身於外者，蓋追先帝之殊遇⑤，欲報之於陛下也。誠宜開張聖聽⑥，以光先帝遺德，恢弘⑦志士之氣，不宜妄自菲薄，引喻失義⑧，以塞忠諫之路也。宮中府中⑨，俱為一體，陟罰臧否，不宜異同⑩。若有作姦犯科⑪及為忠善者，宜付有司⑫論其刑賞，以昭陛下平明之理⑬，不宜偏私，使內外異法⑭也。

侍中、侍郎郭攸之、費禕、董允⑮等，此皆良實，志慮忠純，是以先帝簡拔以遺陛下⑯。愚以為宮中之事，事無大小，悉以咨之⑰，然後施行，必能裨補闕漏⑱，有所廣益。將軍向寵，性行淑均⑲，曉暢軍事，試用於昔日，先帝稱之曰能，是以眾議舉寵為督⑳。愚以為營中之事，悉以咨之，必能使行陣㉑和睦，優劣得所。親賢臣，遠小人，此先漢所以興隆也；親小人，遠賢臣，此後漢所以傾頹也。先帝在時，每與臣論此事，未嘗不歎息痛恨於桓、靈㉒也。侍中、尚書、長史、參軍㉓，此悉貞良死節㉔之臣，願陛下親之信之，則漢室之隆，可計日而待也。

臣本布衣㉕，躬耕於南陽㉖，苟全性命於亂世，不求聞達於諸侯。先帝不以臣卑鄙㉗，猥㉘自枉屈，三顧臣於草廬之中，諮臣以當世之事，由是感激，遂許先帝以驅馳㉙。後值傾覆㉚，受任於敗軍之際，奉命於危難之間，爾㉛來二十有一年矣。先帝知臣謹慎，故臨崩寄臣以大事也㉜。受命以來，夙夜㉝憂歎，恐託付不效㉞，以傷先帝之明。故五月渡瀘㉟，深入不毛㊱。今南方已定，兵甲已足，當獎率三軍，北定中原，庶竭駑鈍㊲，攘除㊳姦凶，興復漢室，還于舊都㊴。此臣之所以報先帝，而忠陛下之職分也。

至於斟酌損益㊵，進盡忠言，則攸之、禕、允之任也。願陛下託臣以討賊興復之效；不效，則治臣之罪，以告先帝之靈。若無興德之言，則責攸之、禕、允等之慢，以彰其咎。陛下亦宜自謀，以咨諏善道㊶，察納雅言，深追先帝遺詔。臣不勝受恩感激。今當遠離，臨表涕零，不知所言。

作者

諸葛亮，生於東漢靈帝光和四年，卒於蜀漢後主建興十二年（一八一——二三四）。字孔明，琅琊陽都（今山東沂南）人。自幼刻苦研讀，以管仲、樂毅自比。東漢末年，隱居隆中（今湖北襄樊），劉備聞其才，遂三顧草廬，聘為軍師。諸葛亮出山後，助劉備東和孫權，北拒曹操，建立蜀國，與魏、吳成鼎足之勢。劉備死後，諸葛亮鞠躬盡瘁地輔翼後主劉禪，對內整飾吏治，對外六次北伐曹魏，終在北伐途中卒於五丈原（今陝西渭縣），謚忠武。

諸葛亮是三國時代著名政治家及軍事家，也是一代名相，他任賢能，嚴賞罰，分兵屯田，興修水利，舉國上下，政治清明。他的著作多已散佚，僅存《諸葛武侯集》一種。

題解

本文選自《三國志・蜀書・諸葛亮傳》，版本據中華書局排印版。本文是諸葛亮出師伐魏前寫給蜀漢後主劉禪的奏章。

諸葛亮受劉備臨終所託，忠心輔助劉禪，於平定西南少數民族地區之後，出師伐魏，時為後主建興五年（二二七）。行前，他有感於後主劉禪昏弱不明，偏信宦官黃皓，因此上表後主，一方面指述當前形勢，應以攻取策略破危困之局；另一方面說明為君之道，必須親賢遠佞，發奮自強。同時舉薦可信任之賢臣，以輔國政，使自己出師在外而無後顧之憂，得以悉心於攻伐興復之事。忠耿之心，肺腑之言，懇切動人。論者以此與李密〈陳情事表〉並許為名篇傑作。

注釋

① 先帝：先，表示已死的尊長，此指昭烈帝劉備（一六一——二二三）。

② 崩殂：死。古時皇帝的死稱崩，又稱殂。劉備於章武三年（二二三）病死於四川白帝城。殂 漢 cú 國 ㄘㄨˊ 粵 tsou^4 音曹。

③ 益州疲弊：益州，蜀國所在地，今四川一帶。這裏指蜀漢。疲弊，困乏。指蜀漢名將關羽於章武元年（二二一）失荊州，劉備於翌年（二二二）被東吳陸遜所敗，致使蜀國疲敝困乏。

④ 秋：這裏是時刻的意思。由於秋是收穫季節，故以此比喻重要時刻。

⑤ 追先帝之殊遇：追，追念。殊遇，特別的待遇。

⑥ 開張聖聽：聖，對後主的尊稱。開張聖聽，請後主廣開言路。意思是要後主廣泛聽取別人的意見。

⑦ 恢弘：這裏是動詞，發揚、擴大之意。

⑧ 妄自菲薄，引喻失義：妄，胡亂、隨意。菲，薄的意思，輕視、鄙視。引喻，稱引譬喻。義，宜的意思，適宜、恰當。引喻失義，謂說話不恰當。

⑨ 宮中府中：宮中，皇宮中，指內廷的親信。府中，丞相府中，指一般的官吏。

⑩ 陟罰臧否，不宜異同：陟罰，升黜。臧否，善惡，獎善懲惡。異同，指異。陟(漢)zhì(國)ㄓˋ(粵)dzik7 音即。臧(漢)zāng(國)ㄗㄤ(粵)dzɔŋ1 音莊。否(漢)pǐ(國)ㄆㄧˇ(粵)pei2 音鄙。

⑪ 科：科條法令。

⑫ 有司：古代設官分職，各有專司，因稱官吏為有司。

⑬ 平明之理：理，本作治，因避唐高宗李治（六五〇——六八三在位）諱改。此謂公正清明的治理。

⑭ 內外異法：宮內和朝廷刑賞之法不同。

⑮ 侍中、侍郎郭攸之、費禕、董允：侍中，侍從皇帝左右，參與朝政，親信貴重之職。侍郎，掌車騎門戶，為皇帝的近侍。郭攸之、費禕是侍中，董允是侍郎。費(漢)bì(國)ㄅㄧˋ(粵)bei3 音秘。禕(漢)yī(國)ㄧ(粵)ji1 音衣。

⑯ 是以先帝簡拔以遺陛下：簡，同揀。簡拔，選拔。遺，給予。

⑰ 悉以咨之：悉，全。咨，詢問。

⑱ 裨補闕漏：裨補，彌補。闕漏，過失和疏漏之處。裨(漢)bì(國)ㄅㄧˋ(粵)bei1 音悲。

⑲ 性行淑均：淑，善。均，平。此謂性情品德善良平正。

⑳ 督：武職，向寵曾為中部督。中部移，掌管近衛部隊的長官。

㉑ 行陣：行列隊伍，指軍隊。

㉒ 桓、靈：東漢末年的桓帝（劉志，一四七——一六七在位）和靈帝（劉宏，一六八——一八八在位）。兩人都因信

任宦官，致使朝政日益腐敗。

㉓ 侍中、尚書、長史、參軍：都是官名。這裏侍中指郭攸之、費禕。尚書指陳震，尚書掌朝廷政務。長史指張裔，長史主管丞相府文書簿籍。參軍指蔣琬，參軍是軍隊中的參謀官員。

㉔ 貞良死節：堅貞可靠，能以死報國。

㉕ 布衣：平民。

㉖ 南陽：漢郡名，今湖北襄陽一帶。

㉗ 卑鄙：低微而鄙俗。

㉘ 猥：辱。這裏有降低身份、自謙的意思。猥 ㊥wěi ㊐ㄨㄟˇ ㊎wai^{2} 音毀。

㉙ 驅馳：奔走效勞。

㉚ 後值傾覆：指漢獻帝建安十三年（二〇八），劉備被曹操擊敗的事。

㉛ 爾：那。

㉜ 故臨崩寄臣以大事也：指劉備臨死時，把國家大事託付諸葛亮，並且對劉禪說：「汝與丞相從事，事之如父。」

㉝ 夙夜：早晚。夙 ㊥sù ㊐ㄙㄨˋ ㊎suk^{7} 音叔。

㉞ 不效：沒有成效。

㉟ 瀘：水名，今長江上游金沙江。諸葛亮於建興三年（二二五）南渡瀘水，平定南中諸郡的叛亂。

㊱ 不毛：一般解作不生長草木五穀的地方，即極荒涼之地。毛，又可解作苗，故不毛謂蠻邦不事種植。西南瀘水一帶叢林茂密，故以後說較合理。

㊲ 駑鈍：駑，劣馬。鈍，刀刃不鋒利。比喻才能平庸。

㊳ 攘除：排除、鏟除。

㊴ 舊都：指西漢首都長安（今陝西西安市西北郊），東漢首都洛陽（今河南西郊）。蜀國以漢統自承，故以攻取二地為還舊都。

㊵ 斟酌損益：斟酌，權衡。損，減少。益，增加。損益，指得失、興革。

㊶ 咨諏善道：諏，詢問。道，這裏指途徑、方法。詢問治國的良策。諏 ㊥ zōu ㊟ ㄗㄡ ㊤ dzau1 音周。

洛神賦 并序

曹植

黃初三年①，余朝京師②，還濟洛川③。古人有言，斯水之神，名曰宓妃④。感宋玉對楚王神女之事⑤，遂作斯賦。其辭曰：

余從京域言歸東藩⑥。背伊闕⑦，越轘轅⑧。經通谷⑨，陵景山⑩。日既西傾，車殆馬煩⑪。爾迺稅駕乎蘅皋⑫，秣駟乎芝田⑬。容與乎陽林⑭，流眄⑮乎洛川。於是精移神駭⑯，忽焉思散⑰。俯則未察，仰以殊觀⑱。覩一麗人，于巖之畔⑲。迺援⑳御者而告之曰：「爾有覿於彼者乎㉑？彼何人斯㉒，若此之豔也？」御者對曰：「臣聞河洛之神，名曰宓妃，然則㉓君王所見，無迺㉔是乎？其狀若何？臣願聞之。」

余告之曰：其形也，翩若驚鴻，婉若遊龍㉕。榮曜秋菊，華茂春松㉖。髣髴兮若輕雲之蔽月，飄颻兮若流風之迴雪㉗。遠而望之，皎㉘若太陽升朝霞；迫㉙而察之，灼若芙蕖出淥波㉚。襛纖得衷㉛，脩短㉜合度。肩若削成㉝，腰如約素㉞。延頸秀項㉟，皓質㊱呈露。芳澤㊲無加，鉛華弗御㊳。雲髻峩峩㊴，脩眉聯娟㊵。丹脣外朗㊶，皓齒內鮮。明眸善睞㊷，靨輔承權㊸。瓌姿豔逸㊹，儀靜體閑㊺。柔情綽態㊻，媚於語言㊼。奇服曠世㊽，骨像應圖㊾。披羅衣之璀粲兮㊿，珥瑤碧之華琚(51)。戴金翠之首飾，綴明珠以耀軀。踐遠遊之文履(52)，曳霧綃之輕裾(53)。微幽蘭之芳藹兮(54)，步踟躕於山隅(55)。

於是忽焉縱體，以遨以嬉(56)。左倚采旄(57)，右蔭桂旗(58)。攘皓腕於神滸兮(59)，采湍瀨之玄芝(60)。余情悅(61)其淑美兮，心振蕩而不怡。無良媒以接懽(62)兮，託微波而通辭(63)。願誠素之先達兮(64)，解玉佩以要之(65)。嗟佳人之信脩(66)，羌(67)習禮而明詩。抗瓊珶以和予兮(68)，指潛淵而為期(69)。執眷眷之款實兮(70)，懼斯靈之我欺(71)。感交甫之棄言兮(72)，悵猶豫而狐疑。收和顏而靜志兮(73)，申禮防以自持(74)。

於是洛靈[75]感焉，徙倚彷徨[76]。神光離合，乍陰乍陽[77]。竦輕軀以鶴立[78]，若將飛而未翔。踐椒塗之郁烈[79]，步蘅薄而流芳[80]。超長吟以永慕兮[81]，聲哀厲而彌長[82]。

爾迺眾靈雜遝[83]，命儔嘯侶[84]。或戲清流，或翔神渚[85]。或采明珠，或拾翠羽[86]。從南湘之二妃，攜漢濱之游女[87]。歎匏瓜之無匹兮，詠牽牛之獨處[88]。揚輕袿之猗靡兮[89]，翳脩袖以延佇[90]。體迅飛鳧[91]，飄忽若神。陵波[92]微步，羅襪生塵[93]。動無常則[94]，若危若安。進止難期[95]，若往若還。轉眄流精[96]，光潤玉顏[97]。含辭未吐，氣若幽蘭。華容婀娜[98]，令我忘飡。於是屏翳[99]收風，川后[100]靜波。馮夷[101]鳴鼓，女媧[102]清歌。騰文魚以警乘[103]，鳴玉鸞以偕逝[104]。六龍儼其齊首[105]，載雲車之容裔[106]。鯨鯢踊而夾轂[107]，水禽翔而為衛。

於是越北沚[108]，過南岡。紆素領[109]，迴清陽[110]。動朱脣以徐言，陳交接之大綱[111]。恨人神之道殊[112]兮，怨盛年之莫當[113]。抗羅袂以掩涕兮[114]，淚流襟之浪浪⑮。悼良會⑯之永絕兮，哀一逝而異鄉⑰。無微情以效愛兮⑱，獻江南之明璫⑲。雖潛處於太陰⑳，長寄心於君王㉑。忽不悟其所舍㉒，悵神宵而蔽光㉓。

於是背下陵高㉔，足往神留。遺情想像㉕，顧望懷愁。冀靈體之復形，御輕舟而上遡㉖。浮長川而忘反㉗，思緜緜㉘而增慕。夜耿耿㉙而不寐，霑繁霜而至曙。命僕夫而就駕㉚，吾將歸乎東路。攬騑轡以抗策㉛，悵盤桓㉜而不能去。

作者

曹植見中冊第三十三課〈贈白馬王彪〉

題解

本篇選自《文選》卷十九，版本據中華書局排印版。洛神即洛水女神，相傳宓羲氏有女宓妃，溺死洛水，化而為神。關於〈洛神賦〉之作，舊說謂曹植向父親曹操求袁譚遺妻甄逸女不遂，甄女旋為曹操賜給曹丕，是為甄后。曹植對甄后久久不能忘情，後知甄后已死，乃至洛水，追慕思憶。忽見江畔有一神女，疑此即甄后，遂作〈感甄賦〉。後來明帝曹叡將它改名為〈洛神賦〉。另一說黃初三年（二二二）秋，曹植離京東歸藩地時有感而作，因是次進京，本欲晤其兄長文帝曹丕，一訴兄弟之情。可是曹丕行幸未返，植只好怏怏而回。途至洛水，感懷宋玉對楚襄王講述巫山神女之事，遂託辭宓妃以寄意，而成此宛曲動人的佳作。魏晉的駢賦，其特點是追求字句上的工整對仗，音節上的輕重協調、華麗新巧的辭藻，漸向駢文的方向發展。

注釋

① 黃初三年：黃初，魏文帝曹丕年號。三年，即西元二二二年。

② 京師：京城，此指魏都城洛陽。

③ 還濟洛川：濟，渡。洛川，洛水，源出陝西洛南，流經洛陽東南，匯入黃河。

④ 宓妃：宓，通伏。傳說伏羲氏之女伏妃溺死洛水，成洛水女神。宓 ㊥漢 fú ㊥國 ㄈㄨˊ ㊥粵 fuk^{9} 音服。

⑤ 感宋玉對楚王神女之事：宋玉（西元前二九〇——二二三），戰國時楚國著名辭賦家。對楚王神女之事，指宋玉

在〈高唐賦〉、〈神女賦〉中記楚襄王與巫山神女的夢遇。

⑥ 余從京域言歸東藩：言，語助詞。東藩，東面的藩封之地。時曹植受封為鄄城（今山東鄄城）王，位於洛陽東面，故稱。

⑦ 背伊闕：背，一作過，背離。伊闕，山名，在洛陽南。

⑧ 轘轅：山名，在洛陽東面的偃師，因其山路險隘而聞名。轘(漢)huán 或 huàn(國)ㄏㄨㄢˊ 或 ㄏㄨㄢˋ(粵)wan^4 或 wan^6 音頑或患。

⑨ 通谷：地名，在洛陽東南，又稱大谷。

⑩ 陵景山：陵，登。景山，山名，在河南偃師南。

⑪ 車殆馬煩：殆，通怠，疲倦。煩，勞累。

⑫ 爾迺稅駕乎蘅皋：爾迺，於是。稅，通脫。稅駕，解馬卸車。蘅，杜蘅，香草名。，澤畔。蘅，長有香草的澤畔。迺(漢)nǎi(國)ㄋㄞˇ(粵)nai^5 音乃。蘅(漢)héng(國)ㄏㄥˊ(粵)hɐŋ^4 音衡。

⑬ 秣駟乎芝田：秣駟，餵馬。芝田，長有靈芝的田野。秣(漢)mò(國)ㄇㄛˋ(粵)mut^8 音抹。

⑭ 容與乎陽林：容與，悠閑散步。陽林，一作楊林，地名，多楊樹，因得名。

⑮ 流眄：放眼眺望。眄(漢)miǎn(國)ㄇㄧㄢˇ(粵)min^5 音免。

⑯ 精移神駭：駭，驚詫。謂神情恍惚若有所動。駭(漢)hài(國)ㄏㄞˋ(粵)hai^5 音蟹。

⑰ 忽焉思散：忽焉，急速貌。謂轉霎間思緒散亂。

⑱ 俯則未察，仰以殊觀：殊觀，即奇觀。低頭看並沒察覺甚麼，抬頭望卻發現奇觀。

⑲ 覩一麗人，于巖之畔：看見一位美人，在那巖岸旁邊。

⑳ 迺援：迺，通乃，於是。援，引、牽拉。「乃」前原有「爾」字，據李善注本刪。

㉑ 爾有覿於彼者乎：爾，你。覿，看見。彼者，指巖畔麗人，即洛神。覿(漢)dí(國)ㄉㄧˊ(粵)dik^9 音敵。

㉒ 斯：句尾語氣詞。

㉓ 然則：連詞，猶言「那麼」。原無「然」字，據李善注本補。
㉔ 無廼：莫非。
㉕ 翩若驚鴻，婉若遊龍：翩，鳥類輕捷飛翔之貌。翩若驚鴻，謂洛神體態輕盈如驚飛的鴻雁。婉，柔順貌。婉若遊龍，柔美如水中的遊龍。
㉖ 榮曜秋菊，華茂春松：榮，有光輝。謂洛神容顏生輝似秋菊，風華豐茂如春松。曜 ㊥yào㊎ㄧㄠˋ㊕jiu6 音耀。
㉗ 髣髴兮若輕雲之蔽月，飄颻兮若流風之迴雪：迴，旋轉。謂洛神身形若隱若現，猶如薄雲掩映中的明月。飄颻輕蕩，好像被流風吹得旋轉的白雪。
㉘ 皎：潔白明亮。
㉙ 迫：近。
㉚ 灼若芙蕖出淥波：灼，鮮明貌。芙蕖，荷花的別名。淥，一作綠。淥波，清波。
㉛ 襛纖得衷：襛，一作穠。襛纖，肥瘦。衷，一作中。襛 ㊥nóng㊎ㄋㄨㄥˊ㊕nuŋ4 音農。
㉜ 脩短：高矮。
㉝ 肩若削成：謂雙肩下垂，如刀削而成。
㉞ 腰如約素：素，白色生絹。約，束。謂腰身如束上了白絹。
㉟ 延頸秀項：延、秀，均指長。謂洛神的頸項修長。
㊱ 皓質：潔白的膚色。
㊲ 芳澤：芳澤，泛指婦女用的香油。無加，不用擦抹。
㊳ 鉛華弗御：鉛華，婦女化妝用的鉛粉。御，使用。弗御，謂不必施用。
㊴ 雲髻峩峩：雲髻，如雲狀高聳蓬鬆的髮髻。峩峩，高聳貌。峩 ㊥é㊎ㄜˊ㊕ŋɔ4 音俄。
㊵ 脩眉聯娟：脩，長。聯娟，細長微曲貌。
㊶ 朗：鮮明。

㊷ 明眸善睞：眸，眼珠。善睞，謂含情顧盼。睞(漢)lài(國)ㄌㄞˋ(粵)lɔi6 音耒。

㊸ 靨輔承權：靨輔，頰邊微窩，俗稱酒窩。權，通顴，面頰。靨(漢)yè(國)ㄧㄝˋ(粵)jip8 音醃。

㊹ 豔逸：豔美飄逸。

㊺ 儀靜體閑：儀容文靜，體態閑雅。

㊻ 綽態：婉和柔美的儀態。

㊼ 媚於語言：謂言語迷人。

㊽ 曠世：世上少有。

㊾ 骨像應圖：應，相應。謂洛神之風姿相貌如畫般美麗。

㊿ 披羅衣之璀粲兮：羅衣，輕軟絲織品製成的衣服。璀粲，明豔貌。

(51) 珥瑤碧之華琚：珥，佩戴。瑤碧，泛指美玉。琚，佩玉名。琚(漢)jū(國)ㄐㄩ(粵)gœy1 音居。

(52) 踐遠遊之文履：踐，踏踩，此指穿鞋。遠遊，即遠遊履，古代的一種鞋名。文履，飾有花紋的鞋。

(53) 曳霧綃之輕裾：霧綃，薄如輕霧的細紗。裾，衣服的前後襟。綃(漢)xiāo(國)ㄒㄧㄠ(粵)siu1 音消。裾(漢)jū(國)ㄐㄩ(粵)gœy1 音居。

(54) 微幽蘭之芳藹兮：微，通徽，徽又通揮，謂揮發、散發。幽蘭，指蘭花。芳藹，芳香繁盛。

(55) 步踟躕於山隅：踟躕，徘徊。山隅，山的彎曲處。

(56) 以遨以嬉：以，助詞，在句中的作用相當於一個音節，不表意。此謂遨遊嬉戲。

(57) 采旄：用旄牛尾裝飾的彩旗。旄(漢)máo(國)ㄇㄠˊ(粵)mou4 音毛。

(58) 右蔭桂旗：蔭，遮蔽。桂旗，指結紮桂枝製成的旌旗。

(59) 攘皓腕於神滸兮：攘，捋、揎。皓，潔白。滸，水邊。神滸，洛神游玩的水邊，即洛水之濱。

(60) 采湍瀨之玄芝：湍瀨，水淺流急處。玄芝，黑色的靈芝。瀨(漢)lài(國)ㄌㄞˋ(粵)lai6 音賴。

(61) 情悅：情悅即悅情，指喜愛、愛慕。

⑥② 接懽：懽，同歡。傳達愛慕之情。
⑥③ 通辭：傳話。
⑥④ 願誠素之先達兮：素，通愫，情愫。誠素，真情實意。先達，謂首先表達。
⑥⑤ 要之：要，干求。之，代指洛神。
⑥⑥ 信脩：信，確實之意。脩，美好。
⑥⑦ 羌：句首助詞。
⑥⑧ 抗瓊珶以和予兮：抗，舉。瓊珶，美玉。和，應答。
⑥⑨ 指潛淵而為期：潛淵，此指洛水深處，即洛神的居所。期，約。
⑦⓪ 執眷眷之款實兮：眷眷，一作拳拳，誠摯專一貌。款實，真誠。
⑦① 懼斯靈之我欺：斯靈，指洛神。我欺，即欺我。
⑦② 感交甫之棄言兮：棄，同棄。棄言，背棄信言。有感於鄭交甫被神女戲耍事。
⑦③ 收和顏而靜志兮：和顏，悅色。靜志，正定情志。
⑦④ 申禮防以自持：禮防，禮法。自持，以禮自守。
⑦⑤ 洛靈：洛神。
⑦⑥ 徙倚彷徨：謂逡巡徘徊。
⑦⑦ 神光離合，乍陰乍陽：神光，洛神的身影。乍陰乍陽，猶謂時而陰時而陽。二句謂洛神的光輝若隱若現，時暗時亮。
⑦⑧ 竦輕軀以鶴立：竦，挺身向上，一作擢，則解作引。鶴立，如仙鶴般企足站立。竦 ㊉sǒng ㊀ㄙㄨㄥˇ ㊁suŋ² 音聳。
⑦⑨ 踐椒塗之郁烈：椒，花椒，古人多用作香料。塗，途、路。椒塗，以椒泥修飾的道路。郁烈，此謂香氣濃烈。椒 ㊉jiāo ㊀ㄐㄧㄠ ㊁dziu¹ 音焦。

(80) 步蘅薄而流芳：薄，草木叢生處。流芳，謂洛神行經之處流佈着芳香。

(81) 超長吟以永慕兮：超，惆悵。永慕，一作慕遠，深深思慕。

(82) 聲哀厲而彌長：哀厲，猶淒厲。形容聲音淒苦而激急。彌長，遠長。

(83) 爾迺眾靈雜遝：爾迺，於是。眾靈，眾神。遝，及、到。雜遝，紛紛來到。遝(漢)tà(國)ㄊㄚˋ(粵)dap^9 音踏。

(84) 命儔嘯侶：命，嘯，呼喚之意。

(85) 渚：小洲。渚(漢)zhǔ(國)ㄓㄨˇ(粵)dzy^2 音主。

(86) 翠羽：翠鳥的羽毛，古人視為珍貴的飾物。

(87) 從南湘之二妃，攜漢濱之游女：南湘之二妃，指舜的夫人娥皇和女英。舜南巡，死於蒼梧，二妃往尋，死於江、湘之間，遂為湘水之神。漢濱之游女，指漢水女神。兩句言南湘二妃與漢水女神亦相從而來。

(88) 歎匏瓜之無匹兮，詠牽牛之獨處：匏瓜，星名。單獨在河鼓東，故云「無匹」。牽牛，星名。因其與織女星隔銀河相望，相傳每年七月七日方能一會，故云「獨處」。二句借助「匏瓜」、「牽牛」，詠歎曹植「無匹」、「獨處」。匏(漢)páo(國)ㄆㄠˊ(粵)pau^4 音刨。

(89) 揚輕袿之猗靡兮：袿，婦女上衣。猗靡，隨風飄拂貌。袿(漢)guī(國)ㄍㄨㄟ(粵)$gwai^1$ 音歸。

(90) 翳脩袖以延佇：翳，遮蔽。翳脩袖，用長袖遮光遠望。延佇，引頸企立，形容盼望之切。翳(漢)yì(國)ㄧˋ(粵)ai^3 音縊。佇(漢)zhù(國)ㄓㄨˋ(粵)tsy^5 音杜。

(91) 鳧：野鴨。鳧(漢)fú(國)ㄈㄨˊ(粵)fu^4 音符。

(92) 陵波：行走在波浪上。

(93) 羅韤生塵：韤，同襪。羅韤，絲織之韤。生塵，謂步於水波之上如塵生。

(94) 常則：常規。

(95) 期：預料。

(96) 轉眄流精：精，光明。謂洛神轉睛顧盼流放異彩。

97 光潤玉顏：顏如美玉光澤和潤。

98 華容婀娜：華容，美好的儀容。婀娜，姿態柔美貌。

99 翳：風神。

100 川后：河神。

101 馮夷：即河伯，傳說中的黃河之神。馮 (漢)píng(國)ㄆㄧㄥˊ(粵)pɐŋ^{4} 音朋。

102 女媧：女神名，相傳她與伏羲由兄妹結為夫婦，用黃泥造人，又煉石補天，並發明了笙簧。

103 騰文魚以警乘：文魚，相傳一種有翅能飛的魚。警乘，警戒車輿。

104 鳴玉鸞以偕逝：玉鸞，玉製的鸞鈴，裝在車衡上，行則有聲。偕逝，俱往。鸞 (漢)luán(國)ㄌㄨㄢˊ(粵)lyn^{4} 音聯。

105 六龍儼其齊首：六龍，為洛神駕車的六條飛龍。儼，矜持莊重貌。其，句中語氣詞。齊首，謂齊頭並進。儼 (漢)yǎn(國)ㄧㄢˇ(粵)jim^{5} 音染。

106 載雲車之容裔：雲車，洛神以雲為車，故稱。容裔，徐行貌。裔 (漢)yì(國)ㄧˋ(粵)jœy^{6} 音銳。

107 鯨鯢踊而夾轂：鯨鯢，鯨魚，雄曰鯨，雌曰鯢。轂，車輪，此代指車。鯢 (漢)ní(國)ㄋㄧˊ(粵)ŋɐi^{4} 音倪。轂 (漢)gǔ(國)ㄍㄨˇ(粵)guk^{7} 音谷。

108 沚：水中小塊陸地。沚 (漢)zhǐ(國)ㄓˇ(粵)dzi^{2} 音止。

109 紆素領：紆，回轉。素領，白皙的頸項。紆 (漢)yū(國)ㄩ(粵)jy^{1} 音于。

110 清陽：指眉目之間。

111 陳交接之大綱：交接，交往、接觸。大綱，指男女間的禮防。

112 殊：不同。

113 怨盛年之莫當：盛年，壯年。莫當，沒有配偶，指孤獨無偶。

114 抗羅袂以掩涕兮：袂，衣袖。掩涕，掩面而泣。袂 (漢)mèi(國)ㄇㄟˋ(粵)mɐi^{6} 音味低去聲。

115 浪浪：淚流貌。浪 (漢)láng(國)ㄌㄤˊ(粵)lɔŋ^{4} 音郎。

⑯ 良會：謂此刻的美好相會。

⑰ 哀一逝而異鄉：一逝，一旦離別。異鄉，謂各在一方。

⑱ 無微情以效愛兮：微情，微妙的思想感情。效，顯示。效愛，表達愛意。

⑲ 璫：古時女子的耳飾。璫 漢dāng 國ㄉㄤ 粵dɔŋ¹ 音當。

⑳ 太陰：純陰幽冥之處，即洛神的居所。

(121) 君王：洛神對曹植的稱呼。

(122) 忽不悟其所舍：不悟，不見。所舍，所在。

(123) 悵神宵而蔽光：宵，消之借字，解化。謂悵恨洛神消逝而隱蔽其輝光。

(124) 背下陵高：下，指水濱所在。陵，升。謂背離水濱登上高岸。

(125) 遺情想像：留下的情意令我想起她的形貌容顏。

(126) 冀靈體之復形，御輕舟而上：冀，企盼。靈體，神靈之體，此指洛神。，同溯。上，逆水上行。此謂盼望洛神再次現身，便駕御輕舟逆流而上。

(127) 浮長川而忘反：長川，長河，此指洛水。反，古返字。

(128) 緜緜：緜，綿的異體字，連續不斷貌。

(129) 耿耿：心神不安。

(130) 就駕：泛指整備車駕，將要出行。

(131) 攬騑轡以抗策：騑，駕在車轅兩旁的馬。轡，馬繮繩。策，古代的一種馬鞭，頭上有尖刺。抗策，高舉馬鞭。
騑 漢fēi 國ㄈㄟ 粵fei¹ 音非。轡 漢pèi 國ㄆㄟˋ 粵bei³ 音臂。

(132) 盤桓：徘徊不前。

蘭亭集序

王羲之

永和九年，歲在癸丑①，暮春②之初，會于會稽山陰之蘭亭③，修禊事④也。羣賢畢至，少長咸集。此地有崇山峻嶺，茂林修竹；又有清流激湍⑤，映帶⑥左右。引以為流觴曲水⑦，列坐其次⑧；雖無絲竹管絃之盛⑨，一觴一詠⑩，亦足以暢敘幽情。

是日也，天朗氣清，惠風⑪和暢；仰觀宇宙之大，俯察品類⑫之盛，所以游目騁懷，足以極視聽之娛，信可樂也！

夫人之相與，俯仰⑬一世，或取諸懷抱⑭，悟言⑮一室之內；或因寄所託⑯，放浪形骸之外⑰。雖趨舍⑱萬殊，靜躁⑲不同；當其欣于所遇，暫得于己⑳，快然㉑自足，曾不知老之將至。及其所之既倦㉒，情隨事遷，感慨係之矣㉓。向㉔之所欣，俛㉕仰之間，以為陳迹，猶不能不以之㉖興懷；況修短隨化㉗，終期于盡㉘。古人云：「死生亦大矣」㉙，豈不痛哉！

每覽昔人興感之由㉚，若合一契㉛；未嘗不臨文嗟悼，不能喻㉜之于懷。固知一死生為虛誕，齊彭殤為妄作㉝。後之視今，亦猶今之視昔，悲夫！故列敘時人，錄其所述。雖世殊事異，所以興懷，其致一也㉞。後之覽者，亦將有感于斯文。

作者

王羲之，生於東晉元帝太興四年，卒於東晉孝武帝太元四年（三二一——三七九）。字逸少，瑯琊臨沂（今山東臨沂）人。幼木訥寡言，長大後鋒芒漸露。為人豁達，不拘禮節，博學善書。初任秘書郎，歷任征西將軍庾亮的參軍、江州刺史、右軍將軍、官至會稽內史，世稱王右軍。自晉穆帝永和十一年（三五五）辭官歸隱後，篤信道教，遊山玩水，採藥養生。

王羲之是東晉大書法家，有「書聖」之稱。書法初學衞夫人（汝陰太守李矩妻），後渡江訪尋名家，精研篆素，其〈蘭亭序〉更被推為「天下行書第一」。王羲之的文章直抒胸臆，具輕靈高逸之趣，有文集二卷行世，較普及的版本是明代張溥《漢魏六朝百三名家集》收輯的《晉王右軍集》二卷。

題解

〈蘭亭集序〉選自《王右軍集》卷二，作於東晉穆帝永和九年（三五三）。是年三月初三，謝安、孫綽及王羲之父子等四十二人，在會稽山陰的蘭亭修禊雅集，賦詩詠懷，王羲之受命為序，以記敘宴集的盛況，抒發與會文人雅士的觀感。本篇記敘部分詞句精簡，筆調明暢；而抒情部分亦淋漓痛快，意味深遠。後世李白作〈春夜宴桃李園序〉，雖託意高遠，亦不能勝。〈蘭亭集序〉的稿本墨迹，作行楷體，寫得雅澹遒勁，且因文詞典麗，遂為右軍書法代表，唐太宗題曰「禊帖」，後世稱為〈蘭亭帖〉。原迹陪葬於太宗陵寢，今存者為虞世南、褚遂良、馮承素等唐人臨本，皆藏臺北故宮博物院。

注釋

① 永和九年，歲在癸丑：永和，東晉穆帝（西元三四四——三六一在位）年號。永和九年，西元三五三年，時王羲之年三十三。癸丑，干支紀年法的癸丑年。

② 暮春：春末，指農曆三月。

③ 會于會稽山陰之蘭亭：會稽，郡國名，包括今江蘇東部及浙江西部，時司馬昱為會稽王，王羲之為會稽內史，主掌郡國民政。山陰，縣名，在今浙江紹興，時為會稽國的治所。蘭亭，亭名，在今浙江紹興西南的蘭渚山上，現存為清康熙十二年（一八七四年）重建的蘭亭遺蹟。

④ 修禊事：從事禊祭之事。古人稱三月初三臨水洗濯，袚除不祥的祭祀活動為禊祭。禊 漢xì 國ㄒㄧˋ 粵hei^6 音系。

⑤ 激湍：水流激急而縈回。

⑥ 映帶：映，因光線照射而顯出，反映。帶，環繞。形容景物互相映發。

⑦ 引以為流觴曲水：觴，酒杯。蘭亭有引來的彎曲流水，將注了酒的杯浮在水面，順流而下。雅集的人，在水旁隨意取杯而飲。觴 漢shāng 國ㄕㄤ 粵sœŋ^1 音商。

⑧ 次：近旁。

⑨ 雖無絲竹管絃之盛：絲竹管絃，代指各種樂器。盛，多、熱鬧之意。

⑩ 一觴一詠：謂或舉杯飲酒或賦詩詠懷。

⑪ 惠風：和風。

⑫ 品類：言物之不同類別，泛指萬物。

⑬ 俯仰：低頭和抬頭，比喻時間短暫。

⑭ 懷抱：心胸、思想抱負。

⑮ 悟言：悟，通晤。晤談、對談。

⑯ 因寄所託：因，依、隨着。寄，寄託。所託，指愛好的事物。意謂隨着自己所愛好的事物，寄託情懷。

⑰ 放浪形骸之外：放浪，放縱不受拘束。形骸，指人的軀體。謂無拘束地放縱自身於天地間。

⑱ 趣舍：趣，通趨。取捨。

⑲ 靜躁：靜，指上文「取諸懷抱，悟言一室之內」者。躁，動指上文「因寄所託，放浪形骸之外」者。

⑳ 暫得于己：謂一己之意暫得滿足。

㉑ 快然：喜悅貌。

㉒ 所之既倦：之，往，嚮往、追求。謂對所追求的事物已感厭倦。

㉓ 感慨係之矣：係，接續、隨着。謂感慨之情便會緊接而來。

㉔ 向：先前、剛才。

㉕ 俛：同俯。

㉖ 以之：以，因。之，指先前之事。

㉗ 況修短隨化：修，長。修短，指人的壽命長短。化，造化，指自然變化。

㉘ 終期于盡：期，當、合。最終都會歸於一死。

㉙ 古人云：「死生亦大矣」：此為《莊子・德充符》引孔子之語，謂死與生是人生極為重要的事。

㉚ 昔人興感之由：言古人興發感慨的緣由，都與人生的哀樂、壽夭、生死有關。

㉛ 若合一契：契，古人用木或竹刻的契券，分成兩半，以合一為憑驗。若合一契，彷若有同一契合，指對人生的哀樂、壽夭、生死感慨的共鳴。

㉜ 喻：知曉、明白。

㉝ 一死生為虛誕，齊彭殤為妄作：一死生，謂用同樣的態度看待死與生。彭，指古長壽者彭祖，相傳活到八百歲高齡。殤，指未成年而死的人。齊彭殤，謂用同樣的態度看待彭祖的長壽與殤子的短命。一死生與齊彭殤兩種觀點，均見於《莊子・齊物論》，在魏晉文士之中頗為流行。殤 (漢)shāng (國)ㄕㄤ (粵)sœŋ1 音商。

㉞ 所以興懷，其致一也：興懷，與「興感」意義相同。謂眾人興懷之因是一致的。

歸去來辭 并序

陶潛

余家貧，耕植不足以自給。幼稚盈室，缾①無儲粟，生生所資②，未見其術。親故多勸余為長吏③，脫然有懷④，求之靡途。會有四方之事⑤，諸侯以惠愛為德，家叔⑥以余貧苦，遂見用於小邑。于時風波未靜⑦，心憚⑧遠役，彭澤⑨去家百里，公田之利，足以為酒，故便求之。及少日⑩，眷然⑪有歸與之情。何則？質性自然⑫，非矯厲⑬所得。飢凍雖切，違己交病⑭。嘗從人事，皆口腹自役⑮。於是悵然慷慨，深愧平生之志⑯。猶望一稔⑰，當斂裳宵逝。尋程氏妹喪于武昌⑱，情在駿奔⑲，自免去職。仲秋至冬，在官八十餘日，因事順心，命篇曰〈歸去來〉。序乙巳歲十一月也。

歸去來兮，田園將蕪胡不歸⑳？既自以心為形役，奚惆悵而獨悲㉑。悟已往之不諫，知來者之可追㉒。實迷途其未遠㉓，覺今是而昨非。舟遙遙以輕颺㉔，風飄飄而吹衣。問征夫㉕以前路，恨晨光之熹微㉖。乃瞻衡宇㉗，載欣載奔㉘。僮僕㉙歡迎，稚子候門。三逕就荒㉚，松菊猶存。攜幼入室，有酒盈罇㉛。引壺觴以自酌㉜，眄庭柯以怡顏㉝。倚南窗以寄傲㉞，審容膝之易安㉟。園日涉以成趣㊱，門雖設而常關。策扶老以流憩㊲，時矯首而遐觀㊳。雲無心以出岫㊴，鳥倦飛而知還。景翳翳㊵以將入，撫孤松而盤桓㊶。

歸去來兮，請息交以絕游㊷。世與我而相遺，復駕言兮焉求㊸。悅親戚之情話，樂琴書以消憂。農人告余以春及㊹，將有事於西疇㊺。或命巾車㊻，或棹㊼孤舟。既窈窕以尋壑，亦崎嶇而經丘㊽。木欣欣以向榮，泉涓涓而始流㊾。善萬物之得時，感吾生之行休㊿。已矣乎51！寓形宇內復幾時52，曷不委心任去留53！胡為乎遑遑欲何之54？富貴非吾願，帝鄉不可期55。懷良辰56以孤往，或植杖而耘耔57。登東皐以舒嘯58，臨清流而賦詩。聊乘化以歸盡59，樂夫天命復奚疑60！

作者

陶潛見初冊第八課〈桃花源記〉

題解

本篇選自《靖節先生集》卷五。原題作〈歸去來兮〉，梁蕭統〈陶淵明傳〉及《文選》均刪去「兮」字。歸去來，即歸去之意，「來」是語助詞，文體列入「辭類」，故稱〈歸去來辭〉。辭是倣楚辭的一種文體。本文作於東晉安帝義熙元年（四〇五）乙巳十一月，作者辭去彭澤令回到故鄉之時。文中敘述歸隱後的心境和村居生活的樂趣。

注釋

① 缾：同瓶，儲放糧食的陶器，如甖、甕之類。
② 生生所資：生生，前一生字為動詞，後一生字為名詞，意即養生。資，取給、憑藉。句謂經營生計所需。
③ 長吏：州縣長官的輔佐，秩四百石至二百石。
④ 脱然有懷：脱然，猶豁然。懷，念頭、想法。
⑤ 會有四方之事：恰逢奉使之事。這裏指陶淵明為建威參軍時出使京都（建康）事。

⑥ 家叔：指陶淵明叔父陶夔。
⑦ 風波未靜：指各地戰事未息。
⑧ 憚：畏懼。憚 漢 dàn 國 ㄉㄢˋ 粵 dan⁶ 音但。
⑨ 彭澤：縣名，在今江西湖口東。
⑩ 少日：不多幾天。
⑪ 眷然：心嚮往、顧念依戀貌。
⑫ 質性自然：性格真率。
⑬ 矯厲：造作勉強。
⑭ 違己交病：違己，違反自己的意志。交病，猶言產生痛苦。
⑮ 嘗從人事，皆口腹自役：人事，指仕途。指為口腹之需而役使自己出任公職。
⑯ 平生之志：指隱居。
⑰ 一稔：一，指公田穀收穫一次。稔，穀物成熟叫稔。一稔指一年。稔 漢 rěn 國 ㄖㄣˇ 粵 nem⁵ 音尼飪切。
⑱ 尋程氏妹喪于武昌：尋，不久。程氏妹，淵明之妹，嫁武昌程氏。
⑲ 情在駿奔：駿，迅速。比喻情切之急。
⑳ 田園將蕪胡不歸：蕪，荒蕪。胡，為何。蕪 漢 wú 國 ㄨˊ 粵 mou⁴ 音無。
㉑ 既自以心為形役，奚惆悵而獨悲：形役，為形骸所拘束，役使。猶言被功名利祿牽制，支配。奚，為何。意謂既然自己已經讓心神為形體所役使，為甚麼還要惆悵而獨自悲傷？
㉒ 悟已往之不諫，知來者之可追：諫，規勸、挽救。追，挽回、彌補。語本《論語・微子》。意謂過去的錯誤已無法挽救，未來的事情還來得及補救。
㉓ 實迷途其未遠：迷途，誤入歧途，此指出仕。其，語助詞。
㉔ 舟遙遙以輕颺：遙遙，猶搖搖，搖擺不定貌。輕颺，輕快地漂蕩前進。颺 漢 yáng 國 ㄧㄤˊ 粵 jœŋ⁴ 音羊。

㉕ 征夫：行旅之人。

㉖ 熹微：熹，同照。光明。光線微弱。

㉗ 乃瞻衡宇：乃，於是。瞻，望見。衡宇，橫木為門的簡陋房屋，此指作者家鄉的故居。

㉘ 載欣載奔：載，語助詞，乃、且之意。心中欣悅而腳下急奔。

㉙ 僮僕：僕人。僮(漢)tóng(國)ㄊㄨㄥˊ(粵)tuŋ^{4}音童。

㉚ 三逕就荒：逕同徑。三徑即院中的小徑。典出漢人蔣詡隱居事，見東漢趙岐《三輔決錄》謂屋前的小路已經長滿了荒草。

㉛ 罇：同樽，盛酒器。罇(漢)zūn(國)ㄗㄨㄣ(粵)dzœn^{1}音津。

㉜ 引壺觴以自酌：引，取、拉過來。觴，酒杯。酌，斟酒。觴(漢)shāng(國)ㄕㄤ(粵)sœŋ^{1}音商。

㉝ 眄庭柯以怡顏：眄，斜視。庭柯，庭院中的樹木。怡顏，令自己開顏。眄(漢)miǎn(國)ㄇㄧㄢˇ(粵)min^{5}音免。

㉞ 寄傲：傲，同傲。寄托曠放傲然的情懷。

㉟ 審容膝之易安：審，知曉、明白。容膝，指僅能容納雙膝的狹窄住房。易安，容易使人住得舒服。

㊱ 園日涉以成趣：日，每日。涉，入。成趣，謂成為快事。

㊲ 策扶老以流憩：策，拄着。扶老，手杖。流，漫步行游。憩，稍事休息。憩(漢)qì(國)ㄑㄧˋ(粵)hei^{3}音器。

㊳ 時矯首而遐觀：矯首，抬頭。遐觀，遠望。

㊴ 雲無心以出岫：無心，沒有特定意向，事出自然，初本無意。岫，峯巒。出岫，謂從山間飄出。岫(漢)xiù(國)ㄒㄧㄡˋ(粵)dzɐu^{6}音就。

㊵ 景翳翳：景，日影。翳翳，晦暗不明貌。翳(漢)yì(國)ㄧˋ(粵)ɐi^{3}音縊。

㊶ 盤桓：徘徊，謂流連不忍離去。

㊷ 請息交以絕游：請，敬辭，有「請允許我」的意思。息交、絕游，謂斷絕與世俗的交游。

㊸ 復駕言兮焉求：駕，駕車，意謂外出交遊或出仕。言，語助詞。駕言，語本《詩經・邶風・泉水》：「駕言出

游。」此指出游。

㊹ 及：一作兮。

㊺ 將有事於西疇：事，指農事。於，一本作乎。疇，田地。

㊻ 或命巾車：或，有時。命，叫人準備。巾車，有帷幕的車。

㊼ 棹：船槳，此用為動詞，指划船。棹(漢)zhào(國)ㄓㄠˋ(粵)dzau^{6}音櫂。

㊽ 既窈窕以尋壑，亦崎嶇而經丘：窈窕，幽暗貌，形容山路的幽深曲折。尋，循。壑，山谷，或作山澗。二句謂作者行船駕車，既循着夾在山中幽深的河流而行，又經過崎嶇不平的山丘。壑(漢)hè(國)ㄏㄨㄛˋ(粵)kɔk^{8}音確。

㊾ 泉涓涓而始流：涓涓，泉水細流不絕貌。始，副詞，正在。

㊿ 行休：適事而休，將要結束。

(51) 已矣乎：猶言「算了吧」。

(52) 寓形宇內復幾時：寓形宇內，謂寄身天地之中。復幾時，還有多少時光呢？

(53) 曷不委心任去留：曷，同何。委心，縱心。委心任去留，隨着自己的心意決定行止。曷(漢)hé(國)ㄏㄜˊ(粵)hɔt^{8}音喝。

(54) 胡為乎遑遑欲何之：胡為，為甚麼。遑遑，同惶，慌慌張張、心神不定。何之，何往。

(55) 帝鄉不可期：帝鄉，仙境。期，企求。

(56) 懷良辰：盼望有美好的時光。

(57) 或植杖而耘耔：植，立。植杖，把手杖插立一旁。耘，除草。耔，在苗根培土。耘耔，泛指田間耕作，語本《論語・微子》篇：「植其杖而芸。」。耔(漢)zǐ(國)ㄗˇ(粵)dzi^{2}音子。

(58) 登東皋以舒嘯：皋，水邊高地。舒嘯，放聲長嘯。皋(漢)gāo(國)ㄍㄠ(粵)gou^{1}音高。嘯(漢)xiào(國)ㄒㄧㄠˋ(粵)siu^{3}音笑。

(59) 聊乘化以歸盡：聊，姑且。乘化，以變化為車，指順應自然的變化。歸盡，走向生命的盡頭，指死亡。

(60) 樂夫天命復奚疑：樂夫天命，安於上天賜予的命運。復奚疑，還有甚麼疑慮？

蕪城賦

鮑照

瀰迆平原①，南馳蒼梧漲海，北走紫塞鴈門②。柂以漕渠，軸以崑崗③。重江複關之隩，四會五達之莊④。當昔全盛之時，車挂轊⑤，人駕肩⑥。廛閈撲地⑦，歌吹沸天⑧。孳貨鹽田，鏟利銅山⑨。才力⑩雄富，士馬精妍⑪。故能奓秦法，佚周令⑫。劃崇墉⑬，刳濬洫⑭，圖脩世以休命⑮。

是以板築雉堞之殷，井幹烽櫓之勤⑯。格高五嶽，袤廣三墳⑰。崪⑱若斷岸，矗⑲似長雲。製磁石以禦衝⑳，糊頳壤以飛文㉑。觀基扃之固護，將萬祀而一君㉒。出入三代㉓五百餘載，竟瓜剖而豆分㉔！

澤葵依井㉕，荒葛罥塗㉖。壇羅虺蜮㉗，階鬬麏鼯㉘。木魅㉙山鬼，野鼠城狐。風嘷㉚雨嘯，昏見晨趨。飢鷹厲吻㉛，寒鴟嚇雛㉜。伏虣㉝藏虎，乳血飧膚㉞。

崩榛㉟塞路，崢嶸古馗㊱。白楊早落，塞草前衰㊲。稜稜㊳霜氣，蔌蔌㊴風威。孤蓬自振，驚砂坐飛㊵。灌莽杳㊶而無際，叢薄紛㊷其相依。通池既已夷㊸，峻隅又已頹㊹。直視千里外，唯見起黃埃㊺。凝思寂聽，心傷已摧㊻。

若夫藻扃黼帳㊼，歌堂舞閣之基㊽。璇淵碧樹㊾，弋林釣渚之館㊿。吳蔡齊秦之聲(51)，魚龍爵馬之玩(52)。皆薰(53)歇燼滅，光沉響絕。東都妙姬(54)，南國(55)麗人。蕙心紈質(56)，玉貌絳脣(57)。莫不埋魂幽石，委骨窮塵(58)。豈憶同輿(59)之愉樂，離宮(60)之苦辛哉！

天道如何？吞恨者多(61)！抽琴命操(62)，為〈蕪城〉之歌。歌曰：邊風急兮城上寒，井逕滅兮丘隴殘(63)。千齡兮萬代，共盡兮何言！

作者

鮑照，生於晉安帝義熙元年，卒於南朝宋明帝泰始二年（四〇五——四六六）。字明遠，東海（今江蘇漣水）人。幼家貧，善詩文，妹鮑令暉也是詩人。南朝宋文帝元嘉（四二四——四五三）時，受臨川王劉義慶賞識，任為國侍郎，歷任秣陵令、中書舍人，後任臨海王劉子頊參軍，世稱鮑參軍。其後劉子頊叛變事敗，鮑照為亂兵所殺。

鮑照是南朝傑出文學家，其作品多反映當時的社會動亂和政治黑暗。所作樂府詩〈擬行路難〉十九首，格調高昂，情感豐沛。他的七言歌行，吸收了民歌精華，成不朽佳作。後來高適、岑參、李白諸人，都受他的影響。著有文集十卷，今有明代張溥《漢魏六朝百三名家集》版本《鮑參軍集》二卷行世。

題解

〈蕪城賦〉選自《文選》卷十一，版本據中華書局排印本。寫廣陵城經歷竟陵王劉誕叛亂後的荒涼景象。

蕪城，指戰亂後荒蕪的廣陵城。故城在今江蘇江都東北，為西漢吳王劉濞所建，久歷繁榮。五胡亂華始遭破壞。南朝宋文帝元嘉二十七年（四五〇），北魏南侵，廣陵太守劉懷之焚城出亡；

孝武帝大明三年（四五九），竟陵王劉誕據廣陵叛變，武帝命沈慶之率兵討平後，盡誅城內男丁，女子則編入軍籍為奴。前後十年間，廣陵數遭兵燹，淪為廢墟。其時鮑照適在江北，偶經此地，不勝感慨，乃以蕪城為題，賦詠其由盛而衰之經過。作者詳述了廣陵城的地勢形勝，對昔日繁華和當前衰颯的景象作深刻的描寫，是駢體賦中的名篇。

注釋

① 瀰迆平原：瀰，同瀰。迆，同迤。瀰迤，地勢平坦而稍有傾斜。句謂廣陵城座（故城在今江蘇揚州）落在綿延廣闊的平原之上。瀰迆 ㊥mǐ yǐ ㊖ㄇㄧˇ ㄧˇ ㊕mei^{5} ji^{5} 音美以。

② 南馳蒼梧漲海，北走紫塞鴈門：蒼梧，郡名，在今廣西。漲海，南海的古稱。紫塞，指長城。鴈門，郡名，在今山西。

③ 柂以漕渠，軸以崑崗：柂，船舵，指水運。以，用。漕渠，人工挖掘或疏浚的運糧河道，此指流經廣陵城西的邗溝（流經今江蘇到淮安的運河）。軸，車軸，指陸運。崑崗，蜀崗的別名，又名廣陵崗。兩句謂以漕渠為柂，以崑崗為軸。柂 ㊥duò ㊖ㄉㄨㄛˋ ㊕tɔ^{5} 音妥。

④ 重江複關之隩，四會五達之莊：重江，兩條江，此指淮河和長江。或作重重的江河。複關，兩重關，此就廣陵城具有內外二城而言。隩，蔽藏。四會五達，猶謂四通八達。莊，道路。兩句謂廣陵城既有江淮二水、內外二城的庇護，又有四通八達的大道。隩 ㊥ào ㊖ㄠˋ ㊕ou^{3} 音奧。

⑤ 車挂轊：挂，觸碰、絆結。轊，車軸頭。轊 ㊥wèi ㊖ㄨㄟˋ ㊕wai^{6} 音胃。

⑥ 駕肩：駕，通架。謂比肩，並肩，形容人多擁擠。

⑦ 廛閈撲地：廛，古代平民一家在城邑中所佔的房地。閈，里巷之門。廛閈，猶廛里，古代城市居民住宅的通稱。撲地，遍地。指居民密密地排列在一起。廛閈 (漢)chán hàn (國)ㄔㄢˊ ㄏㄢˋ (粵)tsin^{4} hɔn^{6} 音前汗。

⑧ 歌吹沸天：歌吹，歌聲和樂聲。沸天，形容聲音極度喧騰。吹 (漢)chuì (國)ㄔㄨㄟˋ (粵)tsœy^{3} 音脆。

⑨ 孳貨鹽田，鏟利銅山：鹽田，廣陵東近黃海，故有鹽田之利。孳，繁殖。鏟，鏟取的動作，此指獲取，發掘之意。銅山，指廣陵附近的大銅山。兩句謂廣陵城可以繁孳錢財於鹽田，獲取厚利於銅山。孳 (漢)zī (國)ㄗ (粵)dzi^{1} 音支。

⑩ 才力：謂人才實力。

⑪ 士馬精妍：士馬，兵馬。精，指訓練優良。妍，指裝備得好。

⑫ 奓秦法，佚周令：奓，超過。佚，通軼，超過。法，令，指城市建設的規制。周秦時代對城池建造規格有明文規定，廣陵城的規模超過了侯王都城的要求。奓 (漢)chǐ (國)ㄔˇ (粵)tsi^{2} 音此。佚 (漢)yì (國)ㄧˋ (粵)jat^{9} 音日。

⑬ 劃崇墉：劃，開闢，此指建造。崇墉，高大的城牆。墉 (漢)yōng (國)ㄩㄥ (粵)juŋ^{4} 音容。

⑭ 刳濬洫：刳，挖掘。濬洫，深深的護城河。刳 (漢)kū (國)ㄎㄨ (粵)fu^{1} 音枯。濬 (漢)jùn (國)ㄐㄩㄣˋ (粵)dzœn^{3} 音俊。洫 (漢)xù (國)ㄒㄩˋ (粵)gwik^{7} 音隙。

⑮ 圖脩世以休命：脩，長。休，美好。命，命運。此指國運。

⑯ 是以板築雉堞之殷，井幹烽櫓之勤：是以，因此。板，夾板。築，杵。板築，古代築牆方法。修築城牆時，以兩板相夾，填土於其中，用杵搗實。雉，古代計算城牆面績的單位。長三丈高一丈為雉。堞，城上矮牆，又稱女牆。雉堞，此代指城牆。殷，盛大。井幹，以竹木築成的井形架構，修建樓臺時用。烽櫓，城牆上舉烽火的望樓，此亦代指城上的各種樓臺。雉 (漢)zhì (國)ㄓˋ (粵)dzi^{6} 音自。堞 (漢)dié (國)ㄉㄧㄝˊ (粵)dip^{9} 音碟。幹 (漢)hán (國)ㄏㄢˊ (粵)hɔn^{4} 音韓。櫓 (漢)lǔ (國)ㄌㄨˇ (粵)lou^{5} 音老。

⑰ 格高五嶽，袤廣三墳：格，規格。五嶽，我國五座名山的總稱，具體所指各書記載略有不同。袤，橫長。三，泛指多數。墳，說法眾多，一說為分，指九州之地。一說指三座高地。一說指大堤。袤 (漢)mào (國)ㄇㄠˋ (粵)mɐu^{6}

音茂。

⑱ 崪：高峻。崪 漢zú 國ㄗㄨˊ 粵dzœt^{7} 音卒。

⑲ 矗：高聳直立。

⑳ 製磁石以禦衝：製，安裝。磁石，天然的吸鐵石。禦衝，抵禦敵人的攻擊。

㉑ 糊頳壤以飛文：糊，塗附。壤，紅土，古代多用以塗飾牆壁。飛文，文彩閃耀，此指為城牆增添光彩。頳 漢chēng 國ㄔㄥ 粵tsiŋ^{1} 音稱。

㉒ 觀基扃之固護，將萬祀而一君：基，城基。扃，門戶，此指城門。基扃，泛指城闕。固護，牢固。將，大概。萬祀，萬年。一君，指一姓朝代的統治。扃 漢jiōng 國ㄐㄩㄥ 粵gwiŋ^{1} 音坰。

㉓ 出入三代：出入，猶謂經歷。三代，指漢（西元前二〇六——西元二二〇年）魏（西元二二〇——二六五年）晉（西元二六五——四二〇年）三代。

㉔ 竟瓜剖而豆分：如瓜被剖割，如豆被分裂，謂廣陵城被摧殘。

㉕ 澤葵依井：澤葵，青苔。依井，附生於井台、井壁。

㉖ 荒葛罥塗：葛，一種蔓生野草。罥，纏繞。連上句形容城市被毀後之荒蕪。罥 漢juàn 國ㄐㄩㄢˋ 粵gyn^{3} 音眷。

㉗ 壇羅虺蜮：壇，廳堂、庭院。羅，佈列。虺，古稱蝮蛇一類的毒蛇。蜮，相傳一種能含沙射人的短狐。虺 漢huǐ 國ㄏㄨㄟˇ 粵wai^{2} 音毀。蜮 漢yù 國ㄩˋ 粵wik^{9} 音域。

㉘ 階鬬麏鼯：麏，獐子，角短小的小鹿。鼯，鼯鼠，能飛的野鼠。麏 漢jūn 國ㄐㄩㄣ 粵gwan^{1} 音君。鼯 漢wú 國ㄨˊ 粵ŋ^{4} 音吳。

㉙ 木魅：樹妖。

㉚ 風嗥：嗥，咆哮。嗥 háo 國ㄏㄠˊ 粵hou^{4} 音豪。

㉛ 厲吻：磨嘴。

㉜ 寒鴟嚇雛：鴟，鷂鷹。嚇，恐嚇。雛，小鳥。鴟 漢chī 國ㄔ 粵tsi^{1} 音癡。

㉝ 虣：一種猛獸。一說，字當作「䖘」，指白虎。虣 ㊊bào ㊖ㄅㄠˋ ㊌bou^{6} 音步。

㉞ 乳血飡膚：以血為乳，以肌膚為飡。飡 ㊊sūn ㊖ㄙㄨㄣ ㊌syn^{1} 音孫。

㉟ 崩榛：崩，倒塌。榛，叢生的樹木。榛 ㊊zhēn ㊖ㄓㄣ ㊌dzœn^{1} 音津。

㊱ 崢嶸古馗：崢嶸，陰森貌。馗，同逵，指四通八達的道路。馗 ㊊kuí ㊖ㄎㄨㄟˊ ㊌kwai^{4} 音葵。

㊲ 塞草前衰：塞，一作寒。塞草，泛指城牆上的草。前衰，謂前於諸草而衰。

㊳ 稜稜：嚴寒之貌。

㊴ 蔌蔌：風勁烈之貌。蔌 ㊊sù ㊖ㄙㄨˋ ㊌tsuk^{7} 音速。

㊵ 坐飛：無故而飛。

㊶ 灌莽杳：灌莽，灌木與野草。杳，深遠。杳 ㊊yǎo ㊖ㄧㄠˇ ㊌miu^{5} 音秒。

㊷ 叢薄紛：叢薄，茂密的草叢。紛，雜亂。

㊸ 通池既已夷：通池，護城河。夷，平。

㊹ 峻隅又已頹：峻隅，高峻的城角。頹，坍塌。

㊺ 直視千里外，唯見起黃埃：極目遠望千里之外，只見黃塵飛揚，別無所有。

㊻ 心傷已摧：摧，極。傷心之情已到極點。

㊼ 若夫藻扃黼帳：若夫，至於。藻扃，裝飾華美的門戶。黼帳，飾有黼黻花紋的幔帳。黼 ㊊fǔ ㊖ㄈㄨˇ ㊌fu^{2} 音斧。

㊽ 基：此指房基。

㊾ 璇淵碧樹：璇、碧，玉。

㊿ 弋林釣渚之館：弋，繳射，用繫着絲繩的箭射鳥。弋林，弋射禽鳥的林苑。渚，水邊。釣渚，泛指垂釣之處。館，泛指建於漁獵場所附近的樓臺館舍。弋 ㊊yì ㊖ㄧˋ ㊌jik^{9} 音亦。

51 吳蔡齊秦之聲：泛指各地的美妙樂聲。

52 魚龍爵馬之玩：魚龍，爵馬，古代雜技。泛指各種雜技、雜耍。

(53) 薰：此指焚城時的孽氣。

(54) 東都妙姬：東都，指洛陽。妙姬，美女。

(55) 南國：江南。

(56) 蕙心紈質：蕙，一種芳草名。蕙心，猶謂芳心。紈，白色細絹。紈質，白細的膚質。蕙（漢）huì（國）ㄏㄨㄟˋ（粵）wai^6 音惠。紈（漢）wán（國）ㄨㄢˊ（粵）jyn^4 音元。

(57) 絳脣：絳，大紅。紅唇。絳（漢）jiàng（國）ㄐㄧㄤˋ（粵）gɔŋ^3 音降。

(58) 委骨窮塵：委，棄。窮塵，猶謂僻壤。

(59) 同輿：輿，帝王后妃所坐之車。與君王同車游玩，此謂嬪妃受寵。

(60) 離宮：正宮之外的宮室，此指失寵嬪妃的冷宮。

(61) 天道如何，吞恨者多：天道，天理、天意。恨，遺憾。

(62) 抽琴命操：抽，取。命，使用、運用。操，具有固定曲調的琴曲。只遭災遇害，困厄窮迫而作，名其曲曰操。命操，猶譜曲之意。

(63) 井逕滅兮丘隴殘：井逕，田間小路。丘隴，墳陵。

與陳伯之書

丘遲

遲頓首①。陳將軍足下②：無恙③，幸甚幸甚！將軍勇冠三軍，才為世出④，棄燕雀之小志，慕鴻鵠以高翔⑤。昔因機變化，遭遇明主⑥，立功立事⑦，開國稱孤⑧，朱輪華轂⑨，擁旄萬里⑩，何其壯⑪也！如何一旦為奔亡之虜⑫，聞鳴鏑而股戰⑬，對穹廬⑭以屈膝，又何劣邪⑮！

尋君去就之際⑯，非有他故，直以⑰不能內審諸己，外受流言，沈迷猖獗⑱，以至於此。聖朝赦罪責功⑲，棄瑕⑳錄用，推赤心㉑於天下，安反側於萬物㉒，將軍之所知，不假僕一二談也㉓。朱鮪涉血於友于㉔，張繡剚刃於愛子㉕，漢主不以為疑，魏君待之若舊。況將軍無昔人之罪，而勳重於當世㉖。夫迷塗知反，往哲是與㉗；不遠而復㉘，先典攸高㉙。主上屈法申恩，吞舟是漏㉚；將軍松柏不翦㉛，親戚安居，高臺㉜未傾，愛妾尚在。悠悠爾心㉝，亦何可言！

今功臣名將，鴈行㉞有序，佩紫懷黃㉟，讚帷幄之謀㊱，乘軺建節㊲，奉疆埸之任㊳，並刑馬作誓，傳之子孫㊴。將軍獨靦顏借命㊵，驅馳氈裘之長㊶，寧㊷不哀哉！夫以慕容超之強，身送東市㊸；姚泓之盛，面縛西都㊹。故知霜露所均，不育異類㊺；姬漢㊻舊邦，無取雜種。北虜僭盜㊼中原，多歷年所㊽，惡積禍盈，理至燋爛㊾。況偽孽昏狡㊿，自相夷戮(51)；部落攜離(52)，酋豪猜貳(53)。方當繫頸蠻邸，懸首藁街(54)。而將軍魚游於沸鼎之中，燕巢於飛幕(55)之上，不亦惑乎！

暮春三月，江南草長，雜花生樹，羣鶯亂飛。見故國(56)之旗鼓，感平生於疇日(57)，撫絃登陴(58)，豈不愴悢(59)！所以廉公之思趙將(60)，吳子之泣西河(61)，人之情也。將軍獨無情哉？

想早勵良規(62)，自求多福。當今皇帝盛明(63)，天下安樂。白環西獻，楛矢東來⑥④；夜郎滇池，解辮請職⑥⑤；朝鮮昌海，蹶角受化⑥⑥。唯北狄野心⑥⑦，掘強沙塞之間⑥⑧，欲延歲月之命耳。中軍臨川殿下⑥⑨，明德茂親⑦⓪，總茲戎重⑦①，弔民洛汭，伐罪秦中⑦②。若遂⑦③不改，方思僕言。聊布⑦④往懷，君其詳之。丘遲頓首。

作者

丘遲，生於南朝宋孝武帝大明八年，卒於南朝梁武帝天監七年（四六四——五〇八）。字希範，吳興烏程（今浙江吳興）人。父親丘靈鞠是南齊著名文人，官至太中大夫。丘遲自幼聰敏，八歲能文，南齊時，初任太學博士，歷任殿中郎、車騎錄事參軍。梁代齊後，歷任散騎侍郎、中書侍郎、永嘉太守。梁武帝天監四年（五〇五），隨臨川王蕭宏北伐北魏，任諮議參軍，官至司空從事中郎。

丘遲是南朝著名文人，尤工駢體，其文才在齊、梁間盛負文名，今有明代張溥《漢魏六朝百三名家集》版本《梁丘司空集》一卷行世。

題解

〈與陳伯之書〉選自《文選》卷四十三，版本據中華書局排印版。是南北朝駢文中的精妙之作。

陳伯之，齊末為江州刺史，後降梁，仍任原職，封豐城縣公。梁武帝天監元年（五〇二），起兵叛變，兵敗後投奔北魏，為平南將軍。天監四年（五〇五）冬，臨川王蕭宏奉武帝之命伐魏，伯之領兵於壽陽梁城（今安徽壽縣）抵抗。次年三月，蕭宏命記室丘遲寫下此信勸降，伯之得信，即擁兵八千以壽陽、梁城歸梁。書中以個人的前途與鄉國之情打動對方，又動以利害，威以禍福，勸其反正。情深義重，溢於言表，文采紛披，堪稱典範名篇。

注釋

① 頓首：磕頭，為古人書簡中的常用敬語，就是「拜上」的意思。

② 足下：書信中下對上或同輩相稱的敬詞。

③ 無恙：恙，憂、病。為古人書簡中常用的問候語。

④ 世出：謂應時而出。蘇武〈答李陵書〉曰：「每念足下，才為世生，器為時出。」

⑤ 棄燕雀之小志，慕鴻鵠以高翔：燕雀，一種小鳥，處堂巢梁、性習安居。喻平凡之輩。慕，羨慕。鴻鵠，天鵝或大鳥，遠翔高飛，一舉千里。喻有才華和志氣的人。鵠 ㊇hú ㊍ㄏㄨˊ ㊈huk⁹ 音酷。

⑥昔因機變化，遭遇明主：因機變化，猶謂隨機應變，順應時會。指陳伯之棄齊之事。遭，逢。明主，指蕭衍（五〇二——五五〇在位）。本句指陳伯之初降梁武帝蕭衍事。

⑦立功立事：此指齊東昏侯二年（五〇〇年），陳伯之助蕭衍攻破齊都建康城，力戰有功，進號征南將軍。封豐城縣公，邑二千，任江州刺史事。

⑧開國稱孤：開國，晉以後在五等封爵前所加的稱號，即「開邦建國」之意。亦指建立諸侯國。陳伯之在梁朝任江州刺史，地位比之一方諸侯。曲調開國。稱孤，古代諸侯自稱。《老子．三十九章》：「是以侯王自謂孤寡不穀。」

⑨朱輪華轂：轂，車軸，車輪中心的圓木。指高官貴人乘坐的華麗車輛。轂（漢）gǔ（國）ㄍㄨˇ（粵）guk^{7}音谷。

⑩擁旄萬里：旄，旄節，用牦牛尾裝飾的旗子。鎮守一方的長官所擁有的符節。擁旄，指長官持節統制一方。萬里，代指刺史之職。旄（漢）máo（國）ㄇㄠˊ（粵）mou^{4}音毛。

⑪壯：雄武豪邁。

⑫如何一旦為奔亡之虜：如何，為什麼。一旦，一朝。虜，敵人，叛逆。奔亡之虜，謂逃跑投敵的叛徒。

⑬聞鳴鏑而股戰：鳴鏑，響箭。相傳是西漢初年匈奴的冒頓所造。股戰，兩腿發抖。鏑（漢）dí（國）ㄉㄧˊ（粵）dik^{7}音的。

⑭穹廬：穹廬，古代遊牧民族居住的氈帳，此亦代指建立北魏政權的鮮卑族拓跋氏。

⑮又何劣邪：劣，卑鄙下賤。邪，詢問助詞。

⑯尋君去就之際：尋，推究。去就之際，謂選擇應否叛梁投魏之時。

⑰直以：直，不過。僅僅由於。

⑱沈迷猖獗：沈迷，迷惑昏昧。猖獗，隨意妄行。

⑲聖朝赦罪責功：聖朝，指梁朝。責，求。

⑳瑕：玉上的斑點，此指過失。

㉑推赤心：推，行。謂以誠心相待。事見《後漢書．光武帝紀》

㉒ 安反側於萬物：反側，疑懼不安、反覆無常。萬物，猶眾人。謂使一切懷有惑志的人穩定下來。

㉓ 不假僕一二談也：假，借助。僕，自謙稱詞。一二談，一一說明。

㉔ 朱鮪涉血於友于：朱鮪（？——一九五），乃王莽末年綠林軍將領。涉血，流血，亦作喋血。友于，兄弟，此指劉秀之兄劉伯升。朱鮪勸更始帝劉玄殺了光武帝劉秀的哥哥劉縯（伯升）。後來，朱鮪據洛陽抵禦劉秀，劉秀遣使勸降，申明既往不咎，保其官爵，朱鮪遂獻城投降。鮪（漢）wěi（國）ㄨㄟˇ（粵）fui^{2} 音洧。

㉕ 張繡剚刃於愛子：張繡，東漢末年的軍閥。建安二年（一九七）投降曹操，不久舉兵反曹，殺死了曹操長子曹昂及侄子曹安民。建安四年（一九九），張繡又降曹操，被封為列侯。剚刃，用刀劍刺入。愛子，指曹操長子曹昂。剚（漢）zì（國）ㄗˋ（粵）dzi^{3} 音志。

㉖ 世：一作代，此因唐抄本《昭明文選》避唐太宗諱改。

㉗ 往哲是與：往哲，前代的聖賢、哲人。是，表示加重語氣之詞。與，讚許。

㉘ 不遠而復：語本《易・復卦》。

㉙ 先典攸高：先典，古代典籍。攸，所。高，嘉許。

㉚ 主上屈法申恩，吞舟是漏：主上，指梁武帝。屈，屈曲。申，伸張。吞舟，指吞舟的大魚。比喻法網寬疏。

㉛ 松柏不翦：松柏，代指祖墳。因古人在墓旁植松柏以護墓及作標誌。

㉜ 高臺：指陳伯之的舊宅。

㉝ 悠悠爾心：悠悠，憂思之貌。爾，你。

㉞ 鴈行：鴈，通雁。飛的行列，喻排列整齊有序。

㉟ 佩紫懷黃：紫，紫色綬帶。黃，金印。二種皆為高官的佩飾。

㊱ 讚帷幄之謀：讚，佐助、參與。帷幄，軍帳，亦代指軍中機要之處。幄（漢）wò（國）ㄨㄛˋ（粵）ɐk^{7} 音握。

㊲ 乘軺建節：軺，兩匹馬拉的輕車，此指使節所用之車。節，皇帝遣使在外所持的憑證。建節，把旄節插立在車上。軺（漢）yáo（國）ㄧㄠˊ（粵）jiu^{4} 音遙。

㊳ 奉疆場之任：奉，擔當。疆場，疆界，此指邊疆。此言奉邊疆守土之責。場 漢yì國ㄧˋ粵jik^{9} 音亦。

㊴ 並刑馬作誓，傳之子孫：刑馬作誓，指古代殺白馬，飲血為誓的舊制，以示尊重。之，代指爵位。謂梁朝與功臣名將殺馬立誓，將其爵位傳於後代子孫。

㊵ 靦顏借命：靦顏，厚着臉皮，慚愧。借命，猶謂苟且偷生。靦 漢miǎn國ㄇㄧㄢˇ粵min^{5} 音免。

㊶ 驅馳氈裘之長：驅馳，奔走效命。氈裘之長，指北魏的君主。鮮卑等北方遊牧民族均載氈帽、着氈靴，穿裘皮服裝，故稱其君主為氈裘之長。氈 漢zhān國ㄓㄢ粵dzin^{1} 音煎。

㊷ 寧：豈。

㊸ 夫以慕容超之強，身送東市：慕容超，南燕（鮮卑族慕容氏建立的政權〔三九八——四一〇〕）的君主。東晉安帝義熙六年（四一〇），劉裕北伐，於廣固（今山東益都西北）生擒慕容超，押赴建康（今江蘇南京）斬首，南燕遂滅。東市，本指漢都長安處決犯人的地方，後泛指刑場。

㊹ 姚泓之盛，面縛西都：姚泓，後秦（羌族姚萇建立的政權〔三五一——四一七〕）君主。東晉安帝義熙十三年（四一七），劉裕率軍進入關中，攻克長安（今陝西省長安市），生擒姚泓，押赴建康斬首。面縛，雙手反綁於背。西都，長安。

㊺ 故知霜露所均，不育異類：異類，本文中「異類」、「雜種」、「北虜」等都是對漢族以外其他民族的輕侮稱呼。謂天地間霜露的降臨是均勻的，但卻不養育漢民族以外的民族。

㊻ 姬漢：姬，周朝王室的姓。漢，漢朝。

㊼ 僭盜：僭，越分。非法竊取。僭 漢jiàn國ㄐㄧㄢˋ粵tsim^{3} 音塹。

㊽ 多歷年所：歷，經。年所，年數。

㊾ 燋爛：燒燋糜爛，此指滅亡。

㊿ 偽孽昏狡：孽，同孼。偽，僭偽的惡人，此指北魏宣武帝。昏狡，昏聵狡詐。孽 漢niè國ㄋㄧㄝˋ粵jip^{9} 音頁。

(51) 夷戮：夷平殺戮。

(52) 攜離：懷有離異之心。

(53) 酋豪猜貳：酋豪，酋長。猜貳，猜忌而有二心。連前二句指北魏王室內部的自相殘殺。南齊和帝中興元年（五〇一），北魏宣武帝的叔父咸陽王元禧圖謀作亂，被揭發後處死。南梁武帝天監三年（五〇四），北海王元詳謀逆為亂，被革職處死。

(54) 方當繫頸蠻邸，懸首藁街：方當，將要。繫頸，繫繩於頸，表示被縛就擒。蠻邸，即蠻夷邸，古代供鄰族、鄰國的來朝使者居住的館舍。藁街，漢朝首都長安街名，蠻邸就設在這裏。古代多有斬異族酋長之首懸於蠻夷邸的做法。句指北魏君主將被俘治罪。邸 (漢)dǐ(國)ㄉㄧˇ(粵)dei^{2} 音底。藁 (漢)gǎo(國)ㄍㄠˇ(粵)gou^{2} 音稿。

(55) 飛幕：飄動的帷幕。

(56) 故國：指梁國。

(57) 疇日：往日。

(58) 撫絃登陴：撫絃，猶謂持弓。陴，城上女牆，此代指城牆。陴 (漢)pí(國)ㄆㄧˊ(粵)pei^{4} 音皮。

(59) 愴悢：傷心。悢 (漢)liàng(國)ㄌㄧㄤˋ(粵)lœŋ^{6} 音亮。

(60) 廉公之思趙將：廉公，指戰國時趙國名將廉頗。思趙將，思為趙國之將。事見《史記・廉頗藺相如列傳》。

(61) 吳子之泣西河：吳子（西元前四四〇——三八一），指戰國時魏將吳起。西河，古郡名，轄境約為今陝西華陰以北、黃龍以南、洛河以東、黃河以西地區，周顯王三十九年（西元前三三〇）地入秦，郡廢。事見《呂氏春秋・觀表》。

(62) 想早勵良規：想，希望、盼望。勵，勉勵。良規，好的打算。

(63) 盛明：猶聖明。

(64) 白環西獻，楛矢東來：白環，白色玉環。白環西獻，相傳虞舜時代西王母來朝，貢獻白環。楛矢，用楛木做的箭。楛矢東來，相傳周武王時，東北方的部落肅慎氏來獻楛矢。二句意在說明梁朝同樣吸引遠方部族納獻貢物。楛 (漢)hù(國)ㄏㄨˋ(粵)wu^{6} 音戶。

(65) 夜郎滇池，解辮請職：夜郎，古國名，在今貴州西部。滇池，古國名，在今雲南昆明一帶。解辮，謂解其髮辮，放棄自己的風俗習慣，改從漢人習俗。請職，請求封職，即納貢。滇 (漢)diān (國)ㄉㄧㄢ (粵)tin^4 音田。

(66) 朝鮮昌海，蹶角受化：昌海，今新疆羅布泊。蹶角，額角叩地，即叩頭，表示服順。受化，接受教化。蹶 (漢)jué (國)ㄐㄩㄝˊ (粵)kyt^8 音決。

(67) 唯北狄野心：狄，古代對北方民族的統稱。唯，只有。北狄，指北魏。

(68) 掘強沙塞之間：掘強，桀驁不馴。沙塞，沙漠邊塞。

(69) 中軍臨川殿下：中軍臨川，指當時以中軍將軍之職統領全軍的臨川王蕭宏。殿下，對王侯的尊稱。

(70) 明德茂親：明德，具有美好的德行。茂親，至親，指梁武帝的弟弟蕭宏。

(71) 總茲戎重：總，統領。戎重，謂兵權重任。

(72) 弔民洛汭，伐罪秦中：弔，慰問。汭，水曲處。洛汭，河南洛水入黃河處，指河南洛陽一帶地區。秦中，陝西中部地區。當時北魏據陝西，故云。

(73) 遂：仍舊。

(74) 布：陳述。

弔古戰場文

李華

浩浩乎平沙無垠①，敻②不見人，河水縈帶③，羣山糺紛④。黯兮慘悴⑤，風悲日曛⑥。蓬⑦斷草枯，凜若霜晨⑧。鳥飛不下，獸挺⑨亡羣。亭長⑩告予曰：「此古戰場也，嘗覆三軍⑪。往往鬼哭，天陰則聞。」傷心哉！秦歟？漢歟？將⑫近代歟？

吾聞夫齊魏徭戍，荆韓召募⑬。萬里奔走，連年暴露⑭。沙草晨牧⑮，河冰夜渡。地闊天長，不知歸路。寄身鋒刃⑯，腷臆誰愬⑰？秦漢而還，多事四夷⑱。中州耗斁⑲，無世無之。古稱戎夏⑳，不抗王師㉑。文教失宣㉒，武臣用奇㉓。奇兵有異於仁義，王道迂闊而莫為㉔。

嗚呼噫嘻！吾想夫北風振漠㉕，胡兵伺便㉖，主將驕敵㉗，期門㉘受戰。野豎旌旗㉙，川迴組練㉚。法㉛重心駭，威尊命賤㉜。利鏃㉝穿骨，驚沙入面。主客相搏，山川震眩㉞，聲折江河㉟，勢崩雷電㊱。至若窮陰凝閉㊲，凜冽海隅㊳，積雪沒脛，堅冰在鬚，鷙鳥休巢㊴，征馬踟躕㊵，繒纊㊶無溫，墮指裂膚。當此苦寒，天假強胡㊷，憑陵殺氣㊸，以相翦屠㊹。徑截輜重㊺，橫攻士卒。都尉新降㊻，將軍復沒。屍踣巨港之岸，血滿長城之窟㊼。無貴無賤，同為枯骨。可勝言哉？鼓衰㊽兮力竭，矢盡兮弦絕，白刃交兮寶刀折，兩軍蹙㊾兮生死決。降矣哉？終身夷狄。戰矣哉？暴骨沙礫。鳥無聲兮山寂寂，夜正長兮風淅淅㊿。魂魄結兮天沈沈(51)，鬼神聚兮雲冪冪(52)。日光寒兮草短，月色苦兮霜白。傷心慘目，有如是耶？

吾聞之，牧(53)用趙卒，大破林胡(54)，開地千里，遁逃(55)匈奴。漢傾天下(56)，財殫力痡(57)，任人而已，其在多乎？周逐玁狁(58)，北至太原(59)，既城朔方(60)，全師而還。飲至策勳(61)，和樂且閒，穆穆棣棣(62)，君臣之間。秦起長城，竟海(63)為關，荼毒生民，萬里朱殷(64)。漢擊匈奴，雖得陰山(65)，枕骸遍墊，功不補患⑯。

蒼蒼蒸民⑰，誰無父母？提攜捧負，畏其不壽。誰無兄弟？如足如手；誰無夫婦？如賓如友。生也何恩？殺之何咎？其存其歿，家莫聞知。人或有言⑱，將信將疑。悁悁⑲心目，寤寐見之。布奠傾觴⑳，哭望天涯。天地為愁㉑，草木悽悲。弔祭不至，精魂無依㉒。必有凶年㉓，人其流離。嗚呼噫嘻！時耶命耶？從古如斯㉔。為之奈何？守在四夷㉕。

作者

李華，生卒年不詳，約生活於唐玄宗開元三年至唐代宗大曆元年（七一五？——七六六？）間。字遐叔，趙州贊皇（今河北贊皇）人。唐玄宗開元二十三年（七三五）進士，天寶二年（七四三）中博學宏詞科，初任監察御史。為人剛毅，敢言直諫，為權幸所疾。因與宰相楊國忠不合，被劾，徙右補闕。安祿山陷長安，李華獲委任為鳳閣舍人。亂平後，貶為杭州司戶參軍，遷檢校吏部員外郎。其後去官，晚年信佛，隱居於山陽（今江蘇淮安）。

李華是盛唐文學家，與蕭穎士倡導古文，開韓愈古文運動之先河，著有《李遐叔文集》四卷行世。

題解

〈弔古戰場文〉選自《全唐文》卷三百二十一，屬弔祭文，通篇協韻。古戰場蓋指中國西北之地。

唐人寫反戰詩多，反戰文卻很少。李華此文借亭長的口吻，描述戰場的慘狀，寄意統治者應以王道治國，愛惜民命，免使百姓陷於連年戰禍。全篇大旨在「多事四夷」一語，而歸結則以「守在四夷」為統治者作諷勉。雖名為弔古，實為對唐室窮兵黷武政策的譴責。杜甫〈兵車行〉與此文有類似的寓意。

注釋

① 平沙無垠：平沙，平曠的沙漠，此指曠野。垠，邊際。垠 (漢)yín (國)ㄧㄣˊ (粵)ŋɐn^{4} 音銀。

② 敻：遠。敻 (漢)xiòng (國)ㄒㄩㄥˋ (粵)hiŋ^{3} 音慶。

③ 河水縈帶：縈，環繞。縈帶，像帶子般環着。河水如帶子般旋繞着。縈 (漢)yíng (國)ㄧㄥˊ (粵)jiŋ^{4} 音營。

④ 糺紛：錯落連綿。糺 漢jiǔ 國ㄐㄧㄡˇ 粵gau^{2} 音九。

⑤ 黯兮慘悴：黯，黯淡無光。慘悴，憂傷憔悴。

⑥ 風悲日曛：曛，昏黃。曛 漢xūn 國ㄒㄩㄣ 粵fan^{1} 音芬。

⑦ 蓬：蓬草。枯後根斷，隨風而飛，故又名飛蓬。

⑧ 凜若霜晨：凜，寒冷。霜晨，落霜的早晨。

⑨ 挺：快跑。

⑩ 亭長：此處指負責治安和傳達禁令的地方小吏。唐代尚書省各部在都事，主事之下設亭長，掌省門開閉和通傳等事務。

⑪ 三軍：泛指軍隊，周制天子可擁有六軍，諸侯可擁有三軍，每軍一萬二千五百人。

⑫ 將：還是。

⑬ 齊魏徭戍，荆韓召募：徭，勞役。戍，守邊。荆，即楚國。齊、魏、荆、韓，皆為戰國時諸侯國。召募，同招募。招募兵員服役。

⑭ 暴露：指置身野地露天之下。暴 漢pù 國ㄆㄨˋ 粵buk^{6} 音僕。

⑮ 沙草晨牧：沙草，沙漠中有水草之處。牧，指牧放戰馬。

⑯ 寄身鋒刃：鋒刃，代指戰場。意即身處戰場。

⑰ 腷臆誰愬：腷臆，屏氣不泄，鬱悶悲苦。愬，訴。腷 漢bì 國ㄅㄧˋ 粵bik^{7} 音碧。愬 漢sù 國ㄙㄨˋ 粵sou^{3} 音素。

⑱ 多事四夷：事，指用兵。四夷，指四方外族。

⑲ 中州耗斁：本指位於九州之中央的豫州（今河南一帶），後代借指中原地區。耗斁，遭受耗損破壞。斁 漢dù 國ㄉㄨˋ 粵dou^{3} 音到。

⑳ 戎夏：戎，指四境夷狄。夏，指中原地區。

㉑ 王師：天子的軍隊。古時天子以文教治天下，戎狄及中原民族不敢抗拒王師。

㉒ 文教失宣：文教，指用以治理天下的禮樂等典章制度。宣，布散，發揚。失宣，未能遍及四方外族。

㉓ 用奇：以奇詭之計用兵。

㉔ 王道迂闊而莫為：王道，指仁義禮樂之道。迂闊，（以為）迂遠不切實際。莫為，沒有人再遵行。

㉕ 振漠：振，揚起。漠，沙漠。

㉖ 伺便：伺，偵候，伺察。指乘沙塵之便入侵。

㉗ 驕敵：輕敵。

㉘ 期門：期門，官名，指武將。漢武帝時置，掌執兵扈護衛天子處。

㉙ 野豎旌旗：野，指原野上。豎旌旗，指立軍旗。指駐紮着軍營。

㉚ 川迴組練：川迴，彎曲的河流。組，組甲。綴飾組帛之甲冑。練，練袍、戰袍。組練，這裏指軍隊。是說軍隊沿川水駐紮。

㉛ 法：指軍法。

㉜ 威尊命賤：威尊，指軍法威嚴或謂主將的威嚴。命賤，指戰士生命微賤。

㉝ 利鏃：銳利的箭頭。鏃 (漢)zú (國)ㄗㄨˊ (粵)dzuk^{9} 音族。

㉞ 主客相搏，山川震眩：主客相搏，是說兩軍交戰。震，震動。眩，迷亂。戰鼓聲和嘶殺聲使山川震動，士卒昏眩。

㉟ 聲折江河：折，一本作析，斷絕之意。謂聲音之大可以震斷江河。

㊱ 勢崩雷電：交戰之聲，勢大如雷鳴電閃。

㊲ 至若窮陰凝閉：至若，至於。窮陰，指冬盡年終之時。凝閉，指冰雪滿佈，天寒地凍。

㊳ 海隅：海邊，此指邊疆戰地。

㊴ 鷙鳥休巢：鷙鳥，鷹隼類兇猛的鳥。休巢，休於巢中不出來。鷙 (漢)zhì (國)ㄓˋ (粵)dzi^{3} 音至。

㊵ 踟躕：猶豫不前。踟躕 (漢)chí chú (國)ㄔˊ ㄔㄨˊ (粵)tsi^{4} tsy^{4} 音池廚。

㊶ 繒纊：繒，帛。纊，綿絮。指絲綿造成的衣服。繒纊 (漢)zēng kuàng (國)ㄗㄥ ㄎㄨㄤˋ (粵)dzɐŋ^{1} kwɔŋ^{3} 音增礦。

㊷ 天假強胡：假，借。天借給胡人以方便。

㊸ 憑陵殺氣：憑陵，憑借。殺氣，肅殺之氣，指嚴寒的天氣。

㊹ 翦屠：屠殺。

㊺ 徑截輜重：徑截，肆意截擊搶掠。輜，有篷之車。重，載重。輜重，軍用物資的統稱。輜 (漢)zī (國)ㄗ (粵)dzi^{1} 音資。

㊻ 都尉新降：都尉，官名，指武官。秦時於三十六郡各設置尉，掌佐守，典武事。漢代更名都尉，郡設，掌軍事。新，剛剛。

㊼ 窟：穴。

㊽ 鼓衰：鼓聲衰弱下去。

㊾ 蹙：迫近、接觸。蹙 (漢)cù (國)ㄘㄨˋ (粵)tsuk^{7} 音促。

㊿ 淅淅：形容寒風聲。淅 (漢)xī (國)ㄒㄧ (粵)sik^{7} 音色。

(51) 沈沈：昏暗無光。

(52) 冪冪：冪，覆蓋。指陰森的樣子。冪 (漢)mì (國)ㄇㄧˋ (粵)mik^{9} 音覓。

(53) 牧：李牧，戰國時趙國的良將。防守趙國北邊，曾打救東胡、林胡和匈奴。於趙王遷三年（西元前二三三）在肥（河北晉縣西）大敗秦軍。封武安君。趙王聽信秦之讒言而斬李牧。

(54) 林胡：戰國時匈奴的一支。

(55) 遁逃：使之逃走。

(56) 傾天下：盡全國力量。

(57) 財殫力痡：殫，竭盡。痡，病、疲憊。殫 (漢)dān (國)ㄉㄢ (粵)dan^{1} 音丹。痡 (漢)pū (國)ㄆㄨ (粵)pou^{1} 音鋪。

(58) 玁狁：周朝時北方的一個少數民族，即後來的匈奴。玁狁 (漢)xiǎn yǔn (國)ㄒㄧㄢˇ ㄩㄣˇ (粵)him^{2} wɐn^{5} 音險允。

(59) 太原：在今甘肅固原北界。周宣王時玁狁逼近京邑，王命尹吉甫伐之，逐之太原而歸。

⑥⓪ 既城朔方：城，築城。朔方，北方，指今山西大同一帶。

⑥① 飲至策勳：飲至，一種禮儀，軍隊凱旋歸來，到宗廟獻俘，然後飲宴慶賀。策勳，把功勞記在簡策上。

⑥② 穆穆棣棣：穆穆，和敬的樣子。棣棣，嫻習的樣子。形容儀態端莊閒雅。棣 (漢) dì (國) ㄉㄧˋ (粵) dai^{6} 音弟。

⑥③ 竟海：竟，終。一直到海。

⑥④ 朱殷：深紅色，指血。血色本紅，經久變赤黑。這裏指流血死亡。

⑥⑤ 陰山：在河套以北，東西綿鉼於內蒙古自治區。漢武帝時，衞青、霍去病出擊匈奴，控制了陰山一帶，並設兵屯守，以扼制匈奴。

⑥⑥ 枕骸遍埜，功不補患：枕骸，屍骨與屍骨相疊枕。比喻死傷慘烈。埜，同野。功不補患，謂得不償失。

⑥⑦ 蒼蒼蒸民：蒼蒼，深青色。指天。蒸民，眾民。猶言天生眾民。

⑥⑧ 言：指談到從軍者死亡的消息。

⑥⑨ 悁悁：憂苦的樣子。悁 (漢) juàn (國) ㄐㄩㄢˋ (粵) gyn^{3} 音眷。

⑦⓪ 布奠傾觴：奠，置酒食而祭。布奠，擺下祭品。觴，酒器。傾觴，把杯中的酒倒在地上。指設靈置祭。

⑦① 為愁：為此而愁。

⑦② 弔祭不至，精魂無依：弔祭，祭祀、吊唁。是說家人遠隔，又不知死所，無法前往弔祭。而弔祭不至，死者魂魄亦無所歸依。

⑦③ 必有凶年：典出《老子》第三十章言：「大軍之後，必有凶年。」

⑦④ 斯：此。

⑦⑤ 守在四夷：意即只有以仁義行王道，使戎夏為一，四夷各為帝王守土，就可避免戰禍了。

送孟東野序

韓愈

大凡物不得其平則鳴①。草木之無聲，風撓之鳴②。水之無聲，風蕩之鳴。其躍也，或激之③；其趨也，或梗之④；其沸也，或炙之⑤。金石⑥之無聲，或擊之鳴。人之於言也亦然，有不得已者而后言。其謌也有思，其哭也有懷。凡出乎口而為聲者，其皆有弗平⑦者乎！

樂也者，鬱於中而泄於外者也⑧，擇其善鳴者而假之⑨鳴。金、石、絲、竹、匏、土、革、木八者⑩，物之善鳴者也。維天之於時也亦然⑪，擇其善鳴者而假之鳴。是故以鳥鳴春，以雷鳴夏，以蟲鳴秋，以風鳴冬。四時之相推敓⑫，其必有不得其平者乎？其於人也亦然，人聲之精者為言，文辭之於言，又其精也，尤擇其善鳴者而假之鳴。

其在唐虞，咎陶禹⑬其善鳴者也，而假以鳴。夔⑭弗能以文辭鳴，又自假於〈韶〉⑮以鳴。夏之時，五子以其歌鳴⑯。伊尹鳴殷，周公鳴周⑰。凡載於詩書六藝⑱，皆鳴之善者也。周之衰，孔子之徒鳴之，其聲大而遠。傳曰⑲：「天將以夫子為木鐸⑳。」其弗信矣乎㉑？其末也，莊周以其荒唐之辭㉒鳴。楚，大國也，其亡也，以屈原鳴。臧孫辰、孟軻、荀卿㉓，以道鳴者也。楊朱㉔、墨翟㉕、管夷吾㉖、晏嬰㉗、老聃㉘、申不害㉙、韓非㉚、昚到㉛、田駢㉜、鄒衍㉝、尸佼㉞、孫武㉟、張儀㊱、蘇秦㊲之屬，皆以其術鳴。秦之興，李斯㊳鳴之。漢之時，司馬遷、相如、揚雄㊴，最其善鳴者也。其下魏晉氏，鳴者不及於古，然亦未嘗絕也。就其善者，其聲清以浮㊵，其節數以急㊶，其辭淫以哀㊷，其志弛以肆㊸；其為言也，亂雜而無章。將天醜其德莫之顧邪㊹？何為乎不鳴其善鳴者也？

唐之有天下，陳子昂㊺、蘇源明㊻、元結㊼、李白㊽、杜甫㊾、李觀㊿，皆以其所能鳴。其存而在下者，孟郊東野始以其詩鳴。其高出魏晉，不懈而及於古[51]；其他浸乎漢氏矣[52]。從吾遊者，李翺[53]、張籍[54]其尤也。三子者之鳴信善矣。抑不知天將和其聲[55]而使鳴國家之盛邪？抑將窮餓其身[56]、思愁其心腸[57]而使自鳴其不幸邪？三子者之命則懸乎天矣。其在上也奚以喜[58]？其在下也奚以悲[59]？東野之役[60]於江南也，有若不釋然者[61]，故吾道其命於天者以解之[62]。

作者

韓愈見初冊第十二課〈雜說・世有伯樂〉

題解

本篇選自《韓昌黎文集校注》卷四。孟東野，即唐代詩人孟郊，東野是他的字，湖州武康（今浙江武康）人。年青時屢試不第，直至貞元十二年（七九六），四十六歲才得中進士，其後仕途也不順利。孟郊文才毅力都很超卓，寫出了不少名聞遐邇的詩文，為韓愈所激賞，稱讚他是陳子昂、李白、杜甫以後不可多得的詩人。貞元十八年（八〇二），孟郊將赴江南任職，心中像不太愉快，韓愈便為他作序送別。文中歷舉善鳴的人物，以托出東野的成就，說他「高出魏晉，不懈而及於古」。然後指出人的際遇只能「懸乎天」，藉此安慰孟郊。

注釋

① 不得其平則鳴：平，平衡、平和。鳴，凡發聲皆曰鳴，有所宣洩亦曰鳴。

② 風撓之鳴：撓，搖動。之，指草木。撓 ㊊náo ㊍ㄋㄠˊ ㊎nau^{4} 音鐃。

③ 其躍也，或激之：其，代詞，指水。躍，躍起。或，不定指代詞，意思是有某物。激，激動。句謂水流跳躍是由於有物激蕩。

④ 其趨也，或梗之：趨，指水流得迅疾。梗，阻塞。

⑤ 其沸也，或炙之：沸，沸騰。炙，用火煮。

⑥ 金石：指樂器。

⑦ 弗平：不平。

⑧ 樂也者，鬱於中而泄於外者也：樂，音樂。句謂音樂是人把鬱結於心中的思想、感情向外洩而形成的聲音。

⑨ 假之：假，憑借、借助。之，指代善鳴者。

⑩ 金、石、絲、竹、匏、土、革、木八者：金，指鐘鎛。石，指磬。絲，指琴瑟。竹，指簫管。匏，指笙。土，指壎，土製的樂器，有六孔。革，指鼓等革類樂器。木，指柷敔，一種木製敲擊樂器。匏 ㊊páo ㊍ㄆㄠˊ ㊎pau^{4} 音刨。

⑪ 惟天之於時也亦然：惟，句首語氣詞。天，自然界。謂自然界對四季的變化也是這樣。

⑫ 推敓：敓，同奪。推，推移變化。敓 漢duó國ㄉㄨㄛˊ粵dyt⁹ 音奪。

⑬ 其在唐虞，咎陶禹：唐，指唐堯時代。虞，虞舜時代。咎陶，咎又作皋，陶又作繇，傳說是舜之臣，掌刑獄之事。禹，又稱大禹、戎禹、夏禹。舜時，繼承其父鯀的治水事業，歷經十三年，治平水患。舜老，將君位禪讓給他。咎陶 漢gāo yáo國ㄍㄠ ㄧㄠˊ粵gou¹ jiu⁴ 音高堯。

⑭ 夔：古賢臣名，為虞舜時典樂之官。夔 漢kuí國ㄎㄨㄟˊ粵kwai⁴ 音葵。

⑮ 〈韶〉：傳説是夔製的樂曲名。

⑯ 五子以其歌鳴：五子，夏代國君太康的五個弟弟。太康遊樂無度，天下怨恨。弟五人，作歌敘述大禹之訓以告誡太康。

⑰ 伊尹鳴殷，周公鳴周：伊尹，伊姓，名摯，尹為官名，殷代賢相，曾助湯伐夏桀，建立商朝。周公，姬姓，名旦，周文王第四子，助武王伐紂，武王崩，佐成王攝政，定制度禮樂，天下大治。

⑱ 詩書六藝：即六經：易、禮、樂、詩、書、春秋。

⑲ 《傳》曰：相對《經》而言，此指《論語》，下文引自《論語・八佾》篇。

⑳ 天將以夫子為木鐸：木鐸，木舌大銅鈴，古代發佈政令時搖它以召集聽眾。句謂上天將以孔子為木鐸以傳揚教化。鐸 漢duó國ㄉㄨㄛˊ粵dɔk⁹ 音踱。

㉑ 其弗信矣乎：難道不是真的這樣嗎？

㉒ 荒唐之辭：廣大無邊之言辭。

㉓ 臧孫辰、孟軻、荀卿：臧孫辰，即臧文仲，春秋時魯國大夫。孟軻（西元前三九〇——三〇五），即孟子，名軻，字子輿，戰國時鄒人，倡儒家學説者。荀卿（西元前三四〇——二四五），即荀子，名況，戰國時趙人，學本孔子，主張性惡之説。

㉔ 楊朱：楊朱（西元前三九五——三三五），字子居，戰國時人，主張「為我」的學説，反對墨子「兼愛」的主張，

無著作流傳。

㉕ 墨翟：墨翟（西元前四八〇——三九〇），戰國初期魯國人，一說宋國人。墨家學派創始人，主張兼愛、非攻、尚賢等，世傳有《墨子》一書。翟 漢dí 國ㄉㄧˊ 粵dik^9 音敵。

㉖ 管夷吾：字仲，春秋時潁上人。《漢書・藝文志》載有《管子》八十六篇，列入道家類，今存七十六篇。雖題管仲撰，但大多乃後人托名附會之作，並非出於管仲之手。

㉗ 晏嬰：字平仲，春秋時齊相，歷仕靈公、莊公、景公。戰國時人搜集他的有關言行，編成《晏子春秋》傳世。

㉘ 老聃：春秋時楚人，姓李名耳，字聃。《老子》八十一章相傳是他所著，影響深遠。聃 漢dān 國ㄉㄢ 粵dam^1 音担。

㉙ 申不害：申不害（西元前四〇〇——三三七），戰國韓人，曾相韓昭侯達十五年。其學說出於黃老，主刑名，與韓非並稱申韓，後世奉為法家之主。著有《申子》六篇，已亡佚。

㉚ 韓非：韓非（西元前二八〇？——二三三），戰國時韓國公子，先秦法家代表人物，有《韓非子》五十五篇。

㉛ 昚到：昚，同慎。戰國時趙人。學黃老道德之術，有《慎子》四十二篇，已亡佚。昚 漢shèn 國ㄕㄣˋ 粵san^6 音慎。

㉜ 田駢：田駢（西元前三五〇？——二七五），戰國時齊人。有《田子》二十五篇，《漢書・藝文志》列入道家，已亡佚。

㉝ 鄒衍：鄒衍（西元前三〇五？——二四〇），戰國時齊人。著有《終始》、《大聖》十餘萬言。

㉞ 尸佼：尸佼（西元前三九〇？——三三〇），戰國時魯人。商鞅之師，商鞅死，逃蜀。著有《尸子》二十篇，《漢書・藝文志》列入雜家。

㉟ 孫武：字長卿，春秋時齊人，曾以《兵法》見吳王闔閭，被任為將，率吳軍攻破楚國。著有《孫子兵法》八十二篇。

㊱ 張儀：戰國時魏人，與蘇秦同從鬼谷子為師，後作秦相，以連衡之說游說六國，破壞蘇秦合縱主張。《漢書・藝文志》縱橫家有《張子》十篇，今佚。

㊲ 蘇秦：戰國時東周洛陽人，主張合縱，聯合六國以抗秦。《漢書・藝文志》縱橫家有《蘇子》三十一篇，今佚。

㊳ 李斯：李斯（西元前二八〇？——前二〇八），戰國時楚上蔡人，戰國末入秦。建議秦王對六國採取逐個擊破的策略，對秦統一六國起了頗大的作用。秦統一六國後，被任為丞相。

㊴ 司馬遷、相如、揚雄：司馬遷（西元前一四五——前八六），字子長，西漢史學家，著有《史記》一百三十卷。相如，即司馬相如（西元前一八〇——前一一七），字長卿，西漢蜀郡成都人，辭賦家，作有〈子虛賦〉、〈上林賦〉等。揚雄（西元前一四五——前八六），字子雲，西漢蜀郡成都人，早年作有〈長楊賦〉、〈甘泉賦〉、〈校獵賦〉。

㊵ 其聲清以浮：以，而。謂文辭清麗而浮誇。

㊶ 其節數以急：數，頻繁。謂文章的節奏頻繁而急促。數 ㊥shuò ㊟ㄕㄨㄛˋ ㊠sɔk⁸ 音朔。

㊷ 其辭淫以哀：言詞靡而哀傷。

㊸ 其志弛以肆：志向鬆懈而放蕩。

㊹ 將天醜其德莫之顧邪：將，副詞，大概。醜，憎惡。顧，顧念。此指難道上天憎惡他們的德行而不顧念他們吧！

㊺ 陳子昂：陳子昂（六五六——六九五），字伯玉，初唐詩人，梓州射洪（今四川射洪）人。唐代詩風革新的先驅，對唐詩發展頗有影響。代表作有〈感遇〉三十八首、〈薊丘覽古〉七首和〈登幽州臺歌〉。

㊻ 蘇源明：蘇源明（生卒年不詳，約生活於西元八世紀），初名預，字弱夫，唐京兆武功（今屬陝西）人。天寶進士。與杜甫、元結友善，能詩。其詩文集俱散佚，散篇存於《全唐文》及《全唐詩》中。

㊼ 元結：元結（七一九——七七二），字次山，號漫郎、聱叟，唐河南（今河南洛陽）人。天寶進士。其詩〈春陵行〉、〈賊退示官吏〉受杜甫推崇。其作品原有集，已散佚。明人輯有《元次山文集》。

㊽ 李白：李白（六九九——七六二），字太白，號青蓮居士，盛唐大詩人。祖籍隴西成紀（今甘肅秦安東）。詩作甚多，風格飄逸灑脱，被後人稱為詩仙。有《李太白集》。

㊾ 杜甫：杜甫（七一二——七七〇），字子美，詩中曾自稱少陵野老，唐代大詩人。其詩多反映社會現實，有極高

的藝術價值，被後人稱為詩聖。有《杜工部集》。

㊿ 李觀：字元賓，唐隴西（今屬甘肅）人。貞元進士，官太子校書郎。有文名於時。其集已佚，後人輯有《李元賓文集》。

51 不懈而及於古：這是韓愈據孟郊的成就作出的推論。從孟郊的成就來看，只要通過不懈的努力，完全可以追得上古人。

52 其他浸乎漢氏矣：浸，漸近。指孟郊其他稍次的作品也漸漸接近漢代之作。

53 李翺：字習之，唐隴西成紀（今屬甘肅秦安東）人，一說趙郡人。貞元進士。曾從韓愈學古文，有《李文公集》。

54 張籍：張籍（七六五——八三〇），字文昌，唐詩人。貞元進士。曾從韓愈學古文。著有《張司業集》。

55 抑不知天將和其聲：抑，連詞，還是，表示懷疑之意。其，指三子。和其聲，調諧他們的聲音。

56 抑將窮餓其身：抑，連詞，還是。窮，仕途上不通達。餓，指困窘。窮餓其身，使其身窮餓。

57 思愁其心腸：使其心情愁苦。

58 其在上也奚以喜：也，句中語氣詞。奚，何。以，因。奚以，因何。是說假如他們有幸能夠在朝中得到一個高位，那又有甚麼值得歡喜的呢？

59 其在下也奚以悲：假如他們不得志，去做地位低下的地方小吏，那又有甚麼值得傷悲的呢？

60 役：擔當職務。此處指孟郊去任溧陽縣尉。

61 有若不釋然者：若，好像。不釋然，不怡悅。句謂好像心中有些不愉快的樣子。

62 故吾道其命於天者以解之：解，開解，安慰。全句謂，因此我以天意所命來開解他。

阿房宮賦

杜牧

六王畢，四海一①；蜀山兀，阿房出②。覆壓③三百餘里，隔離天日。驪山北構而西折，直走咸陽④。二川溶溶⑤，流入宮牆。五步一樓，十步一閣；廊腰縵迴，簷牙高啄⑥；各抱地勢，鉤心鬬角⑦。盤盤焉，囷囷焉⑧，蜂房水渦，矗不知乎幾千萬落⑨。長橋臥波，未雲何龍⑩？複道行空，不霽何虹⑪？高低冥迷，不知東西⑫。歌臺暖響，春光融融⑬；舞殿冷袖，風雨淒淒⑭。一日之內，一宮之間，而氣候不齊。

妃嬪媵嬙，王子皇孫⑮，辭樓下殿，輦來於秦⑯，朝歌夜絃，為秦宮人。明星熒熒，開粧鏡也⑰；綠雲擾擾，梳曉鬟也⑱；渭流漲膩，棄脂水也⑲；烟斜霧橫，焚椒蘭也⑳。雷霆乍驚，宮車過也㉑；轆轆遠聽，杳不知其所之也㉒。一肌一容，盡態極妍㉓；縵立遠視，而望幸焉㉔。有不得見者，三十六年㉕。

燕趙之收藏，韓魏之經營，齊楚之精英㉖，幾世幾年，剽掠其人㉗，倚疊㉘如山；一旦不能有，輸來其間㉙。鼎鐺玉石，金塊珠礫㉚，棄擲邐迤㉛；秦人視之，亦不甚惜。

嗟乎！一人之心，千萬人之心也。秦愛紛奢㉜，人亦念其家；奈何取之盡錙銖，用之如泥沙㉝？使負棟之柱，多於南畝之農夫㉞；架梁之椽，多於機上之工女㉟；釘頭磷磷，多於在庾之粟粒㊱；瓦縫參差，多於周身之帛縷㊲；直欄橫檻，多於九土之城郭㊳；管絃嘔啞㊴，多於市人之言語。使天下之人，不敢言而敢怒；獨夫之心，日益驕固㊵。戍卒叫，函谷舉㊶；楚人一炬，可憐焦土㊷。

嗚呼！滅六國者，六國也，非秦也。族秦者㊸，秦也，非天下也。嗟乎！使㊹六國各愛其人，則足以拒秦。秦復愛六國之人，則遞三世，可至萬世而為君，誰得而族滅也？秦人不暇自哀，而後人哀之；後人哀之而不鑑㊺之，亦使後人而復哀後人也。

作者

杜牧見初冊第四十四課〈山行〉

題解

〈阿房宮賦〉選自《樊川文集》卷一，約作於唐敬宗寶曆元年（八二五）。

阿房宮是我國古代一座著名宮殿，故址在今陝西西安西北。阿，指屋四周的曲簷，一說大陵曰「阿」，而此宮則建於大陵之旁。始建於秦始皇三十五年（西元前二一二），至秦亡時（西元前二〇六）尚未完工。項羽兵入咸陽，舉火焚燒阿房宮，大火三月不熄，世所罕見的宏偉宮殿全部化為灰燼。杜牧據此寫成本賦，除敷陳其事外，亦借暴秦之亡為後世治國者鑑戒。

注釋

① 六王畢，四海一：六王，戰國時齊、楚、燕、韓、趙、魏等六國的君主。畢，完結，此指滅亡。四海，天下。一，統一。

② 蜀山兀：蜀山，泛指四川一帶的山岳。阿房宮木材，乃由蜀、荊山嶺伐出。事見《史記．秦始皇本紀》。兀，禿兀，此指樹木已被伐盡，山石裸露。兀 (漢)wù(國)ㄨˋ(粵)ŋɐt^{9}音屹。

③ 覆壓：覆蓋，枕壓。

④ 驪山北構而西折，直走咸陽：驪山，山名，在今陝西臨潼東南。北構而西折，指阿房宮從驪山北麓起建造，折而向西。走，通向。咸陽，秦國都城，故址在今陝西咸陽東。驪 (漢)lí(國)ㄌㄧˊ(粵)lei^{4}音離。

⑤ 二川溶溶：二川，灞水和酆水，均為渭水支流。溶溶，水流盛大貌。

⑥ 廊腰縵迴，簷牙高啄：廊腰，長廊中部的折轉處。縵迴，紆緩迴旋。簷牙，簷際翹出如牙的部分。高啄，高聳似禽鳥在仰首啄物。簷 (漢)yán(國)ㄧㄢˊ(粵)jim^{4}音嚴。

⑦ 各抱地勢，鈎心鬭角：各抱地勢，指阿房宮的建築物，各依地勢建造。鈎心鬭角，則指從遠處看樓宇的檐角重疊勾結的景狀。

⑧ 盤盤焉，囷囷焉：盤盤，曲折盤旋。囷囷，環繞迴旋。囷 (漢)qūn(國)ㄑㄩㄣ(粵)kwɐn^{1}音坤。

⑨ 矗不知乎幾千萬落：矗，直立。落，座、所。矗 (漢)chù(國)ㄔㄨˋ(粵)tsuk^{7}音畜。

⑩ 長橋臥波，未雲何龍：長橋橫臥水上（阿房宮有橫跨渭水的長橋），遠望如臥波之龍。未雲何龍：雲未集結，何來龍呢？傳説龍因雲而出現，這裏形容橋形似龍。

⑪ 複道行空，不霽何虹：複道，樓閣間交錯的架空通道。霽，雨後初晴。虹，彩虹。形容複道有如長虹。霽 (漢)jì(國)ㄐㄧˋ(粵)dzɐi^{3}音祭。

⑫ 高低冥迷，不知西東：冥迷，模糊不清。西東，《文苑英華》卷四十七作「東西」。

⑬ 歌臺暖響，春光融融：融融，和暖、明媚。形容歌臺上樂聲給人的感覺。

⑭ 舞殿冷袖，風雨淒淒：冷袖，指舞袖不舉，有停歌罷舞之意。淒淒，寒涼貌。或謂殿中演奏哀曲，舞袖飄拂生風，猶淒涼風雨。

⑮ 妃嬪媵嬙，王子皇孫：媵，陪嫁女子，此處指陪嫁的后妃之妹。嬙，宮中女官名。妃嬪媵嬙，泛指六國的妃嬪宮女。王子皇孫，泛指六國的貴族。媵㊥yìng㊖ㄧㄥˋ㊟jiŋ^{6}音認。嬙㊥qiáng㊖ㄑㄧㄤˊ㊟tsœŋ^{4}音祥。

⑯ 辭樓下殿，輦來於秦：輦，帝王或后妃乘坐的車，指以車載。輦㊥niǎn㊖ㄋㄧㄢˇ㊟lin^{5}音連陽上聲。

⑰ 明星熒熒：熒熒，光亮閃爍貌。狀鏡光。熒㊥yíng㊖ㄧㄥˊ㊟jiŋ^{4}音營。

⑱ 綠雲擾擾：綠雲，形容女子的頭髮濃密而烏黑。擾擾，紛亂貌。鬟，髮髻。形容妃嬪宮女在晨曦中梳頭。

⑲ 渭流漲膩：渭流，渭水。漲膩，增添一層脂壽。指妃嬪宮女含有脂膏的洗臉水。

⑳ 焚椒蘭也：椒，有刺權木。莖、葉、種子均有香味。蘭，香草。兩種芳香植物，焚之可使香氣佈散。

㉑ 雷霆乍驚：乍，突然。

㉒ 轆轆遠聽，杳不知其所之也：轆轆，車輪行進的聲音。杳，無影無聲。所之，所往。轆㊥lù㊖ㄌㄨˋ㊟luk^{7}音麓。杳㊥yǎo㊖ㄧㄠˇ㊟miu^{5}音秒。

㉓ 一肌一容，盡態極妍：肌，肌膚。容，容貌。盡，極，無以復加。態，姿態，有嬌媚之意。謂妃嬪宮女的每一處肌膚與每一種姿容，都極盡嬌媚與美豔。

㉔ 縵立遠視，而望幸焉：縵立，久立。幸，皇帝親臨，亦可解作受皇帝寵愛。焉，於此。

㉕ 有不得見者，三十六年：三十六年，指秦始皇由西元前一四六年，統一六國至二一〇年死去。共三十六年。指有些妃嬪宮女終身沒能見到秦始皇。

㉖ 燕趙之收藏，韓魏之經營，齊楚之精英：收藏，指收藏的珍寶。經營，指謀取得來的財物。精英，指精緻美好的物品。

㉗ 剽掠其人：人，民。避唐太宗李世民諱。剽㊥piào㊖ㄆㄧㄠˋ㊟piu^{5}音票低上聲。

㉘ 倚疊：堆積。

㉙ 一旦不能有，輸來其間：不能有，無力保有。其間，指阿房宮。

㉚ 鼎鐺玉石，金塊珠礫：鐺，古代的鍋，有耳有足，用於燒煮飯食。礫，碎石子。謂把寶鼎作飯鍋，美玉作石頭，黃金作土塊，珍珠作石子。鐺 漢chēng國ㄔㄥ粵tsaŋ1 音撐。

㉛ 棄擲邐迤：邐迤，連綿曲折貌。此指珍寶棄擲滿地。邐 漢lǐ國ㄌㄧˇ粵lei5 音里。迤 漢yǐ國ㄧˇ粵ji5 音以。

㉜ 紛奢：豪華奢侈。

㉝ 柰何取之盡錙銖：柰，同奈。錙銖，古代重量單位，六銖為一錙，四錙為一兩。比喻微小的數量。錙銖 漢zī zhū國ㄗ ㄓㄨ粵dzi1 dzy1 音之朱。

㉞ 使負棟之柱，多於南畝之農夫：棟，房梁。柱，支撐棟樑的堅柱。南畝，泛指農田。

㉟ 架梁之椽，多於機上之工女：椽，梁間支承屋面及瓦片的木條。機，織布機。椽 漢chuán國ㄔㄨㄢˊ粵tsyn4 音全。

㊱ 釘頭磷磷，多於在庾之粟粒：磷磷，形容物體有棱角。此指釘頭一顆顆顯露的樣子。庾，露天的穀倉。庾 漢yǔ國ㄩˇ粵jy5 音雨。

㊲ 瓦縫參差，多於周身之帛縷：參差，錯落有致。周身，全身。帛縷，織成布帛的的絲縷。

㊳ 直欄橫檻，多於九土之城郭：檻，欄杆。直欄橫檻，縱橫的欄杆。九土，九州，指全國。郭，外城。檻 漢jiàn國ㄐㄧㄢˋ粵lam6 音艦。

㊴ 管絃嘔啞：管絃，泛指絲竹樂器，亦代指各種樂器。嘔啞，管弦樂器的聲音。

㊵ 獨夫之心，日益驕固：獨夫，指殘暴無道、眾叛親離的統治者，指秦始皇。驕固，驕橫頑固。

㊶ 戍卒叫，函谷舉：戍卒，守邊的士卒，此指陳勝和吳廣，二人為調守漁陽的戍卒，於秦二世三年（西元前二〇七年）起義。函谷，函谷關，在今河南靈寶西南，此代指秦的重要關隘。舉，被攻破。

㊷ 楚人一炬，可憐焦土：楚人，指項羽。炬，火把。此指放火。秦王子嬰元年（西元前二〇六），項羽兵屠咸陽，殺子嬰，焚燒秦朝宮室，大火三月不滅。

㊸ 族：滅。

㊹ 使：假使。

㊺ 鑑：借鑑。

柳毅傳

李朝威

唐儀鳳①中，有儒生柳毅者應舉下第②，將還湘濱③。念鄉人有客於涇陽④者，遂往告別。至六七里，鳥起馬驚，疾逸道左⑤。又六七里，乃止。見有婦人，牧羊於道畔。毅怪視之，乃殊色⑥也。然而蛾臉不舒⑦，巾袖無光⑧，凝聽翔立⑨，若有所伺。毅詰之曰：「子何苦而自辱如是？」婦始楚⑩而謝，終泣而對曰：「賤妾不幸，今日見辱問於長者⑪。然而恨貫肌骨，亦何能媿避，幸一聞焉。妾洞庭龍君小女也。父母配嫁涇川⑫次子，而夫壻樂逸，為婢僕所惑，日以厭薄⑬。既而將訴於舅姑⑭，舅姑愛其子，不能禦⑮。迨訴頻切⑯，又得罪舅姑。舅姑毀黜⑰以至此。」言訖，歔欷流涕，悲不自勝。又曰：「洞庭於茲，相遠不知其幾多也？長天茫茫，信耗⑱莫通。

心目斷盡⑲，無所知哀。聞君將還吳⑳，密通洞庭。或以尺書寄託侍者㉑，未卜將以為可乎？」毅曰：「吾義夫也。聞子之說，氣血俱動，恨無毛羽，不能奮飛。是何可否之謂乎㉒！然而洞庭深水也。吾行塵間，寧可致意耶？唯恐道途顯晦㉓，不相通達，致負誠託，又乖懇願。子有何術，可導我邪？」女悲泣且謝曰：「負載㉔珍重，不復言矣。脫獲回耗㉕，雖死必謝。君不許，何敢言。既許而問，則洞庭之與京邑，不足為異也。」毅請聞之。女曰：「洞庭之陰，有大橘樹焉，鄉人謂之社橘。君當解去茲帶，束以他物。然後叩樹三發，當有應者。因而隨之，無有礙矣。幸君子書敘之外，悉以心誠之話倚託，千萬無渝！」毅曰：「敬聞命矣。」女遂於襦間解書，再拜以進，東望愁泣，若不自勝。毅深為之戚，乃置書囊中，因復問曰：「吾不知子之牧羊，何所用哉？神祇豈宰殺乎？」女曰：「非羊也，雨工㉖也。」「何為雨工？」曰：「雷霆之類也。」數顧視之，則皆矯顧怒步㉗，飲齕甚異。而大小毛角，則無別羊焉。毅又曰：「吾為使者，他日歸洞庭。幸勿相避。」女曰：「寧止㉘不避，當如親戚耳。」語竟，引別東去。不數十步，回望女與羊，俱亡所見矣。

其夕，至邑而別其友。月餘到鄉還家，乃訪於洞庭。洞庭之陰，果有橘社。遂易帶向樹，三擊而止。俄有武夫出於波間，再拜請曰：「貴客將自何所至也？」毅不告其實，曰：「走謁大王耳。」武夫揭水指路，引毅以進。謂毅曰：「當閉目，數息㉙可達矣。」毅如其言，遂至其宮。始見臺閣相向，門戶千萬，奇草珍木，無所不有。夫乃止毅停於大室之隅，曰：「客當居此以伺焉。」毅曰：「此何所也？」夫曰：「此靈虛殿也。」諦視㉚之，則人間珍寶，畢盡於此。柱以白璧，砌以青玉，牀以珊瑚，簾以水精，雕琉璃於翠楣，飾琥珀於虹棟㉛。奇秀深杳，不可殫言。然而王久不至，毅謂夫曰：「洞庭君安在哉？」曰：「吾君方幸玄珠閣，與太陽道士講《火經》。少選㉜當畢。」毅曰：「何謂《火經》？」夫曰：「吾君龍也。龍以水為神，舉一滴可包陵谷。道士乃人也。人以火為神聖，發一燈可燎阿房㉝。然而靈用不同，玄化各異㉞。太陽道士精於人理，吾君邀以聽。」言語畢，而宮門闢。景從雲合㉟，而見一人披紫衣，執青玉。夫躍曰：「此吾君也！」乃至前以告之。君望毅而問曰：「豈非人間之人乎？」毅對曰：「然。」毅而設拜㊱，君亦拜，命坐於靈虛之下。謂毅曰：「水府幽深，寡人暗昧，夫子不遠千里，將有為乎！」毅曰：「毅，大王之鄉人也。長於楚，遊學於秦㊲。昨下第，間驅涇水右涘㊳，見大王愛女牧羊於野，風環雨鬢㊴，所不忍視。毅因詰之。謂毅曰：『為夫壻所薄，舅姑不念，以至於此。』悲泗淋漓，誠怛㊵人心。遂託書於毅。毅許之，今以至此。」因取書進之。洞庭君覽畢，以袖掩面而泣曰：「老父之罪，不詒鑒聽㊶，坐貽聾瞽，使閨牕孺弱，遠罹構害。公乃陌上人㊷也，而能急之。幸被齒髮㊸，何敢負德！」詞畢，又哀咤良久，左右皆流涕。時有宦人密視君者，君以書授之，令達宮中。須臾，宮中皆慟哭。君驚謂左右曰：「疾告宮中，無使有聲，恐錢塘所知。」毅曰：「錢塘何人也？」曰：「寡人之愛弟。昔為錢塘長㊹，今則致政㊺矣。」毅曰：「何故不使知？」曰：「以其勇過人耳。昔堯遭洪水九年者㊻，乃此子一怒也。近與天將失意，塞其五山。上帝以寡人有薄德於古今，遂寬其同氣㊼之罪。然猶縻繫於此，故錢塘之人，日日候焉。」語未畢，而大聲忽發，天拆地裂，宮殿擺簸，雲烟沸湧。俄有赤龍長千餘尺，電目血舌，朱鱗火鬣㊽，項掣金鎖，鎖牽玉柱，千雷萬霆，激繞其身，霰雪雨雹，一時皆下。乃劈青天而飛去㊾。毅恐蹶仆地，君親起持之曰：「無懼，固無害。」毅良久稍安，乃獲自定。因告辭曰：「願得生歸，以避復來。」君曰：「必不如此。其去則然，其來則不然。幸為少盡繾綣。」因命酌互舉，以欵人事。

俄而祥風慶雲，融融怡怡，幢節㊿玲瓏，簫韶以隨。紅粧千萬，笑語熙熙，後有一人，自然蛾眉，明璫㊿滿身，綃縠㊿參差。迫而視之，乃前寄辭者。然若喜若悲，零淚如系。須臾紅烟蔽其左，紫氣舒其右，香氣環旋，入於宮中。君笑謂毅曰：「涇水之囚人至矣。」君乃辭歸宮中。須臾，又聞怨苦㊿，久而不已。有頃，君復出，與毅飲食。又有一人披紫裳，執青玉，貌聳神溢㊿，立於君左右。謂毅曰：「此錢塘也。」毅起，趨拜之。錢塘亦盡禮相接，謂毅曰：「女姪不幸，為頑童所辱。賴明君子信義昭彰，致達遠冤。不然者，是為涇陵之土⑤矣。饗德懷恩⑥，詞不悉心。」毅撝退辭謝，俯仰唯唯⑦。然後回告兄曰：「向者辰發靈虛，巳至涇陽，午戰於彼，未還於此。中間馳至九天，以告上帝。帝知其冤而宥其失。前所遣責，因而獲免。然而剛腸激發，不遑辭候；驚擾宮中，復忤賓客。愧惕慚懼⑧，不知所失。」因退而再拜。君曰：「所殺幾何？」曰：「六十萬。」「傷稼乎？」曰：「八百里。」「無情郎安在？」曰：「食之矣。」君撫然曰：「頑童之為是心也，誠不可忍。然汝亦太草草。賴上帝顯聖，諒其至冤。不然者，吾何辭焉⑨。從此已去。勿復如是！」錢塘復再拜。

是夕，遂宿毅於凝光殿。明日，又宴毅於凝碧宮。會友戚，張廣樂⑩，具以醪醴⑪，羅以甘潔。初，笳角鼙鼓，旌旗劍戟。舞萬夫於其右。中有一夫前曰：「此〈錢塘破陣樂〉⑫。」旌傑氣，顧驟悍慄⑬，坐客視之，毛髮皆豎。復有金石絲竹，羅綺珠翠，舞千女於其左。中有一女前進曰：「此〈貴主還宮樂〉」。⑭清音宛轉，如訴如慕，坐客聽之，不覺淚下。二舞既畢，龍君大悅，錫以紈綺，頒於舞人。然後密席貫坐[65]，縱酒極娛。酒酣，洞庭君乃擊席而歌曰：「大天蒼蒼兮，大地茫茫。人各有志兮，何可思量。狐神鼠聖兮，薄社依墻[66]。雷霆一發兮，其孰敢當？荷真人兮信義長[67]，令骨肉兮還故鄉。齊言慚愧兮何時忘！」洞庭君歌罷，錢塘君再拜而歌曰：「上天配合兮，生死有途。此不當婦兮，彼不當夫。腹心辛苦兮，涇水之隅。風霜滿鬢兮，雨雪羅襦。賴明公兮引素書，令骨肉兮家如初。永言珍重兮無時無。」錢塘君歌闋[68]，洞庭君俱起奉觴於毅。毅踧踖而受爵[69]；飲訖，復以二觴奉二君。乃歌曰：「碧雲悠悠兮，涇水東流。傷美人兮，雨泣花愁。尺書遠達兮，以解君憂。哀冤果雪兮，還處其休。荷和雅兮感甘羞[70]，山家[71]寂寞兮難久留，欲將辭去兮悲綢繆[72]。」歌罷，皆呼萬歲。洞庭君因出碧玉箱，貯以開水犀[73]，錢塘君復出紅珀盤，貯以照夜璣[74]，皆起進毅。毅辭謝而受。然後宮中之人，咸以綃綵珠璧，投於毅側。重疊煥赫，須臾，埋沒前後。毅笑語四顧，愧揖不暇。洎酒闌歡極，毅辭起，復宿於凝光殿。

翌日，又宴毅於清光閣。錢塘因酒作色，踞⑮謂毅曰：「不聞猛石可裂不可捲，義士可殺不可羞耶？愚有衷曲⑯，欲一陳於公，如可，則俱在雲霄；如不可，則皆夷糞壤⑰。足下以為何如哉？」毅曰：「請聞之。」錢塘曰：「涇陽之妻，則洞庭君之愛女也。淑性茂質，為九姻⑱所重，不幸見辱於匪人⑲。今則絕矣，將欲求託高義，世為親戚。使受恩者知其所歸⑳，懷愛者知其所付㉑，豈不為君子始終之道者。」毅肅然而作，然㉒而笑曰：「誠不知錢塘君孱困㉓如是！毅始聞跨九州，懷五岳，洩其憤怒；復見斷鎖金，掣玉柱，赴其急難，毅以為剛決明直，無如君者。蓋犯之者不避其死，感之者不愛其生，此真丈夫之志。奈何簫管方洽，親賓正和，不顧其道，以威加人，豈僕之素望哉！若遇公於洪波之中，玄山㉔之間，鼓以鱗鬚，被以雲雨，將迫毅以死，毅則以禽獸視之，亦何恨哉！今體被衣冠，坐談禮義，盡五常之志性㉕，負百行之微旨㉖，雖人世賢傑，有不如者，況江河靈類乎？而欲以蠢然之軀，悍然之性，乘酒假氣，將迫於人，豈近直㉗哉！且毅之質，不足以藏王一甲之間㉘。

然而敢以不伏之心，勝王不道⑧之氣。惟王籌之！」錢塘乃逡巡⑨致謝曰：「寡人生長宮房，不聞正論。向者詞述狂妄，搪突高明⑨。退自循顧，戾不容責。幸君子不為此乖間⑨可也。」其夕復歡宴，其樂如舊。毅與錢塘遂為知心友。明日，毅辭歸。洞庭君夫人別宴毅於潛景殿，男女僕妾等悉出預會。夫人泣謂毅曰：「骨肉受君子深恩，恨不得展媿戴⑨，遂至睽別！」使前涇陽女當席拜毅以致謝。夫人又曰：「此別豈有復相遇之日乎？」毅其始雖不諾錢塘之請，然當此席，殊有歎恨之色。宴罷辭別，滿宮悽然，贈遺珍寶，怪不可述。毅於是復循途出江岸，見從者十餘人，擔囊以隨，至其家而辭去。

毅因適廣陵⑨寶肆，鬻其所得。百未發一，財以盈兆。故淮右⑨富族咸以為莫如。遂娶於張氏，而又娶韓氏。數月，韓氏又亡。徙家金陵，常以鰥曠⑨多感，或謀新匹。有媒氏告之曰：「有盧氏女，范陽人也，父名曰浩，嘗為清流宰⑨。晚歲好道，獨遊雲泉⑨，今則不知所在矣。母曰鄭氏，前年適清河張氏⑨，不幸而張夫早亡。母憐其少，惜其慧美，欲擇德以配焉。不識何如？」

毅乃卜日就禮。既而男女二姓⑩，俱為豪族。法用禮物，盡其豐盛。金陵之士，莫不健仰⑩。居月餘，毅因晚入戶，視其妻，深覺類於龍女。而逸艷豐厚，則又過之。因與話昔事。妻謂毅曰：「人世豈有如是之理乎？」經歲餘，有一子，毅益重之。既產踰月，乃穠飾換服，召親戚相會之間，笑謂毅曰：「君不憶余之於昔也？」毅曰：「夙為洞庭君女傳書，至今為憶。」妻曰：「余即洞庭君之女也。涇川之冤，君使得白。銜君之恩，誓心求報。洎錢塘季父論親不從，遂至睽違，天各一方，不能相問。父母欲配嫁於濯錦小兒⑩。某惟以心誓難移，親命難背，既為君子棄絕，分無見期。而當初之冤，雖得以告諸父母，而誓報不得其志⑩，復欲馳白於君子。值君子累娶，當娶於張，已而又娶於韓。迨張韓繼卒，君卜居於茲。故余之父母，乃喜余得遂報君之意。今日獲奉君子，咸善終世，死無恨矣。」因嗚咽泣涕交下。對毅曰：「始不言者，知君無重色之心；今乃言者，知君有感余之意。婦人匪薄⑩，不足以確厚永心⑩。故因君愛子，以託相生⑩。未知君意如何？愁懼兼心，不能自解。君附書之日，笑謂妾曰：『他日歸洞庭，慎無相避。』誠不知當此之際，君豈有意於今日之事乎？其後季父請於君，君固不許。君乃誠將不可邪？抑忿然邪？君其話之！」毅曰：「似有命者。僕始見君子長涇之隅，枉抑憔悴，誠有不平之志。然自約其心者⑩⑦，達君之冤，餘無及也。以言慎勿相避者，偶然耳，豈思哉！洎錢塘逼迫之際，唯理有不可直，乃激人之怒耳。夫始以義行為之志，寧有殺其而納其妻者邪？一不可也。善素以操真⑩⑧為志尚，寧有屈於己而伏於心者乎？二不可也。且以率肆胸臆⑩⑨，酧酢紛綸⑪⓪，唯直是圖⑪①，不遑避害。然而將別之日，見君有依然之容⑪②，心甚恨之。終以人事扼束⑪③，無由報謝。吁！今日君盧氏也，又家於人間。則吾始心未為惑矣。從此以往，永奉懽好，心無纖慮也。」妻因深感嬌泣，良久不已。有頃，謂毅曰：「勿以他類⑪④，遂為無心，固當知報耳。夫龍壽萬歲，今與君同之。水陸無往不適，君不以為妄也。」毅嘉之曰：「吾不知國客，乃復為神仙之餌⑪⑤。」乃相與覲洞庭。既至而賓主盛禮，不可具紀。

後居南海[116]，僅四十年，其邸第、輿馬、珍鮮、服玩，雖侯伯之室，無以加也。毅之族咸遂濡澤[117]。以其春秋積序[118]，容狀不衰，南海之人，靡不驚異。洎開元[119]中，上方屬意於神仙之事，精索道術[120]。毅不得安，遂相與歸洞庭。凡十餘歲，莫知其跡。至開元末，毅之表弟薛嘏為京畿令[121]，謫官東南。經洞庭，晴晝長望，俄見碧山出於遠波。舟人皆側立[122]曰：「此本無山，恐水怪耳。」指顧之際，山與舟相逼，乃有彩船自山馳來，迎問於嘏。其中有一人呼之曰：「柳公來候耳。」嘏省然記之[123]，乃促至山下，攝衣疾上。山有宮闕如人世，見毅立於宮室之中，前列絲竹，後羅珠翠。物玩之盛，殊倍人間。毅詞理益玄，容顏益少。初迎嘏於砌，持嘏手曰：「別來瞬息，而髮毛已黃。」嘏笑曰：「兄為神仙，弟為枯骨，命也。」毅因出藥五十丸遺嘏曰：「此藥一丸，可增一歲耳。歲滿復來，無久居人世以自苦也。」歡宴畢，嘏乃辭行。自是已後，遂絕影響。嘏常以是事告於人世。殆四紀[124]，嘏亦不知所在。

隴西李朝威敘而嘆曰：「五蟲之長[125]，必以靈者[126]，別斯見矣[127]。人，裸也，移信鱗蟲⑫⑧。洞庭含納大直，錢塘迅疾磊落，宜有承焉⑫⑨。嘏詠而不載，獨可隣其境⑬⓪。愚義之，為斯文。」

作者

李朝威，唐代隴西人，生平事跡不詳。傳世作品只有《柳毅傳》。

題解

《柳毅傳》是唐代傳奇的代表作，選自《太平廣記》卷四百一十九，版本據中華書局排印版。唐代傳奇，即是當時盛傳於民間的小說，文字或長或短，寫的是豪俠的事迹、愛情的故事和怪異的言行，不一而足。後世作家多從傳奇中取材，撰成雜劇或戲曲，流傳廣遠。《柳毅傳》寫柳毅為龍女傳書的故事，情節離奇，不愧為精彩名篇。

注釋

①儀鳳：唐高宗李治年號（六七六——六七八）。
②應舉下第：應舉，參加科舉考試。下第，即落第，沒有考取。
③湘濱：湘江邊，唐代江南西道一帶。湘江，湖南境內最大的河流，源出廣西，流入洞庭湖。
④涇陽：今陝西三原。
⑤疾逸道左：疾，快。逸，奔跑。道左，道旁。
⑥殊色：容貌非常漂亮。
⑦蛾臉不舒：蛾，蛾眉。愁眉不展。
⑧巾袖無光：巾袖，指女人服飾。無光，破舊。
⑨凝聽翔立：凝聽，凝神傾聽。翔立，佇立而有飄舉之狀。
⑩楚：悲痛的樣子。
⑪見辱問於長者：見，被，用時帶謙遜之意。辱問，下問。長者，對人的尊稱。
⑫涇川：指涇河龍君。
⑬厭薄：厭惡、待薄。
⑭舅姑：公婆。
⑮禦：駕馭、管束。
⑯迨訴頻切：迨，等到。頻切，頻繁、殷切。迨㊥dài㊟ㄉㄞˋ㊣dɔi[6]音代。
⑰毀黜：擯斥、淩辱。
⑱信耗：音信消息。
⑲心目斷盡：望穿雙眼，心碎腸斷。形容痛苦之極。

⑳ 吳：本指江蘇一帶，此處泛指南方。

㉑ 侍者：手下役使的人，此處暗指柳毅本人。

㉒ 是何可否之謂乎：表示「當然可以」的意思。

㉓ 道途顯晦：顯，明，指人間。晦，幽深，指神界。句謂人神之間道路阻隔，殊途難通。

㉔ 負載：指擔負龍女所委託的事。

㉕ 脫獲回耗：脫，如果。回耗，回音。

㉖ 雨工：雨神。

㉗ 矯顧怒步：昂首闊步。

㉘ 寧止：豈止。

㉙ 數息：呼吸數次，形容時間之短促。

㉚ 諦視：審視。諦 ㊥漢 dì 國 ㄉㄧˋ 粵 dai^{3} 音帝。

㉛ 虹棟：彩色屋梁。

㉜ 少選：少頃、一會兒。

㉝ 阿房：即阿房宮，秦始皇建。故址在今陝西西安阿房村。

㉞ 靈用不同，玄化各異：指水火的神異作用和玄妙變化。

㉟ 景從雲合：景，古通影。如影之隨形，雲之聚合。此乃形容侍從眾多。

㊱ 設拜：行拜見之禮。

㊲ 長於楚，遊學於秦：楚，今湖北、湖南之地。秦，指京師長安。

㊳ 涘：水邊。涘 漢 sì 國 ㄙˋ 粵 dzi^{6} 音自。

㊴ 風環雨鬢：環，即鬟。此句描述容貌憔悴。

㊵ 誠怛：誠，實在。怛，悲苦。怛 漢 dá 國 ㄉㄚˊ 粵 dat^{8} 或 tan^{2} 笪或坦。

41. 不諗堅聽：諗，察。堅聽，聽信不疑。指不加考察，聽信人言。
42. 陌上人：不相識的路人。
43. 幸被齒髮：齒髮尚存，指有生之年。
44. 錢塘長：錢塘，在浙江下游。錢塘長，錢塘江的水神。
45. 致政：退職免官。
46. 堯遭洪水九年者：堯帝時洪水為患，用鯀治水九年而水不息。見《史記・夏本紀》。
47. 同氣：同胞兄弟。
48. 朱鱗火鬣：鮮紅色的鱗片和火紅色的鬣毛。鬣(漢)liè(國)ㄌㄧㄝˋ(粵)lip9 音獵。
49. 擘青天而飛去：擘，分裂。即破空而去。擘(漢)bò(國)ㄅㄛˋ(粵)mak8 音盲中入聲。
50. 幢節：指旗幟、儀仗之類。
51. 明璫：珍珠飾物。
52. 綃縠：綃，生絲織物。縠，縐紗。綃(漢)xiāo(國)ㄒㄧㄠ(粵)siu1 音消。
53. 怨苦：指龍女悲訴的聲音。
54. 貌聳神溢：指樣貌出眾，神采四射。
55. 涇陵之土：土，指墓穴。意即死在涇陵之意。
56. 饗德懷恩：饗，同享，指懷念起曾領受的恩德。饗(漢)xiǎng(國)ㄒㄧㄤˇ(粵)hoeŋ2 音享。
57. 撝退辭謝，俯仰唯唯：撝退，謙遜。俯仰唯唯，舉止恭敬地應答。撝(漢)huī(國)ㄏㄨㄟ(粵)fai1 音揮。
58. 愧惕慚懼：指羞慚愧歉，警惕戒懼之意。惕(漢)tì(國)ㄊㄧˋ(粵)tik7 音剔。
59. 吾何辭焉：我以何言推卸責任。
60. 張廣樂：陳設盛大的樂舞。
61. 醪醴：醇厚的美酒。醪醴(漢)láo lǐ(國)ㄌㄠˊ ㄌㄧˇ(粵)lou4 lai5 音牢禮。

62 〈錢塘破陣樂〉：為錢塘君戰勝而製的舞樂。《樂府詩集》卷八十〈近代辭曲〉：「〈破陣樂〉本舞曲，唐太宗所造。」

63 旌傑氣，顧驟悍慄：指樂舞中旌旗矛戈舞動時表現的英雄豪邁之氣，武士顧盼馳驟時使人顫慄的勇悍神態。

64 〈貴主還宮樂〉：貴主，公主。高麗所傳唐曲子有〈還宮樂〉。此謂為龍女還宮而製的舞樂。

65 密席貫坐：互相靠緊，依次而坐。

66 薄社依墻：薄社，依附於廟社，即老鼠。依墻，即狐狸。

67 荷真人兮信義長：荷，承蒙。真人，有德行者，指柳毅。

68 闋：樂曲終止。

69 毅踧踖而受爵：踧踖，恭敬而不安。爵，酒杯。踧踖 (漢)cù jí (國)ㄘㄨˋ ㄐㄧˊ (粵)tsuk^7 dzik^7 音促即。

70 荷和雅兮感甘羞：和雅，美好、溫情。甘羞，珍饈美食。

71 山家：柳毅稱自己的家。

72 悲綢繆：悲思纏綿。

73 開水犀：水犀牛的犀角，傳說能把水分開。

74 照夜璣：夜明珠。

75 踞：蹲着，傲慢無禮的姿勢。踞 (漢)jù (國)ㄐㄩˋ (粵)gœy^3 音句。

76 衷曲：心事。

77 皆夷糞壤：夷為糞土，即不利於柳毅。

78 九姻：外祖父、外祖母、從母子、妻父、妻母、姑之子、女之子、姊妹之子及己之同族。

79 匪人：品行不正者。

80 受恩者知其所歸：受恩者，指龍女。歸，歸附。

81 懷愛者知其所付：懷愛者，指柳毅。付，愛的施與。

82 欻然：忽然。欻(漢)hū(國)ㄏㄨ(粵)fat^{7}音忽。

83 孱困：羸弱無能。孱(漢)chán(國)ㄔㄢˊ(粵)san^{4}音潺。

84 玄山：此指波浪如蒼青的山峯。

85 五常之志性：五常，指仁、義、禮、智、信五種德行。志性，本性，指品德。

86 百行之微旨：百行，各種德行。微旨，精義。

87 近直：近於正直。

88 且毅之質，不足以藏王一甲之間：柳毅自言其身軀細小，還不足以藏在龍君的一片鱗甲之間。

89 不道：不合正道。

90 逡巡：後退。逡(漢)qūn(國)ㄑㄩㄣ(粵)sœn^{1}音荀。

91 向者詞述狂妄，妄突高明：詞述狂妄，説話狂妄。妄突高明，冒犯了先生。

92 乖間：背離、間隔。

93 媿戴：感恩戴德。媿(漢)kuì(國)ㄎㄨㄟˋ(粵)kwɐi^{5}音愧。

94 廣陵：今江蘇揚州。

95 淮右：淮水以西，今安徽合肥、鳳陽一帶。

96 鰥曠：鰥，妻死無偶。曠，成年未娶。鰥(漢)guān(國)ㄍㄨㄢ(粵)gwan^{1}音關。

97 嘗為清流宰：清流，清流縣，今安徽滁縣。宰，縣令。

98 獨遊雲泉：獨自到名山大川修道。

99 前年適清河張氏：適，嫁給。清河，唐郡名，治所在今河北南宮。

100 男女二姓：指柳毅與盧氏二家。

101 健仰：極為羨慕。

102 父母欲配嫁於濯錦小兒：濯錦小兒，即濯錦江龍君之子。濯錦江，在今四川成都。

⑩③ 而誓報不得其志：指發誓報恩的志願不能實現。
⑩④ 匪薄：微賤之身，女子自謙之詞。
⑩⑤ 確厚永心：使丈夫的心牢不可變。
⑩⑥ 故因君愛子，以託相生：因愛其子及其母，共同生活在一起。
⑩⑦ 然自約其心者：約，約束、克制。指柳毅自我約束愛慕龍女的感情。
⑩⑧ 操真：堅持真誠。
⑩⑨ 且以率肆胸臆：率肆，真率、無隱諱地。胸臆，心中見解。
⑪⓪ 酧酢紛綸：酧，同酬。酧酢，應對。紛綸，雜亂。酢 漢zuò國ㄗㄨㄛˋ粵dzɔk⁹ 音鑿。
⑪① 唯直是圖：只考慮堅持正直之理。
⑪② 依然之容：指依依不捨的樣子。
⑪③ 扼束：即束縛。
⑪④ 他類：異類，指龍。
⑪⑤ 吾不知國客，乃復為神仙之餌：國客，國中上賓。餌，指釣來機會。全句謂我沒想到當初到龍宮作客，竟得到了成仙的機會。
⑪⑥ 南海：唐郡名，郡治在今廣州。
⑪⑦ 咸遂濡澤：指沾得了福澤。
⑪⑧ 以其春秋積序：春秋，年歲。序，指時序。此指年歲一年一年的增長。
⑪⑨ 開元：唐玄宗李隆基在位時的年號（七一三——七四一）。
⑫⓪ 上方屬意於神仙之事，精索道術：上，指唐朝天子唐玄宗。屬意，留意、關注。精索道術，徵求道術奇異之士。
⑫① 京畿令：畿，京城附近的地方。京畿令，官名，品級較一般縣令為高。

⑫② 側立：側身而立，恐懼的樣子。

⑫③ 嘏省然記之：省然，忽然想起的樣子。嘏 ㊥gǔ㊥ㄍㄨˇ㊥gu2 音古。

⑫④ 殆四紀：殆，幾乎、差不多。紀，古以十二年為一紀。四紀，即四十八年。

⑫⑤ 五蟲之長：蟲，是動物的通稱。五蟲之長，指鳳、麟、龜、龍、人。

⑫⑥ 必以靈者：連上句謂五蟲之中，一定以靈者為長。

⑫⑦ 別斯見矣：指區別可於此處見出。

⑫⑧ 人，裸也，移信鱗蟲：裸，同倮，指身體裸露。人身沒有鱗甲，故稱倮蟲。人是倮（裸）蟲之長，龍是鱗蟲之長，所以人與龍講信義。

⑫⑨ 宜有承焉：承，稟承。句指其品德是有所稟賦的。

⑬⓪ 獨可鄰其境：指柳毅送薛嘏仙藥，使他可以親歷仙境一事。

瀧岡阡表　秋聲賦

歐陽修

瀧岡阡表

嗚呼！惟我皇考崇公①，卜吉于瀧岡之六十年②，其子修始克表於其阡③。非敢緩也，蓋有待也④。

修不幸，生四歲而孤⑤。太夫人守節⑥自誓，居窮⑦，自力於衣食，以長以教⑧，俾⑨至于成人。太夫人告之曰：「汝父為吏，廉而好施與⑩，喜賓客。其俸祿雖薄，常不使有餘，曰：『毋以是為我累⑪。』故其亡也，無一瓦之覆，一壠之植，以庇而為生⑫，吾何恃⑬而能自守邪？吾於汝父，知其一二，以有待於汝⑭也。自吾為汝家婦，不及事吾姑⑮，然知汝父之能養⑯也。汝孤而幼，吾不能知汝之必有立⑰，然知汝父之必將有後⑱也。吾之始歸⑲也，汝父免於母喪，方逾年⑳，歲時祭祀，則必涕泣曰：『祭而豐，不如養之薄也㉑。』間御酒食㉒，則又涕泣曰：『昔常不足而今有餘，其何及也㉓！』吾始一二見之，以為新免於喪適然㉔耳。既而其後常然，至其終身未嘗不然。吾雖不及事姑，而以此知汝父之能養也。汝父為吏，嘗夜燭治官書㉕，屢廢㉖而歎。吾問之，則曰：『此死獄㉗也，我求其生不得爾㉘！』吾曰：『生可求乎？』曰：『求其生而不得，則死者與我皆無恨㉙也。矧㉚求而有得邪，以其有得，則知不求而死者有恨也。夫常求其生，猶失之死，而世常求其死也㉛。』回顧乳者劍汝㉜而立于旁，因指而歎曰：『術者謂我歲行在戍㉝，將死。使其言然㉞，吾不及見兒之立也，後當以我語告之。』其平居教他子弟㉟，常用此語，吾耳熟焉，故能詳也。其施於外事㊱，吾不能知；其居於家，無所矜飾㊲，而所為如此，是真發於中㊳者邪。嗚呼！其心厚於仁㊴者邪，此吾知汝父之必將有後也，汝其勉之㊵！夫養不必豐，要於孝㊶；利雖不得博於物，要其心之厚於仁㊷。吾不能教汝，此汝父之志也。」修泣而志㊸之，不敢忘。

先公㊹少孤力學，咸平三年㊺，進士及第，為道州判官㊻，泗綿二州推官㊼，又為泰州㊽判官，享年五十有九，葬沙溪㊾之瀧岡。太夫人姓鄭氏，考諱德儀㊿，世為江南名族。太夫人恭儉仁愛而有禮，初封福昌縣太君(51)，進封樂安、安康、彭城(52)三郡太君。自其家少微時(53)，治其家以儉約，其後常不使過之(54)，曰：「吾兒不能苟合於世(55)，儉薄所以居患難也(56)。」其後修貶夷陵(57)，太夫人言笑自若(58)，曰：「汝家故貧賤也，吾處之有素(59)矣；汝能安之，吾亦安矣。」

自先公之亡二十年，修始得祿而養(60)。又十有二年，列官于朝，始得贈封其親(61)。又十年，修為龍圖閣直學士(62)、尚書吏部郎中(63)，留守南京(64)。太夫人以疾終于官舍，享年七十有二。又八年，修以非才入副樞密(65)，遂參政事(66)。又七年而罷(67)。自登二府(68)，天子推恩，褒其三世(69)。故自嘉祐(70)以來，逢國大慶，必加寵錫(71)。皇曾祖府君，累贈金紫光祿大夫、太師(72)、中書令⑬；曾祖妣⑭，累封楚國太夫人；皇祖府君，累贈金紫光祿大夫、太師、中書令兼尚書令⑮；祖妣，累封吳國太夫人。皇考崇公，累贈金紫光祿大夫、太師、中書令兼尚書令；皇妣，累封越國太夫人。今上初郊⑯，皇考賜爵為崇國公，太夫人進號魏國⑰。

於是小子⑱修泣而言曰：「嗚呼！為善無不報而遲速有時，此理之常也。惟我祖考⑲積善成德，宜享其隆。雖不克有於其躬⑳，而賜爵受封，顯榮褒大，實有三朝之錫命㉑。是足以表見於後世㉒而庇賴㉓其子孫矣。」乃列其世譜，具刻于碑。既㉔又載我皇考崇公之遺訓，太夫人之所以教人而有待於修者，並揭㉕于阡。俾知夫小子修之德薄能鮮㉖，遭時竊位㉗，而幸全大節，不辱其先者，其來有自㉘。

熙寧三年，歲次庚戌，四月辛酉朔，十有五日乙亥㉙，男推誠保德崇仁翊戴功臣㉚、觀文殿學士㉛、特進㉜、行兵部尚書㉝、知青州軍州事㉞、兼管內勸農使㉟、充京東東路安撫使㊱、上柱國㊲、樂安郡開國公㊳、食邑[99]四千三百戶、食實封[100]一千二百戶，修表。

秋聲賦

歐陽子[101]方夜讀書，聞有聲自西南來者，悚然[102]而聽之，曰：「異哉！」初淅瀝以蕭颯[103]，忽奔騰而砰湃[104]，如波濤夜驚，風雨驟至。其觸於物也，鏦鏦錚錚[105]，金鐵皆鳴；又如赴敵之兵，銜枚[106]疾走，不聞號令[107]，但聞人馬之行聲。余謂童子[108]：「此何聲也？汝出視之。」童子曰：「星月皎潔，明河[109]在天，四無人聲，聲在樹間。」余曰：「噫嘻[110]，悲哉！此秋聲也。胡為[111]而來哉。」

蓋夫秋之為狀也[112]，其色慘淡[113]，煙霏雲斂[114]；其容清明，天高日晶[115]；其氣慄冽[116]，砭[117]人肌骨；其意蕭條，山川寂寥[118]。故其為聲也，淒淒切切，呼號憤發。豐草綠縟[119]而爭茂，佳木蔥蘢而可悅；草拂之而色變，木遭之而葉脱[120]；其所以摧敗零落者，乃其一氣之餘烈[121]。

夫秋，刑官也[122]，於時為陰[123]；又兵象[124]也，於行為金[125]。是謂天地之義氣[126]，常以肅殺而為心[127]。天之於物，春生秋實。故其在樂也，商聲主西方之音[128]，夷則為七月之律[129]。商，傷也[130]，物既老而悲傷。夷，戮也[131]，物過盛而當殺。

嗟乎！草木無情，有時飄零。人為動物，惟物之靈；百憂感其心，萬事勞其形，有動於中[132]，必搖其精[133]。而況思其力之所不及，憂其智之所不能[134]，宜其渥然丹者為槁木，黝然黑者為星星[135]。奈何以非金石之質，欲與草木而爭榮[136]？念誰為之戕賊，亦何恨乎秋聲[137]！」

童子莫對[138]，垂頭而睡。但聞四壁蟲聲唧唧，如助余之歎息。

作者

歐陽修見初冊第十五課〈賣油翁〉

題解

本課收錄了歐陽修的〈瀧岡阡表〉和〈秋聲賦〉，均選自《歐陽修全集》。〈瀧岡阡表〉是宋神宗熙寧三年（一〇七〇），歐陽修根據舊稿〈先君墓表〉修改而成。作者四歲喪父，由母親撫育成人。六十年後，始為其父撰寫碑文，是為〈瀧岡阡表〉。瀧岡，地名，在今江西永豐南。阡，是墓道；表，是墓碑。墓表之作，用以表彰其人。在表中，歐陽修除了表揚父親為官廉潔、體恤民命的用心和政績外，也讚美了守節自誓、艱苦育兒的母親。此外又述說自己深受父母人格的影響，故能刻苦自勵，以致功成名立。本篇文詞簡樸，不尚鋪陳，與一般墓誌銘以藻飾為能事不同。

〈秋聲賦〉作於宋仁宗嘉祐四年（一〇五九）。以秋聲發端，描寫暮秋的蕭條景象，感歎自己因人事憂勞，而形神衰老。本文用散文寫法，間以駢偶，是宋朝流行文體之一，稱為文賦。

注釋

① 皇考崇公：皇，大、美。考，舊稱亡父。皇考，對亡父的尊稱。崇公，歐陽修父親歐陽觀，字仲賓，封崇國公。

② 卜吉于瀧岡之六十年：卜吉，以占卜擇吉地，此指埋葬。六十年，歐陽觀葬於宋真宗大中祥符四年（一〇

一一），此表作於宋神宗熙寧三年（一〇七〇），其間相距近六十年。瀧㊂shuāng㊀ㄕㄨㄤ㊁sœŋ1音高。

③ 克表於其阡：克，能、得以。表，作墓表。阡，此指墓道，通往墓室的甬道。

④ 非敢緩也，蓋有待也：緩，拖延。有待，有所等待，意即等待時機成熟。

⑤ 孤：年幼喪父曰孤。

⑥ 太夫人守節：太夫人，指歐陽修母親鄭氏。古代列侯的妻子稱夫人，列侯死，其子襲封後稱其母為太夫人。守節，守持節操，指丈夫死後不再改嫁。

⑦ 居窮：窮，一作貧。謂生活困頓。

⑧ 以長以教：扶養我、教育我。

⑨ 俾：使。「俾」後省略「之」，意謂使歐陽修。

⑩ 廉而好施與：廉，清廉。施與，以財物接濟別人。

⑪ 毋以是為我累：不要受錢財所累，意指別為財貸影響自己的德行。

⑫ 無一瓦之覆，一壟之植，以庇而為生：庇，依靠、借助。意謂沒有留下甚麼產業以維持生計。

⑬ 何恃：等同恃何，依靠甚麼。

⑭ 有待於汝：意即期待歐陽修能繼承其父的稟性和志趣。

⑮ 不及事吾姑：古時出嫁女子稱丈夫父母為姑、舅。句謂沒有趕上侍奉我的婆婆。歐陽修的母親嫁至歐陽家時，其婆婆已死。

⑯ 養：奉養，此處指奉養母親。

⑰ 立：成就、建樹。

⑱ 有後：有繼承人，指繼承其父的美德。

⑲ 歸：出嫁。

⑳ 免於母喪，方逾年：為母守喪之期結束後，剛過了一年。
㉑ 祭而豐，不如養之薄也：祭，祭祀。不如，不及。與其死後予以豐厚的祭祀，不及生前給與微薄的奉養。
㉒ 間御酒食：間，有時。御，用、進。此乃食用酒菜之意。
㉓ 其何及也：其，語助詞。謂又怎麼來得及呢！意即人已死，雖已富足，也不能盡孝心了。
㉔ 適然：偶然。
㉕ 夜燭治官書：夜裏在燈下處理案卷文書。
㉖ 廢：停下來。
㉗ 死獄：該判死刑的案子。
㉘ 我求其生不得爾：我想為他求生路卻也沒辦法。意即無法免除他的死刑。
㉙ 恨：遺憾。
㉚ 矧：況且。矧 漢shěn 國ㄕㄣˇ 粵$tsɐn^2$ 音診。
㉛ 夫常求其生，猶失之死，而世常求其死也：其，指犯案者。世，指世人。言審案時雖常欲為犯人求一生路，但仍不免錯判而將之處決，原因是世人常欲將犯人置諸死地，故影響了判決。
㉜ 乳者劍汝：乳者，奶媽。劍，挾、抱，一本作抱。
㉝ 術者謂我歲行在戌：術者，算命的人。歲，歲星，即木星，約十二月運行一週，後來多用為年的通稱。歲行在戌，古人以十天干與十二地支相配以紀年，歐陽觀死於宋真宗大中祥符三年，歲次恰為庚戌。
㉞ 使其言然：使，假使。然，真是這樣。
㉟ 其平居教他子弟：平居，平時。他子弟，指族中其他子弟輩。
㊱ 其施於外事：施，為、作。指他作公事的時候。
㊲ 矜飾：虛偽、造作。

㊳ 中：指內心。

㊴ 厚於仁：重在仁愛。

㊵ 汝其勉之：你可要努力啊！

㊶ 夫養不必豐，要於孝：奉養不必豐厚，重在孝道。

㊷ 利雖不得博於物，要其心之厚於仁：博，擴展、普及。意謂施利雖不能普及到天下萬物，但重要的是他的心重在仁愛。

㊸ 志：記住。

㊹ 先公：對亡父的尊稱。

㊺ 咸平三年：宋真宗咸平三年（一〇〇〇）。

㊻ 道州判官：道州，轄境相當今湖南道縣及寧遠以南的瀟水流域。判官，州郡長官的屬官，掌管文書。

㊼ 泗綿二州推官：泗綿二州，泗州與綿州。泗州轄境相當今江蘇泗洪、泗陽、宿遷、漣水、灌南、邳縣、睢寧及安徽泗縣等地。綿州轄境相當今四川羅江上游以東、潼河以西江油、綿陽間的涪江流域。推官，州郡長官的屬官，專管刑獄事務。

㊽ 泰州：轄境相當今江蘇泰州、泰縣、如皋、泰興、興化等地。

㊾ 沙溪：在今江西永豐南鳳凰山北，是歐陽修的家鄉。

㊿ 考諱德儀：父親名叫德儀。古時避諱直稱長者之名，遇有必直稱其名時，則前加一諱字，以示己之冒昧。

(51) 福昌縣太君：福昌縣，今河南宜陽。太君，朝廷對官員母親的一種封號。

(52) 樂安、安康、彭城：樂安，郡名，治所在今山東惠民。安康，郡名，約今陝西安康。彭城，郡名，今江蘇徐州。

(53) 微時：微，一本作賤。指未顯貴之時。

㊹ 不使過之：不使生活奢侈。
㊺ 苟合於世：苟且迎合流俗。
㊻ 所以居患難也：是準備有一天要渡過苦難。
㊼ 夷陵：今湖北宜昌。
㊽ 自若：像平時一樣。
㊾ 有素：習以為常。
㊿ 得祿而養：獲取俸祿來供養母親。宋仁宗天聖八年（一〇三〇），歐陽修考取進士後，任西京留守推官，始入仕途。
(61) 贈封其親：指朝廷對歐陽修父母及祖上追加封號。
(62) 龍圖閣直學士：龍圖閣，宋朝收藏圖書典籍的館閣之一，其中有學士、直學士、待制、直閣等官。
(63) 尚書吏部郎中：吏部，宋朝六部（吏部、戶部、禮部、兵部、刑部、工部）之一，掌管全國官吏的任免、考核、升降、調動等事務的中央機構，上屬尚書省，下設郎中四人分管各司。
(64) 留守南京：歐陽修在皇祐二年（一〇五〇）任知應天府時兼南京留守。
(65) 樞密：樞密使，全國最高軍事長官。
(66) 參政事：參知政事，即副宰相。因與宰相（同平章事）同議朝政，故名。
(67) 又七年而罷：歐陽修在宋仁宗嘉祐六年（一〇六一）任參知政事，於宋英宗治平四年（一〇六七）被罷，出知亳州（今安徽亳縣）。
(68) 二府：指樞密院（主管軍事）和中書省（主管政事），是全國最高行政機構。
(69) 天子推恩，褒其三世：推恩，推廣施恩。褒，指贈封。三世，指父母、祖父祖母、曾祖父曾祖母三代。這裏指皇帝施恩於歐陽修，及推廣恩典至其父母及祖上。

(70) 嘉祐：宋仁宗趙禎的年號（一〇五六——一〇六三）。

(71) 加寵錫：錫，同賜。指加官進爵。

(72) 皇曾祖府君，累贈金紫光祿大夫、太師：府君，子孫對其先世（男性）的尊稱。累贈，累加封贈。金紫光祿大夫，漢武帝時設置光祿大夫官職，供皇帝諮詢之外，負責議論朝政。魏晉以後，此官有加金印紫綬的，稱金紫光祿大夫。宋朝為正三品的散官，不任職。太師，原是周朝設置的宰輔之官，宋朝時為名譽之官，不任職。

(73) 中書令：中書省長官，隋唐時為宰相之官，宋朝時為名譽之官，不任職。

(74) 曾祖妣：妣，稱死去的母親。曾祖妣，稱死去的曾祖母。妣 (漢) bǐ (國) ㄅㄧˇ (粵) bei^{2} 音彼。

(75) 尚書令：尚書省長官，唐初為宰相之職，宋朝時為名譽之官。

(76) 今上初郊：今上，指宋神宗趙頊（一〇六八——一〇八五在位）。郊，祭天。

(77) 進號魏國：指進封為魏國太夫人。

(78) 小子：子弟對父兄自稱。

(79) 祖考：祖先。

(80) 雖不克有於其躬：不克，不能。躬，自身、親自。句謂雖然不能親自享有這種隆恩。

(81) 三朝之錫命：三朝，指仁宗（趙禎，一〇二三——一〇六三）、英宗（趙曙，一〇六四——一〇六七）、神宗（趙頊，一〇六八——一〇八五）三朝。錫命，指賜爵受封。

(82) 表見於後世：見，同現。謂顯現於後代。

(83) 庇賴：護佑。

(84) 既：然後。

(85) 揭：指刻載。

(86) 能鮮：能力微弱。

⑧⑦ 竊位：自謙之辭，言自己不能稱職。

⑧⑧ 其來有自：是説能夠如此是有緣由的，意即是由於祖先的恩庇和父母的教誨。

⑧⑨ 熙寧三年，歲次庚戌，四月辛酉朔，十有五日乙亥：熙寧，宋神宗年號。熙寧三年，即一〇七〇年。四月辛酉朔，舊曆四月初一，這日干支是辛酉。十有五日乙亥，這月十五日，干支是乙亥。

⑨⓪ 推誠保德崇仁翊戴功臣：推誠保德崇仁翊戴，是朝廷對歐陽修這位功臣的褒揚之詞。功臣，宋朝封賜給臣屬的稱號。

⑨① 觀文殿學士：觀文殿，本為宋朝殿名，後以殿名設置觀文殿大學士和學士，作為授予宰執大臣的榮譽稱號。

⑨② 特進：原為漢朝官名，授予有特殊地位的列侯，宋朝時僅作為表示官員等級的散官。

⑨③ 行兵部尚書：兵部尚書，本是掌管全國軍隊的中央機構長官，但在宋朝全國軍權歸樞密院，兵部尚書只是虛設之官。這句指兼行兵部尚書之事。

⑨④ 知青州軍州事：宋朝以朝臣外任各州長官，稱「權知某軍州事」，軍指兵政，州指民政。明、清兩朝才以知州為正式官名。青州，宋朝時屬京東東路，治所在今山東益都。

⑨⑤ 內勸農使：官名，負責勸勵農作，宋朝時常為知州兼任。

⑨⑥ 充京東東路安撫使：京東東路，宋朝時行政區域之一，轄管今山東中部，治所在青州。安撫使，宋朝時常以知州兼安撫使，以兼管較大區域的軍政和民政。

⑨⑦ 上柱國：宋朝勛官共十二級，上柱國是最尊貴的一級。

⑨⑧ 開國公：宋朝封爵共十二級，開國公是第六級。

⑨⑨ 食邑：初為卿大夫的封地，卿大夫收其地賦税而食，到唐、宋時已為虛設。宋時食邑有十四等，從一萬戶到二百戶。

⑩⓪ 食實封：指實封的食邑，到宋時已有名無實，只是榮譽性的品級。食實封分七等，從一千戶到一百戶。

(101) 歐陽子：作者自稱。

(102) 悚然：驚懼的樣子。悚 (漢)sǒng(國)ㄙㄨㄥˇ(粵)suŋ^{2} 音聳。

(103) 淅瀝以蕭颯：淅瀝，象聲詞，形容雨落聲。蕭颯，形容風聲。颯 (漢)sà(國)ㄙㄚˋ(粵)sap^{8} 音圾。

(104) 砰湃：也寫作澎湃，形容波濤洶湧的樣子。

(105) 鏦鏦錚錚：金屬撞擊聲。鏦 (漢)cōng(國)ㄘㄨㄥ(粵)tsuŋ^{1} 音匆。錚 (漢)zhēng(國)ㄓㄥ(粵)dzɐŋ^{1} 音增。

(106) 銜枚：枚，形似筷子、可銜於口中的小竹棒或小木棒，兩端有帶，可繫於頸上。古代行軍時，常命士卒銜枚，以防喧譁，保障行軍的隱秘。

(107) 不聞號令：聽不到號令的聲音。

(108) 童子：家中年幼的僕人。

(109) 明河：即銀河。

(110) 噫嘻：感歎之聲。

(111) 胡為：為何。

(112) 蓋夫秋之為狀也：蓋夫，發語詞。秋之為狀，秋天呈現的情狀。

(113) 慘淡：暗淡無色。

(114) 煙霏雲斂：霏，通菲，淡薄。句謂煙雲疏淡收斂。

(115) 日晶：陽光明麗。

(116) 慄冽：形容寒冷。慄冽 (漢)lì liè(國)ㄌㄧˋ ㄌㄧㄝˋ(粵)lœt^{9} lit^{9} 音律列。

(117) 砭：刺。砭 (漢)biān(國)ㄅㄧㄢ(粵)bin^{1} 音邊。

(118) 寂寥：冷落空闊。

(119) 縟：繁多、茂盛。縟 (漢)rù(國)ㄖㄨˋ(粵)juk^{9} 音辱。

⑳ 草拂之而色變，木遭之而葉脫：拂，觸、碰上。是說一旦秋氣來臨，草木遇上了就枯黃、葉落。

(121) 一氣之餘烈：一氣，指天地之氣，此指秋氣。餘烈，餘威。

(122) 夫秋，刑官也：上古設官以四時為名，掌管刑法的司寇為秋官，故如此說。

(123) 於時為陰：古人以春夏為陽，秋冬為陰。

(124) 兵象：戰爭的徵象。

(125) 於行為金：行，指五行，即金、木、水、火、土。古代用五行配合四時，春屬木，夏屬火，秋屬金，冬屬水。

(126) 天地之義氣：義，五行（仁、義、禮、智、信）之一，與水、火、木、金、土五行之金相配，指秋天。

(127) 常以肅殺而為心：常把摧殘萬物作為主旨。古人以秋天為決獄訟、征不義之時節。

(128) 商聲主西方之音：商聲，五聲（宮、商、角、徵、羽）之一。古代五聲又與四時相配，角屬春，徵屬夏，商屬秋，羽屬冬，宮屬中央。五聲又與五行相配，商聲屬金，主西方之音。

(129) 夷則為七月之律：古人以十二律（黃鐘、大呂、太簇、夾鐘、姑洗、仲呂、蕤賓、林鐘、夷則、南呂、無射、應鐘）配十二個月，七月相當於十二律的夷則。

(130) 商，傷也：商，即是傷。古人以為字音同則義通，因此常以同音字互訓。

(131) 夷，戮也：夷，就是殺戮誅滅。

(132) 中：指心靈。

(133) 精：精神。

(134) 而況思其力之所不及，憂其智之所不能：何況要考慮他能力做不到的事，擔心他智力不能勝任的事。

(135) 宜其渥然丹者為槁木，黝然黑者為星星：渥，潤澤。丹，紅，形容顏面之色。黝然，油黑。星星，形容白髮。句意說無怪紅潤的容顏變得衰老如枯木，烏黑的頭髮變得斑白。渥 漢wò 國ㄨㄛˋ 粵ak^{7} 音握。黝 漢yǒu 國ㄧㄡˇ 粵jeu^{2} 音柚。

⑬⑥ 奈何以非金石之質，欲與草木而爭榮：怎可用非堅如金石的身體，跟草木爭榮比盛呢？

⑬⑦ 念誰為之戕賊，亦何恨乎秋聲：戕賊，摧殘、傷害。試想一下，是誰把你折磨得如此衰老，對於秋天的聲音又有甚麼可怨恨呢？作者借此感慨，委婉地抒發他在政治上遭受的不幸，理想得不到實現的悲哀。戕㊠qiáng㊡ㄑㄧㄤˊ㊢tsœŋ⁴音祥。

⑬⑧ 莫對：不回答。

資治通鑑 赤壁之戰

司馬光

初，魯肅聞劉表卒①，言於孫權②曰：「荊州與國鄰接③，江山險固，沃野萬里，士民殷富，若據而有之，此帝王之資也。今劉表新亡，二子不協④，軍中諸將，各有彼此。劉備天下梟雄⑤，與操有隙⑥，寄寓⑦於表，表惡其能而不能用也。若備與彼⑧協心，上下齊同，則宜撫安，與結盟好；如有離違⑨，宜別圖之⑩，以濟大事。肅請得奉命弔⑪表二子，并慰勞其軍中用事者⑫，及說備使撫表眾，同心一意，共治曹操，備必喜而從命。如其克諧，天下可定也。今不速往，恐為操所先。」權即遣肅行。

到夏口⑬，聞操已向州，晨夜兼道⑭，比至南郡⑮，而琮已降⑯，備南走⑰，肅徑迎之，與備會於當陽長坂⑱。肅宣權旨，論天下事勢，致殷勤之意。且問備曰：「豫州⑲今欲何至？」備曰：「與蒼梧太守吳巨有舊⑳，欲往投之。」肅曰：「孫討虜㉑聰明仁惠，敬賢禮士，江表㉒英豪，咸歸附之，已據有六郡㉓，兵精糧多，足以立事。今為君計，莫若遣腹心自結於東㉔，以共濟世業，而欲投吳巨；巨是凡人，偏在遠郡，行將為人所併，豈足託乎！」備甚悅。肅又謂諸葛亮㉕曰：「我，子瑜㉖友也。」即共定交。子瑜者，亮兄瑾也，避亂江東，為孫權長史㉗。備用肅計，進住鄂縣之樊口㉘。

曹操自江陵㉙將順江東下。諸葛亮謂劉備曰：「事急矣，請奉命求救於孫將軍。」遂與魯肅俱詣孫權。亮見權於柴桑㉚，說權曰：「海內大亂，將軍起兵江東，劉豫州收眾漢南㉛，與曹操共爭天下。今操芟夷大難㉜，略已平矣，遂破州，威震四海。英雄無用武之地，故豫州遁逃至此，願將軍量力而處之！若能以吳、越之眾與中國抗衡㉝，不如早與之絕；若不能，何不按兵束甲㉞，北面而事之㉟！今將軍外託服從之名㊱而內懷猶豫之計，事急而不斷，禍至無日㊲矣。」權曰：「苟如君言，劉豫州何不遂事之乎？」亮曰：「田橫㊳，齊之壯士耳，猶守義不辱；況劉豫州王室之胄㊴，英才蓋世，眾士慕仰，若水之歸海。若事之不濟，此乃天也，安能復為之下乎！」權勃然曰：「吾不能舉全吳之地，十萬之眾，受制於人。吾計決矣！非劉豫州莫可以當曹操者；然豫州新敗㊵之後，安能抗此難乎？」亮曰：「豫州軍雖敗於長坂，今戰士還者及關羽㊶水軍精甲萬人，劉琦合江夏㊷戰士亦不下萬人。曹操之眾，遠來疲敝，聞追豫州，輕騎一日一夜行三百餘里，此所謂『強弩之末勢不能穿魯縞』㊸者也。故《兵法》㊹忌之，曰『必蹶上將軍』㊺。且北方之人，不習水戰；又，州之民附操者，偪兵勢耳，非心服也。今將軍誠能命猛將統兵數萬，與豫州協規同力，破操軍必矣。操軍破，必北還；如此，則、吳之勢強，鼎足之形㊻成矣。成敗之機，在於今日！」權大悅，與其羣下謀之。

是時，曹操遺權書曰：「近者奉辭伐罪㊼。旌麾南指㊽，劉琮束手。今治水軍八十萬眾㊾，方與將軍會獵㊿於吳。」權以示臣下，莫不響震失色。長史張昭51等曰：「曹公，豺虎也，挾天子以征四方，動以朝為辭；今日拒之，事更不順。且將軍大勢可以拒操者，長江也；今操得荊州，奄有其地，劉表治水軍，蒙衝鬬艦52乃以千數，操悉浮以沿江，兼有步兵，水陸俱下，此為長江之險已與我共之矣，而勢力眾寡又不可論。愚謂大計不如迎之。」魯肅獨不言。權起更衣53，肅追於宇下。權知其意，執肅手曰：「卿欲何言？」肅曰：「向察眾人之議，專欲誤將軍，不足與圖大事。今肅可迎操耳，如將軍不可也。何以言之？今肅迎操，操當以肅還付鄉黨54，品其名位55，猶不失下曹從事56，乘犢車，從吏卒，交游士林，累官57故不失州郡也。將軍迎操，欲安所歸乎？願早定大計，莫用眾人之議也！」權歎息曰：「諸人持議，甚失孤望。今卿廓開大計58，正與孤同。」

時周瑜受使至番陽59，肅勸權召瑜還。瑜至，謂權曰：「操雖託名漢相，其實漢賊也。將軍以神武60雄才，兼仗父兄之烈61，割據江東，地方數千里，兵精足用，英雄樂業62，當橫行天下，為漢家除殘去穢63；況操自送死，而可迎之邪！請為將軍籌之：今北土未平，馬超、韓遂尚在關西64，為操後患；而操舍鞍馬，仗舟楫，與吳、越爭衡。今又盛寒，馬無藁草⑥⑤，驅中國士眾遠涉江湖之間⑥⑥，不習水土，必生疾病。此數者用兵之患也，而操皆冒⑥⑦行之，將軍禽操，宜在今日。瑜請得精兵數萬人，進住夏口，保為將軍破之！」權曰：「老賊欲廢漢自立久矣，徒忌二袁⑥⑧、呂布⑥⑨、劉表與孤耳；今數雄已滅，惟孤尚存。孤與老賊勢不兩立，君言當擊，甚與孤合，此天以君授孤也。」因拔刀斫前奏案⑦⓪曰：「諸將吏敢復有言當迎操者，與此案同！」乃罷會。

是夜，瑜復見權曰：「諸人徒見操書言水步⑦①八十萬而各恐懾，不復料其虛實，便開此議，甚無謂也。今以實校之，彼所將中國人不過十五六萬，且已久疲；所得表眾亦極七八萬耳，尚懷狐疑⑦②。夫以疲病之卒御狐疑之眾，眾數雖多，甚未足畏。瑜得精兵五萬，自足制之，願將軍勿慮！」權撫其背曰：「公瑾，卿言至此，甚合孤心。子布、元表⑦③諸人，各顧妻子⑦④，挾持私慮，深失所望；獨卿與子敬與孤同耳，此天以卿二人贊孤也。五萬兵難卒合⑦⑤，已選三萬人，船糧戰具俱辦。卿與子敬、程公⑦⑥便在前發，孤當續發人眾，多載資糧，為卿後援。卿能辦之者誠決⑦，邂逅不如意，便還就孤，孤當與孟德決之。」遂以周瑜、程普為左右督⑱，將兵與備并力逆操；以魯肅為贊軍校尉⑲，助畫方略。

劉備在樊口，日遣邏吏於水次⑳候望權軍。吏望見瑜船，馳往白㉑備，備遣人慰勞之。瑜曰：「有軍任，不可得委署㉒；儻能屈威㉓，誠副其所望。」備乃乘單舸㉔往見瑜曰：「今拒曹公，深為得計。戰卒有幾？」瑜曰：「三萬人。」備曰：「恨少。」瑜曰：「此自足用，豫州但觀瑜破之。」備欲呼魯肅等共會語，瑜曰：「受命不得妄委署；若欲見子敬，可別過之。」備深愧喜㉕。

進，與操遇於赤壁。

時操軍眾，已有疾疫。初一交戰，操軍不利，引次江北。瑜等在南岸，瑜部將黃蓋㉖曰：「今寇眾我寡，難與持久。操軍方連船艦，首尾相接，可燒而走也。」乃取蒙衝鬭艦十艘，載燥荻㉗、枯柴，灌油其中，裹以帷幕，上建旌旗，豫備走舸㉘，繫於其尾。先以書遺操，詐云欲降。時東南風急，蓋以十艦最著前，中江⑧舉帆，餘船以次俱進。操軍吏士皆出營立觀，指言蓋降。去北軍二里餘，同時發火，火烈風猛，船往如箭，燒盡北船，延及岸上營落。頃之⑨煙炎張天，人馬燒溺死者甚眾。瑜等率輕鋭繼其後，雷鼓大震，北軍大壞。操引軍從華容道⑨步走，遇泥濘，道不通，天又大風，悉使羸⑨負草填之，騎乃得過。羸兵為人馬所蹈藉⑨，陷泥中，死者甚眾。劉備、周瑜水陸並進，追操至南郡。時操軍兼以饑疫，死者太半⑨操乃留征南將軍曹仁⑨、橫野將軍徐晃⑨守江陵，折衝將軍樂進⑨襄陽，引軍北還。

作者

司馬光，生於宋真宗天禧三年，卒於宋哲宗元祐元年（一〇一九——一〇八六）。字君實，陝州夏縣（今山西夏縣）人。幼聰穎，七歲已愛讀《左傳》。宋仁宗寶元二年（一〇三九）進士，初任奉禮郎、翰林學士、御史中丞，歷任直秘閣、開封府推官，神宗即位，任知永興軍、西京留守御史臺。任御史中丞時，倡導仁政，反對王安石變法。哲宗即位，任為左僕射兼門下侍郎。為相八個月，卒於任上。追贈溫國公，謚文正。

司馬光是北宋著名史學家與政治家。所編撰的《資治通鑑》二百九十卷，上起周烈王二十三年，下訖五代後周世宗顯德六年（西元前四〇三——九五九），記事凡一千三百六十二年。此書得神宗賜名，並親作序文，以其「鑑於往事，有資於治道」，故名《資治通鑑》。全書按年月排列，參考淵博，鑑別精確，文字明暢，是中國編年史的巨著。另著有《司馬文正集》八十卷，《涑水紀聞》十六卷。

題解

本文選自《資治通鑑》卷六十五〈漢獻帝紀〉，題目為編者所加，版本據中華書局排印本。

赤壁之戰發生於漢獻帝建安十三年（二〇八）。是年七月，曹操襲取了荆州，劉備退守樊口，向孫權求援。孫權遂聯合劉備，以數萬軍隊對抗曹軍。十月，曹操和孫權會師於長江邊的赤壁（今湖北嘉魚東北）。本文記述了這場中國史上以少勝多、以弱勝強的著名戰役——赤壁之戰，此戰的結果奠定了魏、蜀、吳三國鼎立的局面。

注釋

① 魯肅聞劉表卒：魯肅，生於漢靈帝熹平元年，卒於漢獻帝建安二十二年（一七二——二一七），字子敬，臨淮東城（今安徽定遠）人，東吳謀士。周瑜死後，繼瑜掌軍權，為奮武校尉。劉表，生於漢順帝建康元年，卒於漢獻帝建安十三年（一四四——二〇八），字景升，山陽高平（今山東金鄉）人，東漢末年任鎮南將軍，荊州刺史。卒，死。

② 孫權：生於漢靈帝光和五年，卒於吳大帝神鳳元年（一八二——二五二），字仲謀，吳郡富春（今浙江富陽）人。繼承父兄基業，割據江東，赤壁之戰後二十一年（二二九）自立為帝。

③ 荊州與國鄰接：荊州，領南陽、南郡、江夏、零陵、桂陽、長沙、武陵、章陵八郡，今湖北、湖南一帶，治所在襄陽（屬南郡，今湖北襄樊）。國，指東吳。

④ 二子不協：二子，指劉表兩個兒子劉琦和劉琮。表愛少子劉琮，長子劉琦出為江夏太守。表死，琮繼位，兄弟結怨。

⑤ 劉備天下梟雄：劉備，生於漢桓帝延熹四年，卒於蜀漢後主建興元年（一六一——二二三），字玄德，涿郡涿縣（今河北涿縣）人。曾先後依附公孫瓚、陶謙、呂布、曹操、袁紹、劉表等人，在諸葛亮的輔助下，建立蜀漢，於赤壁之戰後十三年（二二一）稱帝。梟，一種兇猛的鳥。梟雄，指豪傑，這裏有強橫而不甘屈居人下的意思。梟 ㊥xiāo㊀ㄒㄧㄠ㊐hiu¹ 音囂。

⑥ 與操有隙：操，曹操，生於漢桓帝永壽元年，卒於漢獻帝延康元年（一五五——二二〇），字孟德，沛國譙（今安徽亳縣）人。以鎮壓黃巾軍起家，又經過十餘年的戰爭，統一了黃河流域。漢獻帝封為魏王，死後被曹丕追封為魏武帝。有隙，有隔閡。建安四年（一九九），獻帝的親信帶了密詔與劉備，共謀誅殺曹操，因計劃洩露，董承被殺，劉備歸附袁紹，後又投奔荊州劉表。

⑦ 寄寓：寄居、暫時居住。

⑧ 彼：他們，指荊州方面的人。

⑨ 離違：指人有離心，互相違背。

⑩ 宜別圖之：圖，圖謀。這是一種委婉說法，實際上是暗示孫權攻打荊州。

⑪ 弔：弔唁，慰問居喪的人。

⑫ 用事者：掌權者。

⑬ 夏口：漢水下游入長江處，古稱夏口，又稱漢口，即今武漢漢口。

⑭ 兼道：用加倍的速度趕路。

⑮ 比至南郡：比，及、等到。南郡，荊州屬下的一個郡，在今湖北江陵。

⑯ 琮已降：劉琮當時在襄陽，曹軍一到即投降了。

⑰ 備南走：劉備當時屯兵於新野，聞曹軍南下，遂過襄陽，向南逃走。

⑱ 當陽長坂：當陽，今湖北當陽。長坂，即長坂坡，在今當陽東北百餘里。

⑲ 豫州：指劉備。漢獻帝興平元年（一九四）劉備曾任豫州刺史，故稱。

⑳ 與蒼梧太守吳巨有舊：蒼梧，郡名，在今廣西蒼梧。有舊，有舊交情。

㉑ 孫討虜：指孫權。漢獻帝建安五年（二〇〇），曹操以漢的名義封孫權為討虜將軍，故稱。

㉒ 江表：表，外。就中原說，江南為江外。江表，謂長江以外，指長江以南地方。

㉓ 六郡：指會稽郡、吳郡、豫章郡、廬江郡、丹陽郡、新都郡。

㉔ 自結於東：主動地同東吳結交。因荊州在吳之西，故稱為東。

㉕ 諸葛亮：生於漢靈帝光和四年，卒於蜀漢後主建興十二年（一八一——二三四），字孔明，琅邪陽都（今山東沂南）人。劉備軍師，後為蜀漢丞相，劉備死後受詔輔政，封武鄉侯，謚忠武。

㉖ 子瑜：諸葛亮之兄諸葛瑾，生於漢靈帝熹平三年，卒於東吳大帝赤烏四年（一七四——二四一），字子瑜，為孫權禮待，官至大將軍。

㉗ 長史：漢時丞相、三公以及開府將軍中的屬官之長叫長史。孫權受漢討虜將軍封號，所以也稱長史。長〔漢〕zhǎng〔國〕ㄓㄤˇ〔粵〕dzœŋ^{2}音掌。

㉘ 鄂縣之樊口：鄂縣，今湖北鄂城。樊口，在鄂城西北五里。鄂〔漢〕è〔國〕ㄜˋ〔粵〕ŋɔk^{9}音岳。

㉙ 江陵：當時屬荊州管轄，今湖北江陵。

㉚ 柴桑：縣名，在今江西九江西南。

㉛ 漢南：漢水以南地。

㉜ 芟夷大難：芟，剷除。夷，削平。大難，指大禍患。這裏指曹操滅呂布、平袁紹之事。芟〔漢〕shān〔國〕ㄕㄢ〔粵〕sam^{1}音衫。

㉝ 若能以吳、越之眾與中國抗衡：吳、越，今浙江一帶，是春秋時吳國和越國的土地，孫權當時所據之處。中國，中原，指曹操統治的地區。

㉞ 按兵束甲：按，停止使用。按兵，止兵不動。束甲，綑起鎧甲。

㉟ 北面而事之：面，面向。古代皇帝坐北朝南，臣子北面而朝。此謂投降曹操，向他稱臣。

㊱ 外託服從之名：指孫權表面上接受討虜將軍的封號。

㊲ 無日：時間所餘無幾。

㊳ 田橫：生年不詳，卒於漢高祖五年（西元前二〇二），秦末齊人，自立為齊王，劉邦稱帝後，率眾逃入海島。劉邦召田橫入朝，橫在赴洛陽途中自殺，留在島上的五百人聞訊後，也全部自殺。

㊴ 王室之胄：劉備是漢景帝兒子中山靖王劉勝的後代。胄〔漢〕zhòu〔國〕ㄓㄡˋ〔粵〕dzɐu^{6}音宙。

㊵ 新敗：指劉備剛敗於長坂坡一事。建安十三年（二〇八）九月，劉備駐兵樊城（今湖北襄樊），曹操派兵攻打，劉備慌忙逃走，至當陽長坂坡，拋掉妻子，與諸葛亮、張飛、趙雲等數十騎逃去。

㊶ 關羽：生於漢桓帝延熹三年，卒於漢獻帝建安二十四年（一六〇——二一九），字雲長，蜀漢名將，時為劉備統水軍。

㊷ 江夏：荊州下屬的郡名，治所在今湖北黃岡西北。劉表死前，劉琦為江夏太守。

㊸ 強弩之末勢不能穿魯縞：弩，一種機動弓箭。末，指射程末段。勢，指箭的力量。魯縞，魯地（今山東）出產的薄綢。語出《史記・韓長孺列傳》。強弩射出的箭在其射程終結時，其力量猶不能穿透魯地出產的薄綢，比喻曹軍雖強，然以逸代勞，必敗無疑。弩 ㊥nǔ ㊀ㄋㄨˇ ㊁nou^{5} 音腦。縞 ㊥gǎo ㊀ㄍㄠˇ ㊁gou^{2} 音稿。

㊹ 《兵法》：指《孫子兵法》一書。

㊺ 必蹶上將軍：蹶，跌倒，此處作挫敗解。上將軍，指先鋒部隊的將領。語出《孫子・軍爭》。蹶 ㊥jué ㊀ㄐㄩㄝˊ ㊁kyt^{8} 音決。

㊻ 鼎足之形：鼎，古代烹煮用的器具，一般是三足兩耳。鼎足之形，比喻孫權、劉備、曹操三分天下的形勢。

㊼ 奉辭伐罪：辭，這裏指詔令。奉皇帝的詔令，討伐有罪者。

㊽ 旌麾南指：麾，主將指揮軍隊的旗幟。即大軍南下。麾 ㊥huī ㊀ㄏㄨㄟ ㊁fai^{1} 音揮。

㊾ 八十萬眾：當時曹軍實際有近三十萬，但號稱八十萬，而孫劉聯軍只有五萬。

㊿ 會獵：古代借會獵進行軍事演習。這是委婉辭令，本意是與孫權交戰。

(51) 張昭：生於漢桓帝永壽二年，卒於吳大帝嘉禾五年（一五六——二三六），字子布，東吳謀臣之首，後拜輔吳將軍，封婁侯。

(52) 蒙衝鬬艦：蒙衝，一種小型的快速戰艇。船上蒙以牛皮，兩側開孔劃槳，左右有箭射出。

(53) 更衣：上廁所。這是委婉的說法。一說更衣即換衣。

(54) 還付鄉黨：送還鄉里。鄉黨，古時以一萬二千五百家為鄉，五百家為黨，後代用來泛指鄉里。

(55) 品其名位：品，評定。品評我的名聲和地位。後漢時選拔人才，先由地方上品評其品德、才能加以推薦。

(56) 下曹從事：曹，指官署中的分科治事。下曹從事，指州郡中分曹從事吏，為刺史之佐吏，如別駕、治中等。

(57) 累官：累，積累。謂隨着資歷的積累而升官。

(58) 廓開大計：廓，廣。開，闡發。這裏有高瞻遠矚的意思。

59 時周瑜受使至番陽：周瑜，生於漢靈帝熹平四年，卒於漢獻帝建安十五年（一七五——二一〇），字公瑾，廬江郡舒縣（今安徽廬江）人，孫策舊部，策死，成為東吳的主將和謀臣。周瑜是赤壁之戰的實際指揮者。番陽，即鄱陽，今江西波陽。

60 神武：神，超出尋常。此謂非凡的軍事才能。

61 烈：功業。

62 英雄樂業：英雄以其業為樂。

63 除殘去穢：鏟除奸邪，去掉污穢。殘、穢都是指邪惡之人，喻曹操。穢 漢huì 國ㄏㄨㄟˋ 粵wai3 音畏。

64 馬超、韓遂尚在關西：馬超，生於漢靈帝熹平五年，卒於蜀漢昭烈帝章武二年（一七六——二二二），字孟起，隴西（今甘肅隴西）人，馬騰之子。曹操誘殺馬騰，超與韓遂反曹，為曹所敗。後歸附劉備，為蜀漢大將。韓遂，生年不詳，卒於漢獻帝建安二十年（二一五），字文約，金城（今甘肅蘭）人，與騰結為異姓兄弟，共據涼州（今甘肅一帶），後為曹操所滅。關西，指函谷關以西。

65 藁草：藁，穀類植物的莖。這裏指牲畜飼料。藁 漢gǎo 國ㄍㄠˇ 粵gou2 音稿。

66 江湖之間：指南方多水地帶。

67 冒：冒失、輕率。

68 二袁：指袁紹和袁術。袁紹，生年不詳，卒於漢獻帝建安七年（二〇二），割據河北地區，官渡之戰被曹操擊敗，發病而死。袁術，生年不詳，卒於漢獻帝建安四年（一九九），袁紹堂弟，割據河南南部和淮河流域一帶，被呂布打敗，投奔袁紹，又遭曹操攔擊，兵敗後吐血而死。

69 呂布：生年不詳，卒於漢獻帝建安三年（一九八），字奉先，曾割據濮陽（今河北濮陽）、下邳（今江蘇邳縣）。建安三年（一九八），為操所滅。

70 拔刀斫前奏案：斫，砍。奏案，放置奏章文書的矮桌。斫 漢zhuó 國ㄓㄨㄛˊ 粵dzœk8 音雀。

71 水步：水軍和步兵。

⑫ 狐疑：指對曹操有二心。
⑬ 元表：應作文表，秦松的字。
⑭ 妻子：妻與子。
⑮ 卒合：卒，通猝，突然、急促。合，集中、調集。
⑯ 程公：程普，生卒年不詳，字德謀，孫堅、孫策舊部，年資很高，故尊稱為公。
⑰ 卿能辦之者誠決：辦，治、對付。決，決戰。你能對付得了曹操，當然可以同他決戰。
⑱ 左右督：左軍都督，右軍都督。即正副統帥。
⑲ 贊軍校尉：協助規劃軍事的官，相當於參謀長。
⑳ 水次：次，外出遠行臨時所居處。水次，水邊的駐所。
㉑ 白：稟告。
㉒ 不可得委署：委，委託。署，臨時代理官職。句謂不能委託別人代行職務，指不能拋開軍務去見劉備。
㉓ 儻能屈威：儻，同倘。屈威，委屈你的威嚴。儻 (漢)tǎng (國)ㄊㄤˇ (粵)tɔŋ^2 音躺。
㉔ 單舸：單獨一隻船。舸 (漢)gě (國)ㄍㄜˇ (粵)gɔ^2 音哥高上聲。
㉕ 備深愧喜：愧喜，既慚愧，又高興。指劉備一方面慚愧自己忽視軍紀，邀請魯肅前來相見，另一方面又高興看見周瑜治軍之嚴明。
㉖ 黃蓋：生卒年不詳，字公覆，東吳老將，官至偏將軍。
㉗ 荻：多年生草本植物，生於水邊，葉似葦而狹長。荻 (漢)dí (國)ㄉㄧˊ (粵)dik^9 音狄。
㉘ 走舸：輕快的小船。這是供準備放火後離開的船。
㉙ 中江：江心。
㉚ 頃之：之，助詞。一會兒。
㉛ 華容道：華容，在今湖北監利西北。通往華容縣的路。

㉜ 羸：瘦弱。羸 漢léi 國ㄌㄟˊ 粵lœy⁴ 音雷。
㉝ 蹈藉：踐踏。
㉞ 太半：大半。
㉟ 曹仁：生於漢靈帝建寧元年，卒於魏文帝黃初四年（一六八——二二三），字子孝，曹操的堂兄弟，當時鎮守南郡。
㊱ 徐晃：生卒年不詳，字公明，曹魏名將。
㊲ 樂進：生卒年不詳，字文謙，曹魏名將。

前赤壁賦　後赤壁賦

蘇軾

前赤壁賦

壬戌①之秋，七月既望②，蘇子③與客泛舟遊於赤壁之下，清風徐來，水波不興；舉酒屬客④，誦明月之詩⑤，歌窈窕之章⑥。少焉⑦月出於東山之上，徘徊於斗牛⑧之間；白露橫江，水光接天；縱一葦之所如⑨，凌萬頃之茫然⑩；浩浩乎如馮虛御風⑪而不知其所止，飄飄乎如遺世獨立⑫，羽化而登仙⑬。

於是飲酒樂甚，扣舷⑭而歌之，歌曰：「桂棹兮蘭槳⑮，擊空明兮泝流光⑯。渺渺兮予懷⑰，望美人⑱兮天一方。」

客有吹洞簫者，倚歌而和之。其聲嗚嗚然，如怨、如慕、如泣、如訴；餘音嫋嫋⑲，不絕如縷；舞幽壑之潛蛟⑳，泣孤舟之嫠婦㉑。蘇子愀然㉒，正襟危坐㉓而問客曰：「何為其然也？」

客曰：「『月明星稀，烏鵲南飛』㉔，此非曹孟德之詩乎？西望夏口㉕，東望武昌㉖，山川相繆㉗，鬱乎蒼蒼，此非孟德之困於周郎者㉘乎？方其破荊州，下江陵㉙，順流而東也，舳艫千里㉚，旌旗蔽空㉛，釃㉜酒臨江，橫槊賦詩㉝，固一世之雄也，而今安在哉！況吾與子漁樵於江渚之上，侶魚蝦而友麋鹿；駕一葉之扁舟，舉匏尊以相屬㉞；寄蜉蝣於天地㉟，渺滄海之一粟㊱。哀吾生之須臾㊲，羨長江之無窮。挾飛仙以遨遊㊳，抱明月而長終㊴；知不可乎驟得，託遺響於悲風㊵。」

蘇子曰：「客亦知夫水與月乎？逝者如斯，而未嘗往也㊶；盈虛者如彼，而卒莫消長也㊷。蓋將自其變者而觀之，則天地曾不能以一瞬㊸；自其不變者而觀之，則物與我皆無盡也㊹，而又何羨乎？且夫天地之間，物各有主；苟非吾之所有，雖一毫而莫取。惟江上之清風，與山間之明月；耳得之而為聲，目遇之而成色；取之無禁，用之不竭。是造物者㊺之無盡藏也，而吾與子之所共適㊻。」

客喜而笑，洗盞更酌。肴核㊼既盡，杯盤狼籍㊽。相與枕藉乎舟中㊾，不知東方之既白。

後赤壁賦

是歲十月之望㊿，步自雪堂(51)，將歸于臨皋(52)。二客(53)從予，過黃泥之坂(54)；霜露既降(55)，木葉盡脫；人影在地，仰見明月；顧(56)而樂之，行歌相答(57)。已而歎曰：「有客無酒，有酒無肴(58)，月白風清，如此良夜何(59)！」客曰：「今者薄暮，舉網得魚，巨口細鱗，狀如松江之鱸(60)；顧安所得酒乎(61)？」歸而謀諸婦(62)。婦笑曰：「我有斗(63)酒，藏之久矣，以待子不時之須。」

於是攜酒與魚，復遊於赤壁之下。江流有聲，斷岸千尺；山高月小，水落石出。曾日月之幾何⑭，而江山不可復識矣！予乃攝衣⑮而上，履巉巖⑯，披蒙茸⑰；踞虎豹⑱，登虬龍⑲；攀栖鶻之危巢⑳，俯馮夷之幽宮㉑。蓋二客不能從焉，劃然長嘯㉒，草木震動，山鳴谷應，風起水涌。予亦悄然而悲，肅然而恐，凜乎㉓其不可留也。反而登舟，放乎中流㉔，聽其所止而休焉㉕。

時夜將半，四顧寂寥，適有孤鶴，橫江東來，翅如車輪，玄裳縞衣㉖，戛然㉗長鳴，掠㉘予舟而西也。須臾客去，予亦就睡。夢一道士，羽衣翩躚㉙，過臨皋之下。揖㉚予而言曰：「赤壁之游樂乎？」問其姓名，俛㉛而不答。嗚呼！噫嘻！我知之矣。疇昔㉜之夜，飛鳴而過我者，非子也耶？道士顧笑，予亦驚悟㉝。開戶視之，不見其處。

作者

蘇軾見初冊第十九課〈日喻〉

題解

本課收錄了蘇軾的〈前赤壁賦〉和〈後赤壁賦〉，皆選自《蘇軾文集》卷一。

宋神宗元豐五年（一〇八二），蘇軾正謫居黃州，秋夜與友人泛舟於江邊峭壁之下，見風山水月的變幻，聽詩歌簫棹的和鳴，有感人生如寄、宇宙無窮，參悟出萬物盛衰之理。遂借三國周郎赤壁的故事，寫成〈前赤壁賦〉。湖北長江沿岸名為赤壁的地方共有四處，漢獻帝建安十三年（二〇八），周瑜打敗曹操的赤壁在今嘉魚西南，並非蘇軾所遊之處，本文只是作者藉同名之地抒發情懷而已。同年冬夜，作者再遊赤壁，作〈後赤壁賦〉。宋代的文賦，去漢魏六朝辭賦的鋪張贍麗，而流暢自然，近於恬澹。清姚鼐《古文辭類纂》以蘇軾的〈前後赤壁賦〉為宋代辭賦類的代表，九百年來為文人雅士不斷吟詠圖寫，是中國文學史上很受人欣賞的傑作。

注釋

① 壬戌：宋神宗元豐五年（一〇八二），作者四十七歲。

② 既望：既，已。望，望日，月亮最圓的一天，以農曆計算，於月小是十五日，月大是十六日，但一般都以農曆十五為望日。既望，已經是望日。

③ 子：對男子的尊稱，相當於今日的「先生」。

④ 舉酒屬客：勸客人喝酒。屬 ㊌zhǔ ㊍ㄓㄨˇ ㊊dzuk⁷ 音粥。

⑤ 明月之詩：指《詩經・陳風・月出》。

⑥ 窈窕之章：指〈月出〉的首章：「月出皎兮，佼人僚兮，舒窈糾兮，勞心悄兮。」

⑦ 少焉：少頃、一會兒。

⑧ 斗牛：斗宿和牛宿，星名。二十八宿的斗宿又稱北斗星，牛宿又稱牽牛星，都在天空的北邊。

⑨ 縱一葦之所如：縱，任從。一葦，比喻船小像一片葦葉，《詩・宪風・河廣》：「誰謂河廣，一葦杭之。」如，去、往。句謂任由小船隨處去。

⑩ 凌萬頃之茫然：凌，凌駕。頃，量度田地的面積單位，百畝為一頃。萬頃，形容水面很廣闊。茫然，茫無涯岸。

⑪ 馮虛御風：馮，同憑。虛，空。御風，乘風。《莊子・逍遙遊》：「夫列子御風而行，泠然善也。」

⑫ 遺世獨立：遺世，遺棄俗世。獨立，特立獨行。

⑬ 羽化而登仙：羽化，身體長出羽翼。登仙，飛升成仙。晉人葛洪《抱朴子・對俗》：「古之得仙者，或身生羽翼，變化飛行。」

⑭ 扣舷：扣，敲擊。舷，船邊。

⑮ 桂棹兮蘭槳：引用《楚辭・九歌・湘君》：「桂櫂兮蘭枻。」櫂，今字作棹。枻，即槳。桂、蘭，香木。以桂為棹，以蘭為槳，表示芳香，象徵高潔。棹 (漢)zhào (國)ㄓㄠˋ (粵)dzau^{6} 音驟。

⑯ 擊空明兮泝流光：擊，划船時槳棹擊水。空明，空虛而明亮，指投影在江中的月。泝，逆水行舟。流光，月光隨水流動。泝 (漢)sù (國)ㄙㄨˋ (粵)sou^{3} 音訴。

⑰ 渺渺兮予懷：渺渺，遙遠貌。兮，一本作乎。

⑱ 美人：指賢人君子。《楚辭・九章》有〈思美人〉篇。

⑲ 嫋嫋：微細。嫋 (漢)niǎo (國)ㄋㄧㄠˇ (粵)niu^{5} 音鳥。

⑳ 舞幽壑之潛蛟：幽壑，幽深的溝壑，指潛藏水裏的蛟龍窟穴。句謂蛟龍被簫聲感動而起舞。壑

㊅huò國ㄒㄨㄛˋ粵kɔk^{8} 音確。蛟 漢jiāo國ㄐㄧㄠ粵gau^{1} 音交。

㉑ 嫠婦：寡婦。嫠 漢lí國ㄌㄧˊ粵lei^{4} 音梨。

㉒ 愀然：憂懼貌。

㉓ 正襟危坐：正襟，整理好衣襟。危坐，端正地坐。古人兩膝着地而坐，危坐即正身而跪。

㉔ 月明星稀，烏鵲南飛：曹操〈短歌行〉詩中的兩句，見中冊第三十一課。曹操（一五五——二二〇），字孟德。此詩的詩旨，是慨嘆人生苦短，應及時行樂。

㉕ 夏口：即今湖北武漢的漢口。三國時孫權築夏口城在黃鵠山上。

㉖ 武昌：今湖北武昌。

㉗ 相繆：互相糾纏。繆 漢móu國ㄇㄡˊ粵mɐu^{4} 音謀。

㉘ 困於周郎：郎，青年男子的通稱。周瑜（一七五——二一〇），字公瑾，吳國名將，雄姿英發，當時人稱周郎。困於周郎，指在赤壁之戰中，周瑜大破曹操的水軍。

㉙ 破荊州，下江陵：荊州，在今湖北地區。漢末劉表為州牧，州治在今湖北襄陽。關羽為州都督，州治在今湖北江陵。漢獻帝建安十三年（二〇八），劉表死，曹操乘機南征，表子劉琮出降，操又敗劉備於當陽（今湖北當陽），備退走夏口，操遂佔領江陵。

㉚ 舳艫千里：舳，船舵。艫，船頭。舳艫，泛稱大船。千里，形容船多，可延綿千里。舳艫 漢zhú lú國ㄓㄨˊ ㄌㄨˊ粵dzuk^{9} lou^{4} 音逐盧。

㉛ 旌旗蔽空：旌，用旄牛尾和彩色鳥羽裝飾旗竿的旗。旌旗，泛指旗幟。蔽空，遮蔽天空，形容極多。

㉜ 釃：斟。釃 漢shī國ㄕ粵si^{1} 音詩。

㉝ 橫槊賦詩：槊，的俗字，《釋名・釋兵》：「矛長丈八尺曰，馬上所持。」橫槊，打橫拿着長矛。唐元稹在杜甫墓誌銘中論及前代詩人時說：「曹氏父子（曹操和曹丕），鞍馬間為文，往往橫槊賦詩。」意謂在軍旅中寫作。槊 漢shuò國ㄕㄨㄛˋ粵sɔk^{8} 音朔。

㉞ 舉匏尊以相屬：匏，葫蘆瓜，曬乾了可以盛酒。尊，盛酒的器皿，俗字作樽或釦。相屬，互相勸酒。匏 ㊥páo ㊖ㄆㄠˊ ㊢pau^{4} 音刨。

㉟ 寄蜉蝣於天地：蜉蝣，一種細小的昆蟲，朝生暮死。此句比喻人的生命短促，像蜉蝣寄生於天地間。蜉蝣 ㊥fú yóu ㊖ㄈㄨˊ ㄧㄡˊ ㊢fau^{4} jau^{4} 音浮由。

㊱ 渺滄海之一粟：渺，渺小。滄海，大海。比喻人在世界上是渺小的，就像大海裏的一顆穀粒。

㊲ 須臾：一會兒、時間短暫。

㊳ 挾飛仙以遨遊：挾，持。遨遊，同義複詞，遨是遠遊。句謂和仙人相持，飛行遠遊。

㊴ 抱明月而長終：長終，無終。意謂抱着明月，一起無窮無盡。

㊵ 託遺響於悲風：託，寄託。遺響，指上文的「餘音」。悲風，悲涼的秋風。

㊶ 逝者如斯，而未嘗往也：逝，去。斯，指江水。句謂長江的水雖然不斷的東流，但永遠都是一樣，其實不曾流去。《論語・子罕》：「逝者如斯夫！不舍晝夜。」

㊷ 盈虛者如彼，而卒莫消長也：盈，指月圓。虛，指月缺。彼，指月。這是說，月雖有圓缺之時，但實際不曾有所增減。

㊸ 蓋將自其變者而觀之，則天地曾不能以一瞬：瞬，眨眼。不能以一瞬，不能維持一瞬間的不變。全句謂從變的觀點去看，天地每瞬間也在變。

㊹ 自其不變者而觀之，則物與我皆無盡也：從不變的觀點去看，那麼外物與我都是無窮無盡的。

㊺ 造物者：創造萬物者，指自然。《莊子・大宗師》：「嗟乎！夫造物者又將以予為此拘拘也。」

㊻ 共適：同享的意思。

㊼ 肴核：肴，肉食。核，果子。

㊽ 狼籍：即狼藉，散亂不整貌。《史記・滑稽列傳》：「履舄交錯，杯盤狼藉。」

㊾ 相與枕藉乎舟中：藉，薦席。意指船小人多，飲罷大家擠在一起睡，互相以他人當做枕頭和薦席。

㊿ 是歲十月之望：是歲，這一年，指宋神宗元豐五年（一〇八二）。望，月最圓的一天，見注②。
(51) 雪堂：蘇軾在黃州的住所，在黃岡東，堂在大雪中建成，四壁都畫雪景，故名。
(52) 臨皋：即臨皋亭，在黃岡南長江邊，時蘇軾寓居於此。皋，同臯。皋 (漢)gāo(國)ㄍㄠ(粵)gou^{1} 音高。
(53) 二客：一為楊世昌，另一人未詳。
(54) 黃泥之坂：黃岡東面的山坡叫黃泥坂，是從雪堂到臨皋亭必經之路。
(55) 霜露既降：湖北一帶，陰曆九月初開始降霜，樹葉逐漸零落。
(56) 顧：觀看。
(57) 行歌相答：邊走邊吟詩相唱和。
(58) 肴：熟的肉類，這裏指下酒的菜。
(59) 如此良夜何：怎樣度過這美好的夜晚呢？
(60) 松江之鱸：松江，今屬上海，以產四鰓鱸魚著名。
(61) 顧安所得酒乎：顧，但是。安，何。但是從甚麼地方弄到酒呢？
(62) 婦：蘇軾繼室王夫人。
(63) 斗：十升為斗，一說酒器。
(64) 曾日月之幾何：作者於七月初遊，至此時約經過三月。以問句出之，即「曾幾何時？」有感歎語意。
(65) 攝衣：攝，持。謂提起衣裳。
(66) 履巉巖：履，踐行。巉巖，險峻的岩石。巉 (漢)chán(國)ㄔㄢˊ(粵)tsam^{4} 音慚。
(67) 披蒙茸：披，分開。蒙茸，叢生的野草。茸 (漢)róng(國)ㄖㄨㄥˊ(粵)jiŋ^{4} 音容。
(68) 踞虎豹：踞，蹲、坐。虎豹，指奇形怪狀的岩石，形似虎豹。踞 (漢)jù(國)ㄐㄩˋ(粵)gœy^{3} 音句。
(69) 虬龍：形容盤曲、古老的樹木。虬 (漢)qiú(國)ㄑㄧㄡˊ(粵)kɐu^{4} 音求。
(70) 攀栖鶻之危巢：栖，同棲，鳥宿。鶻，一稱隼，蒼鷹的一種。危，高。句謂攀登鶻鳥巢居的崖壁。鶻 (漢)gǔ

(國)ㄍㄨˇ(粵)gwɐt^{7} 音骨。

(71) 俯馮夷之幽宮：俯，向下。馮夷，水神名，即河伯。幽宮，幽深之宮闕。馮 (漢)píng(國)ㄆㄧㄥˊ(粵)pɐŋ^{4} 音朋。

(72) 劃然長嘯：劃然，象聲詞。長嘯，長鳴。嘯 (漢)xiào(國)ㄒㄧㄠˋ(粵)siu^{3} 音笑。

(73) 凛乎：恐懼之貌。

(74) 放乎中流：乎，介詞，於。中流，水流的中間。

(75) 休焉：休，歇息、停止。焉，於此。

(76) 玄裳縞衣：玄，黑色。縞，白色。因鶴體白尾黑，故形容為黑裙白衣。縞 (漢)gǎo(國)ㄍㄠˇ(粵)gou^{2} 音稿。

(77) 戛然：象聲詞，形容聲音的清脆激揚。戛 (漢)jiá(國)ㄐㄧㄚˊ(粵)gat^{8} 音恝。

(78) 掠：擦過。

(79) 羽衣翩躚：羽衣，鳥羽所製之衣。翩躚，一作蹁躚，旋行的樣子。躚 (漢)xiān(國)ㄒㄧㄢ(粵)sin^{1} 音仙。

(80) 揖：作揖，拱手為禮。揖 (漢)yī(國)ㄧ(粵)jɐp^{7} 音邑。

(81) 俛：同俯，低頭。

(82) 疇昔：往昔、從前。

(83) 驚悟：驚醒。

文獻通考序

馬端臨

昔荀卿子①曰：「欲觀聖王之跡，則於其粲然者矣，後王是也②。」「君子審後王之道，而論於百王之前，若端拜而議③。」然則考制度，審憲章④，博聞而強識之，固通儒事也。

《詩》、《書》、《春秋》之後，惟太史公⑤號稱良史，作為紀、傳、書、表⑥。紀傳以述理亂興衰，八書⑦以述典章經制。後之執筆操簡牘者，卒不易其體。然自班孟堅⑧而後，斷代為史，無會通因仍之道，讀者病之。至司馬溫公作《通鑑》⑨，取千三百餘年之事跡，十七史⑩之紀述，萃為一書；然後學者開卷之餘，古今咸在。然公之書，詳於理亂興衰，而略於典章經制，非公之智有所不逮也。編簡浩如煙埃，著述自有體要，其勢不能以兩得也。

竊嘗以為理亂興衰，不相因者也。晉之得國異乎漢，隋之喪邦殊乎唐，代各有史，自足以該一代之始終，無以參稽互察為也。典章經制，實相因者也。殷因夏，周因殷，繼周者之損益，百世可知；聖人蓋已預言之矣。爰自秦漢以至唐宋，禮樂兵刑之制，賦斂選舉之規，以至官名之更張，地理之沿革，雖其終不能以盡同，而其初亦不能以遽異。如漢之朝儀官制，本秦規也；唐之府衞租庸，本周制也⑪，其變通張弛之故，非融會錯綜，原始要終而推尋之，固未易言也。其不相因者，猶有溫公之成書；而其本相因者，顧無其書，獨非後學之所宜究心乎？

唐杜岐公始作《通典》⑫，肇自上古，以至唐之天寶，凡歷代因革之故，粲然可考。其後宋白嘗續其書，至周顯德⑬。近代魏了翁又作《國朝通典》⑭。然宋之書成而傳習者少，魏嘗屬槀而未成書。今行於世者，獨杜公之書耳，天寶以後蓋闕焉。

有如杜書，綱領宏大，考訂該洽，固無以議為也。然時有古今，述有詳略，則夫節目之間未為明備，而去取之際頗欠精審，不無遺憾焉。蓋古者因田制賦⑮，賦乃米粟之屬，非可析之於田制之外也；古者任土作貢⑯，貢乃包篚⑰之屬，非可雜之於稅法之中也。乃若敘選舉，則秀孝與銓選⑱不分；敘典禮，則經文與傳注相汩⑲；敘兵，則盡遺賦調之規，而姑及成敗之跡⑳，諸如此類，寧免小疵？至於天文、五行、藝文，歷代史各有志，而《通典》無述焉。馬、班二史各有諸侯王列侯表，范曄《東漢書》㉑以後無之；然歷代封建王侯，未嘗廢也。王溥作唐及五代《會要》㉒，首立帝系一門，以敘各帝歷年之久近，傳授之始末，次及后妃、皇子、公主之名氏封爵。後之編會要者倣之㉓，而唐以前則無其書。凡是二者，蓋歷代之統紀典章係焉，而杜書亦復不及，則亦未為集著述之大成也。

愚自蚤歲，蓋嘗有志於綴緝㉔，顧百憂薰心，三餘㉕少暇，吹竽已濫㉖，汲綆不修㉗，豈復敢以斯文自詭㉘？昔夫子言夏殷之禮，而深慨文獻之不足徵㉙。釋之者曰：「文，典籍也；獻，賢者也㉚。」生乎千百載之後，而欲尚論㉛千百載之前，非史傳之實錄具存，可以稽考；儒先之緒言未遠，足資討論；雖聖人亦不能臆為之說也。竊伏自念，業紹箕裘㉜，家藏《墳》《索》㉝，插架之收儲，趨庭之問答㉞，其於文獻蓋庶幾焉。嘗恐一旦散軼失墜，無以屬來哲，是以忘其固陋，輒加考評，旁搜遠紹㉟，門分彙別，曰田賦㊱、曰錢幣㊲、曰戶口㊳、曰職役㊴、曰征榷㊵、曰市糴㊶、曰土貢㊷、曰國用㊸、曰選舉㊹、曰學校㊺、曰職官㊻、曰郊社㊼、曰宗廟㊽、曰王禮㊾、曰樂㊿、曰兵51、曰刑52、曰輿地53、曰四裔54，俱倣《通典》之成規。自天寶以前，則增益其事迹之所未備，離析其門類之所未詳；自天寶以後，至宋嘉定55之末，則續而成之。曰經籍56、曰帝系57、曰封建58、曰象緯59、曰物異60，則《通典》元未有論述，而採摭61諸書以成之者也。

凡敘事，則本之經史，而參之以歷代會要，以及百家傳記之書，信而有證者從之，乖異傳疑者不錄，所謂「文」也。凡論事，則先取當時臣僚之奏疏，次及近代諸儒之評論，以至名流之燕談62，稗官之紀錄63，凡一話一言，可以訂典故之得失，證史傳之是非者，則採而錄之，所謂「獻」也。其載諸史傳之紀錄而可疑，稽諸先儒之論辨而未當者，研精覃思⑥④，悠然有得，則竊著己意，附其後焉。命其書曰《文獻通考》，為門二十有四，卷三百四十有八，而其每門著述之成規，考訂之新意，各以小序詳之。昔江淹⑥⑤有言：「修史之難，無出於志。」誠以志者憲章之所繫，非老於典故者不能為也。陳壽⑥⑥號善敘述，李延壽⑥⑦亦稱究悉舊事，然所著二史⑥⑧，俱有紀傳，而獨不克作志，重其事也。褭上下數千年，貫串二十五代⑥⑨，而欲以末學陋識，操觚竄定⑦⓪其間，雖復窮老盡氣，劌目鉥心⑦①，亦何所發明？聊輯見聞，以備遺忘耳。後之君子，儻能芟削繁蕪，增廣闕略，矜其仰屋之勤⑦②，而俾免於覆車之愧⑦③，庶有志於經邦稽古者，或可考焉。

作者

馬端臨，生於南宋理宗寶祐二年，卒於元英宗至治二年（一二五四——一三二二）。字貴與，樂平（今江西）人。南宋末年丞相馬廷鸞之子。馬廷鸞因與權臣賈似道不合，辭官還家，專心著述。馬端臨從小在其父督導下用功讀書，十九歲以蔭授承仕郎，二十歲漕試第一。宋恭帝德佑二年（一二七六），元軍攻陷都城臨安，此時端臨二十三歲。宋亡後，嘗任慈湖書院及柯山書院山長，其後隱居山中，潛心著述。著有《文獻通考》、《義根守墨》、《大學集傳》、《多識錄》等。《文獻通考》是馬端臨的代表作，成書於元成宗大德十一年（一三〇七），撰作前後經二十餘年。《文獻通考》是一部專門敘述歷代典章制度的通史，全書三百四十八卷，把自上古至南宋寧宗嘉定年間（一二〇八——一二二四）的典制分門別類為二十四考，增補了唐代杜佑《通典》之不足，兼備宋代鄭樵《通志》的長處，是中國史學中的重要著作。

題解

本文是馬端臨《文獻通考》的自序，版本據上海古籍出版社《欽定四庫全書》。內容闡述編撰是書的原因。作者自稱採古今經史典籍謂之文，參以奏疏議論謂之獻，再附以研究考釋的心得，故名為《文獻通考》。他一方面推介自《史記》以來作史諸家的創獲，其間並敘錄史料的類別，有助讀者對典章制度、理亂興衰的參考研究；一方面又寫自己研究史學的心得，評析古人撰史不當之處，俱見作者治史態度之矜慎與史識史才之超卓不凡。

注釋

① 荀卿子：荀況（西元前三四〇——二四五），戰國末年趙人。著有《荀子》一書。
② 欲觀聖王之迹，則於其粲然者矣，後王是也：語見《荀子・非相》篇。粲然，明白之貌。後王，指近時之王，荀子生於周末，故謂文王、武王為後王。
③ 君子審後王之道，而論於百王之前，若端拜而議：語見《荀子・不苟》篇。端拜，猶言端拱，言其從容不勞。
④ 憲章：法規。
⑤ 太史公：司馬遷（西元前一四五——八六），字子長，漢武帝時為太史令，著有《史記》一百三十卷。
⑥ 紀、傳、書、表：紀，序帝王大事。傳，序列人臣事蹟。書，記重要典制。表，以表列方式記事。四者均為《史記》之體制。
⑦ 八書：《史記》有〈禮書〉、〈樂書〉、〈律書〉、〈曆書〉、〈天官書〉、〈封禪書〉、〈河渠書〉、〈平準書〉。
⑧ 班孟堅：班固（西元前三二——九三），字孟堅，著《漢書》一百二十卷。
⑨ 司馬溫公作《通鑑》：司馬光，字君實，卒贈溫國公，撰《資治通鑑》二百九十四卷。
⑩ 十七史：即《史記》、《漢書》、《後漢書》、《三國志》、《晉書》、《宋書》、《南齊書》、《北齊書》、《梁書》、《陳書》、《魏書》、《周書》、《南史》、《北史》、《隋書》、《新唐書》、《新五代史》。
⑪ 唐之府衞租庸，本周制也：府衞，指兵制。租庸，指賦役。周，指北周。
⑫ 唐杜岐公始作《通典》：杜佑（七三五——八一二），字君卿，封岐國公，著有《通典》二百卷。
⑬ 宋白嘗續其書，至周顯德：宋白，字太素，宋太宗時，嘗奉詔撰續《通典》二百卷。周顯德，周，五代時的後周顯德。後周太祖郭威，世宗柴榮及恭帝郭宗訓的年號（九五四——九六〇）。
⑭ 魏了翁又作《國朝通典》：魏了翁（一一七八——一二三七），字華父。國朝，指本朝，即宋朝。
⑮ 因田制賦：《通典》食貨門分田制與賦稅為二類，是析賦稅於田制之外。《文獻通考》合為〈田賦考〉。

⑯ 任土作貢：任土地之出產，定貢賦之差。

⑰ 包篚：包，包裹。篚，竹器。皆用以安置貢品。《通典》將此入賦稅中，《通考》別列〈土貢考〉。篚 漢fěi 國ㄈㄟˇ 粵fei² 音匪。

⑱ 秀孝與銓選：秀，秀才。孝，孝廉。秀才用以舉士，銓選用以舉官。《通典》未分，《通考》分為舉士、舉官兩門。銓 漢quán 國ㄑㄩㄢˊ 粵tsyn⁴ 音全。

⑲ 敘典禮，則經文與傳注相汨：汨，亂。此言《通典》述祭禮，參用經文及漢人注文，未能一本經文。汨 漢mì 國ㄇㄧˋ 粵mik⁹ 音覓。

⑳ 敘兵，則盡遺賦調之規，而姑及成敗之迹：賦，古者以田賦出兵，故謂兵為賦。調，徵發。此言《通典》兵門共分十五類，多記昔賢談兵之言及歷代史實，以證行軍用師之道，而於徵調服兵役之規，則未列。

㉑ 范曄《東漢書》：范曄（三九八——四四五），字蔚宗，南朝人。《東漢書》即《後漢書》。范曄著有《後漢書》一百二十卷。曄 漢yè 國ㄧㄝˋ 粵jip⁹ 音頁。

㉒ 王溥作唐及五代《會要》：王溥（九二二——九八二），字齊物，宋朝人。著有《唐會要》一百卷、《五代會要》三十卷。

㉓ 後之編會要者倣之：如宋之《六朝會要》、《中興會要》、《國朝會要》，皆仿《唐會要》之體為之。

㉔ 綴緝：同綴輯，指編述。

㉕ 三餘：冬者歲之餘，夜者日之餘，陰雨者晴之餘。語見《三國志‧王朗傳》裴松之注。

㉖ 吹竽已澀：竽，古樂器。已澀，言音澀不善吹。竽 漢yú 國ㄩˊ 粵jy⁴ 或 jy¹ 音如或于。澀 漢sè 國ㄙㄜˋ 粵sap⁷ 或 gip⁸ 音濕或劫。

㉗ 汲綆不修：汲，取水。綆，繫水桶之繩。不修，不長。此言所學不深。綆 漢gěng 國ㄍㄥˇ 粵gɐŋ² 音梗。

㉘ 以斯文自詭：斯文，指典章經制之著作。詭，相異，此指立異說而言。此言學力淺薄，不敢從事著作以與古人立異。

㉙ 徵：證明。

㉚ 文，典籍也；獻，賢者也：語出朱熹注《論語・八佾》。

㉛ 尚論：尚，上。言上論古人之行事。

㉜ 業紹箕裘：紹，繼承。意謂繼承先業。語出《禮記・學記》：「良冶之子，必學為裘；良弓之子，必學為箕。」

㉝ 《墳》《索》：《三墳》、《五典》、《八索》、《九丘》，此類書籍亡佚已久。此用作古籍之總名。

㉞ 趨庭之問答：語出《論語・季氏》。意謂承父之教。

㉟ 旁搜遠紹：紹，繼。多方面搜集，遠承古代。

㊱ 田賦：〈田賦考〉第一，敘歷代因田制賦之規。

㊲ 錢幣：〈錢幣考〉第二，敘歷代錢幣之變遷。

㊳ 戶口：〈戶口考〉第三，敘歷代戶口之數與其賦役。

㊴ 職役：〈職役考〉第四，敘歷代役法之詳。

㊵ 征榷：〈征榷考〉第五，取民之利曰征，官專其利曰榷。敘歷代徵榷。榷 (漢)què (國)ㄑㄩㄝˋ (粵)kɔk8 音確。

㊶ 市糴：〈市糴考〉第六，買物曰市，買粟曰糴。敘歷代買賣之稅。糴 (漢)dí (國)ㄉㄧˊ (粵)dɛk9 音笛。

㊷ 土貢：〈土貢考〉第七，敘歷代異域進貢之事。

㊸ 國用：〈國用考〉第八，敘歷代財計首末。

㊹ 選舉：〈選舉考〉第九，敘歷代選舉人才之制。

㊺ 學校：〈學校考〉第十，敘歷代學校之制。

㊻ 職官：〈職官考〉第十一，首敘官制，次敘官數。

㊼ 郊社：〈郊社考〉第十二，敘古今天神、地祇之祀。

㊽ 宗廟：〈宗廟考〉第十三，敘古今人鬼之祀。

㊾ 王禮：〈王禮考〉第十四，敘歷代帝王之禮制。

㊿ 樂：〈樂考〉第十五，敘歷代樂制。
51 兵：〈兵考〉第十六，敘歷代兵制。
52 刑：〈刑考〉第十七，敘歷代刑制。
53 輿地：〈輿地考〉第二十三，敘歷代地理疆域。
54 四裔：〈四裔考〉第二十四，敘歷代四方邊境蠻夷之事。
55 嘉定：宋寧宗年號（一二〇八——一二二四）。
56 經籍：〈經籍考〉第十八，敘歷代經籍之流傳、真偽等。
57 帝系：〈帝系考〉第十九，敘帝王之姓氏、出處、其享國之期等。
58 封建：〈封建考〉第二十，敘歷代分封功臣、子孫土地之制。
59 象緯：〈象緯考〉第二十一，敘日月、星辰、雲氣變化。
60 物異：〈物異考〉第二十二，敘歷代特異之物。
61 採摭：採取。摭 ㊥zhí ㊐ㄓˊ ㊒dzɛk^{8} 音隻。
62 燕談：平居談話。
63 稗官之記錄：野史雜說。稗 ㊥bài ㊐ㄅㄞˋ ㊒bai^{6} 音敗。
64 覃思：深思。覃 ㊥tán ㊐ㄊㄢˊ ㊒tam^{4} 音談。
65 江淹：江淹（四四四——五〇五），字文通，南朝人，今傳《江文通集》十卷。
66 陳壽：陳壽（二三三——二九七），字承祚，初仕蜀，後入晉，時人稱其善敘事，有良史之才，著有《三國志》。
67 李延壽：李延壽（六〇〇——六七六），字遐齡，唐初為御史臺主簿，著有《南史》、《北史》。
68 二史：指《三國志》及《南史》、《北史》。
69 二十五代：謂唐、虞、夏、商、周、秦、西漢、東漢、魏、晉、宋、齊、梁、陳、後魏、北齊、北周、隋、唐、後梁、後唐、後晉、後漢、後周、宋。

(70) 操觚竄定：觚，方形之木，用以書寫，猶書簡。竄定，改正。觚 漢 gū 國 ㄍㄨ 粵 gu^{1} 音孤。竄 漢 cuàn 國 ㄘㄨㄢˋ 粵 tsyn^{3} 或 tsyn^{2} 音寸或喘。

(71) 劌目鉥心：劌，傷。鉥，針刺。言竭盡心力，以至傷目刺心。劌 漢 guì 國 ㄍㄨㄟˋ 粵 gwai^{3} 音貴。鉥 漢 shù 國 ㄕㄨˋ 粵 sœt^{9} 音術。

(72) 矜其仰屋之勤：矜，憐憫。仰屋之勤，語見《梁書・南平王蕭偉傳》，言著書之勞。

(73) 覆車：比喻為過失。

古文十弊

章學誠

余論古文辭義例，自與知好諸君書凡數十通；筆為論著，又有〈文德〉〈文理〉〈質性〉〈黠陋〉〈俗嫌〉〈俗忌〉諸篇①，亦詳哉其言之矣；然多論古人，鮮及近世。茲見近日作者所有言論與其撰著，頗有不安於心，因取最淺近者條為十通，思與同志諸君相為講明；若他篇所已及者不複述，覽者可互見焉。此不足以盡文之隱，然一隅三反②，亦庶幾其近之矣。

一曰：凡為古文辭者，必先識古人大體，而文辭工拙又其次焉。不知大體，則胸中是非不可以憑，其所論次③未必俱當事理，而事理本無病者，彼反見為不然而補救之，則率天下之人而禍仁義矣。有名士投其母氏行述④，請大興朱先生作誌⑤，敘其母之節孝，則謂乃祖⑥衰年病廢臥牀，溲便⑦無時，家無次丁⑧，乃母不避穢褻，躬親薰濯⑨，其事既已美矣。又述乃祖於時蹙然不安⑩，乃母肅然對曰：「婦年五十，今事八十老翁，何嫌何疑！」嗚呼！母行可嘉，而子文不肖甚矣。本無芥蒂⑪，何有嫌疑！節母既明大義，定知無是言也。此公無故自生嫌疑，特添注以斡旋其事，方自以謂得體，而不知適如冰雪肌膚剜成瘡痏⑫，不免愈濯愈痕瘢矣。人苟不解文辭，如遇此等，但須據事直書，不可無故妄加雕飾。妄加雕飾，謂之「剜肉為瘡」，此文人之通弊也。

二曰：《春秋》書內不諱小惡。歲寒知松柏之後彫⑬，然則欲表松柏之貞，必明霜雪之厲，理勢之必然也。自世多嫌忌，將表松柏而又恐霜雪懷慚，則觸手皆荊棘矣。但大惡諱，小惡不諱，《春秋》之書內事，自有其權衡也。江南舊家，輯有宗譜⑭，有羣從⑮先世，為子聘某氏女，後以道遠家貧，力不能婚，恐失婚時⑯，偽報子殤⑰，俾女別聘，其女遂不食死，不知其子故在。是於守貞殉烈兩無所處，而女之行事實不愧於貞烈，不忍泯也。據事直書，於翁誠不能無歉然矣。第《周官》媒氏禁嫁殤，是女本無死法也。《曾子問》「娶女有日⑱而壻父母死，使人致命⑲女氏」，《注》⑳謂「恐失人嘉會之時」，是古有辭昏㉑之禮也。今制㉒，「壻遠遊三年無聞，聽婦告官別嫁㉓」，是律有遠絕離昏之條也。是則某翁詭託子殤，比例原情，尚不足為大惡而必須諱也；而其族人動色相戒，必不容於直書，則匿其辭曰「書報幼子之殤，而女家誤聞以為壻也」。夫千萬里外，無故報幼子殤，而又不道及男女昏期，明者知其無是理也，則文章病矣。人非聖人，安能無失！古人敘一人之行事，尚不嫌於得失互見也；今敘一人之事，而欲顧其上下左右前後之人皆無小疵，難矣！是之謂「八面求圓」，又文人之通弊也。

三曰：文欲如其事，未聞事欲如其文者也㉔。嘗見名士為人撰誌，其人蓋有朋友氣誼，誌文乃倣韓昌黎之誌柳州㉕也，一步一趨㉖，惟恐其或失也。中間感歎世情反復，已覺無病費呻吟矣。末敘喪費出於貴人，及內親竭勞其事，詢之其家，則貴人贈賻㉗稍厚，非能任喪費也；而內親則僅一臨穴而已，亦並未任其事也；且其子俱長成，非若柳州之幼子孤露㉘，必待人為經理者也。

詰其何為失實至此，則曰：「倣韓誌柳墓，終篇有云『歸葬費出觀察使裴君行立㉙』，又『舅弟盧遵㉚既葬子厚，又將經紀㉛其家』，附紀二人，文情深厚，今誌欲似之耳。」余嘗舉以語人，人多笑之。不知臨文摹古，遷就重輕，又往往似之矣。是之謂「削趾適屨㉜」，又文人之通弊也。

四曰：仁智為聖，夫子不敢自居；瑚璉名器㉝，子貢安能自定！稱人之善，尚恐不得其實；自作品題㉞，豈宜誇耀成風耶！嘗見名士為人作傳，自云「吾鄉學者鮮知根本，惟余與某甲為功於經術耳」。所謂某甲，固有時名，亦未見必長經術也；作者乃欲援附為名，高自標榜，恧㉟矣！又有江湖遊士，以詩著名，實亦未足副也；然有名實遠出其人下者，為人作詩集序，述人請序之言曰：「君與某甲齊名，某甲既已弁言㊱，君烏得無題品？」夫齊名本無其說，則請者必無是言；而自詡㊲齊名，藉人炫己，顏頰不復知忸怩㊳矣！且經援服鄭㊴，詩攀李杜㊵，猶曰「高山景仰㊶」；若某甲之經，某甲之詩，本非可恃，而猶藉為名。是之謂「私署頭銜㊷」，又文人之通弊也。

五曰：物以少為貴，人亦宜然也；天下皆聖賢，孔孟亦弗尊尚矣。清言㊸自可破俗，然在典午㊹則滔滔皆是㊺也；前人㊻譏《晉書》列傳同於小說，正以採掇清言，多而少擇也。立朝風節，強項㊼敢言，前史侈為美談；明中葉後，門戶朋黨，聲氣相激，誰非敢言之士！觀人於此，君子必有辨矣，不得因其強項申威，便標風烈，理固然也。我憲皇帝㊽澄清吏治，裁革陋規，整飭官方，懲治貪墨㊾，實為千載一時。彼時居官，大法小廉㊿，殆成風俗，貪冒之徒，莫不望風革面，時勢然也。今觀傳誌碑狀之文，敘雍正年府州縣官，盛稱杜絕餽遺，搜除積弊，清苦自守，革除例外供支，其文洵不愧於〈循吏傳〉(51)矣；不知彼時逼於功令，不得不然，千萬人之所同，不足以為盛節，豈可見奄寺(52)而頌其不好色哉！山居而貴薪木，涉水而寶魚蝦，人知無是理也；而稱人者乃獨不然。是之謂「不達時勢」，又文人之通弊也。

六曰：史既成家，文存互見，有如〈管晏列傳〉而勳詳於〈齊世家〉(53)，張耳分題而事總於〈陳餘傳〉(54)，非惟命意有殊，抑亦詳略之體所宜然也。

若夫文集之中，單行傳記，凡遇牽聯所及，更無互著之篇，勢必加詳，亦其理也；但必權其事理足以副乎其人，乃不病其繁重爾。如唐平淮西，韓碑歸功裴度[55]，可謂當矣；後中讒毀，改命於段文昌[56]，千古為之歎惜。但文昌循於李愬，愬功本不可沒，其失猶未甚也；假令當日無名偏裨，不關得失之人，身後表阡[57]，侈陳淮西功績，則無是理矣。朱先生嘗為編修蔣君[58]撰誌，中敘國家前後平定準回[59]要略，則以蔣君總修方略，獨力勤勞，書成身死，而不得敘功故也。然誌文雅健，學者慕之。後見某中書舍人[60]死，有為作家傳者，全襲〈蔣誌〉原文，蓋其人嘗任分纂數月，於例得列銜名者耳，其實於書未寓目也；是與無名偏裨居淮西功，又何以異！而文人喜於摭[61]事，幾等軍吏攘[62]功，何可訓也！是之謂「同里銘旌[63]」。昔有夸夫[64]，終身未膺一命[65]，好襲頭銜，將死，遍召所知，籌計銘旌題字；或循其意，假藉例封、待贈、修職、登仕諸階[66]，彼皆掉頭不悅。最後有善諧者，取其鄉之貴顯，大書勳階師保殿閣部院[67]某國某封某公同里某人之柩，人傳為笑。故凡無端而影附者，謂之「同里銘旌」，不謂文人亦效之也！是又文人之通弊也。

七曰：陳平佐漢，志見社肉⑱；李斯亡秦，兆端廁鼠⑲；推微知著，固相士之玄機⑳；搜間傳神，亦文家之妙用也。但必得其神志所在，則如圖畫名家，頰上妙於增毫㉑；苟徒慕前人文辭之佳，強尋猥瑣㉒以求其似，則如見桃花而有悟，遂取桃花作飯，其中豈復有神妙哉！又近來學者喜求徵實，每見殘碑斷石，餘文剩字不關於正義者，往往藉以考古制度，補史缺遺，斯固善矣；因是行文貪多務得，明知贅餘非要，荛為有益後世推求，不憚辭費。是不特文無體要，抑思居今世而欲備後世考徵，正如董澤矢材㉓，可勝既㉔乎！夫傳人者文如其人，述事者文如其事，足矣；其或有關考徵，要必本質所具，即或閒情逸出，正為阿堵傳神㉕。不此之務，但知市菜求增㉖，是之謂「畫蛇添足」，又文人之通弊也。

八曰：文人固能文矣，文人所書之人，不必盡能文也。敘事之文，作者之言也，為文為質㉗，惟其所欲，期如其事而已矣；記言之文，則非作者之言也，為文為質，期於適如其人之言，非作者所能自主也。貞烈婦女，明《詩》習《禮》，固有之矣。其有未嘗學問，或出鄉曲委巷，甚至傭嫗鬻婢⑱，貞節孝義，皆出天性之優；是其質雖不愧古人，文則難期於儒雅也。每見此等傳記，述其言辭，原本《論語》《孝經》，出入《毛詩》〈內則〉⑲，劉向之〈傳〉⑳，曹昭之〈誡〉㉑，不啻㉒自其口出，可謂文矣。抑思善相夫者，何必盡識鹿車鴻案㉓；善教子者，豈皆熟記畫荻丸熊㉔！自文人胸有成竹，遂致閨修㉕皆如板印。與其文而失實，何如質以傳真也！由是推之，名將起於卒伍，義俠或奮閭閻㉖，言辭不必經生㉗，記述貴於宛肖。而世有作者，於斯多不致思，是之謂「優伶演劇㉘」。蓋優伶歌曲，雖耕氓役隸㉙，矢口皆叶宮商，是以謂之戲也；而記傳之筆，從而效之，又文人之通弊也。

九曰：古人文成法立，未嘗有定格也；傳人適如其人，述事適如其事，無定之中有一定焉。知其意者，旦暮遇之；不知其意，襲其形貌，神弗肖也。往余撰和州故給事㉚〈成性志傳〉，性以建言著稱，故采錄其奏議。然性少遭亂離，全家被害，追悼先世，每見文辭，而〈猛省〉之篇，尤沉痛可以教孝，故於終篇全錄其文。其鄉有知名士賞余文曰：「前載如許奏章，若無〈猛省〉之篇，譬如行船，鷁首[91]重而舵樓輕矣。今此婪尾[92]，可謂善謀篇也！」余戲詰云：「設成君本無此篇，此船終不行耶？」蓋塾師講授《四書》文義，謂之時文[93]，必有法度以合程式；而法度難以空言，則往往取譬以示蒙學[94]。擬於房室，則有所謂間架結構；擬於身體，則有所謂眉目筋節；擬於繪畫，則有所謂點睛添毫；擬於形家[95]，則有所謂來龍結穴[96]。隨時取譬，習陋成風，然為初學示法，亦自不得不然，無庸責也。惟時文結習，深錮腸腑，進窺一切古書古文，皆此時文見解，動操塾師啟蒙議論，則如用象棋枰布圍棋子，必不合矣。是之謂「井底天文[97]」，又文人之通弊也。

十曰：時文可以評選，古文經世之業，不可以評選也。前人業評選之，則亦就文論文可耳。但評選之人，多非深知古文之人。夫古人之書，今不盡傳，其文見於史傳。評選之家，多從史傳采錄；而史傳之例，往往刪節原文以就隱括[98]，故於文體所具，不盡全也。評選之家，不察其故，誤謂原文如是，又從而為之辭焉。於引端不具而截中徑起者，詡謂發軔之離奇[99]；於刊削餘文而遽入正傳者，詫為篇終之嶄峭；於是好奇而寡識者，轉相歎賞，刻意追摹，殆如左氏所云「非子之求，而蒲之愛」矣。有明中葉以來，一種不情不理、自命為古文者，起不知所自來，收不知所自往，專以此等出人思議誇為奇特，於是坦蕩之塗生荆棘矣。夫文章變化，侔於鬼神，斗然而來，戛然而止[100]，何嘗無此景象，何嘗不為奇特！但如山之巖峭，水之波瀾，氣積勢盛，發於自然；必欲作而致之，無是理矣。文人好奇，易於受惑，是之謂「誤學邯鄲[101]」，又文人之通弊也。

作者

章學誠，生於清高宗乾隆三年，卒於清仁宗嘉慶六年（一七三八——一八〇一）。字實齋，號少巖，浙江會稽（今浙江紹興）人。生於官宦之家，父親章鑣是乾隆七年（一七四二）進士，任湖北應城縣知縣。章學誠少時體弱多病，才華未顯，屢試不中，惟好史學，尤喜《左傳》。後拜著名學者朱筠為師，從學經史及古文。曾任清漳書院、敬勝書院、蓮池書院、文正書院等書院院長。乾隆四十三年（一七七八）章氏四十一歲時始中進士，自以為秉性迂疏，不宜作官，遂終身從事講學及著述。著有《文史通義》、《校讎通義》、《乙卯丙辰箚記》、《實齋文鈔》、《湖北通志》等。章學誠是史學大家，畢生力作《文史通義》是研究文史理論的專著，與劉勰的《文心雕龍》及劉知幾的《史通》齊名，主旨在於辨章學術，考究源流，而尤探討史學為主。他特別提出史學家於史才、史學、史識之外，應有史德，更闡發了「《六經》皆史」之說。

題解

此文選自中華書局排印版《文史通義・內篇二》。章氏在文中所説的古文，實指史傳文章而言。他批評當時作古文者，大多不識古人大體，只會刻意誇大、刻意文飾和刻意模仿，使文章的內容失真、失實。章氏於文中逐一指陳古文十弊之餘，更提出為文者應恪守的原則。此大約可歸納為以下各項：一、取材須考其來源，求其真確；二、敘事要分主次先後，詳略得宜；三、議論必有根據，務須持平。為文者若能依循以上原則，文章自然能「傳人適如其人，述事適如其事」，而褒貶之義，亦必盡在其中。

注釋

① 〈文德〉〈文理〉〈質性〉〈黠陋〉〈俗嫌〉〈俗忌〉諸篇：俱見《文史通義》卷三〈內篇三〉。

② 一隅三反：隅，角落。反，反證。意謂舉一例，可以推知其他各例。語出《論語・述而》篇。隅 (漢)yú(國)ㄩˊ(粵)jy^{4} 音如。

③ 論次：論定次第。

④ 行述：又稱行狀，文體之一，用以敘述死者生平事迹。

⑤ 請大興朱先生作誌：朱先生，指朱筠（一七二九——一七八一），字竹君，清時河北大興人，為作者之師。誌，即墓誌銘，記死者行誼而刻於石碑之文體。

⑥ 乃祖：他的祖父。

⑦ 溲便：溲，即尿，便，指糞便。溲 (漢)sōu(國)ㄙㄡ(粵)sau^{1} 音收。

⑧ 家無次丁：丁，丁壯之年。謂家中男子，除祖父外並無他人。

⑨ 躬親薰濯：躬親，親自。薰，以香塗身。濯，洗濯。

⑩ 蹙然不安：內心徨恐憂蹙而不自安。蹙 (漢)cù(國)ㄘㄨˋ(粵)tsuk^{7} 音促。

⑪ 芥蒂：阻梗之物，比喻心有嫌隙。蒂 (漢)dì(國)ㄉㄧˋ(粵)dai^{3} 音帝。

⑫ 剜成瘡痏：剜，刻削。瘡痏，瘡痕之瘢，同瘡瘢。剜 (漢)wān(國)ㄨㄢ(粵)wun^{2} 或 wun^{1} 音碗或碗高平聲。痏 (漢)wěi(國)ㄨㄟˇ(粵)fui^{2} 音洧。

⑬ 歲寒知松柏之後彫：彫，同凋。語見《論語・子罕》篇。

⑭ 宗譜：即族譜，記載宗族世系及人事之書。

⑮ 羣從：指子姪輩。

⑯ 婚時：指結婚之適合年歲。

⑰ 偽報子殤，殤：十九歲以下，男女未婚而死者。句謂詐稱兒子已死。

⑱ 娶女有日：定有吉日欲娶女子。

⑲ 致命：退還婚約。此句語見《禮記‧曾子問》。

⑳ 《注》：指《禮記》鄭玄注。

㉑ 昏：婚之本字。

㉒ 今制：指清代法律。

㉓ 別嫁：改嫁。

㉔ 文欲如其事，未聞事欲如其文者也：文章要符合事實，沒聽說過要歪曲事實來遷就文章。

㉕ 韓昌黎之誌柳州：韓昌黎，韓愈（七六八——八二四）。柳州，柳宗元（七七三——八一九）。韓愈曾為柳宗元作墓誌銘。

㉖ 一步一趨：比喻事事倣效他人，本作亦步亦趨。語出《莊子‧田子方》篇。

㉗ 贈賻：贈財助喪稱賻。賻 (漢) fù (國) ㄈㄨˋ (粵) fu^{6} 音付。

㉘ 孤露：幼年喪父，無所庇蔭。

㉙ 觀察使裴君行立：裴行立，唐絳州稷山人。時任桂管觀察使。

㉚ 舅弟盧遵：盧遵是柳宗元妻之弟。

㉛ 經紀：經營管理。

㉜ 削趾適屨：比喻勉強遷就不適之事，語出《淮南子‧說林》。屨 (漢) jù (國) ㄐㄩˋ (粵) gœy^{3} 音句。

㉝ 瑚璉名器：瑚璉是盛黍稷之貴重祭器，語出《論語‧公冶長》篇。

㉞ 品題：意為評定高下。

㉟ 恧：羞慚。恧 (漢) nǜ (國) ㄋㄩˋ (粵) nuk^{9} 音朒。

㊱ 弁言：即序文。弁 (漢) biàn (國) ㄅㄧㄢˋ (粵) bin^{6} 音辨。

㊲ 自詡：自誇。詡 漢xǔ 國ㄒㄩˇ 粵hoey2 音許。

㊳ 忸怩：心覺羞慚。忸 漢niǔ 國ㄋㄧㄡˇ 粵nuk9 或 neu2 音朒或扭。

㊴ 且經援服鄭：援，攀附。服，指服虔。鄭，指鄭玄。二人均是東漢經學家。

㊵ 李杜：指李白（六九九）和杜甫（七六二）。唐代大詩人。

㊶ 高山景仰：仰慕高賢之意。語本《詩經．小雅．車舝》。

㊷ 頭銜：官銜。

㊸ 清言：清談，指魏晉人高談老莊玄理。

㊹ 典午：借稱為晉朝。晉帝姓司馬，因避諱，故當時稱司馬之官為典午。後人遂以典午代司馬。

㊺ 滔滔：普遍。

㊻ 前人：指劉知幾（六六一——七二一）《史通．採撰》篇譏評《晉書》列傳部份。

㊼ 強項：剛直不屈。

㊽ 憲皇帝：清世宗（一六七七——一七三五），名胤禛，在位十三年，年號雍正。

㊾ 貪墨：即貪冒，冒為佔人財物，意同貪污。

㊿ 大法小廉：謂上下守法，不貪財貨。

(51) 〈循吏傳〉：奉法循理之官吏稱循吏。《史記》、《漢書》皆有〈循吏傳〉。

(52) 奄寺：寺，同侍，近侍之意。即宦官。

(53) 〈管晏列傳〉而勳詳於〈齊世家〉：《史記》有〈管晏列傳〉，記管仲、晏嬰之簡史及逸事。勳，功勳。二人治齊有功勳，事迹詳述於《史記．齊太公世家》。

(54) 張耳分題而事總於〈陳餘傳〉：《史記》有〈張耳陳餘列傳〉，二人皆為大梁人。〈張耳傳〉僅以百餘字記張耳，其餘皆在〈陳餘傳〉詳述。

(55) 如唐平淮西，韓碑歸功裴度：淮西，唐藩鎮名，治蔡州。唐憲宗元和十二年（八一七），蔡州吳元濟反，朝廷命裴度統率李愬等進討。詔令韓愈撰〈平淮西碑〉，韓愈以裴度為主帥，故文中多敍裴度之功。

56 後中讒毀，改命於段文昌：承上句，李愬認為碑文不實，其妻為唐安公主之女，常出入禁中。憲宗乃下令將韓愈碑文磨去，改命翰林學士段文昌重撰。事見《舊唐書・裴度傳》及〈韓愈傳〉。

57 表阡：阡，墓道。樹立墓碑。

58 蔣君：蔣雍植，字秦樹，清懷寧人。

59 平定準回：準，準噶爾族，據天山北路。回，回族，據天山南路。雍正時曾討伐，乾隆時平定。

60 中書舍人：官名，在內閣掌機密文書。

61 摭：拾取。摭 漢zhí 國ㄓˊ 粵dzɛk⁸ 音隻。

62 攘：竊取。

63 銘旌：銘，文。旌，旗。指喪具。

64 夸夫：好自誇的人。

65 膺一命：膺，受。一命，最低官爵。膺 漢yīng 國ㄧㄥ 粵jiŋ¹ 音英。

66 例封、待贈、修職、登仕諸階：清代封典制度。例封，按例封與親屬官職。待贈，本無官職，有待封贈。修職，修職郎，從八品。登仕，登仕郎，從九品。

67 師保殿閣部院：師保，官銜。殿閣，明清以大學士為宰相，加殿閣銜。部院，巡撫多帶部院銜。

68 陳平佐漢，志見社肉：陳平，字孺子，漢陽武人，佐高祖平天下。曾於祭土神作主事者，分肉食甚均，見其志向為人。事見《史記・陳丞相世家》。

69 李斯亡秦，兆端廁鼠：李斯（約西元前二八〇——前二〇八年），楚人，仕於秦。兆，徵兆。端，始。李斯曾於廁中見鼠，食不潔、住不安；後見倉廩中鼠，食積粟，無人犬之憂。意謂李斯鑒於廁鼠之窮迫，為安固己位，不惜廢太子，立二世，因而亡秦。事見《史記・李斯列傳》。

70 固相士之玄機：相，觀察。士，士人。玄機，微妙之關鍵。句謂固然是觀察士人言行的微妙關鍵。

⑴ 頰上妙於增毫：晉顧愷之畫裴楷象，面頰上加三毛，觀者覺妙。

⑵ 猥瑣：猥，雜。猥瑣，謂煩雜瑣碎。猥 漢 wěi 國 ㄨㄟˇ 粵 wai^2 音毀。

⑶ 董澤矢材：董澤，澤地名。澤中產蒲，可作箭材。

⑷ 既：取。

⑸ 阿堵傳神：阿堵，晉時方言，意同「這個」。阿堵 漢 ē dǔ 國 ㄜ ㄉㄨˇ 粵 ɔ^1 dou^2 音柯賭。

⑹ 市菜求增：市，即買。增，即多。意謂買菜的人，買得愈多愈好，語見唐皇甫謐〈高士傳〉。

⑺ 為文為質：文，文飾。質，本質、質樸。

⑻ 傭嫗鬻婢：傭嫗，僱傭之老婦。鬻，賣。鬻婢，賣身之婢妾。鬻 漢 yù 國 ㄩˋ 粵 juk^9 音育。

⑼ 《毛詩》〈內則〉：《毛詩》，即現存《詩經》。〈內則〉，《禮記》篇名。

⑽ 劉向之〈傳〉：劉向（西元前七七？——六？），東漢經學家。〈列女傳〉，劉向所撰，其中大都記載賢明節義之婦女。

⑾ 曹昭之〈誡〉：曹昭，班固妹班昭，為曹世叔妻，故名。作有〈女誡〉七篇。

⑿ 不啻：無異、彷彿。啻 漢 chì 國 ㄔˋ 粵 tsi^3 音次。

⒀ 鹿車鴻案：鹿車，窄小之車。《後漢書・列女傳》記西漢末鮑宣妻桓少君，少君父因鮑宣清貧，贈奩甚豐。宣不喜悦，少君乃脱去服飾，與鮑宣共挽鹿車歸鄉里。鴻，梁鴻，東漢平陵人，娶妻孟光，相敬如賓。梁鴻歸家，孟光備食，不敢仰視，乃舉案齊眉，以表尊敬。案，置食器之有足木盤。

⒁ 畫荻丸熊：荻，草名。畫荻，歐陽修（一〇〇七——一〇七二）少孤家貧，母鄭氏以荻畫地寫字教修。丸熊，唐柳仲郢少時，母韓氏以熊膽和丸，使仲郢夜間咀嚥，以助勤讀。荻 漢 dí 國 ㄉㄧˊ 粵 dik^9 音狄。

⒂ 閨修：婦女有德者。

⒃ 閭閻：民間之意。閭閻 漢 lǘ yán 國 ㄌㄩˊ ㄧㄢˊ 粵 lœy^4 jim^4 音雷嚴。

⒄ 經生：讀經之士人。

⑧⑧ 優伶演劇：優伶，演員。劇，戲。

⑧⑨ 耕氓役隸：耕氓，農夫。役隸，僕役奴隸。

⑨⓪ 和州故給事：和州，今安徽和縣。給事，官名，掌諫諍。

⑨① 鷁首：指船頭。古人在船頭畫鷁鳥，故名。鷁 漢 yì 國 ㄧˋ 粵 jik9 音亦。

⑨② 婪尾：最後。

⑨③ 時文：當時應試之文，即八股文。

⑨④ 蒙學：蒙，暗昧無知。兒童初受學，稱啟蒙之學，簡稱蒙學。

⑨⑤ 形家：即堪輿家，相地脈、談風水之人。

⑨⑥ 來龍結穴：形容山脈之起伏與盤結。

⑨⑦ 井底天文：形容井中觀天，見識狹隘。

⑨⑧ 隱括：賅括、扼要。

⑨⑨ 發軔之離奇：發軔，指開頭。離奇，委曲盤戾之貌。軔 漢 rèn 國 ㄖㄣˋ 粵 jan6 音刃。

⑩⓪ 斗然而來，戛然而止：斗然，突然。戛然而止，聲音突然停止。戛 漢 jiá 國 ㄐㄧㄚˊ 粵 gat8 音恝。

⑩① 誤學邯鄲：指邯鄲學步。邯鄲，趙都。意謂未學得趙國之能行，又失卻燕國之故步，比喻徒然效倣他人，而失去原有之能力，語出《莊子・秋水》篇。

詩經　三首

豳風・東山

我徂東山①，慆慆②不歸。我來自東，零雨其濛③。我東曰歸，我心西悲④：制彼裳衣，勿士行枚⑤。蜎蜎者蠋⑥，烝⑦在桑野；敦彼獨宿，亦在車下⑧。

我徂東山，慆慆不歸。我來自東，零雨其濛。果臝⑨之實，亦施于宇⑩？伊威⑪在室，蠨蛸在戶⑫？町畽鹿場⑬，熠燿宵行⑭？不可畏也，伊可懷也⑮！

我徂東山，慆慆不歸。我來自東，零雨其濛。鸛鳴于垤⑯，婦歎于室⑰：

「洒埽穹窒⑱，我征聿⑲至！有敦瓜苦⑳，烝在栗薪㉑。自我不見，于今三年！」

我徂東山，慆慆不歸。我來自東，零雨其濛。倉庚于飛，熠燿其羽㉒？之子于歸㉓，皇駁㉔其馬。親結其縭㉕，九十其儀㉖。其新孔嘉㉗，其舊㉘如之何！

小雅・采薇

采薇采薇㉙！薇亦作止㉚。曰歸曰歸！歲亦莫止㉛。靡室靡家，玁狁之故㉜。不遑啓居㉝，玁狁之故。

采薇采薇！薇亦柔㉞止。曰歸曰歸！心亦憂止。憂心烈烈㉟，載㊱飢載渴。我戍未定，靡使歸聘㊲。

采薇采薇！薇亦剛㊳止。曰歸曰歸！歲亦陽㊴止。王事靡盬㊵，不遑啓處[41]。憂心孔疚[42]，我行不來！

彼爾維何？維常之華[43]。彼路斯何？君子之車[44]。戎車[45]既駕，四牡業業[46]。豈敢定居？一月三捷[47]！

駕彼四牡，四牡騤騤[48]。君子所依，小人所腓[49]。四牡翼翼[50]，象弭魚服[51]。豈不日戒？玁狁孔棘[52]！

昔我往矣，楊柳依依[53]。今我來思，雨雪霏霏[54]。行道遲遲[55]，載渴載飢。我心傷悲，莫[56]知我哀！

小雅・常棣

常棣之華[57]，鄂不韡韡[58]。凡今之人，莫如兄弟：

死喪之威，兄弟孔懷[59]。原隰裒矣，兄弟求矣[60]。

脊令在原？兄弟急難[61]。每有良朋，況也永歎[62]。

兄弟鬩于牆，外禦其務㊸；每有良朋，烝也無戎㊹。
喪亂既平，既安且寧。雖有兄弟，不如友生㊺？
儐爾籩豆㊻，飲酒之飫㊼。兄弟既具㊽，和樂且孺㊾。
妻子好合，如鼓瑟琴㊿。兄弟既翕[71]，和樂且湛[72]。
宜爾室家，樂爾妻帑[73]。是究是圖，亶其然乎[74]？

作者

《詩經》見初冊第廿六課《詩經》

題解

本課收錄了《詩經》中〈東山〉、〈采薇〉、〈常棣〉三首詩，版本據《先秦兩漢古籍逐字索引》。〈東山〉為《詩．豳風》的一篇。〈詩序〉說：「〈東山〉，周公東征也。周公東征，三年而歸，勞歸士。大夫美之，故作是詩也。」全詩共四章，每章前面都有「我徂東山，慆慆不歸。我來自東，零雨其濛」四句。此種句式，在詩經中頗常見。詩分四章：第一章想像自己免於軍旅之苦後，從此可以恢復平民的生活。第二章想像家園已經變得很荒涼，使人難過和懷念。第三章想像妻子在遠方想念自己的情形。第四章回憶三年前新婚時的情景，並憧憬日後的重逢。

〈采薇〉為《詩・小雅》的一篇。〈詩序〉謂「〈采薇〉，遣戍役也」，是「文王之時」作。後多不從此說，至今亦無定論。周朝時，北方的玁狁時常南侵，不斷發生戰爭。宣王時，征服了玁狁，〈小雅〉的〈出車〉和〈六月〉等篇，便明言宣王時大將南仲和尹吉甫平定玁狁的事，〈采薇〉當是同時期作品。這首詩追述了周朝軍士戍邊作戰的情景和歸途中思家的情況。詩分六章：第一章寫防禦玁狁，戰士長期不得回家。第二、三章寫戰士思家及征戍的艱苦。第四、五章寫戰爭的情況。第六章寫戰後軍士還鄉途中的心境。詩中「昔我往矣，楊柳依依。今我來思，雨雪霏霏」數句，工整雅麗，物中有我，景中有情，正是王國維所說的「有境界」（《人間詞話》）。

〈常棣〉為《詩・小雅》中的一篇。這是讚美兄弟友愛的詩，傳作者為周公旦。

注釋

① 我徂東山：徂，往，指出征。東山，東征之地的山名，當在奄國（今山東曲阜一帶）境內。徂（漢）cú（國）ㄘㄨˊ（粵）tsou4 音曹。

② 慆慆：久久。慆（漢）tāo（國）ㄊㄠ（粵）tou1 音滔。

③ 零雨其濛：零，落。濛，細雨的樣子。

④ 我東曰歸，我心西悲：曰，語詞。悲，思念。此謂我從東方歸來時，心裏思念着西方的家園。

⑤ 制彼裳衣，勿士行枚：裳衣，古人男子衣服上為衣，下為裳，而戎服則不分衣與裳。士，事。行枚，戰士行軍時口中銜的木片，銜枚是為了避免喧譁。此二句謂回家後要縫製好平民的衣服，不再從事征戰。

⑥ 蜎蜎者蠋：蜎蜎，蠶類屈曲的樣子。蠋，蛾蝶類的幼蟲，此處指桑間的野蠶。蜎 漢yuān 國ㄩㄢ 粵jyn^{1} 音淵。蠋 漢zhú 國ㄓㄨˊ 粵dzuk^{7} 音捉。

⑦ 烝：乃、曾。一說作「久」解。

⑧ 敦彼獨宿，亦在車下：敦，團孿蜷縮的樣子。連上兩句以野蠶和人對照來寫，說自己像桑間野蠶一樣，蜷縮作一團，獨自歇宿在兵車下。

⑨ 果臝：又作栝樓、瓜蔞，攀援植物，果實似黃瓜。臝 漢luǒ 國ㄌㄨㄛˇ 粵lɔ^{2} 音裸。

⑩ 亦施于宇：施，蔓延。宇，屋檐。承上句謂果臝蔓延到屋檐，這是庭院無人修理的結果。

⑪ 伊威：蟲名，多足，灰色，常在潮濕的地方，今名土鱉，又名鼠婦、潮蟲。據《本草》，一作蛜蝛。

⑫ 蠨蛸在戶：蠨蛸，長腳蜘蛛。連上句寫室中疏於打掃的景象。蠨蛸 漢xiāo shāo 國ㄒㄧㄠ ㄕㄠ 粵siu^{1} sau^{1} 音消梢。

⑬ 町畽鹿場：畽，同疃。町畽，舍旁田地，禽獸踐踏的地方。鹿場，指變成野鹿出沒的場所。町畽 漢tǐng tuǎn 國ㄊㄧㄥˇ ㄊㄨㄢˇ 粵tiŋ^{5} tœn^{2} 音挺盾，高上聲。

⑭ 熠燿宵行：熠燿，閃閃發光。宵行，燐火。連上句言田園荒蕪的景象。

⑮ 伊可懷也：伊，此，指衰敗的家園。懷，思念。

⑯ 鸛鳴於垤：鸛，水鳥名，形似鶴。垤，土堆。鸛 漢guàn 國ㄍㄨㄢˋ 粵gun^{3} 音貫。垤 漢dié 國ㄉㄧㄝˊ 粵dit^{9} 音秩。

⑰ 婦歎于室：婦，出征者之妻。此句是設想妻子因想念自己而長歎。

⑱ 穹窒：穹，空。窒，寒。穹窒，指堵塞壁間的空隙。窒 漢zhì 國ㄓˋ 粵dzɐt^{9} 音姪。

⑲ 聿：語詞，無實義。聿 漢yù 國ㄩˋ 粵wɐt^{9} 音核。

⑳ 有敦瓜苦：敦，團，形容瓜圓滾的形狀。瓜苦，此喻夫妻分別之苦。

㉑ 栗薪：枯乾的栗樹枝。

㉒ 倉庚于飛，熠燿其羽：倉庚，鳥名，即黃鶯。于，在。此兩句以飛翔中的倉庚羽毛閃閃發光，比喻妻子剛出嫁時光彩照人的樣子。

㉓ 之子于歸：之子，此女，指當年的未婚妻。于，往。歸，嫁。于歸，出嫁。

㉔ 皇駁：皇，黃白色。駁，淡紅色。

㉕ 親結其縭：親，指母親。縭，佩巾。古時女子出嫁，由母親為之結好佩巾。縭㊥lí㊍ㄌㄧˊ㊎lei^{4}音離。

㉖ 九十其儀：九十，形容繁多。儀，指結婚的儀式、禮節。

㉗ 其新孔嘉：新，指女子新婚時。孔，很。嘉，美。

㉘ 舊：久。

㉙ 薇：野菜名，又名野豌豆，嫩時可食。

㉚ 作止：作，生出。止，語助詞，無實義。

㉛ 歲亦莫止：莫，同暮。歲暮，年終。

㉜ 靡室靡家，玁狁之故：靡，無、沒有。室，家。玁狁，我國西北的部族名，殷末周初稱為鬼方，周朝中葉後稱為玁狁，秦漢稱為匈奴。有家卻像沒有家，是因為玁狁入侵。玁狁㊥xiǎn yǔn㊍ㄒㄧㄢˇ ㄩㄣˇ㊎him^{2} wan^{5}音險允。

㉝ 不遑啓居：不遑，無暇。啓，跪。居，通踞，安坐。古人鋪席在地上，坐和跪都是兩膝着地，伸直腰叫啓，臀部放在腳跟上坐穩叫居。這裏「啓居」即安歇之義。

㉞ 柔：嫩，這裏指長出嫩葉。

㉟ 憂心烈烈：形容心憂如火燃燒。

㊱ 載：則、又。

㊲ 我戍未定，靡使歸聘：使，委託。聘，問候。我戍守之地不固定，因此無法託人捎信給家中問訊。

㊳ 剛：指長得挺拔。

㊴ 陽：指夏曆十月，今仍稱十月為小陽春。

㊵ 盬：休止。盬 (漢)gǔ (國)ㄍㄨˇ (粵)gu^{2} 音古。

㊶ 啓處：猶「啓居」，安歇。

㊷ 孔疚：孔，很。疚，病痛。

㊸ 彼爾維何？維常之華：爾，通薾，花茂盛貌。常，通棠，棠棣，即棠梨樹。華，同花。

㊹ 彼路斯何？君子之車：路，通輅，車高大貌。斯，語助詞，「彼路斯何」與「彼爾維何」句法相同。君子，指主帥。

㊺ 戎車：兵車、戰車。

㊻ 四牡業業：牡，雄馬。業業，強壯的樣子。

㊼ 捷：通接，指交戰。一說戰勝。

㊽ 騤騤：馬壯盛的樣子。騤 (漢)kuí (國)ㄎㄨㄟˊ (粵)kwai^{4} 音葵。

㊾ 君子所依，小人所腓：依，乘。小人，指士卒。腓，庇護。周代戰爭中，將領在兵車上作戰，步卒借兵車遮蔽矢石。腓 (漢)féi (國)ㄈㄟˊ (粵)fei^{4} 音肥。

㊿ 翼翼：齊整有氣勢。

(51) 象弭魚服：弭，弓兩端縛弦處。象弭，用象牙製成的弭。服，通箙，箭袋。魚服，用魚皮製成的箭袋。弭 (漢)mǐ (國)ㄇㄧˇ (粵)mei^{5} 或 mei^{5} 米或尾。

(52) 孔棘：孔，很。棘，刺手。一說，棘通亟，急。

(53) 昔我往矣，楊柳依依：當初我出征上路時，楊柳隨風披拂。

(54) 今我來思，雨雪霏霏：思，語助詞。雨雪，落雪。今天我回歸的路上，雪下得紛紛揚揚。

(55) 行道遲遲：行道，走路。遲遲，緩慢的樣子。

㊿56 莫：沒有誰。

57 常棣之華：常棣，棠梨樹。華，古花字。

58 鄂不韡韡：鄂，通蕚，花苞。不，同跗，蕚足、花蒂。韡韡，鮮明的樣子。詩中借花、蕚相依，喻兄弟手足之情。鄂 (漢)è(國)ㄜˋ(粵)ŋɔk^{9} 音岳。韡 (漢)wěi(國)ㄨㄟˇ(粵)wai^{5} 音偉。

59 死喪之威，兄弟孔懷：孔，很。面臨死喪之類可怕事情，只有兄弟最關心。

60 原隰裒矣，兄弟求矣：隰，低下的濕地。裒，聚集。原野上聚土成墳（意即死後埋於地下），只有兄弟去尋找、祭祀。隰 (漢)xí(國)ㄒㄧˊ(粵)dzap^{9} 音習。裒 (漢)póu(國)ㄆㄡˊ(粵)pau^{4} 音掊低平聲。

61 脊令在原？兄弟急難：脊令，即鶺鴒，鳥名。急難，指遇有急難之事則共赴。鶺鴒總是成羣而飛？正如兄弟總會相救急難。

62 每有良朋，況也永歎：每，雖。況，增加。雖也有好朋友，然而自己的急難只能增加他的長歎。

63 兄弟鬩于牆，外禦其務：鬩，鬥。牆，指牆內、家中。禦，抗。務，通侮。鬩 (漢)xì(國)ㄒㄧˋ(粵)jik^{7} 音抑。

64 烝也無戎：烝，眾多。戎，相助。

65 友生：友人。

66 儐爾籩豆：儐，陳列。爾，你。籩，盛肉、水果的竹器。豆，盛肉菜的食具，陶製或木製。籩 (漢)biān (國)ㄅㄧㄢ (粵)bin^{1} 音邊。

67 飫：足、飽。飫 (漢)yù(國)ㄩˋ(粵)jy^{3} 音於高去聲。

68 兄弟既具：既，已。具，具備、全部在一起。

69 孺：排列有序。

70 妻子好合，如鼓瑟琴：與妻子感情和諧，就如同擊瑟彈琴時音調協和一樣。這是用夫妻來襯出兄弟。

71 翕：聚合。翕 (漢)xì(國)ㄒㄧˋ(粵)jɐp^{7} 音泣。

72 湛：喜樂。湛 (漢)dān(國)ㄉㄢ(粵)dam^{1} 音躭。

⑬ 宜爾室家，樂爾妻帑：宜，安、善。爾，你們，指兄弟。室家，指家中人。帑，通孥，子孫。這兩句教人善處家人和妻子兒女。帑㊈nú㊄ㄋㄨˊ㊉nou⁴音奴。

⑭ 是究是圖，亶其然乎：究、圖，究考慮。亶，信、的確。然，這樣、如此。亶㊈dǎn㊄ㄉㄢˇ㊉tan²音坦。

漢樂府 四首

涉江采芙蓉

涉江采芙蓉①，蘭澤多芳草②。采之欲遺③誰？所思在遠道④。還顧望舊鄉⑤，長路漫浩浩⑥。同心⑦而離居，憂傷以終老。

冉冉孤生竹

冉冉孤生竹⑧，結根泰山阿⑨。與君為新婚⑩，兔絲附女蘿⑪。兔絲生有時⑫，夫婦會有宜⑬。千里遠結婚⑭，悠悠隔山陂⑮。思君令人老，軒車來何遲⑯？傷彼蕙蘭花⑰，含英⑱揚光輝。過時而不采，將隨秋草萎。君亮執高節⑲，賤妾⑳亦何為？

迢迢牽牛星

迢迢牽牛星㉑，皎皎河漢女㉒。纖纖擢素手㉓，札札弄機杼㉔。終日不成章㉕，泣涕零如雨㉖。河漢㉗清且淺，相去復幾許㉘？盈盈㉙一水間，脈脈㉚不得語。

焦仲卿妻 并序

漢末建安中，廬江府小吏焦仲卿妻劉氏為仲卿母所遣，自誓不嫁，其家逼之，乃沒水而死；仲卿聞之，亦自縊於庭樹。時人傷之而為此辭也。

孔雀東南飛，五里一徘徊㉛。「十三能織素㉜，十四學裁衣，十五彈箜篌㉝，十六誦詩書；十七為君婦，心中常苦悲。君既為府吏，守節情不移㉞。賤妾留空房，相見常日稀。雞鳴入機織，夜夜不得息，三日斷五匹，大人故嫌遲㉟；非為織作遲，君家婦難為。妾不堪驅使㊱，徒留無所施㊲，便可白公姥㊳，及時相遣歸㊴。」府吏得聞之，堂上啟阿母㊵：「兒已薄祿相㊶，幸復得此婦，結髮㊷同枕席，黃泉㊸共為友；共事二三年，始爾未為久㊹，女行無偏斜，何意致不厚㊺？」阿母謂府吏：「何乃太區區㊻！此婦無禮節，舉動自專由㊼，吾意久懷忿，汝豈得自由㊽！東家有賢女，自名秦羅敷，可憐體無比㊾，阿母為汝求。便可速遣之，遣去慎莫留㊿！」府吏長跪告：「伏惟(51)啟阿母：今若遣此婦，終老不復取(52)。」阿母得聞之，槌牀(53)便大怒：「小子無所畏！何敢助婦語！吾已失恩義(54)，會不相從許(55)。」府吏默無聲，再拜還入戶，舉言謂新婦(56)，哽咽不能語：「我自不驅卿(57)，逼迫有阿母。卿但暫還家，吾今且報(58)府；不久當歸還，還必相迎取。以此下心意(59)，慎勿違吾語！」新婦謂府吏：「勿復重紛紜[60]！往昔初陽歲[61]，謝[62]家來貴門，奉事循公姥[63]，進止敢自專，晝夜勤作息[64]，伶俜縈苦辛[65]，謂言[66]無罪過，供養卒大恩[67]。仍更被驅遣，何言復來還？妾有繡腰襦[68]，葳蕤[69]自生光，紅羅複斗帳[70]，四角垂香囊；箱簾[71]六七十，綠碧青絲繩，物物各自異，種種在其中：人賤物亦鄙，不足迎後人[72]。留待作遺施[73]，於今[74]無會因。時時為安慰，久久莫相忘[75]！」雞鳴外欲曙[76]，新婦起嚴妝[77]，著我繡裌裙[78]，事事四五通[79]：足下躡絲履[80]，頭上玳瑁光[81]，腰若流紈素[82]，耳著明月璫[83]。指如削葱根[84]，口如含朱丹[85]；纖纖[86]作細步，精妙世無雙。上堂謝阿母，母聽去不止[87]。「昔作女兒時，生小出野里[88]，本自無教訓，兼愧貴家[89]子。受母錢帛[90]多，不堪母驅使。今日還家去，念母勞家裏！」卻與小姑別，淚落連珠子：「新婦初來時，小姑如我長[92]。勤心養公姥，好自相扶將[93]！初七及下九[94]，嬉戲莫相忘！」出門登車去，涕落百餘行。府吏馬在前，新婦車在後，隱隱何甸甸[95]，俱會大道口。下馬入車中，低頭共耳語：「誓不相隔卿[96]！且暫還家去，吾今且赴府；不久當還歸，誓天[97]不相負！」新婦謂府吏：「感君區區懷[98]！君既若見錄[99]，不久望君來！君當作磐石[100]，妾當作蒲葦[101]；蒲葦紉[102]如絲，磐石無轉移。我有親父兄[103]，性行暴如雷，恐不任我意，逆以煎我懷[104]。」舉手長勞勞[105]！二情同依依！入門上家堂，進退無顏儀[106]。阿母大拊掌[107]：「不圖子自歸[108]！十三教汝織，十四能裁衣，十五彈箜篌，十六知禮儀，十七遣汝嫁，謂言無誓違[109]；汝今無罪過，不迎而自歸。」蘭芝慚阿母：「兒實無罪過。」阿母大悲摧[110]。還家十餘日，縣令遣媒來，云有第三郎，窈窕[111]世無雙，年始十八九，便言多令才[112]。阿母謂阿女：「汝可去應之！」阿女銜[113]淚答：「蘭芝初還時，府吏見丁寧[114]，結誓不別離。今日違情義，恐此事非奇[115]。自可斷來信[116]，徐徐更謂之[117]。」阿母白媒人[118]：「貧賤有此女，始適[119]還家門。不堪吏人婦，豈合令郎君？幸可廣問訊[120]！不得便相許。」媒人去數日，尋遣丞請還[121]，誰有蘭家女[122]，承籍有宦官[123]；云有第五郎，嬌逸[124]未有婚，遣丞為媒人。主簿[125]通語言，直說[126]：「太守家，有此令郎君，既欲結大義[127]，故遣來貴門。」阿母謝[128]媒人：「女子先有誓，老姥豈敢言。」阿兄得聞之，悵然[129]心中煩，舉言謂阿妹：「作計何不量！先嫁得府吏，後嫁得郎君，否泰如天地[130]，足以榮汝身。不嫁義郎體[131]，其住欲何云[132]？」蘭芝仰頭答：「理實如兄言。謝家事夫婿，中道還兄門，處分[133]適兄意，那得自任專！雖與府吏要[134]，渠會永無緣[135]。登即[136]相許和，便可作婚姻。」媒人下牀去，諾諾復爾爾[137]，還部白府君[138]：「下官奉使命，言談大有緣。」府君得聞之，心中大歡喜，視曆復開書[139]，便利[140]此月內，六合正相應[141]，良吉[142]三十日。「今已二十七，卿可去成婚[143]。」交語速裝束[144]，絡繹如浮雲[145]。青雀白鵠舫[146]，四角龍子幡[147]；婀娜[148]隨風轉，金車玉作輪，躑躅青驄馬（，流蘇金鏤鞍）；齎[151]錢三百萬，皆用青絲穿；雜綵三百匹，交廣市鮭珍[152]；從人四五百，鬱鬱登郡門[153]。阿母謂阿女：「適[154]得府君書，明日來迎汝，何不作衣裳？莫令事不舉[155]！」阿女默無聲，手巾[156]掩口啼，淚落便如瀉。移我琉璃榻[157]，出置前窗下。左手執刀尺，右手執綾羅，朝成繡裌裙，晚成單羅衫。晻晻[158]日欲暝，愁思出門啼。府吏聞此變，因求假暫歸，未至二三里，摧藏[159]馬悲哀。新婦識馬聲，躡履相逢迎，悵然遙相望，知是故人來。舉手拍馬鞍，嗟嘆使心傷[160]！「自君別我後，人事不可量；果不如先願，又非君所詳。我有親父母，逼迫兼弟兄，以我應他人。君還何所望？」府吏謂新婦：「賀卿得高遷！磐石方且厚，可以卒千年[161]；蒲葦一時紉[162]，便作旦夕間。卿當日勝貴[163]，吾獨向黃泉！」新婦謂府吏：「何意出此言！同是被逼迫，君爾妾亦然。黃泉下相見！勿違今日言！」執手分道去，各各還家門，生人作死別，恨恨那可論。念與世間辭，千萬不復全[164]。府吏還家去，上堂拜阿母：「今日大風寒，寒風摧樹木，嚴霜結庭蘭[165]。兒今日冥冥[166]，令母在後單。故作不良計，勿復怨鬼神。命如南山石，四體康且直[167]！」阿母得聞之，零淚應聲落：「汝是大家子，仕宦於臺閣[168]，慎[169]勿為婦死，貴賤情何薄[170]？東家有賢女，窈窕豔城郭，阿母為汝求，便復在旦夕[171]。」府吏再拜還，長嘆空房中，作計乃爾立[172]，轉頭向戶裏，漸見愁煎迫。其日牛馬嘶[173]，新婦入青廬[174]；菴菴[175]黃昏後，寂寂人定初⑯，我命絕今日，魂去尸長留。攬裙脱絲履，舉身⑰赴清池。府吏聞此事，心知長別離，徘徊庭樹下，自掛東南枝。兩家求合葬，合葬華山傍⑱，東西植松柏，左右種梧桐，枝枝相覆蓋，葉葉相交通⑲；中有雙飛鳥，自名為鴛鴦，仰頭相向鳴，夜夜達五更。行人駐足聽，寡婦起傍徨。多謝⑳後世人：戒之慎勿忘！

作者

漢樂府見初冊第二十七課〈漢樂府三首〉

題解

〈涉江采芙蓉〉、〈冉冉孤生竹〉及〈迢迢牽牛星〉三首詩均選自《文選》卷二十九。〈涉江采芙蓉〉為「古詩十九首」之第六首。《昭明文選》不著作者，梁徐陵《玉臺新詠》列為枚乘作品，標題取本詩第一句。詩的內容寫一位飄泊異地的人，懷念家鄉的妻子，欲歸不得。

字裏行間蘊含着夫妻真摯的感情。

〈冉冉孤生竹〉為「古詩十九首」之第八首。《玉臺新詠》收錄此詩，標題取本詩第一句。這首詩寫妻子對久別的丈夫產生怨思，一說是「怨婚遲之作」。作者以比興的寫法表達了詩中人物的性格。

〈迢迢牽牛星〉為「古詩十九首」之第十首。《玉臺新詠》亦列為枚乘作品，標題取本詩第一句。這首詩借天上牛女雙星愛情悲劇的傳說，寫男女離別相思之情。這首詩想像豐富，充滿浪漫氣息；筆法細膩，深得「怨而不怒，哀而不傷」之旨。

〈焦仲卿妻〉選自《樂府詩集》卷七十二，是我國古代文學史上一首優秀的長篇敘事詩。詩中敘述了東漢末年廬江府小吏焦仲卿與其妻劉蘭芝的悲劇。本詩一方面揭露焦仲卿妻在不合理的禮教下受到不公平的待遇，含冤而死；另一方面又歌頌了焦仲卿夫婦忠貞不渝的愛情。全詩脈絡清晰，抒寫自然，情辭真切，能引起讀者的共鳴。

注釋

① 芙蓉：荷花的別名。也寫作夫容，又稱芙蕖、菡萏。

② 蘭澤多芳草：蘭澤，生長蘭草的沼澤。芳草，指蘭。

③ 遺：贈送。遺 ㊅ wèi ㊬ ㄨㄟˋ ㊮ wai^6 音胃。

④ 所思在遠道：所思，所思念之人，指留居故鄉的妻子。遠道，猶言遠方。

⑤ 還顧望舊鄉：顧，回頭。舊鄉，故鄉。

⑥ 漫浩浩：漫，通曼，漫漫、長遠。浩浩，廣大無際的樣子。漫浩浩，形容到達故鄉的路廣遠無盡頭。漫(漢)mán(國)ㄇㄢˊ(粵)man^{4}音蠻。

⑦ 同心：古多指夫婦間感情融洽。

⑧ 冉冉孤生竹：冉冉，柔弱下垂的樣子。孤生竹，獨生之竹。一說野生竹。冉(漢)rǎn(國)ㄖㄢˇ(粵)jim^{5}音染。

⑨ 泰山阿：泰，同太，與大義同。泰山，即太山，猶言大山。阿，山的轉彎處。阿(漢)ē(國)ㄜ(粵)ɔ^{1}音柯。

⑩ 與君為新婚：指和丈夫成婚不久。一說「為新婚」指訂婚，非出嫁。

⑪ 兔絲附女蘿：兔，一作菟。兔絲，一種蔓生植物，屬旋花科。夏季開淡紅色的小花，這裏是女子自比。女蘿，蔓生植物，又叫松蘿，此比喻女子的丈夫。

⑫ 生有時：時，指季節。生長繁盛有一定的季節。

⑬ 會有宜：歡合有適宜的時間。

⑭ 千里遠結婚：此句是女子回想當初遠嫁，自家而出，跋涉千里之遠才締結婚姻。

⑮ 悠悠隔山陂：悠悠，遙遠的樣子。山陂，山坡。此句是說如今與夫君新婚別後相距亦十分遙遠。陂(漢)bēi(國)ㄅㄟ(粵)bei^{1}音卑。

⑯ 軒車來何遲：軒車，古代一種有屏蔽的車，是大夫以上官員的乘具。何，多麼。

⑰ 蕙蘭花：蕙，蘭的一種。蕙蘭花，女子自比。

⑱ 含英：英，花。含英，謂含苞待放的花朵。

⑲ 君亮執高節：亮，料想、信。執高節，秉持崇高志節，即對愛情堅貞不渝。

⑳ 賤妾：女子自謙之稱。

㉑ 迢迢牽牛星：迢迢，遙遠的樣子。牽牛星，在銀河南，河鼓三星之一。迢(漢)tiáo(國)ㄊㄧㄠˊ(粵)tiu^{4}音條。

㉒ 皎皎河漢女：皎皎，光明潔白的樣子。河漢女，指織女星。織女星在銀河北，和牽牛星相對。

㉓ 纖纖擢素手：纖纖，指手的形狀纖細。擢，舉。素，指手的皮膚白嫩。擺動纖細白嫩的手。擢 漢zhuó 國ㄓㄨㄛˊ 粵dzɔk^{9} 音鑿。

㉔ 札札弄機杼：札札，使用機杼時發出的響聲。機，織機上轉軸的機件。杼，織機上持緯的機件。機與杼是織機上的主要機件，故用以稱織機。

㉕ 終日不成章：章，指紡織品上的經緯文理。此句語本《詩經・小雅・大東》。

㉖ 泣涕零如雨：涕，眼淚。零，落。

㉗ 河漢：銀河。

㉘ 相去復幾許：相去，相距。幾許，多少指不遠的路程。

㉙ 盈盈：水清淺的樣子。

㉚ 脉脉：脉，同脈。含情相視的樣子。

㉛ 孔雀東南飛，五里一徘徊：以孔雀起興。意謂孔雀向東南飛去，因留戀其配偶，邊飛邊徘徊顧盼。漢詩寫夫婦離散，多以雙鳥起興。

㉜ 素：白絹。

㉝ 箜篌：古代一種樂器，有二十三弦，分臥式、豎式兩種。箜篌 漢kōng hóu 國ㄎㄨㄥ ㄏㄡˊ 粵hung^{1} heu^{4} 音空侯。

㉞ 守節情不移：節，臣節，指焦仲卿為府吏，忠於職守，其情不被夫妻之情所干擾。

㉟ 大人故嫌遲：大人，指焦母。故，故意。遲，慢。

㊱ 妾不堪驅使：妾，古代女子自謙之稱。不堪，承受不住。驅使，使喚。

㊲ 徒留無所施：徒，白白地。施，用。

㊳ 便可白公姥：白，稟告。公姥，公婆。姥 漢mǔ 國ㄇㄨˇ 粵mou^{5} 音母。

㊴ 及時相遣歸：趁此時把我打發回去。

㊵ 啟阿母：啟，陳述。向母親陳述。

㊶ 薄祿相：意為從骨相上看，已注定運乖命薄。古人認為一個人貧富、貴賤、福禍、壽夭都是命中注定的，從一個人的骨相中可以看出他命運的好壞。

㊷ 結髮：即束髮。古制男子到二十歲時束髮加冠，女子到十五歲束髮插笄，表示已經成年。

㊸ 黃泉：黃土下之泉，古時人死葬於土下，故以黃泉表示人死後的居處，與陰間意思相同。

㊹ 始爾未為久：爾，這樣，指夫妻生活。開始這樣生活還不久。

㊺ 何意致不厚：何意，哪裏意料。厚，厚待。致不厚，指招致母親不喜愛。

㊻ 何乃太區區：何，怎麼。乃，竟。區區，指見識狹小。

㊼ 自專由：自專、自由，不受尊長約束。

㊽ 汝豈得自由：汝，你。自由，指由焦仲卿按自己的意思去做。

㊾ 可憐體無比：可憐，可愛。體，體態。

㊿ 慎莫留：慎，千萬。千萬不要把她留下。

51 伏惟：伏，俯身伏地，表示恭敬。惟，思。伏惟，匍匐思念，古人常以此來表示謙卑之發語詞。

52 取：同娶。

53 槌宝：槌，捶打。宝，漢時供人坐臥之具。槌 漢chuí 國ㄔㄨㄟˊ 粵tsœy4 音徐。

54 失恩義：指與劉蘭芝斷絕了恩義。

55 會不相從許：會，必定。相從許，依從允許你的請求。

56 舉言謂新婦：舉言，發言。新婦，指劉蘭芝。

57 我自不驅卿：自，本。卿，焦仲卿對妻親切之稱呼。

58 報：通赴。

59 以此下心意：以，因。因為這個緣故你先忍耐一下。

(60) 紛紜：比喻麻煩。
(61) 初陽歲：冬末春初的季節。
(62) 謝：辭別。
(63) 奉事循公姥：奉事，作事。循，順着。
(64) 作息：偏義複詞，意為工作。
(65) 伶俜縈苦辛：伶俜，孤單的樣子。縈，纏繞。縈苦辛，辛苦纏身。伶俜 (漢)líng pīng(國)ㄌㄧㄥˊ ㄆㄧㄥ(粵)liŋ^{4} piŋ^{1} 音零乒。縈 (漢)yíng (國)ㄧㄥˊ(粵)jiŋ^{4} 音營。
(66) 謂言：自以為。
(67) 供養卒大恩：供養，侍奉。卒，盡。侍奉公婆盡力報答她的大恩。
(68) 繡腰襦：一種繡花短襖。襦 (漢)rú(國)ㄖㄨˊ(粵)jy^{4} 音如。
(69) 葳蕤：本指草木茂盛的樣子，這裏比喻短襖上刺繡的花草充滿生機，十分美麗。葳蕤 (漢)wēi ruí(國)ㄨㄟ ㄖㄨㄟˊ(粵)wai^{1} jœy^{4} 音威蕊陽平聲。
(70) 複斗帳：複，指雙層。斗帳，一種形如覆斗的宝帳。複斗帳即雙層的宝帳。
(71) 簾：通奩，小箱子，盛女子嫁妝用。
(72) 後人：指焦仲卿日後再娶之妻。
(73) 留待作遺施：作遺施，一本作作遺施。意為留起來等機會把它送給別人。
(74) 於今：指從今以後。
(75) 莫相忘：相，互相，這裏偏指劉蘭芝。謂不要忘記我。
(76) 曙：天亮。
(77) 嚴妝：整齊地梳妝打扮。
(78) 裌裙：有裏和面層的裙。

(79) 事事四五通：指穿戴打扮每事都反複四五遍，以拖延時刻。

(80) 足下躡絲履：躡，穿。履，鞋子。躡 (漢)niè (國)ㄋㄧㄝˋ (粵)nip^{9} 音聶。

(81) 頭上玳瑁光：玳瑁，本是一種爬行動物，形似龜，甲殼黃褐色，有黑斑，很光滑，可作裝飾品。這裏指用玳瑁甲殼作的簪。玳瑁 (漢)dài mào (國)ㄉㄞˋ ㄇㄠˋ (粵)dɔi^{6} mou^{6} 音代冒。

(82) 腰若流紈素：若，一本作著。流，飄動。紈素，指精緻的細絹。謂腰似柔軟流動的絹帶。紈 (漢)wán (國)ㄨㄢˊ (粵)jyn^{4} 音元。

(83) 耳著明月璫：著，戴。璫，掛在耳上的飾物。明月璫，用明月珠作的耳璫。璫 (漢)dāng (國)ㄉㄤ (粵)dɔŋ^{1} 音當。

(84) 削葱根：葱根，指葱白。削得尖細的葱白。

(85) 口如含朱丹：朱丹，一種紅色寶石。指口就像含着朱丹一樣紅豔。

(86) 纖纖：細小，用以形容劉蘭芝走路邁着小碎步。

(87) 母聽去不止：聽，任憑。去，離去。此句一本作「阿母怒不止」。

(88) 野里：村野，指出身微賤。劉蘭芝自謙之詞。

(89) 貴家：尊稱焦仲卿家。

(90) 錢帛：指聘禮。

(91) 卻：退下。

(92) 小姑如我長：小姑長得像我這般高。

(93) 扶將：扶持，這裏是照應、照顧之意。

(94) 初七及下九：初七，指七月初七，亦稱七夕，古時婦女在這天晚上供祭織女以乞巧。下九，指每月的十九日。此日是古代婦女遊玩戲耍之日。

(95) 隱隱何甸甸：隱隱、甸甸都是車行之聲。何，語助詞。

(96) 相隔卿：隔，斷絕。謂與你斷絕夫妻關係。

⑰ 誓天：向天發誓。
⑱ 區區懷：懇摯的心懷。
⑲ 見錄：見，表示被動或對我怎樣，常帶有謙虛之意。錄，記。此謂記着我。
⑳ 磐石：大石。
⑳ 蒲葦：蒲，蒲草。葦，蘆葦。
⑳ 紉：柔軟而結實。紉 漢rèn 國ㄖㄣˋ 粵jan⁶ 音刃。
⑳ 父兄：實指劉蘭芝親兄，因據下文，其父已不在人世。
⑳ 逆以煎我懷：逆，指違背劉蘭芝的意願。以，而。煎我懷，讓我內心受煎熬。
⑳ 勞勞：憂傷。
⑳ 無顏儀：無臉面。
⑳ 拊掌：拍掌，一種表示驚訝的動作。拊 漢fǔ 國ㄈㄨˇ 粵fu² 音府。
⑳ 不圖子自歸：不圖，沒想到。子，你。自歸，自行回家。
⑳ 無誓違：無過失。誓，疑是僁的誤字，僁，同愆，愆違，過失。一說誓違即違誓，誓為約束之義，無違誓，即不違反婆家的約束。
⑳ 摧：通慛，哀傷。
⑳ 窈窕：容貌美好的樣子。
⑳ 便言多令才：便，通辯。便言，有口才。令，美。
⑳ 銜：含。
⑳ 丁寧：同叮嚀。
⑳ 事非奇：猶言非佳事。
⑳ 信：指縣令派來的媒人。

(117) 徐徐更謂之：意為婚姻之事慢慢再說。

(118) 白媒人：白，言說。對媒人說。

(119) 適：出嫁。

(120) 幸可廣問訊：幸，希望。問訊，打聽消息。

(121) 尋遣丞請還：尋，不久。丞，郡丞太守的佐吏，主管文書。媒人為郡守請去問詢。

(122) 蘭家女：指劉蘭芝。

(123) 承籍有宦官：承籍，承先輩的仕籍。宦官，官之通稱。有宦官，言蘭芝出身宦門。

(124) 嬌逸：逸，特出。指特別英俊。

(125) 主簿：官名。府、縣中管檔案文書的官員。

(126) 直說：直截了當地說。

(127) 結大義：指結親。

(128) 謝：道歉。

(129) 悵然：不痛快的樣子。悵 (漢)chàng(國)ㄔㄤˋ(粵)tsœŋ3 音唱。

(130) 否泰如天地：否，《周易》卦名之一，表示惡運。泰，《周易》卦名之一，表示好運。惡運與好運像天和地一樣區別甚大。否 (漢)pǐ(國)ㄆㄧˇ(粵)pei2 音鄙。

(131) 不嫁義郎體：義，是美稱。體，即身也。義郎體，猶言好郎君。

(132) 其住欲何云：住，一作往。意思是長此下去打算怎辦呢？

(133) 處分：處置安排。

(134) 要：約定。要 (漢)yāo(國)ㄧㄠ(粵)jiu1 音腰。

(135) 渠會永無緣：渠，第三人稱代詞，即他。渠會，和他相會。

(136) 登即：立即。

(137) 諾諾復爾爾：諾諾，表示是答應之詞，意同今人答應時說的好、好。爾爾，就這樣，就這樣。

(138) 還部白府君：白，稟告。府君，指太守。

(139) 視曆復開書：視曆、開書，二者意同，即打開曆書看日子。

(140) 便利：吉利。

(141) 六合正相應：六合，十二時辰之相合。古人婚嫁要擇佳日，據五行說，六合相應便是好日子。

(142) 良吉：良辰吉日。

(143) 卿可去成婚：卿，太守稱媒人。去成婚，指讓媒人去辦婚事。

(144) 交語速裝束：交語，交相傳語。速裝束，趕快籌辦婚禮之事。

(145) 絡繹如浮雲：此句是說為娶親作準備的人，多得如浮雲一樣連綿不斷。繹 (漢) yì (國) ㄧˋ (粵) jik^{9} 音亦。

(146) 青雀白鵠舫：即畫有青雀和白鵠的舫。這兩種均是貴人所乘的畫舫。鵠 (漢) hú (國) ㄏㄨˊ (粵) huk^{9} 音酷。

(147) 四角龍子幡：指畫舫的四角插有繡着小龍的幡旗。幡 (漢) fān (國) ㄈㄢ (粵) fan^{1} 音番。

(148) 婀娜：輕柔飄動的樣子。

(149) 躑躅青驄馬：躑躅，緩步前進的樣子。青驄馬，青白雜毛的馬。躑躅 (漢) zhí zhú (國) ㄓˊ ㄓㄨˊ (粵) dzak^{9} dzuk^{9} 音擲濁。驄 (漢) cōng (國) ㄘㄨㄥ (粵) tsuŋ^{1} 音沖。

(150) 流蘇金鏤鞍：流蘇，用五彩羽毛做成的穗子。金鏤鞍，用金屬雕鏤作為裝飾的馬鞍。

(151) 齎：攜帶。齎 (漢) jī (國) ㄐㄧ (粵) dzai^{1} 音擠。

(152) 交廣市鮭珍：交廣，交州和廣州。市，買。鮭，魚類菜肴的總稱。鮭珍，泛指海味山珍。一說交同教，廣為廣泛，即教人廣泛買鮭珍。鮭 (漢) xié (國) ㄒㄧㄝˊ (粵) hai^{4} 音鞋。

(153) 鬱鬱登郡門：鬱鬱，盛多的樣子。登郡門，齊集在郡府門前。一說登，當作發，發郡門即從郡邑出發。

(154) 適：剛才。

(155) 舉：成功。

⑮⑥ 手巾：以手持巾。

⑮⑦ 榻：一作塌，似宝的坐具，按漢制長三尺五寸，低矮，無宝頭。榻 (漢)tà(國)ㄊㄚˋ(粵)tap^{8} 音塔。

⑮⑧ 晻晻：昏暗。晻 (漢)yǎn(國)ㄧㄢˇ(粵)jim^{2} 音掩。

⑮⑨ 摧藏：藏，通臟。摧斷肝腸。

⑯⓪ 嗟嘆使心傷：劉蘭芝的悲嘆讓人聽了亦為之傷心。

⑯① 卒千年：卒，終。指保持千年不變。

⑯② 一時紉：柔韌一時。

⑯③ 日勝貴：一天勝似一天地高貴。

⑯④ 千萬不復全：即使有千思萬慮，也不能再活下去。

⑯⑤ 今日大風寒，寒風摧樹木，嚴霜結庭蘭：此三句寫焦仲卿用自然現象比喻自己與劉蘭芝所遭受的逼害。

⑯⑥ 日冥冥：焦仲卿用以比喻自己將死。

⑯⑦ 四體康且直：四體，指身體。直，順適。

⑯⑧ 仕宦於臺閣：仕宦，指其先輩作官。臺閣，尚書台。

⑯⑨ 慎：千萬。

⑰⓪ 貴賤情何薄：此句意思說焦仲卿與劉蘭芝身份有貴賤不同，焦貴劉賤，焦休棄劉也不算薄情。

⑰① 便復在旦夕：很快就可以辦成。

⑰② 作計乃爾立：作計，這裏指自殺的主意。乃爾立，就這樣決定下來。

⑰③ 牛馬嘶：一本作馬牛嘶，牛馬嘶叫，指太守迎親的隊伍已臨近。

⑰④ 青廬：以青布搭成的帳篷，是古時交拜迎婦之處。

⑰⑤ 菴菴：猶「晻晻」，參注⑮⑧。菴 (漢)ān(國)ㄢ(粵)ɐm^{1} 音庵。

⑰⑥ 人定初：指亥時初刻，即現在所謂晚上九時。

⑰ 舉身：縱身。
⑱ 合葬華山傍：華山，約是廬江郡某一小山，非指西岳華山。傍，同旁，側。
⑲ 交通：勾連。
⑳ 謝：致意、囑告。

唐詩一

春江花月夜

張若虛

春江潮水連海平，海上明月共潮生。灩灩①隨波千萬里，何處春江無月明！江流宛轉遶芳甸②，月照花林皆似霰③。空裏流霜不覺飛，汀上白沙看不見④。江天一色無纖塵，皎皎空中孤月輪。江畔何人初見月？江月何年初照人？人生代代無窮已⑤，江月年年祇相似。不知江月待何人，但見長江送流水。白雲一片去悠悠，青楓浦⑥上不勝愁。誰家今夜扁舟子⑦？何處相思明月樓⑧？可憐樓上月裴回，應照離人⑨妝鏡臺。玉戶簾中卷不去⑩，擣衣砧上拂還來。此時相望不相聞，願逐月華流照君。鴻雁長飛光不度⑪，魚龍潛躍水成文⑫。昨夜閒潭夢落花⑬，可憐春半不還家。江水流春去欲盡，江潭落月復西斜。斜月沈沈藏海霧，碣石瀟湘無限路⑭。不知乘月幾人歸，落月搖情滿江樹⑮。

作者

張若虛，生卒年不詳，約生活於唐高宗顯慶五年至唐玄宗開元八年（六六〇？——七二〇？）間。揚州（今屬江蘇）人，曾任兗州兵曹。唐中宗神龍年間（七〇五——七〇六）與賀知章、賀朝、萬齊融、邢巨及包融等人，以吳、越文士揚名京都。又與賀知章、張旭、包融並稱「吳中四士」。《全唐詩》錄其詩二首，而以〈春江花月夜〉為最著。

題解

本篇選自《全唐詩》卷一百十七。〈春江花月夜〉見於六朝的樂府，屬清商曲辭，相傳為陳後主所製。唐初張若虛用其調名，別作新辭，每句均用春、江、花、月、夜的字眼或其含意寫成，意象流轉而不覺其重複，讀者莫不歎其文筆精妙。全詩專注春、江、花、月、夜五種事物，而又以月為主體，從月升寫到月落，有主有從，成功地創造了一種幽深清遠、飄忽若夢的境界。

注釋

① 灩灩：水波溢滿的樣子。灩 (漢)yàn (國)ㄧㄢˋ (粵)jim6 音驗。
② 芳甸：開滿鮮花的郊野。
③ 霰：雪珠。霰 (漢)xiàn (國)ㄒㄧㄢˋ (粵)sin3 音線。
④ 汀上白沙看不見：汀，沙灘。白沙與月色融和在一起，不易分辨。
⑤ 已：止。
⑥ 青楓浦：青楓，暗用《楚辭・招魂》：「湛湛江水兮上有楓，目極千里兮傷春心。」浦，水口，暗用《九歌・河伯》中「送美人兮南浦」之意。
⑦ 誰家今夜扁舟子：今夜是誰家的遊子乘着一葉扁舟在飄蕩呢？
⑧ 明月樓：即思婦的閨樓。見曹植〈七哀詩〉。
⑨ 離人：指思婦。
⑩ 玉戶簾中卷不去：玉戶簾，指思婦的門簾。卷，同捲。卷不去，指月光照在門簾上，捲也捲不去。
⑪ 鴻雁長飛光不度：善於飛翔的鴻雁，也不能飛出無邊的月光。
⑫ 魚龍潛躍水成文：在水中潛躍的魚龍，只能激起陣陣波紋。連上句言魚雁不能傳信之意。
⑬ 昨夜閒潭夢落花：寫思婦夢見花落閒潭，有美人遲暮之感。

⑭ 碣石瀟湘無限路：碣石，山名，在渤海邊。瀟湘，本二水名，此二水流至湖南零陵合流，稱為瀟湘。句指天各一方。碣 ㊥jié 國ㄐㄧㄝˊ 粵kit[8] 音竭。

⑮ 落月搖情滿江樹：樹影在落月的餘輝下搖曳，牽動着離人的情思。

唐詩二

古風 其一

李白

大雅久不作①，吾衰竟誰陳②？王風委蔓草③，戰國多榛④。龍虎相啖食，兵戈逮狂秦⑤。正聲何微茫⑥？哀怨起騷人⑦。揚馬激頹波⑧，開流蕩無垠⑨。廢興雖萬變，憲章亦已淪⑩。自從建安⑪來，綺麗⑫不足珍。聖代復元古⑬，垂衣貴清真⑭。羣才屬休明⑮，乘運共躍鱗⑯。文質相炳煥⑰，眾星羅秋旻⑱。我志在刪述⑲，垂輝映千春。希聖如有立⑳，絕筆於獲麟㉑。

蜀道難

李白

噫吁戲㉒，危乎高哉！蜀道之難難於上青天。蠶叢及魚鳧㉓，開國何茫然㉔！爾來㉕四萬八千歲，不與秦塞㉖通人煙。西當太白有鳥道㉗，可以橫絕峨眉巔㉘。地崩山摧壯士死㉙，然後天梯石棧相鉤連㉚。上有六龍回日之高標㉛，下有衝波逆折之回川㉜。黃鶴之飛尚不得過，猿猱㉝欲度愁攀援。青泥何盤盤㉞！百步九折縈㉟巖巒。捫參歷井仰脅息㊱，以手撫膺㊲坐長歎。問君西遊何時還？畏途巉巖㊳不可攀。但見悲鳥號古木，雄飛雌從繞林間。又聞子規㊴啼夜月，愁空山。蜀道之難難於上青天，使人聽此凋朱顏㊵。連峯去天不盈尺，枯松倒挂倚絕壁。飛湍瀑流爭喧豗㊶，砯㊷崖轉石萬壑雷。其險也如此，嗟爾遠道之人胡為乎來哉！劍閣崢嶸而崔嵬㊸。一夫當關，萬夫莫開。所守或匪親，化為狼與豺㊹。朝避猛虎，夕避長蛇。磨牙吮㊺血，殺人如麻。錦城㊻雖云樂，不如早還家。蜀道之難難於上青天，側身西望長咨嗟㊼。

作者

李白見初冊第三十五課〈唐詩四〉

題解

李白〈古風〉(大雅久不作)及〈蜀道難〉,分別選自《全唐詩》卷一百六十一及一百六十二。

〈古風〉即古詩,風取意於《詩經》的〈風〉、〈雅〉、〈頌〉之〈風〉。「大雅久不作」是李白五十九首〈古風〉中的第一首,頗有自敘之意。詩中回顧了自《詩經》、《離騷》以來中國詩歌發展的趨向,批評六朝競尚綺麗的文風,最後寫出自己的人生抱負和改革文風的志向。

〈蜀道難〉是樂府〈相和歌辭・瑟調曲〉的舊題。《樂府解題》云:「〈蜀道難〉備言銅梁、玉壘之阻」,本篇即描寫自秦入蜀道路上的驚險和奇麗的山川形勢。全詩使用賦體,並以誇張筆法渲染蜀道之難行。先以「噫吁戲,危乎高哉」攝起全篇題旨。然後以「蜀道之難,難於上青天」貫串整篇,首尾呼應,使題旨與曲調句意更為明朗,於鋪陳蜀道景物怪異奇絕之餘,又插入遠古神話。「問君西遊何時還」則點出主題,謂蜀道如此艱險,歸期亦當不易知。故末句再重申前說,而以「側身西望長咨嗟」作結。至於〈蜀道難〉的作意,晚唐以來頗多歧見。綜言之,其說有四:(一)罪嚴武;(二)諫玄宗幸蜀之非;(三)諷章仇兼瓊;(四)別無寓意。今據唐人

殷璠《河岳英靈集》反證諸家之說，並取唐人王定保《摭言》及孟棨《本事詩》二家說法，即此詩成於開元初，是贈別之作。

注釋

① 大雅久不作：〈大雅〉，《詩經》的一部分，指《詩》之雅正者。作，興、振而起之。

② 吾衰竟誰陳：陳，陳獻。古代太史搜集民間的詩歌，獻給君主。此處作者慨歎自己年老，再無人陳獻如〈大雅〉這樣的詩歌了。

③ 王風委蔓草：王風，指王者的教化，一說《詩經》十五〈國風〉之一。委，棄。蔓草，蔓生的野草。

④ 戰國多荆榛：荆，猶言荆棘。榛，草木叢雜，引申為紛亂的意思。榛㊈zhēn㊇ㄓㄣ㊉dzœn^{1}音津。

⑤ 龍虎相啖食，兵戈逮狂秦：啖，吃。逮，指延及。謂戰國七雄龍爭虎鬥，相互吞食，戰爭一直延續到秦統一天下。

⑥ 正聲何微茫：正聲，指頌美聖明的雅正之聲。何，多麼。微茫，微弱渺遠。

⑦ 騷人：指戰國時代以屈原為代表的一派詩人。屈原作〈離騷〉，「騷人」遂成為詩人的同義詞。

⑧ 揚馬激頹波：揚，即揚雄，生於漢宣帝甘露元年，卒於新王莽天鳳五年（西元前五三——一八）。馬，即司馬相如，生於漢文帝前元元年，卒於漢武帝元狩六年（西元前一七九——前一一七）。二人均為漢代辭賦家。激頹波，激起楚辭末流，另創辭賦一體。

⑨ 開流蕩無垠：開流，指開創了漢賦這種文學形式。無垠，無涯、無際之意。垠㊈yín㊇ㄧㄣˊ㊉ŋen^{4}音銀。

⑩ 廢興雖萬變，憲章亦已淪：廢興，指各種詩體之興廢變革。憲章，指詩歌之法度。淪，沈淪乖離。

⑪ 建安：東漢末獻帝劉協的年號（一九六——二一九）。

⑫ 綺麗：指建安以後六朝文壇誇尚綺靡之風氣。

⑬ 聖代復元古：聖代，指唐代。元古，上古，指遠古《詩》、《騷》之神韻。

⑭ 垂衣貴清真：垂衣，頌天子聖明，大唐盛世，見《易・系辭》。清真，自然而不加修飾，此指文風而言。

⑮ 羣才屬休明：羣才，指唐代詩人。屬，適逢。休明，政治清明。

⑯ 乘運共躍鱗：運，時運。躍鱗，以鯉魚躍龍門比喻詩人前途無限，各展其才。

⑰ 文質相炳煥：文質，詞藻和內容。炳煥，輝映。

⑱ 眾星羅秋旻：羅，羅列。秋旻，秋季的天，指高爽清朗的天空。旻（漢）mín（國）ㄇㄧㄣˊ（粵）man4 音民。

⑲ 我志在刪述：刪，刪詩。述，此處指孔子的「述而不作」。刪述，指像孔子那樣編定一代的詩歌。

⑳ 希聖如有立：聖，指孔子。全句謂學習孔聖般有所建樹。

㉑ 絕筆於獲麟：相傳孔子修訂《春秋》，至魯哀公十四年（西元前四八一），適值魯哀公西狩獲麟，孔子以為麟是仁獸，被獲是不祥之兆，云：「吾道窮矣。」從此絕筆，兩年後孔子死。此句申述李白決心盡有生之年，復振詩道之志。

㉒ 噫吁戲：驚歎聲。噫吁戲（漢）yī xū xī（國）ㄧ ㄒㄩ ㄒㄧ（粵）ji1 hœy1 hei1 音衣虛希。

㉓ 蠶叢及魚鳧：皆蜀國開國先王。鳧（漢）fú（國）ㄈㄨˊ（粵）fu4 音符。

㉔ 茫然：渺遠貌。意謂遠古事迹，茫昧難詳。

㉕ 爾來：從開國以來。

㉖ 秦塞：指秦國，今陝西地域。塞，山川險阻之處，秦地多險阻，古代稱為「四塞之國」。

㉗ 西當太白有鳥道：太白，山名，在秦都咸陽西南。秦西南與蜀之間，有太白山橫阻，連山高峻，只有飛鳥可以通過。

㉘ 可以橫絕峨眉巔：橫絕，橫渡。峨眉，山名，在今四川峨眉。巔，山頂。

㉙ 地崩山摧壯士死：壯士，指五丁。傳說五丁摧山開道之後，梯棧相連，蜀地始與秦通。而五丁亦因此而死。

㉚ 然後天梯石棧相鉤連：天梯，指高聳入雲的山路。石棧，石崖上的棧道。棧道，在崖壁之間，用木頭架成的道路。

㉛ 上有六龍回日之高標：六龍回日，是古代神話，相傳羲和（太陽神）駕着六龍所拉的車子，載着太陽在空中運行。回日，指山的高險，連羲和也為之回車。高標，山的最高峯。

㉜ 衝波逆折之回川：逆折，回旋。回川，有漩渦的水流。

㉝ 猱：一種猴子，長臂，善攀援。猱 漢náo 國ㄋㄠˊ 粵nau4 音撓。

㉞ 青泥何盤盤：青泥，青泥嶺，在今陝西略陽西北。盤盤，迂迴曲折貌。

㉟ 縈：旋繞。

㊱ 捫參歷井仰脅息：參、井，二星宿名。參為蜀分野，井為秦分野。捫參歷井，言經秦入蜀山路高峻，好像可摸到參宿，擦過井宿。脅息，住氣息。捫 漢mén 國ㄇㄣˊ 粵mun4 音門。參 漢shēn 國ㄕㄣ 粵sam1 音心。

㊲ 膺：胸。膺 漢yīng 國ㄧㄥ 粵jiŋ1 音英。

㊳ 巉巖：高峻的山巖。巉 漢chán 國ㄔㄢˊ 粵tsam4 音慚。

㊴ 子規：即杜鵑鳥。相傳為蜀王杜宇死後所化，鳴聲淒厲，似曰：「不如歸去，不如歸去！」

㊵ 凋朱顏：容顏失色、憔悴。

㊶ 飛湍瀑流爭喧豗：湍，急流。喧豗，喧鬧聲。豗 漢huī 國ㄏㄨㄟ 粵fui1 音灰。

㊷ 砯：水撞擊巖石之聲。砯 漢pēng 國ㄆㄥ 粵piŋ1 音乒。

㊸ 劍閣崢嶸而崔嵬：劍閣，大劍山與小劍山之間一條三十里長的奇險棧道，也叫劍門關，在今四川劍閣北。崢嶸、崔嵬，形容山勢高峻。崢嶸 漢zhēng róng 國ㄓㄥ ㄖㄨㄥˊ 粵dzaŋ1 wiŋ4 音增榮。嵬 漢wéi 國ㄨㄟˊ 粵ŋai4 音危。

㊹ 一夫當關，萬夫莫開。所守或匪親，化為狼與豺：匪，同非。此四句化用晉張載〈劍閣銘〉：「一人荷戟，萬夫趄，形勝之地，匪親弗居。」形容劍閣地勢之險，如非由朝廷親信把守，便將為懷豺狼之心者所割據。

㊺ 吮：吸。吮㊥shǔn㊤ㄕㄨㄣˇ㊦syn5 音宣，陽上聲。
㊻ 錦城：即錦官城，成都的別稱。
㊼ 咨嗟：感歎聲。

唐詩三

將進酒

李白

君不見黃河之水天上來，奔流到海不復迴。君不見高堂①明鏡悲白髮，朝如青絲暮成雪。人生得意須盡歡，莫使金樽空對月。天生我材必有用，千金散盡還復來。烹羊宰牛且為樂，會須一飲三百杯。岑夫子，丹丘生②，將進酒，君莫停。與君歌一曲，請君為我側耳聽。鐘鼓饌玉③不足貴，但願長醉不願醒。古來聖賢皆寂寞④，惟有飲者留其名。陳王昔時宴平樂，斗酒十千恣讙謔⑤。主人何為言少錢，徑須⑥沽取對君酌。五花馬⑦，千金裘，呼兒將出⑧換美酒，與爾同銷萬古愁。

夢遊天姥吟留別

李白

海客談瀛洲⑨，煙濤微茫信難求⑩。越人語天姥⑪，雲霓明滅或可覩。天姥連天向天橫，勢拔五嶽掩赤城⑫。天台⑬四萬八千丈，對此欲倒東南傾。我欲因之夢吳越⑭，一夜飛度鏡湖⑮月。湖月照我影，送我至剡溪⑯。謝公⑰宿處今尚在，淥⑱水蕩漾清猿啼。腳著謝公屐⑲，身登青雲梯⑳。半壁㉑見海日，空中聞天雞㉒。千巖萬轉路不定，迷花倚石忽已暝㉓。熊咆龍吟殷巖泉㉔，慄深林兮驚層巔。雲青青兮欲雨，水澹澹㉕兮生煙。列缺霹靂㉖，丘巒崩摧。洞天石扇㉗，訇㉘然中開。青冥浩蕩㉙不見底，日月照耀金銀臺㉚。霓為衣兮風為馬，雲之君㉛兮紛紛而來下。虎鼓瑟兮鸞迴車㉜，仙之人兮列如麻。忽魂悸以魄動，怳驚起而長嗟㉝！惟覺時㉞之枕席，失向來㉟之煙霞。世間行樂亦如此，古來萬事東流水！別君去時何時還㊱？且放白鹿青崖間，須行即騎訪名山㊲。安能摧眉折腰㊳事權貴，使我不得開心顏？

作者

李白見初冊第三十五課〈唐詩四〉

題解

李白〈將進酒〉及〈夢遊天姥吟留別〉，分別選自《全唐詩》卷一百六十二及一百七十四。

〈將進酒〉是樂府〈鼓吹曲辭・漢鐃歌〉舊題。舊辭已佚，想是勸飲的歌曲，將進酒就是請進酒的意思。李白此詩，大概作於唐玄宗天寶十一年（七五二）。李白應友人岑勛的邀請，一起到道士元丹丘的穎陽山居作客。此時置酒會友，正值李白「抱用世之才而不遇合」之際，於是借酒遣興，放歌抒懷。以示人生苦短，應及時行樂。

〈夢遊天姥吟留別〉，一作「別東魯諸公」，唐殷璠《河嶽英靈集》題作〈夢遊天姥山別東魯諸君〉。天姥，山名，在今浙江天台西北，傳說為仙人所居。吟，詩體的一種。留別，留詩贈別。天寶三年（七四四），李白辭官出京，漫遊於河南、山東一帶。次年，李白將要離開東魯（今山東），南遊吳越，臨行寫下此詩留別。作者憑豐富的想像力，寫夢遊之境，表達了對名山仙館的嚮往，及蔑視權貴、追求自由的思想。

注釋

① 高堂：指高大的廳堂。

② 岑夫子、丹丘生：即岑勛、元丹丘，均為李白好友。

③ 鐘鼓饌玉：鐘鼓，富貴人家的音樂。饌玉，珍美如玉的飲食。二者皆作為富貴的代稱。饌 (漢)zhuàn (國)ㄓㄨㄢˋ (粵)dzan^6 音撰。

④ 寂寞：默默無聞。

⑤ 陳王昔時宴平樂，斗酒十千恣讙謔：陳王，指陳思王曹植（一九二——二三二）。平樂，即平樂宮，漢明帝所造，在洛陽西門外。恣，縱情。讙，同歡。謔，戲。曹植〈名都篇〉云：「歸來宴平樂，美酒斗十千。」恣 (漢)zì (國)ㄗˋ (粵)dzi^3 或 tsi^3 音至或次。謔 (漢)xuè (國)ㄒㄩㄝˋ (粵)jœk^9 音若。

⑥ 徑須：直須。

⑦ 五花馬：一種毛色作五花紋之馬，唐人視為珍貴之馬。一說唐人將駿馬鬃毛修剪成瓣以為飾，分成五瓣者稱五花馬。

⑧ 將出：拿去。

⑨ 海客談瀛洲：海客，指航海者。瀛洲，神山名。

⑩ 煙濤微茫信難求：微茫，迷濛。信，的確。煙霧波濤中，雲霧迷濛，實在難以尋訪。

⑪ 越人語天姥：越人，指居住在今浙江一帶的人。因春秋時建有越國，而越也是種族名，故稱越人。語，談說。姥 (漢)mǔ (國)ㄇㄨˇ (粵)mou^5 音母。

⑫ 勢拔五嶽掩赤城：拔，超越。五嶽，指東嶽泰山、南嶽衡山、西嶽華山、北嶽恒山和中嶽嵩山。掩，遮蓋之意。赤城，山名，在今浙江天台北。

⑬ 天台：山名，在今浙江天台北，天姥山東南。

⑭ 我欲因之夢吳越：因之，根據越人所說。夢，夢遊。

⑮ 鏡湖：又名鑑湖，在今浙江紹興南面。

⑯ 剡溪：在今浙江嵊縣南，即曹娥江上游。剡(漢)shàn(國)ㄕㄢˋ(粵)sim^{6}音蟬，陽去聲。

⑰ 謝公：指南朝宋謝靈運，生於晉孝武帝太元十年，卒於宋文帝元嘉十年（三八五——四三三）。他遊天姥山時，曾在剡溪住宿。

⑱ 淥：清澈。淥(漢)lù(國)ㄌㄨˋ(粵)luk^{9}音六。

⑲ 謝公屐：謝靈運遊山所穿一種特製的木屐，屐底裝有活動木齒，上山則去掉前齒，下山則去掉後齒。屐(漢)jī(國)ㄐㄧ(粵)kɛk^{9}音劇。

⑳ 青雲梯：指高入青雲的山路。

㉑ 半壁：半山。

㉒ 天雞：任昉（四六〇——五〇八）《述異記》云東方桃都山有大樹，叫桃都，樹枝間相距三千里，上有天雞，日初出照此樹，天雞則啼，於是天下之雞都跟着啼叫。

㉓ 暝：天色昏暗。

㉔ 殷巖泉：殷，象聲詞，形容雷聲，詩中作動詞用。謂像雷一樣在巖泉間震響。

㉕ 澹澹：水波搖動的樣子。澹(漢)dàn(國)ㄉㄢˋ(粵)dam^{6}音啖。

㉖ 列缺霹靂：列缺，閃電。霹靂，雷聲。

㉗ 洞天石扇：洞天，道家對神仙居住的洞府的稱呼。扇，門。

㉘ 訇：象聲詞，形容大聲。訇(漢)hōng(國)ㄏㄨㄥ(粵)gwɐŋ^{1}音轟。

㉙ 青冥浩蕩：青冥，遠空。浩蕩，廣闊無邊。冥(漢)míng(國)ㄇㄧㄥˊ(粵)miŋ^{4}音明。

㉚ 金銀臺：指神仙所居的宮闕。

㉛ 雲之君：雲神，即《楚辭・九歌》中的雲中君。

㉜ 鸞迴車：迴，轉運、運行。迴車，即駕車。鸞迴車，鸞鳥駕車運行。傳說仙人乘鸞車。

㉝ 怳驚起而長嗟：怳，同恍，恍惚、迷亂。嗟，歎息。怳 ㊥huǎng ㊟ㄏㄨㄤˇ ㊣fɔŋ² 音訪。

㉞ 覺時：睡醒之時。

㉟ 向來：剛才，指夢中。

㊱ 別君去時何時還：君，東魯的朋友。時，《李太白全集》作「兮」。

㊲ 且放白鹿青崖間，須行即騎訪名山：白鹿，傳說中神仙所騎。二句謂將歸隱名山，學道仙。

㊳ 摧眉折腰：摧眉，低眉，即低首。折腰，彎腰，指屈身事人。此用陶淵明不為五斗米折腰而去官事，見《晉書・陶潛傳》。

唐詩四

蜀相　杜甫

丞相祠堂①何處尋？錦官城②外柏森森③。映階碧草自春色④，隔葉黃鸝空好音⑤。三顧頻煩天下計⑥，兩朝開濟老臣心⑦。出師未捷身先死，長使英雄淚滿襟⑧！

登高　杜甫

風急天高猿嘯哀，渚清沙白鳥飛迴⑨。無邊落木蕭蕭下⑩，不盡長江滾袞⑪來。萬里悲秋常作客⑫，百年⑬多病獨登臺。艱難苦恨繁霜鬢，潦倒新停濁酒杯⑭。

旅夜書懷

杜甫

細草微風岸，危檣⑮獨夜舟。星垂平野闊⑯，月湧大江流⑰。名豈文章著⑱，官因老病休⑲。飄飄⑳何所似？天地一沙鷗㉑。

作者

杜甫見初冊第三十七課〈唐詩六〉

題解

本課收錄了杜甫的〈旅夜書懷〉、〈登高〉及〈蜀相〉，分別選自《全唐詩》卷二百二十六、二百二十七及二百二十九。

〈蜀相〉作於唐肅宗上元元年（七六〇）春。當時杜甫避亂成都，謁諸葛武侯祠，瞻仰之餘，即景賦詩。

〈登高〉是唐代宗大曆二年（七六七），杜甫流寓夔州（今四川奉節），重九時扶病登高之作。明胡應麟《詩藪》稱此詩精光萬丈，為古代七言律詩之冠，是「曠代之作」，並非溢美之詞。

〈旅夜書懷〉作於唐代宗永泰元年（七六五）。此年劍南節度使嚴武去世，杜甫在蜀無所依靠，便於五月攜眷離開成都，乘船東下，途經渝州（今四川重慶）、忠州（今四州忠縣），九月到達雲安（今四川雲陽）。此詩即是作者在岷江、長江漂泊時所寫。全詩借景抒懷，先寫微風、夜舟；繼寫星垂、月湧；最後感懷個人晚年的遭際，深覺人生虛渺。

注釋

① 丞相祠堂：丞相，指三國時蜀國的丞相諸葛亮。祠堂，即諸葛武侯祠，在四川成都南郊。

② 錦官城：即四川成都。

③森森：形容樹木高聳繁密。

④自春色：自，徒自、空自。指空自呈現一番春色。

⑤黃鸝空好音：黃鸝，鳥名。身體黃色，自眼部至頭後部黑色。嘴淡血色。叫聲美妙。空，同上句的「自」，即徒有。黃鸝白白在那裏發出美妙的鳴聲。

⑥三顧頻煩天下計：劉備當年三顧茅廬，令諸葛亮鞠躬盡瘁，為劉備確定了統一天下的計策。

⑦兩朝開濟老臣心：兩朝，指先主劉備、後主劉禪父子兩朝。開濟，開創大業，匡濟黎民。老臣心，謂諸葛亮一生為了蜀漢，表現了「鞠躬盡瘁，死而後已」的忠心。

⑧出師未捷身先死，長使英雄淚滿襟：指諸葛亮平定中原的壯志未酬，竟不幸死去，使後代有志之士深感惋惜，灑下同情之淚。蜀漢後主建興十二年（二三四），諸葛亮伐魏，病死在五丈原（今陝西郿縣西南）軍中。

⑨渚清沙白鳥飛迴：渚，水中的小洲。迴，迴旋。渚(漢)zhǔ(國)ㄓㄨˇ(粵)dzy^{2}音主。

⑩無邊落木蕭蕭下：落木，落葉。蕭蕭，擬聲詞，風吹落葉之聲。

⑪衮衮：一作滾滾。

⑫萬里悲秋常作客：萬里，遼遠之地。悲秋，指在萬物凋零的秋天，詩人眼中的江山盡叫人傷感。作客，指久於羈旅，飄泊不定。

⑬百年：指一生。

⑭潦倒新停濁酒杯：潦倒，衰頹、失意，指詩人晚景。新停濁酒杯，其時詩人因肺病戒酒。潦(漢)liǎo(國)ㄌㄧㄠˇ(粵)lou^{5}音老。

⑮危檣：危，高。檣，桅竿。指孤舟上很高的桅竿。檣(漢)qiáng(國)ㄑㄧㄤˊ(粵)tsœŋ^{4}音祥。

⑯星垂平野闊：垂，垂照、照臨。全句謂星光照臨之下，平野顯得更遼闊。

⑰月湧大江流：湧，騰躍。大江，長江。全句謂月色在滾滾江流中起伏騰躍。

⑱ 名豈文章著：著，顯著。意謂詩人志不在以文章而顯名。杜甫有匡世濟民之志，冀望立下萬世功名，不甘以文章聲望了此身。

⑲ 官因老病休：杜甫之罷官，非因老病，而是遭到排斥。此句表達了詩人的憤慨。

⑳ 飄飄：飄泊、飄零。

㉑ 天地一沙鷗：詩人自況。

唐詩五

秋興八首　其一　杜甫

玉露①凋傷楓樹林，巫山巫峽氣蕭森②。江間波浪兼天③湧，塞上④風雲接地陰。叢菊兩開他日淚⑤，孤舟一繫故園⑥心。寒衣處處催刀尺⑦，白帝城高急暮砧⑧。

秋興八首　其二　杜甫

夔府⑨孤城落日斜，每依北斗望京華⑩。聽猿實下三聲淚⑪，奉使虛隨八月查⑫。畫省香爐違伏枕⑬，山樓粉堞隱悲笳⑭。請看石上藤蘿月⑮，已映洲前蘆荻⑯花。

作者

杜甫見初冊第三十七課〈唐詩六〉

題解

本課收錄杜甫〈秋興八首〉的第一及第二首，皆選自《全唐詩》卷二百三十。〈秋興八首〉成於唐代宗大曆元年（七六六）秋，當時杜甫流寓夔州（今四川奉節）。永泰元年（七六五），杜甫攜家離開成都東下，次年抵夔州。因吐蕃寇邊，蜀中大亂，作者被逼滯留，寓居西閣，〈秋興八首〉即此時之作。

第一首寫自己身居巫峽，心念故園，是全組詩之綱領。此詩自夔州秋景起興，續寫他鄉飄泊的客愁。

第二首是全組詩的提掇處，點出「望京華」的主旨。此首承接第一首，寫作者在夔州從日落到夜深遙望長安悵惘之情。

注釋

① 玉露：白露。

② 巫山巫峽氣蕭森：巫山，在今四川巫山東南，長江流經其中，成為巫峽。蕭森，蕭瑟陰森。

③ 兼天：連天。

④ 塞上：清仇兆鰲《杜詩詳註》引陳澤州註：「塞上，即指夔州。」一說指西部邊塞。

⑤ 叢菊兩開他日淚：叢菊兩開，指杜甫在夔州兩次看見叢菊花開，即兩年之意。他日淚，心中流的仍然是往日思鄉之淚。

⑥ 故園：家鄉，指長安。

⑦ 催刀尺：指催人去剪裁。

⑧ 急暮砧：砧，擣衣石。使晚上的擣衣聲顯得更急促。砧 (漢)zhēn (國)ㄓㄣ (粵)dzɐm^{1} 音針。

⑨ 夔府：即夔州府，在今四川奉節。夔 (漢)kuí (國)ㄎㄨㄟˊ (粵)kwɐi^{4} 音葵。

⑩ 每依北斗望京華：北斗，因長安在夔州之北，故瞻依北斗而望之。京華，指長安。

⑪ 聽猿實下三聲淚：即「聽猿三聲實下淚」，因拘於聲律，故作「實下三聲淚」。

⑫ 奉使虛隨八月查：查，通楂，一作槎，即木筏。當時作者在嚴武幕下任事，曾預期於八月時離蜀回長安，卻未能如願，只好虛想隨着八月的歸航回去。

⑬ 畫省香爐違伏枕：畫省，即尚書省，漢尚書省皆以粉壁畫古賢烈士，故名。意思是說這種思念長安之情，弄得自己即使在尚書省晚上值班，有女侍史持香爐燒薰，也難以入睡。極言其思念長安心情之切。

⑭ 山樓粉堞隱悲笳：山樓，夔府城樓。粉堞，城牆上用白土塗刷、呈凹凸形的矮牆。笳，古代北方民族一種吹奏樂器，通稱胡笳。堞 漢dié國ㄉㄧㄝˊ粵dip^{9} 音碟。笳 漢jiā國ㄐㄧㄚ粵ga^{1} 音加。

⑮ 藤蘿月：照在指藤蘿的月色。

⑯ 蘆荻：蘆葦。荻 漢dí國ㄉㄧˊ粵dik^{9} 音狄。

唐詩六

長恨歌

白居易

漢皇重色思傾國①，御宇②多年求不得。楊家有女初長成③，養在深閨人未識④。天生麗質難自棄⑤，一朝選在君王側。回眸⑥一笑百媚生，六宮粉黛無顏色⑦。春寒賜浴華清池⑧，溫泉水滑洗凝脂⑨。侍兒扶起嬌無力，始是新承恩澤⑩時。雲鬢花顏金步搖⑪，芙蓉帳暖度春宵。春宵苦短日高起，從此君王不早朝。承歡侍宴無閒暇，春從春遊夜專夜。後宮佳麗三千人，三千寵愛在一身。金屋妝成嬌侍夜⑫，玉樓宴罷醉和春⑬。姊妹弟兄皆列土⑭，可憐⑮光彩生門戶。遂令天下父母心，不重生男重生女⑯。驪宮⑰高處入青雲，仙樂風飄[18]處處聞。緩歌慢舞凝絲竹[19]，盡日君王看不足。漁陽鼙鼓動地來[20]，驚破霓裳羽衣曲[21]。九重城闕[22]煙塵生，千乘萬騎西南行[23]。翠華[24]搖搖行復止，西出都門百餘里。六軍不發[25]無奈何，宛轉蛾眉馬前死[26]。花鈿委地[27]無人收，翠翹金雀玉搔頭[28]。君王掩面救不得，回看血淚相和流。黃埃散漫風蕭索，雲棧縈紆登劍閣[29]。峨嵋山[30]下少人行，旌旗無光日色薄。蜀江水碧蜀山青，聖主朝朝暮暮情[31]。行宮[32]見月傷心色，夜雨聞鈴腸斷聲[33]。天旋日轉迴龍馭[34]，到此[35]躊躇不能去。馬嵬坡[36]下泥土中，不見玉顏空死處[37]。君臣相顧盡霑衣[38]，東望都門信[39]馬歸。歸來池苑皆依舊，太液芙蓉未央柳[40]。芙蓉如面柳如眉[41]，對此如何不淚垂？春風桃李花開夜，秋雨梧桐葉落時。西宮南苑[42]多秋草，宮葉滿階紅不掃。梨園弟子白髮新[43]，椒房阿監青娥老[44]。夕殿螢飛思悄然[45]，孤燈挑盡未成眠。遲遲鐘鼓初長夜，耿耿[46]星河欲曙天。鴛鴦瓦冷霜華重[47]，翡翠衾[48]寒誰與共？悠悠生死別經年[49]，魂魄不曾來入夢。臨邛道士鴻都客[50]，能以精誠致魂魄。為感君王展轉思[51]，遂教方士殷勤覓。排空馭氣奔如電，升天入地求之徧。上窮碧落下黃泉，兩處茫茫皆不見[52]。忽聞海上有仙山，山在虛無縹緲[53]間。樓閣玲瓏五雲[54]起，其中綽約[55]多仙子。中有一人字太真[56]，雪膚花貌參差[57]是。金闕西廂叩玉扃[58]，轉教小玉報雙成[59]。聞道漢家天子使，九華帳[60]裏夢魂驚。攬衣推枕起裴回[61]，珠箔銀屏邐迤開[62]。雲鬢半偏新睡覺，花冠不整下堂來。風吹仙袂飄颻舉[63]，猶似霓裳羽衣舞。玉容寂寞淚闌干[64]，梨花一枝春帶雨[65]。含情凝睇謝君王[66]，一別音容兩渺茫。昭陽殿[67]裏恩愛絕，蓬萊宮中日月長[68]。回頭下望人寰[69]處，不見長安見塵霧。唯將舊物表深情，鈿合[70]金釵寄將去。釵留一股合一扇[71]，釵擘黃金合分鈿[72]。但教心似金鈿堅，天上人間會相見。臨別殷勤重寄詞，詞中有誓兩心知：七月七日長生殿，夜半無人私語時[73]。在天願作比翼鳥，在地願為連理枝[74]。天長地久有時盡，此恨緜緜無絕期。

作者

白居易見初冊第三十九課〈唐詩八〉

題解

〈長恨歌〉選自《全唐詩》卷四百三十五，作於唐憲宗元和元年（八〇六）白居易任盩厔（今陝西周至）縣尉時。〈長恨歌〉是一篇廣為傳誦的長篇敘事詩，寫唐玄宗李隆基與貴妃楊玉環的愛情故事。憲宗元和元年十二月，白居易與陳鴻、王質夫等同遊仙游寺，話及開元、天寶年間玄宗與貴妃遺事，相與感歎，遂寫下此詩，名為〈長恨歌〉，即歌長恨之意。此詩既寫二人愛情的遺恨，也諷玄宗荒淫誤國，以垂訓後世。

此詩前半敘楊貴妃生前得寵，極盡鋪陳，顯出她的聲勢，為長恨伏下禍根；後半敘貴妃死後明皇對她的憶念，悱惻動人，為結長恨的果而作奇幻的筆意。

注釋

① 漢皇重色思傾國：漢皇，本指漢武帝，詩中借指唐明皇。傾國，形容女子貌美絕代。事見《漢書．外戚傳》。

② 御宇：統治天下。

③ 楊家有女初長成：楊家，蜀州司戶楊玄琰家。女，指楊貴妃，小字玉環。

④ 養在深閨人未識：深閨，指其叔楊玄珪府中閨閣。楊貴妃幼年喪父，養在叔叔楊玄珪家。

⑤ 天生麗質難自棄：天生麗質，天生的美麗姿質。難自棄，很難被捨棄。

⑥ 回眸：回，轉。眸，眼珠。轉動眼珠。

⑦ 六宮粉黛無顏色：粉黛，指六宮美女。無顏色，指六宮美女與楊貴妃相比，便黯然失色。

⑧ 華清池：即驪山華清宮溫泉，在今陝西臨潼城南。

⑨ 凝脂：潔白細嫩的皮膚。

⑩ 新承恩澤：初得唐玄宗的寵愛。

⑪ 雲鬢花顏金步搖：雲鬢，烏雲般黑的鬢髮。花顏，像鮮花般的容顏。步搖，一種首飾，插於髮上，上有垂飾，步行便搖。

⑫ 金屋妝成嬌侍夜：金屋，指楊貴妃所住的高貴屋室。妝成，指晚妝畫成。

⑬ 醉和春：春，春意，指兩人愛戀的情意。這裏指楊貴妃醉態中帶着愛意。

⑭ 列土：封爵賜地。

⑮ 可憐：可愛，討人歡喜。

⑯ 遂令天下父母心，不重生男重生女：於是令當時的父母不重視生男孩，反而願意生女孩。極寫楊家因玉環而顯貴對世風的影響。

⑰ 驪宮：即華清宮，因築在驪山，故稱驪宮。驪 (漢) lí (國) ㄌㄧˊ (粵) lei^4 音離。

⑱ 仙樂風飄：極美妙的音樂隨風飄送。

⑲ 緩歌慢舞凝絲竹：絲竹，指音樂。句謂歌舞與音樂配合和諧。

⑳ 漁陽鞞鼓動地來：漁陽，漢時曾設漁陽郡，轄今北京東、天津北一帶，唐時也設有此郡，在今河北薊縣和平谷

一帶。鞞，一作鼙，二字通用，為古代軍中的一種小鼓。此句寫天寶十四年（七五五）冬十一月，安祿山以誅討楊國忠為名，從范陽起兵叛唐事。鞞 漢pí 國ㄆㄧˊ 粵pei^{4} 音皮。

㉑ 霓裳羽衣曲：本印度舞曲，名〈婆羅門〉。唐開元間經中亞傳入。由西涼節度使楊敬述採編而成，玄宗又大加潤色，成為教坊著名舞曲。

㉒ 九重城闕：古天子所居城闕有九重門，即路門、應門、雉門、庫門、皋門、城門、近郊門、遠郊門、關門。這裏借指京城。

㉓ 千乘萬騎西南行：乘，指一車四馬。騎，指一人一馬。千乘萬騎，極言跟從唐玄宗的車駕人馬之多，以顯尊貴。西南行，指從長安逃入蜀。

㉔ 翠華：以翠羽為飾的旗，為皇帝儀仗。

㉕ 六軍不發：六軍，指皇帝禁軍，按古制，王的禁軍為六軍，實際上玄宗當時的禁軍只有左右龍武、左右羽林四軍。不發，不肯前進。

㉖ 宛轉蛾眉馬前死：蛾眉，美女的代稱，這裏指楊貴妃。此句是說馬嵬驛兵變和楊貴妃被縊死之事。

㉗ 花鈿委地：花鈿，用金寶鑲成的花形首飾。委地，丟棄在地上。鈿 漢tián 或 diàn 國ㄊㄧㄢˊ 或ㄉㄧㄢˋ 粵tin^{4} 或 din^{6} 音田或電。

㉘ 翠翹金雀玉搔頭：翠翹，美人的一種首飾。雀，指鳳，古稱鳳為朱雀。金雀，鳳形金釵。玉搔頭，即玉簪。

㉙ 雲棧縈紆登劍閣：雲棧，高入雲端的棧道。入蜀之路山高險峻，古時只能在空中架設棧道以通其路，這裏是誇張棧道之高。縈紆，曲折環繞。劍閣，入蜀路上的棧道名，在今四川劍閣北大劍山與小劍山之間，是古代川陝交通要道，又名劍門關。縈紆 漢yíng yū 國ㄧㄥˊ ㄩ 粵jiŋ^{4} jy^{1} 音營于。

㉚ 峨嵋山：在今四川峨嵋南。玄宗入蜀並不經過此山，這裏是以此山代指蜀地之山。

㉛ 聖主朝朝暮暮情：此句承上說蜀地青山綠水，日日夜夜撩動玄宗思念貴妃之情。

㉜ 行宮：皇帝出行的處所。

㉝ 夜雨聞鈴腸斷聲：此句是說夜雨中聽鈴鐺，是令人極悲傷的聲音。

㉞ 天旋日轉迴龍馭：天旋日轉，指唐肅宗至德二年（七五七）九月郭子儀收復長安，時局好轉。龍馭，皇帝的坐騎，代指皇帝。馭 ㊉漢 yù ㊉國 ㄩˋ ㊉粵 jy^{6} 音預。

㉟ 此：指馬嵬坡貴妃死處。

㊱ 馬嵬坡：在今陝西興平西。嵬 ㊉漢 wéi ㊉國 ㄨㄟˊ ㊉粵 $ŋɐi^{4}$ 音危。

㊲ 不見玉顏空死處：不見玉顏，指已看不見貴妃美麗的容顏。空死處，指空自留下她昔日慘死之處。

㊳ 君臣相顧盡霑衣：顧，回頭看。相顧，相互看着。盡霑衣，眼淚沾濕了衣裳。

㊴ 信：聽任。

㊵ 太液芙蓉未央柳：太液，池名，在長安大明宮北，為當年漢武帝時所鑿建。未央，漢宮名，故址在今長安西北十里。句指唐宮池苑和花木。

㊶ 芙蓉如面柳如眉：此句形容楊貴妃當年的美貌。

㊷ 西宮南苑：是唐玄宗從蜀回京的住所。西宮，指太極宮。南苑，即南宮，指興慶宮。

㊸ 梨園弟子白髮新：梨園弟子，梨園是唐玄宗時教練宮廷歌舞藝人的地方。白髮新，長出了滿頭白髮。

㊹ 椒房阿監青娥老：椒房，后妃所居之宮，以椒和泥塗壁，取其香暖，故名。阿監，宮中女官。青娥，指青春美好的容顏。

㊺ 夕殿螢飛思悄然：意思是說黃昏時分的大殿上流螢點點，玄宗獨坐在那裏悄然而思。

㊻ 耿耿：明亮。

㊼ 鴛鴦瓦冷霜華重：鴛鴦瓦，宮頂上一俯一仰相嵌成對的瓦。霜華，霜花。

㊽ 翡翠衾：衾，被子。繡着翡翠鳥的被子。衾 ㊉漢 qīn ㊉國 ㄑㄧㄣ ㊉粵 $kɐm^{1}$ 音襟。

㊾ 悠悠生死別經年：悠悠，指時間漫長。意思是說生者與死者（玄宗與貴妃）分別了不少年月。

㊿ 臨邛道士鴻都客：臨邛，唐縣名，即今四川邛崍。鴻都，仙府。鴻都客，神仙中人。邛 ㊉漢 qióng

國ㄑㄩㄥˊ粵$kuŋ^4$音窮。

51 展轉思：展，同輾。展轉思，形容思念情切，輾轉難眠。《詩經・周南・關雎》：「求之不得，輾轉反側。」

52 排空馭氣奔如電，升天入地求之徧。上窮碧落下黃泉，兩處茫茫皆不見：馭，駕馭。窮，盡。碧落，天界。黃泉，地府。四句言方士借法力升天入地尋覓貴妃。

53 縹渺：隱隱約約的樣子。

54 五雲：五色雲。

55 綽約：體態柔美貌。

56 太真：楊玉環的道號。玉環原是玄宗子壽王李瑁之妃，玄宗欲納為妃，先度為女道士，號為太真。

57 參差是：參差，彷彿、幾乎。彷彿就是。

58 扃：門。扃 漢jiōng國ㄐㄩㄥ粵$gwiŋ^1$音炯陰平聲。

59 轉教小玉報雙成：小玉，吳王夫差小女，相傳死後成仙，這裏借指楊太真在仙山上的侍女。雙成，即董雙成，相傳是西王母侍女。意謂轉叫小玉告訴董雙成，讓楊太真知道「漢家」天子派來了使者。

60 九華帳：裝飾十分華美的帳子。

61 裴回：即徘徊，這裏指往出走動。

62 珠箔銀邐迤開：珠箔，珠簾。邐迤，逐次，一本作迤邐。箔 漢bó國ㄅㄛˊ粵$bɔk^9$音薄。邐迤 漢lǐ yǐ國ㄌㄧˇ ㄧˇ粵$lei^5 ji^5$音里以。

63 風吹仙袂飄颻舉：袂，衣袖。舉，上下左右地擺動。袂 漢mèi國ㄇㄟˋ粵mai^6音米陽去聲。

64 闌干：縱橫交錯貌。

65 梨花一枝春帶雨：意思是說楊貴妃哭的樣子，就像一枝梨花帶着春天的雨滴。

66 含情凝睇謝君王：睇，斜視。凝睇，凝視。謝，告訴。睇 漢dì國ㄉㄧˋ粵dai^6音弟。

67 昭陽殿：漢趙飛燕與其妹趙合德得寵時住的宮殿，此處借指楊貴妃生前的住處。

⑱ 蓬萊宮中日月長：蓬萊，傳說中的東海三神山之一，山上有仙人宮室。意思是說在蓬萊宮中消磨著漫長的時光。

⑲ 人寰：人間。寰 漢huán 國ㄏㄨㄢˊ 粵wan^{4} 音環。

⑳ 鈿合：即鈿盒，鑲嵌金、銀、玉、貝的首飾盒子。

㉑ 合一扇：扇，量詞。謂鈿合留下一扇。

㉒ 釵擘黃金合分鈿：意思是說把金釵擘開，並把黃金鈿盒分開。

㉓ 七月七日長生殿，夜半無人私語時：長生殿，在驪山華清宮內，天寶元年十月造。據唐人陳鴻（生卒年不詳）《長恨歌傳》載，天寶十年（七五一）楊貴妃曾與唐玄宗在驪山宮避暑。楊貴妃於七月七日牛郎織女相會之夕，獨自一人在外面侍奉玄宗，玄宗與她比肩而立，仰天感歎牛郎與織女之事，「密相誓，心願世世為夫婦。言畢，執手各嗚咽。」此兩句即指此事。

㉔ 在天願作比翼鳥，在地願為連理枝：比，並列。比翼鳥，傳說中的鳥。連理枝，即指連理樹，兩樹樹幹相抱，樹枝相連。這兩句是方士為取信於玄宗，要求楊貴妃說出當年只有他們二人心中知道的誓詞。

唐詩七

琵琶引 并序

白居易

元和十年①，予左遷九江郡司馬②。明年秋，送客湓浦口③。聞船中夜彈琵琶者。聽其音，錚錚然有京都聲④。問其人，本長安倡女⑤，嘗學琵琶於穆、曹二善才⑥。年長色衰，委身為賈人婦⑦。遂命酒，使快彈數曲。曲罷，憫默⑧。自敘少小時歡樂事，今漂淪鷦顇⑨，轉徙⑩於江湖間。予出官⑪二年，恬然⑫自安，感斯人⑬言，是夕始覺有遷謫意，因為長句歌以贈之。凡六百一十二言⑭，命曰琵琶行。

潯陽江⑮頭夜送客，楓葉荻花秋索索⑯。主人下馬客在船⑰，舉酒欲飲無管弦⑱。醉不成歡⑲慘將別，別時茫茫江浸月。忽聞水上琵琶聲，主人忘歸客不發。尋聲暗問彈者誰？琵琶聲停欲語遲。移船相近邀相見，添酒迴燈⑳重開宴。千呼萬喚始出來，猶抱琵琶半遮面。轉軸撥弦三兩聲，未成曲調先有情。弦弦掩抑㉑聲聲思，似訴平生不得意。低眉信手㉒續續彈，說盡心中無限事。輕攏慢撚抹復挑㉓，初為霓裳後六么㉔。大弦嘈嘈如急雨㉕，小弦切切如私語㉖。嘈嘈切切錯雜彈，大珠小珠落玉盤。間關鶯語花底滑㉗，幽咽泉流水下灘。水泉冷澀弦疑絕㉘，疑絕不通聲暫歇。別有幽愁暗恨生，此時無聲勝有聲。銀缾乍破水漿迸㉙，鐵騎突出刀槍鳴。曲終收撥當心畫㉚，四弦一聲如裂帛。東舟西舫悄無言，唯見江心秋月白。沈吟放撥插弦中，整頓衣裳起斂容㉛，自言本是京城女，家在蝦蟇陵㉜下住。十三學得琵琶成，名屬教坊㉝第一部。曲罷曾教善才伏，妝成每被秋娘㉞妒。五陵年少爭纏頭㉟，一曲紅綃不知數㊱。鈿頭雲篦擊節碎㊲，血色羅裙翻酒汙㊳。今年歡笑復明年，秋月春風等閒度。弟走從軍阿姨㊴死，暮去朝來顏色故㊵，門前冷落鞍馬稀，老大㊶嫁作商人婦。商人重利輕別離，前月浮梁㊷買茶去，去來江口守空船，繞船月明江水寒。夜深忽夢少年事，夢啼妝淚紅闌干㊸。我聞琵琶已歎息，又聞此語重唧唧㊹。同是天涯淪落人，相逢何必曾相識。我從去年辭帝京，謫居臥病潯陽城㊺。潯陽小處無音樂，終歲不聞絲竹聲。住近溢江地低溼，黃蘆苦竹㊻繞宅生。其間旦暮聞何物？杜鵑啼血㊼猿哀鳴。春江花朝秋月夜，往往取酒還獨傾。豈無山歌與村笛？嘔啞嘲哳難為聽㊽。今夜聞君琵琶語，如聽仙樂耳暫明。莫辭更坐彈一曲，為君翻作㊾琵琶行。感我此言良久立，卻坐促弦㊿弦轉急。淒淒不似向前聲，滿座重聞皆掩泣。座中泣下誰最多，江州司馬青衫溼(51)。

作者

白居易見初冊第三十九課〈唐詩八〉

題解

〈琵琶引〉選自《全唐詩》卷四百三十五，作於唐憲宗元和十一年（八一六）秋。據白居易自序云，作者於憲宗元和十年（八一五）被貶為九江郡（今江西九江）司馬。次年秋，送客於湓浦口。夜中偶逢琵琶女，從她的漂泊遭遇，想到自己仕途上的失意坎坷，遂寫成〈琵琶引〉。「同是天涯淪落人」句，是一篇之旨。

注釋

① 元和十年：元和，唐憲宗年號。元和十年，西元八一五年。

② 予左遷九江郡司馬：左遷，即降職。古代以右為尊，以左為卑，因此將貶官稱為左遷。九江郡，隋代郡名，唐天寶元年（七四二）改為潯陽郡，乾元元年（七五八）復改江州，州治在今江西九江。司馬，官名，州刺史的副職。古制，佐刺史掌管一州軍事，在唐代，實際已成為閑官。

③ 湓浦口：地名，在九江西。湓水入長江的地名，又稱湓口。湓 (漢) pén (國) ㄆㄣˊ (粵) pun^{4} 音盆。

④ 錚錚然有京都聲：錚錚然，形容聲音鏗鏘清脆。京都聲，謂京城長安一帶的聲調韻味。

⑤ 倡女：歌妓。

⑥ 善才：唐人對琵琶師的稱呼。

⑦ 委身為賈人婦：委身，委託終身。賈人，即商人。

⑧ 憫默：含愁不語。

⑨ 漂淪鷦顇：漂淪，飄泊衰落。鷦顇，同憔悴，指困苦瘦病。鷦顇㊉漢jiāo cuì㊉國ㄐㄧㄠ ㄘㄨㄟˋ㊉粵dziu^{1} sœy^{6} 音焦瑞。

⑩ 轉徙：輾轉遷徙。

⑪ 出官：由京城改做地方官。

⑫ 恬然：逍遙自在。

⑬ 斯人：此人，指倡女。

⑭ 六百一十二言：全詩實為六百一十六字，「二」當是傳寫之誤。

⑮ 潯陽江：在江西九江北。即流經潯陽境內的長江。潯㊉漢xún㊉國ㄒㄩㄣˊ㊉粵tsɐm^{4} 音尋。

⑯ 楓葉荻花秋索索：荻，蘆葦。秋索索，即索索秋聲。

⑰ 主人下馬客在船：此句意思是說主人下了馬，進入被送客人的船中。

⑱ 管弦：代指音樂。

⑲ 醉不成歡：醉了也沒有快樂的感覺。

⑳ 迴燈：把燈重新點上。

㉑ 掩抑：形容琴聲低沈。

㉒ 信手：隨手。

㉓ 輕攏慢撚抹復挑：輕輕地攏，慢慢地撚，又抹又挑，均彈琵琶之指法。

㉔ 初為霓裳後六幺：霓裳，即〈霓裳羽衣曲〉。詳見高冊第三十八課〈長恨歌〉注㉑。六幺，當時京城流行的曲子，本名〈錄要〉，後訛為〈綠腰〉、〈六幺〉。幺㊉漢yāo㊉國ㄧㄠ㊉粵yiu^{1} 音邀。

㉕ 大弦嘈嘈如急雨：大弦，指粗弦、低音弦。嘈嘈，形容渾厚粗重的弦響聲。嘈㊉漢cáo㊉國ㄘㄠˊ㊉粵tsou^{4} 音曹。

㉖ 小弦切切如私語：小弦，指細弦、高音弦。切切，形容既清又細的弦響聲。

㉗ 間關鶯語花底滑：間關，鳥鳴聲。滑，形容鶯聲宛轉。

㉘ 弦疑絕：言弦聲似有若無。

㉙ 銀缾乍破水漿迸：缾，瓶的異體字。水漿迸，水漿湧出。

㉚ 曲終收撥當心畫：撥，戴在手尖上的彈弦用具。畫，劃。曲子彈完，收撥子時從弦中間劃過。

㉛ 起斂容：收斂先前隨意所之，不經意的神態，轉為嚴肅神色。

㉜ 蝦蟇陵：蟇，同蟆。蝦蟇陵，即董仲舒墓，在長安東南曲江附近，當時那一帶是歌姬舞伎聚居之處。據載漢武帝到宜春苑去，每到此墓必下馬，時人便將其墓稱為下馬陵，後來漸漸訛為蝦蟇陵。蟆 ㊥ma㊀ㄇㄚˊ ㊝ma^{4} 音麻。

㉝ 教坊第一部：教坊，唐代掌管樂妓、教習歌舞的機構。第一部，即第一隊，是演奏隊的最優秀部分。

㉞ 秋娘：當時在長安負有盛名的歌女。這裏借指眾樂妓。

㉟ 五陵年少爭纏頭：五陵年少，指京都富豪人家的子弟。纏頭，本指觀者贈給歌舞妓的羅錦。爭纏頭，爭着送禮物。

㊱ 一曲紅綃不知數：一曲，指唱罷一曲。綃，用生絲織成的繒帛，常指輕紗、薄紗，或有紋飾的絲綢織物，詩中實指所贈送的貴重禮物。

㊲ 鈿頭雲篦擊節碎：鈿頭雲篦，兩頭鑲有花鈿的雲形髮篦，當是一種比較貴重的首飾。擊節，打拍子。全句是說用鈿頭雲篦打拍子，結果把鈿頭雲篦打碎了。篦 ㊥bì㊀ㄅㄧˋ㊝bei^{6} 或 bei^{1} 音避或悲。

㊳ 血色羅裙翻酒汙：汙，同污。此句是說五陵少年與歌妓之放情嬉戲，打翻了酒杯，把鮮紅的羅裙都弄髒了。

㊴ 阿姨：指與琵琶女一起生活的長輩。

㊵ 顏色故：故，舊、衰老。顏色故，指容顏變老。

㊶ 老大：指容顏老、年歲大。

㊷ 浮梁：縣名，今屬江西。

㊸ 夢啼妝淚紅闌干：闌干，縱橫的樣子。此句是說夢裏啼哭，淚水將臉上的脂粉沖下，使臉上淚痕縱橫交錯。

㊹ 唧唧：歎息聲。

㊺ 潯陽城：即江州郡治所，見注②。
㊻ 黃蘆苦竹：黃蘆指蘆葦。因其秋後葉變枯黃，故名。苦竹，又稱傘柄竹，笋味苦，不能吃。
㊼ 杜鵑啼血：形容杜鵑鳴聲淒切。
㊽ 嘔啞嘲哳難為聽：嘔啞嘲哳，形容聲音雜亂不雅。難為聽，難以入耳。哳 ㊈zhā ㊀ㄓㄚ ㊁dzat[8] 音札。
㊾ 為君翻作：為所彈之曲作詞。
㊿ 卻坐促弦：往後坐下撥弦。
(51) 江州司馬青衫溼：江州司馬，白居易自稱。青衫，唐五品以下的官穿青衫。

唐詩八

雁門太守行　李賀

黑雲壓城城欲摧①，甲光向日金鱗開②。角聲滿天秋色裏③，塞上燕脂凝夜紫④。半卷紅旗臨易水⑤，霜重鼓寒聲不起。報君黃金臺上意⑥，提攜玉龍⑦為君死。

金銅仙人辭漢歌并序　李賀

魏明帝青龍元年八月⑧，詔宮官牽車西取漢孝武捧露盤仙人，欲立置前殿。宮官既拆盤，仙人臨載，乃潸然⑨淚下，唐諸王孫李長吉，遂作金銅仙人辭漢歌。

茂陵劉郎秋風客⑩，夜聞馬嘶曉無跡⑪。畫欄桂樹懸秋香，三十六宮土花碧⑫。魏官牽車指千里⑬，東關酸風射眸子⑭。空將漢月⑮出宮門，憶君清淚如鉛水⑯。衰蘭送客咸陽道⑰，天若有情天亦老。攜盤獨出月荒涼，渭城⑱已遠波聲小。

作者

李賀，生於唐德宗貞元六年，卒於唐憲宗元和十一年（七九〇——八一六）。字長吉，福昌（今河南宜陽）人，唐宗室鄭王之後。天才橫溢，七歲能文，以〈高軒過〉一詩為韓愈和皇甫湜所賞識，但因避父晉肅諱，不得參加進士科考試，加以體弱多病，一生鬱鬱不得志，曾任協律郎，死時年僅二十七歲。

李賀是中唐大詩人，有「詩鬼」之稱。李賀文思高遠，尤長於樂府，善於從神話傳說取材，風格險僻幽奇，由於他性情孤獨，詩中每每流露出感傷的情調，詩人李商隱、杜牧等對他備極推崇。有元至元丁丑（一二七七）復古室刻本《李賀歌詩編》四卷，《外集》一卷傳世。

題解

本課收錄了李賀〈雁門太守行〉及〈金銅仙人辭漢歌〉，分別選自《全唐詩》卷三百九十及卷三百九十一。

〈雁門太守行〉是漢樂府舊題，六朝和唐人多有擬作。雁門，指古雁門郡，屬交兵之地。太守，一郡之長。行，即歌行。李賀襲用舊題，描寫了危城守將誓死報國的決心。詩的本事，一說是指唐憲宗元和四年（八〇九）代州刺史李進等平定成德軍王承宗叛亂一事，今難以確考。

〈金銅仙人辭漢歌〉約寫於作者辭去奉禮郎，離京赴洛之時。詩中借長安建章宮的金銅仙人於魏明帝景初元年（二三七）被拆移洛陽一事，抒發作者對世事滄桑、古今興亡的感慨。金銅仙人為漢武帝時所鑄，手托承露盤以儲露水，以水和玉屑飲服，藉求長生。魏明帝命宮官拆移銅人，遷至洛陽。後因銅人過重，留於灞壘。

注釋

①黑雲壓城城欲摧：黑雲，未必實指，當是詩人造境而隨心遣用。摧，毀壞。全句渲染敵軍兵臨城下的緊張氣氛。
②甲光向日金鱗開：向日，一本作向月。是說風雲變幻，忽露出日光照在鎧甲上，如金鱗般閃閃發光。
③角聲滿天秋色裏：全句指守軍在號角聲鼓舞下奮力反擊。
④塞上燕脂凝夜紫：燕脂，即胭脂，深紅色。凝夜紫，指在暮色中的紫色更濃。燕脂、夜紫均指凝結了的血漬。此句描寫雙方收兵後的戰場景象。
⑤易水：在今河北易縣境。
⑥報君黃金臺上意：黃金臺，故址在今河北易縣東南，相傳戰國時燕昭王築此臺以延攬天下之士。此句指報答君王知遇之恩。
⑦玉龍：指寶劍。
⑧魏明帝青龍元年八月：青龍元年，即西元二三三年。
⑨潸然：淚流的樣子。潸㊥shān㊟ㄕㄢ㊣san[1]音山。
⑩茂陵劉郎秋風客：茂陵，漢武帝的陵墓，在陝西興平。劉郎，漢武帝劉徹。秋風客，武帝作有〈秋風辭〉，故稱他為「秋風客」。
⑪夜聞馬嘶曉無迹：馬嘶，武帝坐騎的馬嘶聲。此句是想像武帝因銅人被拆遷，晚上顯靈的情景。
⑫三十六宮土花碧：三十六宮，指長安城的三十六所離宮別館。土花，青苔。連同上句，寫宮室荒蕪，物是人非的悲涼情景，寄託興亡之思。
⑬指千里：往千里之遙的洛陽進發。
⑭東關酸風射眸子：東關，東邊城門。酸風，催人酸鼻的風。眸子，本指瞳孔，這裏指眼睛。此句寫金銅仙人的

所見。眸(漢)móu(國)ㄇㄡˊ(粵)mau^{4}音謀。

⑮ 空將漢月：將，與、陪伴。只有天上的明月相隨。

⑯ 憶君清淚如鉛水：君，指漢武帝。鉛水，指銅人的眼淚。

⑰ 衰蘭送客咸陽道：衰蘭，衰謝的蘭草。此句指只有路旁衰敗的蘭花為銅人送行。

⑱ 渭城：漢改咸陽為渭城，在今陝西咸陽東的渭城。此處借指長安。

唐詩九

寄揚州韓綽判官　杜牧

青山隱隱①水迢迢②，秋盡江南草木凋③。二十四橋明月夜④，玉人⑤何處教吹簫。

錦瑟　李商隱

錦瑟無端五十絃⑥，一絃一柱思華年⑦。莊生曉夢迷蝴蝶⑧，望帝春心託杜鵑⑨。滄海月明珠有淚⑩，藍田日暖玉生煙⑪。此情可待成追憶，只是當時已惘然⑫。

無題

李商隱

相見時難別亦難，東風⑬無力百花殘。春蠶到死絲⑭方盡，蠟炬成灰淚始乾。曉鏡但愁雲鬢改⑮，夜吟應覺月光寒。蓬山⑯此去無多路，青鳥殷勤為探看⑰。

作者

杜牧、李商隱見初冊第四十四課〈唐詩十三〉

題解

本課收錄了杜牧的〈寄揚州韓綽判宮〉、李商隱的〈錦瑟〉及〈無題〉，分別選自《全唐詩》卷五百二十二及五百三十九。

〈寄揚州韓綽判官〉是杜牧離開揚州後，寄贈韓綽之作。詩中抒發了作者對舊日揚州和故友的思念之情。韓綽與杜牧都是淮南節度史幕中同僚，二人喜作狎邪遊，詩中但言揚州景物，不着人事，可見二人相得之處。

〈錦瑟〉主題有多種不同的解釋：一說錦瑟是令狐楚家婢女名；一說此詩是李商隱悼念亡妻王氏之作；也有說此詩是描寫音樂的詠物詩。而以此為作者晚年憶敘生平，自感遭際之辭，較合情理。

〈無題〉是李商隱十六首同名詩中膾炙人口之作。李商隱詩集中，一些不便標題和難於標題的詩，均以〈無題〉為名，大都含義隱晦。此詩的主題，有說是感遇之作，有說是為求人薦舉而寫，眾說紛紜。從詩意觀之，實為表白兩情堅固、至死不渝的情詩。

注釋

① 隱隱：隱約不明的樣子。

② 迢迢：遙遠。迢 漢tiáo 國ㄊㄧㄠˊ 粵tiu^4 音條。

③ 草木凋：一本作草未凋。

④ 二十四橋明月夜：二十四橋為古代名勝，在江都西門外。南宋人祝穆（生卒年不詳）《方輿勝覽》謂隋代已有二十四橋，並各以城門坊市為名。後宋韓令坤築州城，別立橋梁，所謂二十四橋或存或廢，遂難考查。

⑤ 玉人：指韓綽，一說指美人。

⑥ 東風：春風。

⑦ 絲：雙關語，隱相思之「思」，與下句「淚」字同。

⑧ 曉鏡但愁雲鬢改：曉鏡，早晨照鏡。雲鬢改，指秀髮由黑轉白。

⑨ 蓬山：一作蓬萊，即蓬萊山，傳說為海上三神山之一。詩中指相思人所在處。

⑩ 青鳥殷勤為探看：青鳥，神話中為西王母傳信的鳥，後以青鳥為信使的代稱，這裏指使者。看 漢kān 國ㄎㄢ 粵hɔn^1 音刊。

⑪ 錦瑟無端五十絃：錦瑟，繪紋似錦的古瑟。無端，無緣由。絃，弦的異體字。五十絃，古瑟有五十弦，此喻作者行年將近半百。

⑫ 一絃一柱思華年：柱，調整琴弦音調的支柱。華年，年華。連上句以錦瑟發端，追溯平生往事。

⑬ 莊生曉夢迷蝴蝶：此句用《莊子・齊物論》中莊周夢蝶的故事，泛指人生如夢，變幻莫測，也有以為專就作者與王氏的婚姻而言。

⑭ 望帝春心託杜鵑：承上句，用蜀王望帝魂化杜鵑的典故，抒寫內心的哀怨與悲痛。

⑮ 滄海月明珠有淚：此句化用晉人干寶《搜神記》中鮫人泣淚成珠的傳說。崖州又名珠崖郡，在今海南島瓊山，是濱海產珠之地。

⑯ 藍田日暖玉生煙：藍田，今陝西藍田，產良玉。玉生煙，用《搜神記》中紫玉化煙的故事，意謂可望而不可即。

⑰ 此情可待成追憶，只是當時已惘然：二句總括作者一生所遇，皆是失意之事，故不待今日追憶往事，即在當時已惘然自失了。

明詩一

易水歌

陳子龍

趙北燕南①之古道，水流湯湯沙皓皓②。送君迢遙西入秦③，天風蕭條吹白草④。車騎衣冠滿路旁，驪駒一唱心茫茫⑤。手持玉觴⑥不能飲，羽聲颯沓飛清霜⑦。白虹照天⑧光未滅，七尺屏風袖將絕⑨。督亢圖中不殺人⑩，咸陽殿上空流血⑪。可憐六合歸一家⑫，美人鐘鼓如雲霞⑬。慶卿成塵漸離死⑭，異日還逢博浪沙⑮。

別雲間

夏完淳

三年羈旅客⑯，今日又南冠⑰。無限河山淚，誰言天地寬⑱。已知泉路近⑲，欲別故鄉難。毅魄歸來日⑳，靈旗空際看㉑。

作者

陳子龍，生於明神宗萬曆三十六年，卒於清世祖順治四年（一六〇八——一六四七）。字人中，更字臥子，號軼符，又號大樽，松江華亭（今上海松江）人。明思宗崇禎十年（一六三七）進士，初任紹興推官，歷兵科給事中。北京被李自成所陷後，陳子龍率自練水師數千人赴南京，以原官仕南明福王。曾先後受唐王及魯王的官職，分別任左都御史及兵部尚書節制七省漕務。清世祖順治四年（一六四七）謀結松江提督吳勝兆舉兵抗清，事泄被捕，投水自盡。

陳子龍是明末著名文學家，有明詩殿軍之稱，長於詩、詞、賦及八股文。陳子龍與夏允彝等結幾社，與張溥的復社遙相應和，倡經世應用之學，有《皇明經世文編》等涉及農田水利的實用著作。陳子龍論詩承前後七子之旨，主張復古，編有《皇明詩選》。陳詩前期多華豔擬古之作，後期則寓救國感時於詩歌，風格變為雄渾悲壯，有《陳忠裕全集》傳世。

夏完淳，生於明思宗崇禎四年，卒於清世祖順治四年（一六三一——一六四七）。字存古，松江華亭（今上海松江）人，夏允彝之子。生而早慧，五歲通五經，九歲能詩文，十二歲博覽群籍，被稱為「江左少年」。先後隨父親、陳子龍及吳易起兵抗清，曾遙受唐王中書舍人職。順治四年（一六四七）謀結松江提督吳勝兆舉兵反清，事泄後被執至南京，不屈而死，年僅十七歲。

夏完淳是中國文學史上罕有的天才，擅詩詞而能文，所作〈大哀賦〉，朱彝尊謂可與庾信匹敵。有清嘉慶十四年（一八〇九）王昶、莊師洛輯松江刊本《夏節愍全集》行世。

題解

本課收錄了陳子龍〈易水歌〉及夏完淳〈別雲間〉兩首詩，分別選自《陳子龍詩集》卷十及《夏完淳集》卷四。

陳子龍〈易水歌〉，借軻入秦的故事，以寫左蘿石為明求成不遂，寄託感慨。左蘿石即左懋第。清兵入關後，朝議遣使通好，左蘿石請行，至北京被扣留，左與隨從俱因拒降而被害，故借軻事以哀悼之。詩末云：「異日還逢博浪沙」，言他日必有為明王朝復仇者，以此表達自己抗清的決心。

夏完淳的〈別雲間〉，是作者於清世祖順治四年（一六四七）被清廷捕獲後，解往南京前臨別松江時作。雲間，地名，今上海松江，是夏完淳的故鄉。這首詩感情真摯，對山河淪喪表示悲憤，對將別的故鄉流露出無限的依戀。「毅魄歸來日，靈旗空際看」充分表現出視死如歸、抗敵不屈的決心。

注釋

① 趙北燕南：戰國時期，燕國之南，趙國之北有易水，源出易縣，流入拒馬河。軻赴秦時，燕太子丹及賓客送之於易水之上。易水在今河北西部。

② 水流湯湯沙皓皓：湯湯，大水急流的樣子。皓皓，潔白，這裏用以形容沙之白。湯 漢shāng 國ㄕㄤ 粵sœŋ1 音商。皓 漢hào 或 gǎo 國ㄏㄠˋ 或 ㄍㄠˇ 粵hou6 音浩。

③ 送君迢遙西入秦：迢遙，遙遠。這句寫送軻遠行，西入秦國。迢 漢tiáo 國ㄊㄧㄠˊ 粵tiu4 音條。

④ 白草：草名，生長在中國西北地區。秋後，色變白。

⑤ 驪駒一唱心茫茫：驪駒，古代客人告別時唱的詩篇，後泛指送別之歌。茫茫，無頭緒，形容心緒淩亂。驪 漢lí 國ㄌㄧˊ 粵lei4 音離。

⑥ 玉觴：觴，酒器、酒杯。玉觴，形容酒器美而貴重的意思。觴 漢shāng 國ㄕㄤ 粵sœŋ1 音商。

⑦ 羽聲颯沓飛清霜：羽聲，音樂的五音（宮、商、角、徵、羽）之一，音高亢。颯沓，形容盛大的樣子。這句寫羽聲悲壯激越，振蕩清冷的晨霜。颯 漢sà 國ㄙㄚˋ 粵sap8 音圾。沓 漢tà 國ㄊㄚˋ 粵dap9 音踏。

⑧ 白虹照天：虹，彩虹。白虹，白色的虹，指出現異常的現象。這裏「白虹照天」即「白虹貫日」，是說軻刺秦

王，精誠感天，使天有異象。

⑨ 七尺屏風袖將絕：《燕丹子》敘荆軻左手把持秦王袖，右手握匕首刺其胸。秦王要求死前聽一曲琴曲，於是召人鼓琴，琴音表示：「羅縠單衣，可掣而絕。八尺屏風，可超而越。鹿盧之劍，可負而拔。」秦王負劍拔之，斷衣袖越風而走。這首詩作「七尺」，似誤。此事與《史記・刺客列傳》所載略有出入。

⑩ 督亢圖中不殺人：意思是藏在督亢（燕國地名）地圖中的那把匕首沒能刺中秦王。事見《史記・刺客列傳》。可參考初冊第七課。

⑪ 咸陽殿上空流血：咸陽殿，指秦王宮殿。空流血，指軻白白地流血犧牲。

⑫ 六合歸一家：六合，上下四方，即言天下。句指天下都歸於秦。

⑬ 美人鐘鼓如雲霞：如雲霞，極言其多。此指諸侯國的美人、鐘鼓，大都納入秦宮。

⑭ 慶卿成塵漸離死：慶卿（西元前？——前二二七），即荆軻。句謂荆軻化為塵土，高漸離舉筑（樂器）擊秦王，不中遇害。高漸離事見《史記・刺客列傳》。

⑮ 異日還逢博浪沙：秦滅韓，張良以全部家產求得力士為韓國報仇，擊秦王於博浪沙，誤中副車。句謂將來總還會出現博浪沙的復仇事件。

⑯ 三年羈旅客：意謂三年在外飄泊。作者自參加吳易軍抗清，至兵敗後流竄於湘、鄂之間合共三年。

⑰ 南冠：被囚禁之人。

⑱ 誰言天地：意思是說天地間竟無容身之處，此乃慨歎山河已盡歸清統治。

⑲ 已知泉路近：泉路，黃泉路，指死。此句顯示犧牲的決心。

⑳ 毅魄歸來日：毅魄，堅毅的魂魄。指抗清意志，雖死不改。

㉑ 靈旗空際看：靈旗，古代出兵征伐所用之旗。空際，空中。連同上句，謂我死後，堅毅的魂魄歸來時，會在空中看到後繼者率大軍驅逐清人，收復河山。看(漢)kān(國)ㄎㄢ(粵)hɔn^{1}音刊。

明詩二

圓圓曲

吳偉業

鼎湖當日棄人間①，破敵收京下玉關②。慟哭六軍俱縞素③，衝冠一怒為紅顏④。紅顏流落非吾戀⑤，逆賊天亡自荒讌⑥。電埽黃巾定黑山⑦，哭罷君親再相見⑧。相見初經田竇家⑨，侯門歌舞出如花⑩。許將戚里空侯伎⑪，等取將軍油壁車⑫。家本姑蘇浣花里⑬，圓圓小字嬌羅綺⑭。夢向夫差苑裏遊⑮，宮娥擁入君王起⑯。前身合是采蓮人⑰，門前一片橫塘水⑱。橫塘雙槳去如飛⑲，何處豪家強載歸⑳？此際豈知非薄命㉑，此時只有淚沾衣㉒。薰天意氣連宮掖㉓，明眸皓齒無人惜㉔。奪歸永巷閉良家㉕，教就新聲傾坐客㉖。坐客飛觴紅日暮㉗，一曲哀絃向誰訴㉘？白皙通侯最少年㉙，揀取花枝屢回顧㉚。早攜嬌鳥出樊籠㉛，待得銀河幾時渡㉜？恨殺軍書底死催㉝，苦留後約將人誤㉞。相約恩深相見難㉟，一朝蟻賊滿長安㊱。可憐思婦樓頭柳㊲，認作天邊粉絮看㊳。偏索綠珠圍內第㊴，強呼絳樹出雕闌㊵。若非壯士全師勝㊶，爭得蛾眉匹馬還㊷？蛾眉馬上傳呼進㊸，雲鬟不整驚魂定㊹。蠟炬迎來在戰場㊺，啼糚滿面殘紅印㊻。專征簫鼓向秦川㊼，金牛道上車千乘㊽。斜谷雲深起畫樓㊾，散關月落開糚鏡㊿。傳來消息滿江鄉㉛，烏桕紅經十度霜㉜。教曲妓師憐尚在㉝，浣紗女伴憶同行㉞。舊巢共是銜泥燕㉟，飛上枝頭變鳳皇㊱。長向尊前悲老大㊲，有人夫壻擅侯王㊳。當時秖受聲名累㊴，貴戚名豪競延致㊵。一斛珠連萬斛愁㊶，關山漂泊腰支細㊷。錯怨狂風颺落花㊸，無邊春色來天地㊹。嘗聞傾國與傾城㊺，翻使周郎受重名㊻。妻子豈應關大計㊼，英雄無奈是多情㊽。全家白骨成灰土㊾，一代紅照汗青㊿。君不見館娃初起鴛鴦宿㉛，越女如花看不足㉜。香逕塵生㉝鳥自啼，屧廊人去苔空綠⑭。換羽移宮萬里愁⑮，珠歌翠舞古梁州⑯。為君別唱吳宮曲⑰，漢水東南日夜流⑱！

作者

吳偉業，生於明神宗萬曆三十七年，卒於清聖祖康熙十年（一六〇九——一六七一）。字駿公，號梅村，太倉（今江蘇太倉）人。幼聰敏，工詩，善詞曲。明思宗崇禎四年（一六三一）進士，初任翰林院編修，歷任東宮講讀官、左庶子。北京城陷，仕南明福王於南京，任少詹事，因與馬士英、阮大鋮等權臣不合而辭官歸里。其後出仕清廷，先任秘書院侍講，後遷國子監祭酒。一年後即告退還鄉。

吳偉業是明末清初婁東詩派的代表，與陳子龍的雲間派及錢謙益的虞山派鼎足而三。吳氏身處明清易代之際，為詩取法於元稹和白居易，作品多反映現實，抒發個人感慨。其七言歌行音調鏗鏘，被稱為「梅村體」。有清宣統三年（一九一一）董氏誦芬室刻《梅村家藏稿》傳世。

題解

本篇選自《梅村詩集》卷七，詠陳圓圓與吳三桂之事。陳圓圓是明末蘇州名妓，初為周奎所得，後歸總兵吳三桂。李自成陷北京時，收圓圓於後宮。李使人去山海關向吳三桂招降。三桂初欲降李，及聞圓圓為李奪去，怒不可遏，因拔劍擊案，呼曰：「吾不殺此賊以還我圓圓者，非丈夫也。」於是與清人勾結，引軍入關，李自成敗亡，吳三桂復得陳圓圓。吳梅村以陳圓圓的故事，寫成此曲。

注釋

① 鼎湖當日棄人間：鼎湖，今河南靈寶南。傳說黃帝曾在山鑄鼎，鼎成後便乘龍升天而去，故名。句指明思宗之死。

② 破敵收京下玉關：破敵，言山海關一戰擊敗李自成。京，北京。下，離開。玉關，玉門關，在今敦煌西，詩中借指山海關。

③ 慟哭六軍俱縞素：慟哭，大哭。六軍，周代制度，天子六軍，諸侯按國家等級大小擁有三軍、二軍或一軍，這裏泛指軍隊。縞素，白色喪服。此指吳三桂回京師，為明思宗素服發喪。慟㊅tòng㊄ㄊㄨㄥˋ㊇$dung^6$音洞。縞㊅gǎo㊄ㄍㄠˇ㊇gou^2音稿。

④ 衝冠一怒為紅顏：衝冠，形容怒極。紅顏，喻美人，此指陳圓圓（一六二三——一六九五）。

⑤ 紅顏流落非吾戀：流落，指淪落，指陳圓圓落入李自成軍手中。戀，留戀。此用吳三桂語氣解釋，言反抗逆賊乃因其荒無道，罪惡貫盈，非為惜美人流落。

⑥ 逆賊天亡自荒讌：逆賊，指李自成（一六〇六——一六四五）。讌，同宴。意謂逆賊沈迷酒色，自討滅亡。

⑦ 電掃黃巾定黑山：電掃，形容掃蕩迅速。黃巾，指東漢末年，張角為首之黃巾軍。黑山，指東漢末年，張燕領導的黑山軍。這裏以黃巾及黑山借代李自成軍。意謂一舉擊潰了李自成的部隊。

⑧ 哭罷君親再相見：君，指明思宗。親，雙親。吳三桂降清後，其父吳襄，母祖氏，均被李自成軍所殺。再相見，指與陳圓圓重新團聚。

⑨ 相見初經田竇家：初經，猶言首次在。田竇，田蚡、竇嬰，二者皆為漢景帝時之外戚。此處指吳三桂在思宗周后之父周奎家初見陳圓圓。

⑩ 侯門歌舞出如花：侯門，指外戚，此指周奎家。如花，指陳圓圓。

⑪ 許將戚里空侯伎：許，許聘。將，當作「把」字解。戚里，指帝王外戚之居處。空侯，即箜篌，古樂器。伎，通妓，以歌舞悦人者，指陳圓圓。

⑫ 等取將軍油壁車：等取，等待。油壁車，古時女人所乘之小車，車壁以油塗飾花紋。言陳圓圓等待吳三桂來迎。

⑬ 家本姑蘇浣花里：姑蘇，蘇州的別名，因縣西南有姑蘇山（在今江蘇吳縣）。浣花里，在四川成都西南，有浣花溪，唐名妓薛濤居此，此泛指妓女之居所。

⑭ 圓圓小字嬌羅綺：小字，乳名，陳圓圓本名陳沅（一六二三——一六九五）。羅綺，泛指絲織品。此形容陳圓圓的嬌豔，名字清新悦耳。

⑮ 夢向夫差苑裏遊：夫差苑，指春秋時吳王夫差之宮。言圓圓曾夢想進入夫差宮苑遊玩。

⑯ 宮娥擁入君王起：宮娥，宮女。言圓圓夢想入宮時由宮女簇擁而入，並接受君王之寵愛。

⑰ 前身合是采蓮人：采，即採。采蓮人，指美女西施。這裏說陳圓圓的前生應是西施。

⑱ 門前一片橫塘水：橫塘，在今江蘇吳縣西南十里。言西施之住處，天然景色優美。

⑲ 橫塘雙槳去如飛：言西施與姊妹結伴在橫塘採蓮時，搖着雙槳來去如飛。

⑳ 何處豪家強載歸：豪家，指周奎。句謂周奎斥千金購買陳圓圓，強將載之北上。

㉑ 此際豈知非薄命：言圓圓如此際遇，怎知對她來說並非壞事。

㉒ 此時只有淚沾衣：說這時圓圓哭泣，淚濕衣裳。

㉓ 薰天意氣連宮掖：薰天意氣，洋洋得意之貌。宮掖，皇宮中的掖廷，供嬪妃居住的旁舍。言圓圓被周奎送入宮中，滿心喜悅。掖(漢)yì(國)ㄧˋ(粵)jik^9 音亦。

㉔ 明眸皓齒無人惜：明眸皓齒，明亮的眼睛，潔白的牙齒，形容女子之美貌。當時明思宗因寇賊之亂，無心酒色。言圓圓不被思宗欣賞、愛惜。

㉕ 奪歸永巷閉良家：奪歸，強使之歸。永巷，本謂宮中之長巷，後遂泛指宮掖。良家，指周奎家。言圓圓由內廷復歸周邸。

㉖ 教就新聲傾坐客：就，成。新聲，新曲。傾坐客，使坐上客為之傾倒。

㉗ 坐客飛觴紅日暮：觴，盛酒器。飛觴，舉杯暢飲。紅日暮，紅日西墜，謂宴飲至暮。觴(漢)shāng(國)ㄕㄤ(粵)$sœŋ^1$ 音商。

㉘ 一曲哀絃向誰訴：言圓圓借曲傳哀怨，不知向誰傾訴。

㉙ 白皙通侯最少年：皙，同。白皙，膚色白。通侯，爵位名，吳三桂當時封平西伯。最少年，吳三桂初見圓圓時三十二歲，此指三桂年青英俊。皙(漢)xī(國)ㄒㄧ(粵)sik^7 音色。

㉚ 揀取花枝屢回顧：花枝，喻圓圓。屢回顧，指三桂對圓圓之眷戀。

㉛ 早攜嬌鳥出樊籠：言圓圓希望三桂帶她離開周家。

㉜ 待得銀河幾時渡：銀河，用牛郎織女的故事。言周奎把圓圓送給吳三桂，但三桂急於往山海關主持軍務，不能立即成婚。

㉝ 恨殺軍書底死催：軍書，軍事文書。底死催，拼命催促。言崇禎帝曾多次催促吳三桂赴山海關鎮守，以抗清兵。

㉞ 苦留後約將人誤：後約，指將來相迎之誓約。將人誤，吳三桂走後，圓圓為李自成俘獲，二人不得相見。

㉟ 相約恩深相見難：言三桂與圓圓相思情切，但再見卻難。

㊱ 一朝蟻賊滿長安：蟻賊，賊兵如蟻羣之多。長安，國都之通稱，此指北京。

㊲ 可憐思婦樓頭柳：思婦，指圓圓。樓頭柳，李自成陷北京，在三月十九日，正值暮春柳色青青之時。

㊳ 認作天邊粉絮看：柳絮粉白，飄落天邊。暗示圓圓為劉宗敏所得，成為飄蕩天涯的粉絮。

㊴ 徧索綠珠圍內第：徧，同遍。徧索，到處求索。綠珠，晉石崇的愛妾，借指圓圓。內第，內宅。句指劉宗敏奪佔圓圓事。

㊵ 強呼絳樹出雕闌：絳樹，漢魏間名歌妓。雕闌，雕刻的欄杆。句指劉宗敏奪佔圓圓事。絳 漢jiàng 國ㄐㄧㄤˋ 粵gɔŋ3 音降。

㊶ 若非壯士全師勝：壯士，吳三桂（一六一二——一六七八）。全師，部隊完好，不受損失。

㊷ 爭得蛾眉匹馬還：爭得，怎得。蛾眉，借指陳圓圓。匹馬還，一匹馬馱還。指吳三桂擊敗李自成，奪回陳圓圓。

㊸ 蛾眉馬上傳呼進：指三桂部將於都城得圓圓，飛騎傳送。

㊹ 雲鬟不整驚魂定：雲鬟不整，言女人頭髮散亂。句謂圓圓重回三桂身邊，驚惶無措的心神才能安定。

㊺ 蠟炬迎來在戰場：謂吳三桂鳴簫擊鼓迎圓圓事。

㊻ 啼糚滿面殘紅印：，同妝。啼，漢代婦女的一種裝飾。指圓圓濃妝豔抹的臉上留着淚痕。

㊼ 專征簫鼓向秦川：簫鼓，軍中樂器。秦川，關中，今陝西、甘肅二省。時三桂封平西王，追擊李自成，由晉入秦。

㊽ 金牛道上車千乘：金牛道，蜀道南棧，今陝西沔縣而西，南至四川劍閣之大劍關口。自秦以後，由漢中入蜀

者，必取道於此。時三桂由關中入蜀，圓圓從行。

㊾ 斜谷雲深起畫樓：斜谷，今陝西終南山之谷口地。雲深，指半山腰。圓圓隨軍前進，在各處蓋豪華居所。

㊿ 散關月落開粧鏡：散關，一名大散關，在鳳翔與岐山西南五十二里，為秦、蜀往來要道。月落，指早晨。言圓圓在軍中生活情景。

51 傳來消息滿江鄉：江鄉，圓圓故鄉蘇州。謂圓圓的消息傳遍家鄉。

52 烏桕紅經十度霜：烏桕，黃櫨木之一種，秋日經霜，葉變紅色。言圓圓離鄉已逾十年。桕 漢jiù 國ㄐㄧㄡˋ 粵kau3 音扣或扣陽上聲。

53 教曲妓師憐尚在：言前教坊教曲的妓師現在仍活着。

54 浣紗女伴憶同行：浣紗女伴，指圓圓女友。同行，同伴。

55 舊巢共是銜泥燕：舊巢，喻故鄉。銜泥燕，喻平凡人。

56 飛上枝頭變鳳皇：皇，凰之古字。鳳皇，喻貴人。言圓圓本是平凡人，因三桂而成貴人。

57 長向尊前悲老大：尊，同樽，酒杯。言虛度光陰，一事無成。

58 有人夫壻擅侯王：擅，佔據。言吳三桂封平西王，而圓圓則為妃子。

59 當時秖受聲名累：言圓圓聲名大噪，為豪家看中。

60 貴戚名豪競延致：延致，延請招致。言貴戚豪門爭相招請。

61 一斛珠連萬斛愁：斛，古以十斗為斛。一斛珠連，一作一斛明珠，言身價聘禮之厚。萬斛愁，言圓圓離鄉轉徙之憂愁。斛 漢hú 國ㄏㄨˊ 粵huk9 音酷。

62 關山漂泊腰支細：腰支細，形容憔悴消瘦。言圓圓經歷險阻，到處漂泊，受盡艱辛。

63 錯怨狂風颺落花：颺，飛揚。指圓圓在戰亂中遭劫，如狂風中的落花。颺 漢yáng 國ㄧㄤˊ 粵joeng4 音羊。

64 無邊春色來天地：喻圓圓後來美好的生活。

65 傾國與傾城：語出《漢書・外戚傳》載李延年歌：「北方有佳人，絕世而獨立，一顧傾人城，再顧傾人國。」

後以此稱譽絕色美女。

⑥⑥ 翻使周郎受重名：周郎，三國周瑜（一八五——二五二）。傳說以為周郎為保妻而戰，竟成赤壁破曹之大功，留名千古。此喻三桂激於圓圓之事，轉以此而受重名。

⑥⑦ 妻子豈應關大計：言家室之好，豈關乎國家大事。

⑥⑧ 英雄無奈是多情：言吳三桂為戀圓圓卻留下對國家未能盡忠的大污點。

⑥⑨ 全家白骨成灰土：言吳三桂全家被誅滅，對父未能盡孝。

⑦⓪ 一代紅照汗青：言圓圓聲名，反而照耀於史冊。

⑦① 君不見館娃初起鴛鴦宿：館娃，吳王夫差為西施建的館娃宮，在今蘇州靈巖山上。初起，已蓋好。鴛鴦宿，形容夫差與西施刻不相離。

⑦② 越女如花看不足：越女，指西施。言吳王寵西施事。

⑦③ 香逕塵生：香逕，指採香徑，在江蘇吳縣西南之香山。塵生，言無人行走。

⑦④ 屧廊人去苔空綠：屧廊，是館娃宮之廊名，地板用梓木鋪成。西施常穿木底鞋在廊中行走，發出清脆悅耳之聲，故又名響屧廊。言此宮現今已變成青苔生長之地。屧 漢 xiè 國 ㄒㄧㄝˋ 粵 sit8 音屑。

⑦⑤ 換羽移宮萬里愁：宮商角徵羽是五音。換羽移宮，演奏音樂時變換曲調。此喻時代之轉變。

⑦⑥ 珠歌翠舞古梁州：珠歌翠舞，指裝飾著珠翠的圓圓，載歌載舞。古梁州，古代的梁州曲。梁州，在今甘南、陝南、川北一帶，在上古稱為梁州，為九州之一。當時吳三桂在這裏駐軍鎮守。

⑦⑦ 為君別唱吳宮曲：君，吳三桂。別唱，另唱。吳宮曲，吳國盛衰興亡的曲。

⑦⑧ 漢水東南日夜流：漢水，源出陝西寧羌北，東南流至湖北漢陽入長江。言日月易逝，富貴榮華，終如漢水般流逝。

唐詞

菩薩蠻　李白

平林漠漠煙如織①，寒山一帶傷心碧②。暝色③入高樓，有人④樓上愁。玉階空佇立⑤，宿鳥⑥歸飛急。何處是回程⑦，長亭接短亭⑧。

憶秦娥　李白

簫聲咽，秦娥夢橫秦樓月⑨。秦樓月，年年柳色，霸陵傷別⑩。樂遊原上清秋節⑪，咸陽古道音塵絕⑫。音塵絕，西風殘照⑬，漢家陵闕⑭。

作者

李白見初冊第三十五課〈唐詩四〉

題解

本課收錄〈菩薩蠻〉(平林漠漠煙如織)及〈憶秦娥〉(簫聲咽)二首唐詞，選自《唐五代詞》。此二詞不見於唐人載籍，北宋釋文瑩《湘山野錄》、南宋黃昇《唐宋諸賢絕妙詞選》均以為是李白之作。黃昇更謂二詞為「百代詞曲之祖」。

〈菩薩蠻〉本是唐玄宗時教坊曲名，後用為詞調。據釋文瑩云，此詞寫於鼎州(在今湖南常德)滄水驛樓，上片寫景，下片為思歸之言，當是懷人望返之作。

〈憶秦娥〉以調為題，內容寫秦穆公的女兒秦娥思念遠人，觸發了懷古傷今之情。又名「秦樓月」、「碧雲深」、「雙荷葉」。此詞借秦娥弄玉的故事，推想秦樓明月依舊，但人已隨風逝去，徒見興亡交替，世事變幻無常。

注釋

① 平林漠漠煙如織：平林，平地上之樹林。漠漠，迷濛、廣遠的樣子。煙如織，煙霧迷濛，交織成一片。

② 寒山一帶傷心碧：寒山，指冷落、寂靜的山。傷心碧，極言晚山之青，有如碧玉，此謂一片使人傷心的碧綠色。

③ 暝色：暮色。

④ 人：一指作者，一指遠離家鄉的遊子。

⑤ 玉階空佇立：玉階，白色石階，一本作玉梯，一本作欄杆。佇立，長時間站立。佇 (漢) zhù (國) ㄓㄨˋ (粵) tsy^5 音柱。

⑥ 宿鳥：歸飛就巢的鳥。

⑦ 回程：回鄉的路，一本作歸程。

⑧ 長亭接短亭：長亭、短亭，路邊供行人歇腳的亭子。此句是說回家的路程很遙遠。

⑨ 簫聲咽，秦娥夢橫秦樓月：咽，嗚咽，低沈悲愴的聲音。秦娥，秦國一名叫弄玉的女子，相傳她是秦穆公的女兒，嫁給仙人簫史。她善於吹簫，簫聲如鳳鳴，於是引來了鳳凰。兩句是說簫聲悲愴，秦娥從夢中驚醒，只見淒寒的月光照在樓頭。

⑩ 霸陵傷別：霸陵，即灞陵，在今陝西西安東面。漢文帝九年（西元前一七一）在此築灞陵，因以為名，相傳漢文帝於此送別王昭君。他死後即埋在這裏。附近有座灞橋，唐朝長安人士送客多到此，折柳相贈，以表惜別。傷別，因離別而傷心。

⑪ 樂遊原上清秋節：樂遊原，在長安城東南，地勢高敞，是登高遊覽的勝地。漢代時名樂遊苑，唐代時稱樂遊原，一名樂遊園。清秋節，即九月九日重陽節。

⑫ 咸陽古道音塵絕：咸陽，今屬陝西，曾是秦朝的京城。音塵絕，音信斷絕。

⑬ 殘照：夕陽的餘輝。

⑭ 漢家陵闕：漢家，指西漢，西漢建都長安。陵闕，皇帝的墳墓和墓地上的宮殿。

五代詞

菩薩蠻其一

韋莊

紅樓別夜堪惆悵①，香鐙半掩流蘇帳②。殘月③出門時，美人和淚辭④。琵琶金翠羽⑤，絃上黃鶯語⑥。勸我早歸家，綠窗人似花⑦。

菩薩蠻其二

韋莊

人人盡說江南好⑧，遊人只合江南老⑨。春水碧於天⑩，畫船⑪聽雨眠。壚邊人似月⑫，皓腕凝雙雪。未老莫還鄉，還鄉須斷腸⑬！

臨江仙

鹿虔扆

金鎖重門荒苑⑭靜，綺窗⑮愁對秋空。翠華⑯一去寂無蹤。玉樓歌吹⑰，聲斷已隨風。　煙月⑱不知人事改，夜闌還照深宮。藕花相向野塘中⑲。暗傷亡國，清露泣香紅。

鵲踏枝

馮延巳

誰道閑情拋擲久？每到春來，惆悵還依舊。舊日花前常病酒⑳，敢辭㉑鏡裏朱顏瘦。　河畔青蕪㉒堤上柳。為問新愁，何事㉓年年有？獨立小樓風滿袖，平林新月㉔人歸後。

鵲踏枝

馮延巳

庭院深深深幾許？楊柳堆煙，簾幕無重數。玉勒琱鞍遊冶處㉕，樓高不見章臺路㉖。　雨橫㉗風狂三月暮。門掩黃昏，無計留春住。淚眼問花花不語，亂紅㉘飛入秋千去。

作者

韋莊，生於唐文宗開成元年，卒於前蜀高祖武成三年（八三六——九一〇）。字端己，京兆杜陵（今陝西西安）人。韋應物的四世孫，幼孤家貧，勤敏過人。唐禧宗廣明元年（八八〇）曾應舉入長安，時值黃巢兵至，其後遨遊江南。唐昭宗乾寧元年（八九四）中進士，初任校書郎，其後入蜀依王建，任掌書記，唐亡，王建稱帝，官至吏部侍郎，兼平章事。前蜀開國的一切典章制度，都由他制定。

韋莊是五代著名詞人，與溫庭筠齊名，其詞字句清雋，有別於溫庭筠的濃豔。作品收入趙崇祚的《花間集》中，有《浣花集》。

鹿虔扆，生卒年不詳，五代後蜀人。登進士第，累官至學士，廣政間（九三八——九五〇）任永泰軍節度使，進太保。鹿虔扆與歐陽炯、韓琮、閻選及毛文錫號「五鬼」，俱以工詞奉後主，國亡後不仕。《花間集》收其詞共六首。

馮延巳，一名延嗣，生於唐昭宗天復三年，卒於宋太祖建隆元年（九〇三——九六〇）。字正中，廣陵（今江蘇揚州）人。多才藝，善辯說。南唐立國從，被烈宗李昪任為秘書郎，並從中主李璟在廬山築讀書堂。李璟即位後，歷任翰林學士、戶部侍郎，官拜中書侍郎、同平章事，因屢遭彈劾，改任太子太傅。

馮延巳是五代大詞人。其詞多寫男女的離情別恨，文辭清麗，含蓄委婉，晏殊、歐陽修等皆受其影響。《陽春集》收其詞近百闋。

題解

本課選錄了五代詞五首：韋莊〈菩薩蠻〉二首（「紅樓別夜堪惆悵」和「人人盡說江南好」）、鹿虔扆〈臨江仙〉（金鎖重門荒苑靜）及馮延巳〈鵲踏枝〉二首（「誰道閑情拋擲久」和「庭院深深深幾許」），韋莊和鹿虔扆的三首詞，版本據《花間集》；馮延巳詞二首，則據《陽春集》。

韋莊〈菩薩蠻〉詞共有五首，「紅樓別夜堪惆悵」是第一首，乃作者興念妻子之小詞。「人人盡説江南好」是第二首，詞中描寫了四川的風光和人物。結句有樂不思鄉之感。

〈臨江仙〉本是唐玄宗時教坊曲名，後用為詞調。宋黃昇《唐宋諸賢絕妙詞選》卷一、李洵〈巫山一段雲〉詞注：「〈臨江仙〉則言仙事。」五代詞人用此調為題，多由仙事轉入豔情及感傷。鹿虔扆的〈臨江仙〉（金鎖重門荒苑靜），是感傷亡國之作。此闋之妙，在於寫亡國之痛，借景物摹寫亡國後之悲痛，與南唐後主之「晚涼天淨月華開，想得玉樓瑤殿影，空照秦淮」，有異曲同工之妙。

〈鵲踏枝〉，唐玄宗時教坊曲名，後用作詞牌名，又名〈蝶戀花〉。馮延巳以〈鵲踏枝〉詞著稱，今傳十四首。〈鵲踏枝〉（誰道閑情拋擲久）是借事抒情之作，所敘者為春日病酒，所感者為新愁，然歸結到「獨立小樓」及「人歸後」兩句，可見「惆悵還依舊」和「新愁」「年年有」的事由何在。

〈鵲踏枝〉（庭院深深深幾許）為惜春之作，全篇意境深靜，結拍尤覺情景交融。

注釋

① 紅樓別夜堪惆悵：紅樓，指豪門富家住所。悵 ㊥chàng ㊕ㄔㄤˋ ㊚tsœŋ[3] 音唱。

② 香鐙半掩流蘇帳：鐙，同燈。香鐙，以香料製油點的燈。掩，一本作卷。流蘇，結彩下垂的帳飾。

③ 殘月：指黎明之時。

④ 和淚辭：流着淚相別。
⑤ 金翠羽：琵琶上的裝飾。
⑥ 絃上黃鶯語：絃，同弦。句謂琵琶弦上彈奏出如黃鶯鳴唱的美妙音樂。
⑦ 勸我早歸家，綠窗人似花：綠窗，綠紗窗。兩句是說臨別時，美人勸作者早日歸家，得以在窗前月下共歡顏。
⑧ 人人盡說江南好：盡說，一本作說盡。江南，指長江以南地區。
⑨ 遊人只合江南老：遊人，指客居江南的人。只合，只應。
⑩ 春水碧於天：於，一本作如。碧綠的春水勝過天色。
⑪ 畫船：雕漆得華美的船。
⑫ 壚邊人似月：壚，酒壚，酒家放酒罈子的地方。人，指賣酒的女子。壚 ㊅lú ㊂ㄌㄨˊ ㊉lou⁴ 音勞。
⑬ 還鄉須斷腸：須，會。斷腸，形容痛苦之極，這裏指天下喪亂，今日還鄉，目睹亂離，只會令人斷腸。
⑭ 金瑣重門荒苑靜：金瑣重門，雕鏤於宮門的圖飾，供帝王及貴族遊玩和打獵的風景園林。
⑮ 綺窗：飾有繪圖或鏤空花紋的窗子。
⑯ 翠華：用翠羽飾旗旌，此處代指皇帝。
⑰ 歌吹：宮中的歌舞演奏。吹 ㊅chuì ㊂ㄔㄨㄟˋ ㊉tsœy³ 音脆。
⑱ 煙月：當月色極好時，清光反似霧，所以稱煙月。
⑲ 藕花相向野塘中：藕花，荷花。相向，相對。野塘，郊野水塘。
⑳ 玉勒琱鞍遊冶處：琱，同雕。玉勒琱鞍，鑲玉的馬籠頭和雕飾的馬鞍，指華貴的車馬。遊冶處，指歌樓妓館。
㉑ 樓高不見章臺路：章臺路，漢朝長安有章臺街，是妓女聚居的地方，後來章臺路就成為妓女住所的代稱。這句指高樓上看不到情人走馬章臺的蹤影。
㉒ 雨橫：雨勢大而急。
㉓ 亂紅：紛墜的花瓣。

㉔ 病酒：醉酒。

㉕ 敢辭：即豈敢辭，有不惜、不顧之意。

㉖ 青蕪：青草。

㉗ 何事：為何。

㉘ 新月：陰曆每月初的月亮。

宋詞一

雨霖鈴

柳永

寒蟬淒切①。對長亭晚②，驟雨初歇③。都門帳飲無緒④，留戀處⑤、蘭舟⑥催發。執手相看淚眼，竟無語凝噎⑦。念去去、千里煙波⑧，暮靄沈沈楚天闊⑨。多情⑩自古傷離別。更那堪、冷落清秋節⑪。今宵酒醒何處？楊柳岸、曉風殘月⑫。此去經年，應是良辰、好景虛設⑬。便縱有、千種風情⑭，更與何人說？

八聲甘州

柳永

對瀟瀟⑮暮雨灑江天，一番洗⑯清秋。漸霜風淒慘⑰，關河⑱冷落，殘照當樓。是處紅衰翠減⑲，苒苒物華休⑳。惟有長江水，無語東流㉑。不忍登高臨遠，望故鄉渺邈，歸思難收㉒。歎年來蹤迹，何事苦淹留㉓！想佳人、妝樓顒望㉔，誤幾回、天際識歸舟㉕。爭㉖知我、倚闌干處，正恁凝愁㉗？

一叢花令

張先

傷高懷遠幾時窮？無物似情濃！離愁正引千絲亂㉘，更東陌、飛絮濛濛㉙。嘶騎㉚漸遙，征塵不斷，何處認郎蹤？雙鴛池沼水溶溶㉛。南北小橈通。梯橫畫閣黃昏後，又還是、斜月簾櫳㉜。沈恨細思，不如桃杏，猶解嫁東風！

天仙子

張先

水調㉝數聲持酒聽。午醉醒來愁未醒。送春春去幾時回？臨晚鏡，傷流景㉞。往事後期空記省㉟！ 沙上並禽池上暝㊱。雲破月來花弄影㊲。重重簾幕密遮燈，風不定。人初靜。明日落紅㊳應滿徑。

作者

柳永，生卒年不詳，約生活於宋太宗雍熙四年至宋仁宗皇祐五年（九八七？——一〇五三？）間。字耆卿。原名三變，崇安（今福建崇安）人。屢試不中，長期與樂工歌女交往，過其「偎紅倚翠」風流自賞的生活。仁宗景祐元年（一〇三四）進士，任官睦州團練使推官，官至屯田員外郎，世稱柳屯田。晚景落魄，死後家無餘財，由歌妓合資殮葬。

柳永是北宋著名詞人，精音律之餘，曉通俗文藝，創作了很多慢詞長調。柳詞題材廣泛，而以抒寫羈旅行役和男女愛情的作品為人所稱賞，那些詠讚山河壯麗、描寫都市風光的作品也受到推崇。柳詞廣受歡迎，當時有「凡有井水飲處，即能歌柳詞」的讚語。傳世有《樂章集》。

張先，生於宋太宗淳化元年（九九〇——一〇七八）。字子野，潮州烏程（今浙江吳興）人。宋仁宗天聖八年（一〇三〇）進士，初為宿州掾，歷任吳江令、嘉禾判官，永興軍通判，渝州知州，官至都官郎中。晚年居杭州，過着優悠的生活。

張先是北宋名詞人，與柳永齊名，他擅長小令，也能為長調。宋詞到了張先，已漸入於長調，張詞多鋪敘、善雕琢，對宋初詞風的轉變，影響深遠。有《張子野詞》。

題解

本課收錄了宋詞四首，分別是柳永的〈雨霖鈴〉（寒蟬淒切）、〈八聲甘州〉（對瀟瀟暮雨灑江天）及張先的〈一叢花令〉（傷高懷遠幾時窮）、〈天仙子〉（水調數聲持酒聽），皆取自《全宋詞》。

〈雨霖鈴〉，一作〈雨淋鈴〉，唐玄宗時教坊大曲名，後用為詞調。〈雨霖鈴〉是柳永的代表作，寫作者離汴京南去，與戀人話別的離愁別緒。此詞全用賦體，鋪敘離情別恨。前半闋寫別時情景，至「念去去」數句突然留住，為後半闋寫別後之情作鋪墊。言情寫景，一層深於一層。結拍用反問收束，尤得有餘不盡之意。

〈八聲甘州〉，一名〈甘州〉，也是唐玄宗時教坊大曲名，來自西域。曲譜為西涼人所創，後人據以填詞，遂演為詞調。此調前後段共八韻，故又名〈八聲甘州〉。柳永此詞以第一人稱寫作，前片寫景，皆眼前事物；過拍「惟有長江水，無語東流」，融入感情，可見羈留之無奈。然寫景逼真之外，氣象特大，堪與太白「西風殘照，漢家陵闕」一意匹敵。換頭「不忍登高臨遠」三句，乃一篇主旨所在。「歎年來蹤迹，何事苦淹留」二句倒戟而入，為勾勒留滯苦況而設。「想佳人」二句與「爭知我」一結，兩兩對言，愈見相思之情，深厚真摯，已達海枯石爛之極境。

〈一叢花令〉又名〈一叢花〉，詞調最早見於張先的作品。這是一首閨怨詞，作者以代言體描寫女子思念情人的愁思。上片寫情人愁思，融情入景；下片借景傷懷，進一步追憶舊情，突出女子獨守閨閣的寂寞和惆悵。

〈天仙子〉，唐玄宗時教坊曲名，後用為詞調。唐五代人多用此調詠天仙、仙子（借指女道士），也有用來寫仙郎的，都是以調為題。張先此詞，約作於宋仁宗慶曆元年（一〇四一），自注云：「時為嘉禾小倅，以病眠不赴府會。」嘉禾，古郡名，今浙江嘉興市。小倅，指嘉禾判官，張先這時任此官職。此詞寫惜春之懷。「臨晚鏡，傷流景，往事後期空記省」是一篇之主旨。其餘寫景敘情，盡為此事而設。「雲破月來花弄影」是篇中名句。

注釋

① 寒蟬淒切：寒蟬，秋天的蟬。淒切，淒婉急促，形容秋蟬哀鳴之聲。

② 對長亭晚：長亭，古代大路邊供人歇腳的亭舍，往往是古人送別的地方。古制十里一長亭，五里一短亭。晚，傍晚。

③ 驟雨初歇：驟雨，陣雨。初歇，剛停下來。此句寫陣雨已停，加之天色已晚，該到分手的時候了。

④ 都門帳飲無緒：都門，京城，這裏指汴京（今河南開封）近郊。帳飲，在帳中飲酒。古人送別常在郊野帳帷宴飲，故別筵稱帳飲。無緒，心緒不佳。

⑤ 留戀處：正在戀戀不捨的時候。

⑥ 蘭舟：用木蘭造成的船，後世以蘭舟為船的美稱。

⑦ 凝噎：哽咽。噎 漢yē 國ㄧㄝ 粵jit^{8} 音咽。

⑧ 念去去、千里煙波：去去，一程又一程地向前行進。煙波，霧氣籠罩的水面。

⑨ 暮靄沈沈楚天闊：暮靄，傍晚的雲氣。沈沈，濃重的樣子。楚天，泛指南方的天空。

⑩ 多情：指多情的人。

⑪ 清秋節：節，時節。此謂冷落淒涼的秋天。

⑫ 今宵酒醒何處，楊柳岸、曉風殘月：此句是設想次日清晨的情景。

⑬ 應是良辰、好景虛設：此句是推想之辭。句謂思念的人不在身旁，良辰美景也形同虛設。

⑭ 便縱有、千種風情：便縱，即便、縱使。風情，男女間之情意。

⑮ 瀟瀟：雨勢急驟的樣子。

⑯ 洗：洗滌。這裏有改變的意思。

⑰ 淒慘：一本作淒緊。

⑱ 關河：關塞與山河。

⑲ 是處紅衰翠減：是，有「凡」的意思。是處，到處。紅衰翠減，指花葉凋零。

⑳ 苒苒物華休：苒苒，同冉冉，指漸漸地、緩慢地。物華，泛指景物。休，指衰敗。苒 漢rǎn 國ㄖㄢˇ 粵jim^{5} 音染。

㉑ 惟有長江水，無語東流：此句指江水東流不受季節影響。作者藉此襯托其他事物的變化。
㉒ 歸思難收：歸思，回家的心情。收，收斂、停止。
㉓ 何事苦淹留：何事，因何、為甚麼。淹留，久留，指久留他鄉。
㉔ 顒望：顒，向慕、仰望。此謂殷切地盼望。顒漢yóng國ㄩㄥˊ粵jung4音容。
㉕ 誤幾回、天際識歸舟：此句指多少次誤把遠處開來的船當作愛人的歸舟。
㉖ 爭：怎。
㉗ 正恁凝愁：恁，這樣。凝愁，凝結難釋的愁苦。恁漢rèn國ㄖㄣˋ粵jem6音任。
㉘ 離愁正引千絲亂：離別的愁緒觸動千絲萬縷般凌亂的心情。
㉙ 更東陌、飛絮濛濛：陌，田間小路。飛絮濛濛，形容楊花柳絮亂飛，如紛紛細雨。
㉚ 嘶騎：騎，此處是名詞，有人乘坐的馬。嘶騎，嘶叫的馬。
㉛ 溶溶：水緩緩流動的樣子。
㉜ 簾櫳：簾，窗簾。櫳，窗櫺。櫳漢lóng國ㄌㄨㄥˊ粵lung4音龍。
㉝ 水調：詞曲調名，相傳為隋煬帝所製。唐人演為大曲，宋人取其〈中序〉第一章〈歌頭〉為詞牌，稱為〈水調歌頭〉。
㉞ 流景：逝去如流水的時光。
㉟ 記省：記憶。
㊱ 沙上並禽池上暝：並禽，雙飛雙棲的鳥，這裏指鴛鴦類的水鳥。暝，天黑。
㊲ 花弄影：花草因風吹而搖動，地上之影也隨之而動。
㊳ 落紅：落花。

宋詞二

浣溪沙　晏殊

一曲新詞酒一盃。去年天氣舊亭臺。夕陽西下幾時迴？　無可奈何花落去，似曾相識燕歸來！小園香徑①獨徘徊。

鵲踏枝　晏殊

檻菊愁煙蘭泣露②。羅幕③輕寒，燕子雙飛去。明月不諳④離恨苦，斜光到曉穿朱戶⑤。　昨夜西風凋碧樹⑥。獨上高樓，望盡天涯⑦路。欲寄彩箋兼尺素⑧，山長水闊知何處。

玉樓春

歐陽修

尊前⑨擬把歸期說，未語春容先慘咽。人生自是有情癡，此恨不關風與月。離歌且莫翻新闋⑩，一曲能教腸寸結⑪。直須看盡洛城花⑫，始共春風容易別！

臨江仙

晏幾道

夢後樓臺高鎖，酒醒簾幕低垂⑬。去年春恨卻⑭來時。落花人獨立，微雨燕雙飛⑮。記得小蘋⑯初見，兩重心字羅衣⑰。琵琶絃上說相思⑱。當時明月在，曾照彩雲歸⑲。

鷓鴣天

晏幾道

彩袖殷勤捧玉鍾⑳。當年拚卻醉顏紅㉑。舞低楊柳樓心月，歌盡桃花扇影風㉒。從別後，憶相逢。幾回魂夢與君同㉓。今宵賸把銀釭照，猶恐相逢是夢中㉔！

作者

晏殊，生於宋太宗淳化二年，卒於宋仁宗致和二年（九九一——一〇五五）。字同叔，臨川（今江西撫州）人。刻若力學，七歲能文。宋真宗景德二年（一〇〇五）以神童召試，賜同進士出身。初任秘書省正字，歷任右諫議大夫兼侍讀學士、參知政事，加尚書左丞、同平章事兼樞密使、禮部、刑部尚書、觀文殿大學士知永興軍。死後謚元獻，人稱晏元獻。

晏殊以達官重臣而兼詞人，聲名藉甚。他的詩詞風格與馮延巳相近，多寫宴遊及閑情逸致。他善於運用清新的筆姿，抒寫動人的形象。有《珠玉詞》一卷。

歐陽修見初冊第十五課〈賣油翁〉。

晏幾道，生卒年不詳，約生活於宋仁宗天聖八年至宋徽宗崇寧五年（一〇三〇？——一一〇六？）間。字叔原，號小山，臨川（今江西撫州）人，晏殊的第七子，世稱小晏。性格孤傲，仕途不得志，曾任潁昌許田鎮的監官。

晏幾道與父齊名，號稱「二晏」，詞風接近南唐。晏幾道詞工於言情，措詞婉妙，由於一生窮愁落魄，故多感傷失意之詞。有《小山詞》。

題解

本課收錄了宋詞五首：晏殊〈浣溪沙〉（一曲新詞酒一杯）、〈蝶戀花〉（檻菊愁煙蘭泣露）、歐陽修〈玉樓春〉（尊前擬把歸期說）、晏幾道〈臨江仙〉（夢後樓臺高鎖）和〈鷓鴣天〉（彩袖殷勤捧玉鍾），均選自《全宋詞》。

〈浣溪沙〉，唐玄宗時教坊曲名，後用為詞調名。沙，一作紗。此詞寫暮春傍晚，酒後獨步園中的心境。上片寫懷舊，下片寫惜春，詞中無一字哀怨，而惆悵之情，則隱寓其中。

〈鵲踏枝〉即〈蝶戀花〉，宋人詞調，少用〈鵲踏枝〉為調名。反之，〈蝶戀花〉已成詞調之定稱。晏殊此詞上片借「菊愁煙」、「蘭泣露」和「燕子雙飛」等景物點染秋晨景致，帶出閨中人不眠之苦。下片先追述昨夜碧樹凋落，繼寫懷人待歸之情。

〈玉樓春〉一名〈木蘭花令〉，為詞調之一種，用於酒筵歌席，為行令的歌曲。此詞是歐陽修於宋仁宗景祐三年（一〇三六）時作。是年三月，歐陽修任滿西京留守推官，臨行作有〈玉樓春〉詞多首。此詞當寫於離筵上，表示對京城的惜別，於委婉的抒情中表達了人生哲理。本詞的風格，於豪放中見沈著。

〈臨江仙〉是唐玄宗時的教坊曲名，後用為詞調，屬於令詞。晏幾道填此以懷念歌女小蘋。上片先寫酒醒夢覺的淒寂，繼寫別恨，落花二句，雖全襲前人詩句，而移用甚為妥貼，更能顯出作者所處情景。下片懷人，情景歷歷在目，全面照應，功力深厚，非常人能及！

〈鷓鴣天〉，唐、五代詞中無此調，首見於北宋宋祁之作，至晏殊、晏幾道時用此調漸多。此詞上片追憶歡樂的往事，下片寫意外重逢的喜悅。全詞結構嚴謹，為小令賦懷絕妙之作。

注釋

① 香徑：散發著花香的小路。

② 檻菊愁煙蘭泣露：檻，欄杆，這裏指花園中的欄杆。愁煙，是說菊花籠罩在霧中，彷彿在發愁。泣露，蘭草沾滿了露水，好像在哭泣。檻（漢）jiàn（國）ㄐㄧㄢˋ（粵）lam^{6} 音艦。

③ 羅幕：絲織的簾幕。

④ 諳：熟悉、懂得。諳（漢）ān（國）ㄢ（粵）em^{1} 音庵。

⑤ 朱戶：朱漆的門戶，指富貴人家。

⑥ 凋碧樹：使綠樹的葉子枯落。

⑦ 天涯：天邊。這裏形容很遙遠。

⑧ 欲寄彩箋兼尺素：彩箋，書信的美稱。尺素，書信的代稱，與彩箋同義，重複是為了加重語意。

⑨ 尊前：尊，通樽。酒杯前，即宴席上。

⑩ 新闋：新曲。

⑪ 腸寸結：形容傷心已極。

⑫ 洛城花：洛陽牡丹花。明王象晉《群芳譜》：「唐宋時，洛陽花冠天下，故牡丹竟名洛陽花。」

⑬ 夢後樓臺高鎖，酒醒簾幕低垂：樓臺高鎖、簾幕低垂，是說人去樓空，所愛的人已不在了。二句寫夢覺酒醒後的孤寂之感。

⑭ 卻：再、又。

⑮ 落花人獨立，微雨燕雙飛：語出五代翁宏〈春殘〉：「又是春殘也，如何出翠幃？落花人獨立，微雨燕雙飛。」此襲用後二句，寫對離情的追述。

⑯ 小蘋：歌女名。

⑰ 心字羅衣：小蘋所穿羅衣，上面繡有心字花紋。

⑱ 琵琶絃上說相思：絃，即弦。從琵琶弦上彈奏的樂音中表達彼此愛慕之情。

⑲ 當時明月在，曾照彩雲歸：彩雲，喻小蘋。句謂當時照着小蘋歸去的明月還在。言外之意感歎當時被照的人不能再見了，有物是人非之感。

⑳ 彩袖殷勤捧玉鍾：彩袖，彩衣，代指歌女。玉鍾，酒杯的美稱。此句說穿着彩衣的歌女捧着玉杯勸酒。

㉑ 當年拚卻醉顏紅：拚卻，捨得、不顧惜。句意說想當年我不惜喝得爛醉，滿面彤紅。拚（漢）pàn（國）ㄆㄢˋ（粵）pun^3或pun^2音判或判，高上聲。

㉒ 舞低楊柳樓心月，歌盡桃花扇影風：舞低楊柳，月亮本掛在柳梢，此指歌舞至月低沈時。桃花扇，歌女起舞時揮動的扇子。扇影風，一作扇底風。二句形容徹夜歌舞的狂歡情景。

㉓ 幾回魂夢與君同：同，會同、在一起。謂多少回夢中和你歡聚。

㉔ 今宵賸把銀釭照，猶恐相逢是夢中：賸，剩的異體字。賸把，儘把。銀釭，銀燈。二句化用杜甫〈羌村〉：「夜闌更秉燭，相對如夢寐。」釭 ㊅gāng ㊄ㄍㄤ ㊈gɔŋ¹ 音江。

宋詞三

水龍吟　次韻章質夫楊花詞①

蘇軾

似花還似非花，也無人惜從教墜②。拋家傍路，思量卻是，無情有思③。縈損柔腸④，困酣嬌眼，欲開還閉。夢隨風萬里，尋郎去處，又還被、鶯呼起⑤。不恨此花飛盡，恨西園、落紅難綴⑥！曉來雨過，遺蹤何在？一池萍碎⑦。春色三分：二分塵土，一分流水⑧。細看來不是楊花，點點是，離人⑨淚。

永遇樂并序

蘇軾

夜宿燕子樓，夢盼盼，因作此詞。

明月如霜⑩，好風如水⑪，清景無限。曲港⑫跳魚，圓荷瀉露，寂寞無人見。紞如三鼓⑬，鏗然一葉⑭，黯黯⑮夢雲驚斷。夜茫茫，重尋無處，覺來小園行偏⑯。　天涯倦客⑰，山中歸路，望斷故園心眼。燕子樓空，佳人何在？空鎖樓中燕⑱！古今如夢，何曾夢覺？但有舊歡新怨⑲。異時對、黃樓⑳夜景，為余浩歎！

作者

蘇軾見初冊第十九課〈日喻〉

題解

本課收錄了蘇軾的〈水龍吟〉（似花還似非花）及〈永遇樂〉（明月如霜），均選自《全宋詞》。〈水龍吟〉詞調，首見於柳永的詠梅之作，其次就是章質夫、蘇軾的唱和詞。章楶，字質夫，浦城（今福建浦城）人。當時與蘇軾同官京師。章質夫詠楊花的〈水龍吟〉為當時名作，蘇軾依照章詞的原韻和了此詞，所以叫次韻。

此詞作於宋哲宗元祐二年（一〇八七），蘇軾時任翰林學士。此篇雖是和章楶之作，但不受原作拘束，另闢蹊徑，自出新意。詞以詠楊花為題，卻將詠物和寫人巧妙地連接起來，如幻如真，既詠物之本性，亦賦人之情態，頗得離合虛實之妙。

〈永遇樂〉（明月如霜）是蘇軾於宋神宗元豐元年（一〇七八）知徐州時作。作者自注云：「彭城夜宿燕子樓，夢盼盼，因作此詞。」彭城，今江蘇徐州市。燕子樓，據說是唐代張建封為歌妓關盼盼所築。張死，盼盼守樓十餘年不嫁，民間傳為美談。此詞上片鋪寫燕子樓小園夜景；下片即景抒懷，從今人見燕子樓而思盼盼，想到後人見黃樓而憑弔自己，不免有「感慨繫之」之意。

注釋

① 次韻章質夫楊花詞：次韻，和韻，依舊作聲韻填詞。章質夫，章楶，字質夫，蒲城（今福建浦城縣）人，宋英

宗治平四年（一〇六七）進士，官至同知樞密院事，資政殿學士。

② 似花還似非花，也無人惜從教墜：花，指柳絮，即柳樹種子生的白色柔毛，又名楊花，所以說它似花，又不似花。從教，任憑。墜，飄落。教 漢jiāo 國ㄐㄧㄠ 粵gau^{1} 音交。

③ 拋家傍路，思量卻是，無情有思：楊花離開枝頭，落在路旁，看似無情，卻自有它的愁思。

④ 縈損柔腸：縈，指愁思縈繞。柔腸，喻楊柳柔細的枝條。此指思怨之情愁壞了腸肚。縈 漢yíng 國ㄧㄥˊ 粵jiŋ^{4} 音營。

⑤ 夢隨風萬里，尋郎去處，又還被、鶯呼起：寫女子夢中萬里尋覓情人。

⑥ 落紅難綴：綴，連綴。此謂難將落花再連綴到枝頭上，指春事衰殘。

⑦ 萍碎：作者自注：「楊花落水為浮萍，驗之信然。」萍碎，指一大片浮在水面上的萍，被清晨一陣雨打成碎塊。

⑧ 春色三分，二分塵土，一分流水：春色，這裏指楊花。楊花落下，分成三分：二分委於塵土，一分隨流水而去。

⑨ 離人：指思婦。

⑩ 明月如霜：言月光明亮。

⑪ 好風如水：好風清涼如水。

⑫ 曲港：指燕子樓下面曲折的港灣。

⑬ 紞如三鼓：紞，形容鼓聲。句指三更鼓敲響了。紞 漢dǎn 國ㄉㄢˇ 粵dam^{2} 音膽。

⑭ 鏗然一葉：鏗然，形容金石、琴瑟之聲。極言境界清寂，一片樹葉落地都會覺得鏗然而響。鏗 漢kēng 國ㄎㄥ 粵haŋ^{1} 音亨。

⑮ 黯黯：恍惚不清之貌。

⑯ 夜茫茫，重尋無處，覺來小園行徧：覺來，醒來。三句寫醒後只有茫茫夜色，只好在小園尋覓夢中的景致。

⑰ 天涯倦客：指作者。言厭倦宦游生活。

⑱ 燕子樓空，佳人何在，空鎖樓中燕：三句言人去樓空，古今盛衰的感慨。

⑲ 古今如夢，何曾夢覺，但有舊歡新怨：三句言古往今來，原是一場夢。世人今人只有悲歡離合之情，卻無夢醒之時。

⑳ 黃樓：在銅山東門城樓，蘇軾知徐州時所建。

宋詞四

鵲橋仙　秦觀

纖雲弄巧①，飛星傳恨②，銀漢迢迢暗度③。金風玉露一相逢④，便勝卻人間無數！柔情似水，佳期如夢⑤，忍顧鵲橋歸路⑥。兩情若是久長時，又豈在朝朝暮暮⑦？

踏莎行　秦觀

霧失樓臺⑧，月迷津渡⑨。桃源望斷無尋處⑩。可堪孤館閉春寒⑪，杜鵑⑫聲裏斜陽暮。驛寄梅花⑬，魚傳尺素⑭。砌⑮成此恨無重數。郴江幸自繞郴山，為誰流下瀟湘去⑯。

滿庭芳　　秦觀

山抹微雲，天連衰草⑰，畫角聲斷譙門⑱。暫停征棹⑲，聊共引離尊⑳。多少蓬萊舊事㉑，空回首、煙靄㉒紛紛。斜陽外，寒鴉萬點，流水繞孤村㉓。　銷魂㉔：當此際，香囊㉕暗解，羅帶輕分㉖。謾贏得、青樓薄倖名存㉗。此去何時見也？襟袖上、空惹啼痕！傷情處，高城望斷，燈火已黃昏㉘。

青玉案 橫塘路　賀鑄

淩波不過橫塘路㉙。但目送、芳塵㉚去。錦瑟華年㉛誰與度？月橋花院㉜，瑣窗㉝朱戶，只有春知處。　飛雲冉冉蘅皋暮㉞。彩筆㉟新題斷腸句。若問閒情都幾許㊱？一川煙草，滿城風絮，梅子黃時雨㊲。

作者

秦觀，生於宋仁宗皇祐元年，卒於宋哲宗元符三年（一〇四九——一一〇〇）。字少游，一字太虛，號淮海居士，揚州高郵（今江蘇高郵）人。少有文名，好讀兵家書。早年舉進士不中，得蘇軾勉勵，於宋神宗元豐八年（一〇八五）舉進士。初任定海主簿，歷任太學博士、秘書省正字兼國史院編修官。其後遭王安石之新黨排斥，貶為杭州通判，歷貶郴州、雷州等地。至徽宗即位才放還，至藤州而卒。

秦觀是北宋婉約詞派大家，為蘇門四學士之一。詞風秀麗，音律諧美，有情韻兼勝之妙，廣受時人稱譽。有《淮海詞》。

賀鑄，生於宋仁宗皇祐四年，卒於宋徽宗宣和七年（一〇五二——一一二五）。字方回，祖籍山陰（今浙江紹興），生長於衛州（今河南汲縣）。孝惠皇后的族孫，娶宗室趙克彰之女。為人豪俠尚義，喜論世事，渴望建功立業。初任武職，後任文官，宋哲宗元祐期間（一〇八六——一〇九三）為泗州（在今安徽泗縣）通判。五十八歲以承議郎致仕，退居蘇州，自號慶湖遺老。

賀鑄博學多才，尤工填詞，善於鎔鑄前人名句，其詞風格多變，兼具婉約、豪放兩派之長，並善將前人名句，脫胎換骨，納入新詞。有《慶湖遺老集》及《東山詞》傳世。

題解

秦觀〈踏莎行〉（霧失樓臺）、〈鵲橋仙〉（纖雲弄巧）、〈滿庭芳〉（山抹微雲）及賀鑄〈橫塘路〉（凌波不過橫塘路），均選自《全宋詞》。

〈踏莎行〉詞調，唐、五代詞不載，始見於北宋寇準及晏殊的作品。秦觀此詞小題為「郴州旅舍」，當作於宋哲宗紹聖四年（一〇九七）春天被貶郴州（今湖南郴縣）時。作者以比興手法抒寫失意的心境。

〈鵲橋仙〉原是詠牛郎、織女的愛情故事而創作的樂曲，本詞的內容也正是如此，所以又題作「七夕」。秦觀雖仍是依據傳說而題詠，但卻能別出機杼，不寫雙星遠隔之恨，而改以羨慕的心情去歌頌雙星永恆的愛情。

〈滿庭芳〉，詞牌名，一作〈鎖陽臺〉。秦觀此詞抒寫離情，並寄不遇之歎。作者寫此詞時年三十一歲，在京洛間已頗有文名，但仕途偃蹇，故詞中頗露傷感。清人周濟《宋四家詞選》謂其「將身世之感，打入艷情」，實能直探此詞的寫作旨意。

賀鑄〈橫塘路〉，是依〈青玉案〉一調填寫，而以詞中字句作為詞牌名。賀鑄《東山詞集》中，多取詞中字句作為調名，可見作者愛己詞之深。此詞是作者晚年寓居蘇州時所作，以望美人不來發端，抒發幽居懷人的孤寂心情。

注釋

① 纖雲弄巧：巧，語意相關，既指纖雲變幻之狀，亦指乞巧節之巧。相傳七夕是織女渡河之夕，婦女祈求織女賜予紡織的技巧，故稱乞巧。句指縷縷雲彩編織出巧妙的花樣。

② 飛星傳恨：飛星，指牽牛、織女二星。傳恨，流露出終年不得見面的離情別恨。

③ 銀漢迢迢暗度：銀漢，銀河、天河。迢迢，遙遠的樣子。指牛郎織女每年七月七日，於夜間渡過寬闊的天河相會。迢 ㊅tiáo ㊄ㄊㄧㄠˊ ㊇tiu^4 音條。

④ 金風玉露一相逢：金風玉露，指秋日氣候。此處比喻為七夕牛郎織女的相會。

⑤ 佳期如夢：佳期，指七夕相會的美好時光。如夢，言時光短暫，如夢似幻。

⑥ 忍顧鵲橋歸路：忍顧，即不忍看。鵲橋，傳說織女渡銀河時，喜鵲相聚成橋，稱鵲橋。

⑦ 朝朝暮暮：意即每日每夜，時時刻刻。

⑧ 霧失樓臺：夜霧籠罩着樓臺，好像消失了。

⑨ 月迷津渡：津渡，渡口。渡口隱沒於朦朧的月色中。

⑩ 桃源望斷無尋處：桃源，有二說，一指陶淵明〈桃花源記〉中的桃源，一說《幽明錄》所載劉晨、阮肇採藥遇仙女的桃源。此處泛指與世隔絕之理想境界。全句謂極目遠望，桃花源無處可尋。

⑪ 可堪孤館閉春寒：可堪，那堪、受不住。孤館閉春寒，指閉館獨處，忍受春寒。

⑫ 杜鵑：鳥名。杜鵑鳥啼聲淒切，容易引起離人的愁思。

⑬ 驛寄梅花：典出〈州記〉：「吳陸凱與范曄善，自江南寄梅花詣長安與曄，並贈詩曰：『折梅逢驛使，寄與隴頭人。江南無所有，聊贈一枝春。』」此處詞人以遠離故鄉的范曄自比。

⑭ 尺素：指書信。

⑮ 砌：堆積。

⑯ 郴江幸自繞郴山，為誰流下瀟湘去：郴江，源於郴州黃岑山，北入湘江支流水。瀟湘，湘水與瀟水合流於湖南零陵西，稱瀟湘。全句謂郴江本源出郴山，何故流去瀟湘呢？連江水也不為愁人而少留，此作者感慨羈旅之孤寂。郴（漢）chēn（國）ㄔㄣ（粵）sɐm^{1} 音深。

⑰ 天連衰草：指遠天與枯草相連接。

⑱ 畫角聲斷譙門：畫角，古軍樂器，外加彩繪，發聲高亢，以振軍氣，以警昏曉。譙門，建有望遠樓的城門。此句指譙樓上的號角已吹過，表示天已黃昏。譙（漢）qiáo（國）ㄑㄧㄠˊ（粵）tsiu^{4} 音潮。

⑲ 征棹：行舟，即遠行的船。棹（漢）zhào（國）ㄓㄠˋ（粵）dzau^{6} 音驟。

⑳ 引離尊：引，操、持。尊，亦作釰，酒杯。句謂喝別離的酒。

㉑ 蓬萊舊事：蓬萊，一般謂神話中的蓬萊仙山，一指蓬萊閣（今浙江紹興龍山）。蓬萊舊事，此處喻男女歡戀的往事。

㉒煙靄：既是江上之景，亦指如烟往事。

㉓寒鴉萬點，流水繞孤村：用隋煬帝詩「寒鴉千萬點，流水繞孤村」句意。

㉔銷魂：形容離別時極度惆悵之情。見江淹〈別賦〉：「黯然銷魂者，唯別而已矣。」

㉕香囊：盛香料的袋子。古時男子有佩帶香囊的習俗。

㉖羅帶輕分：羅帶，絲織的帶子。分，意同「解」。離別時，輕輕解下香囊與羅帶贈給情人，以為信物。

㉗謾贏得、青樓薄倖名存：謾，空、徒然。青樓，指妓院。薄倖，薄情。用杜牧〈遣懷〉：「十年一覺揚州夢，贏得青樓薄倖名。」的典故。謾 ㊉màn ㊊ㄇㄢˋ ㊋man^{6} 音慢。

㉘高城望斷，燈火已黃昏：此句謂回頭望高城，已消失在黃昏的燈火中。

㉙淩波不過橫塘路：淩波，形容女子的輕盈步履，見曹植〈洛神賦〉：「淩波微步，羅襪生塵。」橫塘，在蘇州城外，賀鑄築有小屋。

㉚芳塵：指美人經過時揚起的塵土。

㉛錦瑟華年：即美好年華。語出李商隱〈錦瑟〉：「錦瑟無端五十絃，一絃一柱思華年。」

㉜月橋花院：一本作「月臺花榭」。

㉝瑣窗：雕作連鎖形花紋的窗子。

㉞飛雲冉冉蘅皋暮：飛雲，一作碧雲。冉冉，流動貌。蘅，香草名。蘅皋，即長着香草的水邊高地。冉 ㊉rǎn ㊊ㄖㄢˇ ㊋jim^{5} 音染。蘅 ㊉héng ㊊ㄏㄥˊ ㊋haŋ^{4} 音衡。皋 ㊉gāo ㊊ㄍㄠ ㊋gou^{1} 音高。

㉟彩筆：指富才華的文筆。

㊱若問閒情都幾許：若問閒情，一作「試問閒愁」。都，總共。幾許，多少。

㊲一川煙草，滿城風絮。梅子黃時雨：一川，滿地。梅子黃時雨，江南地區四、五月間梅子黃熟，陰雨連綿，俗稱黃梅雨或梅雨。這三句借景喻情，表示內心連綿不絕的愁緒。

宋詞五

蘇幕遮 般涉 周邦彥

燎沈香①，消溽暑②。鳥雀呼晴③，侵曉窺簷語④。葉上初陽乾宿雨⑤、水面清圓⑥，一一風荷舉。故鄉遙，何日去。家住吳門⑦，久作長安旅⑧。五月漁郎⑨相憶否？小楫輕舟，夢入芙蓉浦⑩。

蘭陵王 越調 柳 周邦彥

柳陰直⑪。煙裏絲絲弄碧。隋堤⑫上、曾見幾番，拂水飄綿送行色⑬。

登臨望故國⑭。誰識、京華倦客⑮？長亭路⑯，年去歲來，應折柔條過千尺⑰。閒尋舊蹤跡。又酒趁哀絃，燈照離席⑱。梨花榆火催寒食⑲。愁一箭風快，半篙波暖，回頭迢遞便數驛。望人在天北⑳。　悽惻、恨堆積！漸別浦㉑縈回，津堠㉒岑寂。斜陽冉冉春無極。念月榭攜手，露橋聞笛㉓。沈思前事，似夢裏，淚暗滴。

瑞龍吟　大石　周邦彥

章臺路㉔，還見褪粉梅梢㉕，試花㉖桃樹。愔愔坊陌人家㉗，定巢㉘燕子，歸來舊處。黯凝竚。因念箇人癡小㉙，乍窺門戶。侵晨淺約宮黃㉚，障風映袖，盈盈笑語。前度、劉郎重到㉛。訪鄰尋里，同時歌舞、唯有舊家秋娘㉜，聲價如故。吟牋賦筆，猶記燕臺句㉝。知誰伴、名園露飲㉞，東城閒步㉟？事與孤鴻去㊱。探春盡是，傷離意緒。官柳低金縷㊲。歸騎晚、纖纖池塘飛雨。斷腸院落，一簾風絮。

作者

周邦彥，生於宋仁宗嘉祐元年，卒於宋徽宗宣和三年（一〇五六——一一二一）。字美成，號清真居士，錢塘（今浙江杭州）人。博學多才，精通音律。宋神宗元豐（一〇七八——一〇八五）中，因獻〈汴都賦〉而被擢拔為太學正，歷任溧水知縣、校書郎，宗正少卿兼議禮局檢討。宋徽宗時置大晟府，被召為大提舉，其後任順昌知府，徙處州。

周邦彥是北宋詞學的集大成者，其詞格律嚴密，開南宋姜夔、張炎一派詞風，對後世詞學影響深遠。周邦彥長於長調，語句工麗，風格典雅，內容以抒發羈旅和相思之情為主。有《片玉集》。

題解

本課收錄了周邦彥詞三首，均選自《全宋詞》。

〈蘇幕遮〉，詞牌名，本為唐玄宗時教坊曲名，來自西域。《新唐書・宋務光傳》載呂元泰上唐中宗書曰：「比見坊邑相率為渾脱隊，駿馬胡服，名曰『蘇莫遮』。」渾脱是舞名，渾脱隊即歌舞隊，可見〈蘇幕遮〉原是胡人舞曲，而此曲早在玄宗前已流傳中國，後衍為長短句。敦煌曲子詞中有〈蘇莫遮〉，雙調六十二字，宋人即沿用此體。周邦彥填此詞時，已久居京師，當大晟樂正。本詞寫作者眼見夏日景物，勾起思鄉之情，隨又憶起故交，夢遊荷塘。全詞格調清新，構思巧妙，是詞林佳作。

〈蘭陵王〉本屬北齊舞曲，是為仿效蘭陵王長恭勇冠三軍之態而作。周邦彥此篇用舊曲填新詞，仍沿用〈蘭陵王〉做詞牌名。又因〈蘭陵王〉分三片，多在送別時唱，故稱〈渭城三疊〉。周邦彥此詞的詞題是「柳」，實為借折柳以寫離情。按有兩種說法：一為作者送別友人，清人周濟《宋四家詞選》謂此詞是「客中送客」之作，胡雲翼《宋詞選》更稱此詞是「借送別來表達自己『京華倦客』的抑鬱心情」；二為周邦彥寫自己離京的惆悵，所據為宋張端義《貴耳集》中周邦彥和名妓李師師的故事。今取前說，即以此詞為美成送別之作。

〈瑞龍吟〉在周詞中最具代表性，一向被視為壓卷之作。此詞寫重遊舊地，追憶往事。周邦彥善作長調，以鋪排結構見稱，若論章法，此詞分為四疊；若論構篇，則分為三段。全詞以故地「章臺路」帶起，把抒情、寫景、懷人、敘事融為一體。周濟說此詞是唐人崔護〈題都城南莊〉「去年今日此門中，人面桃花相映紅。人面不知何處去，桃花依舊笑春風」一詩的舊曲翻新，正點出詞中以迴環筆法抒寫纏綿情思的高妙之處。

注釋

①燎沈香：燎，燒、焚。沈香，又名沈水香，一種濃香撲鼻的香料。燎（漢）liǎo（國）ㄌㄧㄠˇ（粵）liu^{4}音聊。

②溽暑：潮濕而悶熱的暑氣。溽（漢）rù（國）ㄖㄨˋ（粵）juk^{9}音欲。

③鳥雀呼晴：呼晴，呼喚天晴。傳説鳥鳴可占晴雨。

④侵曉窺簷語：侵曉，天剛亮時。窺簷語，形容雀鳥在屋簷邊張望、鳴叫的神態。簷（漢）yán（國）ㄧㄢˊ（粵）jim^{4}音嚴。

⑤宿雨：昨夜的雨。

⑥清圓：指浮在水面、清潤而圓的荷葉。

⑦家住吳門：吳門，蘇州（今江蘇吳縣）的別稱。作者為浙江錢塘人，錢塘原屬吳郡，故稱「家住吳門」。

⑧久作長安旅：長安，今陝西西安，漢、唐京城，這裏借指北宋京城汴京。旅，客。

⑨漁郎：指少時與作者一起打漁的夥伴。

⑩小楫輕舟，夢入芙蓉浦：楫，即船槳。芙蓉浦，即荷花塘。二句謂作者夢回故鄉，划船進入荷花盛放的湖塘。楫（漢）jí（國）ㄐㄧˊ（粵）dzip^{8}音接。

⑪柳陰直：柳陰，柳樹的陰影。此指堤上的柳影連成一線，排列整齊。

⑫隋堤：即汴河堤，隋煬帝時所築，以作通濟渠的堤霸，故曰隋堤。在當時汴京（今河南開封）。

⑬拂水飄綿送行色：拂水，指柳條輕拂水面。飄綿，飄飛的柳絮。送行色，送別行色匆匆的旅人。

⑭故國：即故鄉。

⑮京華倦客：京華，即汴京。作者久居京師，意態漸感倦怠。

⑯長亭路：指送別的路上。

⑰應折柔條過千尺：柔條，柳枝。古人送行，常折柳贈別。應折柔條過千尺，連上句意謂長亭路上，年復一年，為送行而折的柳條該有千尺之多了。

⑱ 又酒趁哀弦，燈照離席：弦，指琴弦，泛指音樂。哀弦，指別離時哀傷的音樂。離席，送別的宴席。兩句是寫離別前夜之事。

⑲ 梨花榆火催寒食：梨花，指出送別是在梨花盛放、寒食節近的春深時節。榆火，唐宋時朝廷從榆柳中鑽取新火，賜給百官，稱榆柳火。寒食，指清明前一日或二日的寒食節，相傳為紀念春秋時晉人介之推不仕而抱木焚死，因而禁火，故稱寒食。

⑳ 愁一箭風快，半篙波暖，回頭迢遞便數驛。望人在天北：以愁字總貫這四句。周濟《宋四家詞選》以為愁字是「代行者涉想」，即作者為行人遠去而愁。一箭風快，指船順風如箭。半篙，指撐船的竿沒入水中部分，船民常以篙量河水深淺。迢遞，形容遙遠。望人在天北，謂遙望送行的人，他們還在天北。篙 ㊂gāo ㊀ㄍㄠ ㊁gou^{1} 音高。迢 ㊂tiáo ㊀ㄊㄧㄠˊ ㊁tiu^{4} 音條。遞 ㊂dì ㊀ㄉㄧˋ ㊁dai^{6} 音第。驛 ㊂yì ㊀ㄧˋ ㊁jik^{9} 音亦。

㉑ 別浦：江河的支流小口，此指分別的水路。

㉒ 津堠：津，渡口、碼頭。堠，供守望的土堡。堠 ㊂hòu ㊀ㄏㄡˋ ㊁hau^{6} 音後。

㉓ 念月榭攜手，露橋聞笛：月榭，明月照射的樓臺。露橋，為露水所浸的橋畔。二者都是作者與所送之人曾經遊玩的地方。榭 ㊂xiè ㊀ㄒㄧㄝˋ ㊁dzɛ^{6} 音謝。

㉔ 章臺路：西漢京城長安的繁華街名，多設妓館，故亦為妓女聚居之處的代稱。

㉕ 褪粉梅梢：褪，花謝。粉，粉白、粉紅。指梅花的豔色。

㉖ 試花：初開的花兒。

㉗ 愔愔坊陌人家：愔愔，靜悄悄。坊陌人家，即坊曲人家。唐制，妓女所居之里巷曰坊曲。愔 ㊂yīn ㊀ㄧㄣ ㊁jɐm^{1} 音陰。

㉘ 定巢：安巢。語出杜甫〈堂成〉：「頻來語燕定新巢。」

㉙ 箇人癡小：箇人，那人。癡小，年輕。

㉚ 淺約宮黃：宮黃，宮女塗面頰用的黃粉。句謂薄施脂粉。

㉛ 前度劉郎重到：劉郎，作者自稱。劉禹錫〈重游玄都觀〉：「種桃道士歸何處，前度劉郎今又來。」作者重回坊曲，尋訪打聽，故用唐代劉禹錫自朗州召回，重過玄都觀一事自喻。

㉜ 秋娘：杜秋娘，唐代金陵著名歌妓。這裏代指作者昔日所認識的歌妓。

㉝ 燕臺句：李商隱〈贈柳枝〉：「長吟遠下燕臺句，惟有花香染未消。」作者借此追憶當初與歌妓吟賦之事。

㉞ 露飲：露天飲酒、飲茶。

㉟ 東城閒步：用唐代詩人杜牧（八〇三——八五二）與歌妓張好好於洛陽東城重遇一典。

㊱ 事與孤鴻去：事，指一切往事。孤鴻，指昔日歌妓。這句借用杜牧〈題安州浮雲寺樓寄湖州張郎中〉：「恨如春草多，事與孤鴻去。」以表惜別之情。

㊲ 金縷：指金黃色的枝條。

宋詞六

賀新郎送胡邦衡待制　　張元幹

夢繞神州路①。悵秋風、連營畫角②，故宮離黍③。底事崑崙傾砥柱④。九地黃流亂注⑤？聚萬落、千村狐兔⑥。天意從來高難問，況人情、老易悲如許⑦！更南浦，送君去⑧。　涼生岸柳催殘暑。耿斜河⑨、疏星淡月，斷雲微度⑩。萬里江山知何處⑪？回首對牀夜語⑫。雁不到、書成誰與⑬？目盡青天懷今古⑭，肯兒曹、恩怨相爾汝⑮。舉大白，聽金縷⑯。

六州歌頭

張孝祥

長淮望斷⑰，關塞莽然平⑱。征塵暗⑲，霜風勁⑳，悄邊聲㉑。黯銷凝㉒。追想當年事㉓，殆天數㉔，非人力，洙泗㉕上，弦歌地㉖，亦羶腥㉗。隔水氈鄉㉘，落日牛羊下㉙，區脫縱橫㉚。看名王宵獵㉛，騎火一川明㉜。笳鼓㉝悲鳴。遣人驚㉞。念腰間箭，匣中劍，空埃蠹㉟，竟何成！時易失，心徒壯，歲將零㊱。渺神京㊲。干羽方懷遠㊳，靜烽燧㊴，且休兵。冠蓋使，紛馳騖㊵，若為情㊶。聞道中原遺老㊷，常南望、羽葆霓旌㊸。使行人到此，忠憤氣填膺㊹，有淚如傾。

作者

張元幹，生於北宋哲宗元祐六年，約卒於南宋孝宗乾道六年後（一〇九一——一一七〇後）。字仲宗，號蘆川居士、真隱山人，永福（今福建永泰）人，一說長樂（今福建長樂）人。北宋末年入太學。金兵入侵，李綱任親征行營使，張元幹曾為其幕僚，官至將作少監。因不願與秦檜等奸臣同朝，棄官而去。後因賦詞送胡銓，被削除官籍。

張元幹是愛國志士，其詞風磊落明快，對張孝祥和辛棄疾的影響頗大。有《蘆川詞》、《蘆川歸來集》。

張孝祥，生於南宋高宗紹興二年，卒於南宋孝宗乾道五年（一一三二——一一六九）。字安國，號于湖居士，歷陽烏江（今安徽和縣）人。紹興二十四年（一一五四）試擢進士第一，初授承事郎、簽書鎮東軍節度判官，歷任中書舍人、集英殿修撰、平江知府、直學士院。其後任建康留守，極力支持張浚北伐，驅逐金人，被求和派彈劾免職。後復起用，歷任靜江佑府、廣南西路經略安撫使，有治績。官至顯謨直學士，為政有佳聲。

張孝祥是南宋豪放派詞人，其詞受蘇軾和張元幹影響，風格趨於豪放，多抒發愛國情懷，有《于湖詞》。

題解

本課收錄了張元幹的〈賀新郎〉（夢繞神州路）及張孝祥的〈六州歌頭〉（長淮望斷），均選自《全宋詞》。

〈賀新郎〉詞牌名，屬慢曲，首見於蘇軾詞，因詞中有「晚涼新浴」句，又名〈賀新涼〉。張元幹的〈賀新郎〉，詞題作「送胡邦衡待制」，是他送別被貶往新州（今廣東新興）的胡銓之作。胡銓是力主抗金的主戰派，於高宗紹興八年（一一三八），上書反對和議，十二年（一一四二），遭秦檜等人逼害，除名押送新州編管。當時寓居三山（今福州）的張元幹不避嫌疑，特別作這首詞為胡銓送行。

〈六州歌頭〉本是鼓吹曲，後人倚其聲為弔古之詞，述興亡之事。此詞作於宋孝宗隆興元年（一一六三）。是年南宋的北伐軍在符離（今安徽宿縣符離集）潰敗，朝中主和派急忙派使臣向金國求和。當時抗金名將張浚以都督淮軍事駐建康（今南京），張孝祥任建康留守，孝祥義憤填膺，於其席上作此詞，張浚激動得很，為之「罷席而入」。此詞先寫北方山河淪陷後的淒涼景象，繼而譴責了主和派屈辱投降的醜態，最後表達了作者報國無路的憂憤之情。

注釋

① 夢繞神州路：神州，本指全國，這裏指淪陷的中原地區。指連做夢也牽掛着中原地區。

② 畫角：塗上彩繪的號角。

③ 故宮離黍：故宮，指北宋在汴京（今河南開封）的宮殿。離黍，《詩經》有〈黍離〉篇，寫東周大夫看到西周故都鎬京的宮殿裏長滿禾黍，故有亡國之悲。作者借此表達對淪陷的汴京的懷念。

④ 底事崑崙傾砥柱：底事，何事。崑崙，崑崙山，黃河之發源地。砥柱，砥柱山，在今河南三門峽黃河中流，比喻能夠獨力支撐大局。崑崙傾砥柱，指宋軍崩解，中原淪陷。砥 漢dǐ 國ㄉㄧˇ 粵dai^2 音底。

⑤ 九地黃流亂注：九地，一作九陌，謂九州之地，即遍地。黃流，黃河之水，這裏指入侵的金兵。亂注，到處流。

⑥ 聚萬落、千村狐兔：落，人所聚居處。狐兔，指金兵。南朝梁人范雲〈渡黃河〉詩：「不睹行人跡，但見狐兔興。」連上兩句，謂為甚麼北宋王朝會頃刻間倒塌下來，讓金兵在中原橫行無忌，佔據了千村萬落呢？

⑦ 天意從來高難問，況人情、老易悲如許：天意，指皇帝的意圖。老易，衰退。此指皇帝的心思高深莫測，眾人的愛國熱情也衰減了，志士的悲苦是難以訴說的。

⑧ 更南浦，送君去：南浦，泛指送別的地方。君，指胡銓。謂送走了胡銓，悲苦更無人訴說了。

⑨ 耿斜河：耿，明亮。斜河，天河。耿 漢gěng 國ㄍㄥˇ 粵geŋ^2 音梗。

⑩ 斷雲微度：朵朵雲彩緩慢地飄移着。

⑪ 萬里江山知何處：江山萬里阻隔，如何知道你在哪裏呢？

⑫ 回首對牀夜語：回想當初二人夜裏對牀談心論政的事。

⑬ 雁不到、書成誰與：書成，信寫好了。誰與，交給誰，是說別後書信難通。古代傳說，雁會傳書，但北雁南飛到衡陽回雁峯而止。新州在嶺南，是雁所不到之處。

⑭ 目盡青天懷今古：青天，引申作天下。目盡，盡力遠望。懷古今，懷古傷今。指關懷天下大事。

⑮ 肯兒曹、恩怨相爾汝：兒曹，孩童。爾汝，你們，這裏指彼此間。怎麼能像孩子們一樣，只顧談論彼此間的個人恩怨呢？即是說，他同情胡銓不是為了朋友私情。

⑯ 舉大白，聽金縷：大白，酒杯名。〈金縷〉，即〈賀新郎〉的別名。明楊慎〈百緋名珠〉：「張元幹以送胡銓及寄李綱詞坐罪，皆〈金縷曲〉也。」二句言喝酒、聽歌。

⑰ 長淮望斷：長淮，淮河。當時淮河是南宋前線。望斷，極目遠望。

⑱ 關塞莽然平：關塞，邊境上防衛要地。莽然，荒遠的樣子。

⑲ 征塵暗：前方烟塵飛揚，日色暗淡。

⑳ 霜風勁：霜風，寒風。勁，猛烈。

㉑ 悄邊聲：邊境上靜悄悄，沒有聲響。意謂已經放棄抵抗。連上兩句寫所見邊塞的景象。

㉒ 黯銷凝：黯，神情頹喪的樣子。銷凝，因感傷而沈思。

㉓ 當年事：指南宋高宗建炎元年（一一二七）金兵入侵中原之事。

㉔ 殆天數：這恐怕是天意吧。

㉕ 洙泗：二水名，流經曲阜一帶。孔子曾在這裏講學，培養了不少弟子。

㉖ 弦歌地：弦歌，彈琴唱歌。弦歌地，指文化教育聖地。

㉗ 亦羶腥：羶腥，牛羊的腥臊味，代指金人等外族。連上句說，文化教育聖地也被敵人侵佔、玷污了。羶
(漢)shān(國)ㄕㄢ(粵)dzin^{1} 音煎。

㉘ 隔水氈鄉：氈鄉，北方民族習慣住在氈帳裏，故稱金國為氈鄉。句謂隔開一條淮河已是金國的地方。氈
(漢)zhān(國)ㄓㄢ(粵)dzin^{1} 音煎。

㉙ 落日牛羊下：這句化用《詩經・君子于役》中「日之夕矣，牛羊下來」之意。這是指金人的遊牧生活。

㉚ 區脱縱橫：區脱，古代北方民族在邊界修築的土屋，作為偵察防守的據點。縱橫，遍地都是。區
(漢)ōu(國)ㄡ(粵)ɐu^{1} 音歐。

㉛ 看名王宵獵：名王，西漢時胸奴的王族，這裏泛指金國主將。宵獵，夜裏打獵，這裏指夜裏巡行。

㉜ 騎火一川明：騎兵隊伍的火把照得淮河通明。

㉝ 笳鼓：笳，胡笳，北方民族的一種樂器，類似笛子。笳鼓，指軍中樂器。

㉞ 遣人驚：讓人心驚。作者見北方盡為敵人所有，異常痛心。

㉟ 空埃蠹：蠹，蛀蟲，此指蛀蝕。武器擱置不用，只由得落滿灰塵，被蛀蟲蛀蝕。蠹(漢)dù(國)ㄉㄨˋ(粵)dou^{3} 音到。

㊱ 零：盡。

㊲ 渺神京：渺，遙遠。神京，指北宋都城汴京。以上三句說抗敵立功的時機容易失去，作者空有報國壯志，然時光飛逝，汴京仍是可望而不可即。

㊳ 干羽方懷遠：干羽，盾牌和雉羽，是古代兩種舞具，此指禮樂。懷遠，感化遠方之人。意謂朝廷名為以懷柔政策結好外敵，實際是向金國卑屈求和。

㊴ 靜烽燧：烽燧，邊守兵為警報敵情而燃起的烟火。靜烽燧，指戰火平息了。

㊵ 冠蓋使，紛馳鶩：蓋，車蓬，以代車馬。冠蓋，官員的服裝和車馬。冠蓋使，使臣。馳鶩，奔走。此謂議和的使臣奔走不絕。鶩 (漢)wù(國)ㄨˋ(粵)mou^{6} 音務。

㊶ 若為情：何以為情，意即不知害羞。

㊷ 遺老：指淪陷區遺留下來的長者。

㊸ 常南望、羽葆霓旌：羽葆霓旌，用翠羽裝飾的車蓋和像虹霓一樣的彩色旗子，指皇帝的車駕和旗幟。這句是說希望南宋的軍隊北伐，恢復中原。葆 (漢)bǎo(國)ㄅㄠˇ(粵)bou^{2} 音保。

㊹ 填膺：填胸、滿懷。

宋詞七

摸魚兒

辛棄疾

淳熙己亥，自湖北漕移湖南，同官王正之置酒小山亭，為賦。

更能消①、幾番風雨！匆匆春又歸去。惜②春長恨花開早，何況落紅③無數？春且住④！見説道⑤、天涯芳草迷歸路。怨春不語⑥。算⑦只有殷勤，畫簷⑧蛛網，盡日惹飛絮⑨。

長門事⑩，準擬佳期又誤⑪。蛾眉⑫曾有人妒。千金縱買相如賦，脈脈⑬此情誰訴？君莫舞⑭！君不見、玉環飛燕皆塵土⑮？閒愁⑯最苦。休去倚危樓⑰，斜陽正在，煙柳斷腸處⑱！

水龍吟 登建康賞心亭 辛棄疾

楚天千里清秋⑲，水隨天去秋無際⑳。遙岑遠目㉑，獻愁供恨，玉簪螺髻㉒。落日樓頭，斷鴻㉓聲裏，江南游子㉔。把吳鉤看了㉕，欄干拍徧，無人會㉖、登臨意㉗。　休說鱸魚堪鱠㉘。儘西風㉙、季鷹歸未㉚。求田問舍㉛，怕應羞見，劉郎㉜才氣。可惜流年㉝，憂愁風雨㉞，樹猶如此㉟！倩㊱何人，喚取盈盈翠袖㊲，搵英雄淚㊳？

青玉案 元夕 辛棄疾

東風夜放花千樹㊴。更吹落、星如雨㊵。寶馬雕車香滿路㊶。鳳簫㊷聲動，玉壺光轉㊸，一夜魚龍舞㊹。　蛾兒雪柳黃金縷㊺。笑語盈盈暗香去㊻。眾裏尋他千百度㊼。驀然㊽迴首，那人卻在，燈火闌珊㊾處。

永遇樂　京口北固亭懷古　辛棄疾

千古江山，英雄無覓，孫仲謀處。舞榭歌臺㊿，風流總被，雨打風吹去[51]。斜陽草樹，尋常巷陌，人道寄奴[52]曾住。想當年，金戈鐵馬[53]，氣吞萬里[54]如虎。　元嘉草草[55]，封狼居胥[56]，贏得倉皇北顧[57]。四十三年[58]，望中猶記，烽火揚州路[59]。可堪[60]回首，佛狸祠[61]下，一片神鴉社鼓[62]。憑誰問，廉頗[63]老矣，尚能飯否？

作者

辛棄疾見初冊第五十四課〈宋詞一〉

題解

本課收錄了辛棄疾詞四首，分別為〈永遇樂〉（千古江山）、〈摸魚兒〉（更能消幾番風雨）、〈水龍吟〉（楚天千里清秋）及〈青玉案〉（東風夜放花千樹），均選自《全宋詞》。

〈永遇樂〉，詞題作「京口北固亭懷古」。京口，今江蘇鎮江。北固亭在鎮江東北北固山上，面臨長江。此詞作於宋寧宗開禧元年（一二〇五），是年作者六十六歲，任鎮江府知府，正是烈士暮年，壯心未已。此詞雖曰懷古，實寓傷今之意。作者透過對吳主孫權及南朝宋武帝劉裕的緬懷，表白了渴望誓師北伐，收復故國的熱情。詞中用典甚多，或謂詞旨稍嫌隱晦，然因運用妥貼，乃得言簡意深之美。

〈摸魚兒〉又名〈摸魚子〉，本為唐玄宗時教坊曲名。宋孝宗淳熙六年（一一七九），作者從湖北調任湖南轉運副使，在小山亭與友人王正之置酒餞別，寫下此詞。詞中抒發了作者被朝中權臣排擠，有志難伸的憤慨之情，也流露出對國勢危迫的憂慮。

〈水龍吟〉，詞題為「登建康賞心亭」，是辛棄疾任江東安撫司時所作。建康即今南京，賞心亭在建康「下水門」城上，臨秦淮河。作者登賞心亭，在一望無際的秋色中，觸景生情，感慨國家偷安一隅和個人報國無門的困苦。

〈青玉案〉，其名之由來，據《詞譜》卷十五：「漢張衡詩：『何以報之青玉案。』調名取此。」本詞詞題作「元夕」，是寫正月十五元宵夜在南宋都城臨安（今浙江杭州）所見。此詞是辛棄疾於宋孝宗乾道七年（一一七一）任司農寺主簿，或淳熙二年（一一七五）任倉部郎官時所作。
上片寫元宵燈市的繁華景象，下片寫作者所思慕的意中人，也有指此人即是作者自己的寫照。

注釋

① 消：經得起。
② 惜：愛惜、捨不得。
③ 落紅：落花。
④ 且住：暫且留下。
⑤ 見說道：聽說。
⑥ 不語：不答話。
⑦ 算：看來。
⑧ 畫簷：雕畫的屋檐。簷 ㊥yán ㊖ㄧㄢˊ ㊗jim⁴ 音嚴。
⑨ 惹飛絮：惹，沾住。飛絮，飛揚的柳絮。
⑩ 長門事：指漢代陳皇后阿嬌的故事。司馬相如〈長門賦序〉記載陳皇后因失寵於漢孝武皇帝，以千金叫司馬相如作賦呈於皇上，因而再被寵幸。然而，歷史上並沒有陳皇后復得親幸的記載。作者引用此典，是自比政治上的失意。
⑪ 準擬佳期又誤：佳期，指漢武帝與陳皇后相見的日子。又誤，一誤再誤。
⑫ 蛾眉：女子細長彎曲的眉毛，美女代稱。
⑬ 脈脈：情深流露的樣子。

⑭ 君莫舞：君，此朝中權貴。舞，這裏有得意忘形之義。

⑮ 玉環飛燕皆塵土：玉環，楊玉環（七一九——七五六），即楊貴妃，唐玄宗最寵愛的妃子。在玄宗避安史之亂入蜀途中，賜死於馬嵬坡。飛燕，趙飛燕（?——西元前一），漢成帝寵幸的皇后，後被廢為庶人，遂自殺。二人皆以善妒著名。塵土，化為塵土，即死亡。

⑯ 閒愁：沒來由的憂愁。

⑰ 危樓：樓，一作欄，高樓。

⑱ 烟柳斷腸處：烟柳，暮氣中的柳樹。斷腸，形容極度傷心。

⑲ 楚天千里清秋：楚天，長江中下游原屬戰國時楚國的地方，泛指南方天空。清秋，淒清的秋天。

⑳ 無際：沒有盡頭。

㉑ 遙岑遠目：遙岑，遠山，這裏指長江以北金人統治區的山。遠目，遙望。

㉒ 玉簪螺髻：形容遠山的樣子，像美人頭上的玉簪和螺形髮髻。簪 ㊥漢 zān ㊥國 ㄗㄢ ㊥粵 dzam^{1} 音暫高平聲。

㉓ 斷鴻：失羣的孤雁。

㉔ 江南游子：作者自稱。

㉕ 把吳鈎看了：吳鈎，古代吳地出產的一種寶刀，這裏泛指佩刀。看吳鈎是希望有機會再度出征抗金。

㉖ 會：理解。

㉗ 登臨意：登高望遠的心意。

㉘ 鱠：通膾，把魚肉切成細塊做菜。鱠 ㊥漢 kuài ㊥國 ㄎㄨㄞˋ ㊥粵 kui^{2} 音繪。

㉙ 儘西風：儘管西風起了。

㉚ 季鷹歸未：季鷹，張翰（四二三——四五二）字，晉朝吳郡人，他因想念故鄉而棄官。歸未，回鄉了沒有？連上兩句說自己不願像張翰那樣，因感家鄉好，就忘情國事，棄官回鄉。

㉛ 求田問舍：指留心買田地房產。

㉜劉郎：指劉備（一六一——二二三）。《三國志・魏志》記載劉備曾批評許汜只知買田地房產，作個人打算。
㉝流年：年華如流水一樣逝去。
㉞憂愁風雨：風雨，指國家經受苦難。連上兩句謂自己的年華在國勢飄搖中逝去了。
㉟樹猶如此：語出《世說新語・言語》，是說樹木都長得這麼大了，人又怎麼能夠不老呢？
㊱倩：請求。
㊲盈盈翠袖：指歌女。
㊳揾英雄淚：揾，同拉，擦拭、揩去。連上句是說有誰來為英雄拭去憂國的熱淚呢？意即沒有人理解自己的抱負。揾 漢wèn國ㄨㄣˋ粵wɐn³ 音蘊。
㊴花千樹：形容燈火之多如千樹花開。
㊵星如雨：形容燈火滿天飛濺的星雨。
㊶寶馬雕車香滿路：寶馬雕車，裝飾華美的車馬。此句是說有錢人家乘坐着華麗的車馬，所過之處留下了一股香味。
㊷鳳簫：即排簫，以其聲如鳳鳴，故名。
㊸玉壺光轉：玉壺，鮑照〈白頭吟〉：「清如玉壺冰。」後來唐宋詩詞中常以玉壺、冰壺喻明月。此句說月亮西下，時間已久。
㊹魚龍舞：舞弄魚燈、龍燈。
㊺蛾兒雪柳黃金縷：蛾兒、雪柳、黃金縷，都是古代婦女在元宵節戴在頭上的裝飾品，用彩綢或彩紙紮製而成。
㊻笑語盈盈暗香去：盈盈，儀態美好的樣子。暗香，指婦女身上所帶香毬、香餅之類散發的香氣。
㊼千百度：千百次。
㊽驀然：忽然。驀 漢mò國ㄇㄛˋ粵mɐk⁹ 音默。
㊾闌珊：稀疏、零落。

(50) 舞榭歌臺：榭，高臺上的房屋。此謂供歌舞的樓臺。榭 漢xiè 國ㄒㄧㄝˋ 粵dzɛ^{6} 音謝。

(51) 風流總被，雨打風吹去：風流，指英雄事迹及其流風餘韻。句謂當年的繁華和英雄業迹都隨時光而流逝。

(52) 寄奴：南朝宋武帝劉裕（四二〇——四二二在位），字德興，小字寄奴。劉裕先世由彭城移居京口，東晉末年以破孫恩成名，他其後於京口起事，討伐篡位之桓玄，並率兵北伐，收復關中之地，以功高專權，終篡東晉，建國號宋。

(53) 金戈鐵馬：金戈，泛指金屬製的兵器。鐵馬，披著鐵甲的戰馬。此句形容兵強馬壯。

(54) 氣吞萬里：形容氣魄宏大，所向披靡，克敵萬里。

(55) 元嘉草草：元嘉，宋文帝劉義隆的年號（四二四——四五三）。劉義隆是劉裕的兒子。草草，馬虎、輕率。指元嘉一朝未能秉承宋初的武功。

(56) 封狼居胥：封，在山上設壇祭神。狼居胥，山名，在今內蒙古自治區。西漢霍去病戰勝匈奴，曾封狼居胥山。宋文帝聞王玄謨論兵，謂有封狼胥之意，其後遣王氏北伐，卻大敗而歸。胥 漢xū 國ㄒㄩ 粵sœy^{1} 音須。

(57) 贏得倉皇北顧：贏得，落得。倉皇北顧，驚慌敗逃，不時回頭向北張望追敵。

(58) 四十三年：作者於紹興三十二年（一一六二）渡江南歸，至開禧元年（一二〇五）做鎮江知府，前後共四十三年。

(59) 烽火揚州路：烽火，戰火。揚州路，指淮南東路，轄今江蘇北部、安徽東北部一帶，揚州是其首府。

(60) 可堪：怎能受得了。

(61) 佛狸祠：在今江蘇六合東南面的瓜步山上。佛狸，北魏太武帝拓跋燾的小名。元嘉二十七年（四五〇），拓跋燾曾追擊王玄謨軍至瓜步山，在山上建立行宮，即後來的佛狸祠。

(62) 一片神鴉社鼓：神鴉，指飛到廟裏吃祭品的烏鴉。社鼓，祭神時擊的鼓。神鴉社鼓，暗示北方土地已非我有。連上兩句，慨歎過去的事情不堪回顧，而今敵主廟中卻正香火旺盛，神鴉飛舞，社鼓冬冬。

(63) 廉頗：戰國時趙國的名將。晚年受人誣陷，出奔魏國。後來，秦國攻打趙國，趙王想重新起用他，派人去看他是否還可用，終以其老而不復用。

宋詞八

釵頭鳳　陸游

紅酥手①，黃縢酒②，滿城春色宮牆柳③。東風惡，歡情薄，一懷愁緒，幾年離索④，錯！錯！錯！　春如舊，人空瘦，淚痕紅浥鮫綃⑤透。桃花落，閒池閣，山盟⑥雖在，錦書難託⑦，莫！莫！莫⑧！

卜算子　詠梅　陸游

驛⑨外斷橋邊，寂寞開無主⑩。已是黃昏⑪獨自愁，更著風和雨⑫！無意苦爭春，一任羣芳妒。零落成泥碾⑬作塵，只有香如故⑭。

揚州慢

姜夔

淳熙丙申至日⑮，予過維揚⑯。夜雪初霽⑰，薺麥彌望⑱。入其城，則四顧蕭條，寒水自碧，暮色漸起，戍角⑲悲吟。予懷愴然，感慨今昔，因自度此曲。千巖老人以為有黍離之悲也⑳。

淮左名都㉑，竹西佳處㉒，解鞍少駐初程㉓。過春風十里㉔，盡薺麥青青。自胡馬窺江㉕去後，廢池喬木㉖，猶厭言兵。漸黃昏，清角吹寒㉗，都在空城㉘。杜郎俊賞㉙，算而今、重到須驚。縱豆蔻詞工㉚，青樓夢好㉛，難賦深情。二十四橋㉜仍在，波心蕩、冷月無聲㉝。念橋邊紅藥，年年知為誰生㉞？

點絳脣

姜夔

燕雁無心㉟，太湖西畔隨雲去。數峯清苦㊱。商略㊲黃昏雨。第四橋㊳邊，擬共天隨㊴住。今何許㊵？凭闌懷古。殘柳參差舞㊶。

作者

陸游見初冊第五十課〈宋詩六〉

姜夔，生於南宋孝宗隆興元年，卒於南宋寧宗嘉泰三年（一一六三——一二〇三）。字堯章，號白石道人，饒州鄱陽（今江西鄱陽）人。幼隨任官父宦遊湖北達二十年，其後娶閩儒蕭德藻兄之女，移居湖州（今浙江湖州），常往來於湖、杭之間。結交楊萬里、范成大、葉適等名士。宋寧宗慶元三年（一一九七）上書議古樂，詔試禮部，不第。曾試進士，不第，終生未仕。

姜夔是南宋名詞人，精通音律，能自度曲。他的詞上承周邦彥，下啓吳文英、張炎一派，格律嚴謹，音韻諧美，意境清幽。著有《白石詞》。

題解

本課收錄了陸游的〈卜算子〉（驛外斷橋邊）和〈釵頭鳳〉（紅酥手）及姜夔的〈揚州慢〉（淮左名都）和〈點絳脣〉（燕雁無心）。四詞均選自《全宋詞》。

〈卜算子〉，清萬樹《詞律》卷三載：「毛氏云：『駱義烏（駱賓王）詩用數名，人謂為卜算子，故牌名取之。』按山谷詞『似扶著賣卜算』，蓋取義以今賣卜算命之人也。」此詞題為「詠梅」，是一首借詠物而言志的詞。陸游懷着抗金救國的理想，卻屢遭朝中主和派的排斥，以致心中鬱抑。這首詞以梅花自喻，表達了作者愛國的情操和堅貞的品格，一如梅花的耐寒和孤高，謝後猶留清香。

〈釵頭鳳〉原名〈擷芳詞〉，陸游因無名氏詞中有「可憐孤似釵頭鳳」句，故改名〈釵頭鳳〉。此詞是陸游於宋高宗紹興二十五年（一一五五）三十一歲時為其前妻唐琬而作。陸游初娶表妹唐琬，但為陸母所反對，唐琬遂遭休遣。後來陸游另娶，唐琬亦改嫁名士趙氏。一次陸游春日出遊山陰沈氏園，遇故妻唐氏，感傷之餘，便題詞於園中壁上。全詞寫陸游懷念唐琬的真摯情愫。這首詞流傳廣遠，成為戲曲的題材。

〈揚州慢〉是姜夔自度之曲，慢是慢曲子的簡稱，即聲調和字句都加長了。揚州，即今江蘇揚州，是隋唐時代的繁華都市。宋高宗建炎三年（一一二九）和紹興三十一年（一一六一），揚州先後遭到金兵洗劫。作者於宋孝宗淳熙三年（一一七六）初到揚州，目睹兵燹後揚州的蕭條景象，因而寫下此詞。詞中以所見的揚州與唐代詩人杜牧所吟詠的繁華盛況相對照，寄託了無限傷亂的情懷。

〈點絳唇〉詞調始見於馮延巳詞，調名有說取自南朝詩人江淹詩「明珠點絳唇」一句。此詞題為「丁未冬過吳松作」，丁未即宋孝宗淳熙十四年（一一八七），吳松即江蘇吳松江，是晚唐詩人陸龜蒙隱居之地。此年冬天，姜夔往蘇州拜訪范成大時途經吳松，有感而作。此詞借景抒情，「第四橋邊，擬共天隨住」為一篇主旨，一結聯繫今古人物，構思精妙。清陳廷焯《白雨齋詞話》許為絕調，並非溢美之辭。

注釋

①紅酥手：紅潤白嫩的手。

②黃縢酒：黃封酒，一種官家釀的酒。

③宮牆柳：在此喻唐琬，因為她此時已嫁人，有如宮牆中的柳可望而不可即。一說，宋高宗曾以紹興為行都，所以有宮牆之稱。

④離索：離散後的孤寂生活。

⑤鮫綃：絲綢製的手帕。綃 (漢)xiāo (國)ㄒㄧㄠ (粵)siu^{1} 音消。

⑥山盟：盟誓如山，不可移易。此指當初永久相愛的誓言。

⑦錦書難託：錦書，前秦時竇滔妻蘇蕙曾織錦為回文詩寄丈夫，後遂以錦書代指情書。託，寄。陸游與唐琬已離

散，在當時是不得有書信往來的。

⑧ 莫：意思是無可奈何。

⑨ 驛：古代官辦的交通站。

⑩ 寂寞開無主：無主，無人過問。連上句寫梅花孤寂，被人冷落的處境。

⑪ 黃昏：直寫之外，亦喻作者暮年。

⑫ 更著風和雨：著，經受。風、雨，喻排斥打擊，不幸遭遇。

⑬ 碾：軋碎。碾㊉漢niǎn㊉國ㄋㄧㄢˇ㊉粵nin^{5}音年低上聲。

⑭ 只有香如故：香如故，香氣不散，依然如故。連上句寫梅花高潔、堅貞的品格。

⑮ 淳熙丙申至日：淳熙丙申，宋孝宗淳熙三年（一一七六）。至日，指冬至日。

⑯ 維揚：即揚州。

⑰ 霽：本指雨止，這裏作止解。霽㊉漢jì㊉國ㄐㄧˋ㊉粵dzai^{3}音祭。

⑱ 薺麥彌望：薺麥，植物名，即薺菜與麥。句謂滿眼都是薺菜和麥子。

⑲ 戍角：戍，邊防駐軍。角，號角。戍角，邊防駐軍的號角聲。

⑳ 千巖老人以為有黍離之悲世：千巖老人，即蕭德藻，著書名《千巖擇稿》。姜夔曾跟他學詩。黍離，《詩經·王風》的一篇。此詩記述周室東遷，大夫行役至于宗周，過故宗廟宮室，見禾黍離生。徬徨不忍離去。

㉑ 淮左名都：淮左，指淮河東部。名都，揚州是淮河東部著名的都會。

㉒ 竹西佳處：揚州城北門有竹西亭，是環境幽雅的地方。

㉓ 解鞍少駐初程：少駐，暫時停留。程，旅程。初程，旅程開始的一段。一說，作者初次至揚州，故說初程。

㉔ 春風十里：指揚州道上。是寫當年揚州的繁華。

㉕ 胡馬窺江：胡馬，指金兵。江，指長江。金兵於宋高宗建炎三年（一一二九）和紹興三十一年（一一六一）兩次南侵，揚州首當其衝，慘遭破壞。這裏主要是就第二次來說。

㉖ 廢池喬木：廢池，指被破壞了的城池。喬木，古老高大的樹木。

㉗ 清角吹寒：在寒風中響着淒涼的號角聲。

㉘ 空城：形容揚州劫後的蕭條。

㉙ 杜郎俊賞：杜郎，指唐代詩人杜牧（八〇三——八五二）。俊賞，高度讚賞。杜牧曾寫過一些讚頌揚州繁華的詩。

㉚ 縱豆蔻詞工：豆蔻詞，指杜牧〈贈別〉詩，因詩中有「豆蔻梢頭二月初」句，豆蔻，多年生草本植物名，形容少女。工，精妙。蔻 ㊥kòu ㊟ㄎㄡˋ ㊢kau^3 音扣。

㉛ 青樓夢好：青樓夢，杜牧〈遣懷〉詩：「十年一覺揚州夢，贏得青樓薄倖名。」好，與「工」對文，指詩寫得好。

㉜ 二十四橋：杜牧〈寄揚州韓綽判官〉詩：「青山隱隱水迢迢，秋盡江南草未凋。二十四橋明月夜，玉人何處教吹簫。」揚州在唐朝時有二十四座橋，至宋朝時已不全存。作者引杜牧詩，故仍説二十四橋。可參考本冊第四十一課〈唐詩九〉。

㉝ 波心蕩、冷月無聲：無聲，沒有昔日的管弦吹奏聲。承上説，橋、月、水雖仍在，但已變得荒涼冷清了。

㉞ 念橋邊紅藥，年年知為誰生：紅藥，芍藥花。此謂可憐橋邊芍藥花，雖盛開，也無人欣賞，是在為誰而生呢？

㉟ 燕雁無心：燕，指燕地，泛指北方。燕雁，從北方飛來的雁。無心，指無所牽掛。

㊱ 清苦：形容山的寥落、荒涼。

㊲ 商略：商量、醞釀。

㊳ 第四橋：《蘇州府志》卷三十四〈津梁〉：「甘泉橋一名第四橋，以泉品居第四也。」在吳江城外。

㊴ 天隨：唐詩人陸龜蒙號天隨子，居松江甫里，常放舟游於江湖間。姜夔很崇拜他，常以陸天隨自比。

㊵ 何許：如何。

㊶ 殘柳參差舞：參差，不齊的樣子。此句嘆天隨舊居已不存，只有殘柳隨風搖曳。

宋詞九

風入松　春晚感懷　吳文英

聽風聽雨過清明。愁草瘞花銘①。樓前綠暗分攜②路，一絲柳、一寸柔情。料峭春寒中酒③，交加曉夢啼鶯④。　西園⑤日日掃林亭。依舊賞新晴。黃蜂頻撲鞦韆索，有當時、纖手香凝⑥。惆悵雙鴛⑦不到，幽階一夜苔生⑧。

高陽臺　西湖春感　張炎

接葉巢鶯⑨，平波卷絮，斷橋⑩斜日歸船。能幾番游，看花又是明年。東風且伴薔薇住，到薔薇、春已堪憐。更淒然，萬綠西泠⑪，一抹荒煙！　當年燕子知何處⑫？但苔深韋曲⑬，草暗斜川⑭。見說新愁，如今也到鷗邊⑮。無心再續笙歌夢⑯，掩重門、淺醉閒眠。莫開簾，怕見飛花，怕聽啼鵑⑰！

玉樓春　戲林推

劉克莊

年年躍馬長安市⑱。客舍似家家似寄⑲。青錢換酒日無何⑳，紅燭呼盧㉑宵不寐。易挑錦婦機中字㉒。難得玉人心下事㉓。男兒西北有神州㉔，莫滴水西橋㉕畔淚。

作者

吳文英，生卒年不詳，約生活於南宋寧宗慶元六年至南宋理宗景定元年（一二〇〇？——一二六〇？）間。字君特，號夢窗，又號覺翁，四明（今浙江寧波）人。約三十三歲時在蘇州為倉台幕僚。此後長期以清客身分來往於蘇州、杭州、紹興一帶與史宅之、吳潛、賈似道等朝中顯貴交遊。

吳文英是南宋名詞人，能自度曲，其詞音律諧協，字句鍊，善用典故，意境含蓄。有《夢窗詞》。

張炎，生於南宋理宗淳祐八年，約卒於元仁宗延祐七年（一二四八——一三二〇？）。字叔夏，號玉田，晚號樂笑翁，先世鳳翔（今陝西鳳翔）人，後遷臨安（今浙江杭州）。出身世家，六世祖張俊是南渡時功臣，父親張樞精通音律。宋亡後，家道中落，北上元都謀官，失意而歸，遂流寓於江浙一帶，潦倒以終。

張炎承周邦彥及姜夔餘緒，注重音律和形式。長於詠物抒情，宋亡後多感歎身世之作。著有《山中白雲詞》八卷及詞論專著《詞源》二卷。

劉克莊，生於南宋孝宗淳熙十四年，卒於南宋度宗咸淳五年（一一八七——一二六九）。字潛夫，號後村居士，莆田（今福建莆田）人。以蔭補官，初任建陽（今屬福建）縣令。因賦〈落梅〉詩，被指為訕謗，免職多年。宋理宗淳祐六年（一二四六）特賜進士出身，歷官秘書監、工部尚書兼侍讀，官至龍圖閣學士。

劉克莊是南宋江湖派詩人，其詩宗法晚唐，多諷刺時弊之作。其詞繼承了陸游和辛棄疾的豪放風格，不受格律拘束，作品以感時念亂為主。著有《後村先生大全集》，其中有《長短句》五卷。

題解

本課選錄了吳文英〈風入松〉（聽風聽雨過清明）、張炎〈高陽臺〉（接葉巢鶯）及劉克莊〈玉樓春〉（年年躍馬長安市）三首詞，都選自《全宋詞》。

〈風入松〉原是古琴曲。唐代僧皎然有〈風入松歌〉，後演變為詞調。吳文英的〈風入松〉，自題為「春晚感懷」，則是悼念亡妾而寫的。上片寫清明雨景，下片寫新晴之日，都襯出物是人非的惆悵。全詞不言傷情而傷情自見，寓哀思於美好的情事，愈見沈鬱之妙。

〈高陽臺〉首見於僧皎如詞，是南宋末年詞人常用詞調。毛先舒《填詞名解》謂此調名是取自宋玉〈高唐賦〉載神女事：「妾在巫山之陽，高丘之阻，旦為朝雲，暮為行雨，朝朝暮暮，陽臺之下。」張炎的〈高陽臺〉，題作「西湖春感」。詞中借詠暮春西湖，感懷身世。關於此詞的撰寫年代，清代張惠言認為當作於南宋恭帝德祐元年（一二七五）張炎二十八歲時，即臨安被元兵攻陷前一年。詞的意境淒黯，感慨萬端，撫今追昔，不盡低徊，而對眼前景物，悵觸尤多。

〈玉樓春〉首見於《花間集》顧敻詞起句：「月照玉樓春漏促」，後演變為詞調名。劉克莊的〈玉樓春〉，詞題為「戲林推」。林推，姓林的推官，是作者朋友。推官，節度推官的省稱，為帥府僚屬，負責刑事訴訟之事。林推官喜作狎邪遊，劉克莊以友人身份，藉作戲言之詞以為規勸。全篇寫友行事不當，遣詞頗見靈活，「易挑」兩句尤能直指林推要害，亦符戲字之意。「男兒西北有神州，莫滴水西橋畔淚」兩句便是一篇主旨。

注釋

① 愁草瘞花銘：草，寫。瘞花銘，此借用庾信（五一三——五八一）〈瘞花銘〉篇名。瘞花，葬花。花，喻亡妾。銘，古代一種文體，刻在器物或墓碑上，或以稱功德，或以申明鑒戒。瘞 漢yì 國ㄧˋ 粵ji³ 音意。

② 分攜：分手、分別。

③ 料峭春寒中酒：料峭，寒冷的樣子。中酒，醉酒。

④ 交加曉夢啼鶯：交加，繽紛雜亂的樣子。曉夢啼鶯，黃鶯爭鳴，驚醒清晨的夢。

⑤ 西園：與亡妾舊遊之地。

⑥ 黃蜂頻撲鞦韆索，有當時、纖手香凝：纖手、香凝，皆指亡妾。因黃蜂而思香凝，因鞦韆而思纖手。寫觸物懷人之情。

⑦ 雙鴛：代表美人的鞋子，指行蹤。

⑧ 幽階一夜苔生：幽階，即當年分別之花徑。一夜苔生，喻時光飛逝，彷彿分別就在昨日，此見作者思念之深。南朝庾肩吾〈詠長信宮中草〉：「全由履迹少，並欲上階生。」

⑨ 接葉巢鶯：用杜甫〈陪鄭廣文遊何將軍山林〉中「卑枝低結子，接葉暗巢鶯」詩句，指茂密的樹葉遮住鶯巢。

⑩ 斷橋：西湖十景之一，在西湖孤山側面，裏湖與外湖之間。

⑪ 西泠：橋名，在孤山下，是後湖和裏湖的分界線。

⑫ 當年燕子知何處：此句用劉禹錫（七七二——八四二）〈烏衣巷〉中「舊時王謝堂前燕，飛入尋常百姓家」物是人非之意。

⑬ 韋曲：在長安城南明德門外，唐時韋后家居此地，故名。此處借長安風景名勝比喻西湖風景。

⑭ 斜川：在江西星子和都昌兩縣間的湖泊中，風景優美。此處借指西湖。

⑮ 見説新愁，如今也到鷗邊：見説，聽説。連無知的水鷗，如今也有愁了。此言愁情之深。

⑯ 笙歌夢：指舊日的歡樂生活。

⑰ 啼鵑：即杜鵑鳥。杜鵑聲淒怨，使人傷悲。

⑱ 年年躍馬長安市：長安市，本為漢、唐京師，這裏借指南宋京城臨安（今浙江杭州）。這句是說林推官年年騎着馬在京城中遊逛。

⑲ 客舍似家家似寄：寄，指臨時借住之所。指作客的日子多，在家的時間少。林推官家在莆田（今福建莆田），而供職於京師，故有此說。

⑳ 青錢換酒日無何：青錢，古時銅錢按成色不同分為青錢、黃錢，此處青錢則泛指錢。無何，沒有甚麼，指甚麼正事都不幹。此句是說整天沒正事幹，只知拿錢買酒喝。

㉑ 呼盧：賭博場中的叫喊聲。古時擲骰子，五子全黑為盧，得盧的人全勝，所以賭博都叫呼盧。

㉒ 易挑錦婦機中字：挑，挑花紋。錦婦，指晉朝竇滔妻蘇蕙。機中字，用蘇蕙事，滔仕前秦苻堅為秦州刺史，被徙流沙。蘇氏織錦為回文詩，用以贈滔。此句指妻子對丈夫忠貞的愛情。

㉓ 難得玉人心下事：玉人，美人，這裏指妓女。此句指妓女的真心是難以得到的。

㉔ 神州：中原，這裏指淪陷了的國土。

㉕ 水西橋：指妓女居住的地方。

竇娥冤 感天動地竇娥冤

關漢卿

（外①扮監斬官上，云）下官②監斬官是也。今日處決犯人，着做公的把住巷口③，休放往來人閒走。（淨④扮公人鼓三通、鑼三下科⑤。劊子磨旗⑥、提刀，押正旦⑦帶枷上。劊子云）行動些⑧，行動些，監斬官去法場⑨上多時了！（正旦唱）

〔正宮〕⑩〔端正好〕⑪沒來由犯王法，不提防遭刑憲⑫，叫聲屈動地驚天！頃刻間遊魂先赴森羅殿⑬，怎不將天地也生⑭埋怨？

〔滾綉球〕有日月朝暮懸，有鬼神掌著生死權，天地也，只合⑮把清濁分辨，可怎生錯看了盜跖顏淵⑯？為善的受貧窮更命短，造惡的享富貴又壽延。天地也，做得個怕硬欺軟，却原來也這般順水推船⑰。地也，你不分好歹何為地？天也，你錯勘⑱賢愚枉做天！哎，只落得兩淚漣漣。

（劊子云）快行動些，誤了時辰也。（正旦唱）

〔倘秀才〕則⑲被這枷扭的我左側右偏，人擁的我前合後偃⑳。我竇娥向哥哥行㉑有句言；（劊子云）你有甚麼話說？（正旦唱）前街裏去心懷恨，後街裏去死無冤，休推辭路遠。

（劊子云）你如今到法場上面，有甚麼親眷要見的？可教他過來，見你一面也好。（正旦唱）

〔叨叨令〕可憐我孤身隻影無親眷，則落的吞聲忍氣空嗟怨。（劊子云）難道你爺娘家也沒的？（正旦云）止有個爹爹，十三年前上朝取應㉒去了，至今杳無音信。（唱）早已是十年多不睹爹爹面。（劊子云）你適纔要我往後街裏去，是甚麼主意？（正旦唱）怕則怕前街裏被我婆婆見。（劊子云）你的性命也顧不得，怕他見怎的？（正旦云）俺婆婆若見我披枷帶鎖，赴法場餐刀㉓去呵，（唱）枉將他氣殺也麼哥㉔，枉將他氣殺也麼哥！告㉕哥哥，『臨危好與人行方便。』

（卜兒㉖哭上科，云）天那，兀的㉗不是我媳婦兒！（劊子云）婆子靠後！（正旦云）

既是俺婆婆來了，叫他來，待我囑付他幾句話咱㉘。（劊子云）那婆子近前來，你媳婦要囑付你話哩。（卜兒云）孩兒，痛殺我也！（正旦云）婆婆，那張驢兒把毒藥放在羊肚兒湯裏，實指望藥死了你，要霸佔我為妻。不想婆婆讓與他老子吃，倒把他老子藥死了。我怕連累婆婆，屈招了藥死公公，今日赴法場典刑㉙。婆婆，此後遇着冬時年節㉚，月一十五㉛，有瀽不了的漿水飯㉜，瀽半碗兒與我吃；燒不了的紙錢，與竇娥燒一陌兒㉝，則是看你死的孩兒面上！（唱）

〔快活三〕念竇娥葫蘆提當罪愆㉞，念竇娥身首不完全，念竇娥從前已往幹家緣㉟。婆婆也，你只看竇娥少爺無娘面。

〔鮑老兒〕念竇娥伏侍婆婆這幾年，遇時節將碗涼漿奠；你去那受刑法尸骸上烈㊱些紙錢，只當把你亡化的孩兒薦㊲。（卜兒哭科，云）孩兒放心，這個老身都記得。天那，兀的不痛殺我也！（正旦唱）婆婆也，再也不要啼啼哭哭，煩煩惱惱，怨氣衝天。這都是我做竇娥的沒時沒運，不明不暗㊳，負屈銜冤。

（劊子做喝科，云）兀那婆子靠後，時辰到了也。（正旦跪科）（劊子開枷科）（正旦云）

竇娥告監斬大人，有一事肯依竇娥，便死而無怨。（監斬官云）你有甚麼事？你說。（正旦云）要一領淨席㊴，等我竇娥站立；又要丈二白練㊵，挂在旗槍㊶上。若是我竇娥委實冤枉，刀過處頭落，一腔熱血，休半點兒沾在地下，都飛在白練上者㊷。（監斬官云）這個就依你，打甚麼不緊㊸。（劊子做取席站科，又取白練挂旗上科）（正旦唱）

〔耍孩兒〕不是我竇娥罰㊹下這等無頭願，委實的冤情不淺。若沒些兒靈聖與世人傳，也不見得湛湛青天㊺。我不要半星熱血紅塵灑，都只在八尺旗槍素練懸，等他四下裏皆瞧見。這就是咱萇弘化碧㊻，望帝啼鵑㊼。

（劊子云）你還有甚的說話？此時不對監斬大人說，幾時說那！（正旦再跪科，云）大人，如今是三伏㊽天道，若竇娥委實冤枉，身死之後，天降三尺瑞雪，遮掩了竇娥尸首。（監斬官云）這等三伏天道，你便有衝天的怨氣，也召不得一片雪來。可不胡說！（正旦唱）

〔二煞〕你道是暑氣暄㊾，不是那下雪天，豈不聞飛霜六月因鄒衍㊿？若果有一腔怨氣噴如火，定要感的六出冰花(51)滚似綿，免着我尸骸現。要什麼素車白馬(52)，斷送出古陌荒阡(53)！

（正旦再跪科，云）大人，我竇娥死的委實冤枉，從今以後，着這楚州亢旱三年。（監斬官云）打嘴！那有這等説話！（正旦唱）

〔一煞〕你道是天公不可期，人心不可憐，不知皇天也肯從人願。做甚麼三年不見甘霖降？也只為東海曾經孝婦冤㊹，如今輪到你山陽縣。這都是官吏每㊺無心正法，使百姓有口難言！

（劊子做磨旗科，云）怎麼這一會兒天色陰了也？（內㊻做風科。劊子云）好冷風也！（正旦唱）

〔煞尾〕浮雲為我陰，悲風為我旋，三樁兒誓願明題遍。（做哭科，云）婆婆也，直等待雪飛六月，亢旱三年呵，（唱）那其間纔把你個屈死的冤魂這竇娥顯！

（劊子做開刀，正旦倒科）（監斬官驚云）呀，真個下雪了，有這等异事！（劊子云）我也道平日殺人，滿地都是鮮血。這個竇娥的血，都飛在那丈二白練上，無半點落地，委實奇怪。（監斬官云）這死罪必有冤枉。早兩樁兒應驗了，不知亢旱三年的説話，准也不准？

且看後來如何。左右，也不必等待雪晴，便與我擡他尸首，還了那蔡婆婆去罷。（眾應科，擡尸下）

作者

關漢卿見初冊第五十六課〈元散曲〉

題解

本課節選自元雜劇《竇娥冤》第三折的後半部，是全劇高潮的所在，版本據人民文學出版社的《全元戲曲》，現題為編者所加。

雜劇是一種綜合性的表演藝術，由套曲、賓白（賓是對話，白是獨白）、角色和做作等組成。元代雜劇一般分四折，一折即一幕，另加楔子，是介紹劇情的引子。

《竇娥冤》是元雜劇最感人的作品之一。主角竇娥，因父親無力還債，自少便被典押給蔡婆婆為童養媳。長大後，與蔡婆婆的兒子成婚。可是不到兩年，丈夫便去世了，婆媳二人從此相依為命。其後，惡棍張驢兒為要霸佔竇娥，企圖用藥毒死蔡婆婆，不料竟誤毒了自己的父親。州官因為接受了張驢兒的賄賂，遂誣竇娥以殺人之罪，判處斬決。三年後，竇娥父親竇天章中了舉，任肅政廉訪使。竇娥報夢父親，訴説情。天章逮捕了真兇，而竇娥亦沈冤得雪。本節主要寫竇娥被押上刑場時的悲怨和臨刑前立願的動人情景。

注釋

① 外：雜劇角色名，此作外末的簡稱，正末之外的次要角色，扮演劇中次要男性人物。
② 下官：古代官人謙虛的自稱。
③ 著做公的：著，派。做公的，衙門中的差役。
④ 淨：角色名，俗稱花臉、花面，扮演剛猛、奸詐一類角色。
⑤ 鼓三通、鑼三下科：三通，打鼓一陣叫一通。科，元雜劇劇本中表示角色進行某種動作、表情及舞台效果的術語。
⑥ 磨旗：搖旗。
⑦ 正旦：扮演女主角的角色。劇本中的竇娥。
⑧ 行動些：走快些。
⑨ 法場：刑場。
⑩ 正宮：宮調名，類似現在的樂調。
⑪ 端正好：曲牌名。下〔滾繡球〕、〔倘秀才〕、〔叨叨令〕、〔快活三〕、〔鮑老兒〕、〔耍孩兒〕、〔二煞〕、〔一煞〕、

〔煞尾〕均屬同一宮調的曲牌名。

⑫ 遭刑憲：此謂遭受刑法懲處。

⑬ 森羅殿：指陰間閻王審案的廳堂，又稱閻羅殿。

⑭ 也生：也，語氣詞。生，深深地。

⑮ 合：應該。

⑯ 盜跖顏淵：盜跖（生卒年不詳），相傳為春秋時的大盜，據說長壽而終。顏淵（西元前五二一——四八一），孔子弟子，被推崇的賢人，貧窮早夭。二人泛指壞人和好人。跖 (漢)zhí (國)ㄓˊ (粵)dzɛk^{8} 音隻。

⑰ 順水推船：比喻順應情勢行事。

⑱ 勘：判。勘 (漢)kān (國)ㄎㄢ (粵)hem^{3} 音瞰。

⑲ 則：只。

⑳ 前合後偃：偃，仰面倒下。句謂前仆後倒。偃 (漢)yǎn (國)ㄧㄢˇ (粵)jin^{2} 音演。

㉑ 哥哥行：哥哥，對一般男子的客氣稱呼。宋元口語裏用於人稱代詞後面，以指示方位。哥哥行，即哥哥那裏。

㉒ 上朝取應：到京城裏應考。

㉓ 餐刀：挨刀，指殺頭。

㉔ 也麼哥：元曲中常用的語尾助詞。

㉕ 告：請求。

㉖ 卜兒：元雜劇中老年婦女的俗稱。此劇指竇娥的婆婆。

㉗ 兀的：起指示作用的詞，如同「這」，表示驚訝的語氣。

㉘ 咱：元曲中句末語氣詞，類似「也」字。

㉙ 典刑：指受死刑。

㉚ 冬時年節：冬至和過年等節目。

㉛ 月一十五：初一和十五。

㉜ 有瀽不了的漿水飯：瀽，潑、倒。漿水飯，稀粥、米湯。瀽（漢）jiǎn（國）ㄐㄧㄢˇ（粵）gin^{2} 或 dzin^{2} 音堅，高上聲，或剪。

㉝ 與竇娥燒一陌兒：與，給。陌，通百。一陌兒，指一百張紙錢。

㉞ 葫蘆提當罪愆：葫蘆提，糊裏糊塗。罪愆，罪過。

㉟ 幹家緣：料理家務。

㊱ 烈：燒。

㊲ 只當把你亡化的孩兒薦：亡化，死去。薦，祭奠。

㊳ 不明不暗：不明不白地。

㊴ 一領，一張。一領淨席：一張整潔的草席。

㊵ 丈二白練：一丈二尺的白綢。

㊶ 旗槍：指旗桿頂端的金屬裝飾物。

㊷ 者：語尾助詞。

㊸ 打甚麼不緊：有甚麼要緊。

㊹ 罰：這裏是發的意思。指說出、表達。

㊺ 若沒些兒靈聖與世人傳，也不見得湛湛青天：靈聖，指神異的靈應。不見得，看不見。湛湛，澄清、潔淨的樣子。湛湛青天，形容天道清明、天理昭彰。

㊻ 萇弘化碧：萇弘，周朝賢臣，無辜被害於蜀，蜀人藏其血。三年後，傳說其當日所流之血化為碧玉。事見前秦王嘉撰《拾遺記》。指忠誠之心終得表白。萇（漢）cháng（國）ㄔㄤˊ（粵）tsœŋ^{4} 音長。

㊼ 望帝啼鵑：古代神話，傳說蜀王杜宇，號望帝，被其相鱉靈所逼，遜位後隱居深山，死後其魂化為杜鵑，日夜悲啼，啼聲淒厲。事見《寰宇記》。這裏用來形容淒苦的號泣。

㊽ 三伏：謂初伏、中伏、末伏，是一年中最熱的時候。

㊾ 暄：暖。

㊿ 飛霜六月因鄒衍：鄒衍（西元前三〇五—二四〇），戰國時燕國人，忠於燕惠王，燕惠王聽信讒言把他囚禁。傳說他入獄時仰天大哭，竟感動炎夏六月下起霜來。後以六月飛霜比喻冤獄。

51 六出冰花：指雪花。雪結晶一般為六角形，所以稱六出。

52 素車白馬：東漢時，范式與張劭友好。劭死，式自遠地乘白車白馬往弔喪。後以素車白馬指弔喪送葬。

53 斷送出古陌荒阡：斷送出，送往。陌阡，原指田間小路。古陌荒阡，謂人迹罕至的荒郊野外。

54 東海曾經孝婦冤：民間傳說，謂漢代東海有寡婦名周青，侍婆婆至孝。婆婆年老，不願拖累媳婦，遂自縊而死。小姑誣告周青殺了婆婆，地方官不察，判周青死刑。周青死後，東海一帶大旱三年。後來有個名于公的清官替她申冤，天才下雨。事見《漢書》及《搜神記》。

55 每：同們。

56 內：指後台。

西廂記 長亭送別

王實甫

（夫人長老①上云）今日送張生赴京，就十里長亭②，安排下筵席。我和長老先行，不見張生小姐來到。（旦末紅③同上）（旦云）今日送張生上朝取應④。早是離人傷感，況值那暮秋天氣，好煩惱人也呵！悲歡聚散一杯酒，南北東西萬里程。

〔正宮端正好〕碧雲天，黃花地，西風緊，北雁南飛。曉來誰染霜林醉？總是離人淚。

〔滾繡毬〕恨相見得遲，怨歸去得疾。柳絲長玉驄⑤難繫，恨不得倩⑥疏林挂住斜暉。馬兒迍迍⑦的行，車兒快快的隨，卻告了相思迴避，破題兒⑧又早別離。聽得道一聲「去也」，鬆了金釧⑨；遙望見十里長亭，減了玉肌⑩。此恨誰知！

（紅云）姐姐今日怎麼不打扮？（旦云）你那知我的心哩！

〔叨叨令〕見安排著車兒、馬兒，不由人熬熬煎煎的氣。有甚麼心情將花兒、靨⑪兒，打扮的嬌嬌滴滴的媚。准備著被兒、枕兒，則索⑫昏昏沉沉的睡。從今後衫兒、袖兒，都搵⑬濕做重重疊疊的淚。兀的不悶殺人也麼哥⑭，兀的不悶殺人也麼哥！久已後書兒、信兒，索與我恓恓惶惶⑮的寄。

（做到了科，見夫人了）（夫人云）張生和長老坐，小姐這壁⑯坐，紅娘將⑰酒來。張生，你向前來，是自家親眷，不要迴避。俺今日將鶯鶯與你，到京師休辱末⑱了俺孩兒，掙揣一箇狀元回來者⑲。（末云）小生託夫人餘蔭，憑著胸中之才，覷官如拾芥耳⑳。（潔㉑云）夫人主張不差，張生不是落後的人。（把酒了，坐）（旦長吁科）

〔脫布衫〕下西風黃葉紛飛，染寒煙衰草萋迷㉒。酒席上斜簽著坐的㉓，蹙愁眉死臨侵地㉔。

〔小梁州〕我見他閣淚汪汪不敢垂，恐怕人知。猛然見了把頭低，長吁氣，推整素羅衣。

〔么篇〕雖然久後成佳配，奈時間怎不悲啼。意似癡，心如醉，昨宵今日，清減了小腰圍。

（夫人云）小姐把盞者！（紅遞酒了，旦把盞長吁科云）請喫酒！

〔上小樓〕合歡未已，離愁相繼。想著俺前暮私情，昨夜成親，今日別離。我諗知㉕這幾日相思滋味，卻元來㉖此別離情更增十倍。

〔么篇〕年少呵輕遠別，情薄呵易棄擲。全不想腿兒相壓，臉兒相偎，手兒相攜。你與俺崔相國做女壻，妻榮夫貴，但得箇並頭蓮，煞強如狀元及第。

（夫人云）紅娘把盞者！（紅把酒科）（旦唱）

〔滿庭芳〕供食太急，須臾對面，頃刻別離。若不是酒席間子母每當迴避，有心待與他舉案齊眉㉗。雖然是廝守得一時半刻，也合著俺夫妻每共桌而食。眼底空留意，尋思起就裏，險化做望夫石㉘。

（紅云）姐姐不曾喫早飯，飲一口兒湯水。（旦云）紅娘呵，甚麼湯水嚥得下！

〔快活三〕將來的酒共食，嘗著似土和泥；假若便是土和泥，也有些土氣息，泥滋味。

〔朝天子〕煖溶溶玉醅，白泠泠似水，多半是相思淚。眼面前茶飯怕不待要㉙喫，恨塞滿愁腸胃。蝸角虛名，蠅頭微利㉚，拆鴛鴦在兩下裏。一個這壁，一個那壁，一遞一聲㉛長吁氣。

（夫人云）輛起車兒㉜，俺先回去，小姐隨後和紅娘來。（下）（末辭潔科）（潔云）此一行別無話說，貧僧准備買登科錄看，做親的茶飯少不得貧僧的。先生在意，鞍馬上保重者！從今經懺無心禮㉝，專聽春雷第一聲㉞。（下）（旦唱）

〔四邊靜〕霎時間杯盤狼籍，車兒投東，馬兒向西。兩意徘徊，落日山橫翠。知他今宵宿在那裏？有夢也難尋覓。

張生，此一行得官不得官，疾早便回來。（末云）小生這一去，白奪一箇狀元，正是：青霄有路終須到，金榜無名誓不歸。（旦云）君行別無所贈，口占一絕，為君送行：棄擲今何在，當時且自親。還將舊來意，憐取眼前人。（末云）小姐之意差矣，張珙更敢憐誰？謹賡㉟一絕，以剖寸心：人生長遠別，孰與最關親？不遇知音者，誰憐長歎人？（旦唱）

〔耍孩兒〕淋漓襟袖啼紅淚㊱，比司馬青衫更溼㊲。伯勞東去燕西飛㊳，未登程先問歸期。雖然眼底人千里，且盡生前酒一杯。未飲心先醉，眼中流血，心裏成灰。

〔五煞〕到京師服水土，趁程途節飲食，順時自保揣㊴身體。荒村雨露宜眠早，野店風霜要起遲！鞍馬秋風裏，最難調護，最要扶持。

〔四煞〕這憂愁訴與誰？相思只自知，老天不管人憔悴。淚添九曲黃河溢，恨壓三峯華岳㊵低。到晚來悶把西樓倚，見了些夕陽古道，衰柳長隄。

〔三煞〕笑吟吟一處來，哭啼啼獨自歸。歸家若到羅幃裏，昨日箇繡衾香暖留春住，今夜箇翠被生寒有夢知。留戀你別無意，見據鞍上馬，閣不住淚眼愁眉。

（末云）有甚言語囑付小生咱㊶？（旦唱）

〔二煞〕你休憂文齊福不齊，我則怕你停妻再娶妻。你休要一春魚雁無消息㊷！我這裏青鸞㊸有信頻須寄，你卻休金榜無名誓不歸。此一節君須記：若見了那異鄉花草，再休似此處棲遲。

（末云）再誰似小姐？小生又生此念。（旦唱）

〔一煞〕青山隔送行，疏林不做美，淡煙暮靄相遮蔽。夕陽古道無人語，禾黍秋風聽馬嘶。我為甚麼嬾上車兒內，來時甚急，去後何遲？

（紅云）夫人去好一會，姐姐，咱家去！（旦唱）

〔收尾〕四圍山色中，一鞭殘照裏。遍人間煩惱填胸臆，量這些大小車兒如何載得起？

（旦紅下）（末云）僕童趕早行一程兒，早尋個宿處。淚隨流水急，愁逐野雲飛。（下）

作者

王實甫，名德信，以字行。生卒年無可考，約生活於元成宗元貞、大德年間（一二九五？——一三〇七？），大都（今北京）人。

王實甫是元代著名雜劇家，與關漢卿等「元曲四大家」齊名。其雜劇今存十四種，完整的有《崔鶯鶯待月西廂記》、《四丞相高會麗春堂》及《呂蒙正風雪破窯記》三種，只存殘曲的有《蘇小卿月夜販茶船》和《韓彩雲絲竹芙蓉亭》兩種。他的作品，大都以描寫青年男女追求幸福生活，非議虛偽禮教為主。其文筆華美而富神韻，在當時已負盛名，其中《西廂記》更被譽為「天下奪魁」之作。

題解

本課選自雜劇《西廂記》第四本第三折，版本據中華書局排印本，題目為後人所加。《西廂記》全名《崔鶯鶯待月西廂記》，演述崔鶯鶯和張生的愛情故事。王實甫根據唐元稹的《會真記》與金人董解元《西廂記諸宮調》的基本故事情節，加以推演和發揮而成，使《西廂記》無論在主題、人物和情節都更趨完美。

故事寫窮書生張生在偶然的機會下，救回被賊虜去的崔鶯鶯，二人由一見傾心，而至私訂終生。然而崔相國夫人卻認為二人並不門當戶對，要以張生考取功名作為結合的條件。其後張生上京應試，果然狀元及第，有情人終成眷屬。本折稱作「長亭送別」，是《西廂記》劇中最膾炙人口的片段。它寫鶯鶯、紅娘、老夫人等到十里長亭為「上朝取應」的張生餞行的情況。整折刻畫崔鶯鶯和張生分別前難捨難分的複雜心緒，也反映出他們在傳統社會的規範下，爭取戀愛自由的決心。

注釋

① 夫人長老：夫人，崔相國夫人，崔鶯鶯之母。長老，寺院裏的住持和尚，此指普救寺的法本。

② 十里長亭：原是建於路旁供休息的亭舍，後來成為人們送別地點的泛稱。

③ 旦末紅：旦，元雜劇中的女角。此指扮演鶯鶯的演員。末，元雜劇中的男角。此指扮演張生的演員。紅，鶯鶯丫環紅娘。

④ 上朝取應：上京城應考。

⑤ 玉驄：青白色的馬。驄 (漢)cōng(國)ㄘㄨㄥ(粵)tsuŋ^{1} 音沖。

⑥ 倩：請、讓之意。倩 (漢)qiàn(國)ㄑㄧㄢˋ(粵)tseng^{2} 音稱。

⑦ 迍迍：行動遲緩的樣子。迍 (漢)tún(國)ㄊㄨㄣˊ(粵)tyn^{4} 音屯。

⑧ 破題兒：唐宋文人稱詩賦起首幾句為破題，後用此語表示開頭、頭一次之意。

⑨ 釧鐲子。釧 (漢)chuàn(國)ㄔㄨㄢˋ(粵)tsyn^{3} 音串。

⑩ 玉肌：形容女子潤澤瑩潔的肌膚。

⑪ 靨：指婦女面部的一種妝扮。靨 (漢)yè(國)ㄧㄝˋ(粵)jip^{8} 音醃。

⑫ 則索：只得。

⑬ 揾：揩拭。揾 (漢)wèn(國)ㄨㄣˋ(粵)wen^{3} 音慍。

⑭ 兀的不悶殺人也麼哥：兀的，起指示作用的詞，如同這。也麼哥，元曲中語末助詞，有加強語氣的作用。

⑮ 恓恓惶惶：急急忙忙的樣子。

⑯ 這壁：這邊。下「那壁」即那邊。

⑰ 將：拿。

⑱ 辱末：即辱沒、玷污。指未考中，身份地位與相國小姐不相配。

⑲ 掙揣一箇狀元回來者：掙揣，奮力爭取。者，語末助詞。揣 漢chuǎi 國ㄔㄨㄞˇ 粵tsœy^{2} 或 tsyn^{2} 音趣。

⑳ 覷官如拾芥耳：覷，看待。芥，小草。拾芥，比喻輕而易舉。句謂視取得功名官位，如拾芥一樣容易。覷 漢qù 國ㄑㄩˋ 粵tsœy^{3} 音趣。

㉑ 潔：指和尚。元雜劇稱和尚為潔郎，省作潔。

㉒ 衰草萋迷：衰草，枯草。萋迷，淒涼而模糊。

㉓ 酒席上斜簽著坐的：簽，插。這裏指張生。

㉔ 死臨侵地：指憔悴無力、無精打彩的樣子。

㉕ 諗知：熟知、深知。諗 漢shěn 國ㄕㄣˇ 粵sɐm^{2} 音審。

㉖ 元來：同原來。

㉗ 舉案齊眉：案，古時進食用的短足木盤。據《後漢書・梁鴻傳》載，梁鴻的妻子孟光每次遞飯給梁鴻時，總要舉案齊眉。後世就用「舉案齊眉」表示夫妻相敬。

㉘ 望夫石：傳說古代有個女子，每天登山眺望遠行服役的丈夫，日久化而為石，後世稱此石為望夫石。事見《神異記》。

㉙ 怕不待要：難道不要。

㉚ 蝸角虛名，蠅頭微利：蝸角，蝸牛角，此喻微細。蝸角虛名，謂微不足道的名譽，事見《莊子・則陽》。蠅頭，亦微細之喻。蠅頭微利，謂薄利，事見漢班固（三二——九二）〈難莊論〉。

㉛ 一遞一聲：遞，交替。即你一聲我一聲。

㉜ 輛起車兒：套上車子。

㉝ 從今經懺無心禮：經懺，指佛經。禮，指誦習。

㉞ 春雷第一聲：指考中的消息。

㉟ 賡：連續、酬和。賡 漢gēng 國ㄍㄥ 粵gɐŋ^{1} 音庚。

㊱ 紅淚：泛指女子離別父母或丈夫時所流苦痛之淚，事見《拾遺記》。
㊲ 比司馬青衫更溼：唐代詩人白居易（七七三──八四六）貶為江州司馬時，曾在潯陽江邊遇琵琶女，因作〈琵琶行〉一詩，詩末云：「座中泣下誰最多，江州司馬青衫溼。」此處借用，以表達鶯鶯別張生時極為淒苦之情。
㊳ 伯勞東去燕西飛：伯勞，鳥名。樂府〈東飛伯勞歌〉：「伯勞東去燕西飛。」這裏比喻情人離別。
㊴ 保揣：即保重。
㊵ 三峯華岳：指華山三峯，即蓮花峯、毛女峯、松檜峯。
㊶ 咱：元曲中句末語氣助詞，類似「也」字。
㊷ 一春魚雁無消息：用宋秦觀（一〇四九──一一〇〇）〈鷓鴣天〉詞句。古時相傳魚和雁都能替人傳書。這裏表示音信斷絕之意。
㊸ 青鸞：青鳥，神話中能送信的鳥。

琵琶記・糟糠自厭

高明

（旦①上唱）〔山坡羊〕②亂荒荒不豐稔的年歲③，遠迢迢不回來的夫婿。急煎煎不耐煩的二親④，軟怯怯不濟事的孤身己⑤。衣盡典，寸絲不掛體。幾番要賣了奴身己，爭奈沒主公婆教誰管取？（合）思之，虛飄飄命怎期⑥？難捱，實丕丕⑦災共危。

〔前腔⑧〕滴溜溜難窮盡珠淚，亂紛紛難寬解的愁緒。骨崖崖⑨難扶持的病體，戰欽欽⑩難捱過的時和歲。這糠呵，我待不吃你，教奴怎忍飢？我待吃呵，怎吃得？（介⑪）苦！思量起來不如奴先死，圖得不知他親死時。（合前）

（白）奴家早上安排些飯與公婆，非不欲買些鮭菜⑫，爭奈無錢可買。不想婆婆抵死埋冤，只道奴家背地吃了甚麼。不知奴家吃的卻是細米皮糠，吃時不敢教他知道，只得回

避。便埋冤殺了，也不敢分說。苦！真实這糠怎的吃得。（吃介）（唱）

〔孝順歌〕嘔得我肝腸痛，珠淚垂，喉嚨尚兀自牢嗄住⑬。糠！遭礱⑭被舂杵，篩你簸揚你，吃盡控持⑮。悄似⑯奴家身狼狽，千辛百苦皆經歷。苦人吃着苦味，兩苦相逢，可知道欲吞不去。（吃吐介）（唱）

〔前腔〕糠和米，本是兩倚依，誰人簸揚你作兩處飛？一賤與一貴，好似奴家共夫婿，終無見期。丈夫，你便是米麼，米在他方沒尋處。奴便是糠麼，怎的把糠救得人飢餒？好似兒夫出去，怎的教奴，供給得公婆甘旨⑰？（不吃放碗介）（唱）

〔前腔〕思量我生無益，死又值甚的！不如忍飢為怨鬼。公婆老年紀，靠着奴家相依倚，只得苟活片時。片時苟活雖容易，到底日久也難相聚。謾⑱把糠來相比，這糠尚兀自有人吃，奴家骨頭，知他埋在何處？

（外淨⑲上探白）媳婦，你在這里說甚麼？（旦遮糠介）（淨搜出打旦介）（白）公公，你看麼？真个背後自逼邏⑳東西吃，這賤人好打！（外白）你把他吃了，看是什麼物事？

（淨荒吃介）（吐介）（外白）媳婦，你逼邏的是甚麼東西？（旦介）（唱）

〔前腔〕這是穀中膜，米上皮，將來逼邏堪療飢。（外淨白）這是糠，你卻怎的吃得？（旦唱）嘗聞古賢書，狗彘食人食㉑，公公，婆婆，須強如草根樹皮。（外淨白）這的不嗄殺了你？（旦唱）嚼雪餐氈㉒蘇卿猶健，餐松食栢㉓到做得神仙侶，縱然吃些何慮？（白）公公，婆婆，別人吃不得，奴家須是吃得。（外淨白）胡說！偏你如何吃得？（旦唱）爹媽休疑，奴須是你孩兒的糟糠妻室㉔！

（外淨哭介白）原來錯埋冤了人，兀的㉕不痛殺了我！（倒介旦叫介）（唱）

〔雁過沙〕他沉沉向迷途，空教我耳邊呼。公公，婆婆，我不能盡心相奉事，番㉖教你為我歸黃土。公公，婆婆，人道你死緣何故？公公，婆婆，你怎生割捨拋棄了奴？

（白）**公公，婆婆。（外醒介）（唱）**

〔前腔〕媳婦，你耽飢㉗事公姑。媳婦，你耽飢怎生度？錯埋冤你也不肯辭㉘，我如今始信有糟糠婦。媳婦，我料應不久歸陰府。媳婦，你休便為我死

的把生的受苦。（旦叫婆婆介）（唱）
〔前腔〕婆婆，你還死教奴家怎支吾㉙？你若死教我怎生度？我千辛万苦回護丈夫㉚，如今到此難回護。我只愁母死難留父，況衣衫盡解，囊篋又無。（外叫淨介）（唱）
〔前腔〕婆婆，我當初不尋思，教孩兒往皇都。把媳婦閃得苦又孤，把婆婆送入黃泉路，只怨是我相耽誤。我骨頭未知埋在何處所？
（旦白）婆婆都不省人事了，且扶入裏面去。正是：青龍共白虎同行，吉凶事全然未保㉛。（並下）（末㉜上白）福無雙至猶難信，禍不單行卻是真。自家為甚說這兩句？為鄰家蔡伯喈妻房，名喚做趙氏五娘子，嫁得伯喈秀才，方纔兩月，丈夫便出去赴選。自去之後，連年飢荒，家里只有公婆兩口，年紀八十之上，甘旨之奉，虧殺這趙五娘子，把些衣服首飾之類盡皆典賣，糴㉝些粮米做飯與公婆吃，他卻背地裏把些細米皮糠逼邏充飢。唧唧㉞，這般荒年飢歲，少什麼有三五个孩兒的人家，供膳㉟不得爹娘。這个小娘子，真个今人中少有，古人中難得。那公婆不知道，顛到把他埋冤；今聽來得他公婆知道，卻又用心都害了。俺如今去他家裏探取消息則個㊱。（看介）這个來的卻是蔡小娘子，怎生恁地㊲走得慌？（旦慌走上介白）天有不測風雲，人有旦夕禍福。（見末介）公公，我的婆婆死了。（末介）我卻要來。（旦白）公公，我衣衫首飾盡行典賣，今日婆婆又死，教我如何區處㊳？公公可怜見，相濟則個。（末白）不妨，婆婆衣衾棺槨㊴之費皆出于我，你但盡心承值㊵公公便了。（旦哭介唱）

〔玉包肚〕千般生受㊶，教奴家如何措手？終不然把他骸骨，沒棺槨送在荒坵？

（合）相看到此，不由人不珠淚流，正是不是冤家不聚頭。（末唱）

〔前腔〕不須多憂，送婆婆是我身上有。你但小心承直公公，莫教又成不救。（合前）

（旦白）如此，謝得公公！只為無錢送老娘。（末白）娘子放心，須知此事有商量。

（合）正是：歸家不敢高聲哭，只恐人聞也斷腸。（並下）

作者

高明，生於元武宗至大三年，卒於明太祖洪武十三年（一三一〇——一三八〇）。字則成，號菜根道人，人稱東嘉先生。溫州瑞安（今浙江瑞安）人，理學家黃溍弟子。自幼聰敏博學，能詩文。元順帝至正五年（一三四五）進士，初任處州錄事，歷任浙江闈幕都事、江西行臺掾、福建行省司都事等職，為官清正，關心民間疾苦。元末方國珍在浙東起事，邀高明入幕，高明辭卻原職，解官歸里。晚年退居明州（今浙江寧波）櫟社之沈氏樓，以詞曲自娛。

高明是元末明初的南戲名家。〈琵琶記〉是其代表作，與〈殺狗記〉、〈白兔記〉、〈拜月亭〉、〈荊釵記〉並稱五大傳奇。另有詩文集《柔克齋集》二十卷。

題解

本課選自元末南戲劇本《琵琶記》，版本據《新刊元本蔡伯喈琵琶記》，現題為後人所加。宋、元的南劇，是以南方歌曲、語言組成的一種戲曲，是明代傳奇的前身。其形式包含宋雜劇、唱賺、宋詞及里巷歌謠等成分。本劇即以南宋戲文《趙貞女蔡二郎》為基礎改編而成。《琵琶記》共四十二齣，寫蔡伯喈赴京應考，卻被牛丞相強招為婿；其妻趙五娘獨力支撐門戶，最後抱琵琶上京尋夫的故事。「糟糠自厭」一折，描述蔡伯喈上京赴考後，妻子趙五娘在饑荒的歲月中，獨力肩負家庭重擔的艱苦生活。

注釋

① 旦：本劇指飾演趙五娘的人。

② 山坡羊：曲牌名。下〔孝順歌〕、〔雁過沙〕、〔玉包肚〕均曲牌名。

③ 亂荒荒不豐稔的年歲：稔，莊稼成熟。不豐稔，莊稼收成不好，意指年歲荒歉。稔(漢)rěn(國)ㄖㄣˇ(粵)nam^5 尼氹切。

④ 不耐煩的二親：不耐煩，指忍受不了。二親，指趙五娘公婆。

⑤ 身己：指自己的身體。

⑥ 虛飄飄命怎期：虛飄飄：虛浮，不踏實，此處指微弱。怎期，沒甚麼可期望。

⑦ 實丕丕：實實在在。

⑧ 前腔：意謂曲名同前。

⑨ 骨崖崖：瘦骨嶙峋的樣子。

⑩ 戰欽欽：戰戰兢兢，憂懼重重。

⑪ 介：傳奇劇本裏關於動作、表情、效果等舞臺指示的術語。

⑫ 鮭菜：魚類菜肴。鮭(漢)xié(國)ㄒㄧㄝˊ(粵)hai^4 音鞋。

⑬ 兀自牢嗄住：兀自，猶、還。牢嗄住，緊緊卡住。嗄(漢)shà(國)ㄕㄚˋ(粵)sa^3 音沙，陰去聲。

⑭ 礱：磨。礱(漢)lóng(國)ㄌㄨㄥˊ(粵)lung^4 音龍。

⑮ 控持：折磨。

⑯ 悄似：恰似。

⑰ 甘旨：美好的食物。

⑱ 謾：隨便。

⑲ 外淨：外和淨，均角色名。外角扮演蔡伯喈父，淨角扮演蔡伯喈母。

⑳ 逼邏：安排。

㉑ 狗彘食人食：指人吃豬狗才吃的糟糠，典出《孟子・梁惠王》：「狗彘食人食而不知檢。」原指豬狗吃人的糧食而不知檢斂。這裏反用其意。彘 (漢)zhì (國)ㄓˋ (粵)dzi^{6} 音自。

㉒ 嚙雪餐氈：指蘇武的艱苦生活。《漢書・蘇武傳》載，蘇武（前一四〇——前六〇）奉武帝命出使匈奴，匈奴逼降，蘇武不從，被關在大窖中，與外隔絕，斷其飲食。「天雨雪，武臥齧雪與氈毛，並咽之，數日不死。」

㉓ 餐松食柏：傳說神仙不食人間煙火，以松柏葉子果實為食。

㉔ 糟糠妻室：指貧賤時共患難的妻子。糟 (漢)zāo (國)ㄗㄠ (粵)dzou^{1} 音遭。糠 (漢)kāng (國)ㄎㄤ (粵)hɔŋ^{1} 音康。

㉕ 兀的：指示用詞，同這。

㉖ 番：反而。

㉗ 耽飢：忍受飢餓。

㉘ 不肯辭：不辯白。

㉙ 支吾：支持、應付。

㉚ 回護丈夫：回護，袒護、庇護。這裏是代丈夫盡孝之意。

㉛ 青龍共白虎同行，吉凶事全然未保：青龍，星宿名，星占家以為吉星。白虎，星宿名，星占家以為凶星。全句指吉凶未定。

㉜ 末：角色名，扮演中年男性。這裏扮蔡家鄰居張太公。

㉝ 糴：買糧食。糴 (漢)dí (國)ㄉㄧˊ (粵)dɛk^{9} 音笛。

㉞ 唧唧：讚歎聲。

㉟ 供膳：意為供養。

㊱ 則個：句末語氣詞，用於動詞後，表示委婉語氣，相當於「一下」。

㊲ 恁地：這麼地。恁 ㊅rèn㊅ㄖㄣˋ㊅jɐm⁶ 音任。

㊳ 區處：處理。

㊴ 衣衾棺槨：衣衾，這裏指蓋屍的衣被。棺槨，棺材及套在棺外的外棺。槨 ㊅guǒ㊅ㄍㄨㄛˇ㊅gwɔk⁸ 音國。

㊵ 承值：照料、侍奉。

㊶ 生受：道謝語，謂煩勞、多謝。

牡丹亭・驚夢

湯顯祖

〔遶地遊〕①（旦②上）夢回鶯囀，亂煞年光遍③。人立小庭深院。（貼④）炷盡沉煙⑤，抛殘繡線⑥，恁今春關情⑦似去年？〔烏夜啼〕『（旦）曉來望斷梅關⑧，宿妝殘⑨。（貼）你側著宜春髻子⑩恰憑闌。（旦）翦不斷，理還亂⑪，悶無端。（貼）已分付催花鶯燕借春看。』（旦）春香，可曾叫人掃除花徑？（貼）分付了。（旦）取鏡臺衣服來。（貼取鏡臺衣服上）『雲髻罷梳還對鏡，羅衣欲換更添香⑫。』鏡臺衣服在此。

〔步步嬌〕（旦）裊晴絲⑬吹來閒庭院，搖漾春如線。停半晌，整花鈿⑭。沒揣菱花⑮，偷人半面，迤逗的彩雲偏⑯。（行介）步香閨怎便把全身現！（貼）今日穿插⑰的好。

〔醉扶歸〕（旦）你道翠生生出落的裙衫兒茜⑱，豔晶晶花簪八寶填⑲，可知我常一生兒愛好是天然。恰三春好處⑳無人見。不隄防沉魚落雁㉑鳥驚諠，則怕的羞花閉月花愁顫。（貼）早茶時了，請行。（行介）你看『畫廊金粉半零星，池館蒼苔一片青。踏草怕泥新繡襪，惜花疼煞小金鈴㉒』。（旦）不到園林，怎知春色如許！

〔皁羅袍〕原來奼紫嫣紅開遍，似這般都付與斷井頹垣。良辰美景奈何天，賞心樂事誰家院㉓！恁般景致，我老爺和奶奶再不提起。（合）朝飛暮捲㉔，雲霞翠軒㉕；雨絲風片，煙波畫船㉖——錦屏人忒看的這韶光賤㉗！（貼）是花都放了，那牡丹還早。

〔好姐姐〕（旦）遍青山啼紅了杜鵑，荼蘼外煙絲醉軟㉘。春香呵，牡丹雖好，他春歸怎占的先㉙！（貼）成對兒鶯燕呵。（合）閒凝眄㉚，生生燕語明如翦㉛，嚦嚦鶯歌溜的圓㉜。（旦）去罷。（貼）這園子委㉝是觀之不足也。（旦）提他怎的！（行介）

〔隔尾〕觀之不足由他繾㉞，便賞遍了十二亭臺是枉然。到不如興盡回家閒過遣。（作到介）（貼）『開我西閣門，展我東閣牀㉟。瓶插映山紫㊱，爐添沉水香㊲。』小姐，你歇息片時，俺瞧老夫人去也。（下）（旦歎介）『默地遊春轉，小試宜春面[38]。』春呵，得和你兩留連，春去如何遣？咳，恁般天氣，好困人也。春香那裏？（作左右瞧介）（又低首沉吟介）天呵，春色惱人，信有之乎！常觀詩詞樂府，古之女子，因春感情，遇秋成恨，誠不謬矣。吾今年已二八，未逢折桂[39]之夫。忽慕春情，怎得蟾宮[40]之客？昔日韓夫人得遇于郎[41]，張生偶逢崔氏[42]，曾有《題紅記》、《崔徽傳》[43]二書。此佳人才子，前以密約偷期[44]，後皆得成秦晉[45]。（長歎介）吾生於宦族，長在名門。年已及笄[46]，不得早成佳配，誠為虛度青春。光陰如過隙[47]耳。（淚介）可惜妾身顏色如花，豈料命如一葉乎！

〔山坡羊〕（旦）沒亂裏[48]春情難遣，驀地裏懷人幽怨。則為俺生小嬋娟[49]，揀名門一例、一例裏神仙眷。甚良緣，把青春拋的遠！俺的睡情誰見？則索因循面覷[50]。想幽夢誰邊，和春光暗流轉？遷延，這衷懷那處言！淹煎[51]，潑殘生[52]，除問天！身子困乏了，且自隱几[53]而眠。（睡介）（夢生介）（生持柳枝上）『鶯逢日暖歌聲滑，人遇風情笑口開。一徑落花隨水入，今朝阮肇到天台[54]。』小生順路兒跟著杜小姐回來，怎生不見？（回看介）呀，小姐，小姐！（旦作驚起介）（相見介）（生）小生那一處不尋訪小姐來，卻在這裏！（旦作斜視不語介）（生）恰好花園內，折取垂柳半枝。姐姐，你既淹通⑮書史，可作詩以賞此柳枝乎？（旦作驚喜，欲言又止介）（背想）這生素昧平生，何因到此？（生笑介）小姐，咱愛殺你哩！

〔山桃紅〕則為你如花美眷，似水流年，是答兒⑯閒尋遍。在幽閨自憐。小姐，和你那答兒講話去。（旦作含笑不行）（生作牽衣介）（旦低問）那邊去？（生）轉過這芍藥欄前，緊靠著湖山石邊。（旦低問）秀才，去怎的⑰？（生低答）和你把領扣鬆，衣帶寬。袖梢兒搵著牙兒苫也，則待你忍耐溫存一晌⑱眠。（旦作羞）（生前抱）（旦推介）（合）是那處曾相見，相看儼然。早難道⑲這好處相逢無一言。（生強抱旦下）

（末⑳扮花神束髮冠，紅衣插花上）『催花御史惜花天㉑，檢點春工又一年。蘸客傷心紅雨下㉒，勾人懸夢綵雲邊。』吾乃掌管南安府後花園花神是也。因杜知府小姐麗娘，與柳夢梅秀才，後日有姻緣之分。杜小姐游春感傷，致使柳秀才入夢。咱花神專掌惜玉憐香，竟來保護他，要他雲雨十分歡幸也。

〔鮑老催〕（末）單則是混陽蒸變，看他似蟲兒般蠢動把風情搧。一般兒嬌凝翠綻魂兒顫。這是景上緣，想內成，因中見[63]。呀，淫邪展污[64]了花臺殿。咱待拈片落花兒驚醒他。（向鬼門[65]丟花介）他夢酣春透了怎留連？拈花閃碎的紅如片。秀才，纔到的半夢兒。夢畢之時，好送杜小姐仍歸香閣。吾神去也。（下）

〔山桃紅〕（生、旦攜手上）這一霎天留人便，草藉花眠。小姐可好？（旦低頭介）（生）則把雲鬟點，紅鬆翠偏。小姐休忘了呵，見了你緊相偎，慢廝連，恨不得肉兒般團成片也，逗的箇日下胭脂雨上鮮。（旦）秀才，你可去呵。（合）是那處曾相見，相看儼然，早難道這好處相逢無一言。（生）姐姐，你身子乏了，將息，將息。（送旦依前作睡介）（輕拍旦介）姐姐，俺去了。（作回顧介）姐姐，你可十分將息，我再來瞧你那。『行來春色三分雨，睡去巫山一片雲[66]。』（下）（旦作驚醒，低叫介）秀才，秀才，你去了也。（又作癡睡介）（老旦[67]上）『夫坐黃堂[68]，嬌娃立繡窗。怪他裙衩上，花鳥繡雙雙。』孩兒，孩兒，你為甚瞌睡在此？（旦作醒，叫秀才介）咳也。（老旦）孩兒怎的來？（旦作驚起介）奶奶到此！（老旦）我兒，何不做些鍼指[69]，或觀玩書史，舒展情懷？因何晝寢於此？（旦）孩兒適花園中閒玩，忽值春喧惱人，故此回房。無可消遣，不覺困倦少息。有失迎接，望母親恕兒之罪。（老旦）孩兒，這後花園中冷靜，少去閒行。（旦）領母親嚴命。（老旦）孩兒，書堂看書去。（旦）先生不在，且自消停⑳。（老歎介）女孩兒長成，自有許多情態，且自由他。正是『宛轉隨兒女，辛勤做老娘』。（下）（旦長歎介）（看老旦下介）哎也，天那，今日杜麗娘有些僥倖也。偶到後花園中，百花開遍，覩景傷情。沒興而回，晝眠香閣。忽見一生，年可弱冠㉑，丰姿俊。於園中折得柳絲一枝，笑對奴家說：『姐姐既淹通書史，何不將柳枝題賞一篇？』那時待要應他一聲，心中自忖，素昧平生，不知名姓，何得輕與交言。正如此想間，只見那生向前說了幾句傷心話兒，將奴摟抱去牡丹亭畔，芍藥闌邊，共成雲雨之歡。兩情和合，真箇是千般愛惜，萬種溫存。歡畢之時，又送我睡眠，幾聲『將息』。正待自送那生出門，忽值母親來到，喚醒將來。我一身冷汗，乃是南柯一夢㉒。忙身參禮母親，又被母親絮了許多閒話。奴家口雖無言答應，心內思想夢中之事，何曾放懷。行坐不甯，自覺如有所失。娘呵，你教我學堂看書去，知他看那一種書消悶也。（作掩淚介）

〔綿搭絮〕（旦）雨香雲片㉓，纔到夢兒邊。無奈高堂，喚醒紗窗睡不便。潑新鮮冷汗粘煎。閃的俺心悠步嚲㉔，意軟鬟偏。不爭多㉕費盡神情，坐起誰忺[76]？則待去眠。（貼上）『晚妝銷粉印，春潤費香篝[77]。』小姐，薰了被窩睡罷。

〔尾聲〕（旦）困春心遊賞倦，也不索香薰繡被眠。天呵，有心情那夢兒還去不遠。

　春望逍遙出畫堂，張說　間梅遮柳不勝芳。羅隱

可知劉阮逢人處？許渾　回道東風一斷腸。韋莊[78]

作者

湯顯祖，生於明世宗嘉靖二十九年，卒於明神宗萬曆四十五年（一五五〇——一六一六）。字義仍，號海若、若士、清遠道人。臨川（今江西臨川）人。少有才華，刻苦讀書。明神宗萬曆十一年（一五八三）進士，初任南京太常博士，歷任南京禮部祠祭司主事。為官廉正，頗有政績。後因上疏批評朝政，彈劾大學士申時行，被貶為廣東徐聞典史，再遷浙江遂昌知縣。因不阿附權貴，致為人所忌，遂辭官歸里，從事創作。

湯顯祖是晚明文學大家，以傳奇聞名，代表作有以戀愛、諷世為主旨的「玉茗堂四夢」：《紫釵記》、《牡丹亭》、《南柯記》和《邯鄲記》。他主張戲劇重意趣神色，不應受音律束縛。四劇皆文辭工麗，風行一時，其中以《牡丹亭》最受後世推崇。湯顯祖也善詩文，著有《玉茗堂詩集》、

《玉茗堂文集》、《玉茗堂尺牘》和《問棘堂集》等。

題解

本課選自明代傳奇《牡丹亭》第十齣〈驚夢〉，版本據中華書局排印本。傳奇是明人對南曲戲文的專稱，和唐、宋人專用以指短篇小說不同。明傳奇亦有別於元雜劇，除了南北樂器、樂譜、曲調及風格相異外，明傳奇無論在形式、宮調和劇本折數上，都較元雜劇更自由和更多變化。

《牡丹亭》又名《還魂記》，寫南安太守女兒杜麗娘與書生柳夢梅的愛情故事。主角杜麗娘為情而死，後來又為情所感而還魂復生。全劇構思奇幻，想象豐富。

注釋

① 〔遶地遊〕：曲牌名。下〔步步嬌〕、〔醉扶歸〕、〔皁羅袍〕等。
② 旦：這裏扮演杜麗娘。
③ 亂煞年光遍：亂煞，指春天的熱鬧。遍，到處都一樣。
④ 貼：指貼旦，即扮演次要角色的旦角，這裏扮丫環春香。
⑤ 炷盡沈煙：炷，燃燒。沈煙，沈香，名貴的香料。古代富家女子都有在房內點香的習慣。炷

(漢)zhù(國)ㄓㄨˋ(粵)dzy^{3}音注。

⑥ 拋殘繡線：拋殘，拋下。連上句指時間長久，心境無聊。

⑦ 關情：動心，牽動情懷。句指外面的景物牽動人的情懷。

⑧ 梅關：宋嘉佑年間在江西與廣東交界的大庾嶺設有梅關，在當時南安府（今江西西南）的南面。

⑨ 宿妝殘：宿妝，隔夜的妝。指早起懶於梳洗。

⑩ 宜春髻子：當時女子的一種髮式。立春那天，婦女剪彩綢作燕子形，貼上「宜春」二字，戴在髮髻上。

⑪ 剪不斷，理還亂：形容春天的愁緒縈繞心頭，排遣不開。這兩句引用南唐後主李煜〈相見歡〉詞。

⑫ 雲髻罷梳還對鏡，羅衣欲換更添香：意指裝扮整齊美麗，這兩句引用唐薛逢〈宮詞〉詩，見《全唐詩》卷五百四十八。

⑬ 裊晴絲：裊，纖柔飄曳的樣子。晴絲，蟲類所吐的絲縷，晴空中最易看見，故稱晴絲。

⑭ 花鈿：婦女兩鬢戴的裝飾物。鈿(漢)diàn或tiàn(國)ㄉㄧㄢˋ或ㄊㄧㄢˊ(粵)din^{6}或tin^{4}音電或田。

⑮ 沒揣菱花：沒揣，不料。菱花，指鏡子。古時用的銅鏡，背面所鑄花紋一般是菱花，因此稱菱花鏡，或簡稱菱花。揣(漢)chuǎi(國)ㄔㄨㄢˇ(粵)tsœy^{2}或tsyn^{2}音取或喘。

⑯ 偷人半面，迤逗的彩雲偏：迤逗，挑逗、招引。彩雲，指蓬鬆的美髮。全句是說，想不到鏡子照見了自己（杜麗娘），害得我羞答答地把髮髻弄歪了。迤(漢)tūo(國)ㄊㄨㄛ(粵)tɔ^{1}音拖。

⑰ 穿插：穿戴打扮。

⑱ 翠生生出落的裙衫兒茜：翠生生，色彩鮮豔。出落，顯現。茜，大紅色。

⑲ 豔晶晶花簪八寶填：豔晶晶，光彩燦爛奪目的樣子。八寶填，鑲嵌着多種寶石。

⑳ 三春好處：三春，春天三個月，正月為孟春，二月為仲春，三月為季春。這裏三春泛指春天，而以春天美景喻自己青春美貌。

㉑ 沉魚落雁：形容女子貌美非凡，與「羞花閉月」意同。典出《莊子‧齊物論》，借其詞而反用其意。

㉒ 惜花疼煞小金鈴：據《開元天寶遺事》，唐天寶年間，寧王惜花，怕花被鳥鵲啄踏，便在花梢上繫上小金鈴，遇有鳥鵲飛來，則令園吏扯動繫鈴繩，驚走鳥鵲。句謂因常扯動金鈴，連金鈴都感到痛了。這是擬人誇張之辭。

㉓ 良辰美景奈何天，賞心樂事誰家院：此化用晉代謝靈運（三八五——四三三）〈擬魏太子鄴中集詩序〉句：「天下良辰、美景、賞心、樂事，四者難。」承上兩句寫杜麗娘看到姹紫嫣紅的花，但卻對著衰敗的院落，不禁感到悵惘。

㉔ 朝飛暮捲：此處化用唐王勃（六四八——六七五）〈滕王閣〉詩「畫棟朝飛南浦雲，珠簾暮捲西山雨」句，形容園中樓閣之壯麗。

㉕ 雲霞翠軒：翠軒，華麗的亭臺樓閣。雲霞輝映着華麗的樓閣。

㉖ 煙波畫船：煙波，水氣瀰漫的情狀。華麗的小船在水氣迷濛的湖面上搖蕩着。

㉗ 錦人忒看的這韶光賤：錦人，深閨中的人，指杜麗娘自己。忒，過於。韶光，美好的春光。全句是說像我這深閨女子，對美好的春光享受得太少了。

㉘ 荼外煙絲醉輭：荼，花名，落葉灌木，春末開花。煙絲，指在空中飄曳的蟲類所吐的絲縷。醉輭，形容游絲飄蕩裊娜多姿的樣子。荼 ㊒tú㊖ㄊㄨˊ㊑tou^{4} 音途。輭 ㊒mí㊖ㄇㄧˊ㊑mei^{4} 音眉。

㉙ 牡丹雖好，他春歸怎占的先：春歸，春盡。牡丹於春歸時才開放。這裏指麗娘自歎不能及時表現青春異彩。

㉚ 凝眄：凝視顧盼。眄 ㊒miǎn㊖ㄇㄧㄢˇ㊑min^{5} 音免。

㉛ 生生燕語明如翦：生生，燕鳴聲。明如翦，形容鳥語的清脆明快。

㉜ 嚦嚦鶯歌溜的圓：嚦嚦，形容黃鶯的叫聲。溜的圓，形容叫聲圓轉動聽。嚦 ㊒lì㊖ㄌㄧˋ㊑lik^{7} 音礫。

㉝ 委：的確。

㉞ 繾：留戀。繾 ㊒qiǎn㊖ㄑㄧㄢˇ㊑hin^{2} 音遣。

㉟ 開我西閣門，展我東閣牀：借用古詩〈木蘭辭〉：「開我東閣門，坐我西閣牀。」

㊱ 映山紫：也名映山紅，杜鵑花的一種。

㊲沈水香：一種香料，燒熏可以驅除房中穢氣。

㊳宜春面：頭上梳起宜春髻的一種打扮。參看注⑩。

㊴折桂：接應試及弟。傳說月中有桂樹，下有一人名吳剛，不停地以斧砍之，而樹創面隨砍隨合。科舉時代以月中折桂指登第得功名。

㊵蟾宮：月宮，借指科舉及第。傳說月中有蟾蜍，為月中之精，因此蟾宮即指月宮。蟾 漢chán國ㄔㄢˊ粵sim^{4}音蟬。

㊶韓夫人得遇于郎：唐傳記《流紅記》載唐僖宗時，宮女韓夫人在紅葉上題詩，從御溝流出宮外，為于祐拾得，于亦於紅葉上題詩，由御溝上游流入宮內，適為韓氏拾得，最後兩人結為夫婦。

㊷張生偶逢崔氏：指元王實甫（一二九五？——一三〇七）《西廂記》中張君瑞和崔鶯鶯的愛情故事。

㊸《崔徽傳》：寫妓女崔徽和裴敬中的愛情故事，二人分別後再未相見。見《麗情集》。這裏的《崔徽傳》，恐是《西廂記》或《鶯鶯傳》之誤。

㊹偷期：幽會。

㊺得成秦晉：謂得以成為夫婦。春秋時期，秦、晉兩國世代為姻，後世遂稱男女結成夫婦為「秦晉之好」。

㊻及笄：笄，簪。及笄，謂到了上簪束髮的年齡。古代女子十五歲始上簪束髮，標誌已到了婚配的年齡。笄 漢jī國ㄐㄧ粵gai^{1}音雞。

㊼光陰如過隙：形容時光過得很快。典出《莊子・知北遊》：「人生天地之間，若白駒之過隙，忽然而已。」

㊽沒亂裏：形容心裏煩亂。

㊾則為俺生小嬋娟：生，語助詞。嬋娟，女子美好的姿色。

㊿則索因循面覥：索，須、要。面覥，假借為靦。面覥，害羞。覥 漢tiǎn國ㄊㄧㄢˇ粵tin^{2}音天陰上聲。

(51)淹煎：受熬煎、受折磨。

(52)潑殘生：潑，表示厭惡，原是罵人話。殘生，苦命。

(53) 隱几：憑裏几案。

(54) 今朝阮肇到天台：指劉晨阮肇入天台山遇二仙女事。事見南朝劉義慶（四〇三——四四四）《幽明錄》記載，相傳東漢時，劉晨、阮肇到天台山（在今浙江天台山北）採藥迷路，誤入桃源洞，見到兩個仙女，被邀至家中，過了半年才回家。這裏用此典，意思是見到了意中戀人。

(55) 淹通：精通。

(56) 答兒：地方。

(57) 怎的：做甚麼。

(58) 一晌：一會兒。

(59) 早難道：即難道，但語氣較強。

(60) 末：扮演中年或中年以上男子，這裏扮花神。

(61) 催花御史惜花天：催花，催促花開。惜花，愛惜花朵。唐穆宗時置惜春御史，職掌護惜鮮花之事。見後唐馮贄《雲仙散錄》引《玉塵集》之言。

(62) 蘸客傷心紅雨下：蘸，沾。紅雨，指落花。這裏指落花沾在人的身上。蘸 (漢)zhàn (國)ㄓㄢˋ (粵)$dzam^3$ 音湛。

(63) 景上緣，想內成，因中見：皆佛家語。景，同影。景上緣，指如影子般夢幻不實的姻緣。想內成，指在幻想中實現的事。見，同現。因中見，佛家認為一切事物都由因緣造合而成。

(64) 展污：玷污。

(65) 鬼門：一作古門，戲台上演員上場下場的門。

(66) 行來春色三分雨，睡去巫山一片雲：戰國宋玉〈高唐賦〉記楚襄王遊雲夢臺館，望高唐宮觀，言先王（懷王）夢與巫山神女相會。後稱男女幽會為巫山、雲雨。

(67) 老旦：戲劇中扮老年婦女角色，這裏扮杜麗娘母親甄氏。

(68) 黃堂：太守辦事的廳堂。劇中太守，為杜麗娘之父杜寶。

⑲ 鍼指：同針黹，縫紉刺繡之事，屬女子之工。

⑳ 消停：休息。

㉑ 弱冠：男子二十歲。古代男子二十歲行加冠禮，表示已經成人，見《禮記・曲禮》：「二十曰弱，冠。」

㉒ 南柯一夢：故事原出唐李公佐（生卒年不詳）《南柯太守傳》傳奇，淳于棼夢見自己被大槐安國招為駙馬，做了南柯郡太守，享盡人間榮華富貴。醒來才發現大槐安國不過是槐樹下的一個蟻穴，而南柯郡則是槐樹南面的另一個蟻穴。後以南柯一夢稱夢境，比喻一場空。

㉓ 雨香雲片：即雲雨，指夢中幽會。

㉔ 閃的俺心悠步嚲：心悠，心裏發愁。嚲，軟弱無力、慵倦。步嚲，腳步移不動。這裏指熱戀後因對方離去而感到失落。嚲 ㊅duǒ㊇ㄉㄡˇ㊈dɔ^{2} 音躲。

㉕ 不爭多：差不多。

㉖ 愜：愜意、合意。

㉗ 香篝：熏香用的籠子。篝 ㊅gōu㊇ㄍㄡ㊈gɐu^{1} 或 kɐu^{1} 音鳩或溝。

㉘ 「春望逍遙出畫堂」至「韋莊」句：作者於每齣結尾皆集唐人詩句，自成一首絕句，且意合戲文內容。原文每句後未標明作者姓名，今所見乃後人所加。

桃花扇・餘韻

孔尚任

〔西江月〕①（淨②扮樵子挑擔上）放目蒼崖萬丈，拂頭紅樹千枝；雲深猛虎出無時，也避人間弓矢。建業城啼夜鬼③，維揚井貯秋屍④；樵夫剩得命如絲，滿肚南朝野史。在下蘇崑生⑤，自從乙酉年同香君到山⑥，一住三載，俺就不曾回家，往來牛首、棲霞⑦，採樵度日。誰想柳敬亭⑧與俺同志，買隻小船，也在此捕魚為業。且喜山深樹老，江闊人稀；每日相逢，便把斧頭敲着船頭，浩浩落落⑨，儘俺歌唱，好不快活。今日柴擔早歇，專等他來促膝閒話，怎的還不見到。（歇擔盹睡介）（丑⑩扮漁翁搖船上）年年垂釣鬢如銀，愛此江山勝富春⑪；歌舞叢中征戰裏，漁翁都是過來人。俺柳敬亭送侯朝宗⑫修道之後，就在這龍潭江畔，捕魚三載，把些興亡舊事，付之風月閒談。今值秋雨新晴，江光似練，正好尋蘇崑生飲酒談心。（指介）你看，他早已醉倒在地，待我上岸，喚他醒來。（作上岸介）（呼介）蘇崑生。（淨醒介）大哥果然來了。（丑拱介）賢弟偏杯[13]呀！（淨）柴不曾賣，那得酒來。（丑）愚兄也沒賣魚，都是空囊，怎麼處[14]？（淨）有了，有了！你輸水，我輸柴，大家煮茗清談罷。（副末扮老贊禮[15]，提絃攜壺上）江山江山，一忙一閒，誰贏誰輸，兩鬢皆斑。（見介）原來是柳、蘇兩位老哥。（淨、丑拱介）老相公怎得到此？（副末）老夫住在燕子磯[16]邊，今乃戊子年[17]九月十七日，是福德星君[18]降生之辰；我同些山中社友，到福德神祠祭賽[19]已畢，路過此間。（淨）為何挾着絃子[20]，提着酒壺？（副末）見笑見笑！老夫編了幾句神絃歌[21]，名曰〈問蒼天〉。今日彈唱樂神，社散之時，分得這瓶福酒。恰好遇着二位，就同飲三杯罷。（丑）怎好取擾。（副末）這叫做「有福同享」。（淨、丑）好，好！（同坐飲介）（淨）何不把神絃歌領略一回？（副末）使得！老夫的心事，正要請教二位哩。（彈絃唱巫腔）（淨、丑拍手襯介）

〔問蒼天〕新曆數，順治朝，歲在戊子；九月秋，十七日，嘉會良時。擊神鼓，揚靈旗，鄉鄰賽社㉒；老逸民㉓，剃白髮，也到叢祠。椒作棟，桂為楣，唐修晉建；碧和金，丹間粉，畫壁精奇。貌赫赫，氣揚揚，福德名位；山之珍，海之寶，總掌無遺。超祖禰㉔，邁君師，千人上壽；焚郁蘭㉕，奠清醑㉖，奪戶爭墀㉗。草笠底，有一人，掀鬚長嘆：貧者貧，富者富，造命奚為㉘？我與爾㉙，較生辰，同月同日；囊無錢，竈斷火，不啻㉚乞兒。六十歲，花甲週，桑榆暮矣㉛；亂離人，太平犬，未有亨期㉜。稱玉斝㉝，坐瓊筵，爾餐我看；誰為靈，誰為蠢，貴賤失宜。臣稽首㉞，叫九閽㉟，開聾啓聵㊱；宣命司，檢祿籍，何故差池㊲。金闕遠，紫宸高㊳，蒼天夢夢㊴；迎神來，送神去，輿馬風馳。歌舞罷，雞豚收，須臾社散；倚枯槐，對斜日，獨自凝思。濁享富，清享名，或分兩例；內才多，外財少，應不同規。熱似火，福德君，庸人父母；冷如冰，文昌帝，秀士宗師㊵。神有短，聖有虧，誰能足願；地難填，天難補，造化㊶如斯。釋盡了，胸中愁，欣欣微笑；江自流，雲自卷，我又何疑。

（唱完放絃介）出醜之極。（淨）妙絕！逼真〈離騷〉、〈九歌〉了。（丑）失敬，失敬！不知老相公竟是財神一轉哩。（副末讓介）請乾此酒。（淨咂舌介）這寡酒㊷好難吃也。（丑）愚兄倒有些下酒之物。（淨）是什麼東西？（丑）請猜一猜。（淨）你的東西，不過是些魚鱉蝦蟹。（丑搖頭介）猜不着，猜不着。（淨）還有什麼異味？（丑指口介）是我的舌頭。（副末）你的舌頭，你自下酒，如何讓客。（丑笑介）你不曉得，古人以《漢書》下酒㊸；這舌頭會說《漢書》，豈非下酒之物。（淨取酒斟介）我替老哥斟酒，老哥就把《漢書》說來。（副末）妙妙！只恐菜多酒少了。（丑）既然《漢書》太長，有我新編的一首彈詞，叫做〈秣陵秋〉，唱來下酒罷。（副末）就是俺南京的近事麼？（丑）便是！（淨）這都是俺們耳聞眼見的，你若說差了，我要罰的。（丑）包管你不差。（丑彈絃介）六代興亡，幾點清彈千古慨；半生湖海，一聲高唱萬山驚。（照盲女彈詞唱介）

〔秣陵秋〕陳隋烟月恨茫茫，井帶胭脂㊹土帶香；駘蕩㊺柳綿沾客鬢，叮嚀鶯舌惱人腸。中興朝市㊻繁華續，遺孽兒孫㊼氣焰張；只勸樓臺追後主㊽，不愁弓矢下殘唐㊾。蛾眉越女才承選，燕子吳歈㊿早擅場，力士簽名搜笛步，龜年協律奉椒房㉛。西崑詞賦新溫李㉜，烏巷冠裳舊謝王㉝；院院宮妝金翠鏡㉞，朝朝楚夢雨雲床㉟。五侯闌外空狼燧㊱，一水洲邊自雀舫㊲；指馬誰攻秦相詐㊳，入林都畏阮生狂㊴。春燈已錯從頭認，社黨重鈎無縫藏㊵；借手殺長樂老㊶，脅肩媚貴半閒堂㊷。龍鍾閣部啼梅嶺㊸，跋扈將軍譟武昌㊹；九曲河流晴喚渡，千尋江岸夜移防㊺。瓊花劫到雕欄損，玉樹歌終畫殿涼㊻；滄海迷家龍寂寞，風塵失伴鳳徬徨㊼。青衣啣璧何年返㊽，碧血濺沙此地亡㊾；南內湯池仍蔓草㊿，東陵輦路又斜陽㊶。全開鎖鑰淮揚泗㊷，難整乾坤左史黃㊸。建帝飄零烈帝慘㊹，英宗困頓武宗荒㊺；那知還有福王一㊻，臨去秋波淚數行。

（淨）妙妙！果然一些不差。（副末）雖是幾句彈詞，竟似吳梅村㊼一首長歌。

（淨）老哥學問大進，該敬一杯。（斟酒介）（丑）倒叫我吃寡酒了。（淨）愚弟也有些須下酒之物。（丑）你的東西，一定是山殽野蔌了。（淨）不是，不是。昨日南京賣柴，特地帶來的。（丑）取來共享罷。（淨指口介）也是舌頭。（副末）怎的也是舌頭？（淨）不瞞二位說，我三年沒到南京，忽然高興，進城賣柴。路過孝陵，見那寶城享殿，成了芻牧之場。（丑）呵呀呀！那皇城如何？（淨）那皇城牆倒宮塌，滿地蒿萊了。（副末掩淚介）不料光景至此。（淨）俺又一直走到秦淮，立了半晌，竟沒一個人影兒。（丑）那長橋舊院⑱，是咱們熟遊之地，你也該去瞧瞧。（淨）怎的沒瞧，長橋已無片板，舊院剩了一堆瓦礫。（丑搥胸介）咳！慟死俺也。（淨）那時疾忙回首，一路傷心；編成一套北曲，名為〈哀江南〉。待我唱來！（敲板唱弋陽腔⑲介）俺樵夫呵！

〔哀江南〕〔北新水令〕山松野草帶花挑，猛抬頭秣陵重到。殘軍留廢壘，瘦馬臥空壕；村郭蕭條，城對着夕陽道。

〔駐馬聽〕⑳野火頻燒，護墓長楸多半焦。山羊羣跑，守陵阿監㉑幾時逃。鴿翎蝠糞滿堂拋，枯枝敗葉當階罩；誰祭掃，牧兒打碎龍碑帽。

〔沈醉東風〕㉒橫白玉八根柱倒，墮紅泥半堵牆高，碎琉璃瓦片多，爛翡翠窗櫺少，舞丹墀[83]燕雀常朝，直入宮門一路蒿，住幾個乞兒餓殍。

〔折桂令〕[84]問秦淮舊日窗寮，破紙迎風，壞檻當潮，目斷魂消。當年粉黛，何處笙簫[85]。罷燈船端陽不鬧，收酒旗重九無聊。白鳥飄飄，綠水滔滔，嫩黃花有些蝶飛，新紅葉無個人瞧。

〔沽美酒〕你記得跨青谿半里橋，舊紅板沒一條。秋水長天人過少，冷清清的落照，剩一樹柳彎腰。

〔太平令〕行到那舊院門，何用輕敲，也不怕小犬哰哰[86]。無非是枯井頹巢，不過些磚苔砌草。手種的花條柳梢，儘意兒採樵；這黑灰是誰家廚？

〔離亭宴帶歇指煞〕[87]俺曾見金陵玉殿鶯啼曉，秦淮水榭花開早，誰知道容易冰消。眼看他起朱樓，眼看他宴賓客，眼看他樓塌了。這青苔碧瓦堆，俺曾睡風流覺，將五十年興亡看飽。那烏衣巷不姓王，莫愁湖鬼夜哭，鳳凰臺棲梟鳥[88]。殘山夢最真，舊境丟難掉，不信這輿圖換稿[89]。謅一套哀江南，放悲聲唱到老。

（副末掩淚介）妙是絕妙，惹出我多少眼淚。（丑）這酒也不忍入唇了，大家談談罷。（副淨時服，扮皂隸⑨⓪暗上）朝陪天子輦，暮把縣官門⑨①；皂隸原無種，通侯⑨②豈有根？自家魏國公嫡親公子徐青君的便是，生來富貴，享盡繁華。不料國破家亡，剩了區區一口。沒奈何在上元縣⑨③當了一名皂隸，將就度日。今奉本官籤票，訪拿山林隱逸，只得下鄉走走。（望介）那江岸之上，有幾個老兒閒坐，不免上前討火，就便訪問。正是：開國元勳留狗尾⑨④，換朝逸老縮龜頭⑨⑤。（前行見介）老哥們有火借一個！（丑）請坐。（副淨坐介）（副末問介）看你打扮，像一位公差大哥。（副淨）便是。（淨問介）要火吃煙麼，小弟帶有高煙⑨⑥，取出奉敬罷。（敲火取煙奉副淨介）（副淨吃煙介）好高煙，好高煙！（作暈醉臥倒介）（淨扶介）（副淨）不要拉我，讓我歇一歇，就好了。（閉目臥介）（丑問副末介）記得三年之前，老相公捧着史閣部衣冠，要葬在梅花嶺下，後來怎樣？（副末）後來約了許多忠義之士，齊集梅花嶺，招魂埋葬，倒也算千秋盛事，但不曾立得碑碣。（淨）好事，好事，只可惜黃將軍刎頸報主，拋屍路旁，竟無人埋葬。（副末）如今好了，也是我老漢同些村中父老，檢骨殯殮，起了一座大大的墳塋，好不體面。（丑）你這兩件功德，却也不小哩。（淨）二位不知，那左寧南氣死戰船時，親朋盡散，却是我老蘇殯殮了他。（副末）難得，難得。聞他兒子左夢庚襲了前程，昨日扶柩回去了。（丑掩淚介）左寧南是我老柳知己。我曾託藍田叔畫他一幅影像，又求錢牧齋題贊了幾句；逢時遇節，展開祭拜，也盡俺一點報答之意。（副淨醒，作悄語介）聽他說話，像幾個山林隱逸。（起身問介）三位是山林隱逸麼？（眾起拱介）不敢，不敢，為何問及山林隱逸？（副淨）三位不知麼，現今禮部上本，搜尋山林隱逸。撫按大老爺張掛告示，布政司行文已經月餘，並不見一人報名。府縣着忙，差俺們各處訪拿，三位一定是了，快快跟我回話去。（副末）老哥差矣，山林隱逸乃文人名士，不肯出山的。老夫原是假斯文的一個老贊禮，那裏去得。（丑、淨）我兩個是說書唱曲的朋友，而今做了漁翁樵子，益發不中了。（副淨）你們不曉得，那些文人名士，都是識時務的俊傑，從三年前俱已出山了。目下正要訪拿你輩哩。（副末）啐，徵求隱逸，乃朝廷盛典，公祖父母⑰俱當以禮相聘，怎麼要拿起來！定是你這衙役們奉行不善。（副淨）不干我事，有本縣籤票在此，取出你看。（取看籤票欲拿介）（淨）果有這事哩。（丑）我們竟走開如何？（副末）有理。避禍今何晚，入山昔未深。（各分走下）（副淨趕不上介）你看他登崖涉澗，竟各逃走無蹤。

〔清江引〕大澤深山隨處找，預備官家要。抽出綠頭籤⑱，取開紅圈票⑲，把幾個白衣山人嚇走了。

（立聽介）遠遠聞得吟詩之聲，不在水邊，定在林下，待我信步找去便了。（急下）

（內吟詩曰）

漁樵同話舊繁華，短夢寥寥記不差；
曾恨紅箋啣燕子，偏憐素扇染桃花。
笙歌西第留何客？烟雨南朝換幾家？
傳得傷心臨去語，年年寒食⑳哭天涯。

作者

孔尚任，生於清世祖順治五年，卒於清聖祖康熙五十六年（一六四八——一七一七）。字聘之，一字季重，號東塘、岸塘，又稱雲亭山人。山東曲阜人，孔子六十四代孫。孔尚任自幼愛好詩文，讀書於曲阜北石門山中。三十七歲那年，被薦為清聖祖康熙講解《大學》，深受賞識，獲破格提拔為國子監博士。歷任戶部主事、戶部廣東司員外郎等職。晚年回到故鄉曲阜，重過隱居生活。

孔尚任是清初著名傳奇作家。代表作《桃花扇》寫南明朝廷的腐敗和江南志士抗清的決心。經過十年時間，三易其稿才完成，甫面世即轟動一時。除《桃花扇》外，另與顧彩合著《小忽雷》。詩文集有《湖海集》、《石門山集》、《長留集》等。今人汪蔚林輯為《孔尚任詩文集》。

題解

本課選自《桃花扇》續四十齣〈餘韻〉，是全劇的最後一齣，版本據人民文學出版社排印本。《桃花扇》是清代傳奇的佳作。全劇以明末名士侯方域和秦淮名妓李香君的愛情故事為骨幹，寫南明亡國的史實。「桃花扇」劇名的由來，出自李香君力拒田仰逼婚時，以頭撞向屋柱，血濺扇上，楊文驄加以點染，繪成折枝桃花，寄給侯方域的故事。

〈餘韻〉一齣，寫柳敬亭、蘇崑生歸隱山林，以漁樵為生，偶遇老贊禮攜酒同飲，各自慷慨悲歌，概括了南明興亡的因由，抒發了亡國的哀思。本齣和開頭的〈先聲〉，前後呼應，洵為劇壇異彩。

注釋

① 〔西江月〕：曲牌名。下〔秣陵秋〕、〔哀江南〕等均曲牌名。
② 淨：男角，大都扮演勇猛、剛直、奸險等性格的人物，這裏扮蘇崑生。
③ 建業城啼夜鬼：建業，今江蘇南京。這句描寫南京經清兵血洗後的淒慘景象。
④ 維揚井貯秋屍：維揚，即揚州。井貯秋屍，指清兵攻破揚州後屠戮城民，城民屍體無人掩埋，貯滿井中。
⑤ 蘇崑生：蔡州（今河南汝縣）人，明末著名藝人，擅長唱曲。
⑥ 自從乙酉年同香君到山：乙酉年，清世祖順治二年（一六四五），即清兵攻陷南京之年。香君，即李香君，劇中女主角，秦淮名妓。
⑦ 牛首、棲霞：皆山名。牛首山在江蘇江寧縣南。棲霞山在南京東北。
⑧ 柳敬亭：泰州（今江蘇泰縣）人，明末清初著名說書藝人。
⑨ 浩浩落落：坦蕩疏闊。這裏形容柳敬亭為人正派，不與世俗苟合。
⑩ 丑：男丑角，這裏扮柳敬亭。
⑪ 富春：指浙江富春江，該處山水風光秀麗，相傳是東漢嚴光（西元前三七——四三）隱居釣魚之地。
⑫ 侯朝宗：即侯方域，生於明神宗萬曆四十六年，卒於清世祖順治十一年（一六一八——一六五四），字朝宗，明

末儒士，有才氣。南明時受閹黨阮大鋮迫害，後得脫。朝宗於清順治時中副榜，著有《壯悔堂集》、《四憶堂集》等，是劇中的男主角，熱戀李香君，南明滅亡後與李香君分別入道。

⑬ 偏杯：獨自飲酒。

⑭ 怎麼處：怎麼辦。

⑮ 副末扮老贊禮：副末，男角名，一般扮中年以上男子，這裏扮贊禮。贊禮，祭祀時的司儀官。

⑯ 燕子磯：磯，水邊突出的巖石。燕子磯在南京東北觀音山上，為南京勝地。磯 漢jī國ㄐㄧ粵gei^{1} 音基。

⑰ 戊子年：清世祖順治五年（一六四八）。

⑱ 福德星君：指財神。

⑲ 祭賽：為報神舉行的祭祀。

⑳ 絃子：指三弦，一種樂器。

㉑ 神絃歌：娛神的歌曲，名稱源於樂府的〈神絃曲〉。

㉒ 賽社：祭社神。古時農事完畢，陳酒食以際田神，相與飲酒作樂。

㉓ 逸民：隱士，指老贊禮自己。

㉔ 禰：父死廟祭。禰 漢nǐ國ㄋㄧˇ粵nei^{5} 音你。

㉕ 郁蘭：氣味濃烈的香料。

㉖ 清醑：清醇的美酒。醑 漢xǔ國ㄒㄩˇ粵sœy^{2} 音水。

㉗ 奪戶爭墀：墀，臺階。形容祭賽者的擁擠。墀 漢chí國ㄔˊ粵tsi^{4} 音池。

㉘ 造命奚為：造命，造物主，一般指天。奚為，為何。

㉙ 爾：你，指福德星君。

㉚ 不啻：如同、無異於。啻 漢chì國ㄔˋ粵tsi^{3} 音次。

㉛ 桑榆暮矣：比喻人的晚年。原指日落之時，日影在桑榆間。

㉜ 亂離人，太平犬，未有亨期：亨，通達之意。亨期，即順境，幸運之時。言處於災亂歲月的人不如太平盛世的犬。語出諺語「寧作太平犬，莫作亂離人」。

㉝ 稱玉斝：舉起玉杯。斝 (漢)jiǎ (國)ㄐㄧㄚˇ (粵)ga^{2} 音假。

㉞ 稽首：以頭叩地頓首拜，一種至為恭敬的禮。

㉟ 九閽：指天帝的宮門。閽 (漢)hūn (國)ㄏㄨㄣ (粵)fan^{1} 音分。

㊱ 瞶：有目無光，指失明。瞶 (漢)guì (國)ㄍㄨㄟˋ (粵)gwai^{3} 音貴。

㊲ 宣命司，檢祿籍，何故差池：祿籍，傳說注定人間福祿的簿冊。意即要天帝宣召司命的神，檢查他的祿籍。因為老贊禮與福德星君同月同日生，而一貧一富，相差甚遠。

㊳ 金闕遠，紫宸高：金闕、紫宸，皆傳說中天帝的宮殿。宸 (漢)chén (國)ㄔㄣˊ (粵)san^{4} 音神。

㊴ 夢夢：不明的樣子。

㊵ 文昌帝，秀士宗師：文昌帝，傳說中主管文士功名祿位的神。秀士，秀才。

㊶ 造化：創造化育。

㊷ 寡酒：飲酒而佐酒的菜餚。

㊸ 以《漢書》下酒：典出北宋蘇舜欽故事，蘇舜欽，生於宋真宗大中祥符元年（一〇〇八——一〇四八）。蘇居岳父杜衍家，讀《漢書‧張良傳》，不住地讚歎，且舉杯暢飲。杜衍稱之，謂以《漢書》下酒，雖飲一斗不為多。

㊹ 井帶胭脂：這是有關陳後主（西元五八二——五八九在位）亡國的故事。隋兵攻破金陵後，陳後主叔寶攜張、孔二妃藏於景陽宮內的景陽井中。景陽井後稱胭脂井。

㊺ 駘蕩：輕盈飄散的樣子。駘 (漢)dài (國)ㄉㄞˋ (粵)toi^{5} 音殆。

㊻ 中興朝市：指南明王朝。

㊼ 遺孽兒孫：指馬士英（一五九一——一六四六）、阮大鋮（一五八七——一六四六）等閹黨。

(48) 只勸樓臺追後主：這裏是說馬士英、阮大鋮等人不顧國家前途，只知勸誘福王宮中享樂，終致步陳後主亡國後塵。

(49) 不愁弓矢下殘唐：殘唐，五代時的南唐。這裏是借宋太祖滅南唐的故事，諷刺福王沈溺於享樂，不顧忌清兵南下的危機。

(50) 燕子吳歈：燕子，指阮大鋮所作《燕子箋》傳奇。吳歈，吳歌。因《燕子箋》以崑曲演唱，故稱吳歈。歈 (漢)yú(國)ㄩˊ(粵)jy^4 音如。

(51) 力士簽名搜笛步，龜年協律奉椒房：力士，指唐玄宗時太監高力士，這裏泛指太監。笛步，南京地名，教坊所在地，這裏指舊院。龜年，即李龜年，唐開元時著名曲師，這裏指教坊的教習。椒房，指後宮。這兩句是說阮大鋮之流按着名單去舊院徵選歌妓和曲師排演《燕子箋》，以供福王觀賞。搜 (漢)sōu(國)ㄙㄡ (粵)sau^1 音收。

(52) 西崑詞賦新溫李：西崑詞賦，北宋初，楊億、劉筠等人詩文模仿晚唐李商隱（八一二——八五八）、溫庭筠（八一三?——八七〇）風格，他們的詩集叫《西崑酬唱集》。溫李，即溫庭筠和李商隱。這句是說宮中充滿靡靡之音，無生氣可言。

(53) 烏巷冠裳舊謝王：烏巷，即烏衣巷，在南京城中，晉時貴族王、謝等家多住在這裏。王、謝，指晉時王導、謝安兩大家族。語出劉禹錫（七七二——八四二）〈烏衣巷〉。這句是借指南明朝中由馬士英、阮大鋮等權貴專擅，朝政腐敗。

(54) 院院宮妝金翠鏡：這裏是說後宮的妃嬪都用意梳妝打扮，以博得皇帝的寵幸。

(55) 朝朝楚夢雨雲床：這裏是說弘光帝荒淫無度。此借用宋玉〈高唐賦序〉中，楚襄王遊高唐，夢中與巫山神女相遇共歡娛的故事。

(56) 五侯閫外空狼燧：五侯，指南明左良玉（一五九九——一六四五）等五將。閫外，指武將鎮守的區域。空，空有、白白地，指未引起朝中注意。狼燧，古代邊境告警的烽火。閫 (漢)kǔn(國)ㄎㄨㄣˇ(粵)$kw\epsilon n^2$ 音菌。

(57) 二水洲邊自雀舫：二水洲，即南京白鷺洲。雀舫，即朱雀舫，一種遊船。承上句是說南明君臣不顧邊境警告，只醉心遊樂。

㊽ 指馬誰攻秦相詐：這句借秦相趙高（生卒不詳——西元前二〇七）指鹿為馬的故事譏刺馬士英的專權，而羣臣阿附，無敢反對者。

㊾ 入林都畏阮生狂：這裏借晉時狂士阮籍，人多畏之事，指阮大鋮猖狂無忌，為眾所懼懼。晉阮籍（二一〇——二六三）、嵇康（二二三——二六二）等七人以名士自居，人稱「竹林七賢」，阮籍尤為恃才傲物，人多畏之。

㊿ 春燈已錯從頭認，社黨重鉤無縫藏：鉤，牽連。春燈已錯，指阮大鋮曾撰傳奇《春燈謎》，即《十錯認》，表示自己悔過。社黨重鈞，指他得勢後又到處拘捕東林黨人及後來的復社人士。二句是說阮大鋮奸詐，反覆無常。

(61) 借手殺讎長樂老：讎，同仇。長樂老，五代時馮道（八八二——九五四）為宰相，歷仕唐、晉、漢、周諸朝，自號長樂老。

(62) 脅肩媚貴半閒堂：半閒堂，是南宋奸相賈似道（一二一三——一二七五）在西湖葛嶺修建的宅院名。連上句都是借古諷刺阮大鋮諂事馬士英。

(63) 龍鍾閣部啼梅嶺：龍鍾，形容老態，也可形容悲泣，指史可法（一二一三——一二七五）。清兵大舉南下，史可法以兵部尚書督師揚州，於梅花嶺慷慨誓師抗敵，兵敗殉國。可參考中冊第二十五課〈梅花嶺記〉。

(64) 跋扈將軍譟武昌：跋扈，形容態度強硬。譟，喧譁，借指為聲討。句謂南明將軍左良玉（一五九九——一六四五）對馬士英專權非常憤慨，曾傳檄自武昌東下討伐馬士英。

(65) 九曲河流晴喚渡，千尋江岸夜移防：尋，長度單位，八尺為一尋。九曲河流，黃河。二句指馬士英、阮大鋮為阻擋左良玉東下的軍隊，竟將駐防黃河一帶的黃得功、劉良佐、劉澤清等部兵馬移防江岸，致使北線空虛，清兵揮戈直下。

(66) 瓊花劫到雕欄損，玉樹歌終畫殿涼：瓊花，指揚州，因揚州有瓊花觀。瓊花劫到，指清兵南下，攻陷揚州，燒殺搶掠。玉樹歌，指陳後主〈玉樹後庭花〉一曲。玉樹歌終，借指南明福王因荒淫亡國。二句指清兵攻陷揚州，南明王朝滅亡。

(67) 滄海迷家龍寂寞，風塵失伴鳳徬徨：龍、鳳，皆指帝王苗裔。二句指南明滅亡，帝王子孫倉皇奔逃，顛沛流離之處境。

(68) 青衣啣璧何年返：青衣，古時以為賤者之服。晉懷帝被擄時，匈奴劉聰命他穿青衣斟酒，以示侮辱。啣，同銜。古時國君亡國投降，要口啣璧玉，自縛雙手。此處指南明弘光帝被擄。

(69) 碧血濺沙此地亡：指南明靖南伯黃得功因弘光帝被擄而自殺殉節。

(70) 南內湯池仍蔓草：南內，指南京明故宮。湯池，宮內溫泉。句指南京故宮蔓草叢生。

(71) 東陵輦路又斜陽：東陵，指南京城東的孝陵。輦路，天子車駕經行的路。指東陵輦路空留斜陽夕照。輦 漢niǎn 國ㄋㄧㄢˇ 粵lin5 音連陽上聲。

(72) 全開鎖鑰淮揚泗：此句言上述指淮陰、揚州、泗陽城池接連失守。鑰 漢yào或yuè 國ㄧㄠˋ或ㄩㄝˋ 粵jœk9 音若。

(73) 難整乾坤左史黃：左史黃指左良玉（一五九九——一六四五）、史可法（一六〇二——一六四五）、黃得功，此句言他們雖忠於南明王室，但也無法挽回敗局。

(74) 建帝飄零烈帝慘：建帝，即明建文帝朱允炆（一三九九——一四〇二在位）。建帝飄零，指明成祖攻下南京後，建文帝下落不明，據說當了雲遊和尚。烈帝慘，指明崇禎帝（一六二八——一六三五在位）在李自成攻破北京後，在煤山自縊。

(75) 英宗困頓武宗荒：英宗困頓，指明英宗朱祁鎮（一四三五——一四四九及一四五七——一四六四在位）親征瓦剌，兵敗被俘事。武宗荒，明武宗朱厚照（一五〇五——一五二一在位），是明代最荒淫的皇帝。

(76) 福王一：是說南明福王朱由崧（一六〇七——一六四六）在位只一年。

(77) 吳梅村：即吳偉業，生於明神宗萬曆三十七年，卒於清聖祖康熙十年（一六〇九——一六七一），字駿公，號梅村，江蘇太倉人。他是復社的領袖之一，也是明末清初的著名詩人。

(78) 長橋舊院：明末南京歌妓聚居的地方。

(79) 弋陽腔：明代戲曲聲腔的一種，因源於江西弋陽江一帶而得名，至今仍流傳。弋 漢yì 國ㄧˋ 粵jik9 音亦。

(80) 駐馬聽：此曲是弔明孝陵的。

81 阿監：即太監。

82 〔沈醉東風〕：此曲是弔明故宮的。

83 丹墀：墀，階。因以紅漆塗階，故稱丹墀。此指群臣朝見天子之處。

84 〔折桂令〕：此曲連同後兩曲，皆是弔秦淮舊院一帶的。

85 當年粉黛，何處笙簫：是說昔日的歌妓不知何處去了。

86 哰哰：犬吠聲。哰 漢láo 國ㄌㄠˊ 粵lou4 音牢。

87 〔離亭宴帶歇指煞〕：此曲總弔南明的滅亡。

88 莫愁湖鬼夜哭，鳳凰臺棲梟鳥：莫愁湖、鳳凰臺，皆南京名勝。梟 漢xiāo 國ㄒㄧㄠ 粵hiu1 音囂。

89 輿圖換稿：輿圖，地圖。意即江山易主。

90 副淨時服，扮皂隸：副淨，男角，此處扮徐青君。時服，即清朝服裝。皂隸，衙門裏的差役。

91 朝陪天子輦，暮把縣官門：寫徐青君在明朝的得意和入清後的落魄。

92 通侯：爵位名，本作徹候，漢時因避武帝（西元前一四一——八七在位）諱改，也稱列侯，此指朝中達官貴人。

93 上元縣：清代分南京為江寧、上元二縣，今其地均屬江蘇南京。

94 開國元勳留狗尾：徐青君的先祖是明代開國元勳徐達（一三三二——一三八五），而到自己卻成了清朝的一個皂隸，故以狗尾自嘲。勳 漢xūn 國ㄒㄩㄣ 粵fen1 音昏。

95 縮龜頭：本是罵人說話，這裏借指隱士，亦有嘲諷意味。

96 高煙：上好煙草。

97 公祖父母：明、清時對地方官的尊稱。

98 綠頭籤：是當時官府捕人用的傳籤，用綠漆籤頭。

99 紅圈票：是當時官府捕人的文據，上寫被捕人的姓名，並用朱筆圈上。

100 寒食：節日名，在清明前一日或前兩日。至寒食，禁火三日。

紅樓夢　抄檢大觀園

曹雪芹

話說平兒聽迎春①說了，正自好笑，忽見寶玉②也來了。原來管廚房柳家媳婦③妹子，也因放頭④開賭，得了不是。因這園中有素與柳家的不好的，便又要告出柳家的來，說他和妹子是夥計，賺了平分。因此鳳姐⑤要治柳家之罪。那柳家的聽得此信，便慌了手腳；因思素與怡紅院⑥的人最為深厚，故走來悄悄的央求晴雯⑦、芳官⑧等人，轉告訴了寶玉。寶玉因思內中迎春的嬤嬤⑨也現有此罪，不若來約同迎春去討情，比自己獨去單為柳家的說情又更妥當，故此前來。忽見許多人在此，見他來時，都問他：「你的病可好了？跑來做甚麼？」寶玉不便說出討情一事，只說：「來看二姐姐。」當下眾人也不在意，且說些閑話。

平兒便出去辦纍金鳳⑩一事。那玉桂兒媳婦⑪緊跟在後，口內百般央求，只說：「姑娘好歹口內超生⑫，我橫竪去贖了來。」平兒笑道：「你遲也贖，早也贖，『既有今日，何必當初』！你的意思『得過就過』；既是這樣，我也不好意思告人，趁早取了來，交與我送去，一字不提。」玉桂兒媳婦聽說，方放下心來，就拜謝，又說：「姑娘自去貴幹，趕晚贖了來，先回了姑娘，再送去如何？」平兒道：「趕晚不來，可別怨我。」說畢，二人方分路，各自散去。

平兒到房，鳳姐問他：「三姑娘⑬叫你做什麼？」平兒笑道：「三姑娘怕奶奶生氣，叫我勸着奶奶些，問奶奶這兩天可吃些甚麼？」鳳姐笑道：「倒是他還記罣我。剛纔又出了一件事：有人來告柳二媳婦和他妹子通同開局，凡妹子所為，都是他作主。我想你素日曾勸我，多一事不如省一事，自己保養保養也是好的。我因聽不進去，果然應了，先把太太得罪了，而且反賺了一場病。如今我也看破了，隨他們鬧去罷。橫竪還有許多人呢！我白操一會子心，倒惹得萬人咒罵，不如且自養養病。就是病好了，我也會做好好先生⑭，得樂且樂，得笑且笑，一概是非，且都憑他們去罷。所以我只答應着『知道了』。」平兒笑道：「奶奶果然如是，那就是我們的造化了。」

一語未了，只見賈璉⑮進來，拍手歎道：「好好兒的又生事！前兒我和鴛鴦⑯借當，那邊太太怎麼知道了？纔剛太太叫過我去，叫我不管那裏先借二百銀子，做八月十五節下使用。

我回沒處借，太太就說：『你沒有錢，就有地方挪移，我白和你商量，你就搪塞我，你就沒地方兒！前兒一千銀子的當是那裏的？連老太太⑰的東西你都有神通弄出來，這會二百銀子你就這樣難。虧我沒和別人說去！』我想太太分明不短，何苦來要尋事奈何人！」鳳姐兒道：「那日並沒個外人，誰走了這個消息？」平兒聽了，也細想那日有誰在此，想了半日，笑道：「是了！那日說話時沒人，但晚上送東西來的時節，老太太那邊傻大姐⑱兒的娘，可巧來送漿洗衣服，他在下房裏坐了一回子，看見一大箱子東西，自然要問，必是小丫頭們不知道，說出來了也未可知。」因此便喚了幾個小丫頭來問：「那日誰告訴傻大姐的娘了？」眾小丫頭慌了，都跪下賭神發誓說：「自來也不敢多說一句話。有人凡問什麼，都答應不知道，這事如何敢說！」鳳姐詳情度理⑲，說：「他們必不敢多說一句話，倒別委屈了他們。如今把這事靠後，且把太太打發了去要緊。寧可咱們短些，又別討沒意思。」因叫平兒：「把我的金首飾，再去押二百銀子來送去完事。」賈璉道：「越發多押二百，咱們也要使呢。」鳳姐道：「很不必，我沒處使。這還不知指那一項贖呢！」平兒拏了去，交給旺兒媳婦⑳領去，不一時拏了銀子來，賈璉親自送去，不在話下。

這裏鳳姐和平兒猜疑走風的人：「反叫鴛鴦受累，豈不是偺們過失！」正在此胡想，人報太太來。鳳姐聽了詫異，不知何事，隨即與平兒等忙迎出來。只見王夫人㉑氣色更變，只帶一個貼己小丫頭走來，一語不發，走至裏間坐下。鳳姐忙捧茶，因陪笑問道：「太太今日高興，到這裏逛逛？」王夫人喝命：「平兒出去！」平兒見了這般，不知怎麼了，忙應了一聲，帶着眾小丫頭一齊出去，在房門外站住，越發將房門掩了，自己坐在台階上，所有的人一個不許進去。鳳姐也着了慌，不知有何事。只見王夫人含着淚，從袖裏擲出一個香袋來，說：「你瞧！」鳳姐忙拾起一看，見是十錦春意香袋㉒，也嚇了一跳，忙問：「太太從那裏得來？」王夫人見問，越發淚如雨下，顫聲說道：「我從那裏得來？我天天坐在井裏！念你是個細心人，所以我纔偷空兒；誰知你也和我一樣！這樣東西，大天白日擺在園裏山石上，被老太太的丫頭拾着，不虧你婆婆看見，早已送到老太太跟前去了！我且問你：這個東西如何丢在那裏？」鳳姐聽了，也更了顏色，忙問：「太太怎麼知道是我的？」王夫人又哭又歎道：「你反問我？你想一家子除了你們小夫小妻，餘者老婆子們，要這個何用？女孩子們是從那裏得來？自然是那璉兒不長進下流種子那裏弄來的！你們又和氣，當作一件頑意兒；年輕的人，兒女閨房私意是有的，你還和我賴！幸而園內上下人等不解事，尚未揀得，倘或丫頭們揀着，你姊妹看見，這還了得！不然，有那丫頭們揀着，出去說是在園內揀的，外人知道，這性命臉面要也不要？」

鳳姐聽說，又急又愧，登時紫漲了臉，便挨着炕雙膝跪下，也含淚訴道：「太太說的固然有理，我也不敢辯我並無這樣東西。但其中還要求太太想想：這香袋兒是外頭傚着內工繡的，帶子連穗子，一概是市買的東西，我雖年輕不尊重，也不肯要這樣東西。再者，這也不是常帶着的，我總然有，也只好在私處擱着，焉肯在身上常帶，各處逛去？況且又在這園裏去，個個姊妹，我們多肯拉拉扯扯，倘或露出來，不但在姊妹前看見，就是奴才看見，我有什麼意思？二則論主子內，我是年輕媳婦；算起來，奴才比我更年輕的又不止一個了，況且他們也常在園走動，焉知不是他們掉的？再者，除我常在園裏，還有那邊太太常帶過幾個小姨娘㉓來，嫣紅、翠雲㉔那幾個人，也都是年輕的人，他們更該有這個了。還有那邊珍大嫂子㉕，他也不算很老，也常帶過佩鳳㉖他們來，又焉知不是他們的？況且園內丫頭太多，保不住多是正經的。或者年紀大些的，知道了人事，一刻查問不到，偷了出去，或借着因由，合二門上小么兒們打牙撂嘴兒外頭得了的，也未可知呢！不但我沒此事，連平兒我也可以下保的。太太請細想。」

王夫人聽了這一夕話，恰很近情理，因歎道：「你起來。我也知道你是大家子的姑娘出身，不至這樣輕薄，不過我氣激你的話。但只如今卻怎麼處？你婆婆纔打發人封了這個給我瞧，把我氣了個死。」鳳姐道：「太太快別生氣。若被眾人覺察了，保不定老太太不知道。且平心靜氣，暗暗訪察，才能得這個實在；縱然訪不出，外人也不能知道。如今惟有趁着賭錢的因由，革了許多人這空兒，把周瑞媳婦㉗、旺兒媳婦等四五個貼近不能走話的人，安頓在園內，以查賭為由。再如今，他們的丫頭也太多了，保不住人大心大，生事作耗，等鬧出來，反悔之不及。如今若無故裁革，不但姑娘們委屈煩惱，就連太太和我也過不去。不如趁此機會，以後凡年紀大些的，或有些咬牙難纏㉘的，拏個錯兒攆出去，配了人。一則保得住沒有別事，二則也可以省些用度。太太想我這話何如？」王夫人歎道：「你說的何嘗不是。但從公細想，你這幾個姊妹，每人只有兩三個丫頭像人，餘者竟是小鬼兒似的，如今再去了，不但我心裏不忍，只怕老太太未必就依。雖然艱難，也還窮不至此。我雖沒受過大榮華，比你們是強些，如今可以省我些，別委屈了他們。你如今且叫人傳周瑞家等人進來，就吩咐他們快快暗訪這事要緊。」鳳姐即喚平兒進來，吩咐出去。

一時，周瑞家的與吳興家的、鄭華家的、來旺家的、來喜家的㉙現在五家陪房進來。王夫人正嫌人少，不能勘察，忽見邢夫人㉚的陪房王善保家的走來，正是方纔是他送香袋來的。王夫人向來看視邢夫人之得力心腹人等原無二意，今見他來打聽此事，便向他說：「你去回了太太，也進園來照管照管，比別人強些。」王善保家的因素日進園去，那些丫鬟們不大趨奉他，他心裏不自在，要尋他們的故事㉛又尋不着，恰好生出這件事來，以為得了把柄；又聽王夫人委託他，正碰在心坎上，道：「這個容易。不是奴才多話，論這事該早嚴緊些的。太太也不大往園裏去，這些女孩子們一個個倒像受了封誥似的，他們就成了千金小姐了。鬧下天來，誰敢哼一聲兒。不然，就調唆姑娘們，說欺負了姑娘們了，誰還躭得起！」王夫人道：「這也有的常情，跟姑娘們的丫頭，比別的姣貴些。」王善保家的道：「別的還罷了，太太不知，頭一個是寶玉屋裏的晴雯。那丫頭仗着他生的模樣兒比別人標緻些，又生了一張巧嘴，天天打扮像那西施樣子，在人跟前能說慣道，抓尖要強。一句話不投機，他就立起兩隻眼睛來罵人，妖妖調調㉜，大不成個體統。」

王夫人聽了這話，猛然觸動往事，便問鳳姐道：「上次我們跟了老太太進園逛去，有一個水蛇腰削肩膀兒，眉眼又有些像林妹妹㉝的，正在那裏罵小丫頭。我心裏很看不上那狂樣子。因同老太太走，我不曾說得，後來要問是誰，又偏忘了。今日對了檻兒，這丫頭想必就是他了？」鳳姐道：「若論這些丫頭，共總比起來，都沒晴雯生得好。論舉止言語，他原輕薄些。方纔太太說的倒很像他，我也忘了那日的事，不敢亂說。」王善保家的便道：「不用這樣，此刻不難叫了他來，太太瞧瞧。」王夫人道：「寶玉房裏，常見我的，只有襲人、麝月㉞，這兩個夯夯的倒好。若有這個，他自然不敢來見我的，我一生最嫌這樣的人。且又出來這件事。我好好的寶玉，倘或叫這蹄子勾引壞了，那還了得。」因叫自己丫頭來，吩咐他道：「你去只說我有話問他，留下襲人、麝月伏侍寶玉不必來。有一個晴雯，最伶俐，叫他即刻快來。你不許和他說什麼！」

小丫頭答應了，走入怡紅院，正值晴雯身上不自在，睡中覺纔起來，正發悶，聽如此說，只得隨了他來。素日晴雯不敢出頭，因連日不自在，並沒十分妝飾，自為無礙。及到了鳳姐房中，王夫人一見他釵斜鬢鬆㉟，衫垂帶褪，大有春睡捧心之態。而且形容面貌恰是上月的那人，不覺勾起方纔的火來。王夫人便冷笑道：「好個美人兒！真像個『病西施』了。你天天作這輕狂樣兒給誰看！你幹的事，打量我不知呢。我且放着你，自然明兒揭你的皮！寶玉今日可好些兒？」晴雯一聽如此說，心內詫異，便知有人暗算了他，雖然着惱，只不敢作聲。他本是個聰明過頂的人，見問寶玉可好些，他便不肯以實話答應，忙跪下回道：「我不大到寶玉房裏去，又不常和寶玉在一處，好歹我不能知，那都是襲人和麝月兩個人的事，太太問他們。」王夫人道：「這就該打嘴。你難道是死人？要你們做什麼？」晴雯道：「我原是跟老太太的人，因老太太說園裏空大人少，寶玉害怕，所以撥了我去外間屋裏上夜，不過看屋子。我原回過我不能伏侍，老太太罵了我，『又不叫你管他的事，要伶俐的做什麼？』我聽了，纔不敢不去，纔去的。不過十天半月之內，寶玉叫着了，答應幾句話就散了。至於寶玉飲食起居，上一層有老奶奶老媽媽們，下一層有襲人、麝月、秋紋幾個人。我閒着還要做老太太屋裏的針線，所以寶玉的事，竟不曾留心。太太既怪，從此後我留心就是了。」王夫人信以為實了，忙說：「阿彌陀佛！你不近寶玉，是我的造化。竟不勞你費心！既是老太太給寶玉的，我明兒回了老太太再攆你。」因向王善保家的道：「你們進去好生防他幾日，不許他在寶玉房裏睡覺，等我回過老太太再處治他。」喝聲：「出去！站在這裏，我看不上這浪樣兒。誰許你這樣花紅柳綠的妝扮！」晴雯只得出來，這氣非同小可，一出門，便拏手帕子握臉，一頭走，一頭哭，直哭到園內去。

這裏王夫人向鳳姐等自怨道：「這幾年我越發精神短了，照顧不到。這樣妖精似的東西，竟沒看見！只怕這樣的還有，明日倒得查查。」鳳姐見王夫人盛怒之際，又因王善保家的是邢夫人的耳目，常時調唆着邢夫人生事，縱有千百樣言語，此刻也不敢說，只低頭答應着。王善保家的道：「太太且請息怒。這些小事，只交與奴才。如今要查這個，是極容易的。等到晚上園門關了的時節，內外不通風，我們竟給他們個冷不防，帶着人到各處丫頭們房裏搜尋。想來誰有這個，斷不單有這個，自然還有別的。那時翻出別的來，自然這個也是他的了。」王夫人道：「這話倒是。若不如是，斷乎不能明白。」因問鳳姐：「如何？」鳳姐只得答應着：「太太說是，就行罷了。」王夫人道：「這主意很是，不然一年也查不出來。」於是大家商議已定。

至晚飯後，待賈母安寢了，寶釵㊱等入園時，王家的便請了鳳姐一並進園，喝命將角門皆上鎖，便從上夜的婆子處來抄揀起，不過抄揀些多餘攢下蠟燭燈油等物。王善保家的道：「這也是贓，不許動的，等明日回過太太再動。」於是先就到怡紅院中，喝命開門。寶玉因晴雯不自在，忽見這干人來，不知為何，直撲了丫頭們的房門去，因迎出鳳姐來，問是何故。鳳姐道：「丟了一件要緊東西，因大家混賴，恐怕有丫頭們偷了，所以大家都查一查，去疑兒。」一面說，一面坐下吃茶。王家的等搜了一回，又細問：「這幾個箱子是誰的？」都叫本人來親自開。襲人因見晴雯這樣，必有異事，又見這番抄揀，只得自己先出來打開了箱子並匣子，任其搜檢一番，不過平常通用之物。隨放下，又搜別人的。挨次都一一搜過，到晴雯的箱子，因問：「是誰的？怎麼不打開叫搜？」襲人方欲代晴雯開時，只見晴雯挽着頭髮闖進來，「豁啷」一聲，將箱子掀開，兩手提着底子，往地下一翻，將所有之物盡倒出來。王善保家的也覺沒趣兒，便紫漲了臉，說道：「姑娘別生氣，我們並非私自來的，原是奉太太的命來搜察。你們叫翻呢，我們就翻一翻；不叫翻，我們還許回太太去呢。那用急的這個樣子！」晴雯聽了這話，越發火上澆油，便指着他的臉說道：「你說你是太太打發來的，我還是老太太打發來的呢！太太那邊的人我也都見過，就只沒看見你這麼個有頭有臉大管事的奶奶！」鳳姐見晴雯說話鋒利尖酸，心中甚喜，卻礙着邢夫人的臉，忙喝住晴雯。那王善保家的又羞又氣，剛要還言，鳳姐道：「媽媽你也不必合他們一般見識，你還只管搜你的。偺們還到別處走走呢。再遲了，走了風，我可擔不起。」王善保家的只得咬咬牙，且忍了這口氣，細細的看了一看，也無甚私弊之物，回了鳳姐，要別處去，鳳姐道：「你可細細的查，若這一番查不出來，難回話了。」眾人都道：「盡都細翻了，沒有什麼差錯東西，雖有幾樣男人物件，都是小孩子東西，想是寶玉的舊物，沒甚關係的。」鳳姐聽了笑道：「既然如此，偺們就走，再瞧別處去。」說着一徑㊲出來，向王善保家的道：「我有一句話，不知是不是：要抄揀只抄揀偺們家的人，薛大姑娘屋裏，斷乎抄檢不得的。」王善保家的笑道：「這個自然，豈有抄起親戚家來的。」鳳姐點頭道：「我也這樣說呢。」一頭說，一頭到了瀟湘館㊳內。

黛玉已睡了，忽報這些人來，不知為甚事，纔要起來，只見鳳姐已走進來，忙按住他不叫起來，只說：「睡着罷，我們就走的。」這邊且說些閒話。那王善保家的帶了眾人到了丫鬟房中，也一一開箱倒籠抄揀了一會，因從紫鵑㊴房中，搜出兩副寶玉往常換下來的寄名符兒㊵，一副束帶上的帔帶㊶，兩個荷包㊷並扇套，套內有扇子，打開看時，皆是寶玉往日曾用過的。王善保家的自為得了意，遂忙請鳳姐過來驗視，又說：「這些東西從那裏來的？」鳳姐笑道：「寶玉和他們從小兒在一處混了幾年，這自然是寶玉的舊東西。況且這符兒和扇子，都是老太太和太太常見的，媽媽㊸不信，偺們只管拏了去。」王家的忙笑道：「二奶奶既知道就是了。」鳳姐道：「這也不算什麼稀罕事，撂下再往別處去是正經。」紫鵑笑道：「直到如今，我們兩下裏的賬也算不清，要問這一個，連我也忘了是那年月日有的了。」

這裏鳳姐合王善保家的，又到探春院內。誰知早有人報與探春了。探春也就猜着必有原故，所以引出這等醜態來。遂命眾丫頭秉燭開門而待。一時眾人來了，探春故問：「何事？」鳳姐笑道：「因丟了一件東西，連日訪察不出人來，恐怕旁人賴這些女孩子們，所以大家搜一搜，使人去疑兒。倒是洗淨他們的好法子。」探春笑道：「我們的丫頭，自然都是些賊，我就是頭一個窩主。既如是，先來搜我的箱櫃，他們所偷了來的，都交給我藏着呢。」說着，便命丫鬟們把箱一齊打開，將鏡奩妝盒衾袱衣包，若大若小之物，一齊打開，請鳳姐去抄閱。鳳姐陪笑道：「我不過是奉太太的命來，妹妹別錯怪了我。」因命丫鬟們：「快快給姑娘關上。」平兒、豐兒等先忙着替侍書㊹等，關的關，收的收。探春道：「我的東西，倒許你們搜閱；

要想搜我的丫頭，這卻不能。我原比眾人歹毒，凡丫頭所有的東西，我都知道，都在我這裏間收着。一針一線，他們也沒得收藏。要搜，所以止來搜我。你們不依，止管去回太太，只說我違背了太太，該怎麼處治，我自去領。你們別忙，自然你們抄的日子有呢。你們今日早起，不是議論甄家，自己家裏好好的抄家，果然今日真抄了！偺們也漸漸的來了！可知這樣大族人家，若從外頭殺來，一時是殺不死的。這可是古人說的『百足之蟲，死而不僵』，必須先從家裏自殺自滅起來，纔能一敗塗地呢！」說着，不覺流下淚來。鳳姐只看着眾媳婦們。周瑞家的便道：「既是女孩子的東西，全在這裏，奶奶且請在別處去罷，也讓姑娘好安寢。」鳳姐便起身告辭。探春道：「可細細搜明白了，若明日再來，我就不依了。」鳳姐笑道：「既然丫頭們的東西都在這裏，就不必搜了。」探春冷笑道：「你果然倒乖，連我的包袱都打開了，還說沒翻！明日敢說我護着丫頭，不許你們翻了。你趁早說明，若還要翻，不妨再翻一徧。」鳳姐知道探春素日與眾不同的，只得陪笑道：「已經連你的東西，都搜察明白了。」探春又問眾人：「你們也都搜明白了沒有？」周瑞家的等都陪笑說：「都明白了。」

那王善保家的本是個心內沒成算的人，素日雖聞探春的名，他想眾人沒眼色，沒膽量罷了，那裏一個姑娘就這樣利害起來，況且又是庶出，他敢怎麼着？自己又仗着是邢夫人的陪房，連王夫人尚另眼相待，何裏他人？只當探春認真單惱鳳姐，與他們無干，他便要乘勢作臉，因越眾向前，拉起探春的衣襟，故意一掀，嘻嘻的笑道：「連姑娘身上，我都翻了，果然沒有什麼。」鳳姐見他這樣，忙說：「媽媽走罷，別瘋瘋顛顛的。」一語未了，只聽「啪」的一聲，王家的臉上早着了探春一巴掌。探春登時大怒，指着王家的問道：「你是什麼東西？敢來拉扯我的衣裳！我不過看着太太的面上，你又有幾歲年紀，叫你一聲『媽媽』；你就狗仗人勢，天天作耗㊺，在我們跟前逞臉。如今越發了不得了，你索性望我動手動腳的了！你打諒我是同你們姑娘那麼好性兒，由着你們欺負，你就錯了主意了。你來搜檢東西，我不惱，你不該拏我取笑兒！」說着，便親自要解鈕子，拉着鳳姐兒細細的翻，「省得你們叫奴才來翻我！」鳳姐、平兒等都忙與探春理裙整袂，口內喝着王善保家的說：「媽媽吃兩口酒，就瘋瘋顛顛起來，前兒把太太也衝撞了。快出去，別再討臉了。」又忙勸探春：「好姑娘，別生氣，他算什麼，姑娘氣着倒值多了。」探春冷笑道：「我但凡有氣，早一頭碰死了。不然怎麼許奴才來我身上搜賊贓呢！明兒一早，先回過老太太、太太，再過去給大娘賠禮，該怎麼着，我去領。」那王善保家的討了個沒臉，趕忙躲出窗外，只說：「罷了！罷了！這也是頭一遭挨打。我明兒回了太太，仍回老娘家去罷。這個老命還要他做什麼！」探春喝命丫鬟：「你們聽見他說話，還等我和他拌嘴去不成？」侍書聽說，便出去說道：「媽媽你知點好歹兒，省一句兒罷！你果然回老娘家去，倒是我們的造化了。只怕你捨不得去，你去了，叫誰討主子的好兒，調唆着察考姑娘，折磨我們呢？」鳳姐笑道：「好丫頭，真是有其主必有其僕。」探春冷笑道：「我們做賊的人，嘴裏都有三言兩語的，就只不會背地裏調唆主子。」平兒忙也陪笑勸解，一面又拉了侍書進來，周瑞家的等人，勸了一番。鳳姐直待伏侍探春睡下，方帶着人在對過暖香塢㊻來。

彼時李紈㊼猶病在牀上，他與惜春㊽是緊鄰，又與探春相近。故順路先到這兩處。因李紈纔吃了藥睡着，不好驚動，只到丫鬟們房中一一的搜了一徧，也沒有什麼東西。遂到惜春房中來。因惜春年少尚未識事，嚇的不知當有什麼事故，鳳姐少不得安慰他。誰知竟在入畫㊾箱中，尋出一大包銀錁子㊿來，約共三四十個，為查奸情反得賊贓。又有一副玉帶板子㉛，並一包男人的靴襪等物。鳳姐也黃了臉，因問：「是那裏來的？」入畫只得跪下哭訴真情，說：「這是珍大爺賞我哥哥的，因我們老子娘都在南方，如今只跟着叔叔過日子。我叔叔嬸子，只要吃酒賭錢，我哥哥怕交給他們，又花了，所以每常得了，悄悄的煩老媽媽帶進來，叫我收着的。」惜春膽小，見了這個，也害怕，說：「我竟不知道，這還了得？二嫂子要打他，好歹帶他出去打罷，我聽不慣的。」鳳姐笑道：「若果真呢，也倒可恕。只是不該私自傳送進來。這個可以傳遞，怕什麼不可傳遞？這倒是傳遞的人不是了。若這話不真，倘是偷來的，你可就別想活了。」入畫跪哭道：「我不敢撒謊，奶奶明日只管問我們奶奶和大爺去，若說不是賞的，就拏我和哥哥一同打死無怨。」鳳姐道：「這個自然要問的。只是真賞的，你也有不是，誰許你私自傳送東西的？你且說是誰接應，我便饒你。下次萬萬不可。」惜春道：「嫂子，別饒他，這裏人多，若不管了他，那些大的聽見了，又不知怎麼樣呢。嫂子若依他，我也不依。」鳳姐道：「素日我看他還使得，誰沒有一個錯兒。只這一次，二次再犯，二罪俱罰。但不知傳遞是誰？」惜春道：「若說傳遞，再無別個，必是後門上的張媽。他常和這些丫頭鬼鬼祟祟的，這些丫頭們也都肯照顧他。」鳳姐聽說，便命人記下，將東西且交給周瑞家的暫且拏着，等明日對明再議。誰知那老張媽原和王善保家有親，近因王善保家的在邢夫人跟前作了心腹人，便把親戚伙伴兒們，都看不到眼裏了。後來張家的氣不平，鬭了兩次口，彼此都不說話了。如今王家的，聽見是他傳遞，碰在他心坎兒上，更兼剛纔挨了探春的打，受了侍書的氣，沒處發洩，聽見張家的這事，因攛掇鳳姐道：「這傳東西的事，關係更大。想來那些東西，自然也是傳遞進來的。奶奶倒不可不問。」鳳姐兒道：「我知道，不用你說。」於是別了惜春，方往迎春房內去。

迎春已經睡着了，丫鬟們也纔要睡，眾人叩門，半日纔開。鳳姐吩咐：「不必驚動姑娘。」遂往丫鬟們房裏來。因司棋㊾是王善保家的外孫女兒，鳳姐要看他家的可藏私不藏私，遂留神看他搜檢。先從別人箱子搜起，亦皆無別物。及到了司棋箱中，隨意掏了一會，王善保家的說：「也沒有什麼東西。」纔要關箱時，周瑞家的道：「這是什麼話？有沒有，總要一樣看看纔公道。」說着，便伸手掣出一雙男子的錦襪，並一雙緞鞋。又有一個小包袱，打開看時，裏面是一個同心如意，並一個字帖兒。一總遞與鳳姐。鳳姐因理家務久，每每看帖看賬，也頗識得幾個字了。那帖是大紅雙喜箋，便看上面寫道：

上月你來家後，父母已覺察你我之意。但姑娘未出閣，尚不能完你我之心願。若園內可以相見，你可託張媽給一信息。若得在園內一見，倒比家來說話好。千萬，千萬！再所賜香珠二串，今已查收。外特寄香袋一個，略表我心。千萬收好。表弟潘又安拜具。

鳳姐看罷，不怒而反樂。別人並不識字。王善保家的，素日並不知道他姑表姊弟有這一節風流故事，見了這鞋襪，心內已是有些毛病。又見有一紅帖，鳳姐看着又笑，他便說道：「必是他們寫的賬目不成字，所以奶奶見笑。」鳳姐笑道：「正是，這個賬竟算不過來，你是司棋的老娘⑬，他的表弟也該姓王，怎麼又姓潘呢？」王善保家的見問得奇怪，只得勉強回道：「司棋的姑媽給了潘家，所以他姑表兄弟姓潘。上次逃走了的潘又安，就是他。」鳳姐笑道：「這就是了。」因說：「我念給你聽聽。」說着，從頭念了一徧，大家都唬一跳。這王家的一心只要拏人的錯兒，不想反拏住他外孫女兒，他又氣又臊。周瑞家的四人聽見鳳姐兒念了，都吐舌頭搖頭兒。周瑞家的道：「王大媽聽見了！這是明明白白，再沒得話說了！這如今怎麼樣呢？」王家的只恨無地縫兒可鑽。鳳姐只瞅着他，抿着嘴兒嘻嘻的笑，向周瑞家的道：「這倒也好，不用他老娘操一點心兒。鴉雀不聞，就給他們弄了個好女婿來了。」周瑞家的也笑着湊趣兒，王家的無處煞氣⑭，只得打着自己的臉罵道：「老不死的娼婦，怎麼造下孽了！說嘴打嘴，現世現報。」眾人見他如此，要笑又不敢笑，也有趁願的，也有心中感動報應不爽㊿的。鳳姐見司棋低頭不語，也並無畏懼慚愧之意，倒覺可異。料此時夜深，且不必盤問，只怕他夜間自尋短志㊹，遂喚兩個婆子監守，且帶了人拏了贓證，回來歇息，等待明日料理。誰知夜裏下面淋血不止，次日便覺身體十分軟弱起來，遂掌不住。請醫診視，開方立案，說要保重而去。老嬤嬤們拏了方子，回過王夫人，不免又添一番愁悶。遂將司棋之事，暫且擱起。

可巧這日尤氏來看鳳姐，坐了一回，又看李紈等。忽見惜春遣人來請，尤氏到他房中，惜春便將昨夜之事，細細告訴了。又命人將入畫的東西，要來與尤氏過目。尤氏道：「實是你哥哥賞他哥哥的，只不該私自傳送，如今官鹽反成了私鹽了㊺。」因罵入畫：「糊塗東西！」惜春道：「你們管教不嚴，反罵丫頭。這些姊妹，獨我的丫頭沒臉，我如何去見人？昨兒叫鳳姐姐帶了他去又不肯，今日嫂子來的恰好，快帶了他去，或打或殺或賣，我一概不管。」入畫聽說，跪地哀求，百般苦告。尤氏和媽媽等人，也都十分解說：「他不過一時糊塗，下次再不敢的。看他從小兒伏侍一場。」誰知惜春年幼天性孤僻，任人怎說，只是咬定牙斷乎不肯留着，更又說道：「不但不要入畫，如今我也大了，連我也不便往你們那邊去的。裏且近日聞得多少議論，我若再去，連我也編派。」尤氏道：「誰敢議論什麼？又有什麼可議論的？姑娘是誰？我們是誰？姑娘既聽見人議論我們，就該問着他纔是。」惜春冷笑道：「你這話問着我倒好。我一個姑娘家，只好躲是非的。我反尋是非，成個什麼人了？裏且古人說的，『善惡生死，父子不能有所勗助。』何裏你我二人之間？我只能保住自己就彀了，以後你們有事，好歹別累我。」

尤氏聽說，又氣又好笑，因向地下眾人道：「怪道人人都說四姑娘年輕糊塗，我只不信，你們聽這些話，無原無故，又沒輕重，真真的叫人寒心。」眾人都勸說道：「姑娘年輕，奶奶自然該吃些虧的。」惜春冷笑道：「我雖年輕，這話卻不年輕。你們不看書，不識字，都是獃子，倒說我糊塗。」尤氏道：「你是狀元，第一個才子，我們糊塗人，不如你明白。」惜春道：「據你這話，就不明白。狀元難道沒有糊塗的？可知你們這些人，都是世俗之見，那裏眼裏識得真假，心裏分得出好歹來？你們要看真人，總在最初一步的心上想起，纔能明白呢！」尤氏笑道：「好，纔是才子，這會子又做大和尚，又講起參悟來了。」惜春道：「我也不是什麼參悟，我看如今人一概也都是入畫一般，沒有什麼大說頭兒。」尤氏道：「可知你真是個心冷嘴冷的人。」惜春道：「怎麼我不冷？我清清白白的一個人，為什麼叫你們帶累壞了？」尤氏心內原有病，怕說這些話，聽說有人議論，已是心中着惱，只是今日惜春分上，不好發作，忍耐了大半天。今見惜春又說這話，因按捺不住，便問道：「怎麼就帶累了你？你的丫頭的不是，無故說我。我倒忍了這半日，你倒越發得了意，只管說這話。你是千金小姐，我們以後就不敢親近你，仔細些帶累了小姐的美名兒，即刻就叫人將入畫帶了過去。」說着，便賭氣起身去了。惜春道：「你這一去了，若果然不來，倒也省了口舌是非，大家倒還乾淨。」尤氏也不答應，一徑往前邊去了。

作者

曹霑，約生於清聖祖康熙五十三年，卒於清高宗乾隆二十七年（一七一五？——一七六二）。字雪芹，號芹溪，漢軍正白旗人。祖籍河北豐潤，後遷居遼東，及清兵入關，始入旗籍為「包衣」。曾祖曹璽、祖父曹寅、父曹頫三代世襲江寧織造，凡六十年之久。曹氏一家，甚得康熙寵眷。曹寅喜附庸風雅，生活奢華，好藏書，為康熙時名士。曹雪芹耳濡目染，自幼亦雅好文藝，讀書甚勤奮。清世宗雍正六年（一七二八），曹頫因罪被黜，從此家道中落，雪芹亦以不善營謀，卒以窮愁潦倒終其一生。

《紅樓夢》原名《石頭記》，一稱《風月寶鑑》，是曹雪芹的代表作。曹雪芹死時，《紅樓夢》只寫成八十回，尚未完稿。後來到了乾隆（一七三六——一七九六）之世，高鶚續寫了四十回，合為一百二十回，便是今日所見的足本《紅樓夢》。全書以清初貴冑家庭為背景，透過賈寶玉、林黛玉和薛寶釵的三角戀愛，敘述兒女的悲歡離合和賈府的興衰。篇中虛中有實，描寫生動細膩，在中國古典小說中，論結構的完整與佈局的細密，應推此作。《紅樓夢》流行海內外甚廣，幾已家喻戶曉，可見其在文學史上的地位。

題解

本課選自三家評本《紅樓夢》第七十四回「惑奸讒抄檢大觀園　避嫌隙杜絕寧國府」，是整部《紅樓夢》故事發展的一個轉捩點，現題為編者所加。

本回以傻大姐誤拾繡春香囊所引起的「抄檢大觀園事件」為主線，把榮國府中王、邢兩家長期爭權奪利的現象表露無遺，同時也揭示了顯赫一時的賈府由盛轉衰的關鍵。在抄檢大觀園的過程中，作者生動地刻劃了賈府上下各種人物的性格和形象：王夫人的胡塗、王熙鳳的老練、探春的好勝、晴雯的倔強和平兒的機警，都細緻地展現在讀者眼前。

注釋

① 平兒聽迎春：平兒，王熙鳳陪房丫頭，賈璉侍妾。迎春，榮國府賈赦之女，賈府二小姐，生母是妾。

② 寶玉：賈寶玉，《紅樓夢》的男主角。賈母之孫，榮國府賈政之子，賈元春之弟，母為王夫人。與表妹林黛玉相愛。黛玉死後，出家為僧。

③ 柳家媳婦：榮國府內廚房女傭。

④ 放頭：聚賭作頭家。

⑤ 鳳姐：即王熙鳳，俗呼鳳姐，諢稱鳳辣子。寶玉之母王夫人內侄女，賈璉之妻。賈政和王夫人將總管家務之事交給賈璉和王熙鳳，賈璉則完全受制於王熙鳳，故王熙鳳成為榮國府的實際當家人。

⑥ 怡紅院：大觀園中賈寶玉住所。

⑦ 晴雯：怡紅院丫環。賈母喜其伶俐標緻，把她賞給寶玉。

⑧ 芳官：大觀園中十二女伶之一，深得寶玉喜愛。

⑨ 嬤嬤：嬤，同媽。嬤嬤，老年婦女的通稱，這裏指稱乳母。

⑩ 纍金鳳：首飾名，攢珠纍絲金鳳的簡稱，也稱為金絲鳳、金纍絲鳳。

⑪ 玉柱兒媳婦：迎春乳母的兒媳婦。

⑫ 口內超生：超生，救命。迎春的乳母聚眾賭博輸了錢，便將迎春的首飾纍金鳳私拿去當了錢做賭資，後被查出，由平兒處理，故玉桂兒媳婦向平兒求情平息此事。
⑬ 三姑娘：指探春，賈政之女，趙姨娘所生，賈府小姐。
⑭ 好好先生：指不問是非曲直，一團和氣，只求相安無事之人。
⑮ 賈璉：賈赦之子，王熙鳳之夫，總管榮國府家務。
⑯ 鴛鴦：賈母房中丫環，甚受賈母信任，又深得上下各式人等的好感和尊重。
⑰ 老太太：指賈母。她是金陵世勳史侯之女，榮國公長子賈代善之妻，賈赦、賈政之母。
⑱ 傻大姐：替賈母做粗活的丫頭。
⑲ 詳情度理：詳，審查。度，推測，估計。揣摩分析情況之意。
⑳ 旺兒媳婦：榮國府女僕，王熙鳳陪房，即隨嫁的婢僕。
㉑ 王夫人：榮國府賈政之妻，賈寶玉之母。
㉒ 十錦春意香袋：繡有男女赤裸相抱圖案的五彩香囊。
㉓ 姨娘：對父輩之妾的稱呼。
㉔ 嫣紅、翠雲：二人均為賈赦的小妾。
㉕ 珍大嫂子：指寧國府賈珍之妻。賈珍代其父賈敬襲封寧國公。
㉖ 佩鳳：賈珍的妾。
㉗ 周瑞媳婦：又稱周瑞家的，賈府僕人周瑞之妻，王夫人陪房，是一個頗有地位、權力的女傭。
㉘ 咬牙難纏：咬牙，尖酸刻薄。難纏，調皮，不服管理，指好爭鬥，調皮搗蛋。
㉙ 吳興家的、鄭華家的、來旺家的、來喜家的：四人都是賈府女僕，王夫人陪房。
㉚ 邢夫人：榮國府賈赦之妻。
㉛ 故事：指可以當做整治人家的借口。

㉜ 妖妖調調：輕佻嬌媚的樣子。

㉝ 林妹妹：即林黛玉，《紅樓夢》女主角之一，賈母外孫女，賈寶玉表妹。

㉞ 襲人、麝月：襲人，原是賈母之婢，後給了寶玉，是寶玉身邊一個重要侍婢。麝月，怡紅院丫頭，在寶玉身邊地位僅次襲人。

㉟ 形容：模樣。

㊱ 寶釵：即薛寶釵，《紅樓夢》女主角之一。王夫人的妹妹薛姨媽之女，年幼喪父，隨母兄暫居賈府。長於賈寶玉，因又稱寶姐姐。後被賈府選中，與寶玉成婚。

㊲ 一徑：直的意思。

㊳ 瀟湘館：大觀園中林黛玉的住所。

㊴ 紫鵑：林黛玉房中丫頭。與黛玉名為主奴，實兩人情同手足，相依為命，形影不離。

㊵ 寄名符兒：古時迷信，恐小兒夭折，常寄名於道觀為徒，道士所授之符籙，稱寄名符。

㊶ 一副束帶上的帔帶：束帶，即腰帶，束在袍的外面。帔帶，束帶上的裝飾物。帔 (漢) pèi (國) ㄆㄟˋ (粵) pei^{1} 音披。

㊷ 荷包：佩飾名，一種扁圓形繡花小袋。

㊸ 媽媽：對老年婦女的稱呼。

㊹ 侍書：賈探春丫環。

㊺ 作耗：任性胡為。

㊻ 暖香塢：大觀園中賈惜春的住所。塢 (漢) wù (國) ㄨˋ (粵) wu^{2} 音滸。

㊼ 李紈：榮國府賈政和王夫人的大兒媳婦，賈珠之妻。賈珠死後，李紈在賈家守寡。紈 (漢) wán (國) ㄨㄢˊ (粵) jyn^{4} 音元。

㊽ 惜春：賈府四小姐。寧國府賈敬之女，賈珍胞妹。

㊾ 入畫：賈惜春丫環。

㊿ 銀錁子：金銀鑄成的小錠，形狀像小饅頭。
(51) 玉帶板子：古代官僚腰帶上所嵌的裝飾玉板。
(52) 司棋：賈惜春丫環。
(53) 老娘：指外祖母。
(54) 煞氣：出氣。
(55) 不爽：不差。
(56) 自尋短志：即自尋短見。
(57) 如今官鹽反成了私鹽了：官鹽，由國家運銷已繳納鹽稅的食鹽。私鹽，私運食鹽以逃避納稅。意謂本末是主人賞賜的「合法」的東西，因私自傳送倒成為「不合法」。

中國文學古典精華初中高冊參考書目（依朝代先後排列）

①〔春秋〕左丘明撰、上海師範大學古籍整理組校點《國語》。上海：上海古籍出版社。一九七八。

②〔春秋〕管仲撰、〔唐〕房玄齡注《管子》。台北：台灣中華書局。一九六六。

③〔戰國〕尸佼著《尸子》。台北：世界書局。一九五八。

④〔戰國〕屈原等撰、〔漢〕劉向集、〔漢〕王逸章句、〔宋〕洪興祖補注《楚辭補注》。北京：中華書局。一九八三。

⑤〔戰國〕慎到撰、〔清〕錢熙祚校輯《慎子》。台北：世界書局。一九三五。

⑥〔漢〕司馬遷撰、〔南朝宋〕裴駰集解、〔唐〕司馬貞索隱、〔唐〕張守節正義《史記》。北京：中華書局。一九九四。

⑦〔漢〕桓譚撰、〔清〕嚴可均輯《新論》。成都：四川人民出版社。一九九七。

⑧〔漢〕班固撰、〔唐〕顏師古注《漢書》。北京：中華書局。一九九六。

⑨〔漢〕班固撰《漢武帝內傳》。上海：上海古籍出版社。一九九一。

⑩〔漢〕許慎撰、〔清〕段玉裁注《說文解字注》。上海：上海書店。一九九二。

⑪〔漢〕揚雄撰、汪榮寶義疏《法言義疏》。北京：中華書局。一九九七。

⑫〔漢〕劉安編著、劉文典撰《淮南鴻烈集解》。北京：中華書局。一九九七。

⑬〔漢〕劉熙撰《釋名》。台北：國民出版社。一九五九。

⑭〔魏〕王

粲撰、俞紹初校點《王粲集》。北京：中華書局。一九八〇。⑮〔魏〕吳普等撰《神農本草經》。台北：台灣中華書局。一九七六。⑯〔魏〕阮籍撰、陳伯君校注《阮籍集校注》。北京：中華書局。一九八七。⑰〔魏〕曹植撰、〔清〕丁晏纂《曹集詮評》。台北：廣文書局。一九六一。⑱〔魏〕曹操、曹丕撰、黃節注《魏武帝魏文帝詩注》。北京：人民文學出版社。一九五八。⑲〔魏〕曹操撰《曹操集》。香港：中華書局。一九七三。⑳〔晉〕干寶撰、汪紹楹校注《搜神記》。北京：中華書局。一九七九。㉑〔晉〕王嘉撰、〔梁〕蕭綺錄《拾遺記》。北京：中華書局。一九八一。㉒〔晉〕王羲之撰《王右軍集》。台北：台灣學生書局。一九七一。㉓〔晉〕周處撰《風土記》。(出版資料不詳) ㉔〔晉〕常璩撰《華陽國志》。台北：台灣中華書局。一九六九。㉕〔晉〕張載撰《張孟陽集》。上海：掃葉山房。一九一七。㉖〔晉〕郭象注、〔唐〕陸德明音義《宋刊南華真經》。上海：涵芬樓。一九二九。㉗〔晉〕陳壽撰、〔南朝宋〕裴松之注《三國志》。北京：中華書局。一九九五。㉘〔晉〕陶潛撰、龔斌校箋《陶淵明集校箋》。上海：上海古籍出版社。一九九六。㉙〔晉〕陶潛撰《靖節先生集》。香港：中華書局。一九七三。㉚〔晉〕葛洪撰《抱朴子》。台北：台灣商務印書館。一九七九。㉛〔南朝宋〕范曄撰、〔唐〕李賢等注《後漢書》。北京：中華書局。一九六五。

㉜〔南朝宋〕劉義慶撰、余嘉錫箋疏《世說新語箋疏》。北京：中華書局。一九八三。

㉝〔南朝宋〕劉義慶撰、鄭晚晴輯注《幽明錄》。北京：文化藝術出版社。一九八八。

㉞〔南朝宋〕鮑照撰、錢仲聯校注《鮑參軍集注》。上海：上海古籍出版社。一九八〇。

㉟〔南朝宋〕謝靈運撰、黃節注《謝康樂詩注》。北京：人民文學出版社。一九五八。

㊱〔南齊〕謝朓撰、郝立權注《謝宣城詩注》。台北：藝文印書館。一九七一。

㊲〔梁〕丘遲撰《丘司空集》。上海：掃葉山房。一九一七。

㊳〔梁〕任昉撰《述異記》。上海：掃葉山房。一九二五。

㊴〔南朝宋〕沈約撰《宋書》。北京：中華書局。一九七四。

㊵〔梁〕周興嗣撰、汪嘯尹纂集、孫謙益參注《千字文釋義》。北京：中國書店。一九九一。

㊶〔梁〕徐陵輯、〔清〕吳兆宜箋注《玉臺新詠》。北京：中國書店。一九八六。

㊷〔梁〕蕭子顯撰《南齊書》。北京：中華書局。一九七二。

㊸〔梁〕蕭統編、〔唐〕李善注《文選》。上海：上海古籍出版社。一九九四。

㊹〔北魏〕酈道元注、〔清〕王先謙校《王氏合校水經注》。上海：中華書局。一九三六。

㊺〔北齊〕顏之推撰、王利器集解《顏氏家訓集解》。上海：上海古籍出版社。一九八〇。

㊻〔北周〕庾信撰、〔清〕倪璠注《庾子山集注》。北京：中華書局。一九八〇。

㊼〔唐〕王定保撰《唐摭言》。上海：上海古籍出版社。一九七八。

㊽〔唐〕王昌齡撰、黃明校編《王昌齡詩集》。江西：人民出版社。一九八一。

㊾〔唐〕王勃撰、王雲五主編《王子安集》。長沙：商務印書館。一九三七。

㊿〔唐〕王維撰、〔清〕趙殿成箋注《王右丞集箋注》。香港：中華書局。一九七二。

(51)〔唐〕令狐德棻撰《周書》。北京：中華書局。一九七一。

(52)〔唐〕白居易撰、顧學頡校點《白居易集》。北京：中華書局。一九七九。

(53)〔唐〕岑參撰、陳鐵民、侯忠義校注《岑參集校注》。上海：上海古籍出版社。一九八一。

(54)〔唐〕李白撰、〔清〕王琦注《李太白全集》。北京：中華書局。一九九〇。

(55)〔唐〕李延壽撰《北史》。北京：中華書局。一九七四。

(56)〔唐〕李延壽撰《南史》。北京：中華書局。一九七五。

(57)〔唐〕李益撰、王亦軍、裴豫敏編注《李益集注》。甘肅：人民出版社。一九八九。

(58)〔唐〕李商隱撰、〔清〕馮浩箋注《玉溪生詩箋注》。上海：上海古籍出版社。一九七九。

(59)〔唐〕李紳撰、王旋伯注《李紳詩注》。上海：上海古籍出版社。一九八五。

(60)〔唐〕李華撰《李遐叔文集》。台北：台灣商務印書館。一九七二。

(61)〔唐〕李肇等撰《唐國史補》。上海：上海古籍出版社。一九七九。

(62)〔唐〕李綽撰《尚書故實》。上海：上海古籍出版社。一九八七。

(63)〔唐〕杜佑撰、王文錦、王永興等點校《通典》。北京：中華書局。一九八八。

(64)〔唐〕杜甫撰、〔清〕仇兆鰲詳注《杜詩詳註》。北京：中華書局。

一九七九。

(65)〔唐〕杜牧撰、〔清〕馮集梧注《樊川詩集注》。北京：中華書局。一九六二。

(66)〔唐〕杜牧撰《樊川文集》。上海：上海古籍出版社。一九七八。

(67)〔唐〕孟郊撰、華忱之、喻學才校注《孟郊詩集校注》。北京：人民文學出版社。一九九五。

(68)〔唐〕孟浩然撰《孟浩然詩集》。上海：上海古籍出版社。一九八二。

(69)〔唐〕孟棨撰《本事詩》。上海：古典文學出版社。一九五七。

(70)〔唐〕房玄齡等撰《晉書》。北京：中華書局。一九七四。

(71)〔唐〕姚思廉撰《梁書》。北京：中華書局。一九七三。

(72)〔唐〕柳宗元撰《河東先生集》上海：商務印書館。一九二九。

(73)〔唐〕段成式撰、方南生點校《酉陽雜俎》。北京：中華書局。一九八一。

(74)〔唐〕范攄撰《新校雲溪友議》。台北：世界書局。一九六二。

(75)〔唐〕殷璠撰《河嶽英靈集》。上海：商務印書館。一九一九。

(76)〔唐〕秦韜玉撰、李之亮注《秦韜玉詩注》。上海：上海古籍出版社。一九八九。

(77)〔唐〕高適撰、劉開揚注《高適詩集編年箋註》。北京：中華書局。一九八一。

(78)〔唐〕崔顥撰、萬竟君注《崔顥詩注》。上海：上海古籍出版社。一九八二。

(79)〔唐〕張九齡撰、王雲五編《曲江集》。台北：台灣商務印書館。一九七三。

(80)〔唐〕陳子昂撰、徐鵬校《陳子昂集》。北京：中華書局。一九六〇。

(81)〔唐〕陳鴻撰《長恨歌傳》。石門：大西山房。

一七九四。

⑧2〔唐〕賈島撰《長江集》。台北：台灣中華書局。一九六六。

⑧3〔唐〕劉知幾撰、〔清〕浦起龍釋《史通通釋》。上海：上海古籍出版社。一九七八。

⑧4〔唐〕劉禹錫撰、瞿鋭園箋證《劉禹錫集箋證》。上海：上海古籍出版社。一九八九。

⑧5〔唐〕歐陽詢撰、汪紹楹校《藝文類聚》。上海：上海古籍出版社。一九八二。

⑧6〔唐〕錢起撰、阮廷瑜校注《錢起詩集校注》。台北：新文豐出版股份有限公司。一九九六。

⑧7〔唐〕韓愈撰《韓昌黎全集》。台北：新興書局。一九五六。

⑧8〔唐〕魏徵等撰《隋書》。北京：中華書局。一九七三。

⑧9〔五代〕王仁裕等撰《開元天寶遺事十種》。上海：上海古籍出版社。一九八五。

⑨0〔五代〕李璟、李煜撰、廣文編譯所評注《評注南唐二主詞》。台北：廣文書局。一九六一。

⑨1〔五代〕韋莊撰、向迪琮校訂《韋莊集》。北京：人民文學出版社。一九五八。

⑨2〔五代〕韋應物撰《韋蘇州集》。台北：台灣中華書局。一九六六。

⑨3〔五代〕馮延巳撰、黃畬校注《陽春集校注》。天津：天津古籍出版社。一九九三。

⑨4〔五代〕趙崇祚輯、蕭繼宗評點校注《花間集》。台灣：學生書局。一九八一。

⑨5〔後晉〕劉昫等撰《舊唐書》。北京：中華書局。一九八六。

⑨6〔宋〕文天祥撰、〔明〕鄢懋卿編次《文山先生全集》。上海：商務印書館。一九三六。

⑨7〔宋〕王安石撰、〔宋〕李壁箋注《王荊文公詩箋注》。上海：中華書局。一九五八。

⑨8〔宋〕

王安石撰《臨川先生文集》。上海：商務印書館。一九三三。 ⑨⑨〔宋〕王楙撰、王文錦點校《野客叢書》。北京：中華書局。一九八七。 ⑩⑩〔宋〕司馬光撰、〔元〕胡三省注《資治通鑑》。北京：中華書局。一九六三。 ⑩①〔宋〕朱熹集注《四書章句集注》。北京：中華書局。一九九六。 ⑩②〔宋〕朱熹撰《詩集傳》。香港：中華書局。一九八七。
⑩③〔宋〕朱熹撰《朱子大全》。上海：中華書局。一九三六。 ⑩④〔宋〕吳文英撰《夢窗詞》。台北：世界書局。一九六七。 ⑩⑤〔宋〕李昉等編《太平廣記》。北京：中華書局。一九六一。 ⑩⑥〔宋〕李昉等編《文苑英華》。北京：中華書局。一九六六。 ⑩⑦〔宋〕李清照撰、王學初校注《李清照集校注》。北京：人民文學出版社。一九七九。 ⑩⑧〔宋〕沈括撰、胡道靜校注《夢溪筆談校證》。上海：古典文學出版社。一九五七。 ⑩⑨〔宋〕辛棄疾撰、鄧廣銘箋注《稼軒詞編年箋注》。上海：上海古籍出版社。一九七八。 ⑪⓪〔宋〕周邦彥撰、〔明〕陳元龍注《片玉集注》。台北：世界書局。一九六二。 ⑪①〔宋〕周敦頤撰《周子全書》。台北：廣學社印書館。一九七五。 ⑪②〔宋〕林逋撰《林和靖詩集》。台北：台灣商務印書館。一九三九。 ⑪③〔宋〕姜夔撰、夏承燾箋校《姜白石詞編年箋校》。上海：上海古籍出版社。一九八一。 ⑪④〔宋〕柳永撰、朱孝臧校《樂章集》。台北：世界書局。一九六九。 ⑪⑤〔宋〕范仲淹撰《范文正公文集》。上海：商務印書館。

一九三七。(116)〔宋〕范成大撰、中華書局上海編輯所編輯《范石湖集》。上海：中華書局。一九六二。(117)〔宋〕晏殊撰、林大椿校《珠玉詞》。上海：商務印書館。一九三五。(118)〔宋〕晏幾道撰、林大椿校《小山詞》。上海：商務印書館。一九三〇。(119)〔宋〕秦觀撰、王輝曾箋注《淮海詞箋注》。北京：中國書店。一九八五。(120)〔宋〕張元幹撰《蘆川歸來集》。上海：上海古籍出版社。一九七八。(121)〔宋〕張先撰《張子野詞》。台北：台灣中華書局。一九六六。(122)〔宋〕張君房撰《麗情集》。石家莊：河北教育出版社。一九九五。(123)〔宋〕張孝祥撰、宛敏灝箋校《張孝祥詞箋校》。合肥：黃山書社。一九九三。(124)〔宋〕張炎撰、黃畬校箋《山中白雲詞箋》。浙江：浙江古籍出版社。一九九四。(125)〔宋〕張端義撰《貴耳集》。北京：中華書局。一九五八。(126)〔宋〕梅堯臣撰、朱東潤編注《梅堯臣集編年校注》。上海：上海古籍出版社。一九八〇。(127)〔宋〕郭茂倩編《樂府詩集》。北京：中華書局。一九九六。(128)〔宋〕陳起編《江湖小集》。上海：上海古籍出版社。一九八七。(129)〔宋〕陸游撰、夏承燾、吳熊和注《放翁詞編年箋注》。上海：上海古籍出版社。一九八一。(130)〔宋〕陸游撰、錢仲聯校注《劍南詩稿校注》。上海：上海古籍出版社。一九八五。(131)〔宋〕曾鞏撰、陳杏珍、晁繼周點校《曾鞏集》。北京：中華書局。

……一九八四。
(132)〔宋〕曾鞏撰《南豐先生元豐類稿》。台北：台灣中華書局。一九六六。
(133)〔宋〕賀鑄撰、黃啟方箋注《東山詞箋注》。台北：嘉新水泥公司文化基金會。一九六九。
(134)〔宋〕黃昇編選《花庵詞選》。香港：中華書局。一九六二。
(135)〔宋〕黃庭堅撰《山谷全集》。台灣：中華書局。一九六六。
(136)〔宋〕楊萬里撰《誠齋詩集》。台灣：中華書局。一九六六。
(137)〔宋〕劉克莊撰、錢仲聯箋注《後村詞箋注》。上海：上海古籍出版社。一九八〇。
(138)〔宋〕劉克莊編集、胡問農、王皓叟校注《後村千家詩校注》。貴陽：人民出版社。一九八六。
(139)〔宋〕歐陽修撰、李偉國校點《六一詞》。上海：上海古籍出版社。一九八六。
(140)〔宋〕歐陽修、宋祁等撰《新唐書》。北京：中華書局。一九七五。
(141)〔宋〕歐陽修撰、楊家駱主編《歐陽修全集》。台灣：世界書局。一九六三。
(142)〔宋〕蘇軾撰、孔凡禮點校《蘇軾文集》。北京：中華書局。一九九〇。
(143)〔宋〕蘇軾撰、曹樹銘校編《蘇東坡詞》。台北：台灣商務印書館。一九八三。
(144)〔宋〕釋文瑩撰《宋本湘山野錄》。上海：有正書局。一九一七。
(145)〔金〕元好問撰、姚尊中主編《元好問全集》。山西：山西人民出版社。一九九〇。
(146)〔元〕王實甫撰、吳曉鈴校註《西廂記》。香港：中華書局。一九八四。
(147)〔元〕姚燧撰《姚文公牧庵集》。北京：書目文獻出版社。一九八八。
(148)〔元〕施惠撰《拜月亭》。

長春：吉林文史出版社。一九九七。 (149)〔元〕馬致遠撰、瞿鈞注《東籬樂府全集》。天津：天津古籍出版社。一九九〇。 (150)〔元〕高明撰、錢南揚校注《元本琵琶記校注》。上海：上海古籍出版社。一九八〇。 (151)〔元〕張可久撰、呂薇芬、楊鐮校注《張可久集校注》。浙江：浙江古籍出版社。一九九五。 (152)〔元〕張養浩撰《雲莊樂府》。長沙：商務印書館。一九四一。、 (153)〔元〕郭居敬撰、王照編注《二十四孝》。香港：星輝圖書。一九九二。 (154)〔元〕薩都剌撰《雁門集》。上海：上海古籍出版社。一九八二。 (155)〔元〕關漢卿撰、王學奇等校注《關漢卿全集校注》。石家莊：河北教育出版社。一九九〇。 (156)〔明〕王冕撰《竹齋詩集》。台灣：學生書局。一九七〇。 (157)〔明〕吳承恩撰《西遊記》。香港：中華書局。一九七四。 (158)〔明〕吳偉業撰《梅村詩集》。台北：台灣商務印書館。一九六八。 (159)〔明〕宋濂等撰《元史》。北京：中華書局。一九七六。 (160)〔明〕宋濂撰《宋文憲公全集》。台灣：中華書局。一九六六。 (161)〔明〕李時珍編《本草綱目》。台北：台灣商務印書館。一九六八。 (162)〔明〕施耐庵撰《容與堂本水滸傳》。上海：中華書局上海編輯所、上海古籍出版社。一九八八。 (163)〔明〕胡應麟撰《詩藪》。上海：上海古籍出版社。一九七九。 (164)〔明〕夏完淳撰《夏完淳集》。上海：中華書局。一九五九。 (165)〔明〕袁宏道撰、錢伯城箋校《袁宏道集箋校》。上海：上海古籍出版社。一九八一。 ⑯〔明〕張溥撰《七錄齋詩文合集》。台北：偉文圖書出版社。一九七七。 ⑯〔明〕陳子龍撰、施蟄存、馬祖熙標點《陳子龍詩集》。上海：上海古籍出版社。一九八三。 ⑯〔明〕陶宗儀撰《説郛》。上海：上海古籍出版社。一九九四。 ⑯〔明〕湯顯祖撰、徐朔方、楊笑梅校注《牡丹亭》。北京：中華書局。一九六五。 ⑰〔明〕馮夢龍編、嚴敦易校注《警世通言》。北京：人民文學出版社。一九五六。 ⑰〔明〕劉基撰《誠意伯文集》。上海：商務印書館。一九三六。

⑰〔明〕歸有光撰、周本淳校點《震川先生集》。上海：上海古籍出版社。一九八一。

⑰〔明〕羅貫中撰《三國演義》。北京：人民文學出版社。一九七二。 ⑰〔清〕孔尚任撰、王季思注《桃花扇》。北京：人民文學出版社。一九五九。 ⑰〔清〕毛先舒撰《詞學全書》。世德堂。一七四六。 ⑰〔清〕王士禛撰、〔清〕惠棟、金榮注、伍銘點校整理、聿甫修訂《漁洋精華錄集注》。山東：齊魯書社。一九七二。 ⑰〔清〕王先謙撰、沈嘯寰、王星賢點校《荀子集解》。北京：中華書局。一九九六。 ⑰〔清〕王先謙撰《莊子集解》。北京：中華書局。一九五四。 ⑰〔清〕王奕清等纂修《欽定詞譜》。北京：中國書店。一九七九。 ⑱〔清〕永瑢、紀昀等編纂《四庫全書總目提要》。台北：台灣商務印書館。一九七一。 ⑱〔清〕全祖望撰、史夢蛟校《鮚埼亭集》。上海：商務印書館。

一九三六。⑱〔清〕朱彝尊撰《曝書亭集》。台北：台灣中華書局。一九六六。⑱〔清〕何文煥輯《歷代詩話》。北京：中華書局。一九九七。⑱〔清〕吳敬梓撰、李漢秋輯校《儒林外史會校會評本》。上海：上海古籍出版社。一九八四。⑱〔清〕呂留良、吳之振等編《宋詩鈔》。上海：商務印書館。一九三五。⑱〔清〕李汝珍撰、張友鶴校注《鏡花緣》。北京：人民文學出版社。一九七九。⑱〔清〕李欽皖、馮桂芬等修纂《蘇州府志》。台北：成文出版社。一九七〇。⑱〔清〕阮元校刻《十三經注疏》。台北：世界書局。一九三五。⑱〔清〕姚鼐撰《惜抱軒全集》。台灣：世界書局。一九六〇。⑲〔清〕姚鼐編纂《古文辭類纂》。北京：中國書店。一九八六。⑲〔清〕紀昀主編《欽定四庫全書》。上海：上海古籍出版社。一九八七。⑲〔清〕紀昀撰《閱微草堂筆記》。台北：新興書局。一九五六。⑲〔清〕孫希旦撰《禮記集解》。上海：商務印書館。一九三三。⑲〔清〕孫貽讓撰《墨子閒詁》。上海：商務印書館。一九三六。⑲〔清〕郝懿行箋疏《山海經箋疏》。台北：藝文印書館。一九五九。⑲〔清〕張廷玉等撰《明史》。北京：中華書局。一九七四。⑲〔清〕納蘭性德撰《通志堂集》。上海：上海古籍出版社。一九七九。⑲〔清〕張潮撰《虞初新志》。上海：掃葉山房。一九三一。⑲〔清〕曹雪芹、高鶚撰、〔清〕護花主人、大某山民、太平閒人評《三家評本紅樓夢》。上海：上海古籍出版社。一九八八。
(200)〔清〕畢沅重校《三輔黃圖》。台北：成文出版社。一九七〇。
(201)〔清〕盛弘之撰《荊州記》。（出版資料不詳）
(202)〔清〕郭慶藩集釋《莊子集釋》。北京：中華書局：一九八二。
(203)〔清〕章學誠撰《文史通義》。北京：中華書局。一九六一。
(204)〔清〕湯球輯《漢晉春秋輯本》。上海：商務印書館。一九三七。
(205)〔清〕焦循撰《孟子正義》。北京：中華書局。一九九六。
(206)〔清〕賀興思《三字經注解備要》。廣百宋齊藏板。
(207)〔清〕黃之雋等編纂《江南通志》。台北：京華書局。一九六七。
(208)清聖祖御製、〔清〕曹寅、彭定求編修《全唐詩》。北京：中華書局。一九八五。
(209)〔清〕董誥等編《全唐文》。上海：上海古籍出版社。一九九〇。
(210)〔清〕厲鶚撰《宋詩紀事》。台北：台灣商務印書館。一九六八。
(211)〔清〕龔自珍撰《龔自珍全集》。上海：人民出版社。一九七五。
(212)中國戲曲研究院編校《中國古典戲曲論著集成》。北京：中國戲曲出版社。一九八〇。
(213)王季思主編《全元戲曲》。北京：人民文學出版社。一九九〇。
(214)北京大學古文獻研究所編、傅璇琮主編《全宋詩》第一至十四冊。北京：北京大學出版社。一九九一——一九九三。
(215)全明詩編纂委員會編《全明詩》。上海：上海古籍出版社。一九九〇。
(216)吳毓江撰《墨子校注》。北京：中華書局。一九九三。
(217)杜松柏編

著《尚書類聚初集》。台北：新文豐出版股份有限公司。一九八四。 (218) 林大椿輯《唐五代詞》香港：商務印書館。一九六三。 (219) 姜亮夫校注《屈原賦校注》。北京：人民文學出版社。一九五七。 (220) 胡雲翼選注《宋詞選》。香港：中華書局。一九七二。 (221) 唐圭璋主編《全宋詞》。北京：中華書局。一九六五。 (222) 唐圭璋編《全金元詞》。北京：中華書局。一九九二。 (223) 唐圭璋編輯《詞話叢編》。台北：新文豐出版公司。一九八八。 (224) 孫中山撰、廣東省社會科學院歷史研究室、中國社會科學院近代史研究所中華民國研究室、中山大學歷史系孫中山研究室編《孫中山全集》。北京：中華書局。一九八二。 (225) 袁珂校注《山海經校注》。四川：巴蜀書社。一九九三。 (226) 高步瀛選注《魏晉文舉要》。北京：中華書局。一九八九。 (227) 高明等編纂《宋文彙》。台北：中華叢書編審委員會。一九六七。 (228) 高明編纂《清文彙》。台北：中華叢書編審委員會。一九六〇。 (229) 梁容若、齊鐵恨等編《古今文選》。台北：國語日報社。一九五一——一九八一。 (230) 梁啟超撰《飲冰室全集》。香港：天行出版社。一九六四。 (231) 梁啟雄撰《荀子簡釋》。上海：上海古籍出版社。一九五六。 二三二、梁啟雄撰《韓子淺解》。台北：學生書局。一九六一。 (233) 許維遹集釋《呂氏春秋集釋》。北京：文學古籍刊行社。一九五五。 (234) 陳奇猷校注《韓非子集釋》。香港：中華書局。一九七四。 (235) 程樹德撰《論語集釋》。北京：中華書局。一九九〇。 ㉓⑥ 隋樹森編《全元散曲》。北京：中華書局。一九六一。 ㉓⑦ 黃節箋釋《漢魏樂府風箋》。香港：商務印書館。一九八一。 ㉓⑧ 逯欽立輯校《先秦漢魏晉南北朝詩》。北京：中華書局。一九八二。 ㉓⑨ 楊伯峻撰《列子集釋》。北京：中華書局。一九七九。 ㉔⓪ 萬樹撰、楊家駱主編、劉雅農總校《詞律》。台北：世界書局。一九五九。 ㉔① 鄒魯撰《鄒魯全集》。台北：三民書局。一九七六。 ㉔② 漢語大詞典編輯委員會、漢語大詞典編纂處編輯、羅竹風主編《漢語大詞典》（縮印本）。上海：漢語大詞典出版社。一九九七。 ㉔③ 魯迅編《唐宋傳奇集》。香港：新藝出版社。一九六七。 ㉔④ 劉殿爵主編《先秦兩漢古籍逐字索引叢刊》。香港：商務印書館。一九九二——一九九八。